죽음의 한 연구

문지클래식 7 / 장편소설

죽음의 한 연구

초판 1쇄 발행 1986년 8월 16일
초판 21쇄 발행 1997년 3월 25일
 2판 1쇄 발행 1997년 7월 15일
 2판 26쇄 발행 2019년 11월 22일
 3판 1쇄 발행 2020년 7월 1일
 3판 6쇄 발행 2024년 11월 12일

지 은 이 박상륭
펴 낸 이 이광호
주   간 이근혜
편   집 윤병무 박선우 최지인 이민희 조은혜
펴 낸 곳 ㈜문학과지성사
등록번호 제1993-000098호
주   소 04034 서울 마포구 잔다리로7길 18(서교동 377-20)
전   화 02)338-7224
팩   스 02)323-4180(편집) 02)338-7221(영업)
전자우편 moonji@moonji.com
홈페이지 www.moonji.com

ⓒ 박상륭, 1986, 1997, 2020. Printed in Seoul, Korea

ISBN 978-89-320-3638-0 04810
ISBN 978-89-320-3455-3 (세트)

문 지
클래식
7

박상륭

죽음의 한 연구

장편소설

문학과지성사

차
례

제1장

제1일   9
제2일   36
제3일   107
제4일   145
제5일   160
제6일   172
제7일   183
제8일   187
제9일   193

제2장

제10일   200
제11일   212
제12일   241
제13일   260
제14일   270

제3장

제15일   271

제16일   325

제17일   344

제18일   427

제19일   448

제20일   463

제21일   490

제22일   536

제4장

제23일   557

제24일   564

제25일   566

제26일   572

제27일   580

제28일   585

제29일   596

제30일   606

제31일   633

제32일   642

제33일   650

제5장

제34일   684

제35일   693

제36일   699

제37일   699

제38일   705

제39일   706

제40일   709

이삭줍기 얘기   714

주   719

해설 / 육조어론_ 김인환   725

일러두기

1. 이 책의 맞춤법은 국립국어원의 '한글 맞춤법'에 따르는 것을 원칙으로 하되, 띄어쓰기는 문학과지성사의 내부 규정을 따랐다. 다만, 작품 분위기에 영향을 준다고 판단되는 토속어나 구어체의 표현, 의성어·의태어 등은 작가의 집필 의도를 살려 그대로 두었다.

제1장

1

공문(空門)의 안뜰에 있는 것도 아니고 그렇다고 바깥뜰에 있는 것도 아니어서, 수도도 정도에 들어선 것도 아니고 그렇다고 세상살이의 정도에 들어선 것도 아니어서, 중도 아니고 그렇다고 속중(俗衆)도 아니어서, 그냥 걸사(乞士)라거나 돌팔이 중이라고 해야 할 것들 중의 어떤 것들은, 그 영봉을 구름에 머리 감기는 동녘 운산으로나, 사철 눈에 덮여 천년 동정스런 북녘 눈뫼로나, 미친년 오줌 누듯 여덟 달간이나 비가 내리지만 겨울 또한 혹독한 법 없는 서녘 비골로도 찾아가지만, 별로 찌는 듯한 더위는 아니라도 갈증이 계속되며 그늘도 또한 없고 해가 떠 있어도 그렇게 눈부신 법 없는데다, 우계에는 안개비나 조금 오다 그친다는 남녘 유리(羑里)로도 모인다.

유리에서는 그러나, 가슴에 불을 지피고는, 누구라도 사십 일을 살기가 용이치는 않다. 사십 일을 살기 위해서는 아무튼 누구라도, 가슴의 불을 끄고, 헤매려는 미친 혼을 바랑 속에 처넣어, 일단은 노랗게 곰을 띄워내든가, 아니면 일단은 장례를 치러놓고 홀아비로 지나지 않으면 안 될지도 모른다. 또 아니면, 사막을 사는 약대나, 바다 밑을 천년 한하고 사는 거북이나처럼, 업(業) 속에 유리를 사는 힘과 인내를 갖지 않으면 안 될지도 모른다. 그러나 유리를 사는 힘과 인내로써, 운산이나 눈뫼나 비골을 또한 이겨낼 수 있는 것은 아닌 것인데, 이리의 무리는 눈벌판에서 짖으며 사는 것이고, 지렁이는 흙 밑 습습한 곳에서라야 세상은 안온하다고 하는 것이고, 신들은 그렇지, 그들은 어째도 구름 한 자락 휘감아 덮지 않으면 잠을 설피는 것이다. ―처음에는, 자기에게 마땅스럴 장소를 물색하겠다고 여기저기로 싸돌아다니다가, 찾기는커녕 마음에 진공만 키워버린 뒤, 타성에 의해서 그 진공 속을 몸 가지고 밖으로 한없이 구르고 있는 듯이 보이는, 아흔 살은 되었음직한 그 중의 얘기대로 하자면, 그러하다, 즉슨, 모든 고장들이 다 그곳대로의 아름다움과 그곳대로의 고통을 지니고 있었다.

"토생원에게는 풍류인 여산의 새벽달이며 무릉의 가을바람도 별주부에게는 고통일 뿐인 것이지."

그 늙은 중의 이야기는 그렇게 시작되고 있었다.

늙었다는 것 모두 빼놓고 소탈히 계산해도, 그 중은 보통 키도 못 되게 형편없이 작았고, 다리도 몹시 깡마른 데다 빈약해서, 대체 그런 체신으로 어떻게 그 먼 거리며 그 많은 고장들을 좁히고 다닐 수 있었는가 그런 의심부터 일으켰는데도, 그래도 그의 이야기엔, 밤늦게 돌아와 제 놈의 신방 빼꼼히 열어보고 눈치챈 처용이 놈만큼은 뭣엔가 통해져 있는 것도 같았고, 또 눈에는, 할멈 무덤 옆에 자기 누울 헛묘 봉분 만들어놓고, 자기 무덤 위에 요요히 앉아 한 대의 골통 담배를 태우는, 저 촌로의 눈에 담긴 홍그렁함 같은 것을 또 담아놓고도 있었다. 그의 목소리에서는 그리고 저 담배통 끓는 소리가 섞여 나고 있었다.

"그러나저러나 말이지, 만약에 말이지, 그것도 수도라고 한다면 말이지, 나는 걷는 것으로, 그 고행으로, 수도하는 중이라고 해야겠습지."

그 중은 떠나는 길이었고, 나는 떠들어가는 길이었는데, 그래서 우리는 유리의 동구에서 만났던 것이다.

"뜨거운 여름 한낮, 모두 서늘한 그늘에 누워 더위를 피하는 그럴 때라도 말이지, 수확을 기다리고 들이 누렇게 익은 저 정밀스런 가을 석양판에라도 말이지, 북풍이 으르렁거리고 눈발이 세상을 세차게 휘몰아치는 그런 캄캄한 밤에라도 말이지, 그리고 여보시구랴, 나는 말이지 모든 봄날마다, 들을 그저 목선모양 흘러가는 상여밖에 본 것이 없는 듯한데 말이지, 그런 상여들이 혼을 가시덤불에 조금씩 조금씩 찢어 붙여놓고 흘러간 그런 고단스런 봄날 길에라도 말이지, 글쎄 나는 그저 걷는 것이란 말이지."

이만쯤에서 그 늙은이는, 숨이 가빠 쌕쌕거리는 목구멍에서 피가래를 한 솜 뭉터기나 뜯어 쏴 던지더니, 들을 건너고 건너서, 한 봉우리 보이는 산꼭대기 위, 또 그 가래만큼이나 되게 한 솜 뭉터기 피어 있는 구름에로 혼째 보내버린 비인 눈을 하더니, 오랜 후에사 또 혼째 돌아와서 조금 웃었다.

"동행인이 있을 리나 있어야 말이지. 어쩌다 문둥이 패며 쇠장수들과 어울리기도 하지만 말이지, 그들 따라 걷다 보면 허기는 나도, 다음 장에 무슨 볼일이라도 있는 듯한 생각이 들고도 했지만 말이지, 헛헛헛, 파장 때마다 그런데 나는, 글쎄 갈 곳이 없더라구. 또 걷는 거지. 저 장터의 환한 불빛을 등 뒤로 하고 걸을 땐 왠지 서럽기도 서럽더구라. 걷는 게야. 그 장터에서 조금 얻어먹은 걸 쓰게 토해내서 씹으면서, 백팔염주 헤아리듯, 발걸음을 세며 걷는 게야. 전에는 걸으며 열심히 염불을 했댔소. 그러나 어느 날 보니, 그눔의 염불도 무겁더란 말이지. 헛헛헛. 내 아직도 이눔의 삿갓이며 도롱이며, 이눔의 바랑은 갖고도 다니지만 말이지, 그래도 염불보다는 덜 무거웠기에 그랬겠지엥? 젊었을 때는 울기도 더러 울었었수다. 하다못해 길바닥에 구멍을 파고, 한스러운 것, 청승스러운 것, 다 토해내서 묻어놓기도 했었다니껜 그랴. 다시 지나는 길에, 어디 그만쯤에 내 울음 묻어놓았던 데 찾을라 작정이면, 거기 없던 도랑이 건너가거나, 어쩌다 보면 쇠똥 한 무더기가 덮여 있거나 했지 그려. 홋홋홋, 그랬으면서도, 이 보셔 젊은 스님네, 글쎄 어쩐 일로 주저앉지를 못했구랴. 어쩌다 열병에라도 걸려설랑, 어떤 인정 많은 과택네서 병구완이라도 받자고 있으면, 그 과택 눈짓 은근한 것 내 다 알겠으면서도 말이지, 어쩐지 길이 보이고, 그 길들에서 무슨 꽃 같은, 이승의 것은 아닌 무슨 옌네 같은, 그런 손들이 돋아 올라와, 날 부르는 겨, 날 부르는 거라구. 그래 떨치고 일어나면, 속으로 짜안스러운 정 열 섬 소금 무게보다 더하지, 하긴. 하면서도 어쨌든, 염불 입으로 말고 마음으로 무거워, 여기서라면 주저앉아 못 떠나지 싶으다, 그런 데를 찾으려던 것이라구, 헛헛, 내가 그러려구 했었더라구. 이거 좀 우습지 않게?"

그는 그리고 또 쐑쐑 소리를 내며, 별 옘병허겠다고 혼자 웃어쌓더니, 또 한 번 더 피가래를 뜯어내 뱉고는, 이번엔 아주 은근스러이, "허기는 말이지, 어디서나 당분간은 지낼 만허드라구" 하고 이어나갔다. "헌데 가만있어 보자구, 아 그렇지, 맨 처음 찾아간 곳이, 그렇지, 눈뫼의 어느 기슭이었댔군, 이었댔어. 사실 거긴 사철 눈에 덮여 있어서, 아주 무균(無菌)스러이 여겨졌었다구. 글쎄 무균스러이 여겨졌더라니께는. 헌데도 정착 못 하고 서성거려야 되는 병균을 거기서 얻었다면 이 또한 우습지 않게? 그래서 떠나버린 게야."

이번엔 그는, 몸 실어 상여 보내버리고, 혼적(魂跡)이라고 창호지 쪽만 가시덤불에 얽힌 모양이더니, 아주 오랜 후에야 관 속에서 몸 빼어 돌아와 말을 이었다.

"내가 얘기했던가, 왜 떠나버렸던가 그 얘기 말이지? 아 그렇지 그랴, 그 대답을 난 아직 오늘까지 생각해왔어도 분명하게 할 수가 없는데, 말이시 말여, 글쎄 이렇지, 투박하게 나 말해서 말여, 거기선 춥더라구, 늘 춥더라구. 밤 하나를 새우는 데 삼 년씩은 걸리게 추웠더라니껜."

그는 그리고 언짢은 듯 진저리를 한번 쳤는데, 그러고 보니 그는 아직도 하긴 추워하고 있는 얼굴이었다. 그 추워함은, 짙은 피로 위에 얼음처럼 덮여 있었던 것이고, 그것은 퇴색해 더러운 갈색이었다.

"글쎄 무균스런 고장이었어. 나는 때로, 목숨까지도 살집 속에 살고 있는 무슨 균이거나 벌레 같은 것일지도 모른다는 생각을 하곤 했는데 말이지, 글쎄 움직인다는 것도 안 움직이는 어떤 것 속의 균으로까지 생각하곤 했는데 말이지. 그러나 눈뫼에서는, 저 균들이 처음에 조금 살다가는 얼어서는, 죽지는 않고 소롯이 잠들어버리더군. 한 백 년쯤이나 안 잘라는가 몰라. 그러다 어쩌다 봄날 하루쯤 따끈한 햇볕이 피었다고 해보란 말이지, 그럼 저 균들이 다시 살아나지는 않을까, 않을까 몰라. 그러니 말이지, 눈뫼의 나의 밖에서는, 아직도 무엇들이 살고 움직이고 균스럽고 있는데, 나의 눈뫼의 안에서는, 아무것도 살지를 않더란 말야, 죽지도 않더란 말야. 나는 떠났지, 균스러이 일어선 것이라구."

그는 한숨을 쉬고, 그러나 내게는 대단히 무균스러이 보이는 눈으로 내 균스러운 눈을 바라보며, 무균스러이 웃더니, "떠났구료" 하고 반복하고, 그리고 계속했다. "듣자니, 눈뫼를 떠난 수도자들은, 길을 동으로 들어 운산으로 가거나, 서쪽으로 향해 비골로도 간다고 합디다. 나는 걸음을 동으로 돌렸댔구료이. 허지만 운산 영봉을 본 사람은 없다고들 과장해서 말하지. 그럴 것이, 가을 같은 청명한 철에도 말이지, 그 끝에는 뭔지 푸르스름하기도 하고, 연기 허리 내고 둘러쳐져 있는 것도 같아서 그 봉우리가 글쎄 확연히 드러나 보이는 일이란 거의 없더라니껜. 그렇지, 대개의 새벽으론, 그 산의 발뿌리까지 안개가 덮여 내려와 있다간, 해가 차차로 떠오르며, 그 안개를 거둬, 그 산의 정강이로, 무릎으로, 사타구니로 올라가는데, 나중에 그것은 구름이 되어, 그 산의 허리에 그냥 떠돌아버리는 것이지. 그러나 그런 안개의 혼돈, 그런 구름의 폐쇄는 절대로 추운 것은 아니었지. 그것은 차라리 부드럽고 아늑해서, 사실 말이지 속살이 두터워질 것이었더라구. 홋홋홋, 저 산자락 포개 덮고 누워 벽자색 산수국 피었겠다고 생각하고 있으면, 어느덧 알밤 구르는 소리에 잠이 설펴지는 것이오.”

영감태기는 이 대목에서 또 지랄 떨 듯 몸을 흔들며 낄낄 댔다.

“거기서 나는, 한 손가락에 한 달씩 잉아 걸어, 대개 다섯 손가락쯤 살고, 또 몇 손가락쯤 더 핥아 살다가, 그렇지 또 떠났지. 그만큼 살며, 구름의, 안개의, 산의, 젖에 알이 배고 나면, 세상 바람이 또 쏘이고 싶어지는 것이오.”

이때쯤엔, 조금씩 기진해가는 듯, 말에서 모서리가 둬 모퉁이씩 달아나버리고 없어서 늙은탱이는, 혀 굳은 소리를 뺙뺙 짜내느라 애를 쓰기 시작하고 있었다. “풍문이 내 길잡이였소”가, “푸무니 내 기자비여소”로 둔갑되어지는 투였다.

“바다가 있고, 산이 거기로 내려가다 발목만 잠그고 멈춰서버린 저 비골에서는, 늘 젖고, 늘 울었지. 술에도 젖고, 생선 비린내에도 젖고, 계집 흘린 눈물에도 젖었더라구. 거기는 글쎄, 여덟 달간이나 비가 온다고 하잖던가? 남는 넉 달 중에서도, 청명한 날 찾기는 어려운데, 어쩌다 끼어드는 청명한 날은, 무슨 염병이나 간질병 같은 것이지. 그 여덟 달 동안의 젖은 바람은, 뼈 마디마디에다 해풍과 습기와 관절염만을 불어넣는 것만은 아니라구 글쎄. 어떤 청명한 다음날에, 사람들은 자살을 해버리지. 글쎄 어떤 사람들은, 무참히도 자기 목숨을 끊어버리더라구. 비가 내리지만 그렇다고 한 번도 줄기찬 법 없는, 저 습습하며 어두컴컴하고, 뼛속에 곰팡이가 피어가는 저 모든 것을 상상해보시란 말이지. 글쎄 겨울이란대도 혹독히 추운 법 없어, 노숙 끝엔 가벼운 감기나 걸릴 정도인 것이며, 여름이란대도 무참히 더운 법 없어, 노숙 끝엔 한 번 더 감기나 걸릴, 그런 고장의 저 음산한 거리며, 낮은 추녀 밑에는, 언제나 웅숭그리고 있는, 썩는 듯한 어두움이며, 헌 가구의 냄새며, 개까지도 웅숭그리고 지나며, 나뭇가지도 뼈를 아파해 쌓는, 글쎄 그런 고장을 상상해보란 말이지. 그런 어떤 날, 느닷없이, 하늘이 그냥, 푸르게 엎질러져 버리고, 길이며 지붕 꼭대기들이 아주 낯설게 뻔적이는 것이오. 거기서 또 떠났구료 나는 엥, 그것도 자살은 아니었을까 몰라. 젠장 떠난 건 떠난 거니껜."

해는 중천을 치달려 올라가고 있었다. 그러나 그을음에라도 덮인 듯한, 저 이상스런 하늘을 통해 보이는 해는, 거의 갈색을 띠고 붉으나, 그 볕에는 그을릴 것 같지도 않으며, 산소가 희박한 듯한 분위기여서, 나도 숨이 가빠지고 있었다. 이것은 어쩌면, 호흡 장애로 쐑쐑거리는 저 늙은탱이로부터의 전염인지도 몰랐다.

"여보시오 젊은 스님네, 허지만 저 유리에 관해서는 내가 무슨 이야기를 할 수 있겠소? 스님께서 거기로 가는 길이 아니시오? 해도 이 풍문은 일러주었으면 싶으구만, 싶어. 어쨌든 나는 내 체신보다도 아마 두 배는 더 큰 풍문 주머니를 넣어놓고 있으니 말이지."

그는 그리고, 그 심정을 짐작해볼 수 없는 눈으로, 유리라고 여겨지는 곳을 멀거니 건너다만 보며, 좀체 말을 이으려 들지를 않았다. 그것이 무엇이든, 자기의 체신보다도 두 배도 더 큰 것을 그 체신 속에 넣어두고도, 살져 보이는 구석이라곤 없는 늙은네는, 더욱더 지쳐 보였다. 하기는 여러 곳에서 나는, 삼천대천세계를 다 삼키고도 배가 고파 허리가 휘인, 그런 늙은네들을 많이도 보아온 터이긴 했다.

"글쎄 그렇다고 하지." 그는 아마도, 이 칠월도 한낮에, 어디 모퉁이쯤 돌다가 그만, 봄날 낮 꿈 살폿 한소끔 꾸고, 칠월로 돌아와, 깨인 것이었다. "처음에 유리에서는 수사자(水死者)들 빠뜨린 혼령들 몇 개가 모여서 살았더라는 얘기지, 처음엔 글쎄 바다가 넘실댔더라니, 우리도 그때쯤 만나 이렇게 앉아 있는다면, 한 열 길 물 밑에나 앉아 도란거리고 있는 게 아닐지 모르지. 거 아늑했을 법하잖게? 어쩌다 운이 좋아서 소달구지 편이라도 얻어 타보면 말이지, 읍내서 오는 길엔 소가 거의 뛰기라도 하는 듯이 달리고도 별로 힘들어하질 않는데 말이지, 읍내로 가는 길엔 그게 바뀐단 말야. 소가 힘들어하며, 진땀을 흘린단 말야. 허나 눈으로 보기에 이 길이야 뭐 평평해 보이잖냐구. 허긴 읍까지 닿으려면 한 사오십 리 길이나 될라는가, 오륙십 리 길이나 될라는가, 것두 제법 왼밤 거리는 되지. 그 읍의 북쪽으로는 그리고, 그 한 고개 넘기가 그렇게도 힘든 거악들이 한도 끝도 없이 이어져 있는데, 초생달 휘어진 데 걸터앉아서라도 유리를 내려다본다면, 글쎄 그것은, 날 같은 늙은탱이가 식은 화로를 껴안고 있는 형국이라고나 해야 할랑가 몰라. 흐흐흐, 하필이면 왜 늙은탱이에 비유했느냐고 내게 묻는 눈치인데, 비록 거악들이 죽림(竹林)해서 있단대도 말야, 그 산의 줄기들에 굳센 이음매가 없어서 말이지, 산기(山氣)가 굳세게 이어져 있지를 못한 때문이라구. 흐흐흣, 그러나저러나, 내가 무슨 얘기를 하다가 이렇게 됐더라? 그렇지, 바다 얘기를 했었던 것이지, 그랬었다고. 헌데 말야, 한번 물이 떠나더니, 영 돌아오지 않더라지, 거 변괴 아니게? 그러자니 소금에 찌들린 뻘만, 삼백예순날 삼백예순 해 퍼붓는 햇볕 아래 쪼들려온 것인데, 그러자니, 고기 낚아 살던 몇 가구 어부네들도 그러자니, 대처 찾아 떠나버렸을 터, 그도 그랬을 것이, 어부 짓들 그만두고 농부 짓이나 해보자고 작정을 그 어부들이 했단대도, 소금물에 찌든 흙이 풀 한 포기라도 키워낼 만했구로? 떠난 조수 못 따라 떠나고 남았던 송사리며, 게 새끼들 죽은 시체만 질펀하게 깔려 누워 있는데, 그래서 그 어부네 자기네들끼리 소문 만들어 속닥여 퍼뜨렸다는 말로는, 촌장이 늙은 데다 근에 창병까지 든 탓이라고, 그 까닭을 촌장께 돌렸더라는 것이지. 그러자니 그 불쌍한 늙은네 몸에 삼베옷을 걸치고, 저 뻘밭 가운데 어디 바위 조그만 것 하나 있는 그늘 밑에 가 앉아, 죽을 때까지 식음을 전폐하고, 그 변괴로 하여 통곡하다 그만 죽었다는 것이구만. 그를 일조(一祖) 촌장으로 치지만, 이조라는 미친 늙은탱이가 나타났을 땐 수백 년이 흐른 뒤라지. 허나 그런 변괴가, 저 일조 늙은탱이의 몹쓸 병 때문에 비롯되었다는 말은 좀 우습잖게? 거 좀 우습다구. 달리하는 말로는, 그때 삼재팔난이라든가 천지개벽이라든가, 세상 날씨가 이상스러웠다든가 그래서 덥던 고장엔 눈이 내리고, 눈 내리고 춥던 고장엔 삼동에도 꽃이 피었다든가, 징조가 영 심상치 않았다든가, 뭐해서는 말이지, 물이며 뭍이며가 조화를 잃었다든가, 뭐해서는 말이지, 그 기슭에 뽕나무 푸르던 언덕엔 바닷물이 뽕잎으로 우거지고, 애비 눈 띄우겠다고 시악씨 하나 빠져 죽은 바다 밑에서는, 늙은 애비 눈 뜨고 앉아 딸내미 무덤 풀 깎아주고 있더라지. 변괴라, 변괴여. 흐흐흐, 허긴 그만쯤 말이 만들어질 법도 하기도 할 것이, 어쩌다 오는 칠팔

18

월 안개비 좀 두터운 것을 빼놓으면, 사철 그저 건조하기만 한데다, 흙에 진짜로 염분이 과하다는 탓으로, 글쎄 수십 리를 두고도 잡초 한 포기 잘 자라지를 못하고, 언덕 하나 높은 법 없이, 그저 황폐해 있으니, 그만쯤한 얘기도 꾸며질 법하잖냐 말야. 허나 모를 일이지, 산천이란 예나 지금이나 의구한 듯해도 땅이란 게 그저 그럭저럭 우리 나이 또래래야 말이지. 글쎄 땅을 두고 천 년이니 이천 년이니 하고 말해본댔자, 그거 수유에 지나지 않을 나이, 한 만 년이나 십만 년쯤으로 잡고 본다면 내가 좀 과하게 미쳤을랑가? 허나 사소한 인연 하나를 놓고도 십만 아유다[阿由多=百亥]며, 겁(劫)으로 따지지 않느냐 이 말이야. 흐흐흐, 헌데 나도 늙은 게야. 젊었을 땐 말이지, 그렇지, 오늘 정도 청명하면, 저 무변스러운 듯해도, 그 남녘 끝에 뭔지 푸르스름한 이내가 낀 듯해 보면, 그게 산인 듯했더라고. 허나 요 몇 년래, 아무리 눈 닦고 보려 해도 안 보인다 말야. 어쨌든 유리의 육칠 팔월은 그중 풍성한 철이라구. 여러 도문에서 날 같은 중들이 와서 머물다 그렇지, 구월에 접어들면 대개는 떠나버리지. 아, 그러구 보니 이거 아직 구월은 못되었어도 또 좀 일어설 때겠구먼."

그는 그러나 일어서지는 않고, 한 사 오륙십 리 길 저쪽에 있다는, 아마도 그 읍으로 이어진, 구불탕 구불탕한 길을 넋놓고 바라보고만 있다. 그래서 나도, 그 푸석거리는 길을 보고 있자니, 어쩐지 길이 내게도 젖은 손을 흔들고 있는 듯이도 여겨졌고, 그래서 이 늙은네가 조금 부러워도 졌다. 그러다 나는 그러나, 그 길에서 종내 하나의 의문만을 얻어내고, 고개를 떨구니, 내 벗은 발등이 보였다. 조금 헤매느라고 하다 보

니, 하긴 길 위에서 신발은 모지라져, 그 어떤 길의 한옆 구렁
창에 던져버리고 말았었다. 하긴 발이 시렸었다. 이 중은 그런
길에서 늙어온 것인데, 하지만 오늘 내가 한눈에 본 길은, 왠
지 무세월로 보였다. 우리가 앉은 쪽에서 보이는, 저 길의 끝
까지 닿으려면, 이 늙은이는 다른 새 미투리로 바꿔 신어야 될
지도 모르며, 눈곱만큼쯤 더 늙어질지 모르는데도, 그러나 길
은, 전혀 그런 시간 관계 위에 놓여 있는 것처럼은 보이지 않
았고, 그럼에도 그것이 흐름과 따져질 것이란다면, 모든 찰나
위에 길 자신의 모든 것을 노출해버리는, 그것은 차라리 하나
의 점(點) 같은 것이었다. 그것은 수륙 육만 리의 길로 감아진
한 늙은 꾸리와 꼭같은 것이었는데도, 그러나 그것을 통과해
나간다고 할 때 그것이 신발에 구멍을 내버린다는 일은, 그것
이 공시성(共時性)을 잃는다는 의미인지도 몰랐다. 그러나 이
러한 수수께끼를 푼다는 일은 나의 일은 아닌지도 모른다. 다
만 산(山) 독수리의 눈으로 지렁이의 고뇌는 헤아리지 말 것이
다. 아, 말 것이다.

　　"난 말이지, 이상스럽게도 말이지 내 자신으로부터설랑
늘 배반을 당한단 말이거덩." 늙은이는 계속하고 있었다. 나는
그의 이야기에 넌더리를 내고 있는 자신을 발견했는데, 그것
은 길로부터서 하나의 의문을 얻은 뒤부터였다. "안개비만 내
리지 않는다면 천년 건조스러운 여기, 내가 이렇게 말라보타
져 가고 있자닌깐두루, 저 비골의 관절염이며, 눈뫼의 추위가
자꾸 그리워진단 말야. 아, 그렇지 유리에서는 습기를 그리워
하기 시작하면 병이라, 그 병이 시작되면 이제 유리를 참기 어
렵게 되는 거라구."

그리고 그는 조금 꾸물거려 감발을 매기 시작하며, 밭은 기침을 캑캑 해댔다.

　"헌데도 말이라, 이 집념 하나는 여태껏 여의지를 못하고 있는데, 글쎄 어디에다가든, 하나쯤, 흙 이겨 암자를 짓고, 내 여생을 한 번은 단단히 붙들어 매기는 해야겠다는 이것이지, 이것이라. 내, 흘러 다니느라 사유시방으로 펴 늘였던 혼들을 한 번은 다 긁어모아, 흙집 속에 처넣어놓고 졸면서 지냅시나, 글매 그럼시나, 어쩌다 내 암자 곁을 지나는 초부라도 하나 있다면, 그를 붙들어 토방에 앉혀놓고, 내 헤맨 것 그냥 옛얘기 삼아 들려주고, 그러다 저러다 눈감고 싶은 것이지. 목이 타고 관절이 아프고, 발이 천 번도 더 불어 터졌다, 잡육(雜肉)으로 우거진 길을 염병을 앓으면서도 걸었던, 배고픈, 동행 없는, 길들, 길, 쓸쓸한 길들, 길, 부르는 손들, 그 길들을 걸으며 그 길에서 피어난 손들을 꺾어 한 다발씩으로 엮었다 버린 얘기들을, 들려주고, 그리고 그 길들이 무엇을 성취해주며, 무엇을 빼앗아 가버렸는가를, 아 그렇지, 어떻게도 거부할 수 없는 길들로부터, 아 그렇겠소, 이젠 정작으로 떠나봐야겠구먼. 헌데 스님은 몇 살이나 되셨댔소? 계집 좀 보채겠구먼. 설마 환속행(還俗行)은 아니겠지맹? 흐흐흐, 안, 안렝히, 자 안렝히, 성불 헙시우."

　그리고 그는, 내 대답 같은 건 들으려고도 하지 않고, 삿갓 쓰고 바랑 멘 어깨에 도롱이 걸친 뒤, 내게 합장해 보였다. 뼈 무너지는 소리를 우둑여 내면서도 그러나 그는 표표히 떠났다. 그가 머리 둘러 가고 있는 그 길의 어느 끝쯤에, 장이 서는 곳은 있을 것이고, 그 장의 끝에 서면 그는 다시 길 앞에 마주 서 있게 될 것이었다. 읍이나 촌락들은, 뱀이 삼킨 통계란 모양으로, 그의 길들의 중간중간 토막에, 한 번씩 불쑥불쑥 솟은 기형적인 굽이 같은 것일지도 모르는데, 어쨌든 산다고 말되어지는 것들의 노른자위는 그런 속에 있는 것은 확실하다. 그 보이지 않는 장에 닿기까지는 큰 숲이 하나 보일 뿐이고, 다른 곳은 송두리째 비어 있는 곳을, 헌데 저 늙은 중이 채우며 가고 있는 것이다. 그러나 사실에 있어, 그가 길을 꾸리 감아 가고 있는 것으로는 보이지가 않았고, 차라리 그가 풀려나가는 것으로나 보였다. 길이 그를 삼켜, 길 속으로 어디로 뚫려진 곳으로 음험스런 데로 구덩이 속으로 자꾸 끌어 넣어가는 것처럼만 보였다. 그는 비틀거리며, 거부치 못하고 왜소스러이, 자꾸만 끌려 들어가는데, 저승 열나흘 길 하매 아흔 해를 걷고도 못다 걸었나 보다. 윤회는 고리는 꿰미는, 괴롭도다.

　　그리하여서사 내게는 드디어 한숨이 괴어 올라오고, 아직도 내가 살아보지 않은 유리를 수락하기 시작하고 있다는 생각이 또한 돋아났다. 저 늙은, 길에 얽매인 바람은, 길에서 길로 정처도 없이 불어가며, 어디론가 정처를 정해 떠나고 있는 모든 중들에게마다 같은 얘기를 했었을 것이다. 한번 꿰어져 윤내진 백팔염주 모양으로, 그래서 그의 이야기에도 그런 윤기가 있었다. 같은 얘기를 들은 자들은, 나, 서투른 한 돌중처럼, 뒤에 처져 앉아, 바람이면서 들로는 불어가지 못하고, 길신[路神]의 해묵은 구레나룻에나 불어가는 저 늙은 바람을 바라보며, 그러면서, 자기가 아직도 살아보지 않은 정처가 관 뚜껑을 열고 기다리는 것을 망연히 보았었을 것이었다. 그래 하기는, 어디에서나 누구든, 죽치고 앉아 조금 늙으려면, 저런 늙은 바람을 불어 내버리고 시작하지 않으면 안 될지도 모른다. 나는 한숨이나 썩어질 녀려 폭폭 열돼 발 삭아져라 쉬어대며, 이제는 일어서서 유리로 향해야겠다고 생각은 해대면서도, 푸석푸석이 죽은 땅을, 뼈 소리로 깨우며 시들어지고 있는, 늙은 바람을 놓치고 싶지가 않아, 자꾸 그의 등을 보고 있었더니 나중에 그는 뿌리 잃은 한 가시덤불 작은 뭉터기가 부는 바람에 거역하여 경련하듯, 그렇게 구르고 있었다. 그는 아마도 달리는 모양이었다. 하지만 그것은 멈춰져 버렸는데, 내가 더 기다리고 있자니까 한 번 더 일어나는 것이었다. 그리고 이번에는, 정작으로 폭풍에 불리듯, 마구잡이로 뒹굴어 가더니, 다시 한번 소롯해졌다. 가슴엔 진공을 지니고, 제 가슴속으로 구르는 그것은, 그래도 멈추지는 못하리라. 나는, 그가 또 불려가기를 기다리며, 조금은 달콤한 슬픔을 느꼈다. 기다렸으나 그는, 그러나 다시 일어나지는 않았고, 저 그을음 덮인 듯한 탁한 양광이, 그의 위에로 파리 떼처럼 운집해 드는 것이나 보였다. 그렇게 시간이 흐를수록, 내게는 아주 지겨운 느낌이 들어, 손가락을 써서 두 눈을 눌러 감았더니, 내 속에서 빛이 꿈틀거리며 빠져나가며, 스산한 불똥을 흩뜨렸다. 그는 죽었을 것이라고, 그리고 나는 생각했다. 어쩌면 일종의 마멸일 것이라고도 생각했다. 뼈의 마멸, 살의 마멸—그래도 혼만이라도 걸어가고 있지는 않을까? 그래서 내가 다시 눈을 뜨고 길을 내어다보았으나, 그는 정착해버리고 있었다. 육실헐 녀려, 어째서 하필이면 나는, 어제도 말고 내일도 말고, 오늘 여기를 들어서느라 저런 죽음을 만나야 되었는가? 인연일랑가, 글쎄 인연일랑가?

　　나는 그로부터 빨리 도망쳐버리고 싶은 심정으로, 그래서는, 도대체 우발이라고밖에는 생각되어지지 않는 이 인연의 줄을 빨리 끊어버리기 위해서, 그래서 오히려 그의 곁으로 뛰어가 보았다. 보니 그는 무척도 색골스럽게, 쭈그러진 삿갓 아래 또 아리 처버리고 있었다. 하긴 어쩌면 그것도, 바람들이 하는 수도일는지도 몰랐다. 사유시방으로 흩어진 기를 그런 자세로 하여 일점에 모은 뒤, 불두덩으로부터든, 손톱 끝으로부터든, 조금씩 회복해내어, 저 뼈 무더기에 모닥불을 지피어내려는, 바람들의 와선(臥禪)인지도 몰랐다. 그래도 그는 죽었을 것이다.

너무 그를 내려다보았더니, 나중에는 그가, 개미만 한 한 흑사병으로 보였기에 나는, 한 이파리라도 구름은 없는가 하늘을 올려다보았다. 구름은 없고 그러나, 그 빛에서 싸한 냄새를 풍기는 한 덩이의 갈색 해가, 모가지 아래를 끊긴 누에 모양 하늘을 뜯어 삼키며, 서켠으로 가고 있었다. 그리고는 모든 곳이 다 적막하고, 고요하고, 그리고 어쩐지 컴커므레했다. 난 나태를 느끼면서도 이것은 대단히 일진이 나쁜 날이라고 간신히 생각했다. 왠지 내가, 타의에 의해서 그의 문하생이라도 되어진 듯한 불쾌감은, 그런 뒤에 일어났다. 그러고 보니 그는 글쎄, 산 채 걸어가지를 않고, 임종을 내게 보여준 것이었다. 그의 죽음에, 나도 어쩐지 얼마쯤은 가담되어져 있는 듯하다는 생각이 드는 것은, 그는 글쎄 그의 길을 뒤로 뒤로 풀어내어 내게 보여주지를 않고, 그 길들을 한 꾸리에 감아, 한 점으로 내 앞에 던져줘 보인 것이다. 이것은 대단히 일진이 나쁜 날인 것이다. 그는 어째서, 근 백 년 가까이 보류해왔던 죽음을 하필이면 내 앞에서 치러 보여준 것인가? 이 의문은 날 분노케 했다. 그래서 삿갓 그늘 아래 반쯤 숨은, 그 늙은 대가리를 한번 되게 걷어찼더니, 그의 얼굴이 햇딱 한번 보여졌는데, 눈은 감고 있었으나 입엔 흙을 한입 물고 있었다. 그건 어쩐지 내가 죽은 얼굴이었다. 그래서 투덜대며 가래침을 뱉어 던지고 있자니, 그가 물고 있는 흙은 왠지, 밖에서가 아니라, 그의 오장육부에서 토해져 나온 것같이 여겨졌고, 그것은 허물어진 절간 한 채의 오소록인 듯이만 여겨졌다. 젠장맞을 늙은네는, 흙벽 절간 한 채를 오장육부에 처넣어놓고 밖으로 다니며, 그것을 찾으려 했던 모양이었다. 어쨌든, 내가 늙어 어느 녘에 죽었구나.

2

남은 오후 동안을 나는, 아버지라고 내가 불러주었어야 마땅했을, 그 괴팍했던 늙은 스승이 숨을 멈춰버렸을 그때만큼은 심정이 얄궂어서 그 자신의 암자를 속에다 넣어놓고 밖으로 찾으러 고통스럽게 다녔던, 그러다 그 절간을 토하고 죽어버린 그 중을 내려다보며, 가부좌(跏趺坐)로 보내버렸다. 나는 스승의 장례를 치러주지도 못하고 떠나와 버린 것이었었다. 내가 아버지라고 불러주었어야 마땅했을 그 수다스럽던 늙은네와, 이 늙은네와는 어쩐지, 꼭같은 사내의 안팎처럼만 자꾸 여겨지는 것은 무슨 까닭인가. 내 스승이었던 늙은이는, "네까짓 놈의 우둔한 대가리를 갖고서 말이지, ''보이지도 않는 귀신 나부럭지니 우주 따위, 또는 그와 같은 기타의 것을 찾으려는 노력은 할 일이 아니다. 그러니 출발점으로서 너 자신을 재료로 택한 뒤, 너 자신 속에서 찾을 일이지, 네놈의 속에 있으면서, 모든 것을 그 자신의 것으로 하고 말하기를 나의 신, 나의 마음, 나의 생각, 나의 영혼, 나의 몸이라는 그것이 누구인가를 알아내는 일인 것이다. 슬픔이, 사랑이, 증오가 비롯되는 근원을 알작시라. 뜻이 없는데도 사람이 어떻게 깨어 있을 수 있는가, 뜻이 없는데도 어떻게 쉬며, 자기의 뜻과도 상관없이 성내게 되는 일이나 애착하게 되는 일은 도대체 어떻게 비롯되는지를 알아야 되는 것이다. 만약에 네가 이러한 것들을 주의 깊게 살핀다면, 너는 자신 속에서 그것들을 찾게 될 것이지.' 나로서는 결코 너에게, 아집이나 오욕을 여의라거나, 해탈을 성취하라고는 말하지 않을 것이다. 그것은 자네의 문제란 말이지. 나로서는 차라리, 자네로 하여금, 어떤 교리교의, 또는 어떤 자들이 먹다 남긴 사상의 찌꺼기 같은 것에 집착하는 것 여의기를, 아집이나 오욕 여의기를 치열히 하는 어떤 자들보다 더 치열히 하라고나 하고 싶은 게야. 글쎄 마음이 좁은 자는, 자기 곁을 스쳐 지나는 것을 언제나 자기와 다른 것으로 보며, 마음을 더욱더 오그려 싸, 더욱더 좁은 것으로 만들려 한다. 그래서 그 사내가 죽었을 때, 이 사내는 대체 무엇을 그렇게 소중히 싸서 간직했는가. 그 속을 열어보면, 똥창자며, 썩어 문드러진 동정(童貞) 같은 것들이다. 허기는 오그려 싸기를 극도로 성취해버리고 난 자의 뒷얘기는 달리 말해져도 좋을지 모르지. 어쨌든 마음이 넓은 자는, 말 타고 강산을 지나더라도, 그 스치는 모든 풍경이 자기의 밖의 다른 것이라고는 보지를 않는다. 그러고 보면, 오그려 쌀 것이 무엇이겠는가. 넓은 마음이란, [2]'한도 없는 것이고, 둥글거나 네모진 것도 아니며,

크거나 작은 것도, 푸르거나 누렇거나, 붉거나 흰 것도 아니고, 위가 있거나 밑이 있는 것도 또 아니며, 긴 것도 짧은 것도, 성냄도 기쁨도, 옳음도 그름도, 선함도 악함도, 처음도 끝도 없는 것이다.' 글쎄 그렇다고 보면, 저 큰마음이란, 팔만 색상에 채워진 공(空)이며, 공이지만 그저 헛간 같은 공은 아닌 것이다. 그것 속에는 만신(萬神)이 살며 전을 벌여도, 그것 자체에게 이단이라거나 개종의 이름은 붙일 수가 없는 것이지. 작은 마음을 크게 한다는 일이란 어려운 게 사실이다. 그러니 그저, 붙매이지 않고, 자꾸 변절하고, 자꾸 받아들이고, 자꾸 떠나는 일밖엔 없다구. 글쎄, 한 질료가 금이 되기까지는, 열두 번이나 일곱 번의 죽음, 뭉뚱그려 적어도 세 번의 죽음을 완전히 치르지 않고는 안 되거든. 변절 말이다. 개종(改宗) 말야. 헌데 내 눈에 보이는 자네라는 녀석은, 체(體)나 용(用) 사이에 어떤 부조화를 갖고 있는 듯하다구. 용에 비해 체가 너무 크거나, 체에 비해 용이 너무 크다구. 용에 비해 체가 너무 큰 경우, 거기엔, 아직 잠 못 깨고 죽음처럼 뻗치고 누운 황폐가 따라 있고, 체에 비해 용이 더 큰 경우, 거기엔 일종의 삼재팔난이라고나 해야 할 무질서가 덮여 있는 것이다. 이런 경우 체를 택한다면, 그 용적을 넓히거나 좁힐 수밖에 없는 것이고, 용을 택한다면, 그 수근(水根)을 끊거나, 더 깊이 파고드는 수뿐이다. 그것은 자네에게 고통으로 던져진 것이야. 이보라구, 자네는 헌데 어째서 그따위로, 흐리멍덩한 눈으로 날 보고만 있는 거지? 잠이 여태도 깨인 게 아니라면 죽장 서른 대로 하여, 너의 그 쓸모없는 대가리에 구멍을 뚫어놓을 터인데, 그것은 불순물로 채워져 있기 때문이라구." ──내 스승은 그런 늙은네였었다. 수다스러울 땐, 십 년 적적하던 것을 한꺼번에 다 풀어내 수다스럽고, 그런가 하면 반년이 다 가도록 그냥 벙어리모양 지냈었다. 그리고 남은 반년은 또 어디론지 휙 나가 돌아오지 않았다. 내 생각에 그는, 그런 반년에, 골목들이나 기웃거리고 다니며, 애놈들의 귓부리나 잡아당길 것이라고 했었다.

　　그러던 그가, 어느 날은 느닷없이 날 불러, 자기와 마주보게 앉히더니, 서두도 없이 목부터 비틀어 틀고 말하기를, "내가 숨이 끊기거든 이 녀석아, 자네는 곧장 떠나란 말야. 글쎄, 내게 변절 개종(改宗)을 하고 떠나란 말야. 멈칫거리는 서투름이 있다면, 그것은 집착의 소치일 터이고 그것이야말로, 나를 마지막으로 한번 혹독히 매질하는 것일 것이다" 하고는, 대단히 어울려 보이지 않는 음울한 얼굴을 짓는 것이었다. "글쎄 자네라는 놈은 여러 가지로 비유될 놈인데, 글쎄 말이지, 신들린 애놈 같기도 하단 말야, 그것은 위험스럽지. 체에 비해 용이 드센 게야. 애 속에 흘러든, 어떤 비명에 죽은 장한의 원귀와, 그 애와의 사이의 상극이란 괴로운 것이지. 헌데 어떻게 해서, 저 미친놈의 잡신이 자네를 숙주(宿主) 삼아 쳐들어가 앉았는지, 그건 글쎄 모르겠단 말이거든. 큰 칼을 쥐고 휘둘러대며, 저 파리한 애들 속으로 뛰어다니는, 저 걷잡을 수 없는 애를, 에끼, 거 생각하기에도 소름이 끼쳐. 체의 아주 거친 것을 얻으면, 저 푸스러지는 볕에 그래도 말야, 한 사십 일 데쳐 내놓고 나면, 글쎄 풀이 좀 죽지 않을까?" 그리고 이 대목에 와 그 늙은이는, 내 머리끄덩이를 푸스러뜨리며 낄낄대더니, 대단히 아버지다운 얼굴로설랑은 "무슨 소린지 알 수 없을 테지?" 하고 이었다. "어쨌든 너는, 유리로 떠나란 말야. 가는 길 따위는 자네가 물어서 가라구. 닿는 길이야 여럿 아니겠냐구? 그리고 그렇지, 누구도 자네에게 법명(法名)이란 걸 주어본 적 없으니, 뭐 중이라고 생각할 것도 없다. 그저 걸사(乞士) 나부랭이지. 그걸로 생계를 이어나가는 돌팔이 중놈 말이다. 계(戒)인들 줄 것도 받을 것도 없는 것, 그저 무작정 가라, 가거든 그렇지, 그 광야의 모든 것을 먼저 수락하는 일뿐이겠지. 거무튀튀한 모래펄이며, 정적이며, 고통이며, 슬픔이며, 굶주림이며, 계집이며, 낮이며, 밤이며, 그렇지 철이 그 철이어서 안개비도 내릴 듯하잖은가? 탁한 대기며, 아 그렇지, 그러나 유리 자체는 그런 어떤 것에도 집착하지 않더군, 안 해. 뭘 생각할 것인지는, 무엇을 먹고 입을 것인지는, 따질 것도 없는 것이지. 자네가 자네 어미 씩구녕에서 나왔을 때도, 자네는 생각하고 먹고 입을 것을 갖고 나온 것이 아니라, 올 것밖엔 더 갖고 나온 게 없으니까. 아무리 사소한 것을 두고라도 아무튼 깊이깊이 그 의미를 살펴보라구. 그런 뒤 내가 알고 싶은 것은 너의 얼굴의 주름살이다. 너의 눈 빛깔이야. 자, 떠나라구. 나이가 서른셋이나 된 젊은 놈이 늙은네 눈치나 실실 보며, 방구석에 처박혀, 그따위 죽어버린 글자며, 잡환 나부랭이나 깨치고 있다는 것도 한심한 노릇 아니게? 아마도 너는 내 대갈통쯤 깨놓았으면 싶으겠지. 이 보라구, 내게서 이제 숨이 떠나거든, 자네는 곧장 떠나라구. 내 장례 따위는, 헛헛, 그래도 나도 염습을 당하고 싶으니 말이지, 그래, 숨은 없이도 내 기다리고 있겠으니, 돌아오는 길로 치러주었으면 싶으구만. 죽은 얼굴로라도, 유리에서 돌아온 네놈의 낯짝 한번 턱 보았으면 싶으니까. 그러나 거기서 머물고 싶지 않거든, 괜스레 애써서 머물

필요는 없겠네. 다만 나로부터 떠나란 말이지. 옴마니팟메홈."

그러더니 그는, 눈을 감아버려서, 내가 더 있으며 이야기를 기다렸더니 그는, 더 말을 하지 않아서, 내가 좀 혼자 웃고 있었더니 그는, 쥐고 있던 죽장을 어느샌지 떨어뜨리고 있어서, 내가 그의 맥을 짚어보니 그것은, 멈춰 있어서, 그의 숨 냄새를 맡아보았더니 그것은, 냄새가 없어서, 내가 정신을 차리고 생각해보니 그는, 항마좌인 채 소롯해져 버린 것 같았다. 그는 한 번 더 개종해버렸을 것이다. 육자명주(六字明呪)는 언제나, 그의 개종의 선언으로서 읊어지던 것이었다. 옴마니팟메홍 ─ 자기의 뒤쪽에 울타리를 쳐버려, 자기가 다시는 되돌아 뛰어들 수 없게 되기를 바라는 그것은 그런 높은 울타리였던 것이다. 그러고 보니 항마좌로 소롯해진 그는, 꽃 위에 앉은 한 바위처럼도 보였다.

"아 그래서 죽었구나, 늙은 것이 죽었구나."

나는 한마디만 그렇게 한 뒤, 우선 감발을 매고 떠나려, 마지막으로 한 번 더 그의 앉은 죽음 앞에 절을 하다가 왠지, 간경이 뒤집혀져, 그의 죽장을 들어, 그의 죽은 대가리를 미친 듯 후려 패다가, 떠나버렸다. 나는 뛰고 있었다. 나는 아마 그렇게 통곡했을 것인데, 그것은 나의 그에 대한 경애의 깊이였었다.

그런 뒤, 때로는 엉뚱하게 서호 지방으로도 여행하고, 때로는 계곡에서 방향을 잃으며 걷느라고 하다 보니, 떠난 지 달포도 더 걸려 이 유리의 문전에 닿았는데, 그 입구에서 나는 다시, 다른 하나의 꼭같이 부표하는 고혼과의 하직을 치렀다. 이것은 참으로 일진이 사나운 날인 것이다. 글쎄 그러다 보니,

나로서는 어쩐지, 저 두 늙은이들 사이의 간격을 알아낼 수가 없게 된 것이다. 하나는 장소로부터 계속해서 떠나고, 하나는 습속(習俗)으로부터 한없이 도망치는 것밖에. 그리고 하나는 색(色)으로부터 자꾸만 떠나서는 다시 색에 들고, 하나는 공(空)으로부터 도망쳐 공에 든다는 것 말고, 그들은 다 어디의 토착민도 아니었다. 하지만, '色不異空 空不異色'인 것을. 하지만 '色卽是空 空卽是色'인 것을. 이것은 일진이 사나운 날인 것이다. 다시 나의 눈물은, 이 늙은 중들의 얼굴 위로 방울져 내리고 있었다. 돌중, 나 아직도 이런 독한 슬픔을 못 여의고 있는 것인데, 하기는 내게, 내가 아직도 울 수 있다는 것 말고, 다른 계책은 없었다. 이것은 일진이 울도록 사나운 날인 것이다. 한 늙은네의 첫 번째 죽음을 보았을 땐, 그저 훌쩍 떠나버릴 수도 있었지만, 그러나 두 번째 죽음을 놓고 나는, 어쩐지 떠날 수가 없고만 있다. 대체 '두 늙은이'의 '한 죽음'의 의미는 무엇인가? 나는 그것을 생각해보지만, 그것은 도대체 풀릴 길 없는 매듭인 것만 같다. 나는 다만, 그런 두 개의 죽음이 하나로 완벽히 행해진 한 혈루병자의 시체와, 그 시체 위에 그 죽음 냄새처럼 떠돌던 소문만을 기억해낼 수 있을 뿐이다.

그 혈루병자는, 내 스승의 오랜 친구였는데, 스승은 말하지 않았었지만, 듣기로는 한 속녀(俗女)에의 애착을 못 여의어 환속한 중이라고 했었다. 그러나 이 환속한 중은, 환속하고 나서야 드디어 출가(出家)해버리고 말았던지, 고자로 지내며, 저 속녀와 밤잠 자기를 꺼려 하고, 세상도 싫어해, 자꾸 으슥한 데로 스며들었다가는, 종내 혈루병에 걸리고 말았다고 했다. 한데 이해할 수 없는 것은, 그는 혈루병에 걸리고 나서야 아주 맑은 얼굴로 더러 웃기도 했다고 하는바, 그는 자기로서 불능스러이 해버릴 모든 것을 불능스러이 해버려, 나중에는 손가락 하나 움직일 수 없는 지경에 이르렀다고 했다. 그러면서 그는 황폐의 냄새를 풍겨가기 시작한 것이다. 어쨌든 그가 죽음에 이르렀을 때, 그는 인간이기는커녕 존재도 아니었던 것은 확실했다. 그것은 도저히 퇴행으로는 볼 것이 아니었던 것으로, 그의 진화는 무덤에까지 이뤄져 버려 그래서 그것은 이승에 살고 있으면서도 이승의 것이 아니어서 속(屬)을 짐작할 수 없는 짐승이 되었던 것이다. 그는 유언을 해설랑, 자기의 시체를 절대로 땅에는 묻지 말라고 하여 태워버리게 해서는, 최후까지도 저 계집의 안벽에다 하는 방출을 기피했던 것이다. 그 자체로서는 푼더분했으나, 어쩔 수 없이 황폐에 당해야 했던 저 계집은, 그래서 서러이 울면서도, 그는 차라리 잘 죽었다고 말하고 있었다.

어쨌든 그 장례는, 저 두 번 된 과부와, 나의 스승과, 그때 열두 살짜리였던 나에 의해서, 마흔 아흐레의 칠 분의 일이나 걸치는 동안에 치러졌고, 개 한 마리의 문상도 없었다. 이레째 되는 날, 나의 스승이 지게에 그 송장을 얹고 좀 먼 들로 나가 장작불에 얹어 주어버린 것이다.

그 장례를 끝내고 산막으로 오르고 있었을 때 스승은, "그 사람이 글쎄, 만약에 끝까지 여의지 못한 업이 하나라도 있었다면, 그것은, 그것은 글쎄, 남업(男業) 같은 것은 아니었을까 모르지"라고 혼잣말을 하고 있었는데, 우리는 무척 피로해 있었다. "그가 그의 여인을, 제 세상을, 기피하려면 했을수록 반대로 남업은 더 굳어질 수밖에 없는 것이다. 그것은 아주 독

32

한 것이어서, 그의 윤회의 고리를 더욱 견고히 했었을 것이었다. 결국 그는, 계집과 세상으로부터, 바깥과 자기 사이에 혈루병의 울타리를 쳐 두었음에도 불구하고, 저 재생(再生)의 문을 닫지는 못한 것이다." 그는 피로한 듯 중얼거리고 있었다. "그는 남업에 의해 ³'아비를 호애(好愛)하고 어미를 질투하여', 저 혈루병으로부터 벗어나 버렸는데, 그것은 분명히 '암컷 형상을 취할 것이었다.' 저 굳어진 남업이 그럼에도 해독되지 않고, 고스란히 그대로 저 암컷 속으로 옮겨져 갔다면, 아 그것은 무척 불순한 짐승이겠구나. 그것은 순화를 성취하기 위해 자녀(姿女)나 되잖을까? 자녀나 되잖을까 몰라."──하지만 그의 중얼거림의 꼬리가 다 사라지기도 전에, 들리는 말에 의하면, 저 혈루병자의 과택은, 서방도 없이 뒤늦게 애를 배고, 배가 불러지자, 낯 붉히며 어디 딴 고장으로 떠나버렸다고 했다. 한데, 저 장례식이 있던 동안에, 내 스승이자 저 혈루병자의 친구인, 저 색골 중놈과 저 음파가, 송장을 옆에 놓고 히히거리며 붙었을 것이라는 것이었다. 어쨌든 이런 식의 죽음은 아무리 해도 그 병인을 진맥해낼 수가 없는 듯하다. 장소로부터 도망치며 어쩔 수 없이 장소로 드는 죽음, 습속으로부터 계속하여 떠나가며 그 습속 속에서 죽는 죽음, 스승의 어휘로는, 계집으로부터 도피해가며 계집의 자궁으로 드는 죽음, 세상으로부터 떠나며 세상으로 돌아오는 죽음, 이런 병인은 진맥키어려운 듯하다. 비극은 어쩌면, 황폐를 꿈꾸는 데서부터 싹트는지도 모른다. 이런 불모에의 집념은, 어쩌면 산다는 일을 고통으로 여기는 데서부터 비롯하는 것일지도 모르긴 하다. 그래서는 삶을 완전히 소멸시켜버리기를 바라는 것일지도 모른다. 윤회며 재생은, 그 가장 두려운 그러나 타도해버려야 할 적으로 생각되어진다. 그래서 그 고리로부터 영구히 벗어나는 일은, 자기 소멸을 완전히 성취해버리는 일처럼 여겨지는 것일지도 모른다. 나는 모른다. 아 그러나, 젠장맞을, 그러고 보니 나도, 이 늙은 중놈의 과택쯤이 그리워진다. 그래서 그가 뒤로하고 온 고장을 살피니, 아마도 저기만쯤이 유리이지 싶은 들이, 둘째 서방까지도 사이별해버린 엔네처럼 쭈그리고 앉아 안쓰리 안쓰리 울고 있는 듯해 보인다. 그래서 보니, 어느 녘에 밤이 그녀 위에 포르르한 상복을 입히고, 흐린 달빛이 그녀의 웅숭그린 어깨 위에서 떨고 있다. 방출의 뜨거움에 기갈 든 계집이여, 하긴 계집이여, 내 한번 품어주마, 하긴 그래주마.

나는 그래서 한숨 따위 걷어치우고 저 주검으로부터 뛰쳐일어나, 입었던 옷 벗어 하나씩 하나씩 뒤에 던지고, 이를 드러내 웃으며, 유리를 향해 내달았다. 그러고 나니, 내 전체가 그냥 하나의 근(根)인 듯만 싶어 대단히 해탈스러이 홀가분했다. 혼을 벗은 저 껍질은, 그냥 거기 남겨둬 버렸는데, 그의 정처가 바람 가운데 길 가운데 있었으니, 바람 가운데 길 가운데 두어두어서, 바람이 자기의 분깃을 길이 몇 세월이고 바람이 조금씩 길이 나누어가기를 바란 것이다.

그리고 나는, 아마도 을야(乙夜) 정도에 마을이라고 생각되어지는 데에 들어섰는데, 전체로 보아서, 몽땅 부러지고 가운데 하나쯤 살을 남긴 듯한 얼레빗 몽다리 궁곡(弓曲)진 곳을 남녘으로 하고 누운 듯한, 전에 단애였을 듯도 싶은, 그러나 별로 가파르지는 않은 언덕 아래에, 띄엄띄엄이라고 해도, 거적때기들 문처럼 늘여놓은 것 잇대어져 있는 것이 오백 나한 법회(法會)라도 참석해 있는 것처럼 보이는 것으로 보아, 그것이 마을이었고, 물총새나 갈매기의 문둥병 걸린 암놈들모양, 여기서는 사람들이 그렇게 깃 치고 사는 듯이 여겨졌다. 저 가운데쯤, 하나 남은 빗살이 그것도 반은 동강이 난 것 같은, 언덕 줄기가 내려온 곳에, 그리고 거기가 마을의 가운데쯤이었는데, 샘이 있어서 나는, 두레박질하여 실컷 목도 축이고, 그리고 탈육(脫肉)스런 몸 위에도 몇 두레박이고 퍼부어댔다. 흐린 달빛이 내 몸 위에서 부서지며, 청량스런 소리로 시들거리며 흩어지는 것이 좋았다. 나는 그런 뒤, 느릿느릿 걸어 월경대처럼 매달린 거적문들 앞으로, 발이 시린 밤 고양이모양 지났는데, 저 마을의 깊은 잠을 깨우고 싶지가 않았던 것이다. 그러나 그 마을의 공지의 한가운데에서, 가난한 한 식구 떠돌이 극단 패라도 지어놓고 그냥 떠나버린 듯한, 한 원추형 거적 집과 마주치고, 주인이 있든 없든 일숙박쯤 물어볼까 하다가, 그만두고 되돌아섰다. 나로서는 아무것도 서둘러야 할 까닭이 없었으므로 갑작스러이 풍류스럽게 된 나를 내가 가볍게 데불고, 달빛만 어둑스레 찬 마을을 밤새워 거닌들, 그것이 나쁠 턱이 없었다. 이것은 내게 삼동도 섣달, 어느 육중한 저녁같이 신록스런 밤이어서, 다음날에도 깨어지지 않기만을 바랐는데, 그러는 새 병야(丙夜)의 달착지근한 고적이었다.

1

밤은 조금도 춥지가 않았다. 물론 무더운 것도 아니었다. 뻘다운 흙이며, 모지라진 조약돌로 굳어지고, 균열이 갔거나 푸스러진, 그런 벌판을 정작 사막이라고 해야 되는지 어쩌는지는 모르되, 어쨌든 그 사막은 남녘을 끝 간 데까지 차지해버렸고, 그것은 달빛과 어울려, 나중에 내게 어떤 종류의 공포, 어떤 종류의 외로움, 그리고 어떤 종류의 숨 막힘을 자아냈다. 듬성듬성 돋아났다 죽어버린 듯한 풀포기며, 엉겅퀴 덤불이며, 또 바윗돌 같은 것에서 달빛은 조금씩 그늘을 입을 수 있었으나, 그런 그늘에는 어떤 병 같은 것이, 황폐가, 혈루병이, 또는 저주가, 노파 형상으로 쭈그리고 앉아, 나를 빼꼼히 내어다보고 있는 듯이만 내게는 느껴졌다. 그 외에 다른 것은 없었다. 나는 어쩐지, 내 몸이 뜨겁다는 것 때문에, 살 냄새가 독하다는 것 때문에, 숨을 쉬고 있다는 것 때문에, 무엇보다도 살아 있다는 것 때문에, 내가 갑자기 거추장스럽고 무서워졌다. 나는 그래서 소리가 그리워, 소리를 찾았으나 거기 아무 소리도 없어왔다는 것이 처음으로 느껴졌다. 바람 한 가닥 스적이지도 않았다. 그것은 무변으로, 소리가 없이, 흐르는 것이 없이, 죽음 빛깔 같은 달빛에 덮인 채, 적막하게 참으로 적막하게 뻗어 누워만 있고, 실재의 것은 아닌 그러나 쏘고 핥는 눈으로, 살아 있는 것이 풍기는 냄새며, 살이며, 피를 흠흠거리고 있었다. 이것은 참으로, 처음으로 하는 경험이어서, 처음에 생소했으나, 오래잖아 공포를 일으켰다. 그리고, 이 공포는 내 등에서, 가슴에서 흐르는, 생 진땀 냄새처럼 번져, 내 전신을 식히고 들며, 찬 소름을 돋워냈다. 이것은 참으로 빈혈증 걸린 고장이었다.

이때에 이르러 나는, 오히려 귀라도 틀어막아 버리지 않고는 견딜 수가 없어, 손바닥으로 귀를 막곤, 해조가 덮였었다는 저 죽은 개펄에 무릎을 쿡 박고 앉아, 저 무정스런 고장을 원망하며 머리를 개펄에다 처넣었다. 그러자 흙까지도 썩는 듯한 냄새를 풍기는데, 견딜 수 없는 소음과 굉음 속에서처럼, 내 귀는, 저 소리 없는, 저 죽은 개펄을 참아낼 수가 없었던 것이다. 이것은 결코 신록스런 고장은 아니었다.

그러나 안정하고, 진정할 일이었다. 풍문을 좇으면, 여기에서도 사람이 살고 있는 것이다. 그래서 나는 목마른 심정으로, 마을의 거적문들을 건너다보았다. 나는 어느 녘엔지, 그만쯤에서라면, 대개 눈치 살피며, 급한 똥 한 번은 누어도 좋을 만한 거리쯤에 와서 있었던 것이다. 한데 저 마을에는, 어쨌든 무슨 소리나 흐름들이 있어서, 숨소리를 내며 지금 자고 있을 것이었고, 그런 소리들을 내가 들을 수만 있다면, 그런 소리들에 응원받고, 한 번쯤 이 사막을 꽝꽝거리고 지났어도 좋을 것이었다. 그러나 어쨌든, 그 안에 늙은 굼벵이가 살든, 천년 거미할미가 독을 굽든, 그 굴들 앞쪽에다 거적으로라도 문을 해달아놓은, 그것을 볼 수 있다는 것만으로도, 아무튼 내게는 큰 위안이었다. 문은 물론 소리는 아니다. 그런데도 그것은 내게 소리로, 흐름으로 '보였고', 소리가 없는 곳에서 눈은 귀로 변해지고 있던 것이다. 그러나 거역하지 않으면 안 되리라, 문의 유혹에 거역하지 않으면 안 되리라, 거역하라 —이 정적은 정작으로 못 참을 것은 아니다. 고통으로 놓인 것은 정작으로 정적 속에서 정적하지 못한 마음인 것이며, 그것은 그대 자신만의 업력(業力)의 센 바람인 것이다, 태우는 불인 것이다, 그 불을 꺼뜨리고 또한 마음을 정적히 한다면, 밖의 저 정적 또한 정적일 것인가? 아 거역하라, 문에의 유혹에 거역하라, 그러지 않으면 그대는, 장차 캥캥 짖기 위하여, 또는 뜨르르 뜨르르 울기 위하여, 양수(羊水) 가운데 눈 감겨 담겨 있게 될지도 모른다. 끼룩끼룩 울기 위하여, 아니면 나뭇가지에 못 박히기 위하여. 그러나 나는 더 이상 귀를 막지는 않았다. 그 대신 웃음을 조금 찔끔여 내보았지만, 하룻밤도 다 지나지 않아 나는, 이 죽은 개펄에서 피로를 느끼기 시작하고 있는 것이다. 이 무균스런 고적에 눌려 어쩐지 내 살 자체가 희미해져 버리고, 살 냄새와 나라는 형태의 선만이 나를 구획하고 있는 느낌이다. 그 흐릿한, 아마도 번연히 흰 선 속에 채워져 있었던, 나는 대체 어디로 흘러 빠져버린 것인가. 그렇다고 그 선까지도 명확하지가 않고, 둥그스름한 머리라든가 목, 또는 어깨의 넓이라든가 허리의 굴곡 따위 같은 것이, 나라는 형상으로 남아 있는 것도 아니어서 그것은 일종의 올챙이 형상이거나, 양극을 갖는 어떤 투명한 타원형 같은 것이, 달빛에 채워져서 있는 꼴이었다. 그런 병 속에 담긴 달빛은 땀 냄새를 풍겼다. 일진이 사나운 날의 계속인 것이다, 계속인 것이다.

그러고 있는데, 마을의 동편 쪽으로서, 아마도 그중 윗녘이지 싶은 언덕 뿌리에서, 붉은 내부가 한번 열렸다 닫히는 것을 보게 되어, 기분을 적이 돌렸다. 그 안은 촛불로 밝혀져 있었던 것으로 추측되어졌는데, 아마도 누군가가 나왔거나 들어가느라고, 한번 거적문이 들쳐진 것 같았다. 그때 그 불빛은, 밖의 음산스러이 으슴푸레한 밤의 달빛 조금 푸석거리는 데에다, 한 요강쯤의 하혈 씻은 물을 엎지르고, 붉은 치마꼬리를 문틈에 물린 듯이 하며, 종내 사라져버렸다. 그것은 반가웠고, 약간의 성욕을 일으켰으며, 사람들이 어쨌든 내밀스럽게 살고 있다는 것을 한번 보여주는 따뜻함으로 여겨졌다. 어쩌면 신선거진 거진 돼가는 어떤 도사 하나가 산책이라도 나왔거나, 또 혹시 모르지만, 쑥이며 마늘에 넌더리 낸 반쯤 계집 된 호랑이라도 한 마리 걸어 나왔을지도 모르겠다고, 나는 생각했다.

그쪽을 향해서 나는, 벌써부터, 걸어가고 있었다. 그러면서, 무엇엔가 싸이거나 묶임을 받지 못해 덜렁이는 하초가, 이때처럼 천덕스러이 느껴본 적도 없었다는 것을 알아냈다. 가령 손 하나를 놓고 본다더라도, 그것은 하초 같은 것을 다섯 가락씩이나 달고 있으면서도 결코 수치스럽지가 않은데, 어째서 하초라는 놈은 독불로 제 놈 혼자 살면서, 다만 드러내져 있다는 그 이유만으로, 눈 둘 곳을 몰라 하는가. 하초의 외로움일레라, 궁상맞음일레라.

사실로 그런데, 그 불빛 비쳐졌다 닫힌 곳으로부터는, 달빛으로 저만큼 놓고 보아도 노란 색깔로 여겨지는 장옷을 입은 중 하나가 있어 총총히 걸어오고 있었다. 걸음걸이의 품으로 보건대, 산책을 나선 늙은네는 아닌 것 같았고, 그렇다고 하늘을 올려다보는 듯하지도 않으니 별의 운행을 살피는 점성꾼 같지도 않았다. 어쩌면 후문 찾아 마을 갔던 젊은 중놈이거나, 아니면 괴팍한 늙은 중놈의 소주 심부름하는 사미승쯤일지도 모른다고, 나는 고쳐 생각했다. 그 중놈의 걸음걸이는 글쎄 도대체 늙어 있지가 않은 데다, 아 저 우라지게 탁한 달빛에 보아도, 허리로부터 가락지는 선을 따라, 달빛이 한 말도 쏟기고, 그늘이 서 말도 흐르는 것이, 배꼽이나 새끼똥구멍이 분명 깊기도 깊을 성해 보였다. 그러고 보니, 여기 와서 두 번째로 사람을 만나게 되는 모양이었다.

헌데, 처음에 바쁜 듯이 걸어오던 저 중놈이 웬일로, 나로부터 열 걸음도 더 멀찍이 떨어졌음 직한 거리를 두고, 그늘을 싸안고 서버려서, 나를 어줍게 했다. 아마도 하초 탓이었을 것이다. 하는 수 없이 나는, 손바닥 엉성히 펴 불두덩에 덮은 뒤, 바닷게모양 대개는 옆으로 해서 걸어, 어쨌든 그의 앞에는 닿았다. 그리고 목례만 해 보이고, 내가 비록 꼴은 궂어도, 헤헤, 아 속은 비단결입죠, 그런 웃음도 지어 보였다.

"이, 이거 고적히 산책하시는데, 혹간 헤헤, 이 돌팔이 중놈으로 하여 방해되지나 않으셨는지요? 소승은 오늘, 아 그렇군입쇼, 이제 벌써 병야도 말이니 어제겠군입쇼, 어제 여기로 왔댔습죠, 오는 길에 해탈 좀 해보겠다고 용을 좀 썼더니 말입죠, 헤헤헤, 입었던 옷들만 벗어 던졌군입쇼, 이, 이거 무례를 용서합시우."

그리고 내가, 그 장옷 덮인 중을 건너다보니, 아마도 그가 웃고 있는 소리를 내고 있었는데, 그것은 듣기에 썩 빙충맞았다. 그 소리로 짐작건대, 그것은 가늘고 여려서, 스물 안팎의 사미승 꼬락서니일 것으로 짐작되었다. 그제서야 나는, 그가 전신을 장옷 속에 감추어놓고, 눈만 빼꼼히 내놓고 있다는 것을 알았는데, 그래서, 여기서는 모든 수도자들이 얼굴을 장옷 속에 숨겨서는 썩혀버리는지도 모르겠다고, 멋대로 추측했다. 그런 모습은 어쩐지, 소리라고는 하나도 없는 사막의 정적 같은 것의 의인화처럼 느껴지고, 그러자 그와의 대면이 일종의 곤혹으로 바뀌어지는 것이었다. 나는 적나라히 던져져 있는데, 그는 폐쇄로 서 있다. 모두 다 가리고 빼꼼히 열어놓은 눈이라는 것도 결국은, 토굴 앞에 들쳐 내린 거적 한 닢 문 같은 것일지도 모르는 것이다. 그 안에 사리고 앉아 저것은, 바깥을 절시하고 있는 것이다. 저것은 꼬리를 아홉씩이나 숨겨놓고 있는 여우일지도 모른다. 하지만 나는, 그 안쪽을 들여다보기 위해, 그의 장옷을 찢어 열었거나, 또는 그의 내부에의 유혹을 여의기 위해, 그의 눈을 파내버리지는 않았다. 나는 그런 유혹을 강하게 느끼고는 있었으나, 사실에 있어 나는, 슬금슬금 뒷걸음질을 치고나 있었다. 그가 그늘을 안고 서 있기 때문에 반드시 그렇다고만은 내 장담은 못 하지만, 저 얼굴 없는 짐승이 내 하초를 어루만지듯 보고 있는 듯해, 게다가 나는 간음까지 당하고 있는 기분이었다. 그가 내 엄지발가락을 보고 있었다면 나는 그렇게는 생각하지 않았을 것인데, 어째서 하초라는 놈은 의미들을 굴절시켜버리는가.

"헤헤, 헐작시면, 아 그렇습죠, 이 돌중, 대사의 평강을 빌겠소이다. 야심한 산책의 이 돌중의 무례, 대사의 도량 깊으심으로 용서헙시우. 인연이 닿아, 밝는 날 우리 서로 만나게 되거든, 대사께서 안체를 좀 해주십시오. 아, 그럼 평강합시우. 성불헙시우."

나는 돌아섰다. 그리고 빨리 걸을 일 없어 느리게 걷자니,

저 뜻을 알 수 없는 여린 웃음소리 몇 토막밖에, 그로부터 한 마디의 얘기도 들어보지 못했다는 것이 기억났다. 그럼에도 서로 마주 보고 서 있기로는, 반 식경을 한 식경으로 잡아, 그 한 식경의 사분 식경이 흘러갔던 것이다. 나는 왠지 병든 들개만 싶은 것이 불쾌했다.

허나 잊어버리기로 했다. 그리고 어디서 그늘을 좀 빌려, 조금은 피로한 몸을 사릴 수 있을까, 그래서 그런 그늘을 찾기로나 했다. 나는 왠지 자꾸 병든 들개만 싶은 것이 한번 콩콩 짖어라도 보았으면 싶었다. 허지만 우라질 녀러, 녀러 것—글쎄, 정처에 와서 내게 정처가 없다는 것이 새삼스럽게 알려진 것이다. 우라질 녀러, 녀러 것—나는, 목에 비녀라도 걸린 들개처럼 밭게 짖어댔다. 도대체 노자에라도 쓸 무슨 이유 하나 붙여주지 않은 채, 이런 데를 정처라고 정처 없는 곳으로 나를 보낸, 저 늙은탱이는 무슨 음모를 꾸미고 있었던 것인가. ……뭘 생각할 것인지는, 무엇을 먹고 입을 것인지는, 따질 것도 없는 것이지. 자네가 자네 어미 씍구녕에서 나왔을 때도, 자네는 생각하고 먹고 입을 것을 갖고 나온 것이 아니라, 울 것밖엔 더 갖고 나온 게 없으니까…… 우라질 녀러, 녀러 것—그러나 내겐 지금 울 것도 뭐 없잖은가. 병든 듯이 걸으면서도 나는, 아까는 없던, 그런 소리를 듣고 있었다. 저 메마른 개펄 위로 달빛이 포속 포속 흩어져가는 발자국 소리를, 내 것과 합쳐서 듣고 있었다. 그리고 나는 또, 거무튀튀한 땅 위에 깔려서 흐르는, 두 개의 키 짧아진 그림자를 보고도 있었다. 나는 아마도 누구에겐가 동행되어진 모양인데, 내가 사막 가운데로 나가고 있어도, 우리는 헤어져지지가 않았다. "이것은 살해나 육교(肉交)를 위해선 완전무결히 좋은 밤이겠군." 나는 생각하고 있었다. "아 그래, 내가 한눈에 보고 턱 생각했기를, 저것은 어쩌면 배꼽이나 새끼똥구멍이 계곡처럼은 깊을 것이라고 했었지." 나는 생각하고 있었다. 하지만, 이렇게 나란히 있기만 해도 풋고춧대 두 그루모양, 이슬 맞고 달 쐬고 서로 매워지기라도 한단 말인가?

내가 웅숭그리고 멈춰 서버렸더니, 내 것이 아니던 소리도, 그림자도 또한 멈춰 서는 것이었다. 물론 얼굴 없던 그 중이었고, 노란 장옷 허리 부근이 출렁이던 그 중이었고, 내가 소리를 찾았을 때 소리로서 나타났던 그 중이었고, 한데 이번에는 그가 달빛을 안고 서 있게 되어서 내가 볼 수 있게 된 그는 하긴 눈뿐이었지만, 크고 또 깊이 성글거리는 데다, 달빛 받고 흑록빛으로 그윽해서, "그럴는지도 혹시는 모를 것이, 풋고춧대 두 그루모양, 우리는 서로 짜란히 서 있기만 해도 매워질지도 모르겠단 말야" 하고 나는 생각했고, 허긴 그래 주마, 그래 주마 허긴, 너의 절시의 쾌감을 위해서 허긴, "내 한번 수음이라도 해 보여주마, 허긴 그래 주마" 나는 생각했고, 내 귀두는 달의 청록한 어둠을 입고 푸르게 떨고 있었다. 글쎄, 이것은 살해나 육교를 위해선 완전무결한 밤이며, 장소인 듯한 것이다.

"시님, 앙구찮애 나온 거 나 알지라우." 한데 그가, 목쉰 계집의 음성 같은 것으로 처음으로 말해서는 날 무척도 어리둥절하게 했다. 한데 그 말에도 얼굴은 없는 듯해 그 말의 표정을 읽을 수는 없는 듯했다. "앙구찮은 시님은 나온개 말여라우." 그리고 그는 그렇게 덧붙였는데, 어투에 도대체 감정이라곤 한 오라기도 짜여 들어 있지 않아, 나는 생각하기를, 이 중놈에게는 소금이거나 정액의 진한 것이 부족한 것일 것이라고 했다. 그런데 이번에는 내가 말을 잃어버려, 도대체 입을 뗄 수가 없고 있는 것은, 어쩌면 달빛이 너무 탁한 탓인지도 모르지, 목구멍이 비린 탓인지도 모르지, 속으로 너무 짖어 하긴 목이 쉬어버린 탓인지도 모를 일이었다.

"고렇게 우멍만 떨라면 말여라우, 구만 뒈겨요. 나도 잠도 옹만이요. 아까부텀 본개 솔찮히 꼴릿는디도, 우멍이나 실실 떰시나, 한숨이나 폭폭 쉬어대고 있구만이라우 시방. 그랄라면 무신 엠병허겠다고 빨개는 홀딱 벗고, 워짤라고시나 넘을 지다려 눈이 빠지게 서 있었단대요? 요것 참 재수 없는디라우. 워짤란대요 시방?"

나는 좀 씨럭씨럭 웃고 있었을 것이었다. 그러며 아주 열심히 생각해보고 난 뒤, "흐흐, 아 난 말이지, 그냥 가능적인 것을 생각해보았을 뿐이었는데 말야, 글쎄 밤도 좋고, 달도 좋고, 들도 좋아서 말이지. 헌데도 보는 사람은 없잖더냐 이 말이야" 하고 씨불댐시나, 드디어 그의 앞으로 바짝 다가서서, 가슴을 밀착하고, 아주 다정하게, 그의 오른손에 나의 왼손을, 그의 왼손을 나의 오른손에 짝지어 꼭 잡아 줬다. 그랬더니 저 다정스런 중놈이 또한 내 손을 정답게 쥐어주는 것이었다. "그런데 그런 밤에 행해서 좋을 일이란 뭐겠느냐 말이지, 뭐 별로 없더라구. 술 처먹고 내뛰어본다 해도 그것도 종내 싱거울 일이지." 속삭이며 나는, 그의 손들을 그렇게도 정답게 잡은 채, 내 팔을 그의 허리 뒤로 돌려 꼭 껴안으며 계속했다. "뭐 별로 없더라구. 이봐 자네 길에서 개를 보면 한 발길

냅다 걷어차, 깨갱거리며 빙충맞게 도망치는 꼴을 좀 보았으면 하고 바란 적은 없었댔나? 옹기 짐이라면 그렇지 그걸 받쳐놓은 작대기를 걷어차, 그놈의 옹기들이 어떻게 묵사발이 되는지 그건 무척 흥밋거리란 말야." 나는 아주 뜨겁게 속삭이며, 내 팔을 그의 허리로부터 옮겨, 그의 등 위로 조금씩 끌어올리고 있었다. "뭐 별로 없더라구. 밤도 달도 들도 아주 적당히 으스무레한데 말야, 흐흐흐, 할 짓이란 별로 없더라구. 그래 내 그저 생각만 하기를, 살해나 육교를 위해선 그중 좋은 밤이라고만 했었지." 그러고 보니 나도 참, 무척도 다정스러이 속삭여주고 있던 것이다. 그러며 온갖 정성으로 그의 두 손을 쥐고 있는데, 그것은 부드럽고 오동통한 것이어서 어떤 일이 있더라도, 당분간은 놓아줄 생각이 들지를 않았다. 그 손의 온기를 나는 사랑하고 있는 것이다.

그제서야 그의 목구멍에서도 뜨거운 속삭임이 새어 나왔다.

"아니 왜 이란대라우이? 요것이 시방 날 쥑일란당 것이요? 참말이제 요라지 마씨요이? 내가 글매 똑 죽었어라우."

"헤헤헤, 헌데 우리 서로 바람난 놈들끼리 만났으니 말야, 헤헤, 우리 이만쯤 서로 뜨거워도 나쁠 것 뭐 없지."

"그란디 워짤라고 요라제라우 시방? 월래, 월래, 두고 본개, 두고 본개로, 요, 요 씨발넘이, 요, 요, 더허네 더혀."

"고추야 어디 암대궁이 있더라구? 거 모두 잠지를 서른 개씩도 더 매달고, 그냥 서 있기만 해도 글쎄, 서로 너무 매워진단 말이거덩."

"월래? 월래? 글씨 무장 무장 더허네. 요 오사헐 중넘이

미쳤단댜 글매 내가 죽었은개, 날 좀 노씨요! 내 홀목(팔목) 좀
놓으랑개, 홀목 좀 놔라우!"

그제 이르러 그것은 울었다. 그리고 내 가슴팍을 물어 떼
려 했는데, 그만큼은 나도 정겨운 사내였던 것이다. 나는 아직
도 그의 손들을 꼭 쥐고 있으며, 그의 것은 또 그것들의 정다
움으로 하여 내 손아귀를 거부치 못하고 있는 것이었다. 그의
것이나 나의 것이나, 손들은 대개 그의 등을 다 치달려 올라
가, 그의 목고개 밑에서 버르적거리고 있었다. 그러나 내 가슴
팍에 얼굴을 묻은 것이 울기 시작했을 때 나는, 그의 등 뒤로
돌려진 그의 두 손목을 모두어 내 왼 손아귀에 뜨겁게 쥐고는,
그를 반 바퀴 빙그르 돌렸더니, 헌데 웬일로 그의 허리가 중도
막에서 꺾어지며, 위에 얹혔던 몸이 무너지고, 머리도 없이 후
문이, 소슬히 떠오르는 것이었다. 그의 떨어진 대가리는 아마
죽은 개펄에 곤두박아 뒹굴고 있는 듯했는데, 밤이 깊었던지,
중천이었던 후문 그늘 또한 이울고 있어서 보니, 흘레돝집네
돝틀 위에 얹힌 첫 암내 난 암돝모양, 무릎을 꿇어 앙구치고
있는 중이었다. 이런 모습은 누구나를 히히 웃게 하며, 비록
물동이를 이고 있다고 하더라도, 사태기를 꼬게 하는 것이다.

"허, 허기는 말씀이야 히, 히, 힛, 앙구찮더라구, 글쎄 앙구
찮더라구."

나는 그리고, 오른손 앙구찮이 뻗쳐 내려, 앙구찮은 기분
으로, 저 중놈의 장옷 끝을 잡아채 끌어 올리고 있었을 것이었
다. 한데 이 대사 나리 해탈도 아주 기저귀 떼어 내버렸을 때
부터 해버린 모양으로, 새끼똥구멍에 괴어놓은 서 말의 그늘
말고, 다른 것은 아무것도 입혀 있지 않아서, 내게 경련을 일

으켰다. 그것은 어쩐지, 꽃뱀 쓰르여서 숨어드는 해당화 덤불이었고, 산그늘 막 서리고 드는 아랫녘 답 메밀꽃 한 뙈기였다. 그것은 그런 깊은 두려움, 그런 두려움 깊음으로, 달빛 아래 소리 없이 흘러가는, 어떤 구름이 흘린 그림자였다. 나는 어째서라도 떨림을 멈출 수가 없고, 그래서 그 경련으로, 저 둔중한 엉덩이에 서른 차례 한하고 손바닥 찜을 퍼부어대기 시작했다. 그러자, 그럴 때마다 저 모밀밭 한 뙈기로 바람이 불어갔던가, 꽃들이 스적이고, 스적이며 엉기고, 엉겼다가는 스적이며 석양이었을거나, 꽃들이 붉어 달빛도 붉어졌다.

그제서야 나는, 손찌검 그만두고, 장옷 거칠게 잡아채, 저 신음하며 우는 불쌍한 짐승 위에 덮어주었다. 그리고 일어서니, 무엇이 아프게 날 고문하고 지나간 듯이, 잠시 심신이 얼운하며 푸들거려지더니, 이내 쇄락한 것이, 휘파람이라도 한 차례 아니 홰홰거리고는 못 견딜 듯도 싶었다. 정직하게 말한다면, 나는 어쩌면 저 젊은 중놈의 엉덩이에 데었던지도 모른다. 하긴 그건 무척도 섬약한 짐승이어서, 고정관념으로 하여, 억지로 사미 놈일 것이라고 믿었어야 믿을 수 있을 정도이기는 했다. 어쨌든 정직하게 말한다면, 나는 아마도 그의 엉덩이를 본 뒤, 그를 늙어 볼품없는 중놈으로 쳐, 혼을 내주었거나 뭐 그랬던 것은 아니었을지도 모른다. 글쎄 정직하게 말하면, 내가 앙구찮기 시작하던 것이다. 그때 내 근의 끝 모서리에서는, 뭔지 맑은 것이 이슬처럼 맺혔다가 반 방울의 꿀모양, 보다 진하게 긴 실을 늘이며 떨어져 내리고 있었다.

"시님은 참말이제 쌍넘인개 비라우." 바닥에 이마를 박은 채 흐느끼던 것이 그렇게 푸념하며, 고쳐 앉고 있었다. "음 지랄을 허는갑소이? 사람치고 워처키 고렇거니나 쑤악허게 넘우 홀목을 비틀며, 사람치고 워떻기 고렇게 손질을 헐 수 있으끄라우이? 참말이제 쑤악허요."

그가 뭐라든, 나는 다시 걷기 시작하고 있었다. 이제 정작으로 진저리가 처지는 것이, 뭔가가 내 근을 툽툽하고도 누렇게 휩싸고 굳어, 홈 패어진 데 담긴 호복한 그늘까지도, 그것이 그냥 그늘같이는 보이지가 않고 있는 것이다.

내가 걷는 사이에, 아주 잠시, 흐느끼며 푸념하던 소리가 단절되었었는데, "음지랄 엠병쟁여라우 시님은" 하고 다시 이어졌다. 동시에 가슴팍으로부터 배꼽 언저리까지로, 견딜 수 없이 뜨겁고 예리한 것이 북 긁고 내려가, 내려다보니, 거기두 줄 반이나 되는 긴 선이 그어져, 피를 송송 배어 내놓고 있었다. 오래잖아 그 핏방울들은 그리고 한데 모여서는, 배꼽 아래를 타고 하초 뿌리를 감돌더니, 거무튀튀한 흙바닥으로 방울져 내리는 것이었다. 그 상처는 분명히, 아직 이무기인 채 비수가 채 못 된 손톱들로부터 입은 것 같았다. 그러나 어쨌든 지금쯤엔, 피로해서, 기름을 해서, 반죽을 해서, 쐐기를 해서, 저 서 말 그늘 호복한 데에다 깊이깊이 하나 해서, 옴지랄을 부려도 좋을 때쯤에 온 듯하기는 하다. 그래서 내가, 방울지는 피를 아껴서 철갑을 하고 있자니, 기저귀 떼어낸 길로 장옷만 걸쳤던 중놈이, 또 쏭얼대는 것이었다.

"헌디 워짠다고, 옴지랄을 히어도 고렇게 헌다요이? 글매 제 지집도 아닌 제집헌터 대놓고서나, 글씨 고것이 무신 지랄이끄라우이?"

대체로 그런 이야기였었을 것이다. 한데도 그 얘기의 내

용이 아무래도 내게 전달이 되지 않아, 내가 멍하니 서 있자니, 떠났다던 조수가 갑자기 밀려와 내 목까지 차오르고, 단애 아래 굴 파고 살던 수도자들이, 갈매기 목소리로, 품었던 알이 모진 물살에 깨뜨려진다고 울고 있었다. 끽 끽 끼룩 끼룩 끽…… 가거든 그렇지, 그 광야의 모든 것을 먼저 수락하는 일뿐이겠지, 거무튀튀한 모래펄이며, 정적이며, 고통이며, 슬픔이며, 계집이며…… 계집이며 계집이며—그래서는 내게 미친 병이 솟아나, 저 푸념하는 것에게로 한달음에 내달아, 덮치고 들며 죽이려 했더니 죽지는 않고, 그런 대신 그늘만 엎질러지고, 그런 대신 난 한 비구니의 환속을 보았다. 그 부화는 아름다웠다. 내 목구멍에서는 수갈매기의 끼룩거리는 소리가 나오려고 했다. 저 아름다운 짐승은, 그때는 아무 저항도 푸념도 없이, 장옷을 깔고 달을 정면으로 하고 누워, 속에 밤이 깊은 붕어처럼, 달빛을 머금었다 뱉었다 하며, 배 언저리를 출렁이게 한다. 그럴 때마다, 저 암컷의 깊은 배꼽에도 황록빛의 달이슬이 그득히 채워져 넘치고, 허리의 깊고 둔한 선에서랑, 가슴의 높은 봉우리에서랑, 그렇지만 거웃은 한 올도 보이지 않아 거무튀튀하게 흰 수미산에서랑, 꽃뱀이 그늘 속으로 미끄러져 드느라 스물거린다.

아마도 스물 안팎의 몸매 좋은 이 계집은, 햇빛을 먹고, 달빛을 먹고, 각고의 도 닦이로 모아놓은 수도자들의 아직 덜 굳은 사리를 알 깨뜨려 먹고, 그리고 물이 올라, 전에는 그냥 광야에 던져졌던 한 마리의 구리 뱀이었을 것이 살아나, 팽창스러이 꿈틀거리는, 그것이다.

잠에서는 내가 먼저 깨었다. 우리는 어느 녘엔지 잠들었
던 것이다. 해는, 아침 지나가 버린 지는 이미 오래라는, 늙은
얼굴로 그의 전답을 둘러보고 있었다. 오전인 듯한데도, 공기
는 조금도 신선하게는 느껴지지가 않았고, 기온 또한 그다지
바뀐 것 같지도 않았다. 물론 바람 한 점 없었고, 소리도 역시
없었다. 무균의 정지, 살균적인 정적―내가 잠에서 깨어 살펴
낸 외계의 풍경이란, 그런 혈루병적인 것이었다. 그러나 어쨌
든, 내 전신으로는 피가 홍수 져 흐르고, 이것은 나른하고 허
리 아픈 것이기는 했음에도, 전에 나는 이런 충일을 경험해본
적은 없었다. 물론 아무짝에도 쓸모없을, 약간의 상실감, 약간
의 회오, 약간의 타락감이 없을 수는 없었지만, 그러니 나는
두 번째로, 저 거추장스럽기만 하던 동정을 떼어 내버린 셈인
것이다. 어쨌든 내가, 어머니의 옆구리라도 열고 태어나지 않
은 이상엔 내가 이 세상에 태어났었을 때 벌써, 그 동정은 떼
이고 말았던 것이다. 그 순정을 지키지 못한 것은 어머니께 유
감이지만, 그 순정이란 것은 그런데, 어머니 배 속에서 묻어나
와 굳어진 핏방울이며 양수 같은 것이 여태도 벗겨지지 않은
듯해, 어쩐지 껄끄럽고 가렵기만 하던 그런 것에 불과했었다.
그런데 그 핏방울이 다시 여자에 의해 씻겼으며, 그 양수가 다
시 여자에 의해 닦인 것이다. 그래서 내가, 흰 비둘기와 핏빛
의 사자(獅子)로 더불어 해를 마주하고 서 있음은, 내가 우람
한 사라수(沙羅樹) 같기 때문이다. 아 하지만, 육교하기를 기
피하라, 문에의 유혹을 기피하라, 아 기피하라, 그러지 않으면

오 너 가련한 백성이여, 그대는 장차 캥캥 짖기 위하여, 또는 뜨르르 뜨르르 울기 위하여, 양수 가운데 눈 감겨 담겨 있게 될지도 모른다. 때에 계집도 깨어, 포동포동한 흰 손에 다시 또 사내를 붙들고 있다. 나는 그러나 그 계집이 웃고 있는 건 지 울고 있는 건지, 그 표정을 도대체 읽을 수가 없어, 무엇이 라고 말하거나 움직이기 전에 잠시 멈칫거리지 않을 수가 없 었다. 눈은 고요한 것이라고나 말 되어질 것인지도 모르고, 그 것은 대단히 무균스러웠고, 그 눈으로 올려다보는 것이 하늘 인지 나인지 심지어 그것까지도 분명치 않았고, 입술은 꿈틀 거리지만 웃는지 우는지 그것도 알 수가 없었고, 그것은 그냥 수렁 같은 것이었고, 한번 빠져들면 뼈도 못 추려낼 것이었고, ─아 사막을 항해할 때도 너 호색꾼 수부여, 귀를 밀초로 막 고, 몸을 돛대에 붙들어 맬지어다. 그러나 이것은 헤어질 시각 인 것이다.

그 이별로서 나는 한 번 더, 계집의 위에 몸무게를 부리 고, 아무 언어도 깃들어 있지 않은 그 눈에 입 맞추어, 그 계집 이 몸으로 삼키고 눈으로 뱉어낼, 몇 토막의 내 뼛조각을 거둬 들였다.

그러나 이것은 헤어질 시각인 것이다.

"난 말이지, 이제 떠나려는데 말이지, 허, 허긴 자네가 무 엇 하는 여자인지, 내가 알아야 할 필요는 없겠지러?"

별로 의미도 없이 말하며 나는, 그녀의 구릿빛 몸 위에 장 옷을 입혀주었다. 이 사막의 푸석푸석한 햇볕에도 살은 그을 렸던 모양이었는데, 어젯밤에는 없던 얼굴이 웬지 백일하에 드러나 살펴보니 그 장옷의 얼굴 덮개의 단추가 모두 열려 있었다. 그것은 어쩐지 내게 수치로 여겨졌고, 정절이 있다던 과택이 게걸거리는 사내놈께 몸 바치고 나서야 웃는 웃음처럼만 여겨졌다.

"이봐, 임자가 사는 곳을 알아야 할 까닭도 없겠지만 말야, 행여 이 사막에서 살고 있는 건 아니겠지?"

"나라우 나도 중은 중인디, 똥갈보구만이라우. 우리를 수도부(修道婦)라고 허요이. 저그 저 누런 깃발이 있는 집에서 다른 수도부들하고 살제라우." 계집은, 어젯밤 내가, 일숙박쯤 묵어볼까 했던, 거적으로만 둘러쳐 만든 그 집을 가리켰는데, 그리고 보니 그 지붕에는, 노란 삼각기가 하나 매달려 축 늘어져 있었다.

"허허 이거 참, 그러면 큰일났구먼, 글쎄, 난 글쎄 말이지, 가진 것이라곤 이 치근덕스러운 것 한 ─이밖에는 없는데 말야." 말하며 나는, 대단히 난처해서, 내 근이나 내 손바닥에 열 됫 근 받쳐 들어 보였더니, 그 계집이 킥킥거리고 웃는다. 그것은 어젯밤 처음 만났을 때 들었던 그 웃음소리였다. "없는데 말야, 줄 것이 없는데 말야……"

"존자 시님은 부잔개로 많이 줘라우. 그래도 다른 시님들은 워쩌다 한 번썩배끼는 안 줘라우. 저그 사는 시님은, 모도 그 시님을 촛불 시님이라고 허는디." 계집은, 저 완만한 언덕의 그중 동편 쪽을 가리켰는데, 지난밤에 그녀가 거기서 나왔을 것으로 추측되었다. "우리는 애편(아편)쟁이라고도 허지라우, 워째다 보면 애편을 피운개라우, 지얼(제일) 신용이 좋다고 형만이요, 늘 달걀 한 개하고라우, 미숫가루 한 봉대기썩 줍만이요. 엊저녁 받은 건 아매 여그 있을 것이구만이라우."

그러며 계집은, 장옷에 해단 주머니에 손을 넣어보더니, 처음에 얼굴을 찡그리고 다음으로 햌끔 웃는 것이었다. 그녀의 손에는, 깨뜨려진 계란이 껍질째 반죽된 것이 쥐어져 나왔다. 그것은 어젯밤 난리에 깨뜨려졌음에 틀림없었다. "참말이제, 저 촛불 시님네 큰 궤짝 속에는 없는 것 없당만이라우. 비상끄장도 있당개요. 그래 각고 팔고 사는디요, 우리들 머리 타래끄장도 산다먼 머 말 다 히었겄소. 아이고, 내 머리가 요거 후딱 좀 질어나먼 좋을 것인디. 먼젓번에 끊거 줬일 때는 나도 비상을 쬐꼼 사놨구만이라우. 동무들 모도 삼선, 살기 싫으면 죽을라고 그런다요이. 그러길래 나도 한번 사본 것인디, 죽기는 헌디 백택 없이 왜 죽어라우이? 내 동무들은 머리 끊기를 참 싫어해라우. 두 뺌이나 세 뺌썩 진 걸 열 번 끊거 줘도 제우 분 한 곽 산다요. 나는 그란디 돌라먼 머시던지 줘라우. 참 우숴라우. 요 머리가 인제 모가지 밑에끄장 처졌은개, 다음 장날은 끊거 주고, 비단옷 한 벌 살랑만이라우. 필쎄부팀 부탁해놨더랑개요. 모주(母主)도 글씨 허락허드란디요." 계집은 길게도 말하고 있었다. 그럴 때 그녀의 눈은 더욱더 흐려 있어서, 어쩐지 그녀는, 이 세상을 살고 있는 것이 아니라 꿈꾸고 있는 것처럼 여겨졌다.

"그럼 여기서 장도 스는 게군이?"

"읍내서 짐수레가 오는 날을 장이라고 히어요. 한 달에 두 번 와라우. 고랄 때 핀지(편지)도 오고라우. 본절에서 돈도 온대라우. 소석(소식) 보내고, 나놔주고, 장 봐오고, 그런 일 말짱 촛불 시님이 허제요. 고 시님은 그라장개 모른 것 없어라우. 물어볼 말이 있어도 고 시님헌티 가고라우, 아파도 가고라우, 편지를 읽어돌라고도 가제라우."

"헌데 나는, 달걀도 미숫가루도 없으니 이거, 처음부터 영 신용이 없게 됐군. 그래서 아예, 이렇게 벌거벗은 돌중 나부렁인 사궐 일이 아닌 걸 그랬어."

이제 헤어질 시각인 것이었다.

"시님 첨 볼 때부텀 아무 까닭도 없는 것 걸음선도 반갑운개 요상허제요이." 그녀는 말하며, 드디어 일어섰다. 그리고 장옷 자락에 묻은 흙먼지며 모래를 털며 이었다. "첨엔 무서워라우. 그라고 난개 우쉬라우, 본개 옷도 없는디 참 불쌍해라우. 그란디 혼차 조쪽으로 걸어간개 고얀시리 섭섭히어라우. 맞다 본개 서럽움선도 끔째기 정이 들어라우. 고것 안 요상허요이? 웬수 겉을 것인디, 안 그려라우. 고것 안 요상허요이?" 그리곤 손을 뻗쳐 내 가슴팍 할퀴어진 곳을 쓸어본다. "그란디 요것 본개 내 쇡이 짜안허요. 시님 옷도 없어 불쌍헌디."

"헤헤, 그것은 임자가 짠해할 일이 아니겠구만. 아 그리고 옷 말이지? 헤헤 것두 말야, 우리 늙은네 말이, 내 이 세상 왔을 때, 뭐 먹을 것 입을 것 때문에 왔던 건 아니라구 했댔거든. 그래 내 한번 벗어부쳐 본 것이지. 뭐 불쌍해야 할 뜻은 없다구." 그러며 나는, 가슴을 한번 쭉 펴 보여주려다 실소하고 말았다. 살이 늘여지자, 피가 굳었던 데가 갈라 터지며, 피가 다시 송송 맺혀 나오는 것이었다. 그런 피는 계속해서 흘러나왔을 터였는데, 그래서 저 계집의 앞가슴도 그 피에 붉었던 것이다.

"허면, 아 그렇지, 인연이 닿으면 또 만나게 되겠지. 어차피 나도 여기로 살러 왔댔으니 말이지. 우리 서로 이웃이 되었군. 헌데 임자네 보다시피, 내가 이거, 꼴이 꼴이 아니군. 아무데라도 가서 좀 씻어낼 만한 샘이나 뭐 도랑 같은 게 없을까 몰라? 이런 뻘건 대낮에, 마을의 저 중앙통으로 간달 수도 없고 말야."

그러자 그 계집이 킥킥거리고 웃곤, "본개로 참말로 쌍씨러라우. 그란디 보이제요, 조쪽에 말이라우"하며, 손가락을 펴, 촛불중네 토굴 쪽으로 아주 멀리를 모호하게 가리켜 보였다. "조쪽에 가만이라우, 솔나무 다섯 그루가 서 있는 디가 있는디라우, 고 밑에 시암이 있어라우." 그래 눈 닦고 다시 보니, 아닌 게 아니라 거기 어디 모호한 데쯤에, 무슨 거무튀튀한 안개 같은 것이 한 솔방울 크기로 감돌고 있어서, 하긴 솔잎들 뿜어 올린 남기인 듯도 싶었다. "헌디 고 시암은이라우, 모도 존자라고 불르는 시님의 시암이란디라우, 고 시님은 워디 큰 절서도 지얼 높은 냥반이란당만이요. 동무들 허는 이약 들어보면, 고 시암 있다는 디다 절깐을 세울라고도 헌다요. 그란디 다른 워떤 시님은 무신 바우 밑에다 절깐을 세울란다고 허요이. 고 바우는 조쪽 워디 멀리 있단디." 계집은 무변스런 남녘 사막 가운데를 가리키고 있었다. "그래 각고 고 두 시님들이 만내면, 소맹이 싸운당개, 참 우숴라우." 계집은 그러고 킥킥 웃었다.

"허긴 나도, 존자라는 스님께 인사라도 올렸음 싶다구."

계집에게 합장해 보이고, 그리고 나는 샘이 있다는 곳으로 머리 둘러 떠나려 했는데, 계집이 내 팔꿈치를 잡는 것이었다. 그리고, "시님, 배고프제라우? 배까죽 봉개로 홀쪽하니 붙었어라우"하고 말하고, 깨진 계란이 그 봉지에 칠갑 된 데다 눌려져 한 모서리에 구멍이 난, 미숫가루 한 봉지를 내 앞에다 내밀어 보인다. "요거 묵어 봬겨라우. 물에 타서 묵으면 요구(요기)는 되어라우."

"허, 허긴 그래도 말이지, 그래도 난 말야, 구, 굶고도 어떻게 버텨낼지를, 그래, 임자네 눈물만큼은 알고 있단 말이거든. 목마른 것을 어떻게, 물론 당분간이지만, 이겨내는지, 그, 그것도 병아리 눈물만큼은 알고 있단 말야." 허나 그래서 느껴지기론, 목이 타고, 빈창자가 쓰려 오르고 있었다. "자 그럼, 안, 안렝히, 성불하라구."

"히어도 시님들은 목탁 침선 얻으로 댕기잖애라우?" 그녀의 눈에, 입술에, 이상스레 말이며 표정이 고이고 들기를 시작했는데, 그것은 눈물이었고, 짓무른 슬픔이었다.

"보구려, 허지만 우리들은 같은 돌중 아니냐구? 임자네도 먹어야 살지, 안 그래?"

"나는 집에 없는 것 없어라우. 꿀도 반 뼝이나 있는디라우, 요것 각고 가바야 배고파 묵던 안 허고라우, 심심허먼 기양 주념버리(군것질)나 허고 말지라우."

나는 받았다.

"그래, 나는 배가 고프다."

그리고 나는 길 떠났다.

"계 하나 받은 적 없이 돌팔이로 굴러다니지만 말이지, 그래도 바구(比丘)란, 이보게여." 나는 혼자 씨불으며 부지런히 걸었다. "자네도 말했다시피, 걸사(乞士)라고도 허느니. 무근(無饉)이라고도 허는 게여. 계집이여, 허긴 왓대로 하여 내게 굶주림이 없겠도다." 미숫가루를 입에 털어 넣으면서는, "그래

서 저 늙은네가 내게 이름을 내리길 걸사라고 하지 않았겠는
가"하고, 조금 목메어 웃어보았다. 어쨌든, 그 목메는 미숫가
루가, 대개 한 홉쯤의 양이어서, 배는 불렸다.

　샘은 생각한 것보다 훨씬 멀리에 있었다. 마을에 있어 보
았다고 한들 뭐 할 일도 없어서, 빈들빈들 돌아다니다, 결국
이만쯤 걸어와 보는 일이라도 했겠지만, 그럼에도 한 번의 목
욕을 위해서, 이렇게나 동떨어진 데까지 품을 냈던 것이 옳았
을까 하는 의문까지도 드는 것이었다. 시간이 너무 많이 남아
서, 여기저기 둘러보며 시간을 보내는 일과, 별로 대단치도 않
은 하나의 목적을 위해서 품을 내는 일은, 분명히 다른 듯했
다. 그래서 나는, 마음을 바꾸어서, 내가 샘을 찾아가고 있는
것은, 목욕을 위해서가 아니라, 어떻게든 하루를 움직이며 보
내기 위해서라고 생각하기 시작했다. 설핀 잠을 보충하기 위
해서라도, 그리고 버릇된 가부좌로 그냥 멍하니 앉아 있기 위
해서라도, 어쨌든 내게도 한 멍석 넓이의 그늘은 필요한데, 이
개펄에서라면 저 수도부네 집 그늘 밑이 아니면, 바로 저 소나
무 다섯 그루의 숲밖에는 없을 것이었다.

　그러나저러나, 해가 정오에 오려면 아직도 한 서너 식경
이나 기다려야 될 즈음에, 걸은 시간으로도 한 서너 식경이
나 되었을까, 나는 예의 그 샘에 닿았다. 들은 대로, 소나무 다
섯 그루가 서 있고, 그 밑엔 반석이 있었으며, 그 완만히 경사
진 반석 아래쪽에, 한 멍석 넓이쯤의 얕은 샘이 있었다. 들어
가 앉는다면 그 물 높이가 아마 젖꼭지쯤에나 닿을 것이었다.
그 샘은, 물론, 얼레빗 그중 가장자리 큰 살, 그 별로 실하지도
못한 청룡맥 휘어져 내려온 그 아래쪽 옴팡한 데 괴어 있었고,

그 청룡맥 너머에는, 읍으로 이어진 것과 같은, 그저 그렇고 그런 들이, 그 저쪽 검푸른 산이 높아 더 못 넘어가고, 나무 한 그루 없이, 누르끄름히 펼쳐져 있다. 버석거리는 풀, 검은 가시덤불, 털 검은 들개 앓고 누운 듯한 바윗돌 몇 개, 소리는 하나도 없고, 썩는 듯한 햇볕—그러나 다섯 그루의 소나무와 하나의 샘은, 하나의 보살다운 위안으로서 내게 여겨졌는데, 그렇기라도 하기에 수도자들은 유리로도 오는 것일 것이었다. 그것을 찾아서 그런데, 두 사람의 수도자가 먼저 와서 자리를 차지하고 있었고, 의외의 그들은 나를 조금 당황하게 했다. 물론 존자라는 스님에 관해 들은 이야기는 있지만, 그러나 그가 실제로 현재, 이 유리에 와 머물고 있으리라고는 생각하지 못하고 있었던 것이다.

그렇든 어떻든, 내게 일종의 외경감과 당혹을 자아내는 사내는, 종돈 중의 종돈보다도 뚱뚱했는데, 비계로 허여니 큰 배를 두 평은 펴 늘이고 하늘을 향해 누워서, 누워서도 그는 숨을 헐헐하고 있었다. 그리고 분명히 거기쯤에 하초가 있었음 직한 데를 한 닢의 수건으로 덮어놓고 있는 것이 전부였고, 장삼과 속옷은 베고 있었다. 눈은 반쯤 감고, 그런 대신 무엇을 반복하고 반복하여 웅얼거리고 있어서 들어보니, 그것은 무슨 사행(四行) 시구거나, 게송 같은 것이었다.

> [4]몸이 보리수이니
> 마음은 밝은 거울 틀과 같네,
> 때때로 부지런히 털고 닦아서
> 먼지며 티끌 못 앉게 하세

그리고 그는 마흔다섯 안팎으로 보였다. 헌데 저 비만스런 사내의 옆에, 숯물 들인 바지만 어중간하게 입고, 항마좌로, 저 와선승(臥禪僧)의 웅얼거림에 일심으로 귀 기울이며, 그 곡조에 맞춰 백팔염주를 굴리고 있는 중은 왼쪽 눈이 멀었는데, 진갑도 몇 해 전에 지냈을 법했고, 노란 수염 몇 가닥에, 깡말랐고, 굽은 등에 탁한 갈색 피부였고, 하나뿐인 눈을 거의 병적으로 굴려대고 있었다. 하나는 포만과 비만에 누렇게 뜨고 하나는 가난과 빈핍에 꺼멓게 쪼들려져 보였다. 비만의 사내는 역시 그런 비만스런 미소를 내게 보냈고, 가난스런 사내는 미소까지도 장리 내와야 되려는지, 찡그린 얼굴로 나를 경계하며 쏘아본다. 그제 이르러서야 깨달아보니, 나는 아직 그들께 인사를 올리지 않고 어중간히 서 있기나 했던 것이다.

"소승 문안 올립니다." 나는 드디어 합장해 보이고, "소승은 여기에 초행이라, 모든 게 서툴고 낯설으니, 모쪼록 대사들께서는 지도와 충고를 아끼지 마십지요" 하고 겸손도 해 보였다.

"어서 오시오." 와선승이 와선인 채로 느리게 대꾸하고 있었다. "만나는 게 반갑고, 헤어지는 게 섭섭하다는 것은, 저쪽 세속의 심정이겠으나 아무튼 저렇게 소탈스런 스님을, 평생가다 이렇게 한번 만나게 되니, 반갑구료. 속업(俗業) 다 여읜 그런 몸으로 보이거든." 그는 그러며 껄껄거려 웃고, 외눈 중을 건너다본다. 그러자 그 외눈 중도 아픈 듯이 웃으며, 병적으로 눈을 굴린다. 와선승은 아마도, 벗은 몸으로 내가, 서서 걷는 오랑캐나처럼 나타난 것에 대해, 법심으로 발하는 한 해학을 생각해냈던 모양이었고, 외눈 중은 그 법심을 이해하고 있었을 것이었다.

"헤헤, 헤, 허나 소승은 아둔한지라, 대사의 설법을 이해하려면, 족히 사나흘은 걸려서 생각해보아야 할 듯합니다."

"존자께옵서는" 염주는 계속 열심히 굴리며, 이번에는 외눈 중이 참견하고 들었는데, '존자'란 저 와선승을 가리켜 하는 말이었다. "아마 젊은 스님께서도 그 소문을 좇아온 듯하지만, 무상 대도를 약관에 각하시고, 천의 제자를 거느리신 한 분의 생불(生佛)이신데, 그래서 젊은 스님께서도, 존자의 연족(蓮足)에 입맞춤하심이 법도일 것이오."

나는 그래서 잠깐 생각해보고, 얼른 무릎을 꿇어 엎드려, 저 와선승의 발등에 입술을 댔다. "존자이신 줄 몰라뵈온 한 학승(學僧)의 무례를 용서하십소서. 하옵고 존자께옵서는 법륜 굴리기를 두루 널리 하시사, 심지어 수도부들의 입술에도 회자되는 바여서, 견문 좁은 이 학승까지도 들어 마음으로 존경하고 지내기 서너 식경이나 되고 있사온데, 그리하여 사모하기를 금할 수 없던 차에, 우연한 기회로 이렇게 생불전에 부복할 수 있음에는, 필시 큰 인연이 있었던 것으로 아오니, 존자의 혜안으로, 번뇌를 못 여의어 배회하는 한 학승의 번뇌의 근원을 살펴주시옵고, 그 뿌리가 뽑힐 한 큰 설법을 베풀어주시온다면, 이 학승의 일생일대의 은혜이겠나이다." 나는 그리고 일어나 가부좌를 꾸미고 앉아, 내가 입 맞춘 그의 발등을 건너다보았다. 내 입술에 느껴졌기로, 그것은 아른히 부드러운 데다 또 뜨뜻해서, 사내의 발치고는 너무도 우아했고, 육미(肉味)스러워 소주 생각이 난다는 것만 빼놓으면, 허긴 연꽃

중에서도 희게 피어올라온 것 같기도 했다. 그것은 발가락 같은 꽃 이파리를 열 개나 피우고 있다가, 내가 입 맞추었을 때 물여울이 스적였을거나, 꼬무락거려댔었다. 그것은 내게 재미가 났었다.

"스님께서도 더러 염불을 하셨더면." 이번에 또 외눈 중이 나섰다.

"이 인연이 모두 그 염불력, 그 경독과가 아니겠소?"

"허허, 허나 인연이란, 그것이 선업에 의한 것이든 악업에 의한 것이든 그 먼저 끊어져야 마땅한 족쇄이거늘." 와선 존자께서 책하며, 그제서야 비로소, 저 무섭도록 장엄한 몸을 일으켜 앉았는데, 그러자 그의 오장육부가 한바탕 눈사태처럼 으르렁거리고 깔아 내리니, 그의 하초가 그 눈사태 우거진 아래로 묻혀 들어버린다. 그것은 그렇게도 볼품이 없었는 데다, 어렸을 때 지렁이에게라도 한 번쯤 물렸더라면 좋았었을 것을, 심지어 그런 인연까지도 끊겼던지, 아직도 세상을 좀 덜 내어다보고 있었다. 헌데 그의 두상에도 머리털이라곤 뒤통수 쪽에 뒤 그루 돋아나 있었을 뿐이어서, 기름진 초로(初老)들의 풍미려니 했었더니만, 뱃가죽 아랫녘 또한 쇠비름 한 포기 자랄 수도 없이 가꾸어져 있어서, 나는 그것이 풍미 탓이 아니라, 게송 탓으로 견성(見性)한 돼지나 아닌가 했다. 때때로 부지런히 털고 닦아서, 먼지며 티끌 거기 못 앉게 하세.

"글쎄, 인연이 끊긴 자리가 아니면 어떻게 불을 만날 수 있겠소." 존자는 그렇게 이으며, 수건을 불두덩 위에 덮고 있었다. 그러나 비만의 탓으로인지 연화좌(蓮花坐)를 꾸미려 하지는 않고, 두 다리를 내 쪽으로 쭉 뻗고 있어서, 저 연족의 두

바닥이, 내 눈 아래 반 척 거리 되는 데에 짜란히 피어 있었다. "물론 불(佛)이란, 우주 만유의 본원이며, 제불 제성의 심인(心印)이며, 일체중생의 본성이며, 대소유무에 분별이 없는 자리며." 그는 숨이 가빠 헐헐하면서도, 느리지만 정확한 발음으로 이어나가고 있었는데, 햇볕이 갑자기 뜨거워졌기라도 했는지, 전신으로 그는 맹물 같은 땀을 펄펄 흘려내기 시작했다. 허기는 그의 불(佛)은 어째도 외눈 중의 것보다는 장대할 것이 확실할 것이, 큰 불은 큰 부대에, 작은 불은 작은 부대에, 새 불은 새 부대에, 헌 불은 헌 부대에 담아야 옳을 터이기 때문이다. 그리고 불이란 숨이 가쁘도록 무거운 짐이어서 석 섬 땀에 젖게 할 것일 것이었다. "언어 명상(名相)이 돈공한 자리로서."

그러나 그는 그만쯤에서, 웬 지랄하겠다고 얼굴을 일그러 뜨리며, 웃느라고 아파서 더 이어내지를 못하고 있었다. 보니, 그의 연족의 연이 파리들이 시들거리고 있었다.

"지금 젊은 스님께서는 대체 무슨 짓을 하고 계시오?" 외눈 중이 나를 질책하느라고 그렇게 나서고 있었다.

"아. 소, 소승 말씀이시오니까? 헤, 에헤헤, 소승은 고사(古事)한 가지를 생각하고, 에헤헤, 소승의 마음의 어두운 눈, 어두운 귀라도 좀 틔울 수 없을까, 그래 대개 저 연 망울이 틔기를 시도하고 있던 중입지요."

"그것은 무슨 쓸데없는 재담이시오? 이름도 없는 젊은 중이, 어찌 감히 외람되게도 존자와 더불어 희롱할 수 있다고 생각하시오?"

그러고 보니 내가, 손가락을 하나 뻗쳐내, 존자의 연족 바닥을 슬슬 긁고 있었던 모양이었다.

"대사께서는 어찌 그리도 외람된 말씀을 하실 수 있다는 말씀이오니까? 어찌 감히, 이런 천승(賤僧) 나부렁이가 고명 존대한 존자와 더불어 희롱할 수 있겠나이까? 입술에 올리기에도 무서운 말씀이시외다. 존자는 가히, 이 풍진세상 고해의 인당수에 청정히 좌정한 한 연이 아니니까?"

"헥, 거 무례한 젊은이로고!"

그러나 나는 그때, 저 존자의 귓바퀴에 입술을 대고 속삭여주고 있었다.

"존자께서는 가히 무상정등정각(無上正等正覺)을 성취하셨나이다. 여래 설하신바 법까지도 다 가히 취할 것도 아니며, 가히 설할 것도 아니며, 법도 아니며, 법 아님도 아니라 하오나" 나는 그러고 일어나 서서 샘으로 내려가려 하며, 이번에는 떠들어주었다. "존자 설하시는 법은 가히 취할 만하며, 가히 설할 만한 법이니다." 그리고 이번엔 외눈 중을 향해, "이 돌중으로 말씀 올리면, 비록 계집 같은 쉬운 물건을 두고라도 그 혈을 짚어야겠다고 하다 보면, 계집의 발가락 새에나 귓바퀴에다 지랄을 떨고 하는 터에, 하물며 오묘한 무상대도에 이르러서야 무슨 말씀을 더 드릴 수 있겠나요?" 하고, 눈 하나를 찡긋해 보여준 뒤, 샘으로 내려갔다.

"대체 스님께서는 무엇을 하러 법수(法水)로 내려가는 것이오?" 외눈 중이 내 뒤에서 묻고 있었다.

"아 이것을 법수라고 하시니까?" 나는 어중간하게 돌아서서 그들을 올려다보며 물었다.

"그렇소. 불수(佛水)라고도 하고, 정화수라고도 하는데, 그것은 존자님의 지혜이어서, 아무나 흩트릴 수 없는 것이오.

더욱이 언사나 행동이 방정치 못한 속물께는 더욱 금하지 않으면 안 되겠소."

"아하, 그렇군입쇼. 참으로 이 모르고 저지르려 했던 과오를 용서하십소서. 하오나, 팔만 유정 무정이 다 불성을 갖고 있다고 하지만, 다만 한 유정 개에 이르러서는 불성이 없다는 이치를 설명해주실 수 있겠습니까?"

"그것은 또 무슨 쓸데없는 재담이시오?"

"색 탐하기를 주린 듯이 하다 보면 개로 태어난다는 말을 들어 아실 터인데, 그래서 개란 호색한의 비유가 아니겠나요? 이 돌중으로 말씀드리면, 지난밤 계집과 더불어 지내느라고, 타액이며, 땀이며, 피며, 정액 냄새로 하여 개 냄새를 풍기거늘, 그 한 마리의 개가 불수에 목욕하고 싶어 함은, 그 불수를 더럽히자는 의미는 아닌 것인바, 없는 것으로 하여 있는 것이 흩트려질 수는 없는 것이 아니겠나요? 오직 한 유정 개가 없었다면, 불성이란 정의키 어려울 것이나, 오직 하나 개에 의하여 불성이 정의되거늘, 불성 없는 한 마리 개가 불수에 멱감는다는 일은, 저 불수를 오염키는커녕 정화하는 의미가 아니겠소? 대사는 그러니 모름지기 한 마리 개로 하여금 목욕케 하십소서."

"이 늙은 중은 재담을 좋아하질 않소이다. 십 년래의 법이 그러한데, 누구라도 그 불수에 목욕하고자 하면, 생불 존자의 문하에 먼저 들지 않으면 안 되고, 출가함이 없는 자는, 보시와 시주에 아낌이 없는 마음을 발하지 않으면 안 되는 것이오. 그 법수는, 천의 선남자 선녀자의 공양과 염불로 사들인 것이어서."

"그러하오니까? 알겠습니다. 하오나 비구란 걸사라고 한다 하오니, 그 공양과 염불에서 조금 빌려서 나쁠 게 뭐 있겠나요? 대사께서는 모쪼록, 보시와 시주에 아낌이 없는 마음을 발하십소서."

그와 더불어는, '재담' 꾸미는 일까지도 용이치 않은 것을 나는 알았다. 그래서 그와 재담 재재거리는 짓은 그만두고, 존자라는 생불이 어떤 얼굴로 있는가를 보았더니, 그는 속세적 아귀다툼과는 인연 없는 자리에 머물러 있으며, 저 사행 시구를 웅얼거리고나 있었다.

身是菩提樹 心如明鏡臺
時時勤拂拭 勿使惹塵埃

"아 존자여, 색(色)이 공(空)과 다르지 않으며, 공이 색과 다르지 않거늘, 색이 즉 공이고, 공이 즉 색인 것을……" 나는 투덜대면서도 어쨌든, 샘 전에 엎드려 목을 빼 늘여서는, 똥구멍으로 흘러나올 때까지 불수를 들이켜고, 계속해서 투덜댔다. "……그렇다면 거기 어디 먼지며 티끌 앉을 자리가 있을 것인가? 먼지며 티끌 앉을 자리가 없는 터에, 그러면 무엇을 때때로 부지런히 털고 닦을 것인가? 색이 공과 다르지 않거늘. 헤헤헷, 존자여, 그러므로 그대의 무상대도란, 저 외눈 중의 백팔염주 같은 것이다. 존자여, 그대의 무상대도란, 실에 한 번 꿰어진 뒤, 전대해오는 보리수 백여덟 열매 같은 것이다. 백팔염주를 하루 백여덟 번씩 백팔십 해를 두고 헤아려본다고 하여도, 그 보리수 백여덟 열매 속에 서역정토 잡혀 들지 않는다. 아 백팔번뇌로구나."

　　그러다 나는, 샘에 떠올라 있는, 혹시는 나인 듯도 싶은
한 사내의 얼굴을 해후하고, 씨불대기를 그만두었다. 수염이
며 머리칼이 부수수하게 자란 피로한 얼굴이, 더러운 냉소를
물고, 나를 올려다보고 있는 것이었다. 그 얼굴엔 이상스런 슬
픔이며, 외로움 같은 것이 개기름처럼 끼어 있어 추악했으나,
그래도 내게는 반갑고, 또 정다웠다. 아집일 터여라, 아집일 터
여라, 만약에 얼굴이 없다면, 슬픔이며 외로움 떠오를 자리가
어디 있겠는가. 그것은 참으로, 허긴 홀홀단신으로 헤매는 얼
굴이었을라.

　　해는 내 등 뒤에서 빛나며, 그 빛을 황토처럼 이겨 넣고
있었다. 그래서 샘의 표면은 구리거울처럼 번쩍였는데, 존자
의 게송처럼, 거기에서는 아무것도 감추어지는 것이 없어 보
였다. 그것은 현상을 있는 그대로 반영해서, 오관을 갖춘 하
나의 몸이라고 해야 할 것인지도 몰랐다. 글쎄 몸이란—그것
이 존자의 게송에 나타난 마음과 어떻게 같은 것인지는 모르
되—거울 같은 것이어서, 현상을 있는 그대로 반영하는 그 총
화처럼도 여겨진다. 그러나 이런 것은 꺼풀에 관한 것이고, 그
한 꺼풀을 열고 아래로 조금만 내려가 본다면, 그것은 아무것
도 반영하지 않으며, 빛까지도 오히려 닿지를 못하고 굴절되
어버리는 것이어서, 정밀이 정밀이 아닌 정밀로서 정밀스럽
고, 암흑이 암흑이 아닌 암흑으로서 암흑하며, 혼돈이 혼돈이
아닌 혼돈으로서 혼돈스러운데, 그것은 밤은 아닌, 그러나 밤
이라고 해야 될 것을, 아주 넓고 깊게 내품하고 있다. 한 겹 살
갗 밑에는, 그리고 한 꺼풀 수면 아래엔—그래 허기는 나는 언

제나, 하천이며 강이나 바닷가로 통한 길을 걸을 때면, 왠지 이상스러운 고달픔, 이상스러운 정념으로 하여, 그것들 속에 안겨지기를 바라는데, 그래서 어떤 밤의 물가에서는, 그 둔덕에 서서 때로 수음도 해보았다. 그리곤 그 수면 위로 떨어지는 물방울 소리가 채 울려오기도 전에 도망도 쳤었고, 때로는 입었던 옷을 모두 벗어젖히고, 그 흐름들이 나를 보아주기를 바라기도 했었다. 그럴 때는 내 전신이 하나의 남근으로 변해진 듯이 믿기어지고, 그 근을 달고 있었던 나는, 그 근 크기만하게 왜소해져, 저 근의 아래쪽에 치근덕스러이 매달려 있는 듯이도 느낀다. 자아가 왜소해지고, 어떤 의지가 본능의 형태로 확대된다. 정직하게 말하면, 나는 투신해버리고 싶은 것이다. 그저 한 번 열정으로 죽어버리고 싶은 것이다. ……유리에서는 그러나 습기를 그리워하기 시작하면 병이다. ……그러나 무슨 일이 일어났던가, 저 밝은 거울 같던 수면이 일시에 깨뜨려지고, 풍랑이 있었던가, 내가 난파되어 흐트러져버리고, 지진이 있었던가. 일시에 파열되어진 저 고요함의 가운데에, 육시럴허게, 오백 근도 삼 년 전쯤 이야기였을 비계 한 봉우리가 빙산처럼 솟아올라 있고, 그것은 물개 가죽보다 기름진 피부였고, 그래서 물까지도 그 몸에는 부착하지를 못하고 있었고, 수은 방울모양 굴러 내리고 있었고, 희디흰 살이었고, 부푼 살이었고, 가는 거머리 새끼모양 털은 흰 대가리에 두엇 오그라져 붙어 있었고, 비계를 빨아먹고 있었고, 글쎄 내가 보니 내가 어느덧 존자의 몸을 빌려 거기 쳐들어가 앉아 있었고, 나는 분노할 수가 없었고, 밤드리노니다가드러사자리보곤가르리네히어라, 일종의 더러움으로 느껴지는 그런 방식에 의해서 저 샘의 정절이 깨뜨려져 버린 것을 아주 즐기고 있었고, 나는 흥분하고 있었다. 하기는 그러나 그것도, 하나의 수도이기는 할 것이었다.

글쎄 저 존자는, 저 샘의 한가운데 무섭도록 더럽게 앉아서는, 저 오장육부가 한바탕 탁 우거진 배때기 아래의 흰 혹 하나를 잡아, 그 껍질을 억지로 벗겨, 그 연하게 붉은 부분에 희게 쌓였던 먼지며 티끌을 털고 닦느라고, 고개를 억지로 숙여, 제 놈의 서너 주름 굵은 턱으로, 제 놈의 두터운 가슴을 윽박지르며 물 아래를 내려다보느라고 숨을 씩씩여대고 있었다. 하기는 어느 쪽이 그의 자아였을지는 확연치 않다. 글쎄 말이기는 하지, 때때로 부지런히 씻어낸다면, 거기 곰이 끼지는 못할 것이지, 우리들의 몸이 보리수라면, 우리들의 마음은 밝은 거울일 것이거든. 불수에 그리하여 그대가 그 더러움을 씻어내는 행위는 마땅히 옳기도 하겠도다.

존자는 그 노래를 부르며, 그 도 닦기 시작한 후 내내 행구고 있었으니 그제쯤은 속진을 다 뜯기고 명경처럼 맑아 있을 그 못난 혹 하나를, 그러나 여전히 씻어내고 있다. 아 허지만 이르기로 비구란 근사남(勤事男)이라고도 하거든, 게으를 틈이 없는 것이지.

그러는 중에 내가 들어보니, 그의 게송이 가빠지는데, 그 혹 가운데로부터 흰 불 같은 것이 연기처럼 솟구쳐 올라오고 있었고, 때에 존자의 얼굴이 또한 흐려졌다가 이내 생불스러이 돌아왔다. 그런 뒤 그는 나를 건너다보고 있어서, 나도 반쯤은 생불이 된 채 웃어 보이며, "일러서 비구를 포마(怖魔)라고도 파악(破惡)이라고도 하거늘, 존자여 당신은 마음속의 마구니를 겁내게 하여 쳐부쉈으니, 시원하시겠소이다. 헌데 한 마디만 강설하소서. 어떤 이가 있어 톱을 들어 저 보리수 한 대를 썰어 내버린다면, 그것은 보리심을 발한 것이니까 아니니까?" 하고 묻고 대답을 기다렸으나 없어서, 보니, 그는 반쯤 감은 눈으로 여전히 생불처럼 웃으며, 뒤로 비스듬히 자빠지느라고 애쓰는 중이었다. 그러자 해 아래에서, 그의 이마며, 얼굴이며, 가슴팍이, 거울처럼 뻔쩍였다. 한 톨의 먼지도 얹혀 있지 않은 맑음이었다. 그의 정수리는 게다가 모든 맑음의 곬이었다. "존자여, 부디 한마디만 더 강설하소서. 만약에 어떤 법심을 발한 이가, 망치로나 또는 모난 돌과 같은 무슨 그런 것을 들어, 그 맑은 거울의 그 곬에 힘껏 던져 넣는다면, 그것은 보살행이겠나이까 아니겠나이까?"

그러하여 이번엔 내가, 그의 곡조를 빌려, 그의 시형으로 노래해 주었다.

> [5]보리에 본디 나무가 없고
> 밝은 거울 또한 틀이 아닌데,
> 본래 한 물건도 없는 터에
> 어디에 먼지며 티끌 앉을까.
>
> 고로 보리심은 발할 일이겠도다.
> 보리심은 고로 발할 일이겠도다.
> 그것이 보살행이 아니겠는가.

본래로 한 물건도 없이, 모든 것이 비어진 때로부터, 곱낄 자리 글쎄 어디이겠는가?

　　그리고 내게 보인 것은, 그 좁은 샘 가운데로부터, 천년을 채운 이무기가 등천을 한 것이었거나, 아니면 무슨 물퉤지 같은 한 물기둥이 뻗치고 올라왔던가, 어둠이 날을 가려, 세상이 일순 암흑해져 버린 그런 것이었다. 후. 후훗. 하기는 모든 보살행에는 '第九時'가 끼어들고, 그래서 그 제9시를 통해 악업들의 죽음이 대신 되어지는 것이다.

　　허나 그것으로 끝났다. 해 아래, 모든 것이 조용해져 버렸다. 저 존자라는 사내는, 그 밑의 송사리라도 들여다보는 투로, 제 놈의 잠지라도 보는 중이었지만, 이마를 물속에 처박고, 저 기름진 등덜미로부터 웅장한 엉덩이까지를, 아주 희고 맑게, 하늘 아래 드러내 놓고 있는 중이었다. 그것은 보기에 좋고, 풍미가 있는 듯해, 독한 소주에의 갈증을 일으켰다. 사미 녀석이라도 하나 있었으면, 이럴 때론, 뒤 말 들이 오지병이나 하나 들려 주막에나 보냈었을 것인데, 헌데도 저 기름진 아름다움은 그가 아까 까뒤집고, 씻어내기도 하고 뿜어내기도 했던, 저 흰 곱들이 누룩처럼 떠올라온 그것이었을 것이다. 그 곱들 끼일 자리가 이제 어디이겠는가? 고로 법심은 발할 일이었던 것이다. 존자여, 그대의 몸은 몸이라도 이젠 몸이 아닌 것이다. 그것을 일러 색과 공이 다르지 않다고 하는 것이다.

　　그러나 정작으로, 내 몸은 그것이 몸인 채 여태도 몸이어서, 무겁고 거추장스러우며, 손가락 하나 움직이려는 데에도 힘이 쓰이고 마음이 쓰였다. 그래서는 글쎄 한바탕 줄행랑을 쳤으면 싶은데도 도대체 그렇게 되지가 않는다. 마음으로는 바라고, 몸으로는 굳어 있다. 마음과 몸 사이에 아마도 치매가 끼어들고, 그것은 역작용을 일으킨다. 한바탕 웃어봤으면이나 싶으면서도, 육실하게 이만 갈리고 부딪는다. 이것은 어떻게 된 일인가? 그런데도 여전히 내게 보이기로는, 가부좌 몇십 년에 어죽어진 다리로, 존자의 애꾸눈이 문하생은 마을 쪽을 향해 부지런히도 달리고 있는 중이었다. 나는 어찌 되었든, 그에게서 한 강설쯤 베풀어줌을 바라든지, 아니면, 내게는 이미 세 치 길이로는 도저히 생각되지 않는, 그의 혀를 동강이를 내버리든지, 무슨 수를 쓰기는 해야 되는 처지에 있는 것인데. 글쎄 그에게도, 진실함으로 발휘된 불심의 출처를 일러주어야 되는 것이다. 하지만 솔직하게 말하자, 나는 그의 혀에 탐심을 내고 있다는 것을, 하지만 솔직하게 말하자, 나는 또한 그의 마지막 한 눈까지도 욕심내고 있다는 것을, 하지만 솔직하게 말하자, 이상스런 인연으로 해서, 그의 혀는 내게 창끝이 되며, 그의 눈은 내게 족쇄가 된 것이다. 그의 혀가 말을 늘일 때 그것은 나를 묶고 들며, 그의 눈이 빛을 발할 때 내 숨은 곳이 해 아래 드러내진다.

그럼에도 이 중요한 순간에, 마음과 몸이 배리하여, 하나는 동으로 떠나고, 하나는 서녘을 헤맨다. 나는 아마도, 스스로 흘려내는 기름땀에 덮이고, 된똥을 요도로 누고 있는 중인 것이다. 물속에다 대가리를 한 번만 처넣을 수 있다면 내 사지가 유연해질 터인데도, 그것까지도 행할 수가 없다. 해를 올려다보았다, 잠시 망연자실이 따른다. 그때 내게는 아무 공포도 탐심도 없었다. 이런 무서운 순간에 오는 그런 망연자실이란 버렁 떨어진 노릇이었다. 지루했다. 하지만 그 일순의 망연자실을 통해, 갑자기 내 중심이 잡히고, 기가 뜨겁게 모여, 손발을 쇠갈퀴모양 굽어 들이는 것이었다. 뭔지 모를, 어쩌면 그것이 존자에게서 흰 불이 되어 솟구쳐 올랐을 것이, 내게서는 일종의 마력으로 모양을 바꿔 그런 뒤 나를 시위에서 떠나게 하고, 저 늙은 놈의 등이 정통으로 나의 표적이 되었다. 그때에 이르러서 나는 광희로 떨고 있었다. 나는 한 번도 포수를 본 적은 없었지만, 그럼에도 쫓기는 것과 쫓는 것 사이에 끼어드는 숨통이 터질 듯한 이 긴장을 놓고, 내가 지금 포수가 아니라고는 생각되지 않는다. 왜냐하면 나는, 포획물이 아니라, 이 거리, 이 긴장을 즐기고 있는 것이다. 이것은 참으로 시지근한 성교로다. 저 애꾸눈이는 달리면서도, 여우처럼 핼끔핼끔 뒤를 돌아다보며, 노란 수염을 펄럭이고 있는 것이다. 그것은 아름다운 짐승이로구나.

그와 나 사이의 거리는 글쎄 어쩔 수 없이 좁혀지고 있었는데, 그는 늙었던 데다 건각이 못 되었던 것이다. 이래 뵈어도 나는, 늙은 무술꾼들 소견법으로 그저 끄적거려놓았을, 그런 두어 권의 역술서도 읽은 적이 있고, 그래서 적어도 힘의 유동 방향이나, 그것을 좌절시켜 역이용하는 방법도, 하기는 문자나 도해로써 뿐이기는 하지만, 조금은 알고도 있는 것이다. 아 그러니 지금은, 늙은 무술꾼들의 소견법 위에 명상할 때이다. 마을은 아직도 멀리에 있으며, 작은 바윗돌이나 마른 덤불이 군데군데 듬성듬성 있는 것 조금 말고는, 이 무정스런 황지의 어디에고, 그를 숨겨줄 만한 큰 피신처가 갑자기 나타날 듯싶지도 않았다. 지진이라도 우루룽 일어나 우리 둘 사이를 갈라준다면, 아니면 까마귀 떼라도 갸갸갸 날아들어 내 눈을 쪼아 가준다면, 우루룽 갸갸갸, 우루룽 갸 갸, 그러면 거기

저 늙은네의 구원은 있을 것인데. 먹이를 앞둔 나는 독수리인 것만 같았다. 중심으로 잘 집중되어가는 명상은 독수리여라.

종내, 그와 나 사이의 거리는 열 걸음 정도로 좁혀들었다. 흥분 탓에 내 염통은 터져나가고 있었다. 그런데 그 순간, 이 적절히 유지되던 긴장과 거리 사이에, 갑작스런 와해가 끼어들고 말았다. 도망치던 그가, 갑자기 속력을 줄이고 서버리더니, 몸을 수그렸다 일어섬과 동시에, 나를 정면으로 하고 공세를 취해버린 것이다. 보니 그는, 손에 모난 돌멩이를 하나 쥐고 있었다. 그것은 나를 매우 어리둥절하게 하고, 그래서는 쇠갈퀴 같던 손발 가락에 문둥병을 일으켜 오소속 떨어져 내리게 했다. 질서의 파괴에 따르는 이 이완은 불쾌했고, 역시 나는, 백전(百戰)은 너무 많고, 이전 노졸도 못 되어서, 이 상태에 어떻게 대처할 바를 모르게 되어, 오히려 도망치고만 싶었다. 어쩔 수 없어서 나는, 넋 떨어진 웃음을 한번 웃고, 도망칠 것인지, 아니면 좀 두렵지만 분노를 돋워 그의 멱살을 잡아챌 것인지를 결정 못 하고, 시간으로는 아마도 열다섯 번 고동칠 만큼이나 멈칫거렸더니, 어처구니없게도 저 늙은 놈이 다시 도망치기를 시작했기에, 모든 것이 다시 제자리로 돌아온 느낌이었다. 우스운 노릇이었다. 그러다 보니 나도, 이제 동정은 뗀 셈인 병졸이었다. 그는 다시 돌아설 것이었다. 아닌 게 아니라 그는, 조금 또 달리다, 아까 그 모양으로 다시 돌아서서, 으르렁거리는 투로 나를 노려보며, 돌멩이를 쳐들어 올리는 것이었다. 살기를 쏴내는 외눈과, 빠지고 서넛만 아래위로 남은 누런 앞이빨이 나를 또 질리게 했다. 그러나 이번엔 우물거리지 않고, 한 마리 살쾡이로서 나는, 저 늙은 장닭 위에 덮쳐

씌우며 달려들었다. 비겁한처럼 그의 등으로부터 다가들지 않고 정당하게 그리고 도전에 의해서 나는 이제 그의 정면으로 달려들 수 있게 된 것이다. 이 실랑이로 해서, 어느 쪽이 상처를 받고 심지어 죽는다고 하더라도, 이것은 공명한 싸움이며, 또한 위험과 위협에 맞서, 정당히 대처한 자기 방위의 결과로서 나타나는 것일 것이다. 어쨌든 그가 들었던 돌은, 내 왼쪽 이마를 스치고, 가벼운 상처를 입힌 것뿐으로, 그의 손에서 떠나가 버렸고, 그래서 그나 나나, 빈손으로써 맞닥뜨려졌다. 빈손으로써의 이 실랑이도 물론, 내가 이길 것이라는 일방적인 자기 확신만을 빼놓는다면 쉽게 끝날 것 같지 않았다. 이 늙다리 도사 또한, 사내로 그 나이 되도록 뼈를 휘어온 것이다. 그는 그 한 개의 눈으로 살(煞)과 피를 흘려내며, 물고, 차고, 할퀴고, 치고, 쑤시며, 내게 육박했고, 처음엔 나는, 늙은 무술꾼들 소견법 위에서 명상하며 그것에 대처하려 했으나, 실제 응용이 따르지 않았던 지식이란 아무 덕이 못 되었고, 나를 오히려 초조하고 피로하게만 했다. 사실에 있어 나는, 거의 죽어가고도 있었다. 결국 나는 젊다는 재산으로, 뼈가 그의 것보다 조금 굵다는 밑천으로 저 광분한 늙은 놈 위에, 그 늙은 놈처럼 용써대는 수뿐이었다. 그래서 발로 차고, 주먹으로 되는 대로 쳐대며, 잡히는 것이면, 무엇이든 잡아 늘이거나 우그러뜨렸다. 그러고 보니 싸움이란 결국 그런 것이었다. 좀 덜 맞으려다 보니 피해야겠고, 좀 더 패주려다 보니 허를 찾아야 했다. 나중에는 좀 더 교활해져서, 허를 내보여주는 척하며, 그 허에로 몰두해오는 상대를 되짚어버리는 데에까지 발전하기도 했으나, 그럼에도 저 늙은 놈은 매번마다 일어서는 것이었다. 그가 쓰러져 꿈틀거리고 있을 때마다, 나도 힘과 기를 모아야 했고, 그러느라 심호흡을 했지만, 그도 그런 짧은 휴식을 통해 두 배씩의 진기를 돋우고 일어설 때는, 두 배씩의 머리통을 달고 내게 대드는 것처럼 여겨지기도 했다. 아마도 오래잖아 나는 그의 맥을 못 추게는 해놓으리라. 쓰러져 꿈틀거리는 것 위에로 덮쳐 누르기로 한다면, 허긴 지금 당장에라도 그의 숨통을 막아버릴 수는 있으리라. 그러나 나는 왠지 그렇게 하지 않았는데, 아마도 나는, 저 처참한 초조로움, 심장이 미친 듯이 뛰며 숨통을 막는 괴로움, 피에 의해 가중하는 살기, 흥분, 공포, 힘이 소모되어가는 피로, 그런 것들을 즐기고 있는 것이었다. 그러다 종내, 내가 한주먹 살인적으로 윽박지른 것에, 그가 콧잔등을 부러뜨리고 팩 쓰러져 꿈틀거리며 더 일어서지를 못하게 되어서, 이 실랑이는 아마 파장에 온 듯했다. 이제는 그의 혀를 잘라내도 좋을 것이라고 생각하며 나는, 조금 방심한 채 들을 한번 둘러보았더니, 그것이 허였던지, 저 늙은 놈이 느닷없이 내 불알을 훑고 늘어져, 나를 질식 직전으로 몰아붙였다. 그 고통으로 하여 나는 어찌할 바를 모르고, 모로 쓰러져 몸을 꼬며 비명을 질렀으나, 그의 두 손은 만수산 드렁칡으로 얽히고설키어, 더욱더 욱죄이고 들 뿐이었다. 그러면서 그 늙은 놈은 낄낄거리고 웃기 시작했다. 이것은 촌각을 다투는 고통이어서, 그것이 이 실랑이의 마지막 고비인 듯했다. 그리하여 나는 아까부터도 유혹을 느끼고는 있었으나 아직까지 보류해두었던, 피 흘리는 그의 한 고장에다가 손가락을 푹 쑤셔 넣어 휘저어버렸다. 그는 불알을 훑고 있는 승리감에 취하느라, 그 허를 단속지 못하고 있었던 것인데, 그 한

번의 공격으로, 저 드렁칡 억세던 것도 오소속이 떨어져 나가
버렸다. 나는 결국, 그의 마지막 눈을 파내버린 것이었다. 그
파내버려진 눈구멍으로 먹피가 주르륵 흘러내리자, 그는 구
구멍에다 오히려 제 손가락을 쑤셔 넣으며, 처참히 울부짖으
며, 처참히 바닥을 굴러댔다. 그가 그러는 동안에 나는, 몹시도
훑여져, 나를 까무러치기 직전까지 몰고 왔던 국부의 아픔을
두고, 무슨 수를 쓰지 않으면 안 되었다. 우선 나는, 하늘을 향
해 번듯이 누워, 숨을 딱 끊은 뒤, 사지의 끝 간 데까지로 힘을
몰아붙여, 인공적으로 간질을 일으키며, 국부에 응어리진 고
통의 분산을 시도했다. 그리고 자꾸 생각하기를, "몸이란 사대
(四大)의 집적이다. 그러나 사대란 역시 공(空)이므로 고통 또
한 느껴질 것이 아니다"라고 했다.

　그러는 동안에 그러자, 국부에 뭉쳤던 아픔의 응어리가
얼운하게, 사지 끝으로 독처럼 빠져나가고, 용신해도 쓸 만해
졌다. 나는 그래 일어섰고, 그리고는 이번엔 내 쪽에서 낄낄거
려주며, 주리를 틀고 울부짖는 저 짐승을 내려다보았다. 헌데
그의 몸부림이 내게 대비(大悲)를 일으켰다. 그러느라니 침이
며 눈물이 저절로 줄줄이 흘러내리는 것이었다. ……슬픔이,
기쁨이, 사랑이, 증오가 비롯되는 근원을 알작시라. ……나는
참 얼마나 선한가, 타인의 고통에 큰 슬픔으로써 같이 울어주
는 나는 얼마나 선한가, 헌데 이 큰 슬픔은 어디서 비롯된 것
인가. ―나는 서서 그의 울부짖음을 듣고, 꿈틀거림을 보며, 저
주에 젖고, 인간인 것이 고통하는 것에 대해, 내 가슴이 또한
아픔에 긁혀 흘리는 피를, 뜨겁게 마셨다. 그리고 그가, 도망치
기라도 하듯이 뺑뺑이를 돌며, 기어서 달리는 것을 또한 슬픔

으로 보았고 서낭전인지 어딘지에 대고 무릎을 꿇어 목숨만은 살려달라고 비비는, 가난한 손을 또한 보았다. 그것은 피에 젖은 불쌍한 짐승이었다. 대비란 번뇌일레라. 처음에 빛이 있었고, 다음에 생명이 있었는데, 이제 생명만 남고, 빛을 잃어버린 저 검은 생명의 방황은 번뇌일레라. 나는 이제 그의 혀를 잘라야겠으나, 그러나 나로서도, 저 앓는 짐승에의 한 큰 자애를 어찌할 수가 없고만 있다. 그 대자대비로 나는, 그가 내 머리를 한번 가볍게 다쳤던 그 돌멩이를 찾아 쥐었다. 그리고 나는 자애롭게, "대사여, 대사께서 찾고 있는 것이 혹시 자비(慈悲)라면, 그가 대사의 뒤에 서 있소이다" 하고 속삭여주었다.

그가 그러자 개처럼 돌아서서는, 용케도 내 발등을 찾아서는, 그 위에 이마를 조아리며, 자기를 살려만 주면, 자기는 곧장 자기 살던 옛 절로 돌아가, 이제껏 헛닦았던 도나 닦으며 여생을 보내겠으니, 글쎄 목숨만 불쌍히 보아달라고 비는 것이었다. 글쎄 자기는, 아무것도 못 본 것으로 쳐두고, 잊어버리겠다는 것이었다.

그의 비는 것 또한 내게 슬프고, 자애를 짜안스러히 자아내게 했다. 그 자비로 돌 들어, 그의 뒤통수에 산(算) 놓는 자가 만약에 있다면, 그역 보살이 아니겠는가. 보살행이 아니겠는가.

나는 그래 그 짓을 천천히 했다. 한 산(算) 한 산 놓을 때마다 거기서는 꽃이 피어나고, 나는 대비(大悲)로 취해, 세상 풍류스러 보였다. 한 산 놓세근여 쏘 한 산 놓세근여 어욱새 속새 덥고가모 백양(白楊) 속애 가기곳 가면 누른히 흰돌 ᄀᆞᄂᆞᆫ 비 굴근눈 쇼쇼리 ᄇᆞᄅᆞᆷ 블제,

그러다 보니 내가 취했던갑다, 취했던갑다. 몸이 흔들려 가눌 수가 없는데, 팔베개하고 누우니, 정심(正心) 갖고 나 혼자 세상 청빈스러이 산다고 하였더니, 세상 하수상하여 어지럽고 잡스러, 차마 눈 뜨고 볼 수가 없을레라. 그 세상이 끼격끼격 돌기를 시작하는고야. 어지럽구나, 어지럽구나.

누른 해를 찾으니, 하늘의 중간을 벗어나고 있었을 때만 해도 중년이었었다는, 지금은 한 진갑이나 되었을까 한 얼굴로, 도는 세상 속절없이 내려다보고만 있다. 글쎄, 어지럽구나, 춥구나, 그래 눈 감고 몸을 공처럼 뭉쳤더니, 도는 것의 한 가운데에 내가 있어, 뭔지 모를 힘이 나를 자꾸 응축시키고 있는데, 나중엔 내가 거의거의 사라지고 아마 한 점으로나 남은 듯했다. 그래서 내가 아주 작은 미물이 된 듯하였는데, 때에야 돌던 세상이 끼격끼격 멈추기를 시작하는 것이었다. 다시 내가 누른 해를 찾았더니, 저 진갑 때 얼굴은 안 보이고, 그런 대신 거기에, 웬 잡환 나부랭이들이 팔만으로 펄럭이고, 휘어 휘어 나르고 있었다. 때에 비가 내리고 있어, 땀이나 좀 씻겠다고 했더니, 그것은 비가 아니라 피였고, 저 팔만 잡환 나부랭이들이 뽑아 던진 눈깔들이었고, 그 눈들은 쏟겨 내려 내 주위에 산적했는데, 그것들은 나를 쏘며 보았다. 햇빛은 아니었을까, 햇빛은 아니었을까 몰라. 세상이 낮이라는 것 때문에, 밝다는 것 때문에, 나는 두려워하고 있었던 것은 아니었을까, 아니었을까 몰라. 내가 내 머리 툭툭 치고 둘러보았을 때 세상엔, 해 말고는 아무것도 없던 것이다. 대비는 고로 발할 일이 아니었던 듯도 하다. 큰 슬픔에 싸여 산 놓이다 죽은 고깃덩이에서는 피 냄새가 흐르고, 그것은 죽어서도, 내가 자기와 존자를 죽였다는 것을 사유시방에다 발설해대고 있던 것이다. 허지만 세상을 홑으로 반밖에 못 보던 자여, 그대가 살려달라고 애걸만 하지 않았어도, 비록 내가 그대를 찍어버리고 난 뒤에라도, 내가 그대를 살해했다고 생각하지는 않았을 터인데. 자넨들 글쎄 겁(劫)을 두고 사는가, 겁을 두고 사는가 말이지. 손톱을 뭉그러뜨리며 나는, 살점을 뜯기며 나는, 미쳐서 나는, 거무튀튀한 흙을 까뭉그려 내리고 있었다. 나는 저 주검을, 샘으로도 통하고 마을로도 통하는 길로부터 멀찍이 떨어진 한 작은 사구 밑에 누이어놓고, 그 흙을 뭉그러뜨려 감추고 있는 중인 것이다. 저 주검을 해로부터 분리해내, 해로 하여금 더 이상 볼 수 없도록, 땅 위의 것들로 하여금 더 이상 발설할 수 없도록, 그래 나는, 그것들의 눈과 입을 꿰매려는 것이다.

나는 초조로이 주위를 살피며, 끝내 그리하여 저 시체를 은닉해버렸다. 그런 뒤 나는, 모든 피 맛 본 흙들을 찾아, 뒤꿈치로 흩뜨려 다른 흙과 섞어도 버렸고, 비가 오지 말아얄 텐데, 여우가 지나지 말아얄 텐데, 어쨌든 저 우라질 녀려 것이 시늉으로 죽어 있지는 말아얄 텐데, 하고 기도도 했다. 그러며 이번엔 샘터로 되달려가고 있었다. 거기에, 다른 주검이 이 세상에 태어난 채, 여태도 강보에 싸이지 못하고 있는 것이다.

정수리에 돌을 맞고, 글쎄 그는 죽었던 것이다.

그를 묻는 일이란, 더욱더 힘들고, 기진맥진하게 하며, 기분 나쁜 일이었다. 그는 그의 문하생에 비해, 세 배는 넓었고, 세 배는 둥글었으며 세 배는 기름진 데다, 미끄러워, 내가 어느 끝이든 한번 붙들고 잡아당겼다고 하면, 내 손바닥엔 기름만 찐득거리고, 몸은 돌고래모양 빠져나가 버렸다. 그것은 기름진 죽음이었다. 하다못해 나는, 그가 썼었던 수건을 반으로 찢어 서로 잇대어 묶은 뒤, 저 죽은 턱에 걸어 질질 끌어내는 수를 썼다. 그렇게 하는 짓이란 물론 존자를 모시는 예의는 아니었다.

그 주검이 흙 위에 끌어올려져서, 그 샘으로부터 제법 떨어진, 다른 한 작은 구릉 밑에 놓였을 때 나는, 이것은 참으로 잘 닦여진 거울이어서, 묻어버리기에는 너무도 고운 몸뚱이라고 한탄도 했다.

그러나 물론, 맨 마지막까지 얼굴은 묻지 않고 두었다가, 마지막에 이르러, 저 기름진 입술로, 내 두 발의 바닥에 정중히 입맞춤할 수 있도록 하기를 잊지는 않았다. 어쨌든 센 비가 오지 말아얄 텐데, 센 바람이 저 흙을 몰아가지 말아얄 텐데, 코 밝은 여우 년이 냄새 맡고 미치지 말아얄 텐데—

할 수 있는껏 나는 저 은폐를 완전히 했다. 샘으로 뛰어내려가, 거기 용해되었던 핏물까지도, 할 수 있으면 짜내려고, 그래서 그 샘을 온통 들쑤셨다. 그 바닥의 이끼를 일궈내고, 샘 전의 모래며 돌도 밀어 넣고, 흙탕을 치며 물을 아름에 안아, 송두리째 뒤집어버리려고도 했다. 그런 진탕질 후에 보인 물은 검고 불그스레하여, 밤에 본 아편꽃밭 같았다. 아무튼, 여과의 법칙에 의한다면, 내일이나 모레쯤, 물은 어떡해서든 자기를 맑혀놓고 있을 것이었다. 더욱이 정화수란 그래야 하는 것이다. 하지만 존자여, 그대가 끝까지, 그대의 몸을 보리수라고 주장하지만 않았더라도, 나로서는 그대를 꼭히 묻었어야 할 이유는 못 찾았을 것이었다.

그러고 나서 나는, 주위를 되도록 멀리까지 한번 휘둘러

보고, 소나무 가지 위에서 혹간 새라도 앉아 날 보지는 않았던 가 찬찬히 살펴도 본 뒤, 조금은 후후거리고 웃어야 된다고 생각은 하면서, 그 자리로부터 줄행랑을 쳐댔다. 결국 누가 알 것인가? 비바람에 의해서든, 여우에 의해서든, 저 송장들이 하늘 아래로 드러내진다 하더라도, 그때쯤은 얼굴이며 몸이 온통 묵사발이 되어 있을 것이고, 하수인은 그의 손을 깨끗이 씻어버리고 있을 터이니, 그때는 드러내졌어도 내진 것이 아닌 것과 같을 것, 글쎄 헤헤, 누가 알 것인가. 글쎄 하수인은 손을 씻고, 상처를 씻고, 그 현장으로부터 지금 자꾸 멀리로 가고 있는 중이 아닌가. 그가 돌아와 소문 속에 한자리 차지할 때에는, 왼손으로 한 보살행이 오른손도 모르게 이뤄진 것을 알고, 하늘에서의 상이나 크게 생각할 터이지.

헌데 어째도, 저 계집, 이전구투로 밤새우고, 뻘 냄새 풍기는 몸 씻을 데를 가리켜 주었던, 저 망할 녀러 것이 마음에 켕겨서, 한 번 더 마음을 도지게 먹고, 그 계집을 사막 가운데 어디 정적한 곳으로 유인해 와야 된다고 마음은 먹으면서도, 헌데 어째도 마을 쪽으로는 발길을 돌릴 수가 없어서, 광야의 가운데 쪽으로나 나는 자꾸 달리고 있었다. 내 몸은 생채기들로 지금 피와 진물을 흘리고 있으며, 더러 부은 데다, 더러 멍이 들어 있어서, 그것들이 보기에 웬만큼 흉스럽지 않을 때까진 기다리지 않으면 안 될 것이었고, 햇빛 비치는 마을에 설 마음도 어디선가 다져야겠는 것이다. 그러다 뒤를 돌아다보니, 소나무 이파리들이 다시 무슨 푸른 연기나처럼 보이고 있는데, 전에 진갑이었던 해가 임종하는 고달픈 그늘이 저녁처럼 덮이기 시작하고 있었다. 칠십은 고래희일레. 허기는 글쎄, 저녁 그늘 탓이었겠지러, 헌데 내게서는 오한이 계속되고 있었다. 하기는 그것이 오한이 아니라 악령이었던지도 모른다. 물 같은 땀을 뚝뚝 흘리는 기름진 등짝이 대가리도 없이, 둥실 떠올라 연처럼 흐느적이는가 하면, 그 등짝의 한가운데에 한 개의 작은 눈이 박혀 눈물을 흘려내기도 하는데, 그 눈물은, 그 눈 속으로부터 꾸물대고 기어 나오는 황충들이며, 눈물이 아니었다. 그 눈물은 쑤물대며 떨어지는 대로 내 몸에 얹혀, 나중엔 내 전신을 덮어버렸는데, 내가 아무리 진저리를 쳐보아도, 그것들은 더욱더 내 살 속으로 파고들었다. 아무리 둘러보아도, 다른 별다른 것은 없이 그저 그런 풍경으로, 듬성듬성 웅크리고 있는 죽은 가시덤불이며, 또 그런 바윗돌이며, 낮은 구릉들 밑의 흐린 저녁 빛이며, 거무튀튀한 흙이며, 그런 적막이며, 그저 그런 세상이 창백히 깔려 있을 뿐인데, 대체 나를 추적하고 있는 것은 무엇인가? 무엇에 내가 쫓기고 있는 것인가? 내게 보인 허상은 허상이지 실체가 아닌 것이다. 그러나 나는 실체로서 쫓기고 있는 것이다.

소리라도 질러볼까? 휘파람이라도 미친 듯이 불어 젖힐까? 비라도 내리고 어둡기라도 한다면, 나를 몰이하고 있는 저 보이지 않는 것들 속에 살이 채워져 들어, 그것들이 어떤 것들인지 내가 볼 수 있게 될는지도 모르지만, 어디 이슬이라도 올 듯한가. 그러나 이 황막한 데에서는 소리까지도 단절되어버린다. 움직임 가운데도 맥락은 없는 듯해, 내가 토막토막 잘려졌다 이어지고 이어졌다 잘려나가고 있다. 글쎄 어떤 도마뱀은, 그것의 꼬리부터 잡히면, 그것을 떼놓고 몸만 떠나버리는데, 그 움직임 사이에 끼어드는 그런 단절이 내게도 끼어든다. 이것은 거북하고, 집중력을 잃게 하며, 정신력을 소모케 한다. 이 상태에 이르러서 나는 다시, 항마좌로 숨을 멈춰버린 스승을 그리워하기 시작하고 있는 것이었다. 대체 어떤 인연, 어떤 악업으로 인하여, 저러한 살해가 이뤄져 버렸는지 나는 그것이 알고 싶은 것이었으며, 그러나 무엇보다도, 누구에겐지 그 일을 털어내 말해버리고 싶은 것이었다. 내가 그 일을 나만의 비밀로 해두려고 했을 때, 이상스럽게도 그것은 내독(內毒)이 되어 내 염통을 갉고 드는데, 내 속에 있으나 나와 뜻을 같이하려 들지 않고, 산 위의 독수리처럼, 차가운 눈으로 나를 내려다보고 있는, 저 무서운 눈은 누구인가? 그것은 누구인가? 피로에 시든 아흔아홉 간 살[肉]의 잠 위에 깨어 있어, 밖의 도둑이 아니라 안의 아픔을 지켜보고 있는 저 눈은 무엇인가? 아흔아홉의 입술이 말하기를, "그러나 아무도 본 사람도 없고, 그리고 저 살해는 완전히 은닉되었으므로 조금도 불안해하거나 걱정할 것은 아니다. 그러므로 잠잠하라"라고 하는데도, 그렇지 않다고 말하는 하나의 입술은 무엇인가? 그럴 때 아흔아홉의 위로가 위로가 못 되며, 하나의 가는 목소리가, "그러니 고해든 자백이든 자수를 하는 일이겠지" 하고 종용하는 것에 당해 쭉정이 무게로 흩어져 떨어진다. "그런 수단에 의해서밖엔, 넌 아무리 해도 마음의 안정을 회복지는 못할 것이거든."—아흔아홉보다도 더 큰 이 하나의 음성은 그것이 무엇인가…… 네놈의 속에 있으면서, 모든 것을 그 자신의 것으로 하고, 말하기를, "나의 신, 나의 마음, 나의 사고, 나의 영혼, 나의 몸"이라는 그것이 누구인가…… 나는 스승을 그리워하기 시작한 것이다. 죽장질에 머리를 얻어터지고 싶은 것이다.

3

밤이 되도록 나는 헤맸다. 발은 터지고 물집이 생겨선, 너덜너덜 벗겨졌다간, 연한 살을 드러냈을지도 모른다. 아픈 줄은 몰랐다. 나는, 사막을, 그냥 남녘 끝을 한하고 질주해나간 것이 아니라, 날 속에 짜여 드는 씨북처럼 헤맨 것이다. 헤맬수록 왠지 나는 더욱더 쓸쓸하던 것이다. 계집 하나 잘못 잡아먹고, 목에 비녀가 걸린 채 고독히 배회하는 그런 어떤 야윈 들개처럼, 왠지 내 목구멍에도 그런 비녀가 걸려 있었다. 그것은 울음은 아니었을까도 모른다. 그래 끝내, 엎드러져, 저 황무한 고장의 몰인정 앞에 굴복하고 나를 내팽개쳐버렸더니, 그 울음이 북받쳐 오르는 것이었다. 섶을 지고 내가 불 속으로 다니고 있다고 하지 않았더라고 하더라도, 산다는 일이 그렇게도 서럽기만 서럽던 것이다. 천년 전에 죽어 촉루로나 구르고 있는 듯한, 그런 해골 속을 산다는 일은 아프던 것이다. 외롭던 것이다. 무섭고 슬프던 것이다.

그래서 나는, 땅을 치며, 하늘을 우러르며, 몇 기억나지도 않는 다정한 얼굴들을 부르며, 처럼시 처럼시 울었더니, 그 울음의 꼬리로, 푸른 달빛인지, 잠인지가 반쯤 풀려나와, 나를 달래고 든다. 글쎄 언덕 그늘인지 밤인지, 아니면 잠든 나무들의 손가락에 옷고름이나 묶어놓고 살며시 마슬 떠난 어떤 수풀 그늘인지 달빛인지, 글쎄 무엇인지도 모를 것이 나를 포근히 감싸고 드는데, 그러자 내가, 그냥 한 소년, 철은 없었으나 늘 홍그렁히 눈물만 담고 살던 때로 되돌려진 듯이 느껴진다. 어쩌면, 한번 떠나서는 몸으로 두 번 다시 돌아오지 않는다던 그 바다가, 죽은 넋으로라도 못 잊어 찾아와, 그녀의 혼처(魂處)를 헤매는 한 고혼을 감싸주었을지도 모른다. 그래서 들어보니, 내 귀에는, 갈매기 울음소리인가, 해조의 그중 우닐은 소리인가가 들리고도 있었다. 그래, 몸으로 떠났던 엔네, 혼으로 돌아온 것이었다. 저 부드러운 수심 아래, 물에서 죽은 어린 선원처럼, 나는 엎드려, 물이 일럭거리며 내 살점을 조금씩 조금씩 떼어가는 것을, 물의 그 정겨운 탈취를, 나는 혼신으로 받아들이고 있는 것이다. 그렇게 나는 자랐던 것이다. 그저 어디에나 있는 그저 평범한, 그렇지만 조금 더 슬픈 데, 그런 갯가, 그렇지만 뱃사공과 창녀의 옹석이 새벽부터도 떠들썩한 고장—나는 고기 비린내를 풍기며, 왼날을, 벗은 몸으로 모래성이나 쌓고 있으면, 언젠지 돌아온 조수가 내 뒤꿈치를 갈근거리기 시작한다. 잠시 후에는, 내가 그냥 하나의 모래성으로 그 조수에 헐리고 있노라면, 조수는 내 배꼽을 간질거리며, 목으로 차오른다. 바닷가 고요한 날로는, 새끼 고기들이 내 겨드랑이며 허벅지를 쪼으고도 있는데, 그럴 때론 나는 킥킥 웃곤 했었다. 그러나 아직 그때는, 어쩌면 탈육(脫肉)의 황홀을 의식지는 못했을는지도 모른다. 자라서 나중에, 하천이며 강가며 바닷가를 지날 때마다, 나는 아마 그 황홀을 뒤늦게 느껴냈을지도 모르는데, 그러고 보면, 내가 바다로부터 몸을 일으켜, 어머니와 내가 사는 언덕 위의 집으로 올라가고 있었을 때, 나는 어쩌면 해골과 뼈로서만 걸었을지도 모른다. 그렇게 나는 늘 육탈(肉脫)되어가는 것으로 자랐을 것이었다. 나 살던 언덕엔, 늙었거나 병든 창부들만이 모여서 살았었다. 그런 창부들의 몰락한 거리에서는, 늙은 뱃놈의 얼굴 하나 보이지 않는 날이

거의 전부였다. 헐어진 코와, 농 흐르는 사타구니와, 간질과, 습습한 해풍의, 그것은 골목이었다. 하늘은 대체로 여덟 달간이나 흐르지만, 겨울이래도 혹독히 추운 법 없어, 노숙 끝에는 한 번 감기나 걸리고, 맑은 날 다음 날 창부들이 송장이 되어 거적에 싸여 달구지에 얹힌 뒤, 화장장으로 보내지는 골목. 자살(自殺)은 아니었던지도 모른다. 화장장은, 남쪽 어디에 있었다고 했는데, 죽어서나 한번 뱃속에 핀 곰팡이를 말린다고 했었다. 일 년이면 한 서넛씩은, 젊어서 된 노파들이 남녘으로 실려 갔다. 그래, 육신만으로 살던 여자들은, 임질이며 매독이며, 습습한 해풍에 늙어져, 갓 마흔에도 노파가 되어 기침을 콩콩 해대던 것이다. 푸르죽죽하고 갈보 냄새 나는 골목, 그것은 일종의 성역이라고나 할 것이어서, 아무라도 들어올 수 있는 곳은 아니었다. 어쩌다 이 고장에 낯선 어떤 시러베자식이 있어, 실족해 들었다간, 뼈도 못 추리고 기어서 나갔다. 물잠방이 한 꺼풀만 남겨서야, 살구씨 뱉듯, 저 골목이 아주 신 얼굴을 하고, 골목 밖에다 퉤 뱉어버리는 것이다. 젊어서 늙은 계집들은, 골목에 나와 퍼지르고 앉아, 한낮에도 거무죽죽히 웃고, 밤중에는 비 오듯 울었다. 밤의 그 거리는 공동묘지처럼 처럼시 어두웠다. 배가 고파도 일은 하려고 들지도 않으며, 어쩌면 누구도 일을 시켜주지도 않았거나 할 자리가 없었던지도 모르긴 하다. 구호미라고, 읍소에서 한 달에 서 되씩 주는 보리며 수수로 살았다. 그런 여자들 중에서도 그래도 비교적 정결하고, 비교적 고운 여자의 아들이 나였댔다. 그즈음에 그 여자는, 동냥자루가 오 분의 일쯤 무거운 홀아비 문둥이들의 애첩이었고, 아랫녘 늙은 해수병쟁이나 젊은 폐병쟁이, 또는 간질쟁이들을 단골손님으로 두고도 있었다. 입 싼 아주머니들 퍼지르고 앉아 푸르죽죽한 소리로는, 때로는 아마, 장가를 채 못 든 채 급살에 뒈진, 부잣집 아들내미들 송장들과도 밤잠을 치러주어, 몽달귀신을 면하게 하는 일도 했던 듯했다. 그렇게 도 입 싼 아주머니들로서도 그런데, 내 아버지에 관한 한은 한 마디의 풍문도 만들어내지 않았던 것으로 보아, 어머니가 그 성역으로 이사해 갔을 때, 나는 아마도, 그녀의 배 속에가 아 니라, 그녀의 등짝에 업혀 있었던 것이 확실했다. 어쨌든 문둥 이들이나 죽을병쟁이들은 어서 죽기를 바라고 사는 듯해서, 병든 고기쯤 개의치 않는 듯했다. 그래서 그들은, 주머니 바닥 의 푼전쯤은 대수롭잖게 안 듯했으며, 또 그만큼은 솔직해서, 사립짝에 들어서는 길로, 어머니의 엉덩이를 두들기며 치마 를 끌어 올려 저 더러운 손바닥으로 문지르는데, 그러면 어머 니의 눈에 슬픈 색기가 서리고, 나와의 이별이 담긴다. 그러면 나는, 어머니를 빼앗아 가는 모든 아버지들에 대한 형언할 수 없는 질투와 증오 같은 것으로, 비질비질 울며 바다로 달려 내 려가서는, 그 고요한 물속에 나를 파묻어놓는 것이었다. 상점 이 잇대어진 거리를 다니고도 싶었었지만, 그러다 보면 나만 한 또래 애들의 돌팔매에 맞기가 일쑤였고, 개가 물려 달려들 어도 아무도 말려주려고 하지 않는 것이었다. 결국 바다로밖 에 내가 갈 곳은 없던 것이다. 그래서는 눈물을 떨어뜨리며 어 머니를 저주하고 있노라면, 나도 모른 새, 저 어린 잠지가 불 어나서, 물속에 잠겨 앉은 아이는 아이가 아니라, 그것은 하나 의 돌출한 남근, 하나의 더러운 아버지로 느껴지는 것이었다. 저 정중스럽지 못한 손들로 쳐들어 보이던, 저 음모 푸석한 사타구니며, 물그레해 보이는 둔부 같은 것을, 그러며 나는 훔쳐 보고 있는 것이다. 나도 그러며 내 손바닥을 펴 보는데, 그러면 내 손도 또한 저 때 낀 아버지들의 마디 굵은 손으로 변해져, 저 까스스한 바다를 물그레 더듬고 있었다. 손바닥에 가득 채워졌다 빠져나가는 바다의 감촉은 그리고 그런 것이었다. 그러나 그 여자는 죽어버렸다. 나는 토방에 앉아 그저 울고만 있었고, 해는 며칠을 밝으며, 푸른 하늘을 엎질러댔다. 읍소에서 나와, 죽어 썩던 그 여자를 거적에 말아 달구지에 싣고 내려간 것뿐으로, 나는 다른 것은 모른다. 그녀도 아마 남녘으로 갔겠지. 그리고 뼛속의 곰팡이를 말리다 그을음이나 되었었겠지. 어머니의 이웃이었던 여자들이 돌아가며, 하루 한 끼니씩은 수수개떡 반쪽씩으로 내게 먹여주었었는데, 나는 그것을 씹다 쓰러져 자고, 깨어보면 밤이기도 했다. 그러던 어떤 날, 아마도 일 년 걸러 한 번씩이나 지나갔을까나, 하지만 한 번도 시주를 바란 적은 없고, 그저 죽은 창부들 이름이나 적어가며 명복을 공짜로 빌어준다던 그 괴팍한 중놈이, 헌데 한 반달 전쯤에 한 번 지나갔으니 내년 이맘때의 반달 전쯤에나 다시 지나가야 옳았을 터인데도 또 지나가며, 거의 말까지도 다 잃어가고 있던 내게 미음 먹이며 앉더니, 속삭이듯이 하며 자기를 따라가면 어떻겠느냐고 묻는 것이었다. "너의 어미가 죽었구나 글쎄, 저번에 보니 사색이더군." 그는 먼저 그렇게 말을 꺼냈었는데, 그저 신통찮은 일이라도 이야기하고 있다는 투였다. 하지만 전에는 내 귓불이나 아프게 잡아당기고, 말없이 그냥 서서, 하필이면 나만을 눈여겨보곤 하던 그 중이, 어쨌든 뭔가 말하길 시작한 것이다. 하긴 잘은 모르지만, 어머니는 그를 마음으로 무척 반기는 듯하긴 했었다. 그러나 서로의 사이에 말은 없어서, 그리고 나중은 그저 골목을 빠져나가 버리는 것이어서, 아무 소문도 만들어지지는 않았다. 어쩌다 내게 들켜서인데, 그 중이 지나가 버렸을 때 어머니의 눈엔 웬일로 눈물이 맺혔던 것을 나는 한번 본 일이 있기는 있다. 어머니는 물론 그 눈물을 얼른 감추어버리기는 했었다. 그렇다고 내가, 그 눈물의 의미를 알고 있는 것은 아니다. "그래서 말이지 가다가 한 번 더 발길을 돌려본 것인데, 너만 싫지 않다면 말이다, 어떻니, 날 따라붙어 보지 않을 텐가? 그저 동냥해 먹는 거지. 그리고 저쪽 바깥세상은 또 어떤가 구경해보는 거다."──그래서 나는, 물론 어머니의 이웃들도 권해쌓고 해서, 따라붙었었다. 우리는 그로부터 반달 길이나 걸으며 문전걸식을 했었는데, 그의 동냥하는 방법은 사뭇 희한해서, 그 신통한 재주나 배우고 나면 그와 헤어지려고도 나는 했었다. 그는 어느 집 문전에서나, 도대체 그 뜻을 알 수도 없는 말을 씨불이고 있으면 그 집 안댁이나 아니면 선머슴애가 나오기 마련인데, 더러 쪽박까지도 깨뜨리는 경우는 있어도, 대개는 쌀이나 보리쌀이 종그랑 바가지에 조금 담겨져 나온다. 그런 후에 우리는 한 외딴 산막에 닿았고, 그것이 그의 암자였다. 나는 그렇게 해서 그의 불머슴이 되어버린 것이었다. 그 방의 벽은 온통 곱게도 묶여지고 질서 없이도 겹쳐지기도 한, 종이 나부랭이 일천 나한들로 어지러웠는데, 그를 모두 중이라고 했었는데도 불구하고, 무슨 신주나 삼거불 똥구멍의 한 마리 개는커녕, 하다못해 흙으로 여덟, 염주 하나 없어서, 중은 아니었으며, 그렇다고 속중도 아니었으니, 그냥 돌중이라고 해야 옳았을 것이었다. 그런 그로부터 저녁에는, 한 뒤 종류의 사어(死語)를 배우느라고 하며 졸았고, 끼니때는 우물에서 부엌 사이를 맴돌았고, 그런 나머지 시간으론 장작을 만드는 데에 시간을 보냈다. 그 장작들은 읍내의 큰 여관 부엌에 쌓였다. 어째서 하필이면 그는, 내게 죽어진 말들을 가르쳤는지는 지금도 모를 뿐이지만, 묻지도 않았었다. 하긴 그는, 나보다도 더 외로운 중이었었다. 속(屬)을 알 수 없는, 스승도 종단도 없는 중, 친척도, 그리고 한 혈루병자 말고는 친구도, 아마도 고향도 없는 중, 신들의 문전에서 동냥 걸식을 하며, 영혼이 고픈 탓에 혼자서 한숨짓고, 그러다 그 신들의 문전에다 똥 누어버리고 돌아서는 중, 나라도 그에게 친근히 하며, 아버지라고 불러주었어야 마땅했었을 것이었다. 그러나 난 침울하고 소심하게 자라느라, 한 번도 속심정을 보여주지를 못했었다. 그러며 그가 바랑 메고 하산해버린, 저 외로운 산막에서, 참으로 지리한 낮과 밤들을 새우느라고 하고 있으면, 언제나 바다가 나를 덮어씌우는 꿈을 꾸었고 그 바다 가운데서는 언제나 난 철부지인 것이다. 모든 외로운 밤마다 그런 꿈은 반복됐다. 그런 외로움은 그리고, 저 병든 여자를 농락하는 저 병든 손들을, 내 현실의 모서리들에서 마주칠 때 일어나는 것이다. 외로움의 형태는 물론, 매번마다 다른 것이 사실이다. 그러나 나는 철부지로 바다 가운데 주저앉아 있게 되고, 그래서는 저 슬픈 모서리들을 굴절시켜 바라본다. 그럴 때는 이미 질투할 것도 증오할 것도 없어진다. 나는 저 병든 손들의 현실을 수락하기 시작하는 것이다. 그러며 저 병든 여자를 농락하는 데 가담하는 것이다. 더 모진 손, 더 추악한 얼굴을 하고, 저 떠는 병든 혼을 찢어발기는 것이다.

저 병든 가련한 것은, 그래서 그런 방법에 의해 하나의 산 희생으로 바쳐지는 것이다. 아버지는 그러면 실명으로부터 눈을 뜨지만, 그녀는 찢겨 피를 흘리고 있다. 그 피에 의해 눈 뜬 아버지는, 어쨌든 빛 속에 던져지고 그래서 싱그럽게 웃으며, 언덕을 내려간다. 목구멍을 생각해서 장작 짐을 짊어지고, 새벽찬 이슬 풀섶에 맺힌 것 흐트러뜨리며, 읍내 여관집 대문으로 가는 것이다.

헌데 이 유리가, 신 얼굴을 하고, 살구씨 뱉듯, 날 뱉어 던지려 하고 있다. 병든 얼굴들이 시들거리며 푸르죽죽히 웃고 있다. 혼처에 돌아온 조수는 그 뼈다귀를 물자락 속에 싸안는다. 지금쯤은 그러니 그만, 울음은 그쳐도 좋을 때인 듯했다.

반쯤 졸면서도 나는, 울 수 있는 울음을 대강 울어버린 것이다. 그러고 나자, 오한이며 쫓기는 느낌도 가시고, 심정은 비어져 버려, 거기 어디 먼지 한 톨 앉을 자리도 없는 듯, 쾡한 느낌이었다. 달 머물러 있는 데를 보니 시간으로는 아마 유시 말을 지나 술시 초나 되었지 싶었다. 뼈와 해골로서, 다시 나는 몸을 일으켜 세우기는 했으나, 그래 여기는 다시 유리인 것이다. 어디라 정해 갈 곳도 방향도 없었다. 몸에 중심이 잡히지 않고 흔들거리는 것으로 보아, 내가 아마 갈증에라도 부대끼고 있는 모양이었다. 배도 물론 고팠고, 지난밤에 지냈던 저 계집이, 이상스레 환한 얼굴로 내 가슴에 자리해 오기도 하는 것이었다. 나는 얼마 전엔가, 아마도 해가 밝고 있었을 때, 샘길을 내게 가리켜 주었던 그 계집의 눈이며 혀를 저어했었다. 이 유리에, 나라는 한 돌중이 왔다는 것을 알고 있는 사람은 다만 그 계집 하나뿐이라고 나는 생각했던 것이다. 하지만 밤이 되고 달이 밝자, 참으로 이상스레, 그 계집이 자꾸 하나의 위안으로 생각키는 이유는 무엇인가. 하나의 자장노래로서, 하나의 피신처로서, 하나의 풍부함으로써, 속삭여 나를 부르는 것 같음은 어째서인가. 그래 하기는, 다만 달이 으슴푸레하기 때문인 것이다.

아마도 나는, 하나의 이상스러운 유혹에 의해, 마을이 있으리라고 짐작되는 방향으로 걷고 있는 것 같았다. 다만 달뿐이라는 이유로, 그리고 나는 외로운 모양이었다. 종내 돌아서 도망치는 한이 있더라도, 그저 한번, 잠폭스럴 저 마을을 먼발치로라도 보았으면만 싶고 그리고 그저 한번, 어느 거적문을 들치고 나올 저 계집을 멀리서라도 보았으면만 싶은 것이다.

그러나 술시도 말쯤 해서는, 아무리 고행으로 친다고 하더라도, 걷는 일에 발이 타듯이 아프고 졸린 데다 피곤해져, 목숨까지도 귀찮아져 버릴 정도였는데, 아슴푸레한 시야가 어쩐지 달리 보여, 반수면을 쫓고 보니, 마을 갔던 그 계집이 돌아가던 길인가, 글쎄 돌아가다 날 기다려 걸음 멈칫 머문 길인가, 밤 속의 한 작은 귀신 같은 그늘이 보이고, 그 그늘에서 한 노숙쯤 안위로서 베풀음 받았으면 싶은데, 반가운데, 계집에의 집념이었을레라, 아무리 둘러보아도 달빛 가운데, 마을은 보이지 않는 것이다. 나는 그렇게도 오래도록, 그렇게도 많이, 그렇게도 멀리 헤매다닌 것이다.

그러나 거기 마을이 있던 것이다. 한 민틋한 등성이가 너 그렇게 그저 조금 솟아오른 그 꼭대기에, 헌데도 마을이 있던 것이다. 내가 생각했었기를, 마을에서 돌아오던 계집이 안위스런 그늘을 흘려놓고 달빛 가운데 서 있는 것이라고 했던 그것은, 헌데 그 계집은 아니었고, 그냥 한 기자(祈子) 바위 같은 것이었고, 밤은 깊어서 삼동이었고, 그것이 그런데 그 그늘을 반쯤만 드리운 데에, 청승이 깊어져 서릿빛으로 희어진, 한 작은 마을을 품고 있었고, 그것은 한 불새로, 또는 한 연(蓮)으로도 보였다. 그것은 물론 고요했으나, 그 고요함의 어디로부터 발원한 것인지 모를 무거운 힘으로, 그 주위의 마적(魔寂)함을 항복 받고 있어서 그 주위는 어쩐지 아늑하고, 어쩐지 살아 있는 듯이 여겨졌다. 마을이란 그런 것이다. 그래서 모든 것을 거기 풀어 던지고, 주저앉게 하는 것이다. 장가들어 애 낳고 밭 갈게 하는 것이다.

나도 그래서, 지친 몸 헤매는 혼을 거기 풀어 던졌으니, 모든 따뜻한 마을이 길손들께 베푸는, 한 항아리의 물이 또한 거기 있었고, 푹석한 건조와 두터운 그늘이 구석진 데 있었다.

우선 나는, 항아리 속에 떠 있는 달 같은 종그랑 바가지를 깊이 잠가 한 바가지 넘치게 떠 입술에 기울였다. 그러나 빌어 먹게도, 그 물속엔 무슨 침엽 부스러기가 가득 떠 있어 입술이며 혀를 찌르고, 목구멍까지 쏘고 들어서, 별수 없이 훌훌 불어가며 마실 수밖엔 없었으나, 배고픈 김에 그 침엽 부스러기까지도 질근질근 씹어 삼키다 보니, 갈증도 가시고 허함도 면해져, 종내는 좋은 기분이었다. 그 이파리들은 그러고 보니 솔잎 맛이 돌았는데, 전에 스승과 나는, 저 긴 겨울들을, 생솔 잎 목침에 썰어 입에 털어 넣고 물 마셔 새운 적이 많았었댔다. 그런 뒤에야 이제, 깊은 밤에 연으로 피어 한 마을을 꾸몄던, 저 흰 청승을 살펴보려 눈을 돌렸더니, 무엇인지가 내 머리통을 한번 세게 갈기고 지나가 나로 하여금 일순 혼미케 하고,

그것은 낄낄거리고 있었다.

"거참, 중놈치고도 어리석은 돌팔이로고! 이런 고장을 헤매는 녀석이, 그래서 장옷까지는 그만두더라도 물항아리 하나 챙겨 들 줄을 모르겠더니? 그만한 지혜로, 도를 닦아보자고, 설마하니 이런 고장을 헤매고 있지는 않겠지? 네게서는 피 냄새가 독하구나."

그제서야 그 마을의 현실이 내게 확실해졌다. 그것은, 사막 가운데 깃 친 한 마리의 불새인 것뿐만이 아니라, 또한 눈빛의 장옷을 얼굴까지 덮어쓰고 있는, 그 음성이며 등뼈 휘어진 듯한 것으로 보아, 아마도 내 스승 나이 또래는 되었음 직한, 어떤 중 나리였다. 사막이 텅 비어 있는 것만은 아니었다. 경악은 그로부터 시작되었다. 글쎄 그의 말하는 투며 무엇으로인지 내 머리통을 세게 갈겨대던 품이, 어쩐지 스승의 것과 너무도 흡사했던 때문이다. 그러나 한편 다시 생각해보고, 이 중 나리도 분명히 내 스승만큼은 늙었을 것인데, 늙은네들이란, 자기들의 늙은 것만 믿고 젊은 사람들께 아무렇게나 괴팍을 부리는 것이라고도 했다. 그렇게 접어주었다. 게다가 이 중의 음성은 더 꼬장꼬장하며, 기름기가 좀 덜하게 들려진 탓도 있다. 어쨌든 그러고 있자니, 픽픽 웃음이 나와 픽픽 웃으며, 대체 그가 무엇으로 내 머리통을 쳤는가를 살피다가, 조금 몸서리를 쳐야 했다. "뭘 우물쭈물하고 있어?" 그는 팩팩거리듯 그렇게 말하고 있었다. "해골에 담긴 음식은 음식이 아니더냐? 다는 말고 조금만 집으라는데두."

"에? 헤헤, 헤, 거, 저어 저, 그게 그러니깐두루 말입습죠, 후, 후후, 훗날의 머리통이군입쇼." 마지못해 나는, 그가 내밀고 있는 것 속에 손을 집어넣었다. 헌데 그것으로 그가 내 머리통을 쳤던 것임에 분명했다. 그것은 글쎄 해골이었는데, 강변 촉루로 구르는 나무뿌리를 판 함지도 아니었고, 그렇다고 당나귀의 대갈통도 아니었다. 그것은 그 번쩍거림으로 보아, 분명히, 오늘 해 밝았을 땐가 죽은 어떤 존자의 훗날의 것이었고, 그것의 뻔뻔스런 이마빼기가 달빛 아래 명경처럼 맑고도 푸르렀다. 헌데 그 인두골, 그 안벽을 무슨 기름종이 같은 것으로라도 도배를 해서, 구멍들을 통해 아무것도 흘러나오지 못하게 해놓은 것인 것을 알았는데, 내가 손을 집어넣은 곳은 그러니까, 후두부 아래쪽이나 되었을 것이었다. 어쨌든 나는, 뭔지 빈대라도 말려놓은 듯한 느낌이 드는 것을 반 줌쯤 집어내선 입속에 넣고 씹으며, 한마디쯤 더 덧붙였다. "이 선사(禪師) 나으리께서는 말입지요, 분명히 거꾸로 서서 죽었군입쇼. 헤헤헤, 아 허지만 세월이 그렇게나 흘렀을깝쇼?"

"흐흐흐, 듣고 보니 그 젊은 스님네가 거진 거진 설익어가는구만, 흐흐, 훗, 허나 이 세상에 무엇이 옳게 서 있더니? 그것 좀 대답해볼 만하겠구만."

"거꾸로 서서 보면 아무것도 옳게 서 있는 게 없겠습죠."

"으흐으흐으, 그러면 거꾸로 서서 죽었어도 거꾸로 죽은 것 아닐 것이라." 나는 입속엣 것을 씹기나 하며, 그가 올려다보고 있었던 바위를, 그제서야 살펴보았다. 그리고 웃음이 나와 또 킥킥 웃자니, "색욕이 과한 놈이로고!" 하고 그가 꽤는 엄한 음성으로 나무라는 것이었다. 그것은 그렇게 고안된 바위였던 것이다. 보이는 그대로만 말하면, 단칸방 초가집만 한 암놈 바위의 곬에, 절굿대 세 배 크기는 되어 보이는 수놈 바위가 꽂혀진 듯이 세워져 있는데, 그것은 길숨하니 둥글어 계란 모양이었고, 그러나 이 바위들의 육교는, 기연에 의해 태초부터 어쩔 수 없이 행해져 온 것처럼은 아무래도 보이지 않았고, 이 고장의 할 일 없는 누군가에 의해서 그렇게 고안되어 손보아진 것 같았다. 아 그리고 기억해보니, 근에 창병이 들었다던 저 최초의 촌장이, 몸에 삼베옷을 걸치고 통곡하다 죽었다던, 어쩌면 그 암놈 바위 밑 옴팡한 곳에 우리는 앉아 있는 것인지도 몰랐다. 그는 그러다 죽었다고 했으니, 허긴 그가 아직도 살아 이렇게 앉아 있는 것은 아닐 테지만, 혹시 저 늙은 네는 장옷뿐이고, 속에 살은 없는 것이나 아닐라는가, 어쩌면 아닐라는가? 그럼에도 그것은 어쩌면 기자 바위만은 아니었을지도 모르긴 하다. 저 거드럭거리는 수놈 바위가 서 있는 꼴이 너무 불안정했는데, 그것은, 선녀가 입은 포름한 옷자락 한 번 스침에도 떨어져 내려, 우리가 앉은 바로 이 옴팡한 곳을 겹탈한 듯이 하고 있는 것이다. 그러나 어쨌든, 저 중이 응시하고 있는 한 저 거드럭대는 수놈 바위도 그 응시의 주술을 벗어날 것 같지는 않았다. 그에게서는 그만큼의 달력이 내게 느껴지고 있었다.

내 입속에서는, 뭔지 도저히 모를 것이, 씹을수록 기름지고, 또 씁쓸하니 짜디짜 소금 같기도 한 것이, 마늘 냄새 같은 것을 신선히 풍기며 녹고 있었다. 땀이며 눈물도 많이 흘리고 난 뒤여서, 내 몸이 또 염분을 요구하고 있었는지도 모른다.

"소승 인사 올립니다." 나는 그제서야 합장하고 재배했다.

"인사는 무슨 개뿔다구 같은 인사라는가?"

"소승 인사 올립니다." 나는 다시 합장하고, 다시 재배했다. 나는 고해할 마음을 내고 있는 것이다.

"자네가 전에, 내 집에서 누룽지나 빌었던 그 검은 개이기라도 하단 말인가?"

"소승 문안 올립니다."

"흐흐흐, 그래서?"그는 그제서야 낄낄거리고 웃었다.

나는 이 중놈께 내 모든 이야기를 고해바칠 심산인 것이다. 낄낄거리고 수다스러운 듯하나, 그것이 그의 청정함을 더욱 청정히 하는 것으로나 느껴지며, 얼굴은 보이지 않으나 맑은 빛이 그의 주위에 감도는 듯이 보이는 것이며, 흐트러짐 없는 자세며, 저 바위를 이겨가고 있는 담력이며, 마땅히 상대방을 분노케 할 언사로 상대를 오히려 안정케 하여 부복케 하는 모든 것이, 나로 하여금 그를 살아 있는 바위처럼 여기게 하는 것이다. 무엇보다도 나는 스승을 그리워해 온 것이다.

"내 스승이여, 스승이라면 이 우매한 학승의 의문에 대답해주실 수 있으시겠다고 믿나이다."

"자네는 아첨으로 대체로 입이 너무 기름지군, 그래. 의문을 갖지 마라. 그러면 스승도 없을 터이니."

"그러하오나 스승이시여, 나는 한 의문으로 괴롭고 있나이다."

"억만 겁의 억만 번뇌를 품었으되, 뉘 말하던가 우주가 번뇌하더라구 말이지?"

"하오나 스승이시여, 스승이라면 저 어지러운 인연을 쉽게 풀어 일러주실 수 있겠나이다. 전에 한 번도 만난 적이 없는 사람들을 만나서, 서로 간에 아무 행악한 일도 없이, 만나서 반 식경도 지나지 못해, 한 사람이 만약 다른 사람을 살해해버렸다면, 거기 무슨 악업이 끼어온 것이니까?"

나는 그리고, 계집과 더불어 자고 난 얘기부터, 저 존자라는 사내와 외눈 중을 죽이고 묻어버린 데 이르기까지의 모든 것을 소상히 고해바치기 시작했다. 그는 나의 얘기를 듣는 동안, 바위모양, 귀를 막고 있는 것으로 열고 있는 듯이 묵연스럽기만 했는데, 내 얘기가 끝나자, 왠지 다른 말은 없이, 내게 합장해 보이고, 그리고 다시 바위로 시선을 거둬 가버리는 것이어서, 날 어리둥절하고 불만스럽게 했다.

"이제 내 스승께서는, 이 학승의 괴로움을 양찰하셨을 줄로 압니다."

그런 한참 후에, 그가 다시 합장해 보이더니, "속스럽게 늙느라고만 했지, 지혜는 깨우쳐보지도 못한 이 늙은 중이 어떻게 대사의 깊은 속을 양찰할 수 있겠다고 하시오?" 하고 말해서, 날 경악케 했다. "이 늙은네가 대사를 몰라뵙고 노망을 부린 걸 용서하십시오. 보리에 본래 나무가 없고, 밝은 거울 또한 틀이 아닌데, 본래 한 물건도 없는 터에, 어디에 먼지며 티끌 앉을까."

"하오나 스승이시여, 이 학승의 괴로움은 여전하여 타는 불 가운데로 지나게 합니다." 나는 아마 조금 발악하고 있었을 것이었다.

"어허 참 그랬다더군, 별로 오래도 아닌 옛날에는 애들을 불 가운데로 지나게 했더라고도 하지. 지금 대사가 하고 있는 말은 그런 신육(神肉) 구워내기에 관한 이야기가 아니었던가?"

"나의 스승이여, 이 학승은 지금 진심을 다해 말씀 올리고 있나이다."

"아집이란 멸살의 적이라, 유아를 불로 지나게 하는 것이 그것이었을 터인즉슨, 그래서 대사는, 저 두 속아(俗我)의 장례를 치렀음일 터인데 어찌 그것이 번뇌의 잡근이라 하시오?"

　"하오나 내 스승이여, 이 학승이 행한 일은 백일몽이 아니었나이다." 나는 발악하고 있었다. 그러나 그는, 나의 발악쯤 개의치도 않고, 천천히, 존자의 게송으로부터 읊조려 나가고 있다.

　　몸은 보리수이니
　　마음은 밝은 거울 틀과 같네.
　　때때로 부지런히 털고 닦아서
　　먼지며 티끌 못 앉게 하세.

　　보리에 본래 나무가 없고
　　밝은 거울 또한 틀이 아닌데,
　　본래 한 물건도 없는 터에
　　어디에 먼지며 티끌 앉을까.

　"내 스승이여, 소승은 지금."

　"그래, 그것은 구도적 살인이라고 부를 것이다. 현자의 살인이라고, 그렇지, 그렇게 불러야 할 것이지."

　"소승은 지금, 육성을 다해 말씀 올리고 있나이다."

　"아집에 따르는 두 병독은, 비계와 외눈이 아니겠느냐?" 이번에는 그의 쪽에서 조금 짜증스러이 나섰다. "비계는 탐욕의 은유이며, 외눈이란 편견의 비유가 아니겠는가? 그래서 이제 저 두 적을 항복 받았으면, 거기 어디 번뇌 끼일 자리가 있을 것인가?"

"하오나 소승은, 진심을 다하고 육성을 다해서 말씀 올리고 있나이다. 탐욕과 편견이 죽은 것이 글쎄 아니고, 그것은 글쎄 비유나 익명의 죽음이 아니라는 것이 소승의 육성입니다." 나는 참지를 못하고, 고함을 버럭버럭 질러대며 대들었더니, 다시 또 그가 해골을 들어내 이마를 후려치고는, "애로고, 애로고 참 이상스런 애로고, 위험스런 애로고!" 하고 소리를 꽥꽥 내질러, 다시 나를 놀라게 해서는 수그러들게 했다. 그의 하는 짓은 여전히, 내 아비 중이 했던 짓과 흡사해서, 나로 하여금 내가 그의 맥을 헛짚어본 것이나 아니었던가 하는 의심을 품게도 했으나, 어쨌든 그에게서 숨 냄새는 없었던 것이다. "자네는 애치고도 이상스런 짐승이 낳은 애야. 헌데 내 짐작키로는, 짐승이나 보살만이 원한 없이도 파괴를 자행할 수 있을 듯도 한데, 그러나 짐승이나 보살은 그 일로 괴로워하지는 않는 것이다. 글쎄 그것이 육신적 살육이든 구도적 살육이든, 그것은 같은 것이다." 그의 음성은 다시 착 가라앉아 있었다. "그러나 자네는 불순한 짐승이라구. 불순한 보살이야. 자네는 어쩐지, 어떤 종류로든 간음 없이는 못 사는 녀석 같애. 자네 어미가 혹간 창부는 아니었던가 몰라? 짐승도 보살도 아니라면, 원한도 증오도 없고 있다면, 그런 살해란 일종의 간음 같은 것이다." 그는 말하며, 나를 향했던 시선을 돌려 달을 향하고 쳐들어 올렸는데, 그러자 달이 정면으로 그의 눈에다 이슬을 뿌리고 있어서 보니, 그의 눈에 어쩐지 눈물이 어린 듯해, 나를 심히 어리둥절하게 했다. "그래 그래서, 만약에 자네가 그 일로 괴롭거든, 어찌해서 자네는, 이 사막 밖으로 나가 관에 자백을 하지 않고, 그곳의 율법에 의해 벌 받으려 하지 않는가? 그러면 자네의 내독(內毒)이 밖으로 번져 나올 것이 아닌가?" 그리고 그는 고개를 숙이고 조금 침묵하더니, "하기는 그런 벌 또한 두려운 것이겠지. 울에 갇힌 맹폭한 짐승을 나로서도 생각하기는 싫거든. 그러나 자네의 고뇌가 계속되는 한, 비록 자네가 은둔을 하고 있대도, 그 형벌이 회피되는 것은 아니다. 그런 맨살로 눈벌판을 헤매는 쪽이 차라리 낫다고도 말해질 정도일 것이거든"하고, 그런데 그는 내게 대단히 엉뚱하게 느껴지는 질문을 했다.

"자네는 그래서, 이 유리에는 무엇 때문에 왔던고?"

그 물음은 그리고 바로 내가 스스로에게 해왔으나, 대답할 수 없던 것이어서 우물쭈물하다 솔직하게 대답해버렸다.

"이 학승의 스승께서, 이 학승을 여기로 보내시며, 누구든 태어날 때 생각할 것, 먹을 것, 입을 것을 갖고 나온 것이 아니라, 울 것이나 갖고 나왔다고 말씀하셨었습니다. 사십 일 기한쯤으로 보내셨습죠."

"으흐흐홋, 그랬댔군, 그랬어? 보내서 왔댔군. 헛헛헛. 거묘한 늙은탱이야, 자네네 스승이란 친구 말야. 인연이 닿으면, 그 늙은탱이 한 번쯤 만나보고 싶은 정도군. 어찌 자네 같은 어중이떠중이를 불머슴으로 두었던지, 그게 묘하거든. 하기는 무슨 목적을 개표모양 목에다 첨매고 태어난 짐승은 없을 것이거든, 그러게 말야. 태어나고, 늙고 병들고, 번뇌하고, 죽고, 그런 것에 당하는 일만 해도 모질단 말이지, 허지만 다 객담일레, 사번(詞煩)이군. 그래서 대사는 꼭히 여기서 한 마흔 날 살아볼 생각이기라도 하단 말인가?"

"이 학승께 변심이 생기면, 언제라도 떠나버리면 그뿐이기는 합니다."

"그렇게 되었다는가 또? 아 그러고 보니, 자네에게는 세 가지의 선택이 아직도 있겠구면. 하나는 말한 대로, 관에 가 자백하는 일이고, 다른 하나는, 여기 앉아 있는 이 늙은이 위에 저 바위를 밀어뜨린 후에, 손 깨끗이 씻고 이 유리만 벗어나 버리면 그뿐이고, 그런 경우 글쎄, 빠르면 빠를수록 좋은데, 자네가 이 유리에 왔었다는 것을 알고 있는 사람이란, 저 자녀(姿女) 하나밖에는 없거든. 헌데 자네 씨불였던 투로 미뤄보아서 말이지, 나도 그 애를 조금 알 듯도 싶었는데 말이야, 내 생각에 그 애는 자네께 무독할 것이지. 그 애의 시간은 늘 뒤집힌다구. 이건 한마디로 설명하긴 어렵지. 그러나 어떤 사람들께는 시간이라는 것이 거의 존재치 않는 수가 있는 것이다. 밖에서는 시간이 흘러, 어제 오늘 내일이라고 하는데, 안에서는 전혀 그것들이 바뀌지를 않아서, 흐르는 것과 흐르지 않는 것 사이에 간극이 생긴다. 그래서 종내 아무것도 이해할 수가 없이 된다. 그 애를 두고 하는 말로는 백치라고 하지. 하지만 나는 절대로 그렇게는 생각지 않는다. 그 애는 아주 기름진 무(無)라구. 무가 어떻게 용(用)이 되는가, 어떻게 쓰임새로 바뀌는가, ……허지만 사변이로다. 그래 그래서, 두 번째 선택은, 저 바위를 내 위에 밀어뜨리고, 총총히 떠나는 일이다. 그런 뒤 옛 살던 데 돌아가, 한 서른 날 울어버리기라도 한다면 괴로움은 사그라져버릴 것. 그런 뒤 자기의 살해를 비유의 살해로 고쳐 생각하고, 그것 위에 명상하고 정진하면, 성불해버렸음을 깨달을 일. 어쨌든 공문으로 나아가는 일이란 계속적인 도살 행위, 계속적인 파괴라고 말할 수도 있을 것이거든. 그럼에도 저 하나의 증인이 자네게 꺼려진다면, 그녀를 데불고 가 살든, 또는 어떻게 하든 그것은 자네가 알아서 할 일이겠지. 세 번째의 선택은, 글쎄 이것이겠지. 일단 자네가 마흔 날쯤 살러 여기로 왔으면, 이곳 촌락의 율법에 따르는 일이겠지. 그렇다고 무슨 특별한 율법이야 있을 수 있을라구? 그저 촌장이나 만나보고, 그로부터 어떤 벌이나 위로를 받는 일이겠지. 헌데 언제 여기로 왔었다구?"

"어제 도착했었습니다."

"그러면 자네겐 서른 여드레가 더 남았군그래. 아 그야 뭐 뻔하지. 저 촌장 늙은탱이, 아마도 자네더러 저 물도 없는 마른 늪에서 고기나 낚아내라고 할 터이지. 헌데 그 늪에 물 괴었던 적은 태초나 아니었던가 몰라."

"마, 마른 늪에서 말씀이시오니까?"

"왜, 못 낚을 것 같나? 뭐 못 낚을 일이야 시킬라구? 흐흐흐, 그러나 촌장이 허락한 날짜 안에는, 거기 구속이란 없다구 하지. 고기를 낚든 못 낚든, 그것은 촌장의 문제는 아닐 게거든. 그건 전적으로 자네의 문제일 것이라구. 까짓것, 그따위 짓이 싫으면, 낚싯대 부러뜨리고, 세상으로 나가, 역마모양 뛰어다닐 수도 있을 것이라구. 듣자니, 읍내 장로네는 객승(客僧)에 대한 대접이 나쁘잖더라더구나. 한 번쯤 그 댁에 들러보아도 좋겠지. 그 늙은탱이와 알아온 지 내 수십 년 되는 처지이지. 그리고 돌아오지 않는다고, 촌장이 뒤따라가 자넬 훑아오겠나? 돌아오는가 마는가도 촌장의 문제는 아닐 게거든. 그것도 전적으로 자네의 문제일 것인데, 다른 짓 다 그만두고 중이 되었을 때는, 자네도 도라는 것의 찌꺼기라도 좀 얻자는 것 아니었겠다구? 글쎄 자네의 문제야. 그러니 그렇지, 이것이 자네가 이제 선택하고 결단할 그때쯤이겠어. 사번, 사번이로구나." 그리고 늙은이는, 앉음새까지 고쳐 앉아, 나로부터 초연히 떠났다. 그러나 내가 얼른 떠나지를 않고 그저 앉아만 있자니, 무슨 마음을 먹었던지, 그가 다시 돌아오더니, "저녁엔 달이 좋구나, 썩 좋아. 아 그렇지, 자네와 잤던 그 계집아이를 만나거든 이마를 조아리게. 글쎄, 자네가 이상스런 짐승이라면, 그 애는 이상스런 보살이거든. 달이 썩 좋아. 그러면 이제쯤에서 헤어질거나? 자네는 이제 결단을 해야 될 터이고, 나는 이제 한잠 졸았으면 싶은데, 이봐, 혹간 자네가 저 바위를 내 위에 밀어뜨리겠다면, 이보라구, 내가 잠들었을 때 좀도둑모양 행하지 말고, 날 좀 깨워주게나."

"소승 그럼 이만 떠나보겠나이다." 나는 무릎 꿇어 엎드려 깊이 절하고 일어섰다.

"아 그래서 떠나는가? 거 좋지. 그러나 자네는 삼백 걸음도 떼지 않아서 되달려올 게야. 내 얼굴이 보고 싶을 게거든. 글쎄 자네 같은 이상스런 짐승이, 얼굴도 모르는 어떤 타인의 귀에다, 자기의 왼갖 비밀을 다 고해바쳤다는 것을 반 식경인들 참아낼 재간은 없을 것이거든. 자네는 의심하게 될 거라구. 저것이 나무였더라도 바람이 불면 소리를 내게 될 터인데, 저것은 백 년 묵은 요괴는 아닌가, 또는 저것은 관에서 파견된 암행(暗行)꾼 그 당자는 아닌가, 대체로 이런 투겠지, 엥? 흐흐흐, 자네에게는 무엇이든 시작되지 말아야지, 무엇이 일단 시작되었다고 하면, 이제 동정호 깊이는 파고들어야 된단 말야. 자네가 업보 운운했단가? 괴이한지고. 인연이며 업보란 질서 정연한 것이다. 무질서란 성격이 다른 것이야. 어쩌면 그것은 두 개의 얼굴을 갖고 있을지도 모르는데, 그 하나는 나보다 먼저 죽은 늙은네들 해쌓는, 거 뭐 그러나 별로 쓰잘데도 없는 소리 같지만 어쨌든, 선악의 어떤 것이든 그 업보가 끊긴 자리며, 다른 하나는 일종의 와해이다. 이 와해적 무질서는, 다시 질서를 획득한다고 할 때, 거기 업보의 더 굵고 더 모진 팔만 씨와 날이 다시 짜인다. 그러나 그 둘이 다 파괴와 무질서라는 데 이르러 다를 것은 무엇이겠는가. 헌데 자네는, 자네가, 횡설이고 수설인 대로만 하자면, 파괴를 수행하되 응달진 쪽으로 하고 있거든. 매 순간 매 찰나, 그 속에 들어가 겁을 두고도 못 헤어나올 그런 구덩이를 파가며, 어쩔 수 없이 빠져들어선, 벗어나려고 으르렁거리는데, 그런 자네가 그러나 내게 밉지 않아. 으르렁거리기를 멈추지 않고, 발톱 세우기를 게을리하지 않으며 약간의 포만에 잠들지만 않는다면, 그 구덩이나 우리 속에 갇혔다고 해서, 그것이 길든 개라고 생각하는 건 잘못이거든, 흐흐흐, 그렇다고 해서 내가 왜 내 얼굴을 자네에게 보여주어야 되는지, 그 까닭은 모르겠단 말야. 본디로부터 한 물건도 없다면, 얼굴도 또한 있을 리가 없는 것을. 허긴 자넨 나보다 젊은 데다, 완력도 있는 듯하니, 계집 강간하듯, 완력으로 내 장옷을 벗겨볼 수도 있겠으나, 자네는 그렇게는 안 할 게야. 아니 모르지, 그런다 해도 그뿐이지만, 그러나 자네는 직접적으로, 저 바위 위로 올라가서는, 색(色)이 즉 공(空)이니, 공으로 공을 덮쳐 누른다고 해서, 그것이 어째서 살육일 것인가,

105

하고 생각할 것이야. 그리고 아마 오줌 한번 갈기겠지. 허웃허
웃, 허나 나로서는 이런 이상스런 인연으로 해서 어쩔 수 없이
내가 죽어야 된다면, 나의 죽음이 너에게 쑥과 마늘이 되기를
바라는 바이지. 참, 아까 우리는, 거꾸로 서서 죽은 얘기를 했
던가? 그러나 누가, 저 하늘이 무거워서, 그 공(空)을 떠받쳐
올리느라고 엎드려 죽었다는 얘길 들어본 적 있는가?"

"소승 떠나며 평강을 비나이다."

"아, 그래서 떠나는가? 거 좋지. 아, 그리고 그렇지. 또 혹
간 마음 달리 먹고 촌장이라는 늙은네를 만날 생각이 들기라
도 할라치면, 저 마을 어디에, 그냥 불리기로 촛불중이라는 자
가 있다고 하는데, 그 중께 물어보면 알 법하다는 얘기를 글
쎄, 전에 어디서 들어둔 기억이 나는군. 그러기 전에 자네는
물론 벌 쐰 듯이 돌아오겠네만, 바위를 밀어뜨렸거들랑은, 언
제든 품을 좀 내서, 다시 저렇게 올려놓아도 좋고, 또 아니면
누군가가 그 일을 대신하겠지. 그리고 우리 만났었으니, 그 인
연으롤랑, 내가 이 두개골쯤 선물로 주어도 좋겠는데, 그렇지,
깨어지지 않을 저 안전한 구석에 놓아둘 터이니, 나중에 가지
라구. 이 두개골도 그의 것이지만, 이 속에 담긴 것도, 여기 앉
았던 나 같은 늙은이 위에 파리가 쉬슬어놓은 걸, 내가 거둬
말렸다가, 쑥 잎하고 생마늘하고 소금하고 침 뱉어 이겨설랑
말려 바스러뜨린 것이야. 허나 난 별로 먹을 생각을 못 내고
그럭저럭 살아왔더니, 듣자니 그 늙은네가 사조(四祖)였더라
구 그래. 그렇지, 저 바위를 나 혼자 밀어 올리는 데 글쎄 반년
이나 걸렸었댔군. 그러나 그런 이후, 아무도 저 바위를 밀어뜨
린 사람은 없었지 아마. 날것인 채로의 털 벗지 않은 자아(自

我)란, 언제라도 떨어져 내리려는 바위 같은 것이고, 그것은 위험스러운 것이 또 사실이야."

나는 합장하여 재배하기를, 깊이깊이 열두 번도 더 하고, 그런 뒤 떠났다. 달을 보고 별을 보니, 해시 말 지난 지도 뒤 식경이나 된 듯했다.

제3일

1

"……색이 즉 공이니, 공으로 공을 덮쳐 누른다고 해서, 그것이 어째서 살육일 것인가?"

새벽빛하고 달빛 꼭 찬 데를 부수고, 그만한 구멍을 틔우며, 그래서 그 바위는 떨어져 내려버렸을 것이었다. 그러고 나니 오줌도 마려워, 암놈 바위 위에 서서, 저 실족한 수놈 바위 위에다 한 줄기 나는 뻗쳐 내렸을 것인데, 그러고 나니 가슴이 후련했다.

그리고 뛰어내려 수놈 바위 아래를 보니 세상은 전이나 지금이나 그저도 같은 것처럼 여겨지기도 했으나, 거기 있었던 마을이 사라지고 없어서, 갑자기 새벽이 쓸쓸했고, 무섭도록 으슴푸레했다. 아마도 세상은 그 새벽의 한 반 홉쯤, 바뀌어져 있었던 것이다. 어쨌든 흰 장옷 속에 검은 죽음은 싸여,

바위 아래 깔려 있을 것이었다. 나는 참 그의 얼굴을 한 천 걸음 떼어놓을 만큼, 궁금히 여겼었던가? 글쎄, 그랬었던가? 하기야 지금쯤은 얼굴이 얼굴도 아닐 테니, 까짓것 얼굴이겠는가마는. 주위는 쓸쓸했고, 무섭도록 으슴푸레했다. 허지만 결말을 완벽하게 하는 일은, 나로 하여금 되돌아오게 하는 헛걸음질을 시키지는 않을 것이다. 얼굴이 얼굴이 못 되는 얼굴은 어떤 얼굴인지, 그것을 보아두는 것도 결코 나쁘지는 않을 것이다.

하지만, 얼굴이 아닌 저 얼굴을 폭삭 덮어버리고 있는, 바위 한 이불 폭을 걷어내는 일도 쉽지는 않았다. 공(空)이랄지라도 그것이 또한 색(色)이라, 그것은 무거웠고, 움쩍하지도 않았다. 그 바위는 쓸쓸하고, 무섭도록 으슴푸레했다.

생각다 못해 나중에 나는, 바위 한옆을, 할 수 있는껏 후벼 파서, 바위를 그 얕은 구덩이 언덕에다 밀어뜨리려고도 해보았다. 하기는 그런 방법에 의해서, 저 주검을 새벽빛 가운데 드러낼 수는 있었다. 그 주검은 엎드려 있는 채 으스러져, 모래 속에다 자기의 살과 뼈와 묽음을 묻어놓고 있었는데, 쓸쓸하고 무섭도록 으슴푸레했다. 나는 어쨌든, 백 년이나 굶은 여우가 되어서, 그 주검에서 피에 번져 얼룩진 냄새를 풍기는 장옷을 정중히 벗겨냈더니, 칙살맞게 휘늘어진 살이, 부러진 뼈에 엉겨 욱 쏟아져 내렸다. 코가 깨어진 데다, 눈으로는 그 눈구멍들만 한 모래 기둥이 박혀 들어가 있고, 터진 뒤통수에서 앞으로 흘러내린 피와 골이 범벅이 되어, 비록 모래에 처박혀 그 형태가 완전히 깨어진 얼굴은 아니더라도, 얼굴은 자세치가 않았는데, 그로부터 벗겨냈던 장옷으로 그 얼굴을 문지르고 보고, 닦고 보고, 또 훔쳐내고 보다가, 나는 백 년이나 두고 머리가 아팠다. 소리가 아팠다. 호흡이 아프고, 피가 또한 아팠다. 아, 이런 씨부랄 녀러 음모도 있었단 말인가.

그는 늙은탱이, 내가 떠났을 때 괴팍스럽던, 늙은 것이 맥을 완전히 멈춰버렸던, 바로 그는 늙은이 하나 고약하던, 허, 허헛 허기는 내가 아버지라고 늘 생각했던, 그는 늙은네, 바로 수다스럽던, 그는 내 스승 그는 늙은탱이—허, 헌데 대체, 그, 늙은탱이는, 그 완벽하던, 죽음으로부터, 어, 어떻게 도, 도망쳐 나와, 여기로 달려온 것인가. 그것은 아무리 해도 이해할 수가 없고, 나는 안 아플 데만 육실허게 아프고, 달은 쓸쓸하고, 무섭도록 으슴푸레했다. 나는 쓸쓸하고, 무섭도록 으슴푸레했다. 나는 참을 수 없어 무릎을 꿇고 엎드려, 달이 새벽에 이우는 것을 향해 길게 길게 짖어댈 뿐이었다. 오우우우우—오우우우우오—

울지는 못했다. 저 늙은이의 장례도 생각하지 못했다. 거기 그대로 놔두면 사대(四大)의 어미들이 와 쉬 갈겨놓고, 저 육보시를 즐기게 되리라. 그는 이제, 있어도 있는 것이 아니며, 없어도 없는 것이 아니라는 것을, 나는 알고 있는 것이다.

그런데도 나는 짖음을 멈출 수가 없고, 안 아플 데만 아픈 것을 어찌할 수가 없다.

나는 짖으며, 종내, 저 늙은 공(空)으로부터 한없이 도망쳤다. 이제 나는 유리로부터, 저 높은 산막으로부터, 나를 휩싸던 모든 아늑함으로부터, 스스로 배척받지 않으면 안 되게 된 것이다. 그래서 내가 공으로부터 멀어지면 멀어질수록, 나는 색(色)에 무겁고, 변절 환속은 이렇게도 갑자기 이뤄져 버린 것이다. 그는 죽은 입으로도 이렇게 떠들어대고 있었다. "이 녀석아, 자네는 곧장 떠나란 말야. 내게 변절 개종을 하고 떠나란 말야."

2

나는, 내가 저질렀던 일에 대한 자백이나, 그것으로 인하여 받게 될 어떤 종류의 형벌도 거부해버리고 있었다. 해골을 유산으로 받아 옆에 끼고, 그래서 사막을 걷는 나의 길은 쓸쓸하고, 무섭도록 으슴푸레했다. 그러나 마음으로 시달리지는 않았다. 더 이상, 죽은 것들의 망령도 보지 않았으며, 피 냄새도 느낄 수 없었다. '내가 내 손으로 내 스승을, 아버지를, 살해했다는 그 얘기를 누구에겐가 하고 싶다는 것만을 빼놓으면, 저 존자며 그의 문하생 따위는 벌써 잊고 있었다. 그것은 말해버렸음으로 해서, 통회해버렸음으로 해서, 시달렸음으로 해서, 그리고 은유의 살인이라고 쳐버렸음으로 해서, 그것은 내게서 뻔뻔스럽게도 끝나버린 것이다. 어쩌면 내 스승이, 그 모든 것을 한 몸에 뭉뚱그려, 내게서 덜어 가버렸는지도 모른다. 그 둘의 죽음이 공모해서 주려고 하는 두려움이나 불안, 또는 견딜 수 없는 죄책감 따위는, 표표히 죽어간 한 죽음이 그저 조금 남긴 슬픔에 비할 때, 그저 한두 포기의 쇠비름의 고사(枯死) 같은 것에 불과해져 버린 것이다. 그리고 스승의 압살 또한 누구에겐가 말해버리고 싶은 곳이 있다면, 나로서는 그것이 누구인지를 물론 알고 있다. 결국 그것은 나 자신이었다.

나 자신에게만 그 범행을 계속 자백하고 싶은 것이었다. 그것은 진흙 속에 파묻혀 잊힌 한 연(蓮) 같은 것으로, 이 궂은 세상 마마 창궐하는 속으로 다니며 비밀스러이 가슴에 달고 다닐 마늘 같은 것으로, 간직하고 싶은 것이었다. 거기에는 죄책감도 가책도 두려움도 아무것도 없었다. 그래, 그리하여 이제 이것으로 끝난 것이다. 내가 마을 부근에 이르고 있을 때 새벽은 걷히고 있었다. 그러나 아직도 이우는 달은 흰 계집모양 모래 위에 잠들어 있었는데, 물러가는 밤의 쓸쓸하고 무섭도록 어슴푸레한 정적이 수사자모양, 저 잠든 것의 볼을 핥으며, 살아 있는 냄새를 찾고 있었다. 아직 한 사람의 수도자도 보이지 않았고, 거적문들은 무겁게 내려져 있어, 이런 시각엔 내가 마을의 가운데를 지나간다 하더라도, 아무도 만나게 될 것 같진 않았다. 그러나 모르는 것이다. 어떤 설사병 든 수도자라도 있어 아래 춤을 어중간하게 움켜쥐고, 어느 굴속에서 느닷없이 뛰쳐나올지도 모르는 것이다. 나는 그러므로 역시, 마을을 멀찍이 동편으로 돌아서 읍으로 이어지는 길에 올라서는 것이 좋았었다. 그런 뒤엔, 쫓기듯 걸으면서도 반쯤은 졸았어도 좋았다. 때는 동이 이미 터 있었고, 그 밝음은 헌데 내게, 별로 달갑지 않은, 저 죄 없이 맑아 보이는 풍경을 드러내, 쏘는 눈으로 나를 보게 했다. 전에 나는, 새벽의 어슴푸레함으로부터 부화되는, 밤의 양수(羊水)에 뒤덮인, 숲이며, 바위며, 들꽃이며, 언덕이며, 하늘이며, 땅이며, 그 모두가 아름답고 싱그럽다고 종종 생각했었다. 허나 이 아침에, 그런 벗은 몸들은 수치로 보이며, 나는 왠지 저쪽 아주 멀리에 보이는 숲속으로나 가, 어떤 그늘 밑에 숨고만 싶었다. 나는, 어쩌면 내가 벗고 있기 때문일지도 모른다고도 생각했다. 나무나, 풀이나, 돌이나, 하늘이나, 모두 벗고 있는데도 불구하고, 나만 유독, 무엇엔가 입혀져 은폐되지 않았다는 것 때문에, 빛 가운데 서는 것이 무섭고 부끄러워야 할 까닭은 무엇인가? 그 까닭은 무엇인가. 나는 내가 불쾌하고 싫었다. 그래서 나는 다시 내가 유리로 들어가고 있었을 때 벗어부쳤던, 그래서 여기도 하나 저기도 하나 흩어져, 상여 떠난 뒤 가시덤불에 찢어발겨진 한지 나부랭이 풀죽은 것 같은, 내 옷을 다시 꿰어 입기 시작했다. 호젓한 냇가에서 더러 빨아 입기는 했다고 하더라도, 그것은 땀이 썩은 더러운 쉰내를 풍기며, 축축이 몸을 휘감아 구역질을 일으켰다. 색념(色念)다운 하나의 충동에 의해 나는 아마, 그것들을 벗어부쳤을 것이었다. 무엇보다도 나는 그때, 하나의 늙은 주검으로부터 초연히 뛰쳐 일어났던 것이다. 그러나 그 주검 역시 익명의 주검은 아니었다. 비도 오지 않는 날 도롱이 입고 삿갓 아래 쭈그리고 누운 그 주검은, 여태도 실체 그대로 거기에 있었고, 나는 아무리 해도 그것을 뛰어넘어 더 살아갈 수가 없고만 있다. 사대(四大)가 돌아가느라고 조금씩 썩고 있었던지, 불그스레한 묽음이 도롱이며 삿갓 언저리로 번져 나와 있고, 그리고 냄새가 좀 흐르고 있었는데, 길 상두꾼, 상두꾼 바람, 부고 받기가 더뎠던내 비다.

　나는 그 주검을 뛰어넘지를 못하고, 진땀을 흘리다, 결국 주저앉고 말았다. 그러자 처량스런 기분이 들고, 아침 빛이 오히려 죽음 빛처럼, 쓸쓸하고 무섭도록 으슴푸레했다. 나는 아무리 해도 바라볼 곳을 찾을 수가 없어 잠 오는 누에모양 고개나 흔들다, 땅으로 눈을 떨궜더니, 모든 곳이 다 으스레하고 캄캄해 보이며, 내가 그냥 늘어지는 것이었다. 나는 그럴수록, 유산 받은 저 해골 하나만을 가슴에 꼭 껴안았더니, 그런 채로 내가 옆으로 비그르 무너지는 것이었다. 아마도 나는, 피곤이며, 삼복더위다운 수면이며에, 내 줄기서부터 시들었던 모양이었는데, 그런데도 나는, 길에서 죽어 길로도 못 가고, 바람 가운데서 죽어 흩어지지도 못한, 저 도보 고행승의 시체는 묻어주어야겠다고, 자꾸 생각하고 있었다. 그는 공(空)으로 돌아가기를 바란 것이 아니라, 색(色)으로 돌아가기를 바란 것이었었다. 그래서 죽었을 때, 입으로 흙을 토해낸 것이다. 흙 안에 안겼을 때라야, 그는 다시 흙으로부터 떠나게 되리라. 물론 다시 흙 속으로 돌아올 것이지마는.

3

뜨르르르 돌아왔소
품배 품배 돌아왔소
이 전 저 전 다 버리고
죽지도 않고 돌아를 왔소

한낮인데도, 햇빛이 까맣게 쏟아져 내리는데도, 제길헐 녀러, 어떤 토굴 하나 거적문 둘둘 말아 올려놓은 데는 없고, 갑작스런 흑사병에라도 휩쓸려버린 듯하고, 글쎄 내가 거부해버렸어야 마땅했을 저 마을은 낮에도 닫혀만 있고, 적막했고, 무정스러웠고, 저 굴속에 사는 녀러 것들은 딴에 들은 도라고 하는 것을 날개 밑에 온기스러이 간직하는 물총새나 갈매기 같은 것들이 아닌 듯하고, 차라리 그 녀러 것들은 햇빛을 피해 습기 찬 데로만 자꾸 파고드는 굼벵이나 지렁이나 아니면 땅 강아지 같은 것들인지도 모를 일이었고, 그래도 제길헐 나는 돌아왔고, 발가벗고 돌아왔고, 품배 품배 돌아왔고, 해수병 시 초처럼 내뱉는 기침 소리 한 가닥 들리지 않고, 잡년들만 산다 는 거적 집에서도 거나해 상 두들기는 소리는커녕 잘려진 웃 음소리 하나 들려 나오지 않고, 이것은 한낮인데도 밤이 깊어 있고, 나는 한밤중을 지나는 기분이고, 그래도 나는 이 전 저 전 다 버리고 죽지도 않고 돌아를 왔고―젠장, 온역이라도 한 번 휩쓸었더면, 나는 얼마나 마음 편히 이 마을을 거드럭거릴 수 있었을 것인가.

　결국 나는, 저 도보 고행승 죽었던 자리에서 한 발자국도 더 못 내딛고 유리로 되돌아와 버리고 만 것이었다. 그 도보 고행승의 주검모양, 나도 거기 오그리고 누워, 죽음 같은 한 수면을 끝내고, 그런 뒤 그의 시체를 길가 그중 아늑하고 옴팡 한 데 끌어내려, 흙 몇 줌 뿌려주고, 결국 거부치 못하고 돌아 와 버린 것이다. 돌아오며 다시 나는, 어쩐지 먼 선조 대대로 물림해온, 무슨 원죄(原罪)와도 관련이 있는 듯한 옷은 벗어부 쳐 이번엔 갈가리 찢어 길옆 돌 밑에 눌러 덮어버리고, 해 아 래 서서 휘파람을 홰홰 한번 불었었다. 나무나, 돌이나, 풀이 나, 해나, 달이나, 별이나, 모두 벗고 있는데도 불구하고, 나만 유독, 무엇엔가 입혀져 은폐되지 않았다는 것 때문에 빛 가운 데 서는 것이 무섭고 부끄러운 까닭은 무엇이었는가? 어머니 품을 갑자기 떠난 듯이 두렵고 불안정하며, 손이며 눈 둘 곳을 몰라, 몸이 괜스레 꼬이고 드는, 저 이상스레 변모한 유치성은 무엇이었는가? 그러나 그럼에도, 내가 그런 것을 극복해 버릴 수 있다고 하면, 나도 한 번쯤의 편안한 장옷을 필요로 할지도 모른다. 처음에 여기에 왔었을 때 나는, 탈육(脫肉)스러웠고, 지금은 그 몸이 무겁지만, 그러나 그 몸을 두고 너무 변덕스러이 따져쌀 일은 아니다. 결국 이 경계를 벗어나지 못한 것이다.

그럼에도 아직 나는, 촌장을 만나, 지은 일 전부를 고백해 버릴 것인지 어쩔지는 결정하지 못한 채 있고, 그저 '촛불중'이라는 중이나 한 번쯤 만나보고 싶다는 생각만 조금 갖고 있을 뿐인 것이다. 나는 물론, 한 수도부와의 기연에 의해서 그의 토굴을 알고는 있다. 그러나 사실에 있어, 그런 것이 기연이나 우연이라고 말해질 것인지 어떤지는, 나는 모른다. 나는 왜냐하면 이곳에 초행이고 있으니, 내가 만나는 것, 보는 것은, 그것이 한 포기의 풀이라고 하더라도, 내게는 생소하지만 정작에 있어, 그것은, 이곳의 일상적인 구태의연한 풍경 속의 하나일지도 모르기 때문이다. 가령, 한 고향 친구를, 뜻하지 않은 고장을 헤매다 만나게 되었다면, 그런 일이란 흔하게 있을 수 있는데, 어떻게 해서 그들 둘이 그런 같은 시간에, 그런 같은 장소에 닿을 수 있었던가 하는 그 개인적 편력의 조감이 따르지 않는다면, 그런 것을 한마디로 우연이라고 매도해 버릴 수 있을지도 모르지만, 모든 것이 이미 준비되어 있어 그것이 일상화하고, 그래서 구태의연해져 버린 어떤 현상 속으로, 낯선 것이 뛰어들었기에 맺어지는 관계란, 그것이 빨랐거나 늦었거나, 또는 영 맺어지지 않는 경우와도 상관없이, 그저 일상적 사건이지 기연이나 우연으로 보아질 것은 아닐지도 모른다. 이런 경우 그것은, 낯선 자가 처녀를 잃어가며, 그 낯선 곳의 일상인이 되어가는 과정이라고 하는 것이 옳을지도 모른다. 한동네 사는 고운 아이를 한 사나흘이나 못 보았다가, 다른 데 다른 시각도 말고 하필이면, 으스름한 저녁녘 감나무집 골목에서 만났다고 해서, 그것이 기연이나 우연이 아닌 것처럼, 허긴 나도 그런 식으로 그 계집을 만난 것이었다. 아니, 그럼에도, 내가 압살해버린 스승의 경우는 다른데 그는 내가 가는 모든 길의 앞에 희게 앉아 있기 위해서, 먼저 이 사막으로 온 것이었다고밖에는 믿어지지가 않기 때문이다. 그러나 무엇보다도, 그중 흥청거리는, 유리의 육칠 팔월의 그 가운데 대목이 아닌가.

나는 촛불중네로 걸어가며, 한 탄지경(彈指頃) 채 끝나지도 않은 사이 내게 일어난, 저 어지러운 발현(發現)들을 정리해보고 있었다. 그러며 낮이기 때문에도 더더욱 살벌해 보이며 고적한 사막을 둘러보고 한숨도 쉬었다. 나는 어쩐지, 하늘 아래 드러내진 흙 밑의 뿌리만 같은 것이, 저 세계를 참으로 이겨나갈 것 같지가 않았다. 이기는 것과 사는 것은 어쩌면 같지 않을지도 모르긴 하다. 그럼에도 여기에서, 계집도 살며, 어쩌면 이겨가고 있는 것이 아닌가. 촛불중네 토굴이 가까워질수록 허긴 어쩌면, 난 그 계집을 조금쯤 그리워하고 있는지도 모른다. 내가 소리를 찾았을 때 소리로서 나왔던, 그 계집이, 어쩌면 촛불중이어서, 그 안에 소리로서 앉아, 날 기다리고 있을는지도 모른다고, 나는 자꾸 생각하고 있는 것이다. 글쎄, 그런 계집은 한 첩의 한약 속에 아주 조금 섞인 감초 같은 것이었고, 그것을 빼버리고 나면, 이 사막은 내게 그저 쓸 뿐으로 여겨진다. 허지만 하나의 건강하고 건장한 성년 사내가, 하나의 곱고 풍염한 계집을 조금쯤 애착한다고 하여 그것이 어째서 나쁠 것인가?

나는 억지로 꾸며내서 기분을 돋우며, 그 계집이 나왔었다고 믿어지는 토굴 앞에 드디어 닿았다. 붓고, 긁히고, 터져서, 한 서너 달쯤이나 관 속에서 썩다 일어선 놈처럼 내가 내게도 보이는 터에다, 그 굴 앞에도 거적문이 역시 무겁게 내려져 있어, 들치고 들어가 보는 걸 망설이게 했으나, 어쨌든 큰기침 한번 하고 거적을 들쳤다. 그런 뒤 허리 굽혀 그 안으로 들어섰더니, 무슨 낙엽이 하나 한천(寒天)을 떨어져 내리다 멈칫 머물러버린 것이나 아니었던가, 아흔아홉 잠든 눈들 위에 깨어 있는 한 눈이나 아니었던가, 뭐 그런 것이 하나 어둠 가운데 어중간한 데에 붉게 떠 있고, 다른 곳은 탁하게 어두웠다. 밖은 그러고 보면 너무 밝고 있었던 것이다. 그것은 촛불이었겠지, 촛불이었을 것이다. 그 안은 그리고, 반드시 홀아비 냄새만도 아닌 여러 냄새의 웅덩이여서, 내 코를 병든 듯이 했는데, 그것은 또한 그런 냄새와 꼭같은 여러 소리의 웅덩이이기도 해서, 내 귀를 또한 병든 듯이 했다. 허긴 문둥이라도 앓고 누웠는지도 모르지─라고 내가 생각하고 있자니, 내 눈이 안의 촛불 빛에 익숙해져, 보고, 나는, 조금 웃어야 했고, 하초가 갑자기 병든 듯해 진저리를 쳐야 했다. 그건, 그런 광경이었다. 그는, 어떤 계집과 배 붙이는 중이었고, 또 그 계집은 내가 조금쯤 그리움으로 얼굴을 떠올려보았던, 바로 그 얼굴을 그 목에 달고 있었다. 그 계집은 헌데도 눈을 퀭하니 열고 천장이나 올려다보고 있는데, 어쩌다 한번 헬끔 웃은 적이 있었던지, 그 웃음에 굳은 돌 된 얼굴을 하고 있었다. 하초가 내 것도 좀 병든 듯이 떤다는 것 빼놓고 다른 느낌은 갑자기 들지를 않았다.

"대사께서는 말씀입지, 잠, 잠깐만 기다려주시면입지."

내가 어쩌면 뒷걸음질이라도 쳤었던지, 안에서는 그런 소리가 들려 나왔다.

"대개 이제 짐작하셨겠지만입지" 그는, 짧은 간격을 두고 계속했다. "이 수도부와 더불어서입지, 색념 근절을 대개 끝내던 참이니 말입지, 좀 좌정하십지." 그는 그렇게 맺으며, 드디어 몸을 일으켜 앉았는데, 나는 그의 말에 감동을 받고 있었다. 그가 어쩌면 촛불중이라는 중일 터인데, 그의 탁월함에 비해, 나는 여태도 사미 꼬락서니를 못 면하고 있는 듯했다.

웃고 나는, 서 있었던 데로부터 나아가, 촛불 근처에 좌정했다. 그리고 계집을 건너다보았더니, 어쩐지 계집은 시든 듯이, 죽침상 가장자리로 두 다리를 늘어뜨리고 앉아, 예의 그 노란 장옷을 꿰어 입고 있는데, 그녀의 시선은 공허한 것이어서, 촛불중의 뼈가 발겨져, 그녀의 눈으로부터 쏟아져 내리는 것 같았다. 나를 한번 힐끗 보았던 시선 또한 그런 것이어서, 그녀가 나를 기억하고 있다는 믿음은 들지를 않았다. 결국 그러고 보면, 저 촛불중이나 나나, 두 무더기의 뼈로서, 그녀의 시선 아래 공허히 놓여 있는 것이었다. 그러나 촛불중은, 자기의 뼈를 어떻게 재조립할지를 알고 있었다.

"이봅지, 우리 어차피 아침저녁으로 만나겠지만 말입지," 덩그렇게 큰 궤짝 속에서 뭔가를 꺼내며, 그는 말하고 있었다.

"그래도 셈은 어차피 분명히 해둬야겠습지." 그는 그러며, 꺼 낸 것을 그녀의 손에 들려주었는데, 내 짐작에 그것은, 한 봉 지의 미숫가루와 한 알의 계란이었을 것이었다.

계집은 그것을 받았고, 장옷 자락의 주머니에 흘려 넣었 고, 그리고 밖의 밝은 빛을 한 뼘가량 안에다 미뜰어 넣었고, 안은 다시, 촛불 빛의, 냄새의 웅덩이가 되어버렸다. 그제서야 촛불중은 장옷을 입고 있는 중이어서, 그저 무료할 때 하는 투 로 나는, 그 방 안을 한번 둘러보았다. 예의 그 궤짝, 예의 그 죽침상, 그 외에 그리고, 다탁자 같은 것이 한 벽에 붙여져 놓 여 있고, 그 위엔, 경서의 이름으로 포장된, 그러나 춘화도일지 도 모르는 서너 권의 종이 묶음, 철필이며 백지, 오 척 거리의 불도 당겨 피울 만큼 긴 그리고 그 통이 큰 장죽 하나, 방 가운 데 놓인 두 뼘 길이의 촛대 밑엔 좌선용(坐禪用) 방석 하나, 화 식(火食)을 위한 화로, 숯 조금, 물항아리, 항아리 곁엔 오지병, 뚜껑 덮인 종그랑 옹기 몇 개 옹기종기. 산막에서 살았을 때의 스승과 나의 살림도 그런 것이었었다. 우리는 물론 아궁이에 다 군불 지폈었고, 고콜에다간 관솔을 태웠었다. 약간의 소금 약간의 소조(蕭條), 약간의 고추장 약간의 고초(苦楚), 약간의 장아찌 약간의 장한몽(長恨夢), 약간의 시래기 약간의 시름, 약간의 된장 약간의 된똥. 생식(生食)과 생똥, 솔잎과 솔은 똥.

"모두 부르기를, 소승을 촛불중이라 하는데입지," 그가 장 옷 입기를 끝내고, 촛불 앞에 가부좌 꾸며 앉으며, 말문을 먼 저 텄다. "대사께서는입습지, 초행이 아니시냐 말입습지." 그 리고 그가 이제 나를 핥듯이 훑어보았는데, 만신창이의 나를 무척 재미있어하는 눈빛이었다. 그는 대개 스물일곱 여덟으로 보였고, 대단히 허여멀쑥한 얼굴에 고운 눈, 고운 코, 고운 입술, 수염을 잘 밀어낸 고운 턱을 갖고 있어서, 대체로 너무 예쁘게 보이는 사내라는 인상이었다. 근을 달고 있는 걸 내가 보았었으니, 허긴 사내는 사내였었는데, 물론 내 눈여겨본 건 아니었대도, 근이라고 해보았자, 웬 놈의 것이, 가늘고 턱없이 긴데다 중두막이 휘어져 있어 지렁이 꼬락서니였던 듯도 싶었지만, 그만쯤 나이에 어느덧 그는 쇠딱지 말끔히 벗고, 표표히 건너 뛰어넘은 구석이 있었던 것이다.

"그런지라, 인사 올리러 무례스런 방문을 했으니, 대사께서는 아무쪼록 용허하십시오." 나는 합장하여 목례해 보였다.

"정말입지, 유리의 칠월은 그중 홍청거리는 철입습지. 늘 들르시는 스님들이 조금씩 더 늙어서 오시는 것뿐만이 아니라 말씀입지, 새로이 대를 이으실 젊은 대사들도 오시고 하니 말입습지." 그는 그러며, 촛불 그늘에 있던 백팔염주를 주워들어 그냥 주물럭거리기만 하면서, 어울리지 않게 느껴질 정도로 횡설대기 시작했다. 그러며 시러베 자슥 놈모양 씨럭씨럭 웃기도 해서, 어느덧 우리는 오래 사귄 친구처럼도 된 듯했지만, 그것이 내게는 또 지리멸렬하기도 했다. "여기에 수도청이 있고, 수도부들이 있다는 그 하나의 이유로 말입습지, 그것이 이곳에 오신 스님들께 도전이 되고 있어서 말인뎁지, 대사께서는 대체로 어느 쪽이시냐 이 말씀인뎁지, 저 색념을 두고 말인뎁지, 소승 생각으로는입지, 이열치열의 처방밖에 다른 처방은 없다는 믿음인데입습지, 색은 색으로 근절시켜야지입지, 색 아닌 걸로 색은 근절되지 않는다 이것이고 말씀입지, 헌데 다른 어떤 스님들은, 색념이란입지 색에 의해 자극되는 것이

120

라고 하구설랑은 말입지, 색이란 아예 그 근원에서부터서 말입지, 멀리해야 된다고 이러고입지, 지금 이러구설랑은 서로 뜻이 안 통하고도 있는데 말입지." 나는, 내게 유산된 해골의 이마에 아른히 비친 촛불 빛이 어쩐지 석양빛 같다고도 생각하고 있었으며, 그것으로 저 시러베 자슥 놈 도통 다 한 대가리를 한번 후려 패주었으면도 싶다고 생각했다. 그 해골 속엔, 색이고, 색 아닌 것이고, 아무것도 담겨져 있지는 않던 것이다. 그러나 죽은 해골을 두고, 살아 있는 몸의 무상을 느낄 것은 아닐 것인지도 모른다. "헌데 그 수도부들도 그렇습지, 소승의 말씀은 그러니까 아까 대사께서도 보았던 것과 같은 대여섯 창녀를 두고 말씀인뎁지, 글쎄 팔사(八邪)의 화현(化現)이 계집이란대서 말입지, 그것 여의기를 목적하고 그녀들 수도하는 모양인뎁지, 우선 비구에게 몸으로 보시하는 것을 그 첫째 선행으로 삼는다 하고입지, 그것을 일컬어설랑은 신보시라 하고 말입지, 두쩨로설랑은, 계집인 것을 싫어해 아집을 여의어야 한다는데 말씀입지, 그러려면 비구와 애착에 떨어지면 안 되고입습지, 애착 없이 두루 둥글게 팔만 비구를 수용할 수 있어야 온전한 수도부라고 하곱지, 또 말씀입지, 비구를 받되 불감으로써가 아니면 아집의 발현이라 여자 된 업을 여의기 어렵다, 하고입습지, 흐, 허, 허단대도 해웃값[花代]은 거절치 말 것인뎁지, 그건 시주의 의미라는 것입지, 아, 대사께서도 흥미가 있으시면 말입지, 그 수도부들 모주신명(母主神明)께서 강설한 소책자를 소승이 하나 갖고 있으니 빌려드립지, 헌데입지, 비구란 세상 수컷 전부의 의미라고 하니 말입지, 거기에 사람이나 짐승이나 뭐 한계가 있는 것 아니겠습지. 그래서

121

모주신명네 솟을대문 안엔 큰 검은 개가 많습지, 물론 읍내에 말입습지. 헌데 대사께서는 어느 편이시냐 이것이 소승의 의문입지." 나는 촛불이나 보고 있었다. 나도 전에, 한 수업으로서 한 뒤 해, 촛불 바라보기를 한 적이 있었다. 그리하여 다시 촛불 앞에 앉고 보니, 그 촛불이 여태도 내 양미간에 켜져 왔었음을 나는 알았다. 헌데 내가 어느 편이냐고 그는 묻고 있는데, 정직하게 대답한다면, 그런 문제에 관한 한, 나는 이제 겨우 쇠딱지를 벗기 시작하고 있는 것이다. 그는 계속 염주를 주물럭거리며, 그렇다고 내 대답을 기다리고 있는 것도 아니어 보였다. 헌데 염주를 주물럭거리는 그의 품이 서툴러서, 내게도 민망스러웠다.

"듣자니 대사께서는" 이만쯤 해서는, 내가 이 사내를 방문한 용건에 대해 말해도 좋다고 나는 믿었다. "어디에 촌장이 살고 계시는지를 가르쳐주실 수 있다고 합니다만."

"초, 촌장댁 말씀이십지?" 그는 놀란 듯 되물었으나, 내 듣기에 그는 일부러 꾸며서 그러는 것 같았다. "촌장댁에 관해서입지, 물으셨습지?" 그는 그리고 좀 차게 웃었다.

"그랬댔습죠. 좀 도와주실 수 있으실까 해서 온 것입지요."

"그렇지 않아도 말입습지." 그는 좀 머뭇거리더니, "어떤 스님께서 불원간에, 촌장댁을 물으러, 소승의 누처를 왕림해주실 것으로 소승 알고 있었습지." 그는 그리고 한번 웃더니, 여유를 두지 않고, "워낙이 작은 동네가 되다 보니 말입습지, 어떤 스님이 새로 오시고, 어떤 스님이 가셨는지 그 뭐 빤하게 알게 됩습지, 헌데 새로운 스님들 중에는 어쩌다 촌장댁을 물으러 오는 수가 있거든입지" 하고 이었다. "헌데 죄송합습지. 소승으로서도 풍문밖에 일러드릴 것이 없는데 말입지, 그것은 이렇습지. 촌장을 만나려거든입지, 저 허허한 벌판 깊숙이로 나아가, 그저 반나절 정도만 헤매 다녀보라는 것입지. 아 물론, 유월에서 팔월까지라는 것인데입지, 소승이 알기로는 말입습지, 그러나 아무도 누가 촌장인지는 모르고입지, 그 석 달을 뺀 남은 일 년은 어디서 사는지도 모른다는 것입지. 그도 그럴 것이 허긴 말입지, 여기선 누구라도 밖엘 다닐 때입지, 장옷을 입되 눈만, 그것도 최소한도로 내놓아야 되고입지, 그게 이 유리의 불문율의 한 가지라 하는데 말씀입지, 어쨌든 그러다 보니입지, 서로 간 얼굴을 알 까닭도 없고입지, 그래서 때로는 밖에서 범죄한 사람들이 숨어들어온다고도 하지만 말입지, 관에서도 뭐 그런 사람들에 관해 관여하는 눈치도 아닙지. 유리 자체가 일종의 형벌이라고 생각하는 투입지. 그래서 여기서 한 사오 년 견디고 나면, 그도 중이 되어버리는 것입지. 헷헷헷, 소승도 그렇게 되어서 된 중입지. 십여 년도 더 전 얘깁지. 무료해 견딜 수가 없어 수도승들을 찾아다니고, 조금씩 어깨너머로 듣고, 그러다 보니 이 동네 사정에 밝아졌기도 했지만 말입지, 어느덧 중이 되었더란 말입지. 소승은 존자 스님을 따랐습지. 그분으로부터 법명도 받은 정도였으니 말입지. 그러나저러나 떠도는 말로는 말씀입지, 촌장은 문둥이가 아닌가도 하고입지, 안 그러고서야 무엇 때문에 성한 몸을 폭삭 덮어 가리게 하겠느냐는 것입고, 아니면 사내 목소리의 늙은 수도부는 아닌가 하고도 하고입지, 그런데도입지, 하나는 분명한 사실이라고 알려진 것은 말입습지, 그분은 육신을 완전히 항복 받아, 원한다면 한 식경이고 두 식경이고입지, 숨이

며 맥을 끊고 죽었다가도 말입지, 다시 새 활력을 얻고 살아난
다는데입지, 그런 수업을 위해서 그분은, 저 사막 가운데로 나
간다는 것입지." 그는 이만쯤에서 잠깐 입을 다물고, 부나비
눈 다 돼서, 촛불을 응시하며, 양미간 태우기를 부나비 제 놈
머리 태우고 뻐드러져 죽어가는 그만큼 시간이나 하더니, 결
론짓듯이 이렇게 말했다. "하는 말로는 그분은 자기의 머리통
을 매달고 다니는 것까지도 쓸모없는 짓이라고 쳐서, 그 머리
통을 떼어내 옆구리에다 끼고 다닌다는 헛소문도 있는데 말입
지, 소승의 믿음으론, 유리에 촌장이 있다고 한다면입지, 그것
은 귀찮아서 떼어 들고 다니는 머리통 같은 것이나 아닌가 합
습지."

"그러면 말씀이오만." 불빛에 황혼으로 아름다운 해골을
망연히 바라보다 오랜만에 생각하고, 내가 말문을 텄다. "그런
일이 있어서는 안 될 것이지만 있을 수는 있으니 말인데, 어떤
배고픈 수도자가 이웃 수도자의 부에서 얼마를 허락 없이 들
어냈다거나 아무튼 그런저런, 사람들 사는 데서 일어날 수 있
는 여러 불미스러운 일들의 재판은 누가 하는 것입니까?"

"아 그런 일이란 말입지, 일어날 수 있고입지, 또 일어나
왔습지."

"그러면 누가 이 사막의 질서를 보살피냐 이게 의문입니
다."

"그런 경우 말입지, 그 둘 중의 얼마는 멀리 도망쳐 가버
렸다고 하고 말입지, 얼마는 읍내 관에 가서 자백해버리고입
습지, 저 큰 형장에서 형벌을 치른다고 하고 말입지, 또 얼마
는, 하필이면 말입지, 물도 없는 저 늪에서 자살을 해버린다고

전합지. 헌데 멀리 도망간 스님들 경우, 대개는 돌아오든가입지, 또는 미쳐서 환속을 해설랑 제물에 죽어간다고 하는 것이 뒷소문이고 말입지, 이상한 것은, 자살하는 모든 수도자마다 저 마른 늪으로 찾아간다 이것입지, 해도 그런 불미스런 일이란 흔한 건 아니꼽지, 소승은 하도 오래 여기를 살다 보니 귀가 밝아져 들은 얘기들에 불과합습지."

"마, 마른 늪 말씀을 하셨댔지요?"

"글쎄입지 마른 늪이라 말입지. 전래해오는 말로는입지, 그게 바로 촌장을 낚아내는 낚시터라 하는데입지, 누구든지 말입지, 그 못에서 펄펄 뛰는 고기를 낚아내기만 한다면입지, 촌장이 된다는 것인데 말씀입지, 사실에 있어 그건 한 형벌의 장소라고 합지. 고기를 낚아내기만 한다면 일단 어떤 종류의 죄로부터도 구속되는 것이라고 합지. 허긴 그만한 담력이면 장차 촌장도 되고 남겠습지, 그러나 하필이면 촌장이 범죄 승속에서 나와야 할 이유는 없겠습지. 그러나 마른 늪에서의 고기 낚기는, 분명히 공양미 삼백 석에 해당하는 도 닦기의 의미라고 보는 모양입지."

나는 이미 내게 주어진 형벌에 거역할 수 없음을 알고 있었다. 그래 나는 어제 촌장을 만나버렸으며, 그가 내게 수다스러이 지껄였던 말은 그것이 곧 선고였던 것이다. 나를 자기의 모든 사고로 젖 먹여 키웠던 아버지–어머니, 그러나 그는 한 주술승(呪術僧)이었거나, 한 연예승(演藝僧)이었던 모양이었다. 반야경(般若經) 읽는 소리를 등 너머로라도 들었던들, 바다 가운데서인들 낚여져 올라올 고기가 어디 있었을 것인가. 그러나 나는 그의 선고를 거부치 못하고 있는 것이다.

이제는 일어설 때여서, 그 촌장이 내게 물림한 해골을 챙겨 들며, "혹시 현재의 촌장이 오조(五祖)가 아니시오?" 하고 물었다.

"아 말입습지. 그렇게 된다고입지, 들었습지."

"그러구 보니 촌장의 대가 끊어지는 일이란 불 보듯 뻔하지 않습니까." 나는 혼잣말처럼 했는데, 글쎄 그 오조가, 오늘 새벽에 압살을 당해버리고 있는 것이다. "대체 누가 마른 늪에서 고기를 낚아낼 수 있을 것이란 말이오?"

"그런데 말입지, 그렇지 않다는 데에 오묘한 데가 있다고 합습지, 아까도 말씀드린 바와 같이, 마른 늪에서의 고기 낚기란 각고의 도 닦기의 의미라고 하는 말입습지, 고기와 촌장과는 실제에 있어 아무 연척도 없는 것이겠습지, 어쨌든, 삼백 석 공양미를 다 바쳐 뜬 눈으로 말입습지, 글쎄 말입지, 후대 이을 인물 하나 찾아내기란 어렵지 않을지도 모릅지. 어쨌든 촌장들끼리는 서로 물림해 가지는 게 있다고 하는데, 우리 같은 범승(凡僧)은 알 도리가 없습지, 알 도리가 없으니 농으로 하는 말로는, 서로 입 맞춰 침이라도 나누는 게 아닌가 하고 웃습지."

그래서 나도 웃고, 이제는 지루해져 일어서려면서, "그러면 그 마른 늪은 어디쯤에나 있는지, 대사께서는 알고 계시겠군요" 하고 물었다.

"아 그야 물론 알고 있습지. 둘러보셔서 아시겠지만 말입지, 읍으로부터 들이 그저 평평히 뻗쳐 내리다 말입습지, 미꾸라지라도 잡는 소쿠리모양, 한 서너 길 푹 꺼져 내린 곳이 유리가 아니냐 말입지. 헌데 동녘날[脈] 안쪽 아래 존자의 법수가 있고 말입지, 서녘날 기울어진 그 끝 쪽에도 그런 늪이 있는데입지, 그 수맥 끊어진 지는 하도 오래전이라 하니 몇백 년족히 안 될까 모릅지, 나무 한 그루 없습지, 수도청이라고, 저 마을 가운데 노란 깃발 꽂힌 집 서쪽 그늘을 따라 한 반 식경쯤 걷는다면 거기에 닿을 것입지. 아주 가깝습지. 좌정할 만한 반석도 놓여 있고 있습지. 낚싯대도 한 벌 제대로 갖추어져 있는데 말씀입지, 그 손잡이가 상아라던가, 뭐 고래 뼈라던가 그런 것으로 되어 있다고 해서입지, 투도기가 있던 어떤 스님이 그냥 가져갔다 되돌렸더라는 일화도 있습지."

"아, 그러면 후의에 깊은 감사를 드립니다." 나는 그리고 일어서서, 합장하고 재배했다.

"대사의 내방은 소승의 영광이었는데입습지, 대사의 거처는 어디쯤이신지입지." 그도 일어나 합장해 보이며, 그저 인사로 물어왔다.

"소승은 초행이므로, 아직 거처할 곳을 어디에 정할지를 모르고 있습니다."

"아 그러시다면입지, 마침 한 군데 비인 곳을 알고 있는데입지, 거기를 일러드려도 좋습지."

"그렇게까지는 폐를 끼치고 싶지 않으오나, 대사의 배려에 깊이 감사합니다."

나는 그리고 밖으로 나왔다. 그는 자주 내방해주기를 바랐고, 밖의 한꺼번에 쏟기고 드는 햇빛은 내 눈을 가렸다. 그래, 어쩔 수 없이 나는 처넣어진 것이다. 이젠 형장으로 가지 않으면 안 되게 된 것이다. 저 늙은탱이 촌장이, 내 뼛속에 기름을 넣어주었던 아버지 – 어머니가 아니었다고 하더라도, 나는 어떻게도 내게 주어진 형벌에 거역할 수 없었다는 것을, 드디어 깨달아내고 있는 중이었다. 도피는 불가능하다는 것을 그 늙은탱이는 알고 있었던 것이다. 그러므로 내가, 어떤 종류로든 그 형벌을 치르지 않으면 안 되고 그것을 통해서라야만 내가, 저 양심을 치는 모진 회초리로부터 벗어나게 될 것이라는 것을, 그는 알고 있었던 것이다. 허지만 그는 어찌하여, 자기를 압살하라고 종용했기 전에, 자기의 정체를 드러내, 나로 하여금 한 번 더 범하게 될 살생을 방지해주지 않았던가? 어쩌면 난 조금도, 그의 얼굴을 궁금히 여기지 않았던지도 모르고, 바위를 밀어뜨리고 싶은 아무 유혹도 받지 않았던지도 모른다. 그러나 걸으면서 그가 했던 말의 특히 어떤 대목을 생각하기 시작했을 때, 나는 두려워 빠르게 도망치기 시작했었다. "……그러나 자네는 삼백 걸음도 떼지 않아서 되달려올 게야. 내 얼굴이 보고 싶을 게거든."—그러고 생각해보니 나는, 그의 얼굴을 못 보고 있었던 것이다. 그래도 아마 짧게 천 걸음은 떼어놓았었을 것이었다. "……그러나 자네는 직접적으로, 저 바위 위로 올라가서는, 공으로 공을 덮쳐 누른다고 해서, 그것이 어째서 살육일 것인가, 하고 생각할 것이야. 그리고 아마 오줌 한번 갈기겠지."—허나, 그가 내게 몸을 내준, 이 수수께끼는 종내 풀리지 않을지도 모른다.

　　나의 걸음은, '피밭'을 향해 가던 어떤 외로운 사내처럼, 비척이고 무거웠다. 아직도 내 몸은 보리수인 채, 살아 너무도 무겁게 잎 피우고 있는 듯하며, 마음은 거울인 채, 먼지며 티끌에 덮여, 심지어 내 얼굴까지도 비춰볼 수 없이 된 듯만 싶다. 허지만 어째서, 하나는 스승으로서, 다른 하나는 촌장으로서, 두 개의 얼굴을 달고 있었던 그 늙은네는, 내게 하필이면 물고기를 낚아내라고, 그런 형벌을 준 것인가? 이것은 형벌이기는 하지만, 허기는 그렇게 해서 울 것밖에 다른 것은 갖고 나오지를 못했던 내가 드디어, 하나의 공안(公案)에 비끌려 매어 들어가고 있는지도 모를 일이었다. 마을에는 여태도 형벌만 후텁지근히 내려 쌓이고 있을 뿐이고, 아무것도 살아 움직이는 것은 보이지를 않아, 이것은 자궁만 있고 혼령이 가문 고장처럼만 여겨지기도 했고, 또는, 모든 자궁마다, 미래에 나비가 되어 날아갈 굼벵이 같은 혼령을 처넣어놓고 임신이라고 부르는 고통을 참고 있는 듯이도 여겨졌다. 그러나 내가 스며들 곳은 어디에고 없어 보였다. 문, 문들에 대해서 나는 여기와서 이상스럴 정도로 개의해쌓고 있는 것이다.

내가 착잡해 있는 사이, 수도청 그늘이 내 그림자를 압살해버리고 있었는데, 거기서 나는 왠지 우물쭈물 머물고 있었다. 그림자는 동북간으로 엇누워가는 시각이었는데, 그 안을 들여다보지는 않았다. 그것은 생각보다 방이 넓을 듯했고, 또 견고히 지어진 것을 알게 했다. 낙엽송 후리하게 건달이로 키 잘 뻗은 것들을 한 예닐곱, 적당한 간격으로 띄어, 엇비슷이 땅에다 박고, 그 끝을 함께 모두어 묶은 뒤, 여러 겹의 가마니쪽으로 덮어 내려, 한 틈의 구멍도 없이 해놓고 있었다. 그 꼭대기에 노란 깃발은 걸려 있던 것이고, 화식을 위한 화덕은 밖에 걸려 있었다. 문에의 유혹처럼, 계집에의 집념 또한 떨쳐내지 않으면 안 될 것이다.

수도청 그늘로부터 얼른 벗어나, 서쪽으로 두고 반 식경쯤 나아가면서 보니, 천년 전 문둥병에라도 팔꿈치까지 문드러진 듯한, 백호날[脈] 슬픈 것이 보이고, 그 날 끝으로부터도 반 마장쯤은 사막 가운데로 더 나아간 곳에 이상스레 지대가 풀썩 꺼져 든 것이 보였는데, 그것이 분명히, 촌장을 낚아낸 늪이었을 것이었다. 그것은 조금도 반가운 것으로는 느껴지지가 않았다. 내가 일단 거기 가서, 그 빈 늪을 내려다보기 시작한 때로부터 나는 이제 이 촌락의 율법에 박제되어버려서, 약대의 의지가 들어 있던 곳에 썩은 바람이나 채워 들게 될 것이었다. 아직도 물론 나는, 변절 개종을 하고 돌아설 수도 있기는 하다. 그러나 하늘을 보니 은 삼십이 한 덩어리로 뭉쳐 해로 번쩍이고 있고, 내 어깨는 무겁기만 육실허게 무거웠다.

글쎄 물 한 방울 괴어 있지 않았고 늪에는, 더위만 후텁지근히 괴어 있었고 늪에는, 뽕나무 한 그루 푸르지도 않은데 늪에는, 그것을 일러 어찌 벽해(碧海)라고 할 것인가. 누가 이런 걸 일러, 물길 사납다고, 삼백 석 공양미를 쏟아 넣어야 된다고 하는 것인가.

나는 아마 씨럭씨럭 웃고 있었을 것이었다. 그러며 늪 전을 오른쪽으로 스름스름 돌아보고 있었을 것이었다. 그것은 계란 모양으로, 동에서 서컨으로 길숨했고, 두 마장 정도의 둘레였다. 그리고 널팡한 반석과 낚싯대는, 동서로 길숨한 중간, 백호날 으르렁거리다 이빨 다 빠진, 늪의 정북쪽 둔덕에 있었고, 들은 대로, 낚싯대는 한 벌로 완전해, 하긴 한 손 던지기만 하면 곧장 펄펄 뛰는 고기를 몇 마리라도 낚아 올릴 듯 보였다. 그러나 사십 주 사십 야를 눗낱비가 쉼 없이 퍼붓는다고 하더라도 밑 없이 건조해서 한 방울 이슬인들 고일 것 같지도 않은 저 늪 바닥에 물 괴어 있었을 때 살았던 미꾸라지의 혼이라도 하나 머물러 있을 것인가. 그러했더라도 나는 한숨은 쉬지 않았다. 그러며 한편으론 꼬리를 사리고 한편으로는 저 낚싯대의 흰 손잡이에 손을 대보고 싶은 이상스런 충동에 쩔쩔매야 했다. 이 결정적인 순간에 와서 이렇게도 비겁해진 것이다. 그 낚싯대에 손을 대자마자, 내 운명이 일순에 획 뒤바뀔 것만 같으며, 그것이 나를 겁나게 했다. 어쨌든 우선 해골을 돌팍 위에 놓아두고 덜덜 떨며 나는, 두 손을 억지로 내밀어 저 유혹하는 손잡이에 두 손바닥을 대보았다. 그러자 거기 스며들었던 태양열이 일종의 쇳물 같은 뜨거움으로 느껴지며 화상을 입히는 듯해 얼른 손을 떼었으나, 다시 움켜쥐었 때는 아주 부드러운 육중함, 그것은 뭔지 뼈둥뼈둥히 솟구쳐 오르며 생명감을 전해주는, 그런 활력으로 두 번 다시 나를 놀라게 했다. 그것은 뜨거운 것이 아니라 시린 것이었다. 나는 일종의 성기(性器)를 느꼈다. 살아 뛰는 생선을 느꼈다. 그것은 기분 썩 좋은 것이었다. 나는 그래서 그 느낌을 좀 더 오래 지속하려고, 다른 낚시꾼들도 그랬을 것이 뻔한, 연좌(蓮座)를 꾸며 돌팍 위에 앉아, 낚싯대 끝을 하늘로 솟궈 올렸다가, 늪 가운데에다 그 줄을 던진 뒤, 그 끝을 손잡이와 거의 평행되게 고쳤다. 그러자 은빛의 줄이 늪의 흰 하늘에서 반짝이며, 붉은 찌를 흔들흔들 방아 찧게 했다. 그 흔들림은 계속되었는데, 그것은 어느덧 내 혈관과 이어져, 찌가 홀홀 까불 때마다 그 흔들림이, 줄을 타고 올라와 내 혈맥을 뛰게 하던 것이다. 어쩌면 뛰는 고기가, 내 혈관 속에서 낚시에 걸려, 거부의 몸부림을 하던 것이다. 허긴 어쩌면, 내가 손잡이를 너무 움켜쥐고 있는 중인지도 몰랐다. 저 육중한 손잡이와 내 손바닥 사이엔 땀이 질척하게 고여 들고 있었다. 그래서 드디어 내가 관심을 갖고 들여다본 손잡이에는, 반드시 희지만은 않았고, 뭇 낚시 꾼들의 손바닥 땀이며, 햇볕이며, 밤이슬에 세월껏 찌들려, 삼 복중에 개장국으로 땀 흘리고 돋아 오른 달 빛깔이었는데, 그 것 위에는 무슨 문자가 대단히 익숙한 솜씨로 파여 있는 것이 보였다. 그러나 손때에 닳고, 낮의 매운 볕, 사막의 정적에 깎이고, 또 가느다란 균열에 토막이 지어져 얼른 알아볼 수는 없었으나, 특히 낚싯대를 전문으로 하는 어떤 장인(匠人)에 의해서, 이것은 특별히 손보아진 것임을 알게 했다.

[7]水母情

내가 판독해낸 문자는 그것이었다. 그리고 나는, 그것이 어쩌면 그 낚싯대의 이름이나 될지도 모른다고 짐작했지만, 그것은 일종의 수수께끼로 내게로 던져진 것이었다. 나는 체 머리를 조금 흔들며, 피로를 느꼈다.

다만 한 번 낚싯대를 움켜잡아보았다는 그 이유만으로써, 어쩐지 내 운명이 확 뒤바뀌어진 듯만 싶어, 드디어 한숨이 괴어 올라오고, 내가 왜소히, 늪 전에 대롱대롱 매달려 있어 보인다. 처음에 두 마장 정도의 둘레였던 것이, 느닷없이 십만 유순(由旬)으로 보이며, 처음에 한 길 높이였던 둔덕은 수미산 높이로 변해져, 그 늪 전을 거부하려고 애쓰는 나는 한 마리의 구더기처럼 보였다. 그러나 실제에 있어 그것은, 물림 받아 내가 옆구리에 끼고 왔던 그런 하나의 작은 해골 같은 것으로, 유리에 놓여 있던 것인지도 몰랐다. 어쩌면 유리 자체가 하나의 해골이다. 해골, 두 개의 해골. 임신할 수 없는 자궁. 거추장스러운 유산. 나는 아마 피로한 것이다.

수도청 주위에서는, 가느다란 푸른 연기가 일어나 회적색 하늘로 퍼지고 있는 중이었다. 그리고 그 건너편 마을도 그동안에 대단히 바뀌어 동면을 깬 듯이, 물항아리일 것으로 짐작되는 것들을 안은 여럿의 장옷들이, 샘 있는 데로 모이고, 또 돌아가는 것이 보이고도 있었다. 이 시각은 아마도, 계절 없는 이 고장의 봄 나절이거나 뭐 그런 모양이었다. 굴속에 죽어 있었던 것들이 한꺼번에 살아나, 수분을 향해 달려가는 것이었다. 나는 그것을 향수로서 멀리 보고 있었던 것이다. 그러느라고 있었더니, 땅거미가 지고, 다시 또 납월이 왔던지, 발자국 소리며 기침 소리들이 멀어 갔는데, 어림잡아 한 열댓의 장옷자락이 움직여간 것이나 아닌가 여겨졌다. 거기다 만약, 가능적으로 가산되어질 만한 수도자들, 가령 염불 삼매에서 깨어나지를 못했다거나, 단식 명상에 제 기름을 먹고 있다거나, 또는 앓고 있다거나, 아니면 자기 차례가 아니어서 남아 있다거나, 또는 성교 중인 중들을 한 여남은으로 칠 수 있다면, 저 마을엔 장옷 이십 오륙 두에다 수도부 몇 대가리가 더 살고 있는 게 아닌가도 싶었다. 아니면 상상도 못할 만큼 더 많거나, 아니면 뭐 일곱 그것이 전부의 인구일지도 모르긴 하다. 허지만 그들이 나와 무슨 상관이 있을 것인가마는 그래도 그들의 먼 그림자라도 보고 있자니, 황천감(黃泉感)이 좀 덜해지는 것이다. 나도 그리고, 수분으로 향해 치달려갈 갈증 난 목구멍을 갖고도 있는 것이다. 하지만 내가, 이 전례 없는 하초를 내보이며 그들 사이로 나아간다면, 그들은 나를 구정물 얻어맞고 중단해버린 흘레 개로나 여길지도 모르긴 하다. 그러나 귀를 귀라고 내놓고 다니며, 코를 코라고 벌름거리며, 혀를 혀라고

낼름거려도, 그것이 수치가 아닌 것처럼 근을 근이라고 내놓고 다닌다고 하더라도 어째서 그것이 손가락과 다를 것인가. 해골을 볼 일이다. 그리고 살에 관해 험담하기나 찬양하기나, 그것이 어떤 의미를 지녔는지, 그래서 해골을 볼 일이다.

4

나는 그리고 이것이 드디어, 스승이었던 늙은이가 그의 제자에게, 어째서 하필이면 해골을 물림했는지에 관해, 가능적인 것을 한번 모두 따져볼 때라는 것을 알았다. 그것은, 유리를 살며 마른 늪에서 고기를 낚는다는 노력의 의미를 밝혀내는 일과도 맞먹을지도 모른다는 믿음인데 왜냐하면, 유리나 마른 늪이나, 그것들이 내게는 갑자기, 하나의 해골로서 주어진 것 이상으로는 아니게 여겨지기 때문이다.

그저 보이는 대로만 하면, 해골이란, 추악하게 뚫린 눈구멍과 콧구멍, 인대로 해서 서로 접되어 있었을 아래턱은 떨어져 나가고 없으며, 후두부 아래가 휑뎅그렁히 열려 있고, 이마가 번쩍인다는 것뿐이다. 해변에 버려진 나무뿌리가, 소금물에 씻기고 또 햇볕에 마르는 사이, 아주 컴컴한 회색으로 변해, 약간의 고요함, 약간의 괴기를 풍겨내는 것과 그것은, 별로 다를 바가 없는 듯했다.

그러나 그런 나무뿌리도, 그렇게만 보아버리기에는, 그것이 전에 살았을 이야기를 너무 많이 담고 있을 것이 사실일 터인데, 그렇다면 제국을 세우고 부수고, 미워하며 사랑하고, 기

뼈하며 슬퍼하던 인두골에 이르러선, 그것이 그저 썩다 남은 한 조각의 뼈라고 보아버리기에는, 그것은 전에 너무도 어기찬 삶을 담고 있었던 것이 사실인 듯하다. 사실에 있어 그것은 오관의 본부였으며, 꿈과 사고와 지성을 담았던 그 그릇이기는 하다. 하지만 그런 것을 담아놓기에 그것은 너무 작은 그릇에, 너무 많은 구멍을 가지고 있어서, 기름종이로라도 도벽을 해놓지 않았더라면, 물 한 방울 괴어놓지도 못하게 생긴 용기인 것은 또 무엇인가. 그것은 무상을 느끼게 한다. 비애를 자아낸다. 살아 있음을 고통으로 바라보게 한다.

그러나 그것은 해골 자체는 아니며, 그것은 유정(有情)의 자기 소멸에의 두려움 때문에 일어난 연상이며, 무상(無常)이 해골을 정의하는 것은 아닐지도 모른다. 환언하면 해골 자체는 무상이 아니며, 의미를 전도하면, 유정 자체가 무상이라는 결론이 도출되게 될 것이다. 그러고 보면 해골 자체는 그냥 무(無)인 듯하기는 하다. 그러나 무엇의 체(體)인가?

그러고 보면 그것은, 어떤 암호, 또는 어떤 구조인 듯하기도 하다. 낙수(落水) 깊은 속에서 만년의 세월을 움켜 먹고, 손도 발도 잘린 뒤 종내 마흔다섯의 점으로나 남아, 그 점들로 살던 괴물인 듯싶기도 하다. 그것은 그러나 판독되어질 때 그 의미가 살아나며, 그렇지 못할 때 그냥 해골에 머무르는 것일 것이다. 그 의미를 살려내기 위해서는, 저 그냥 머물러 있는 것에서 용(用)을 불러내지 않으면 안 될 것인데, 이런 노력에는 거기 필시 어떤 종류의, 아마도 일종의 화학적(化學的) 실험이라고 부를 것이 개입되지 않으면 안 될지도 모르는데, 가령, 필멸할 신육(身肉) 속에서, 불멸할 신육(身肉)을 뽑아내려는 노력 같은 것을 일종의 화학적 실험이라고 달리 부르는 것이 가능하다면 그렇다. 그래서 그런 화학적 실험에 의하면 용으로 바뀌어져야 될 체는, 그것이 무엇이든, 실험의 대상, 하나의 질료로 변하는 것이다. 그러므로 질료는 체이다. 해골은 체이다. 체는 질료이다. 해골은 그래서 질료이다. 유(有)는 무(無)의 용(用)이다. 무는 유의 체(體)이다. 해골은 체이다. 체는 질료이다. 해골은 그래서 질료이다.

사실에 있어, 아직 '최후의 심판'을 받지 못해 관곽 속에 누워 있는 '어떤' 해골들은, 장차 '천사'들이 불어 제치는 나팔 소리에 잠을 깨일, 잠든 질료들인 것은 분명하다. 그것들은 무(無) 속에, 죽음 속에 무상 속에, 침몰해버린 소멸이 아니고, 부활에의 희원으로 기다리고 누워 있는 암컷들임에 분명하다. 암컷이란 체의 성별적(性別的) 이름인데, 그러고 보면 해골이란, '천문(天門)을 열었다, 닫는 데 암컷'이라고 부를 것인지도 모른다. 그것은 용(用)에의 전 희원 그 자체이다. 그러나 다시 살[肉]은 입지 마라, 그것은 고통인데, 살기뿐만이 아니라 죽기도 그렇다. 허지만 사번이로다.

5

"임자가 몇 살이나 됐느냐고 내가 물어봐도 될까 모르겠네."

"내가 몇 살이냐고라우? 스무 살배끼 안 돼라우. 그란디 시님은 첨 볼 때부텀 나를 임자라고 부르요이."

"그게 싫은가?"

"아무도 날 고렇게는 안 불르는디 시님만 고렇게 불른개 그려라우. 싫던 안 허고라우, 좀 요상해서 그러제요이."

"그럼 됐겠네. 헌데 임자는 간혹 여기로 오는가?"

"워디가라우? 오늘 첨 와본 것잉만요."

"그래이? 헌데 달빛이 두터워지고 안 있다구?"

"촛불 시님이 그러는디, 시님이 여그를 묻더라고 허요이. 그람선 워짜면 낚수질이나 허고 있을 것이랑만이라우."

"이런 참, 그것이 이제야 기억이 나다니. 누가 그러는데 말이지, 임자를 만나거든 이마를 조아리라고 그러더군. 글쎄 그러더라구. 임자는 보살이라는 거야. 그 생각이 이제야 드는군. 그러니 이제 내 큰절 한번 해 올리지."

"이힛, 힛, 힛, 아니 끕째기, 요것이 무신 미친다니 짓이끄라우이? 참말이제 넘새시럽소. 일어나쑈이, 워짠다고 또 넘우 발에다 쎄빠닥은 대고 고 지랄이끄라우? 머리끄뎅이를 뽑아 놀란개 일어나쑈, 일어나랑개. 힛힛힛. 시님은 미친다니어라우. 지 정신 쬐꿈배끼는 없어라우. 헌디 고 해골바가지는 워디서 났으끄라우. 워떤 팩 늙은 시님이 똑 조런 걸 각고 댕긴 걸 한번 봤는디라우. 고 시님도 미친다니어라우. 지 정신 쬐꿈배끼 없소이."

"그, 그렇게도 되던가? 허면 보살께서는 언제부터 그 스님을 알아왔던고?"

"나 아매 쬐깐했을 때부털 끼요."

"그, 그렇게도 되던가? 아 그러구 보니 말야, 보살 살던 동네로 염불하며 다녔던 모양이군? 그랬던 모양이지?"

"그렸어라우. 요 시님이 점쟁인갑네."

"흐후훗, 해골은 그때부터 본 건가?"

"워디가라우? 여그 와서 월매 전에 본개 그런 걸 각고 있
어라우."

"보살께는 얼굴을 보여주었던 모양 아니라구?"

"고 말은 무신 이미속이끄라우?"

"내 말은 그러니깐, 지금 보살이 하고 있는 것모양, 얼굴
을 가리지 안 했더냐는 말이지."

"여그서는 모두 얼굴 개리고 당기는디, 얼굴을 안 개렸다
면 말이 되끄라우?"

"그, 그렇지 아마이? 그럼 보살은 그 스님을 어떻게 알아
봤을꼬?"

"누가 우리 사는 디로 쑥 들어와라우. 그라고는 바랑을 벗
어 맽김선, 우리 하라고(가지라고) 험선 장옷을 벗고 앉아서
쉈다가 갔소이. 모주랑도 베문시럽딜 안 항개요 반갑고라우,
좋아라우. 저녁 잘 해서 묵고 어디로 갔는디, 영 안 비어라우.
고 바랑 속에는 쌀하고, 챔지름하고, 소곰하고, 머 고런 것이
들었덩만이라우."

"별말 없던가?"

"우리가 웃으먼, 고런 해골바가지로 우리딜 이망빼기나
쎄릿는디, 아프던 안 항 것이 요상해라우."

"보살네 어머니가 죽었기 때문에, 그 스님이 보살을 어디
다 데려다준 것이지?"

"무신 얘기지라우 시방?"

"임자 어렸을 때 말이야."

"요 시님이, 본개요, 눈 말똥하게 뜨고 앉았음선 점을 허네이. 헌디 울 오매는 안 죽고라우, 시집갔다요."

"나는 목도 마르구만. 샘에라도 가봤음 싶어."

"나도 시님 따라 가끄라우?"

"나와 같이 가든 말든, 그것은 보살이 마음 내기 따름이겠지만, 나는 혼자 다니는 것을 좋아하거든. 인연이 닿으면 우리 또 만나겠지, 성불하라구."

"내 지다리고 있을 틴개, 그러면 후딱 돌아오씨요."

"집도 절도 없는 중 돌아올 곳이 어딜까 몰라."

그래 어딜까 몰라.

저녁이 조금 더 두터워지며, 흙모래를 딛는 발자국 소리도, 포속포속 더 두터워간다고 나는 들었다. 사막은 다시 또 썩는 듯이 적막해지고, 내가 그림자를 늘이고 있다는 것이, 살냄새를 독하게 풍긴다는 것이 무서워지기 시작했다. 나를 똘똘 뭉쳐서 숨길 곳에의, 문에의 유혹이 다시 싹트고 그것은 성욕 같은 것이었다. 수도청 그늘에 서서 귀도 기울여보았지만 거기서도 숨소리 하나 들려 나오지 않았다.

그리고 나는, 목을 축이고 땀도 씻어냈지만, 정처며 행방이 다시 없었다. 춥고, 그리고 외로웠다. 그러나 갑자기, 내가 수인(囚人)이라는 것이 내게 위로가 되었다. 그러고 보니 글쎄, 돌아가서 내가 엉덩이를 붙이고 앉을 하나의 널팡한 돌팍이 내게는 있었고, 그리고 고픈 창자를 위해 고기를 낚아 올려줄, 나의 생업이 거기 있었다. 그것은 고향의 의미와도 같았는데, 형장이 갑자기 고향으로 변한 것이다. 어쨌든 이 사실은 내게 위로가 되었고, 사막의, 견딜 수 없이 매워 눈물을 솟구는, 외로움을 이기게 했다. 돌아갈 곳이 있던 것이다. 그래서 나는, 처음으로 코뚜레 꿴 어린 수소처럼, 무우우 무우 하고, 달 보고 울었다. 엎드려 네발로써 그리고 무우우 무우 울며, 내 형장으로 돌아왔다. 나는 언제부터인지 너무 많은 자유와는 살 수 없이 된 것이었다. 그 자유를 나는 어떻게 운용할지를 모르게 되어버린 것이었다. 나는 결국, 고삐와 재갈을 택해버린 것이었다. 고삐로 어거되지 않은 힘은 집중을 잃고 있으며 재갈을 물지 않은 욕망은 안개 같은 것이었다. 고삐와 재갈에 의해서라야만 나는, 고삐와 재갈을 끊어버리고 뛰쳐나간, 힘센 황소, 광분스러이 달리는 들말의 꿈을 꿀 수 있게 된 것이다. 내가 네발로 돌아온 형장은 그래서 드디어 그것의 의미를 획득하기 시작하고 있었다. 나는 내가 슬펐다.

계집은 돌아가지 않고 있었다. 그러나 그것은 잠들어 있었다. 깨우지는 않았다. 세운 무릎 위에다 한쪽 볼을 얹고, 잘려지기를 바라고 길어난 머리털이 숲처럼 덮은 채, 고르게 숨쉬고 있는 그것은, 하나의 운명의 덩이로 보였으며, 피로한 짐승이었다. 내가 달빛을 등으로 하여 살펴본 그녀의 볼엔, 달빛이 눈물처럼 식어가며 마르고 있는 것 외에, 창녀스런 아무 그늘도 덮여 있지 않았다. 그것은 그냥 정적했고, 무료와 권태에 균열이 가고 푸스러져 보였다. 어쩌면 그녀 자신은 그렇지 않을는지도 모른다. 만약에 해골에 담긴 빗물을 마시고 비리끼한 무상을 누군가 느낀다면, 그것은 해골 자체가 무상한 것이 아니라 그것을 느끼는 자 속의 무상이 갑자기 비린내를 풍기기 시작한 것일지도 모르는데, 그렇게 보는 것이 옳다면 어쩌면 내가, 이 사막의 고적과 권태에 균열이 가고 푸스러진 것인지도 모른다. 계집은 자고 있었다. 그러나 나는 깨우지는 않았다. 돌곽을 베고 나는 번듯이 누워버렸다. 그랬더니, 돌곽 밑에서 뻗치고 자랐다가 죽은 풀포기 몇인가가 내 등을 간질였으나 따뜻이 달궈진 흙의 온정과 함께 그것들은, 부드럽게 내 등을 감싸주었다. 별들이 드러나 보이고, 그것들은 추억이나 고뇌처럼 보였다. 내가 살아온 서른세 해 동안에, 나를 스쳐 간 모든 것들은, 어쩌면 사라졌거나 소멸되어진 것이 아니라, 어쩌면 수풀 우거진 남녘 어디 아홉 구릉에서 살지도 모르는, 억천만 새끼 빛들의 어머니, 그러나 질투를 아는 눈을 피해, 어디 그늘 가운데 소롯이 숨어 있다가, 그 어미 질투의 눈에 잠이 퍼붓고 나면, 나타나 명멸하는 듯하다. 그리고 새롭게 나타나는 어떤 경이, 어떤 슬픔, 어떤 체험은, 달 같은 것으로 떠올랐다가 그믐 속으로 침몰해선, 훗날 결국 한 별의 모습으로 또 한 어둠 속을 점유하는 것일지도 모른다. 헌데 한 계집이 내게는 달처럼 떠 있고, 한 조각의 흰 구름이 그 하늘을 흘러 지나가며, 달을 가렸다 별을 싸안았다 한다. 그 구름은 그리고 북녘으로 흐르고 있었는데, 그러고 보면 저 높은 곳으로는 바람이 싸돌아 흐르고 있는 것이었다. 그 부드러운 구름은, 조금 외로운 듯했으나, 저 적요로운 곳을, 고삐나 재갈이 없이 주유하며, 달을 품어선 별 가루를 뿌리고, 하늘을 가려서는 달을 깨놓곤 했다. 구름은 훨씬 더 북녘으로 흘러가 버리고 있었다. 그것이 지난 자리에는 그러나 여태도 별들은 반짝이고, 여태도 흑록인 채 하늘엔 금 간 자리가 없었다. 흐르는 것이 거기를 흘러갔어도, 아무 흐름도 거기엔 없었다. 흐르는 것은 시간을 걸리고 걸려서 흘러갔는데, 어찌하여 저 정적한 곳에 그것이 흐른 시간은 남아 있지 않은 것인가. 다만 정지가 거기 있었으나, 그렇다고 그것은, 도보 고행승이 내게 보여주었던 것과 같은 그런 길 같은 것도 아닌 듯했다. 구름은 그 하늘을 못 견디고 조각조각 흩어져버렸을지도 모른다. 나는 이미 그 구름은 볼 수 없었으나, 정지 속에서, 흐름은, 소멸은, 어떻게 이뤄진 것이었는지, 그것은 하늘이 알고 나는 모른다.

사지가 저리고, 고개가 굳어 불편했던지, 잠엔 계속 취한 채, 계집이 꾸물대며 옆으로 비그르 누우며 추운 듯 몸을 꼬아 들이고 있어서, 계집이 내게는 가여운 누이처럼 여겨졌다. 저 허전해하는 걸 감싸줄 것이라곤 그것밖에 없어서, 내가 가슴으로 포근히 감싸주었더니, 그러나 그것은 더 자지를 않고 깨어, 내 가슴 안에서 꼬무락꼬무락하고 있다. 보니 울고 있었고, 나도 참 가슴이 짠했다.

"시님은 가난한개 불쌍해라우."

그녀가 그런데 그렇게 말하고 있었다. 나는 달이 중천을 지나고 있다고 보고 있었다. 서편으로 이울고 있다고 보고 있었다. 희어져 푸른빛을 띤다고 보고 있었다.

"나는 말이라우, 잘 자다가도 말이라우, 퍼떡 깨이면이라우, 잠이 안 옴선, 무신 노래 겉은 것이 불러져라우. 두 번 불를라면 안 돼요. 날 보고 모도 청승시럽다고 허요이. 그래도 노래가 불러져라우."

모래에 조금 묻혀 약간 온기스러운 곳을 빼놓곤, 나는 좀 추웠고, 어쩌면 이슬에 덮였을 것이었다. 모래톱에 반쯤 묻힌, 죽은 고기들은 햇볕을 추워했었다. 잠자다 깨인 밤에 떠오르는 노래를 나는 알고 있었고 그럴 땐 호롱불 빛이 추웠었다. 퍽 더 젊었을 때, 어머니는 밤 외출이 잦았었다. 그러면 난 혼자 잠들어야 했고, 왠지 허전해, 한 마리 강아지 꼴로 둥글게 뭉쳐서는 머리를 숨겨야 잠이 들 수 있곤 했다. 그러나 한 잠 자고 났어도 어머니는 와 있지가 않았다. 어렸을 때의 밤은 모질게도 길었었다. 더욱이 쓸쓸한 혼으로 깨어 있는 밤은 무섭게 길었었다. 내가 깨었을 때도, 아직도 시간으로는 초저녁을 다 지내지 못한 것이 대부분이었다. 그러면 눈물이 괴어 올라오고, 흐느낌 대신에 무슨 노래가 떠올라오지만, 두 번 불러보려면 안 된다. 그 노래의 끝은 언제나 공포에 먹혀 맺어지지 않는다. 방 안에는, 호롱불 빛이 차곡차곡 눌러 쌓여 있어서, 심지어는 그림자 있는 데까지도 밝히고 들려 하거나, 아니면 웅덩이처럼 아주 탁해져 있다. 나는 그때, 그 쌓인 먼지 같은 빛 가운데 내가 눈을 뜨고 누워 있다는 것을 발견한다. 바다의 무게처럼, 그러면 갑자기 빛의 무게가 느껴지며, 내가 글쎄 한 마리의 죽은 고기 같다는 생각이 드는 것이다. 그런, 죽어서 물 밑에 깔려 있으면서, 닫힌 듯한 둔한 눈을 하고 하늘을 쳐다보는 고기들은 얼마든지 많았었다. 죽은 지가 얼마 안 된 것들은, 배를 하늘로 향하고, 둥둥 떠 흘러 다니기를 오래오래 계속한다. 그러다 비늘을 잃고 밀려서 해변으로 와서는, 모래톱에 던져졌다간, 어떻게 모래톱에 묻혀든다. 햇볕 아래서 추워하며, 둔하게 번쩍이다, 모래톱의 습기 때문에 썩어가는 것이다. 그러나 다시 조수가 돌아오며, 그 모래톱을 적시기 시작하고, 흔들어 덮기 시작하면 죽은 고기는 다시 떠오른다. 그때는 햇볕에 데워졌던 부분을 드러내 옆으로 누워 있는다. 만약에 물새나 송사리들이 그 몸을 파먹지만 않는다면 그런 부표와 그런 침몰이 반복되는 사이, 저 고기의 몸은 솜처럼 피어나고, 그때에 이르면 젖은 몸이 무거워 물 밑으로 가라앉는다. 수사(水死)가 완벽히 이뤄져 버린 것이다. 나는 이제는 허전함을 느낀다. 주위가 휑뎅그렁하고, 아무리 더워도 혼이 춥기 시작한다. 잠 못 드는 아이에겐 이제 마녀들이 나타나기 시작한다. 살을 갉아먹으려고 소글소글 웃는 물자락이며, 물새의 뾰죽한 부리며, 송사리의 집적거림 같은 것이 마녀로 화한다. 그래서는 뾰죽한 손톱으로 내 배를 긁어 구멍을 내서는, 저 수백 년 자락 지며 모아놓았던 여울, 저 수백 년 노래하며 못 다 부른 곡조, 수백 년 출렁이며 아직도 못다 한 한, 그래서 엉긴, 조수의 앙금 맑음한 것을 집어넣는다. 그런 밤으로 나는, 수정돌을 배 속에 처넣고, 자꾸 무거워 가라앉는다. 그러다 보면 어느 녘에 다시 잠들어 있고, 배 속에 넣은 조수의 앙금이 거품이 되어 끼룩끼룩 울며 날아가는 꿈을 꾼다. 잠자다 밤중에 깨어서 부른 노래는, 그런 끼룩거림 같은 것이었다.

뒤뜰서 우는 송아치
뜰 앞서 우는 삐들키
건넛동네 다리 아래
항수물이 뻘겋네
앞산 밑에 큰애기네
심근 호박 꽃 폈겄네

자다 깬 계집이, 끼룩끼룩 우는 노래는, 그런 것이었다.

1

"헌디 시님은 무신 못씰 죄를 졌단대라우?" 계집이 새벽녘 냄새를 풍기며 그렇게 물었다. "누가 나헌티도 그러는디, 여그는 말이제라우, 무신 못씰 짓 헌 시님만 온담선이라우?"

"이런 때는 말이지, 난 생각한다구, 어디 주막이 있는 강촌에라도 가서 떠들썩하게 한번 취해봤음 좋겠다고, 난 글쎄 그렇게도 생각한단 말야."

"존자 시님허고, 외눈 시님이 돌아오덜 안 헌다고 그러요 글씨."

"그리고 그렇지, 소쪽새 우는 걸 따라서, 벼랑 끝에서 말야, 소쪽, 소솟쪽 하고 울다 말야, 천 길쯤 떨어져 내려도 좋지."

"본개로 질갓에 염주만 떨어져 있더람선이요, 촛불 시님이 각고 있더랑개요."

"진달래도 피겠고야 피겠고야."

"헌디 고 외눈 시님을 염주 시님이라고도 헌단개요, 절단코 염주를 질갓에 베려뻐리던 안 할 것이라고 안 허요이? 촛불 시님이 그래라우."

"또 그렇지, 새벽달 차가운 것 잡으러, 강 언덕에서 뛰어내려도 나쁠 일 없을 터. 지국총, 지국총 놋좆에 침 발라라 어사와."

"헌디 시님은 무신 못씰 죄를 졌간디, 물도 괴기도 없는

145

디서 괴기를 낚울라고 허끄라우이?"

"임자, 나하고 어디 후미진 골짜기로 나가, 초가 짓고, 밭 갈고, 씨배 먹고 살지 않을란가?"

일자나 한 장 들고 봐 일이나송송 야송송, 잇자 한 장 들고 봐 이월이라 매화꽃, 굿자 한 장 들고 봐 구월이라 국화꽃 처자 생각이 절로 난다.

도라는 것을 닦다 음극으로 기울어진, 선로(先老)들의 고기(古記) 중의 어떤 것들에 의하면, 일 년 열두 달, 열두 나무, 열두 자세, 꽃 피는 것도 안 피는 것도 있는 그런 원정(園丁) 성교도 있던 것이다. 매월 매나무에 매 다른 아픔이 피어오르고, 매 다른 낙화가 따른다. 그러나 계집은, 성내고 뛰쳐 일어나, 모래를 쥐어 발악하듯 내 몸에다 끼얹으며, "시님은 쌍넘이어라우. 날 쥑일라고 히어라우" 하고, 섣달 동백 아직도 눈 속에 타는데, 그 낙화 기다리지도 못하고, 물크러진 몸으로 절룩거리며, 제 사는 곳 향해 어죽이 가버렸다. 그년은 타는 굴뚝으로 빠져나간 암코양이 꼴로, 후줄근하고 더럽게 해서 도망가버린 것이다. 그 더러운 년을 보다가 나도, 너무 많이 뇌우를 갈겨대다 죽은 어떤 수룡모양 뻐드러져버렸다. 글쎄 비구란, 부지런히 일하는 사내라고 하는 것이다.

2

누군가가 내 잠을 삼베 세 폭 홑청으로 덮어주어 있었다. 내가 잠들었던 동안에, 땅은 자꾸 동쪽으로 뒤틀려가서, 저 청청히 그저 정좌만 해 있는 하늘의 큰 한 연(蓮)을 배꼽 위에다 피워놓고 있었다. 새벽의 육시럴 구투(狗鬪)에 나만 전상자로 남아져, 허리가 무너나고 목이 타며 치골은 벌겋게 부은 데다, 근은 죽어 흑자색으로 나둥그러져 있다. 그래도 어쨌든 떨치고 일어나야 했다. 그러나 어지럼병이 들며, 눈앞에 천만의 별이 떠 스산히 흘러가고, 전에 강인했던 팔이 지푸라기가 되어 시지근히 꺾어져 내린다. 나는, 저 사망의 방 같고, 음부 같은 음녀를 죽어라고 저주해댔다. 그래도 그년은, 내 잠을 홑청으로 덮어줄 기력은 남겨놓고 있었던 모양이었고, 또 한 봉지의 미숫가루와 한 알의 계란으로 한 걸사께 공양할 마음의 여유도 있었던 모양이었다. 그리고 두 되 들이는 되어 보이는 항아리 하나에도 물이 가득히 채워져 내 머리맡에 있어 물이 푸르자 하늘도 푸른 것을 알겠는데, 그 계집 말고, 누가 그런 보살행을 했겠는가. 일곱 집 둘러 빌지 못한 건 한이로되, 감사하다는 정을 일으킨다는 것은, 악을 쳐부수는 자라고 불리는 수놈 중이 속정(俗情) 애와틴 것을 여태도 못 여읜 소치일 터이므로, 그저 눈 내리감고 반 되쯤의 물부터 마시고, 저 애왇븐 왓대, 한 알의 계란을 톡 깨어 입속에 부어 넣었다. 있는 바 일체중생 종류 중에서 알로 낳은 것이여, 아 알로 낳은 것이여, 내가 다 하여금 남음이 없는 열반에 들게 하여 멸도케 하리라.

3

나는 우선, 저 마른 늪에 물이 가득히 차올라와 철럭이는 것을 보려는 일로부터, 나의 낚시질을 시작했다. 그것은 가령, 비가 퍼부어 내리는 것을 생각한다거나, 또는 땅속의 수혈(水 穴)을 찾아내, 그 혈을 막고 있는 어떤 장애를 틔워주어서, 그 수맥이 이 늪을 줄기차게 뻗어오도록 한다든가, 그런 과정을 겪지 않고도 쉽게 이뤄졌다. 내가, 저 호수에다가 물을 채워야 겠다고 생각함과 동시에 그 늪을 내려다보았더니, 그것은 어 느덧 그득히 물에 덮이어, 무색인 것이라도 깊어지면 색깔을 입듯, 그것은 푸르러 있었다. 나는 사실 거기까진 바라지 않았 는데도 그 둔덕에는 어느새 갈대가 키대로 자라, 그림자를 수 면에 드리우고 있으며, 들찔레 덤불이 듬성듬성 나, 흰 꽃잎 을 흐드러지고도 있었다. 그것은 만족할 만한 호수였다. 고요 하여도 머물러 있는 듯하지 않으며, 어느덧 흔들려도 움직이 는 듯하지 않은, 저 늪은 그리고 오직 나만의 것이었다. 그러 나 아직도 거기엔 고기가 유영하고 있지 않아서, 그것은 아직 산 못이 아니었는데, 거기에다 어떤 고기를 풀어 넣을까를 생 각해보다가, 늪이 있으면 어디에나 있는, 그저 그런 평범한 고 기들, 붕어며, 모래무지며, 미꾸라지며, 뱀장어며…… 그런 뒤 나는, 낚싯줄을 본때 있게 던져 넣었다. 그리고 참을성 있게 기다려보니, 찌는 수면에 거꾸로 서 있으며 퐁퐁 자맥질을 하 고 있으나, 아직 고기가 물려고 달려든 것은 아닌 듯하고, 수 면이 흔들리는 탓 같았다. 바빠야 할 일이란 없어서, 나는 느 긋하고 한가한 마음으로, 내 기억에 떠오르는 몇 낚시꾼들의 얼굴이며 이야기 소리 같은 것을 뒤늦게야 기억해내기 시작 했다. 나를 손짓해 부르기 좋아했던 한 젊은 낚시꾼은, 그는 된기침을 한 뒤엔 피를 뱉어내곤 했었는데, 내가 따랐으나 늘

무뚝뚝한 얼굴의 한 늙은 낚시꾼을 가리켜 이렇게 말하곤 했었다. 물론 내가, 저 치근치근한 아버지들께 어머니를 빼앗기고 바닷가로 내려가, 혼자 모래집이나 짓고 놀던 때의 얘기인 것이다.

"저기 저 목대기 배에 앉아, 졸기로, 담배 피우기로 세월이나 보내는 늙은네 말이다. 삼백예순날 동안에 고기라고는 꼭 한 마리 낚은 걸 보았는데 말이지, 그래 내 하도 신통해 그 고기를 좀 구경 안 했겠냐 말야. 헌데 그게 반편이라구. 내 말 알아들어? 비린내가 아주 독하더라구. 글쎄 내 말 알아들어? 그걸 낚은 낚시란 건 말이지, 훗훗 거 뭐 녹슨 낫가락이지 그게 낚시겠니? 내 얘길 들어보라구 말야. 삼백예순날 미끼 꿰는 걸 한 번도 못 보았으니 말이지. 그래 내 나중에 생각해보니 이렇더군 글쎄, 한 가닥 센바람이 획, 이렇게 말이다. 내가 손짓하는 것 보여? 획, 이렇게 물 위를 불어갔던 모양이었다구. 그래선 저 늙은네의 낚싯줄을 획 잡아챘던 모양인데, 내 말 알아들어? 그러자 그 낚시가, 너모양 다리로 반쯤 졸고, 반쯤 꿈꾸는 고기 놈의 입을 꿰었던 모양이었지. 훗훗훗, 내 말 알아들어? 그래도 말이다. 하루도 안 거르고 낚시질은 나오는데, 알겠니? 저 노인네 할마씨가 말이지, 글쎄 아주 젊었을 때였겠지, 물 건너 저쪽 친정에서 오던 길에 그만 풍랑을 만났다는 것 아니게? 꼼다시 고기밥이었지. 나 같으면 말야, 저 원수스러운 고기 놈들 다 잡아내 버릴 거라구. 내 말 알아들어? 자 너보구 있지? 저 찌가 까불까불 엉덩방아를 찧고 있는 걸 보구 있냐 말야. 나라면 그러니, 글쎄 대략 잡아, 한 식경에 세 마리 정도는 낚아 올리지. 너의 어미께, 이런 얘기쯤 해줘도 좋아.

내 이따 해 질 녘에 그중 큰 놈으로 한 마리 꿰들고 갈 테니, 이똥이나 잘 닦아놓고 있으라구 해두라구. 내 말 알아들어? 고기 맛을 제대로 알아들려면, 이똥뿐만이 아니다, 사태기 새 곱도 잘 닦아야 되는 게야. 내 말 알아들어?"

그는 그리고 외롭게 웃었었는데, 건너편 목선네 영감의 곰방대에서는 그런 웃음이 연기가 되어 포르르 오르곤 했었다. 하지만 지금 다시 생각해보니, 어쩌면 그 늙은네는 아직도 살고 있고, 또 천년은 더 살아가지 않을까도 싶다. 외롭게 으스대던 젊은네는, 벌써 몇 번이고 죽어, 흙 몇 번이고 되었을라, 글쎄 그래서 가만히 생각해보면, 목선 위의 늙은네는 한 식경의 삼 분의 일밖에 안 되던 그런 세월을 유유자적 일 년으로 펴 늘여 살았던 것만 같고, 저 젊은네는, 일 년을 삼 분의 일 속에다 옹쳐 넣어, 손가락으로 튕겨 오소속 흩뜨렸을지도 모를 것처럼 여겨진다. 그러다 보니, 저 늙은네 곰방대에 두 대째 담배 지그르 끓고 있을 때, 저 젊은네 댁에선 상여 나가고 있었을 것이었다.

아 물론, 저 젊은 낚시꾼은 허긴, 하루를 스물네 도막으로도 내고, 열두 도막으로도 내서, 지금이 제 육시라거니, 또는 오시(午時)라거니, 열두 시라거니, 제 구 시라거니, 미시초(未時初)라거니, 오후 세 시라거니 하고 말하는, 어떤 평균 시간을 두고 그렇게 말했었음은 분명하다. 그러나 어떤 경우 그러한 평균 시간에 균열이 생길 때가 있는데, 그 균열을 통해 보이는 평균 시간의 안방에서는, 이해할 수 없는 일들이 무수히 일어나고 있는 것이다. 계집과 지내는 밤은 지극히 짧고, 이레 단식을 목적으로 하고 새우는 이레째 밤은 칠 년과도 맞먹어

듦은 어쩐 이유인가? 빈자의 춘궁기는 십 년이 짧게 길고, 부자에게 있어선, 저 좋은 계절의 아쉬움이 일 년 내내 남는다. 그것은 즐기기에 생선의 가운데 도막 같은 철이기 때문이다. 같이 달리는 토끼와 거북의 시간은 같지 않으며, 하루살이의 하루와 용소 밑바닥 이무기의 하루 또한 같지 않으며, 석전경우의 한나절과 송하노선의 한나절도 결코 같지 않으며, 늙은네의 하루와 젖먹이의 하루도 같지 않은 것이다. 같은 시간은 어쩌면 전혀 없는 것일지도 모른다. 그러니까 같은 것은 다만, 일러서 평균 시간이라고 하는, 그것뿐일지도 모른다.

이 계제에 이르면 이제 내가 난감해져 버린다. 한 식경에 세 마리의 고기를 낚아내야 될 것인지, 사흘에 한 마리를 낚아낼 것인지, 그것이 문제로 나타나 버리는 것이다. 허지만 보자꾸나 어부네여, 이만쯤 지냈으니 창자도 비었고, 비린내에도 코가 밝아졌으니, 맛보기로 갖다가시나 우선 턱 하니 한 마리 끌어올려 놓고 볼 일이 아니겠는가. 게다가 때맞춰, 찌까지도 까불며 풍풍 자맥질을 해대고 있으니, 술 익자 체 장수 돌아가는 것이라야만 궁합이겠는가 어디.

두 번 세 번 스무 번 서른 번 이백 번. 삼백 번 제길헐 녀러.

마음은 더욱더 들끓고, 손은 더욱더 차가워갔다. 마음은 더욱더 넘치고, 손은 더욱더 비어져 갔다. 제길헐 녀러.

나중에 나는 거의 미쳐져서, 낚싯대를 마구잡이로 휘둘러대고 있었을 것이었다. 그러다 못 참고, 대가리를 거꾸로 처박으며 나는 그 늪으로 첨벙 뛰어들었을 것이었다. 아무 놈이든 닥치는 대로, 손으로 휙 움켜 채려는 것이었다. 그러나 나는, 첨벙 소리 대신에 철퍼덕 소리나 들었고, 웬일인지 한동안 정신이 혼미해 그저 누워만 있었더니, 입이 씰룩여지면서 욕설이 뱉어져 나왔다. "색이 공과 다르지 않으며, 공이 색과 다르지 않은 것을. 색인즉슨 공이며, 공인즉슨 색인 것을."—그것이, 형상을 향해서, 그 형상을 형상이게 보여주고 있는 세계에 대해서, 내가 덮어씌울 수 있는 온갖 모멸이었다. 그리하여 세상은, 저 가장 악랄하고 더러운 저주에 의해서 상처받고, 비죽거리고 울며, 고개를 돌리는 듯이 내게는 보였다.

모든 선배 낚시꾼들 역시, 이 단계에서 실패하고, 세상에 욕설을 끼얹기 위해서 미치다 죽어갔을 것이었다. 꿈에서 보이는 여자는, 어쨌든 꿈속에서는 여자며 살어서 꿈을 축축하게 하는데, 저런 낚시질은 몽정과도 달라서, 저 망할 녀러 고기 새끼들은, 물을 벗어나기만 하면, 그 찰나로 자연 소멸을 해버리던 이치 속은 무엇이던가.

모든 걸 다시, 원점으로 돌리지 않으면 안 되리라는 걸 나는 알고 있었다. 신기루의 샘 속에서 물 길어다 동료들과 같이 시원스레 목욕하는 일이 열 번 가능하다고 할지라도, 또 어물전을 묘사해놓은 그림 속에서 한 마리 연어를 꺼내다 마누라와 함께 구워 먹는 일이 있을 수 있다고 할지라도, 나는 우매하여 그럴 줄을 모르니, 그러므로 내가 우직한 채로 소가 되고 부지런하여 벌이 되어, 현상을 있는 그대로 놓고, 그것 위에서 우직히 투쟁하며, 그것 위에서 부지런히 명상하고, 근면과 우직을 다하여 정진하지 않으면 안 된다는 것을, 자신에게 자꾸 타일러주지 않으면 안 될 것 같았다. 꾀 있는 사람은, 계란을 그저 한 번, 눈 깜박할 동안만 소매 끝에다 넣었다 꺼내도 장닭을 품어내지만, 그러나 나 같은 사람은, 하루 세 번 군불을 지핀 아랫목에 품고 누워 식음을 전폐하기를 스무하루나 한다고 하더라도, 잘하면 병아리나 품어내거나, 그러지도 않으면 곯려버리고 말 것이었다. 그러므로 꾀는 그것이 아무리 작은 것이라도, 내가 바랄 바는 아닌 것이었다.

그럼에도 하나의 무서운 유혹을 버릴 수가 없는데, 그것은, 한 번 마음만 먹은 것으로써 늪을 내려다보면, 거기 물이 넘치고, 고기가 빽빽이 유영하는, 그래서 고기를 낚아내는 일이 매 찰나 가능스러울, 저 가능성에의 집념이다. 그렇더라도 수면을 떠난 고기의 자연 소멸을 어떻게도 방지할 수 없는 한, 꾀는 그것이 어떻게 작은 것이라도, 내가 바랄 바가 못 되는 것이다.

나는 흙먼지를 풀풀 털고 일어나, 늪 둔덕으로 다시 올라왔다. 그리고 내려다본 늪은, 그저 언제나같이 메마른 것이어서 아무것도 없었고, 나의 절망만이 거기에, 빽빽이 괴어, 내게 위로나 구원이 될, 아무리 사소한 것이라도 그것의 뼈까지를 녹히고 들었다. 자기의 절망과 대면한다는 일은 아마도 그중 비참한 일이다.

나는 산보라도 하고 싶어져, 그 자리를 떠나버렸다. 그리하여, 저 집념의 훈륜에 감싸여 초계(超界)치 못하는 정신에 바람을 넣고, 허랑방탕히 헤매다 돌아와 본다면, 자기를 억류했던 저 울타리가 얼마나 높았던가를, 다시 측량하게 하고, 다시 고려하게 할지도 모른다.

나는 그래서, 반 줌쯤의 미숫가루를 입에 넣어 물 마셔 삼키고 마을 쪽으로 걸으며, 하기는 한 번쯤, 소나무가 있는 저 샘터며, 그 무덤들도 둘러보았어야 옳았다고 생각해냈다. 그러나 무엇보다도, 촛불중이 마음에 걸렸는데, 그를 만나게 될 것이 갑자기 무서워지면서도, 어쨌든 한 번은 만나보아야만 될 듯하기도 했다. 내가 왜 그래야 되는지, 그것은 나 자신도 모른다. 나는 이미 형에 처해져 있는 것이 아닌가.

4

내가 촛불중과 대좌해 있었을 즈음은, 해가 한 발 정도나 남아 있을 때였다. 그는 물론 전날과 다름없이 내방객을 맞았으며, 미숫가루와 계란으로 하여 계집을 내보내던 것이었다. 내가 들어갔었을 때, 그들의 성교는 벌써 끝나 있은 듯했으나, 촛불중의 가느다란 손가락이 저 계집의 허벅지 위에 얹혀는 있었다. 내방객이 없었다면 그들은, 그런 채로 밤을 맞았을지도 몰랐다. 그것에 대해서 나는 아무것도 생각하려 하지는 않았다. 그것이, 내 스승이 말하던, 저 보살이 법륜을 굴리고 다니는 방식인 것이다.

"대사께서는입지, 산책이라도 즐기셨는 듯한데입지."

오늘은 장옷도 입으려 하지 않고, 촛불중이 말하며, 촛불 그늘 아래 놓여진, 예의 그 염주를 주워 들더니, 수다스러이 돌려대기 시작한다.

나는 그렇다고 고개를 끄덕이고, "대사께서도 더러 산책을 하시오?" 하고 내 쪽에서도 물었다.

그도 그렇다고 고개를 끄덕이고, "주로 오전에 합습지. 몇 년래 배어버린 버릇인뎁지, 자시쯤부터 시작해 대개 묘시나 진시까지 앉아 있고 말입지, 미시나 신시까지는, 꼬인 다리를 푼다거나입지, 아니면 어느 스님이든 찾아뵙고 법 설하는 걸 듣는다거나 하고입지, 그런 뒤 자시까지는 혁대를 풀고 마음을 풀어놓습지. 허랑방탕히 지내는 것입지."

나는 고개를 끄덕이고 그의 정시를 이상스럽게 견딜 수가 없어서, 촛불에다 시선을 향했다. 그가 염주를 들고 있다는 바로 그런 이유 때문일지도 모르지만, 나는 어쩐지 오늘, 이 사내 앞에서 왜소한 기분이 들고 응축된 듯한데, 내가 왜 그래야 되는지, 그것은 나 자신도 모른다. 나는 이미 형에 처해져 있는 것이 아닌가. 그런데도 내가 확인해본 대로만 한다면, 존자나 그의 문하생의 무덤은 열려진 흔적도 없었으며, 샘도 또한 만약에 무심한 눈으로만 본다면, 전과 같이 맑고 조용했다. 풀려 나간 피가, 샘 전의 이끼 색깔을 좀 더 우중충하고 불그스레하게 바꾸어놓은 듯이도 내 눈엔 보였지만, 그것은 내 눈의 편견 탓이었을지도 모른다. 경도 중인 어떤 수도부가 어제쯤, 거기서 목욕을 하지 않았다고 누가 장담할 수 있을 것인가. 그랬음에도 나는, 한 번 더 뛰어 들어가 흙탕을 친 뒤, 저 봉분이 없는 무덤들 주위에서도, 혹간 수상쩍게 여겨질 것이 있으면 모두 치워 없애버리고, 그리고 돌아섰을 때에는 무심한, 아주 무심한 얼굴을 꾸몄었다.

"대사께서는 어디쯤에다 말입지, 거처를 정하셨는가입지."

그러나 나는 대답할 말을 생각할 수 없어, 망연히 촛불이나 건너다보았다. 그것은 흔들림이 없이 고요히 타고 있었지만, 내가 마음으로 흔들리고 있는지, 그 불꽃에 내 마음이 묶여 들지를 못하고 훌훌 뛰고 있었다.

"소승이 한번 말씀드렸지만입지, 소승이 한 빈 곳을 알고 있습지. 대사만 괜찮으시다면 말입지, 즐거이 안내해드립지. 그 빈 곳은, 그분의 열 명의 끌끌한 문하생이 와서 파고, 꽤목 지르고, 곱게 도벽하여서입지 읍내 장로네 사랑방 정도는 훌륭한데 말입지, 헌데입지, 소승 믿기에 말입습지, 그분이나 그분을 모시고 다니는 스님이나 말입지, 본절로든 어디로든 돌아가신 듯한데입지, 비었으면 이제 어떤 스님이든 말입지, 숙소 없는 스님이 써도 좋겠습지."

나는, 그가 무슨 얘기를 계속하고 있는지를 갑자기 알 수가 없고, 촛불의 심지 끝에는, 한 마리의 검은 고양이가 요요히 앉아, 표독스레 나를 노려다 보고 있었다.

"한 분은 존자 스님이라고 부르고입습지, 한 분은 염주 스님이라고 부릅지. 존자 스님으로부터는 게송 하나를 받았는데 그것은 이렇습지……"

나는 전에, 촛불의 심지를, 저 푸른 물이 감싸고 있는, 한 흑연 빛 동혈이, 그렇게도 깊고, 그렇게도 넓은 자리를 차지해 왔다는 것은 한 번도 몰랐었다. 거기에 저 철위산 바깥 변두리, 오백 유순 첨부주의 땅 밑이 열려, 누구라도 잘못 들어섰다간 영구히 되돌아 나오지 못할, 슬픈 고장이 펼쳐져 있었다. 그러나 나는 이미 그 경계를 벗어날 수가 없는 데에 이르러 있었고, 푸른 불이 육만 리의 바다처럼 나를 둘러 노호하고 있는데, 저 흑연 빛 동혈이 소용돌이치며 나를 삼키려 들었었다. 그러나 내가 격렬히 거부하고 보니 그것은 입이 붉은 한 마리의 고양이였고, 그것이 저 높다란 심지 위에 견고히 버티고 앉아, 나를 노리고 여섯 색깔의 살(煞)을 쏘아내고 있었다.

"몸은 보리수이니입지."

고양이와 나의 대치는 그렇게 해서 시작되었고, 이 실랑이는 내게 괴로운 것이었다. 우리 주위에론, 우리들의 눈이 뿜어낸 살로 하여, 음독 같은 것이 부옇게 서리고 들었다. 어느 쪽이 패하든, 그것은 곧장 죽음과 연결 지어질 것처럼, 그 응시는 살벌했는데, 적어도 어떤 내상만이라도 남길 것은 뻔했다.

"마음은 밝은 거울 틀과 같네입지."

그러기를 계속하는 동안에, 아마 내 쪽에서부터 피로를 나타내기 시작하고 있는 것 같았다. 내가 상대하고, 내가 주시하고 있던 것은, 어쩐지 그 고양이의 눈이 아니라, 그 눈 속에 앉아 나를 보는 그 나인 듯이만 여겨졌는데, 이 의미는, 내가 내 내부를 조금씩 헐어내며, 열어 보이는 그런 증거인 것 같았다. 물론 그 고양이의 눈 속의 내 눈 속엔 그 고양이의 눈이 있고 그 내 눈 속엔 고양이의 눈이 또 있고 또 있고 또 있고 또 있었지만, 그러나 계속해서 내게 느껴지는 것은, 나로서는 아무리 해도 고양이의 내부를 들여다볼 수 없고 있다는 그것이었다. 이것은 내가, 그것의 인력에 의해, 그것 속으로 자꾸 끌려 들어가고 있는 바로 그 의미인 것 같았다.

"때때로 부지런히 털고 닦아서입지."

내가 아마도 패해가고 있는 중이었다.

"먼지며 티끌 못 앉게 하셉지."

눈알이 쓰리고 아프며, 눈앞이 흐려지는 걸로 보아, 나의 집중력이 약해진 증거라고 막연히 느끼고 있었더니, 끝내, 저 표독스러운 것이 찢듯이 짖으며, 내 눈 속으로 뛰어들어, 내 눈을 사정도 없이 할퀴어버리는 것이었다. 빛은 사라져버린 것이다. 그리고 머리가 아파, 두 손바닥으로 눈을 눌러 감으며 이를 악물었더니, 아픈 것이 아니냐고 누가 묻고 있었다. 눈을 떠보았더니, 촛불은 그냥 촛불인 채 요요히 켜져 있고 촛불중이 걱정스럽다는 눈으로, 나를 건너다보고 있었다.

"처, 천만에 말씀이외다." 나는 완강히 부인하고, 해골을 챙겨 든 뒤 일어났으나, 비감으로 마음은 미어지고 있었다. "헌데 어떻게 스님께서는, 존자며 염주 스님이 떠나신 걸 아셨는지, 그것이 궁금하군요." 나는 발악을 짓씹으며 물었다.

"아, 그, 그거 말씀이십지?" 그는 한번 징그럽게 웃었다. "글쎄입지 말씀드렸다시피 말입지, 오전 한때로 산책을 하는데입습지, 보니 길가에 이 염주가 떨어져 있고 말입지, 존자나 그 두 분 스님이 샘터에는 없더란 말입지. 그래서 돌아와 봤으나 암자에도 없더란 말입지."

"스님께서는 친절하시게도, 소승께 소승의 거처를 물으셨던가요? 글쎄 날짐승 길짐승 다 거처가 있는데, 어찌 내겐들 없을 수 있겠소. 소승은 저 마른 늪 둔덕에, 널팡한 돌팍 하나 놓여진 걸 거처로 삼았습지요."

"아, 소승도 그렇게 알고는 있었다 말입지."

"성불합시우."

언제든, 어쩌면 나는, 저 촛불중을 상대로, 내 손에 한 번쯤 더 피를 묻힐지도 모른다고, 막연히 느끼고 있었다.

밖은 그런 시각이어서, 수도자들이 빈 항아리를 들고, 샘으로 가고 있었다.

나는 아무것도 안 보고, 내 발등만 보며 걸었다. 내 뒤쪽으로는, 두 번째 환속에의 욕망처럼, 자살에의 집념처럼 내 그림자가 늘여져 길게 길게 깔려 있을 것이었다. 글쎄 나는 눈이 서글거리는 저 똥갈보 년과, 어디 강촌으로 나가 술장사라도 해 먹으며 살고 싶은 것이었다. 낳고 늙고 아프고 죽는 일을, 그저 남의 개좆부리 같은 것으로나 알며 살고 싶은 것이었다. 글쎄 나는, 내 생명의 심지 위에, 한 동혈다운 것으로 퍼 늘어져 있다가, 느닷없이 전신(轉身)하고 육박해오는, 모든 불안, 모든 억압, 죽음의 천의 복병에 대항하여, 얼마나 더 견디며 싸울 수 있을지를 이제는 모르겠는 것이다. 내 기름이 얼마나 더 남았는지를 모르겠는 것이다.

5

자정까지 나는 혼자였다. 낚싯대의 손잡이 위에서 달빛들은 고기 비늘처럼 번쩍였으나, 이 형장으로 온 이틀의 마지막 시간까지도 내게는 다만, 절망, 쌓이는 절망, 깊어지는 절망, 절망뿐이었다.

그리고 유리로 온 그 나흘째가 끝나고 있었다.

1

아마도 을야쯤에 저 계집은 흙모래를 파삭파삭 디디며 내게로 왔었다. 분명히 촛불중네로부터서 오는 길이었을 것이다. 그의 말대로 하자면, 이런 시각부터 그는 중 수업에 드는 것이다.

그녀는 내 곁에 와서는 그저 서서 나를 내려다보고만 있었는데, 헝클어진 머리칼에, 무언가를 두려워하는 얼굴이었으며, 울음을 참고 있는 듯해 보였다. 자다 깨어 노래를 부르고 있던 저 어렸을 때, 밖에서 돌아온 내 어머니가 그랬었다. 그 어머니는 그래서는, 나를 품에 안기를 적이 겁내고 아파하는 얼굴로 외면하곤 했었다. 그 어머니를 내가 그렇게도 기다렸었는데, 그러나 갑자기 밉고 원망스러워 휙 돌아누워 버리면, 그 어머니는 소리 없이 우는 것이었다. 그러다 보면 내가 어느덧 어머니의 젖꼭지를 물고 있었고, 그것은 내 것이 아닌 독한 침 냄새에 덮어씌워져 있었다. 그러나 나는 휙 돌아눕지는 않았다. 나는 저 서 있는 것의 손을 꼭 잡아, 내 옆에 앉혔을 뿐이다. 그녀의 젖꼭지에도 타인의 침 냄새는 덮였을 것이고, 타인의 정액을 흘려내고 있을 것이었다. 그것은 소리 없이 울고 있었다. 이 짐승은 아마도 변이해가고 있는 것이었다. 이것이 울 수 있으리라고 나는, 생각해본 적은 없었다. 그녀의 등에 나는 분명히 그녀가 갖다 내게 덮어주었었을 그 삼베 홑청을 덮어주고, 등이나 쓸어주었을 뿐, 무슨 말도 할 수는 없었다. 그리고도 그녀는 한참이나 더, 날것인 채로의 눈물을 뜨겁게 내 허벅지에 흘려냈는데, 눈물이 더 타고 내리지를 않아 살펴보니, 어느덧 잠들어 있었고, 나는 이 계집과 헤어지지 않으면 안 되리라고 다짐하고 있었다. 집착하지 않으면 만났어도 만난 것이 아닐 것이며, 헤어져도 헤어지는 것이 아닐 것이겠지만, 내게 무서운 것은 그래, 내가 이 계집을 한사코 애착하기 시작한 것이다. 그것도 전심전력을 다해, 애착을 또 집착하려고 드는 것이다.

나는 배가 고팠고, 잠이 왔다.

그런데 내 잠 언저리로, 속삭이듯이 부르는 무슨 노랫소리 같은 것이 들리고, 동이 터 있었다.

"꿈을 꾼개라우" 계집이 어린애 음성으로 말하고 있었다. "시님이 나를 쥑여라우. 내 머리끄뎅이를 흝쳐 잡아각고라우, 내 목을 꽉 졸라라우."

나는 병이 들어 웃었다. 내가 그녀를 죽이려고 그랬던지 어쨌던지는 모른다. 그래도 나는, 그녀의 머리칼을 간추려 만지며, 그녀의 목으로 둘러보다 잠에 들었던 것이다. 병이 들어 나는 웃었다.

"헌디라우, 나는 오매(어머니)가 되고 싶은개 요상허제요이."

그녀의 눈으로 몇 점의 구름이 건너가고 있었다.

"배를 요로케 콕콕 쑤시면." 계집은 내 배꼽을 콕콕 쑤셨다. "고 새깽이 캑 캑 웃음시나, 젖 돌라고 헐 기요이. 그라면 노래도 히어줄 것인디." 계집은 그리고, 뭔지 노래 같은 것을 웅얼거렸다. 그러는 새 그녀의 눈에서, 구름은 다 건너가 버리고, 처음 햇살이 고이어 들었다.

"꿈에 나는 죽기 싫다고 히었었소이."

나는 병이 들어 웃었다.

"요새는 벨 생객이 다 나라우. 그라장개 터래기 뽑는 짓은 안 해도라우, 되세기가 다 아풍만이요. 심심헌개라우, 앉으면 터래기를 뽑아라우. 그라면 띄끔험선 덜 심심허요이. 그라다 본개 요래라우."

계집은 킥킥 웃으며, 장옷을 들쳐 올려, 힐끔 한번 해 아래를 드러냈다. "다른 아(애)들은 말이라우, 바늘로 호복지를 찔르기도 하고라우, 귀도 파고라우, 촛불에다 아주까리 꾸어 각고 아금니로 몸선 꼼 질르기도 허제라우. 그 아는 이가 아프대라우. 그 아들은 저그들 뮘이 인제 못쓰게 됐다고 그러요이. 시님들하고 자도, 뮘이 영 시랑토 안 헌다고 그래라우. 무신 소린 중 몰랐는디라우 지끔은 알아라우. 시님 만낸 디부텀 내 뮘이 지랄 났어라우. 내가 똑 죽겄음선도 시님만 뽀채져라우." 계집은 그러며, 손에 사내를 쥐고, "촛불 시님이 나보고 시님 헌티 가지 말라고 그래라우. 그람선 지 각씨 되라고 허요이" 하고 씨분댔다. "헌디 나는 촛불 시님 좋덜 안 하고라우, 시님 각씨만 됐으면 싶어라우. 그 아들(그 애들) 모도 그러는디라우, 촛불 시님은 진짜 중은 아니다고 험시롱, 썽내게 하면 안 좋다고 허요이. 그랑개 싫음선도 거그로 가고 히었는디요, 인제 안 갈라고 허요. 똑 나만 뽀채라우. 다른 아들이 워짜다 가면, 똑 울리서 보냉만이요. 그라면 우리는 욕해라우. 씨발넘이라고, 씨앙넘이라고 그러제라우. 헌디 시님은 여그서 요렇게 살라고 헌대라우 시방? 참말로 멍충해라우. 다른 시님들맹이, 조 아래 워디다 굴을 하나 팔 중도 모르끄라우? 요렇게 한데서 지내면 인제 벵들 것이요이. 첨 볼 때보당 더 빼싹 말라 비어라우. 낭중에 내가, 삽이랑 괭이를 갖다줄 것잉개요, 아니라우, 요렇게 생각났일 때 각고 와야지, 낭중에는 잊어뻐릴지도 몰루겠소. 나는 머슬 잘 잊어뻐린 게 탈이라우. 터래기를 뽑음선 눈을 감다 보면 띠끔 한번 생각이 나라우. 시님, 그라면 장깐 지다려줴겨요이? 얼렁 갖다 오게라우. 나는 시님이 안씨러 똑 죽겠어라우." 계집은 그러며 앞으로 고꾸라질 듯이 뛰어갔다.

그 등을 보다가 나는, 뭔지 갑자기 지리멸렬해져, 터래기를 한 개 손가락에 감았다가, 눈을 내리감으며, 획 솟구쳐 올려보았다.

2

그리고는 굴을 판다는 일에 대해 생각해보다가, 계집의 충고에 따르기로 했다. 작열하는 태양은 아니더라도, 동결하는 밤은 또한 아니더라도, 어딘지 몸이 감싸질 곳을 갖지 못하고 있다는 것은, 파 드러내진 구근처럼, 어쩐지 휴식이 없었다. 나는 확실히, 하나의 발악으로서, '멍충'하게 나의 현실에 대들었다가 도망치고, 도망쳤다간 돌아와 주저앉았을 것이었다. 이제 내 현실을 현실적으로 살아야 될 단계에 온 것이다. 그래, 그러기 위해서는, 최소한도 지친 혼을 누일 곳은 있어야 되며, 약간의 식물 또한 준비하지 않으면 안 될 것 같았다. 그리고 편안스럴 한 벌의 장옷, 그것이 이제 필요해진다. 무엇보다도 절박한 것은 양식이어서, 오늘 중으로라도 어떻게든, 다만 며칠 분이라도 준비해보는 것이, 적어도 그런 노력이라도 해보는 것이, 내일을 준비하되, 살기는 오늘에 사는 일처럼 여겨진다. 이런 생각들은, 뙤약볕 아래 시들고 있는 푸성귀 냄새를 풍겨냈다.

다른 데도 말고 굴은, 낚시터 바로 아래쪽 그 늪 벽에다 파기로 했다. 그것이 비록 빈 늪이라곤 하더라도 여산의 토끼 꼴로, 뭍의 몸으로 용왕 전에 거한다는 것이 어쩐지 씁쓸하기는 했다.

나는 바로 착수했고, 흙모래로 비계가 찐 곳은 순식간에 헐어냈으나, 이른바 지골(地骨)이라고 믿어지는 데에 이르러서는 생땀을 흘려야 했다. 큰 바위는 아직 나타나지는 않았으나, 그것은 칠년대한에나 다져진 듯이, 작은 돌들로 굳어져, 바위처럼 단단했고, 한 괭이질에 떨어져 나오는 흙의 양은 대단치가 않았다. 그런 만큼, 패목을 쓰지 않고라도, 압살에의 공포는 감축될 것은 확실했다. 비록 아침에, 계집이 작은 소반에 날라 온, 어젯밤에 지은 한 그릇 밥으로 배는 불려뒀었다고 하더라도, 그 일은 힘들고 허기졌다. 계집은 그리고, 예의 그런 한 봉지의 미숫가루와 한 알의 계란을 더 덤으로 가져와 내 해골 속에다 넣어주었었다.

정오에 나는, 파나가던 굴 바닥에 쭈그리고 앉아, 좀 쉬기로 했다. 그만쯤 팠어도 어쨌든 먹장구름 한번 지나가며 흩뿌리는 서너 방울의 비쯤은 피할 수 있을 듯도 싶었다. 그러나 때에, 비 머금은 구름이 아니라, 잠 머금은 소낙비가 퍼부어 내려, 내 전신을 흠뻑 적시고 들었다. 그 잠은 그리고, 한 그릇의 식은 밥으로 내 배를 불려주던 그 계집이, 늪 아래로 내려와, 장옷 벗어 깔고 누워 둔덕 위의 나를 올려다보았던 그때부터 계속되어온 것이다. 그것은 수렁 같은 계집이었으나, 더 이상, 사내의 뼈를 발겨 눈구멍으로 뱉어내지는 않았다.

3

노을을 아주 고봉 담은, 수만의 진주조개를 까뒤집어놓은 듯해, 전체로서 큰 한 연(蓮)이 금방 꽃망울을 터뜨리고 있는 듯이 보이는 사막 위에서 흙 속에서 갓 드러내진 큰 홍옥 빛깔의 하늘의 한 큰불이, 연 위의 마지막 정좌를 지키고 있었을 즈음에, 나는 잠에서 깨었고, 그리고는 늪 둔덕을 느시렁 느시렁 거닐었다. 수도자들 마을의 거적때기 문들 위에서도, 양을 죽이고 피를 바른 듯이, 붉은 묽음이 철철 흐르고 있었고 원근과 요철이 분명치도 않은데, 이런 석양은 내가 여기 온 후 처음 맞는 것이어서 내가 환몽에라도 처해진 듯한 느낌이었다. 그러나 낮잠의 후유증으로서의 약간의 두통, 약간의 일시적 눈앓이, 먹먹함을 제외하고 나면, 내 정신은 올바른 듯했다. 어쨌든 이런 석양은, 한편으로는 어쩐지 고향다우면서도, 다른 편으로는 일종의 강풍을 거닐고 있는 듯한 적막함을 느끼게도 한다.

아, 그래 나는 오늘, 어디에 가서든 약간의 양식을 구해와야겠다고 했었다. 나는 한 군데 믿고 있는 데가 있었던 것이다.

그러기 위해서 나는 아마도, 돌아오면 새벽이나 될라는가, 그보다 더 걸리려는가 모르는, 먼 여행을 해야 될지도 몰랐다. 그러려니 물도 한 되가량은 준비해야 되겠고, 도중에서 기진맥진하지 않도록, 한 번의 요기쯤 더 해둬야 쓸 것 같았다. 해골 속에는 물론 한 봉지 반쯤의 미숫가루와 한 알의 계란이 놓여 있고, 쑥과 마늘과 소금의 덩이, 그것은 말하자면 누룩 같은 것인데, 아 그리고 그것을 나는 이제부터 누룩이라고 부르려 하는데, 그 누룩이 좀 있기는 하다. 공중에 나는 새를 보라더니, 심지도 않고 거두지도 않으나 배를 불린다고 하더니, 나는 이 유리에서의 닷새를, 헤헤, 헷 헷 헷, 저 왓대로 살아온 것이었다. 수도청 향해 나는 합장 재배했다. 그러며 반 봉지의 미숫가루를 비워내고, 반 줌은 너무 많아 그것의 삼 분의 일쯤의 누룩을 함께하여 녹혔다. 배는 조금도 부르지 않고, 식물에 더 보채느라 쭈르륵이며, 자꾸 침을 괴어 올렸다. 그러나 샘부터 가, 몇 두레박이고 퍼마신 뒤, 한 줄기 오줌을 갈기고 나면, 당분간은 원기도 내고, 살기도 하리라.

나는 머뭇거리지 않고 생각난 김에 서둘러 출발했다. 여장으로서, 세 폭 삼베 홑청과, 계란 한 개, 그리고 물항아리를 꼈다. 해골과, 한 봉지의 미숫가루는, 낚시터에 가지런히 놓아두어, 그것이 내가 살았던 거처라는 것을 표지 삼아 두었다.

샘부터 들른 뒤 나는, 양식을 향해, 오히려 사막 가운데로 부지런히 나아가며, 언젠지 새벽에 내가 디뎠었을지도 모르는, 그러나 희미한 족적을 쫓았다. 동행도 없는, 정확하게는 그 방향도 모르는, 약간의 먼 길을 가려니, 망념이 휩쓸고도 들었다. 고삐와 재갈로 하여 샘에 남은 어떤 사내가 고삐와 재갈을 떨치고 떠나는 사내를 향해 흔들어주는 손짓이 보이는 듯도 싶고, 뒤돌아서 행주치마에 소리 없는 눈물을 닦는 계집의 안타까운 시선이 느껴지는 듯도 싶다. 마을이 시야에서 멀어갈수록 나는 어쩌면 돌아오지 않을지도 모른다고 생각을 해내고 있었던 것이다. 글쎄, 변절 개종을 하고, 어디엔지로 떠나가 버릴지도 모르는 것이다. 나는 나를 모르는 것이다. 마음의 행방이며, 배회며, 변절이며, 그것을 모르는 것이다. 나는 자꾸 나아가고 있고, 그러면서 아주 오랜 후에, 그 계집이 잠에서 깨인 지루한 밤중으로 부른다는 그런 노래의 한을 찔금거리기 시작한 것이다. 그렇게도 오랫동안 잠들어왔던 그 청승이 왜 깨어난 것인지는 나도 모른다.

건넛동네 다리 아래
항수물이 뺄겋네
앞산 밑에 큰애기네
심근 호박 꽃 픴겄네

그런 노래는, 고향 잃은 최초의 형처럼 벌판을 걷는 나를, 뒤늦게 울리기 시작한 것이다. 그것은 어쩐지 실향민의 넋두리처럼 내게는 되들리기 시작하고 잃어버린 고향 같은 것들을 한숨으로 뒤돌아보게 한다. 앞산 밑에 큰애기네 심근 호박꽃 지고도 하매 한두 십 년이나 안 흘렀을까. 그 큰애기 시집 간 첫날밤에, 듣기로는 그랬지, 신랑 놈 쇠피 보러 간다고 나가서는 영 돌아오지를 않았더라고, 듣기로는, 그 문지방에 두루마기 한 자락이 흰 개 꼬리모양 끼어 있었더라고, 글쎄 그랬지. 기다리다 지친 그 새댁 아마 아흐레를 더 살았다던가? 헤매다 문득 뒤돌아보니, 홑저고리 홑중의 바람 낭군 몸이 시리고, 객창에 새벽달 찬데, 누워신들 어늬 잠이 하마 오리, 찰하리 안즌 고대서 긴 밤이나 새오쟈. 떠난 사내여 그러나 벗고 떠나온 두루마기일랑은 아쉬워만 할 것이지 되찾아 입을 것은 아니다. 재뿐인 것을, 고향은 재뿐인 것을, 재뿐인 것을. 그래도 눈에는 선연한 초록 저고리 다홍치마, 모밀밭에 노을 비꼈을거나, 다소곳이 숙인 아미에 떠오르는 붉은 수줍음, 그때 켰던 화촉 아직도 타고, 동방 여태도 깊지만, 가슴에 껴안지는 말지어다. 그녀 몸 시릴라, 문틈에 창호지나 두터이 바르고, 그렇지, 지붕 위 쇠비름이나 솎아낼 일이다. 고향은 그런 것이다. 떠나서는 동쪽으로 동쪽으로 가며, 벗고 떠나온 두루마기의 훈훈함이나 자꾸 떠올릴 일이다. 고향은 그런 것이다.

생각이 아니라, 나는 기분을 완전히 돌려야 했다.

생조시 나게 부달리고, 치도곤에 묵사발이 되었을 때, 그저 한번 선연히 떠올려볼 초록 저고리 다홍치마—고향은 그런 것이다. 헤설고, 그리고 독한 감기가 있을 때, 그저 한번 두루마기의 안온함을 생각해볼, 그런 것이다.

생각이 아니라 나는, 기분을 완전히 돌려야 했다. 그러기 위해, 아끼지도 않고 나는, 항아리 물을 거꾸로 쳐들어 얼굴에 쳐붓고 아주 조금 남긴 뒤, 한바탕의 된똥과 센 오줌을 누었다. 그리곤 내뛰기 시작했는데 해는 완전히 사구 속에 묻혀들고 없었다. 그럼에도 서녘 하늘이 붉고 밝은 것이, 광막한 고장을 바람 잔 날의 바다처럼 보이게 했다. 모래 이랑의 서녘은 아직도 석양이며, 그 동녘은 잠폭한 저녁이어서, 가을도 깊을 녘에 담아, 타는 철쭉 아래 잔 들고 앉은, 그것은 머루술 같은 것이었다. 이 행로는 쓸쓸했다. 내가 좀 늘 외로운 것이었다.

달려보았어도, 그러나 도대체 거리가 좁혀지는 것 같지도 않았기에, 멈춰 서서 나는, 내가 걸어와 버린 뒤쪽을 돌아보았다. 그리고 나는 어쨌든 내가 부지런히 움직여온 것을 알았는데, 마을은 이미 저녁 그늘 저쪽 어디로 사라져버리고 없으며, 나를 둘러싸고 있는 것은, 그 변두리만 푸르스름한 황막한 공간뿐이었다. 물론 몇 개의 족적은 남아 있겠지만, 그러나 내가 지나왔으리라고 생각되어지는 길도 불확실하게 여겨졌다. 갑자기 내게는, 내가 서 있는 그 밑 어디 땅속으로부터 솟아 올라왔거나, 하늘의 어디로부터 뚝 떨어져 내린 듯한 기분이 들고, 왔던 곳도 갈 곳도 없는 듯한 막연함이 휩싸고 들었다. 이것은 아주 낯선 느낌이었는데, 나를 휩싸고 있는 세계가 느닷없이 멈춰버린 듯한 것이다. 그러나 나는 분명히, 북녘의 어느 한 점에서 출발하여, 남녘을 향해 움직여, 지금 내가 서 있는 이 지점까지 온 것이었고, 나는 또 내가 목적 삼고 있는 데까지 가려고도 하고 있는 것이다. 허지만 만약에 그런 운동을 휩싸고 정지가 깊고 넓고 길게 뻗어 있는 것이라면, 대체 그런 정지 속에서 어떻게 운동은 가능한 것인가? 그리고 운동이 가능했다손 치더라도, 정지 속에서 가능된 운동은, 그 운동의 과거, 그 운동의 현재의 아무것도 스러지지 말아야 옳을 터인데, 그러니까, 내가 다섯 발짝을 걸어왔다면, 그 다섯 발짝에 해당하는 모든 거리에, 그것이 허상이든 실체든, 나는 머물러 있어야 옳고, 내가 왼발을 떼어놓으며 오른팔을 쳐들었다면, 떼어

놓은 왼발과 쳐들린 오른팔의 풍경이 거기 머물러 있어야, 그
것이 정지 속에서 가능된 운동일 듯한데, 그러나 내가 정지라
고 생각하고 있으며 처한 이 상태는 어떤가 하면, 뱀 타고 넘
은 반석 같으며, 오줌 누어버린 음녀만 같아서, 아무것도 남기
지를 않고 있는 것은 왜인가. 이것은 참으로 정지라고 정의될
수 있는 것인가, 아니면 거대한 질서 밑에 깔린 한 왜소한 의
식의 곡해인가? 만약에 그것이 곡해된 정지라고 하는 것이 옳
다면 내가 걸어온 길의 시작과 이 종점 사이의 거리와 공간은
물론 나의 시점에서는 원근을 다소 갖고는 있다고 하더라도,
그리고 그 원근은 시간과 약간의 관련을 갖는다고 하더라도,
별에 사는 어떤 늙은네가 본다면, 그저 공시적(共時的)으로 존
재할 뿐일 터인데, 그렇다면 원근도 시작도 끝도 없는 동시적
거리와 공간은 무엇인가? 그것은 차라리 무시적(無時的) 현상
이라고 해야 할지도 모르는데, 만약에 그렇다면, 지렁이의 운
동은 어떻게 무시(無時) 속에서 일어났다 소멸되며, 지렁이의
운동의 과거, 운동의 현재, 운동의 미래는 도대체 어떻게 가능
될 수 있는가. 어떻게 무시와 정지 속에서 흥망과 성쇠는 자기
의 시간과 장소와 공간을 획득해내는가?

그러고 보니 나는 다시 한번, 도보 고행승의 뒷전에 앉아
저 길의 끝까지를 내어다보며 한숨짓고 있는 것이다. 나는 다
시 한번 볕에 누워 팔베개를 하고 하늘을 흘러가던 구름 조각
을 올려다보고 있는 것이다. 아니 그때 나는 한 마리의 독수리
여서 굽어 내려다보았었고 지금은 나는, 한 마리의 몸이 긴 지
렁이여서, 꿈틀거려가고 있는 것이다. 허기는 꿈틀거리는 이
괴로움으로 인하여 그러한 의문에 맞닥뜨려지기는 한 것이다.

나는 더 나아갈 힘이 하나도 없어, 풍 든 듯이 좀 떨다, 비그르 무너져 앉고 말았는데, 내가 자꾸 앞으로 나아간다 하더라도, 나는 제자리걸음이나 하거나, 아니면 내가 지나와버린 곳으로 자꾸 되돌아가기나 할 것처럼 자꾸 믿기어지던 때문이다. 나는 애써서 거인적으로 생각해서는, 내가 딛는 걸음은 별에서 별로 딛고 다니는 것이라고 믿으려 했어도 소용이 없고, 내가 자꾸 왜소해져 나중엔 개미만 하게 되어선, 개미지옥에라도 빠진 듯만 싶어져 버린 것이다. 도대체 나는 헤치고 나갈 것 같지가 않고, 스스로가 무서웠다.

나는 그 자리에 그냥, 무릎을 꼬고 앉아 머물러버렸다. 내가 그 경계를 벗어나려 발버둥질을 치고 몸부림을 했더라도 벗어날 수도 없었지만, 그랬다가는 차라리, 저 구덩이 밑에 잠들어 있는 것의 잠이나 깨우며, 저 삼엄한 정적과 무시(無時)나 사태지게 하여 압사를 면할 길이 없었을 것이었다. 그럴 때일수록 마음을 가다듬고 몸을 겸비히 해, 비록 그것이 험로일지라도, 그것을 찾아, 마음과 몸을 빼어내는 것이 현명함일 것이었다.

나는 오래전에, 이 문제에 대한 나대로의 어떤 해답은 갖고 있었어야 했을 터인데, 내가 세상에 태어나기 전에, 아니면 조수에 감싸이며 병든 손들을 보고 있었을 때, 뒤늦게라도, 저 존자와 그의 문하생을 살해하고 이 광막한 곳을 헤매고 있었을 때, 하늘을 흐르던 저 한 조각 구름의 무상을 만났을 때, 그러나 무엇보다도 도보 고행승의 죽음을 보았을 때, 나는 이 공포, 이 무서운 현실과 맞닥뜨렸어야 옳았다. 그러나 어쩐 일로 그것을 회피해왔던 듯한데, 하기는 젖 빨기에, 병든 손들에 의해 수음 당하기에, 남들 태우고 잔치 열었던, 지혜의 꺼진 모닥불에 시린 손 쬐기에, 살해하기에, 갈보년 똥구멍 채우기에, 또 무엇에, 바쁘기는 했던 것이다. 그러나 이것은 한 마리의 고기의 값어치가 그 얼마인지는 지금은 모르되, 그 무가의 고기 한 마리를 마른 늪에서 낚아내는 일과도 맞먹게 시급한 듯한데, 그것이 무슨, 목숨을 갖고 있음의, 움직임의, 소멸의, 어쩌면 재생의 그런 모든 고통과 비극이 상연되는, 어떤 구석진 무대라서가 아니라, 무엇보다도 이 현재, 내가 그 구덩이로부터 일어설 수가 없기 때문에 그런 것이다.

달은 전날보다 조금 게으르게 한 모서리가 깎인 중머리로 돋아 올라오며, 그늘이 기복해 있던 자리에다 외꽃을 피우고, 석양 담겼던 붉은 이랑에다 검은 두엄을 덮었다.

제6일

1

······이 두개골도 그의 것이지만, 이 속에 담긴 것도, 여기 앉았던 나 같은 늙은이 위에 파리가 쉬슬어놓은 걸, 내가 거둬 말렸다가, 쑥 잎하고 생마늘하고 소금하고 침 뱉어 이겨설랑 말려 바스러뜨린 것이야. ······허나 나로서는, 이런 이상스런 인연으로 해서 어쩔 수 없이 내가 죽어야 된다면,

나의 죽음이 너에게 쑥과 마늘이 되기를 바라는 바이지.

　엎드려, 저 하늘을 떠받치다 죽었던, 강한 팔의, 강한 척추의, 강한 다리의, 강한 목의, 아 힘의 선조──그러나 촌장의 몸에는, 쉬슬 자리가 그렇게 남아 있지도 않았지만, 어쩌다 쉬가 슬어 있다고 하더라도 그것들은 아직도 너무 가늘고, 너무 여리고, 너무 작아서, 햇볕에 널어 말릴 것도 못 되었다. 수분이 빠져버리고 나면, 그것들은 비듬이나 뭐 그런 비슷한 것이나 남길 것에 불과했다. 글쎄, 까마귀며 독수리들이 그의 내장이며 살을 며칠째나 파먹고 쪼았던지, 뼈다귀만 여기저기 흩어져 있고, 그 뼈다귀들 위에는, 개미며 쉬파리들이 먹구름처럼 엉겨 있었다. 구더기로 보아서는 내가 너무 일찍 왔고, 살로 보아서는 너무 늦었다. 어느 부분들에 그 고기가 조금씩 붙어 있었다 치더라도, 그것은 벌써 상해져 있어서, 모닥불에 바싹 태워, 그 숯가루나 물에 풀어, 창병 걸린 놈처럼 마신다면 몰라도 내가 계획했던 대로, 그걸 말려 양식 삼을 수는 없을 듯했다. 마음먹고, 양식 구하러 이곳까지 내가 왔던 것은, 바로 이것이었으나, 목불인견의 광경만 보고, 오늘 새벽에 가부좌 풀고 먹어두어서 이미 똥물이 되어버린, 저 계란까지도 토해버리고 말았다. 그 묽음 위로는 쉬파리들이 비구름처럼 몰려들었다. 그럼에도 나는, 조그만 구덩이 하나 파고서, 뼈들을 간추려 묻어주는 일은 하지 않았다. 가까운 저쪽에, 더러운 부리, 더러운 대가리들로 눈치 보며 앉아 있는 독수리들이며, 파리처럼 하늘을 덮고 갸갸갸 우짖어대는 까마귀며, 독수리처럼 쪼아대는 파리며 개미들로 하여, 그들의 배를 불릴 수 있는껏 불리게 하는 것이, 스승에 대한 나의 도리라고 나는 믿었다. 그래서 혹시, 저 살과 저 뼛속에 축적되었던, 불심(佛心)이나 법력(法力)이, 또는 박애(博愛)의 불순물이 조금이라도 있었다면, 그것으로 인해서, 저 벌레며 날짐승들의 환생은 보다 나아지기를 바란 것이다. 아마 그것이 그가 내게 설법했던 몸 보시의 의미였던 것일 것이다.

나는 질리고, 의기소침해 돌아섰으나, 전날 내가, 그의 얼굴 보겠다고 벗겨 던졌던, 죽은피 얼룩진 그의 장옷은 내가 취했다. 장옷이든, 살이든 뼈든, 허긴 그것들 모두 꺼풀인 것이다. 그것에 대해서는 더 슬프게 생각지 말기로 해버린 것이다. 혼 위에 뼈며 살을 입고 있다는 것은 무겁고 거추장스러우나, 그래도 그 탓에 혼은 좀 덜 추운 것이다.

나는 다른 데로 방향을 정해서 떠나지는 못하고 말았다. 공(空)으로부터 한없이 떠났으나 결국 공으로 돌아와 버린 죽음의 말로는, 색(色)으로부터 늘 떠나며 색에 머물러버리던 그 죽음의 말로를 다시 떠올렸고, 떠난다거나 돌아온다는 것이 무슨 의미를 지녔는지 다시 고려케 하던 것이다. 떠나도 돌아와 있으며, 돌아와 있어도 어느덧 떠나버리던 것이다. 그 죽음의 다름은, 하나는 묻히지를 못했고, 하나는 묻혔다는 것뿐이었다. 그것이 공(空)과 색(色)의 의미이고, 그러나 어떻게 다른지는 모를 뿐이다.

되돌아오는 길은 지루하고, 같은 길인데도, 열 배도 더 되는 거리처럼 여겨졌다. 그러고 보면, 시간뿐만이 아니라, 거리 또한 일정치 않은 것처럼 여겨지는 것이었다. 또한 심리적 거리라는 것은 있고, 물리적으로 따진다고 하더라도, 삼척동자에게 있어서의 십 리의 거리와 축지(縮地)꾼에게 있어서의 그것은 절대로 같지 않은 것이었다. 어쨌든 그런 문제로 나는 신고의 밤을 새워버렸고, 아침에 계란을 깨어 입속에 부어 넣으며 머리를 흔들어보니, 그런 계란 껍질 같은 것들이 내 머릿속에서 덜그럭거렸었다. 생각들이 살을 잃고 뼈만 남아, 알 수 없는 기호나, 주춧돌만 남겨버린 것인데, 그것들은 재조립되어도 좋고, 잊어버려도 좋은 것으로 된 것이다.

나는, 앞도 뒤도, 동도 서도, 둘러보지 않았다. 두 마리의 독수리가, 처음 얼마 동안, 내 머리로부터 별로 높지 않은 황회색 하늘에서 빙빙 돌며, 내가 쓰러지기를 기다리는 듯했는데, 아마도 내가 비틀거리고 있었는지도 모른다. 계속되는 굶주림, 식물에의 탐착, 그런데도 나는, 양식을 못 구하고 만 것이다. 별수 없이 나는 샘가의 저 소나무 다섯 그루 늙은 것들을 찾아가, 얼마쯤의 잎이나 구걸할 수밖엔 없는 듯했다. 칼을 빌려서든, 아니면 돌로 짓찧어서든, 미숫가루 정도로 몽글게 썰거나 빻기만 한다면, 그것의 기름[松油]으로 해서, 그것 또한 양식 삼을 수 있는 것이기는 하다. 나는 거기로 가고 있는 중이다. 그리고 그 샘에서 죽은피 얼룩진 장옷도 좀 매매 치대 빨고, 기름땀 내놓은 몸에 덕지덕지 앉은 흙먼지며, 죽음 냄새며, 거웃에 아직까지도 아주 조금 엉겨 있는 계집에의 추억도 씻어내 버리려는 것이다. 그런 뒤, 그 위에다 장옷 입혀, 나도 또한 눈만 내놓고 외계를 내어다보려는 것이다. 아주 심술궂게 바라보려는 것이다. 육신 따위, 누구도 볼 수 없을 때까지 지워 없애려는 것이다. 그러기 전에 마지막으로 한번, 한낮의 마을로, 나는 내 정체를 드러내고 통과해나갈 것인데, 내가 전에, 백주에 몸으로 살았었다는 것을, 한번 내 자신께 확인시키려는 것이다.

2

빨아 반석에 널었던 장옷이 아주 가슬가슬히 말랐을 때는, 다시 해거름이었고, 이 해거름 또한, 한쪽은 볕 지고 한쪽은 그늘져, 세상 외눈스러운 것 붉은 눈을 뽑아내 검은 피를 흘려내고 있었다. 악환(惡幻)은 내게서 떠나지 않았으나, 그러나 그것으로 해서 내가 두렵거나, 가슴이 타들고 있는 건 아니었다. 밑동이 썰려 나동그라진 나무와 깨어진 거울에는, 먼지나 티끌뿐만이 아니라, 이승의 매운 볕이며 저승의 달착지근한 그늘도 드리울 수 없게 되었을 터이니, 크거나 작거나, 있거나 없음에 분별이 없는 자리가 그것일 것이며, 낳고 죽고, 가고 옴에 변함이 없는 자리가 또한 그것일 것이며, 선악 업보가 끊긴 자리가 그것일 것이었다. 짧게지만 한잠 깊이 자고, 지난밤 새운 걸 벌충한 뒤, 일종의 고행으로서 나는, 똥이 마려울 때까지 솔잎을 꾹꾹 씹어 꿀꺽 삼키고, 또 씹어, 또 삼켰다. 그것은, 몽글게 썬 가루를 털어 넣고 물 마셔 넘기는 일보다 훨씬 더 고역스럽고, 송진으로 입이 쓰리고 아렸으나, 똥이 비어져 나올 때까지 계속하고 보니, 그것 속에도 약간의 당즙, 약간의 염분, 약간의 구수함이 있어왔다는 것이 발견되었다. 그러나 맛에 대해 시비한다는 일이란, 죽은 스승부터도 과히 탐탁잖게 생각하던 일이다.

솔잎 따 담은 항아리는 옆에 끼고, 장옷이며 홑청은 함께 접어 목에다 건 뒤, 이제는 바쁘게 내 형장으로 돌아갈 시각인 것이다. 솔잎 따는 일에 대해서는, 난 그렇게 욕심을 부리진 않았다. 대략 닷새 계산하고, 그만큼의 양만 훑어냈는데, 그 닷새 후에는 어쨌든 목욕도 한번 해야 될 터이며, 장옷도 또한 빨아 입어야 될 터이니, 그때 다시 와서 따 모으면 그뿐일 터이다. 그런 일이란 일어나지 않기를 바라지만, 송충이가 그 잎들을 일시에 갉아먹는다거나, 누군가가 그 둥치를 베어 넘겨 어디로 운반해가는 일만 없다면, 그러고 보니 식량 문제는 그냥저냥 해결된 셈이었다. 그리고 만약에, 한나절 품만 열심히 들인다면, 거처할 굴도 그럭저럭 불편 없을 터이니, 그 문제도 해결된 것이나 다름이 없었다. 게다가 한 벌의 장옷 —아 그래서 세속이 다시 틀을 잡은 것이다. 울 것을 갖고 나온 것이 아니라, 나는 저 세속을 갖고 나온 것이었었다. 만약에 어떤 날, 생선이라도 한 마리 낚여 올려진다면, 내 식탁은 부유스러지리라.

그러는 새, 지나느라고 지나다 보니, 촛불중네 거적문 앞을 지나고 있어, 나는 그것을 갑자기 깨닫고, 우뚝 멈춰 섰다. 왠지 그가 갑자기 보고 싶어졌는데, 그도 나모양 '진짜 중'은 아니고, 그런데 어쩌면 한 마리의 고양이일지도 모른다는 생각이 치밀어 오른 것이다. 아, 그러나저러나 어쨌든 우리는, 각기 다른 근으로 한 곬에다 정액 쏟기를 치열히 해온 것은 사실이다. 한 곬에 선 두 나무, 어쩌면 그 그늘을 하나는 저승에 드리우고 하나는 이승에 드리우고 있는 한 곬의 두 나무, 아니 어쩌면 한 뿌리에서 갈라진 두 줄기.

이런 생각은 나를 쿨쿨 웃게 만들고, 그의 후문이라도 한

번 쏘고 들고 싶게 했다. 그러나 어쨌든, 지나다 보니 하필이
면 그의 문전이었다.

이번엔 나는 밖에서 하는 정중한 기침 따위 생략해버리고
거적을 휙 떠들고 성큼 들어섰다. 바깥도 전혀 밝은 빛이 아니
어서 눈을 그 안의 탁한 촛불 빛에 익힐 필요는 없었으나, 뭔
지 싸한 연기 같은 것이 내 코를 쏘고 들며, 약간의 현기증을
일으켰다.

"대사, 어서옵시지." 안에서 반기는 듯한 소리가 이내 들
려 나왔다. 그러나 그는, 오늘은 성교 중은 아니었다. "소승 생
각에는입지, 대사께서 이 유리를 떠나셨는가 했습지. 어제 벌
판으로 나가시는 걸 보았었습지. 그러나 대사는 이내 돌아오
시리라 했었는데 말입지, 역시 돌아오셨군입지. 이제 보셔서
말입지. 아셨겠지만입지, 일어나 영접지 못함을 용서하십지.
아 좌정하십지, 좌정하십지." 나는 촛불을 삼 척 간에 두고 가
부좌를 꾸몄다.

"소승은 지금, 한 대의 아편으로 하여서 말입지, 한 마심
(魔心)을 항복 받으려 시작했는데입지, 그게 정진이 없고입지
마심만 더 돋구어져 상당히 위험을 느끼던 차였는데입지, 대
사의 내방이 한 계기가 되어서 말입지, 이 단계를 뛰어넘었으
면 합지."

그래도 내게는, 그가 지금 무엇을 하고 있는 중인지, 그것
이 얼른 이해되지가 않고 있었다. 보이는 대로만 말하면, 그는
발가벗은 채, 천향하고 번듯이 누워, 두 다리를 적당히 벌려
무릎을 세운 뒤, 그 두 다리 사이의 불알 그중 가까운 데다 촛
대를 세워두고는, 대가리 밑에 목침 세워 높이 고이고, 입 귀

퉁이로 물고 있는 장죽으로 촛불을 빨아 연기를 아주 조금씩 아껴 솟구며, 그 촛불을 자기의 배꼽 건너로 바라보고 있는 중이었는데, 그런데 그의 배꼽과 촛대 사이에, 그의 것인 한 대의 가늘은 나무가, 풍우설상에 시달리고 중두막이 휘어졌으나, 초연히 서 있었다. 그것은 피마자 기름병에라도 사려 넣어졌다가 풀려나왔을 것인데, 그래서 음험히 번쩍이며, 그 끝에다 촛불을 켜놓고 있었다. 그러나 그는 고양이 같지는 않았고, 반쯤 짐승 되어가는 중에 하늘 보아버린, 가령 지렁이라든가 구렁이, 또는 거머리 같은, 무슨 뿌리처럼 보였다.

"소승이 말하는 마심이란 말입지, 결국 그 출처가 어디냐고 따져 올라가 보았더니 말입습지, 결국에 말입지, 내가 저 한 대의 마근(魔根)을 갖고 있는 그 탓이더군입지. 헷헷헷. 글쎄입지, 그 탓에 모든 번뇌의 열매가 맺히더라 이런 것입습지, 그래 내 말입습지, 저 마근과 대좌해서입지, 그것으로부터 항복을 받으려는 싸움을 벌였는데입지." 그는 이 대목에서, 물고 있던 장죽을 놓고 대단히 흐린 눈으로 나를 건너다보더니, 아주 느리게 이었다. "이런 고장을 살기 위해선입지, 허긴 아편이든 계집이든 있지 않아선입지, 참기 어렵습지. 아 헌데입지, 소승이 마근에 관해서 말씀했었습지? 그랬었습지. 그러다 보니 말입지, 계집이며 아편의 뜻이 조금 밝혀지는 듯도 싶은데입지, 글쎄 그건 말입지, 일종의 깊은 수렁이더라 이것입습지. 한번 빠져들었다 하면입지, 뼈까지 녹아 흐믈뜨러지는데 말입지, 그런데 이해할 수 없는 건입지, 그런 수렁에 투신하여설랑은 끊임없이 죽고 싶어 하는 게 있더라 이것입지. 그것입지." 그는 그리고 침묵하며, 망연히 촛불을 건너다보고 있는데, 그때쯤엔,

풀죽은, 그의 마근은 쓰러져, 치골 위에 자빠져 있었다. "그런데 말입지, 마근을 대상으로 할 때엔, 자기의 일부로서의 마근은 말입지, 썩 좋은 대상은 아니더군입지. 글쎄 좀 들어주십지, 자기의 마근을 삼자로 놓고 말입지, 바라보기 시작한 때부터입지, 헷헷헷, 항문이 말입지, 가렵기 시작한 터라 이 말입지."

그래서 내가 그의 항문을 보았더니, 그것은 치질을 비죽 내물고 방심한 듯이 그 안쪽을 조금 열어 보이고 있는데, 거기서도 불빛은 번쩍거리고 있어서, 내가 유리로 왔던 첫 밤에, 저 거적문이 들쳐지며 잠깐 보였던, 그 불빛을 아스라이 떠올렸다. 나는 그때 문에의 유혹을 느끼고 있었던 것이다.

"글쎄 뭐입지, 우리 말입지, 솔직하게 심정을 토로하자 이 말입뎁지, 글쎄 항문이 가렵더라 이 말입지." 그는 그러며 이번엔, 자기의 것이 아니고 내 것인, 마근을 탐하듯이 건너다본다. "글쎄 그도 그럴 것이 말입지, 자기가 보는 마근과 말입지, 보고 있는 나와의 사이에입지, 이상스럽게도 간극이 생기며 말입지, 내 것은 내 것일 텐데도 말입지, 내 것이 아닌 남의 것을 훔쳐보는 기분이 들면서입지, 내가 괜스레 마음이 들뜨더라 이런 말씀입지. 허긴 소승의 부친께선 조그만 여관을 경영했으니 말입지, 그런 절시의 쾌감은 아주 어려서부터도 알아온 터였습지. 헷헷헷, 모르시겠지만입지, 소승은 말입지, 소승이 장가들었던 계집의 방에입지, 소승의 친구를 들여보내고 말입지, 그 둘을 다 살해한 뒤 유리로 떠들어온 것이었습지, 십여 년도 더 전 얘깁지. 그런 뒤에 말입지, 이만쯤 세월이 흘렀는데입지, 이제는 타인을 두고가 아니라, 스스로를 두고 절시를 즐기려 든다 이 말입습지." 그는 그리고 병든 듯이 조금

체머리를 흔들었다. "솔직히 말씀드리면입지, 계집과 더불어 서였을 때라면 말입지, 간극이 생기기는커녕입지, 내 전체가 마근에 잘 합세하고입지, 그것에 정신이 집중되어설랑 말입지, 수렁이라고 일컬어야 될 그것 속으로 그냥 송두리째 투신되는 것인데입습지, 그런데 그렇지가 않더란 말입지. 자신이 대상이었을 때엔 말입지, 자기 속에서 분산 괴리가 일어나며 말입지, 자기가 대상하고 있는 것이 남근이라는 이유 때문만으로입지, 그것을 보고 있는 것은 젖앓이 비슷한 것을 하더란 말입지. 조금 수줍은 듯한 기분이 들면서입지, 어딘지 빈 곳에의 불만이 싹트더란 이 말입지. 마심은 그래서 더욱더 자극되고 말입지, 초조하여 더욱더 벗어날 수가 없는데입지, 모쪼록 대사께서는입지, 이 얽히고설킨 한 대목을 쾌도로히 풀어주셔서입지, 소승으로 하여금 조금만 더 정진할 수 있도록 하여주십지." 그는 그리고 입을 다물었다. 나는 그의 항문에의 그리움을 느끼고 있었다. 촛불은 탁하게, 조금 더 타들고 있었고, 우리 사이에서는 말이 끊겼는데, 어쩌면 안의 공기가 나빴겠지. 우리는 숨을 고르게 쉬일 수가 없고만 있었다. 이것은 상스럽게도 거북한 상태였는데, 촛불중의 응시 아래에서, 내 근이 그 눈빛을 저어하고 분노하여, 팽대하고 떨었다.

"대사께서는, 살을 취한 양(陽)과, 그 살 속에 숨어 앉아 밖을 내어다보는 음(陰)의 한 거처로서의 우리 몸에 관해서, 강석하신 게 아니었던가요?" 나는 묻고, 촛대를 내 앞으로 끌어당겨 쥐어, 그것이 내 손 속에 담긴 느낌을 음미하며, 그의 후문에의 그리움을 더하여 느꼈다. 그 촛대에는, 그런 군굳함, 그런 팽창, 그런 저항감이 있었다. "그리고 이어서 대사께서

는, 동화의 원칙에 관해 설법하신 걸로 소승 이해했는데, 양의
음에의 동화는, 수렁을 비유로 들어, 매장(埋葬)과 관련을 갖
는다는 것을 설명하시려는 것이 아니었댔습니까?" 나는 그의
항문에의 그리움을 느끼고 있었다. 그는 물론 같은 자세를 지
키며, 어쩌면 약간의 흥분, 약간의 타는 눈으로 나를 건너다보
고 있었을 것이었다.

"봄마다 우리가 뿌리는 씨앗도 허긴 그런 관계에서 이해
될 것인지도 모르겠습죠. 그리고 아마, 두어 천 년 전이 아니
었겠습니까, 우리가 하나의 큰 촛불을 땅에 심은 적이 있었을
걸입쇼."

그러는 순간, 그러나 안은 일시에 칠흑처럼 어두워지고,
그 어둠 가운데서, 흰 살이 사태기를 꼬고 주리를 틀며, 목젖
이라도 뜯어 뱉듯이 비명을 질러내는 소리가 들렸다. "이 사미
는 오늘, 헤헤헤, 그래서 대사가 대오철저한 암구렁이인 것을
알았댔습죠."

나는 물항아리를 찾아 끼고, 어느덧 늪을 향해 걸어가고
있었다. 그러며 나는 휘파람을 홰홰 불어 제쳤다. 그것 또한
보살행 말고 무엇이랄 것인가. 그의 똥구멍엔 아직도, 저 허여
멀쑥한 건달이, 한 대의 잘 타던 초가, 깊숙이 깊숙이 꽂혀 있
을 것이었고, 그것의 정액이 그만한 크기의 수정이나 호박돌
모양으로, 그 사내의 창자 속에 뜨겁게 사정되어 있을 것이었
다. 글쎄, 양(陽)에의 인식의 저변에는 언제나, 혼은 치마를 입
고 앉아, 두 개의 혀를 날름거리며, 그 불빛을 핥고 드는 것인
데, 혀의 하나는 부나비 같은 것이어서 자기를 송두리째 태워
없애려는 것이고, 혀의 다른 하나는 번데기 같은 것이어서, 장

차 날개를 입고 날아갈 것을 꿈꾸고 있는 것이다. 그 둘의 의지가 일원화하는 장소는 매장(埋葬)이며, 그래서 그의 똥구멍은 열려 있었다 닫힌 것이다.

허지만 나의 형장에 다 닿기도 전에 나는, 오줌을 갈기다, 미운 마음으로 내 하초를 흘겨보아야 했다. 어쩐지 저 바람난 듯한 놈은 저 돌팔이 중놈의 똥물에라도 덮어씌워진 듯 더러워 보이는데다, 이상스런 얼운함까지를 귀두 끝에 뭉쳐 갖고 있던 것이었다. 그러고 보니 나도 언제든, 그에게 한 봉지의 미숫가루와 한 알의 계란을 쥐어 보내야 할지도 몰랐다. 또 어쩌면 받아내야 될지도 모르지만, 어쨌든 더 이상 나는, 저런 씨부랄 녀러 면[男娼] 따위 개의치는 않게도 될 것처럼 믿기어지기는 한다.

귀두에 뭉친 듯한, 똥 냄새 같은 것으로 하여 나는, 여간만 미치지 않아서, 내가 파나갔던 그 굴 벽 찍어내기를, 다시 시작했다.

제7일

밤새도록 굴을 팠고, 휠 녘에 잠도 잤고, 노랄 녘에 일어나 하늘 한 번, 적막한 들 한 번, 그저 한눈에 휘둘러도 보았고, 또 굴을 팠고, 붉을 녘엔, 둔덕 위에 턱 고이고 요요히 앉아 나를 보는 계집도 보았고, 그러다 주저앉아 한 대쯤의 싸한 연기도 생각했고, 그러다 보니 녘은 검어지고 있었는데 어느덧 계집도 돌아가고 없었고, 오늘은 하늘이 별로 맑지는 않았고, 엷은 구름이 덮고 있었고, 나는 별로 생각한 것은 없었고, 얼핏얼핏 저 계집이 촛불중의 근을 달고 아편에 취해 누워 있는 것이 보였고, 또 그 촛불중이 계집의 젖을 달고 항문을 치질쩨 열고 있는 것이 떠올랐고, 그것 위에다 나는 괭이질을 퍼부어 댔었고, 그러는 새 굴은 상당히 용신하고도 더 남을 품으로 넓어졌고, 그래서 마지막 손질을 끝내고 연장을 던져버리고 났더니, 처음에 이상하게 허탈이 밀려왔고, 배가 육실허게 고파왔고, 그리고 왠지 내가 처량해 체머리를 흔들자, 내가 별 가루처럼 흩어지며 내가 무지개가 되어 어둠 가운데로 선연히 흘러가는 것이었다. 혼신이 피로에 녹아나고 있는 것이다. 살들은 아픔을 알배고는 푸들거리고, 뼈의 마디마디들에서는 타고 있었다. 손 발가락이 계속적으로 푸들푸들 떨어대는가 하면, 호흡까지도 영 자리를 못 잡고 방황하는 것이었다. 게다가 몸은 기름땀으로 푹 쉬어, 더럽고 시지근한 냄새를 풍기며, 그 땀에 엉긴 흙먼지가 끈적끈적해, 안 씻고 안 닦으면, 사람은 개보다도 더 참혹히 더러운 것이었다. 왜냐하면 사람의 몸은 보리수이기 때문이다. 이러한 잡스런 아픔과 악취는 글쎄 몸에서만 비롯되는 것이 아닌 데에 병은 있었을지도 모른다. 그것은 무엇인가 하면, 안일을 탐내고, 좋은 음식만을 갈구하며, 수면을 즐기려 하는 바로 그런 것인데, 이것은 또 무엇인가 하면, 개는 안 가진 것을 사람만 갖고 있는 저 속의 망할 눔의 거울 속에 때가 덮인 그것이고 마음이 육신에 복종된 증거였을 것이었다. 글쎄, 마음엔 도대체 평정이 없고, 그것은 산만하여,

아무것 하나도 명확히 붙들어 매두지도, 씻어내 버리지도 못하고 있는 것이었다. 그것이 거울이란다면, 그 속에 팔만 잡스런 영상이 바람 센 날 검불처럼 구르고 있지만, 그 어느 것 하나도 명확히 볼 수가 없는 것은, 허긴 너무 황진이 두터이 뒤덮은 탓이었을거나, 이것은 다시 하나의 위기로서 내게 나타난 것이다. 그러한 위기는 그리고, 매 순간 매 찰나, 도처에서 나타나는 것이고, 저고리나 치맛자락의 우아함으로 보건대 그 얼굴이나 몸매 또한 고울 것으로 여겨지는, 그러나 얼굴이나 몸매는 보이지 않는, 허상 같은 것이다. 그러나 얼굴 없는 저고리 동정에서 미소는 찾을 일이 아닌 것이며, 유혹하는 고운 눈을 볼 것은 아니다. 만약에 그러한 상상에 의해서 그것의 유혹에 견디지 못하여, 그녀가 이끄는 대로 따라간다면, 눈에는 선연히 보이는 대로를 따라 그대가 그녀를 쫓았다 하더라도, 어디 먼 인가에서 닭이 홰치고 울 때쯤에 그대는, 그대가 얼마나 험한 가시 틈새며, 돌밭길이며, 독사가 득실거리는 풀섶을 지나왔는가 알게 될 것이고, 그리고 천야 만야의 낭떠러지 일보 직전에 서 있다는 것을 알게 될 것이다. 그러므로 치마저고리의 우아함은 쫓을 것이 절대로 못 되는 것이다. 그러므로 그런 치마저고리는 벗겨내 버리지 않으면 안 되는 것이다. 옷이란 계집을 우아하게 보이도록 하나 사내에겐 울타리인 것이어서, 자유에로의 통로를 차단한다. 그러한 장애를 뛰어넘고 보이는 계집은, 지혜의 원광만을 몸에 두르고 발가벗은, 완전히 성숙한 [8]열여섯 된 흠 없는 처녀, 왼발로 그대의 젖가슴을 딛고, 오른 다리는 구부려 발바닥을 쳐들어 올리며 춤추는 계집, 그러나 그녀는, 어둠 가운데 선연히 보이는 대로를 따라 그대를 인도하지는 않을 것이다. 오른손에 날이 시퍼런 낫을 들어 휘둘러서, 차라리 그대의 목을 잘라 그 목을 왼손에 들고, 그대의 골과 피를 빨 것인데, 그것이 비어버렸을 때, 그녀는 그 해골을 실에 꿰어, 구슬처럼 그녀의 목에 매달 것이다. 그럼에도, 저 벗고 춤추는, 열여섯 먹은 계집의, 부드러운 혀가 뼛속을 핥고 닦은, 폐부 밑바닥까지, 그리고 발가락 끝까지 번지는 심호흡 같은 것이고, 산소 같은 것이고, 불 같은 것이다. 모든 불순한 냉독은 그래서 녹혀져, 스러져버리는 것이다. 나는 ⁹이 만일천육백 번을 한하고, 심호흡하기를 시작한 것이다.

물론, 저 열여섯 살 된 계집의 벗은 영상 아래 명상하며 나는, 그리하여 호흡에 가락이 생기고 그 줄기가 확실해지기 시작했을 때부터는, 그리하여 훔— 하고 들이쉬는 숨이나, 옴— 하고 내뱉는 숨이나를, 그리하여 그것이 코끝으로부터 목구멍을 통해 폐부를 채우고, 그리하여 그 밑바닥에 무겁게 가라앉았다가, 그리하여 다시 폐부를 닫으며 짜여 올라와, 그리하여 목구멍을 통해서 입술 끝으로 빠져나가는, 그리하여 그런 숨이 미치는 영향이며, 색깔이며, 오대[地水火風空]며에 까지, 그리하여 마음을 모았다.

그러는 중에 내가 보니 물론, 저 계집의 휘두르는 낫이 내 목을 자르며, 그러는 중에 내가 보니 물론, 저 계집의 휘두르는 낫이 내 사지를 토막 치며, 그러는 중에 내가 보니 물론, 저 계집의 휘두르는 낫이 내 창자를 터뜨려 처참히 흩뜨리는데, 나는 들숨이나 날숨이나를 살펴 심호흡을 계속하고 있고, 그러는 중에 내가 보니, 저 계집이 천년이나 굶은 듯이 내 골을 핥고, 그러는 중에 내가 보니, 저 계집이 천년이나 굶은 듯이 내 피를 마시고, 그러는 중에 내가 보니, 저 계집이 천년이나 굶은 듯이 내 뼛속에다 혀를 넣어 휘저으며 이빨로 갉아대고, 그러는 중에 내가 보니, 저 계집이 피에 미쳤는지, 광무스러이 돌아가며 붉은 젖가슴을 흩뜨리듯이 흔들고 엉덩이를 치까부 는데, 그러는 중에 내가 보니, 닫혀 있었던 저 붉은 요니가 두 낲짜리 붉은 연꽃처럼 트이더니, 그러는 중에 내가 보니, 복숭 아밭 무릉 삼월 뱃길이 트였던지, 기슭에 누웠던 천 마리의 양 떼가 노을을 틸 해 입고 한꺼번에 계곡으로 내려오는 듯이 보 이는, 그런 하혈이 홍그렁한데, 그것은 하늘 복숭아 향기로 휩 싸고 있었고, 그러는 중에 내가 보니, 그녀의 요니도 깊디깊은 속으로부터, 한 송이, 아마도 천의 꽃잎짜리 흰 연(蓮)이 돋아 올라와, 저 깊고도 깊은 피의 붉은 못에 몸 잠그고 청청히 피 었는데, 그것은 흩어졌던 내가 돌아온 것이었고, 아름다웠고, 나는 아름다웠다.

홈—

제8일

1

"이걸 받아두십지. 미숫가루와 계란입지. 글쎄 말입지, 내 열심히 생각해보고 말입지, 비록 졸렬한 대로이지만 말입지,

이런 결론을 얻었더라 이런 말입습지. 화대(花代)입습지. 생각해보고 소승은, 이만쯤의 해웃값은 분명히 내 쪽에서 지불해야 된다고 했습지."

그는 그러며, 그 해웃값을, 내 곁에 놓인 해골 속에다 가지런히 담아주었다.

이제 목욕이나 다녀오면, 정작으로 마음을 가다듬고, 몸을 다해, 그 결과가 어떻게 되든, 낚시질에 몰두하려 작정하고 날을 다시 맞았는데, 뜻밖에 촛불중의 내방을 받은 것이다. 그도 물론, 숯검정 물들인 장옷을 발가락 끝까지 덮어 입은 데다, 얼굴 가리개까지 다 가려버리고 있어서 처음엔 누군가도 했고, 또 십이월 검은 달에나 뭉쳐서 행악하는 것으로 사는 무슨 악귀나 아닌가도 여겼더니, "대사께서 말입지, 소승의 내방을입지, 용허하리라 믿는데입지"라고 시작해, 그의 음성이며 어투로, 그가 저 마근의 응시자였던 것을 알 수 있었던 것이다. 그는 헌데 아직도 항문이 성치를 못한 듯, 가랑이를 어중간히 벌리고, 엉덩이를 뒤로 내뺀 자세로, 어줍게 걷는다는 것을, 그가 돌아갈 때 보아서 알았다. "다름이 아니고 말입지, 내가입지, 대사께 뭔지 빚이라도 진 것이 있는 듯해선뎁지, 그 빚을 갚을 겸해서 왔습지." 그는 그렇게 잇고, 장옷 자락의 주머니 속에서, 예의 그 낯익은 해웃값 두 가지를 꺼내는 것이었다.

"이것으로 이제입습지, 우리 관계는 청산된 것이겠습지, 그럼에도입지, 소승은 말입지, 소승의 창자 속에 잘못 심긴 애의 아비는 말입지, 찾아주어야 된다고 믿고 있는데입지, 빚의 이물(異物) 말입습지, 글쎄 그것은입지, 구운 돌이라도 임신한 것처럼 말입지, 거북하고 말입지, 그래서 낙태를 시키려 해도 안 되고입지, 그저 견디기가 어렵기만 합지. 빛의 이물, 거북한 이물입지, 그것이 그래서 말입지, 내 속을 지혜로나 밝혀주면 좋을 터인데입지, 그렇지가 않고 말입습지, 체한 듯이 가슴이 답답하고입지, 토해져 나오려고만 하는데입지, 글쎄 그것은 일종의 눈알 같은 것이나 아닐지 모릅지, 손가락에 뽑혀진 눈알 같은 것 말입지. 헷헷, 눈으로 빛은 보는 것이니 말입지, 그렇게 생각하게 된 건지도 모르지만입지, 그러니까 소승의 서투른 비유는 말입지, 한 개인에 이르면 촛불이 눈을 정의하는 것이 아니고 말입지, 그 개인의 눈에 의해서 그 빛이 빛이 될 수 있다는 이런 말인데입지, 이 말을 뒤집어보고, 그런 뒤 합쳐보면 말입지, 눈과 빛은 그래서 같은 것이다, 말입지, 그런 결론이더라 말입지. 그러고 났더니 말입지, 뽑혔어도 산 눈이 말입지, 소승의 창자 속을 떼굴떼굴 구르며입지, 그 안의 왼갖 추악함을 보며 핥고 있는 듯합지, 그런 고통스런 눈이군입지, 이물입지, 창자의 어느 구석에 뭉친 돌 같은 것입지. 그것은 어쨌든 뽑아내야겠습지? 아직 소승은 어떻게 유산시킬지는 모르지만입지, 그 애의 아비는 대사가 아니겠느냐 말입지, 헷헷헷. 그럼 평강하십지. 아 성불하십지."

그는 그리고, 합장한 뒤, 더러운 걸음걸이로 돌아갔다. 나는 그러나 당분간 아무것도 생각할 수도 느낄 수도 없어, 소갈머리 없이 실실 웃다가, 해골 속으로 눈을 떨구었더니, 어디서 비롯된 것인지도 모를 비린내가 느껴지고, 그것은 종내 입속에 끈적히 괴어서는, 창자를 뒤집어놓았다. 그렇다고 해서 나는, 저 이상스러운 화대를 집어 들어 팽개쳤거나, 눈이라도 흘겼거나, 뭐 그런 짓은 하지 않았다. 다시 생각해보니 그것은 아마도 내가 노동하고 번 임금인 듯했으며, 그런 의미에선 정당했다. 그런 일이란 있을 수 없겠으나, 그래도 만약 있을 수 있다면, 언제든 나도, 부자스럽게, 그에게 이만쯤의 놀음차는 치르기 위해서, 그러기 위해서라도 간직해두는 것은 좋을 듯했다. 허기만, 이런 비린내 독한 날따라, 젠장하겠다고 하늘까지 된통 흐려, 그것도 비린내를 풍겨내고 있었다.

그러나 어쨌든 목욕재계하고설랑, 유리의 세사, 속진 잊고, 떨쳐내 버리고 볼 일이라고, 장옷 꿰고 물항아리 긴 뒤, 삽이며 괭이도 돌려줄 양으로 챙겨 들었다. 삽이며 괭이는 하나의 구실로써 챙겨 든 것인지도 모르긴 했는데, 할 수 있으면 난, 그 계집을 꾀어내어, 같이 목욕을 하러 갔으면 하고 바라고 있던 것이다. 그래서 그런 어떤 계집에 의하여, 한 창남(娼男)이 그 창남의 누명 벗게 되기를 바란 것이었다.

2

"요 메칠 백찌 되세기가 아픔선, 무신 생각 겉은 것이 차꼬 드는디라우, 그래서 나 말이라우, 시집갈라고 헝만이라우."

우리는, 그녀와 나를 말이지만, 어느덧 촛불중네 굴 앞을 지나, 소나무가 있는 샘으로 이어지는 길을 걸어가고 있었다.

"아, 에헤, 그 그러니깐두루 말이지."

"그렁개로 나는 말이라우, 기양 혼차서 시집갈라고 헌당개라우. 그래 각고 한 사나 지집험선, 고 사나만 늘 봤으면 싶으당개요."

"아, 헤헤, 그, 그러니깐두루 말이지?"

"그람선 아도 낳고라우, 마당도 썰고라우, 호박도 싱구고라우, 헐 일 없으면 정제(부엌) 문테기 택(턱) 받치고 앉았고라우, 노래도 하고라우."

"아, 헤헤, 그, 그러니깐두루 말이지!"

"글씨 나 말이라우, 생각해본 남친(나머지)디라우, 시집갈란당개요. 고렇게 맘 딱 묵어버렸은개, 고렇게 알겨라우이."

"아, 헤헤, 그, 그러니깐두루 말이지?"

"시님이 날 싫단대도 워짤 수 없어라우 인제는. 내가 맘 딱 묵어삐맀다고 안 허요이. 그랑께 누가 시님 보고 장개오라고 허든 안 헝개라우."

"아, 헤헤, 그, 그러니깐두루 말이지!"

"그랑개 인제부텀, 시님을 내가 임자라고 불러도 되고라우, 낭군님이라고 불러도 될 것이요이. 그려요. 참 좋아라우. 내가 인제 시님 안댁이어라우. 각씨어라우. 제집이어라우. 그랑개 우리 고렇게 정해삐맀소이? 나는 인제 절단코 다른 시님 안 받을랑개 요렇게 흰옷도 안 입었겄는개뵤. 월후 비칠 때만 요런 옷을 입는디라우, 가(그 애)들은 나보고 시나 월후냐고 묻는디라우, 워디가요? 그래도 하매 오널 니얼 새 시작은 헐 것이요."

"아, 헤헤, 그, 그러니깐두루 말이지!"

우리의 이야기는 여기서 끊겼다. 그런 대신 우리는 서로의 손이나 꼭 잡고, 간혹 한숨이나 한 번씩 불어내며 걸었다.

샘에 닿았기에 우리는, 장옷들을 벗어버려 흰 몸을 하늘 아래 드러냈고, 그리고 그저 마주 보고 서서 서로를 바라보기나 했는데, 머뭇거리며 악수라도 청하듯이 그녀가 오른손을 내밀었기에, 그 손을 나도 오른손으로 잡아주었더니, 그녀가 다시 왼손을 내밀어, 또 나의 왼손으로 그 왼손을 꼭 잡아주고, 그리고 우리는 아마 눈으로 이야기하기 시작했을 것이었다. [10]오른손이 오른손을, 왼손이 왼손을 잡아 서로 가로 건너지르게 하고 있었기에, 우리는 서로 껴안지는 못했다. 그녀는 눈으로 이렇게 말하고 있는 것 같았다.

[11]"서방님, 날 임자헌티 복종케 허셔라우."

"여자여, 나로 하여금 그대의 남편이 되게 하라."

천 번이라도 나는 그렇게 외쳐주고 싶었었다.

우리는 그러다 그런 채로, 한 발씩 잠가 샘 안에로 들어섰고, 그리고 [12]서로를 바라보며 그 샘 바닥에 앉았다.

[13]"내가 말이지, 너를 힘 있게 안는 것처럼, 자네도 그렇게 좀 날 안아보라구."

그녀를 드디어 껴안으며, 내가 그렇게 말했고, 그러자 그녀가 킥킥거리며,

"수탉이 암탉헌티 그러는 것맹이, 임자는 나헌티 그렁만이요이" 하고 말했다.

그리고 우리는 그 [14]샘 안에 누웠는데, 그때 우리는 죽어, 그 물 밑에 가라앉아 있었을 것이었다.

광야에서 은혜를 얻었나니.

제9일

1

거미며 전갈 따위의 암수 관계는, 그것이 다시 어떻게 해석되어져야 좋을지를 모르는 데에, 나는 이른 듯했다. 수놈은 자기의 목숨을 해웃값 삼아, 암놈의 등에 기를 쓰고 들러붙는데, 그리하여 암놈이 수놈을 수용하기 시작하면, 저 수놈의 해골 속에 암놈의 혀가 박혀 골을 핥고, 수놈의 사지가 절단나는가 하면, 똥창자가 흩어지고, 암놈은 천년이나 굶은 듯이 그것들을 움켜 먹는다. 그것은 참으로 살벌한 육교인 듯한데, 구국을 위한 전장에서도 아니고, 그렇다고 보살행도 아닐 터인데도, 다만 한 번의 사정(射精)을 위해서 수놈은, 꽃다운 젊은 나이, 씩씩한 몸을 산화시켜버리는 것이다.

나는, 그런 종류의 집착의 관계를 어떻게 이해해야 할지를 모른 데에 와버린 것이다. 그런 분골쇄신의 교미가 실제로 행해지는가 않는가와도 상관없이, 왜냐하면, 선인들이 관찰하여 후생들께 전해주고 있는 저 정사의 장면은, 그것이 거미나 전갈에 관한 춘담(春譚)만은 아닌 것 같기 때문이다. 어쨌든, 거미나 전갈의 암수에 이르면, 계집과 어미의 구별이, 남편과 아들의 구별이 전혀 안 되고 있는 것이다. 그것들의 암컷이, 그것들의 수컷의 꼬리를 용납하고 있을 때, 그것은 엄연히 수컷의 계집인데도, 그 교미가 절정에 달하고 있을 때, 그 암컷은, 자기의 남성이었던 것을 씹어서, 목구멍으로 삼켜, 자기의 자궁 속에다 넣어 놓아버리는 것이다. 이러는 동안에, 남편은 아들로 변해 있고, 저 암컷은 어머니로 둔갑되어 있는데, 그러나 이 과정에 무리는 없는 듯하다.

그러나 수컷에 이르면, 자기의 암컷이자, 자기의 어미인, 저 선녀자가 어떻게 이해되고 있을 것인가. 자기 파괴를 전제하고서라도 그 성교를 강행군하려 드는, 저 선남자의 색탐은 이해키 적이 곤란하다. 다만 추측하고 얘기할 수 있는 것이 있다면, 그것은 어쩌면 두 개의 혀를 가진 짐승일지도 모르는데—생명이 '말'과 혼동되고, 그 '말'은 혀에 의해 의미를 획득하는 것이라면—혀의 하나는 자기를 부나비로 만들고 싶어 하고, 다른 하나는 나비가 되어 날아가기를 바람으로 해서, 저 선녀자를 하나의 제단, 하나의 장소로 택한 것은 아닌가, 그런 것이다. 그렇게 따지고 보면, 그때 암컷은 생명이 아니라, 수컷의 의지를 수용하고, 그 의지의 발효를 돕는 하나의 요니 전체에 머무는 듯한데, 수컷은 그래서 자기 몸을 저 그릇에 바쳐 피 뿌린 뒤, 그 속에서 유아로 환신한다. 그러고 보면, 이 요니의 의미는, 운동으로서의 수컷에 저변했거나 휩싸고 있는, 어떤 정지 같은 것으로도 이해되고, 있음으로써의 수컷을 휩싸고 있는 무(無)처럼도 이해되는데, 그녀는 그래서, 저 수컷에 의해 세월을 얻고, 어려지기도 늙어지기도 하는 듯이 여겨진다. 그래서 곡신(谷神)은 죽지 않으니, 그것을 신비스런 암컷[玄牝]이라고 부르는 것이다.

그리하여 부차적으로 따르는 결과는, 아직 늙어본 적 없는 저 어미가 어리게 낳아놓은 아들은, 그 어미 배 속으로 들어갔던 그 아비만큼은 늙었으리라는 것이며, 그래서 젊은 어미가 늙은 아들을 낳았으리라는 것이고 그 늙은 아들은 그리고 정작에 있어 그녀의 어린 남편인데, 그 어린 남편의 현재의 아내는, 자기 어미만큼 늙은 바로 그 여자라는 이런 것이다.

이런 관계는 그리하여 하나의 [15]도식을 도출해낸다.

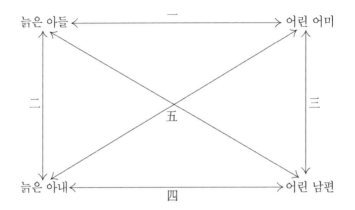

2

그런데 만약, 이 도식에 의해 생각을 진전시키는 것이 가능하다면, 이것은 양성(兩性), 또는 태극(太極)을 이뤄내거나, 팔괘에서 육십사괘로까지 분화하거나 할 듯도 싶은데, 생각의 진전이 상향인가 하향인가에 의해 좌우될 것인 듯하다.

우선 가정해서,

> 늙은 아들 ── 太陽 · 大用
> 늙은 아내 ── 太陰 · 大體
> 어린 남편 ── 少陽 · 小用

어린 어미 —— 少陰 · 小體

라고 명명하는 것이 가능하다면, 그리고 그것은 가능한데, 같은 도식 위에서 그 이름만이 바뀌어져 나타난다. 그리하여 그 이름에 의해, 상향식(上向式)으로 관찰한다면, 이런 결과가 도출될 것이었다.

도식의

一. 陽 속의 陰의 관계

二. 太極 또는 兩性

三. —— 이름하여 —— 少太極. 少兩性

四. 陰 속의 陽의 관계

五. 陽 속의 陽의 관계. 陰 속의 陰의 관계

여기에서 二는 큰 자아(自我), 또는 우주라고 보는 것이 가능한 듯하며, 三은, 큰 자아에 대한 작은 자아로서의 어떤 개체라고 보는 것이 가능한 것처럼 여겨지고, 무엇보다도, 저 두 선이 교차하는 五의 일점은, 방위에 있어선 중앙을, 색깔에 있어 누름[黃]을, 오행에 있어 흙[土]을, 수(數)에 있어 절대적 양수(陽數)를, 맛에 있어 닮을, 계절에 있어 토용을 담당하고 있어, 참으로 신비한 방처럼 여겨진다.

그러나 하향식 관찰에서는 아마도, 선인들의 도식을 그대로 빌려 쓰는 것이 허락되어질 듯한데, 태극이 양의(兩儀) 사상(四象) 팔괘(八卦)로 분화하는 도식이다. 그런데 아마도, 상향식 관찰을 보다 완벽하게 하기 위해서는, 심리를 연구하는 학술의 보조를 받는 것이 필요한 듯하며, 하향식 관찰을 위해서는 역술(易術)의 보조를 받는 것이 필요한 듯하기는 하다. 그러나 그 어느 것도 내가 관여할 분야는 아니다. 나로서는 다만, 그리하여, 거미나 전갈의 암수 관계의 춘담이, 그것에만 머물지는 않을지도 모른다는, 수수께끼만을 얻어낸 셈인 것이다.

3

그럼에도 나는, 전갈이나 거미 따위의 암·수컷의 관계를 조금도 이해하고 있는 것이 아니다. 헌데 이것은, 저 계집과 나와의 관계를, 정시해서 판단해야 될 때인데, 왜냐하면 나는, 한 마리의 전갈의 수컷, 거미의 수놈으로서, 저 계집의 주안(呪眼)의 둘레를 벗어나지 못하고 있으며, 두 개의 혀로써 내가 내 혼을 갉고, 마시려 들고 있는 것이다.

4

진종일 나는, 아무 진전도 집중도 얻을 수 없는, 그것은 망념이라고나 해야 할 그런 것으로, 마른 늪 둔덕을 배회했다. 구름은, 어제쯤은 은빛과 구릿빛이 섞인 것이었는데, 오늘은 납빛을 띠고 세상을 우중충하게 했다. 오래 가물었던 모양이었는데, 그 버석거리는 고장 위에, 하마 언제쯤은 비라도 한줄금 할 듯도 싶었다.

진종일 나는, 둔덕을 배회하며, 나의 죽음을 생각했는지도 모른다. 어쩐지 산다는 일은 무척 피곤하며 불능스러운 데다, 혼은 납처럼 무거워, 뒤꿈치까지 가라앉아내려, 몸에 족쇄라도 채워놓은 듯만 싶은 것이었다. 그래서 걸음은 힘들고, 등은 휘려 하며, 눈은 세 치 밖을 내어다보기에도 힘들어한다.

진종일 나는, 그리고 둔덕을 비척이며 유리로부터의 도주를 생각했을 것이었다. 아무것도 작위되지 않으며, 그렇다고 무작위도 아니며, 살아 있는 듯하지도 않지만 죽어 있는 것도 또 아닌 듯한, 이 고장의 살벌스러운 아늑함에 대해 나는 지치고 넌더리를 내고 있었던 것이다. 그런 살벌스럽기까지도 한 아늑함의 납양(納陽)에, 생명은 그 꼭지 부분에 수분과 접착력을 잃고, 이승 가지로부터 떨어져 내려, 저승 마당 귀퉁이로 굴러 들어가려고 하고 있는데, 그런 조락(凋落)은, 저승 귀퉁이 그늘, 아직 덜 익은 여름 위에다 진눈깨비를 뿌려 넣는 것이다.

5

결국 나는, 종잡을 수 없이 흘러가고, 떠밀려오고, 또 가라앉았다 치솟아 올라온 것이었다. 납빛 하늘로부터, 저 우중충한 빛까지도 검게 바뀌고 있을 때, 결국 나는 죽지도 떠나지도 못하고, 내가 그렇게도 땀 흘려 판 토굴 속으로, 한 마리의 땅강아지처럼, 삘삘거리고 들어가 누워버렸다. 그러나 어쩐지 으스스 추웠다. 물론 해골이며, 물항아리며 삼베 홑청까지도 다 가져다 적당히 배치해두었으므로, 그것이 아늑해야 할 나의 거처일 텐데도, 이 저녁엔 추웠다.

계집은 당분간 와주지 않을지도 모르는데, 내가 그렇게 타일렀던 것이다. 그것이 또한 나를 춥게 했다. 그러나 어쨌든, 사타구니 새에 머리를 묻고, 개처럼 둥글게 안온히 자며, 내일 짖어댈 것을 가슴에다 따뜻이 데워놓는 일뿐일 것이다.

제2장

제10일

예의 연꽃 자세[蓮花坐]로, 하루도 종일토록 나는, 반석 위에 피어 있다가, 졌다가, 또 피기는 했으나, 술시(戌時)가 되기까지도, 방황하고 의혹하고, 또 단계도 없이 비약했다가, 깊이도 모를 데로 굴러떨어져 내리곤 했었다. 나는 아마도 끙끙 앓았을 것이었다. 그러다가, 터진 그물이라도 손보기 시작하게 된 것은, 아마도 술시 초쯤이었으리라고 생각된다.

나는 종일, 전날 실패했던 그 마지막 순간을 어떻게 포착할 것인가로 앓기는 된통 앓아댔었다. 그러니까, 물속에서는 유영하고 있으나, 수면의 밖으로 몸이 드러내지기만 하면, 유성이 대기권 속으로 떨어져 들면 어쩔 수 없이 제 몸을 태워버리듯이, 그렇게 자연 소멸을 해버리던, 저 고기의 이민을 어떻게 가능시키느냐의 문제였던 것이다. 그러나 어쩌면 나는, 낚시 끝에 고기의 '생명'을 낚아내기는 했었을지도 모른다. 그것이 '형태'를 잃어버림으로 해서, 내가 낚아낸 것의 무의미를 늘 내게 보여주곤 했던 것이지마는, 나는 그래서 그것들의 형태를 적확히 파악하고 포착하려는 데서부터 다시 어부업을 시작한 것이다. 그리고 발상은 쉬웠다. 하지만 그 문제로 나는, 바다 밑 이만 리를 팔만 번 한하고 자맥질해대지 않으면 안 되었는데, 고기의 형태를 그려놓았을지도 모르는 무슨 낙서(落書)나, 비경(秘經)이라도 찾으려는 것이었다. 글쎄, 저 깊고도 넓은 그릇 속에는 송사리 크기의 작은 고기도 있는가 하면, 연어나 상어 같은 큰 고기도 있고, 납새미나 가오리 같은 넙적한 고기도 있는가 하면, 뱀장어나 미꾸라지 같은 길고 가늘며 둥근 고기도 있고, 문어나 오징어 같은 것이 있는가 하면, 그것이 어류든 아니든, 물 밑 모래 속에 박혀 있는 조개 같은 것도 있어서, 도대체 그것의 크기로부터 속(屬) 그리고 양태들을 분류해내고 종합해낸다는 일이란, 일종의 미친 짓에 속한 듯하며, 그것도 또한 어류·어족학적 분야인 듯하기만 한 것이다. 그러했대도 만약에 내가, 그런 여러 종류들 중에서, 각각 한 마리씩의 '비린내 독한 반편이' 고기라도 낚아 올려낼 수만 있었다면, 문제는 아니었다.

이런 문제는, 참으로 막연하고, 또 울침스러이 나를 눌러대서, 나중에는 내가, 그러한 무게 밑에 깔려 납작해져 버린, 바다 밑 무슨, 비린내 독해서 먹도 못할 늄의, 조개라도 된 기분이었다. 그런 시간이 계속되어갈수록, 내 속에서는 번열이 나고, 미친병이 솟아나, 대체 누가 미쳐서 날뛰다 공중에서 죽어 거기 머물렀다더냐 하고, 고함을 꽥꽥 질러대며, 코 막고 늪 바닥으로 뛰어들었을 것인데, 그러나 나는 공중에서 죽어 거기 둥둥 떠 있지는 못했고, 그런 대신 똥이 마려웠다. 그러며 나를 낳은 모태를, 낳은 날을, 낳자마자 죽지 않은 것을, 나만을 피해 다른 데로 도는 급살을, 내가 선 땅을, 머리 두른 하늘을, 내 혀를 저주했었을 것인데, 내 목구멍에선 구린내가 되게 뽑아져 올라왔다.

술시 초의 나의 시작은 그리하여 모든 고기들을 있는바 그대로 그냥 놓고, 그것들을 서로 비교해가며, 서로 사이에 일치되지 않는 점이 있으면, 그것이 지느러미든 아가미든, 심지어 귀때기든 뿔이든 다 떼어내 버리고, 상사점만을 남겨, 그 상사점의 총계로 하여, 고기의 일반적 공통적 형태로 삼자는 것이었다. 그러는 과정에 물론, 일차적으로 고기들은 이름까지도 잃게 되는데, 왜냐하면, '꽁치'라는 이름과 '연어'라는 이름 사이에는 '고기'라는 것 빼놓고, 아무런 일치점도 있는 것이 아니기 때문이다. 그래서 이차적으로는즉슨, '가오리는 넓고 납작하며 원만히 둥근 데다, 그 몸 전체가 지느러미처럼 보이는 데 반해, 물 구렁이는 가늘고 길며, 뾰죽하게 둥근 데다 지느러미가 거의 없다. 그러면 그것들에선 무엇을 취하고 무엇을 버릴 것인가?'라고 계속 질문해가며, 계속 답변해가는 것이다. '상어와 멸치는 비슷한 모양이지만, 하나는 눈이 크고, 하나는 눈이 작고, 하나는 입이 크고, 하나는 입이 작고, 글쎄 전체로서는 하나는 턱없이 크고, 하나는 턱없이 작은 데다, 하나는 사납고, 하나는 순한데, 그것들에게서는 무엇을 덜어내고 무엇을 남길 것인가?'

그렇게 해서 이제, 내가 이름도 알며, 그 모양도 생생히 기억할 수 있는 모든 고기들과, 그들의 사돈들과, 그 사돈들의 팔촌 고기까지들을 다 만나고, 다 저울에 달아보기에, 다시 한 식경쯤이 흘렀다. 하지만 한 식경을 누가 수유라고 말할 수 있 겠는가? 그 한 식경 동안에, 한 마리의 양기 좋은 연어가, 암놈 이 갈겨놓은 천 개의 알 위에, 정액을 살포했다면, 한 마리의 연어가 그저 일 년만 산다고 해도, 천년의 세월이 그 한 식경 에 옮혀 든 것이며, 그 한 식경 동안에, 삼백 년 살아온 소나무 삼백 그루의 숲이 타버렸다면, 그 한 식경 속에서 구만 년의 세월이 재가 되어버린 것이다. 그리고, 후, 곬으로 곬으로, 후, 잘 집중되어지는 명상이란, 훗, 그런 것이어서, 한 식경 동안에 천년을 싸안기도, 구만 년을 흩뜨리기도 하는 것이다.

　　──[16]'고기의 형태는 그리고 양극(兩極)을 갖는 타원형이 라고 불려질 것 이상의 아무것도 아니다.'

　　이것이, 그 탐구의 도달점으로, 내가 해시 초에 얻은 것 이다.

　　'고기는, 양극을 갖는 타원형이라고 불려질 것으로 형태 지어져 있다.'

　　그러나 어쩐지 나는, 병에 걸린 듯이 자꾸 웃음이 나와 참 을 수가 없고, 각혈모양, 기침이 콩콩 넘어와 불편스럽기만 했 다. 글쎄 그것이었다.

　　'양극을 갖는 타원형이라고 불려질 것' ── 눈도, 코도, 입 도, 귀도, 생식기도, 생명도 없는 그것, 애초에는 없던 뿔이 양 극으로 돋아난 그것, 그것 하나를 낚아내기 위해 나는, 그렇게 도 번열을 일으켰던 것이다. '고기는 양극을 갖는 타원형이라 고 불려질 것으로 형태 지어진다. 그러나 그런 타원형이란 실 제의 고기에겐 무의미하다, 그러므로 고기는 무의미하다.' 그 러며 나는 캑캑 웃고, 콩콩 기침을 해댄 것이다. 허지만 별로 오래 웃지는 못했다. '고기는 무의미하다'라는 저 구절이 어쩐지 스스로도 의문스럽던 것이다. 삼라만상 중에서, 어째서 하필이면 고기만이 무의미할 것인가? 만약에 고기가 무의미하다면, 그것은 연쇄적 반응을 일으키게 될 터인데, 짐승도, 새도, 나무도 무의미한 것으로 되어야 옳은 것이다. 그러므로 세상도 무의미하고, 우주도 무의미하다는 부차적 결론이 도출될수 있는 것이다. 혹은 그럴는지도 모르긴 하다. 그러나 그렇다고 해서, '양극을 갖는 타원형은 무의미하다'라는 하나의 가정에 의해서, 내게 형벌로 주어진 것을, 내가 방기해버려도 좋다고는, 아무리 해도 믿기어지지가 않았다. 우주도 무의미하므로, 산다는 것도 무의미하다, 그러므로 자살이라도 하는 것이다. ── 하나의 가정에 의해서, 그것까지도 무의미할 자살을 감행하는 것과 자기 복역의 파기는 어떻게 다른가? 아마도 나는 생각을 부정적인 데로 진전시키고, 캑캑 짖었을지도 모른다.

그래서 내가, '그것은 그 속의 공(空)이나 무(無)에 의해서 보건대, 양극을 갖는 타원형이란 어쩌면 하나의 체(體)에 머문 듯하고, 그래서 그것은 해골 같은 것일지도 모른다'라고, 재가정했을 때, 그것은 반드시 무의미한 것 같지만은 않았다.

나는 거기서부터 다시 살펴보기를 시작했다.

그러다가, 우라질 녀려, 존재의 비극과 대면하고 말았는데, 바로 저 양극을 갖는 타원형이라고 불려질 어떤 것이, 저고기들의 구속, 고기들의 자유와 해탈의 한계를 구획해왔던그 전부의 본인이었다는 것이 알려진 것이다. 어떤 고기든, 그 고기가, 저 양극을 갖는 타원형으로부터 벗어날 수만 있었다면, 그것은 이미 고기는 아닌, 제삼의 존재로의 전신(轉身)

을 치렀을 것이었으며, 저 약육강식의 고해로부터 자기를 빼어 나왔을 것이었다. 그런 뒤 물론, 그것이 어떤 것일지는 모르되, 다른 새로운 운명에 처하게 되었을 것이었다. 그러나 그 고기가 양극을 갖는 타원형이라고 불릴 어떤 형태 속에 감금되어버렸을 때, 그것은 그냥 고기며, 저 살벌한, 휴식 없는 세계를 어쩔 수 없이 살아야 되며, 그 세계 밖에로의 탈출은 성취할 수 없는 것으로 운명 지어져 버린다. 고기 중에서도 상어여서, 상어인 것을 기뻐한다고 하더라도, 어쨌든 그 유적(流謫)은 비극이다.

여러 고기의, 여러 형태의 저변에 놓인 한 공통분모, 어쩌면 한 구조라고 불러야 될지도 모를, 양극을 갖는 저 타원형은 그래서, 사실에 있어, 고기의 업(業)을 규정하고, 또한 생명을 규정하는 것처럼 보인다.

하지만 어쩌면 나는, 어부로서는 실패해가고 있을는지도 모른다. 나는 점차, 반드시 고기만을 한정해 생각하고 있는 것만은 아니었다. 고기의 천만 가지의 형태 속에서, 그 어떤 하나의 공통분모를 취해낼 수 있었을 때, 형태가 주는 비극에 대해 나는 계속적으로 집념하기 시작한 것이다. 반복되지만, 그래서 형태란 업으로까지 규정할 수 있는 어떤 것이라고 믿게 된 것인데, 어떤 생명이 어떤 형태 속에 일단 유형되어졌을 때, 그래서 그 생명은, 그것 자체의 근본과도 상관없이, 그 형태가 구획하고 있는 것의 비극에 어쩔 수 없이 당하지 않으면 안 된다는 것이, 내게는 슬펐다. 그리고 나는, 아무리 해도 이러한 결론에는 거역할 수가 없었다. 근원적으로 그냥 무구한 생명이었던 것이, 일단 지렁이의 형태 속에 구속당하면, 두더

지나 새에게 먹히고, 그것이 독수리의 형태에 제휴되면 낙락
장송 꼭대기에서 세상을 하시하는 것이다. 그러고 보면, 형태
라는 것이, 어디 토기장에서 구워지는 옹기그릇들처럼, 이 세
상의 어디엔가 병렬해 있는데, 생명이 바람처럼 떠돌다, 그 무
(無)를 당해 이(利)로서 나타나는 것이나 아닌가 하는 의심도
든다. 그러면 도대체, 저 형태들을 구워내는 토기장은 어디에
있으며, 또 그 형태들 속에 스며들 생명은 어디로부터 흘러오
며, 어찌해서 모든 생명들은 독수리나 사자나 상어의 형태에
제휴하지 못하고, 지렁이며 빈대며 굼벵이 따위의 몸을 빌리
지 않으면 안 되며, 어떻게 저 빈 그릇과 흐르는 생명은 서로
화합할 수 있는가. 하지만 이런 문제들을 풀기 위해서는, 다시
어머니의 배 속으로 들어가 보는 수밖에는 없으리라, 그리하
여, 한낱 하늬바람으로 흘렀던 자기가, 어떤 의지에 의해서, 자
기의 형태를 입혀주는 그 어미의 자궁으로 들었는가를, 열심
히 살펴보는 수밖에 없으리라. [17]바르도로 가자, 아으 바르도로
가자. 망자들의 마흔 아흐레의 객숙소, 그래서 운명들이 산지
사방으로, 팔만 유정으로 헤어져 가며, 흔드는 손들을 보자. 하
직하는 손들 위에 떨어지는 눈물을, 그 눈물 위에로 번지는 어
두움을, 그 어두움을 통해 어머니들의 사타구니가 환하게 열
리는 것을, 그 모두를 보기 위해, 바르도로 가자, 아으 바르도
로 가자.

그러나 어쨌든, 그렇게도 많은 고기들의 형태가, 하나의
구조 위에서 성시를 이룬 것이 분명하다면, 또한 팔만 유정의
팔만 형태도 어쩌면 한 원전(原典)의 개성적 개변(改變)에 불
과하다는 가정이 또한 가능해진다. 어쩌면 그것은 가정으로서

가 아니라 실제로서, 팔만 유정은 한 원전의 팔만 후손일지도 모르긴 하다. 그러나 그 원전을 얻어내기 위해서는, 다시 겁 (劫)의 산법으로써나 계산될 세월을 걸려서, 팔만 유정들을 다 만나고 그들의 임신으로부터 죽음에 이르기까지의 과정 너머에 있는 것까지를 소상히 관찰해보는 것이 필요할지도 모른다. 그러나 나는, 나대로 고기의 형태는 취해낸 셈인데, 그리고 출발은 이 형태를 취해냄으로 하여 시작되었던 것이므로, 이것을 다시 출발점으로 하여, 고기가 아닌 다른 유정들 속에서도, 가령 솔개라든가 고슴도치라든가 사람이라든가, 아무튼 어떤 존재 속에서라도 고기와의 유사점을 찾아내는 것이 가능하다면, 그리고 그것들은 종내 같은 것들이라는 결론을 얻을 수 있다면, 팔만 유정들을 다 만나야 할 필요는 결코 없는 듯하다. 그러니까, 만약에 '사람과 고기는 같은 것이다'라는 결론이 도출될 수 있다면, '사람의 형태 또한 양극을 갖는 타원형이다. 그러므로 고기나 사람의 형태의 원본은 양극을 갖는 타원형이다'라고 말할 수 있는 것인데, 그와 같은 방법에 좇아 조금만 더 복합화시킨다면, '사슴도 참새도 고기며, 그러므로 양극을 갖는 타원형의 형태를 취한다'라는 결론이 저절로 도출될 것이었다. 그러므로 팔만 유정 속에서 고기와 비교될 어떤 유정을 먼저 뽑고, 그런 뒤 고기와의 상이점이나 유사점을 발견해나가는 것이 급선무일 듯하다. 헌데 만약에, 영겁의 주가 창조하여, 팔만 유정·무정이 선물로 주어진 자가 사람이란다면, 사람이란 그중 좋은 재료이며, 그러므로 그 영장이 고기와 완전히 같은 것이라고 할 땐, 쥐새끼야 따져서 무엇할 것인가. 그러므로 나는, 하나의 재료로서 사람을 택하기로 했다.

그리고 선인들의 고기(古記)가 아직도 그 가치를 지니고 있는 다고 하면, 그러한 기록들로부터 얼마쯤의 조력을 얻는 것은 훌륭할 터인데, 그렇게 해서라야만, 장차 얻게 될 결론이 보편화를 획득할 수 있을 것이기 때문이다.

그러한 고기(古記)의 어떤 것에 의하면 그리고 참으로 다행하게도, 고기와 사람이 완전히 혼동된 대목이 있다.

즉슨,

──저희는 어부라, 말씀하시되, 나를 따라오너라, 내가 너희로 사람을 낚는 어부가 되게 하리라. (「마태」 4: 18~19)

라는 기록에 의하면, '사람'이 완전히 '고기'로 취급된 예인데,

우리가 이와 같이 하여 모든 의를 이루는 것이 합당하니라. [……] 예수께서 세례를 받으시고 곧 물에서 올라오실새 [……] 성령이 비둘기같이 내려…… (「마태」 3: 15~16)

에서는, '사람'이 '세례'를 통하여, 고기처럼 물속에 잠겼다 뜨는 광경을 보여준다. 그러나 '내가 너희로 사람을 낚는 어부가 되게 하리라'는, 얼핏 보기에, 대단히 잘못 쓰인 문학적 비유인 듯하기는 하다. 소박하게 그대로 이해해서, 고기를 물에서 낚아 올리는 행위는, 그것이 사람의 편에서는 경제적 수단임에도 불구하고, 고기의 편에서는 그것이 곧장 죽음과 연결 지어지기 때문이다. 그러므로 '사람'을 '고기'에 비유하여, 그 사람을 고기처럼 낚아낸다는 일은, 그 사람을 살해하는 행위로

밖에는 여겨지지 않는다. 그래서 그것은 서투른 비유인 듯하지만, 정작에 있어, 이 점이야말로 중요한 듯하다. 그래서 저 비유가 큰 의미를 획득하는 것일 터인데, 그것은 '거듭 낳음'의 과정을 은연중에, 그러나 소상히 밝히고 있는 말일 것이기 때문이다. 거듭나기 위해서, 생명은 그것이 어떤 것이든, 한 번 죽지 않으면 안 될 것인 듯하다. 그러니까 말을 바꾸면 그러한 어부업이란, '사람'은 죽이되 '생명'은 낚아내는 행위로 여겨진다. '세례' 또는 '침례'가 또한 그런 의미인 것으로 해석되어져 온 것인데, 물을 죽음과 동일시하여, 그 물속에 잠겨 앉았다 일어서는 것을 중생으로 여기는, 의식(儀式)이라는 것이다. 그것이 이른바 '모든 의를 이루는 것'이며, '물에서 올라오실 새 [……] 성령이 비둘기같이 내려'는, 한 마리의 고기가 물을 극복하고, 등천해가는 광경인 듯하다.

그러나 어째서, '세례' 또는 '물속에 잠기기'가 '죽음'과 관련을 갖는가는 아직도 의문이기는 하다. 그 점에 관해서도 하기는, 고기(古記)의 기술자들이 소홀히 하지는 않은 듯하다. 그런 기사들을, 그 문맥과 상황에 따라 병렬해보면, 그 내용이 보다 명백해진다.

> ─── 요나를 들어 바다에 던지매 (「요나」 1: 15)
> ─── 요셉에게 시체를 내어주는지라 (「마태」 15: 45)
> ─── 여호와께서 이미 큰 물고기를 예비하사 요나를 삼키게 하였으므로 (「요나」 1: 17)
> ─── 요셉이 세마포로 싸고 예수를 내려다가 이것으로 싸서 바위 속에 판 무덤에 놓으매 (「마태」 15: 46)

——요나가 삼 일 삼 야를 물고기 배에 있으니라 (「요나」
1: 17)

——누가 우리를 위하여 무덤 문에서 돌을 굴려주리요?
(「마태」 16: 3)

——여호와께서 그 물고기에게 명하시매 요나를 육지에
토하니라 (「요나」 2: 10)

——제 삼 일에 죽은 자 가운데서 살아날 것과 (「누가」
24: 46)

이 관계는 그러니까, 바다에 던져졌다 삼 일 만에 살아난
요나와 땅에 장사 되어 삼 일 만에 부활한 예수의 죽음이, 완
전히 같은 형태로 취급된 것이다.

저 요나의 죽음과 중생(重生)은, 예수에 의해 미리, 자
기의 죽음과 부활의 한 예시로서 이해되어왔었던 것이긴 하
다. '악하고 음란한 세대가 표적을 구하나 선지자 요나의 표
적밖에는 보일 표적이 없느니라. 요나가 밤낮 사흘을 큰 물고
기 배 속에 있었던 것같이 인자도 밤낮 사흘을 땅속에 있으리
라.'(「마태」 12: 39~41)

이 기사들은 그리하여 '물'과 '뭍'이 동시에 '죽음'인 것을
나타내고, 저 '큰 물고기'와, '사람'을 장사한 일이 없는 바위에
판 무덤(「누가」 23: 53)을 같은 것으로 보고 있다. 어쨌든 쌍어
궁에서 태어난 한 마리의 물고기, 저 '사람의 아들'이, 하필이
면 '땅'속에 장사 지내진 것만을 괘념하고 보아도, 땅과 바다
가 동일시되어 있는 증거이고, 그것은 '죽음'의 비유인데, 죽
음의 예행으로서 그래서 세례는 치러지고, 그래서 의미를 획

득하는 것인지도 모른다. 그러나 문제는 저 '죽음' 또는 매장이 그냥 완전한 소멸에 끝나지 않고, 다른 삶, 이른바 중생 또는 재생과 직접적으로 관련을 갖는 데에 있는데, 그러고 보면, 땅과 바다는 동시에 자궁과 상사를 갖는 것이 분명하다. 출산을 가능케 하는 장소란 자궁 말고 다른 데는 없는 듯하기 때문이다. 그래서 그것은, 무척 잦은 성교 바로 그 자체의 은유적 환치인 듯하기도 하다. 결국 매장되었다 다시 살아나는 과정은, 한마디로 성교인 것이다.

고기(古記)의 몇 기사에서 살펴본 대로 하자면, '물과 뭍은 같다, 그것은 죽음이라고 불릴 것임에도 재출산이 저변되어 있으므로 자궁이라고 해야 할 것이다. 사람을 낚되, 하나의 죽음을 통해 생명을 낚으려는 것이 그 목적이므로, 그 결과에 있어 고기와 생명은 같다. 그것은 세례, 또는 던져지기와 매장, 또는 자궁 가운데로 들어서야만 재생을 가능시키는 용(用)이므로, 남근(男根)이라고 부를 것이다. 그러므로 생명과 고기와 남근은 같다. 그런데 고기는 양극을 갖는 타원형이라고 불릴 것으로 형태 지어져 있으므로, 고기와 생명과 남근의 형태는, 양극을 갖는 타원형이라고 불릴 어떤 것이다'라는, 결론이 도출된다. 이 결론에 의한 부차적 결론은 그리하여, '팔만 유정의 원형(原型)은, 양극을 갖는 저 타원형이라고 불릴 어떤 것이다'라는, 결론이 도출된다.

그러나 어쩌면 나는, 광증에 부대끼고 있을는지도 모른다. 내 하초를 낚시에 꿰어놓고, '나는 고기를 낚아냈다'라고 선언해야 될 단계에 나는 이른 듯하기는 하지만, 어쩌면 나는, 가설(假說)의 흡혈귀에게 목줄기를 물렸는지도 모른다.

무엇 때문에 나는, 더 앉아 있어야 되는지 그 이유를 모르게 되었다. 정진은 더 바랄 수도 없는 것을 나는 어설프게 수긍해야 되었는데, 그리고 구름의 냄새, 밤이 흐르는 소리, 적막의 냄새, 검은 모래들의 잠꼬대를 엿들어보니, 밤은 자정을 훨씬 기울고 있었다. 구름은 보다 더 두터워 있었고, 거기로부터 한습한 냄새가 안개처럼 깔려 내려왔다. 그리고 어쩌다 조금쯤 미지근한 바람이 흐르고 있는 듯도 싶고, 없는 듯도 싶었다.

제11일

1

늪 바닥에다 대고 오줌을 한번 들입다 갈겨댄 뒤 나는, 그 둔덕을 어슬렁어슬렁 걸으며, 몸의 맥을 터주었다. 몸이 왠지 몹시 찌뿌둥하며, 코끝에 열이 걸려, 숨 쉴 때마다 머리를 찡하게 하고, 뼈마디들 속에서 한기를 일깨워낸다. 이것은 완전무결하게도 어두운 밤인데다, 어디에고 불빛은 새어 나오는 곳이 없어서, 아무것도 볼 수는 없었으나, 그냥 그런 방향쯤을 잡아, 수도자들의 마을을 건너다보기도 하고, 수도청도 찾아보았다. 이것은, 망자가 몸을 떠난 뒤, 터벅터벅 걸어야 되는, 그런 고장인 듯이 내게는 다시 한번 느껴졌다. 그리고 나의 날이 얼마나 흘러가고 또 얼마나 남았는가를 셈해보다 한숨을 쉬기도 했다. 더우면 소금이 땀이 되어 나오는 냄새처럼, 아주 소금이 되어 배어버린 외로움이, 이런 시각에 진을 흘려, 외로운 냄새를 풍겨낸다. 그것은 땀 냄새보다도 더 더럽고, 싫고, 더 칙칙히 휘감는다. 내가 서성이는 발소리며, 미지근히 어쩌다 흐르는 바람이며, 그리고 어쩌면 안개일지도 모를 약간은 찬 이슬 같은 것이 반죽이 되어, 사람은 하나도 없는 듯한 고장의 대개의 밤중으로 나는 냄새를 더 독하게 하며, 친구를 그립게 하고, 친구 중에도 특히 암컷을 그립게 하고, 살림이라도 차려 자식새끼들 낳아 그것들 속에 숨어 살고 싶게도 하는 것이었다.

서성이다 보니, 요 며칠째 별로 불려본 적 없는 창자가 또 한 한기와 같은 괴로움으로 느껴진다. 그래서 나는, 약간의 식물을 생각하고, 더듬고 더듬어 내 굴로 내려갔다. 그러나 식사란 즐거움으로서가 아니라 고통으로서, 내가 어쩔 수 없이 치러야 되는 일처럼 여겨진다. 입에 고이는 송진, 그것을 싫어하는 창자의 꿈틀거림, 그러나 그것에만 끝나지 않고, 그것은 또 배설의 아픔까지를 보태는 것이었다. 그럼에도 내게는 아직도, 두 봉지의 미숫가루와 한 알의 계란이 있기는 하다. 그것들은 매번마다 내 손을 유혹해 들이고, 타액을 분비시키지만, 그때마다 스스로 달래기를, 이보다 더 혹심한 보릿고개를 위해서, 아껴두지 않으면 안 된다고 했다. 그것이 왜대이든 해웃값이든, 그런 것에 관해서 나는, 더 이상 개의치 않기로 했고, 또 개의해쌓는다 해서 무슨 뜻이 있는 것은 아니었다. 그런 식의 유리의 세사로부터는, 나는 언젠지 한 번 더 출가해버리고 있었는데, 어쩌면 뻔뻔스러워져 버린 것인지도 모르긴 하다.

어쨌든 출가란 한 번으로 족한 것은 아닐지도 모른다.

약간의 솔잎, 그리고 약간의 '누룩'을 입에 넣고, 나는 굴 바닥에 번듯이 누워, 맛을 생각하지 않으려 하며 씹었다. 씹으며, 동이 틀 때까지나 자두려고 잠을 청했다. 했으나 왠지 잠은 오지 않고, 으스스 추워서 홑청으로 몸을 감쌌으나, 오히려 정신이 더욱더 새록새록해지며, 뭔가 끝났어야 될 한 오라기 문제에 자꾸 집념하고 있었다. 저 '양극을 갖는 타원형이라고 불릴 것'이 자꾸 눈 위에 떠오르며, 내 양미간으로 자리 잡아 드는 것이었다. 그러나 나는, 대표적 명상 자세 같은 것은 꾸미지 않았고, 그냥 편안스레 누워 그것을 바라보기나 했다. 그것은 어둠 가운데, 내 양미간에, 가운데가 텅 빈, 안으로 굽은 두 개의 선이, 그 끝과 끝이 맞닿은 꼴로, 광채 없는 촛불처럼 머물러 있는데, 사실로 그 선이 흰색인지 붉은색인지, 그것은 나도 알 수가 없고, 그냥 선이라고 생각되는 것이 그 형태를 나타내 보여주고만 있다. 내가 그 선이 푸르다고 하면, 그것은 푸르게 보였고, 검다고 하면 검어 보였는데, 그러고 보면 그것은, 색깔 이전의 것이거나 이후의 것이었다. 그것은 그러니까, 관찰자의 염색(念色)에 의해서 염색(染色)되는 것이고, 그것 자체로는 무색(無色)인 것이었다. 그럼에도 그 형태는 고착되어 있어 흔들리지 않았다. 물론 그것의 크기 또한 관찰자의 마음에 의해서 수미산만큼 커지는가 하면, 겨자씨만큼 줄어들기도 했으므로, 그것 자체로서 그것은 아마 크기를 갖고 있는 것도 아니었다. 그것은 다만, 안쪽으로 우아스러이 굽은, 두 개의 활선[弓線]이 맞닿아 양극을 이룬 타원의 형태만을 가졌을 뿐, 다른 아무것도 아니었다. 게다가 그것은, 안이 채워져 있는 건지, 비어져 있는 건지, 그것까지도 보여주지 않고 있다.

이 단계에 이르러 나는, 내가 확실하게 움켜쥐었다고 생각했던 저 괴화가, 내 손아귀에서 빠져나가고 있음을 인정해야 되었다. 그리하여 모든 것이 원점으로 돌아가고 있는 느낌이었다. 이것은 날 초조하고 불안하게 했다.

나는 어쩌면, 저 괴물의 성별(性別)을 명확히 해두지 않은 것이었다. 처음에 나는, 그것이 해골과 상사를 갖는 듯해, 체(體)며 음(陰)일 것이라고 생각했었는데, 어느덧 그것을 잊고 나는, 그것이 매장과의 관련하에서, 요니를 쏘고 드는 양(陽)이며, 용(用)이라고 어느덧 고쳐 생각해온 것이었다. 나는 이 문제를 명확히 해두지 않은 것이다.

그러나 그것을, 체며 음이라고 했을 때, 그것이 느닷없이 성전환을 해버리고, 굳건한 양물로 하여 저 체를 뒤흔들어버린 것은, 내가 뒤늦게 당한 실연(失戀)이지만, 그것을 그렇기 때문에 양이며 용이라고 보려 시작했을 때, 그것이 또한 내게 변절을 하고, 양물을 사려 넣어버리는데 남은 것은 깊고 넓은 체뿐이다. 그녀인지 그놈인지도 모를 저 작것에게는 짝사랑 바치기도 용이치가 않다.

그러고 보면, 형태라는 것은, 그것이 아무리 강장한 남근이라고 할지라도, 그것이 용으로 바뀌어져 이(利)로서 나타나지 않는 한엔, 그냥 체에 머물며, 동시에 음으로서 무(無)에 머무는 것 이상의 것은 아닌 듯도 싶다. 이렇게 보면, 저 양극을 갖는 타원형은 어쩌면 성별을 갖고 있는 것이 아닌지도 모를 일이었다. 이것은 내게 무서운 혼란을 일으켰다.

나는 누워 있을 수만은 없어, 다시 결가부좌로 앉아, 저 형태를, 색깔과 크기나 성별을 무시하고, 그저 수수한 것으로 하나, 내 양미간에 떠올려놓아 보았다. 그런 뒤 나는, 그것 위에다 마음을 모으고 생각의 전생적(前生的) 업력(業力), 다시 말하면 선입관념이나 고정관념 같은 것의 뿌리를 끊어버리는 일부터 시작하여, 마음이 업을 여의면, 그것 위에서 다시 출발하려고 했다. 그런 일은 그리고, 그렇게 어려운 일은 아니었다.

헌데, 저 양극을 갖는 타원형은 그것의 밖에서 보면 양의 형태인데 안에서 보면 음부나 자궁의 모양으로 보인다. 어쨌든 싸안는 것은 그것이 무엇이든 체라고 해야 할 것이다. 그런데 저 두 선의 밖에는 더 큰, 더 무서운 체가 휩싸고 있어 보인다. 허지만 어쩌면, 저 타원이 구획한 안의 체와 밖의 체는, 꼭같은 크기일지도 모르긴 하다. 왜냐하면 저 구획은 고착된 것이 아니어서, 팔만 유정·무정, 팔만 성좌, 팔천 대천세계를 다 휩싸 안고도 남을 품이 있을 것인가 하면 한 들꽃의 마음자리 하나 닦을 터전도 없어 보이기 때문이다. 어쨌든 저 체를 무(無)라고 한들, 정(靜)이라고 한들, 그것은 다를 바 없을 터인데, 무엇인지가 그것을 구획 지어 이(利)되게 한다는 것은 용이라고, 또 유(有)라고, 또 동(動)이라고 보는 것은 틀리지 않을 것이다. 그런데 용이며, 유며, 동은 모두 양의 국면, 양의 다른 이름들이라고 보아지는 것이므로, 저 형태는 다시 양으로 환원한다. 반복되지만, 그럼에도 그것은 반드시 양은 아니며, 반드시 음도 아닌 것이다. 그것은 그러고 보니, 제길힐, 물형부(物形符)라고나 해야 될 것인지도 몰랐다.

이것은 참으로 이상스런 원(圓)이었다. 이해할 수 없는 것은, 그것이 달고 있는 두 개의 뿔[角]인데, 만약에 뿔을 제외하고, 순수한 원만을 두고 본다면,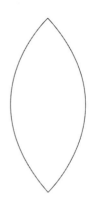
그 원을 성격 짓는 일이란 그렇
게 어렵지는 않을 것이었다. 그
것은 완전히 둥글어, 시작이 없
으니 끝이 없고, 끝이 없으니 시
작이 없어, 영원히 돌아오는 듯
하나 영원히 머물고 있는 듯해,
선현들이 우주의 법도를 그런
눈으로 이해도 해왔을 법하지
만, 그러나 흥기가 없으니 쇠망이 있을 수 없고, 쇠망이 없으
니 작용 또한 있을 수 없어, 그것은 허(虛)하여, 세월로 따져
말한다면, 이미 흘러버린 과거의 시간 같은 것, 색깔로는 검은
것, 체며 음, 그리고 멈춘 흐름[靜]──그것은 그것대로 완전무
결하지만 그래서, 이름 붙여 허원(虛圓)이라고나 해도 될지 모
른다.

　　그러나 저 뿔을 갖고 있는 원은, 어쩌면 삼세(三世)를 잉
태하고, 산월에 접어든 임부 같기도 하다. ──그러나 망할 늠
의 삼세 처할 곳 어디겠는가. 이눔의 풍진 세상살이는 몸이 무
겁고, 저쪽 저승살이는 업이 무겁고, 업도 몸도 없는 곳은, 어
디 무슨 무게로 진드근히 한 군데 잔 잡고나 앉았겠는가. 허
긴 해 질 녘 목이 컬컬한 것이나, 치골이 가렵고 바짓가랑이가
점잖지 못한 푼수로 따져서는, 그래도 허긴, 바람 좀 상스럽게
세다 해도, 이승살이밖에는 없을 듯도 싶긴 하지──이렇게 생
각하는 것은 왜인가 하면, 만약에 한 변을 양이라고 하면 다른
변은 저절로 음이 되는데, 그것은 삼각형과는 적이 다른 형태

로 변이하여, 참으로 이상스런 짐승이 되어버리기 때문이다. 그것은, 양성(兩性)을 그냥 생체로, 일체 속에 갖기 시작한 듯이 보인다. 삼각형의 경우라면 한 극, 한 각, 한 변이 양이란다면, 다른 극, 다른 각, 다른 변은 음이 되고, 남은 극, 남은 각, 남은 변은 음양의 화합으로서의 '충기'(沖氣)가 되어, 그 전체로서 하나의 화(和)라고 보는 것이 타당할지 모르나, 양극을 갖는 타원형의 경우, 거기엔 한 극, 한 각, 한 변이 모자라 있어, 음양의 대대(對待)는 화(和)가 아니라, 차라리 대치(對峙)처럼 보인다. 허원으로 따진다면, 이것은 그 안에 태극선을 내접하고 있는 것과도 같은데, 그러나 이것은 태극선을 내접하고 있는 것이 아니라, 그 태극선이 뭔가를 외접하고 있는 것이라고 해야 할 것이어서, 이것은 참으로 이해할 수 없는 짐승인 것 같다. 따져보면 따져볼수록, 이 각, 이 극, 이 변의 저 이상스런 원은, 참으로 불완전하고, 참으로 무소속이며, 참으로 불순한 듯하다. 그러했기 때문에 아마도 그것은, 삼각이나, 사각이나, 원이, 선현들 입술 끝에서 우주적 상징을 입어 비눗방울처럼 떠 흘러 다니고 있었을 때에도, 어디엔지 숨어서, 아주 작은 듯이 존재해온 것이었을지도 모른다. '생명'이 '상징'을 입을 수 있다면, 그러나 저 '양극을 갖는 타원형' 말고 다른 무엇이 있을 수 있을지는 나만은 모른다. 그것은 머문 듯하여도 머물지 않으며, 움직이는 듯하여도 움직이지 않으며, 빈 듯하여도 비어져 있지 않으며, 채워져 있는 듯하여도 채워져 있지 않으며, 산 듯하여도 살고 있지 않으며, 죽은 듯하여도 죽어 있지 않으며, 형태인 듯하여도 형태가 아니며, 형태가 아닌 듯하여도 형태이며, 성별로 이름 붙여줄 듯도 싶으나 성별이 없고, 성별이 없는 듯하나 없는 것이 아니다. 가장 작은 듯하여도 또 가장 큰 것이 그것처럼도 보인다. 그것은 그래서, 금(金)이나 불(佛)처럼, 순수하지도, 완전하지도 못한데, 그런 탓에 그것은 진원(眞圓)이라고 불려야 될 것인지도 모른다. 그리하여 드디어 나는, 생명이란 그런 것이라고 알기 시작한다. 죽음의 바다에서 헤엄치는, 한 마리의 물고기.

새벽이 그러는 새 왔고, 어슴푸레한 밝음을 통해 보이는 천지간에는, 어느새 덮였는지 안개 삼라로, 그 속에 새벽빛만 희부여니 있지, 지척은 분간할 수가 없었다. 그것은 코에 싸한 냄새까지 풍기며, 추지게 매웠다. 약간의 으스스함, 약간의 한기가 관절염처럼 뼈마디 속에서 일어나고 있는 것만을 빼놓으면, 그런 안개는 그러나 싫진 않았다. 허긴 내가 조금쯤 앓고 있는지도 모른다. 새운 밤엔 신열이 대단하기는 했었다. 비라도 내리리라, 황무한 고장으로 젖처럼 비는 내리리라, 그러면 마른 늪을 순례하는 어떤 돌팔이 고기라도 한 마리 있어, 비에 싸여 내려줄지도 모르는 것이다. 저 늪 바닥에 쏟아지는 소나기 속에서 공중으로부터 떨어져 내린 커다란 한 마리의 고기가 몸부림하며 퍼덕거리는 것을 상상해보라, 그러면 계집이며 촛불중 청해다 잔치도 벌여볼 것인데. 장마철로는 글쎄, 어디로부터인지 한 기둥의 물보라가 휘몰아 와서, 마당 가운데 보독씌려졌던 데를 살펴보면, 송사리며 피라미 새끼들이 살아서 뛰놀고도 있던 것이다. 그런 일이란 일어날 수 있는 것이다. 회오리바람이 싸안은 물기둥, 그 속에 이무기라도 묶여들 수 있는 것이다. 동해 청룡지신(靑龍之神) 내조아(來助我), 북방 흑기지운(黑氣之雲) 내조아, 서방 백기지풍(白氣之風) 내조아,

지하 음기지신(陰氣之神) 내조아, 내조아, 아으 내조아.

2

 살포시 한소끔이라도 잠은 못 자고, 결국 아침이 와버렸
다. 새벽에 짙은 안개였던 것은, 부슬비보다는 더 부스러져 부
슬비라고 할 수도 없고, 안개보다는 더 굵고 무거워 안개라고
만도 할 수 없는, 그런 비가 되어 칙칙히 내리기 시작하고 있
었다. 굴속에다 한 무더기의 모닥불이라도 피웠으면 싶었으
나, 불을 일궈낼 아무것도 내겐 없었다. 항아리 속에선 솔잎만
누렇게 떠가고, 물도 없어, 이 아침엔, 저 마을 가운데 샘에라
도 다녀와야 될 듯했다. 생각만 그렇게 했고, 나는 그러나 항
아리를 끼고 출발은 하지 않았다. 그런 대신 늪의 둔덕에로 올
라와, 마을 쪽을 건너다보았으나, 눈에 보이는 건 뿌연 안개의
묽음, 우중충한 습기, 겉이 아니라 안을 가로막고 드는 한랭한
폐쇄뿐이었다. 다섯 발자국 앞도 보이지 않아, 그쪽 밖이 궁금
하고 무섭기까지 했다. 허긴 이것은 그러나 '차라리 부드럽고
아늑한' 것이라고 해야 할 것인지도 모르긴 하다. 저 산자락
포개 덮고 누워 손가락 빨며, 벽자색 산수국 피었겠다고 하고
있으면, 어느덧 알밤 듣드르는 소리에 잠을 설피는, 그런 넋을
싸안고 있는, 그런 구름의, 그런 안개의 혼돈인지도, 글쎄 모르
긴 하다. 그러나 아직은 모른다, 어떤 날, 느닷없이, 하늘이 그
냥, 푸르게 엎질러져 버리고, 길이며 지붕 꼭대기들이 아주 낮
설게 번쩍이기 시작했을 때, 안개에 알이 배고 세상 바람을 쏘

이고 싶어 할지, 아니면 뼛속의 곰팡이 핀 한숨으로 인하여 자살을 해버릴지, 그것은 아직 모른다.

　나는 느시렁 느시렁 둔덕을 거닐고 있었다. 나는 그러나 더 이상, 양극을 갖는 타원형이며 고기 따위들은 생각하지 않고 있었다. 그 일로 나는 밤새도록 머리가 뜨겁고, 몸이 성치를 못했었다. 한 번의 극한 오한, 심한 신열이 가시면, 몸은 이완되어 무겁게 늘어져 있으나, 그래도 모진 뙤약볕을 피해 그늘 밑에라도 누워 있는 듯한, 약간의 휴식이 느껴지며, 마음은 이상스러운 허탈에 평온해지는데, 그럴 때엔, 별로 연결도 닿지 않는 듯한 상념들이 재유입(再流入)해 들거나, 아니면 아직 체험해보지도 않은 미래에로 상념들이 떠나는 수가 많다. 이 아침은 그리고 내게 그런 타락 그런 허탈로 던져진 것이다. 나는 어쨌든 환자이다. 형벌에 의해서든, 안개비에 의해서든, 스스로 거부치 못해서든, 어쨌든 주류(周流)에의 의지를 형장에 묶어두고, 거기서 앓으며 살아온 것이고, 또 살아가게 된 것이다.

　나는 느시렁 느시렁 둔덕을 거닐고 있었다. 그러며 마음으로 주류하고 있었다. 그렇게 해서라도 환자는, 썩으며 냄새 풍기는, 혈루병적 몸은 병상에 누이어놓고라도, 쾌유된 몸, 힘찬 근육으로 자기의 병상을 뛰쳐 일어나는 것이다.

　　[18]대지의 힘센 저 황소,
　　저 초원의 말.
　　저 힘센 소가 노호하고 있구나,
　　초원의 저 말이 지축을 뒤흔든다.

나는 느시렁 느시렁 둔덕을 거닐고 있었다. 그러며 마음
으로 주류하고 있었다.

　　　나는 사람, 자네들의 위에 있는
　　　영겁의 주가 창조하여
　　　모든 선물에 주어진 자.

나는 느시렁 느시렁 둔덕을 거닐고 있었다. 그러며 주류
하고 있었다.

　　　오라, 그리하여 가르쳐라, 저 초원의 말이여!
　　　나타나라, 그리하여 대답하라, 우주의 경탄할 황소여!

나는 느시렁 느시렁, 주류하고 있었다.

　　　지휘하라, 오 힘의 주여……
　　　오 여자, 나의 어머니, 나의 실패가 무엇이며,
　　　내가 반드시 따라야 할 길이 어디인지를, 내게 가르치
라!
　　　내 앞에 날으시라, 대로를 따라서,
　　　나의 길을 예비하시라!

나는 주류하고 있었다.

　　　오 너 아홉 구릉 남녘에 사는 태양의 정령들이여,

오 빛의 어머니여, 질투를 아는 자여,

내 너에게 간청하노니, 그대의 세 그늘을 높이

하늘 아주 높이 남기라.

나는 주류하고 있었다.

그러고 서녘, 그대의 산봉우리에 있는,

오 나의 주, 강한 목의 경외스런 힘의 선조여,

제발 나와 함께 있으라!……

3

항아리를 끼고 샘으로 가고 있었을 때 나는, 나의 갑작스런 변모를 뒤늦게 알아내고, 조금 웃었다. 나도 한 벌쯤의 장옷을 꿰고 있는 것이고 그래서 이제 나도, 이곳 촌민으로서 정착하고 있는 것이었다. 얼굴을 가리고 눈만 내놓고 나니, 어쩐지 누구에게나, 자기 은폐의 본능이 있는 것처럼 여겨져, 그것이 입에 좀 떫었다. 이 은폐 본능은 그리고, 있어 보았어도 백해무익한 체면(體面) 모양으로, 더욱더 그 껍질을 두터이 해온 것처럼도 여겨진다. 가령, 수놈 똥개라면, 월후 하매 삼 년도 전에 멈췄을 대감마님 앞이고, 월후 하매 석 달 전부터나 시작했을 부엌데기 좌전이고, 뭐 가리는 법 없이, 앉기만 하면 삘그렇게 솎아내야 편한 모양인데, 그것을 추악하게 생각하는 것은, 대체 수똥개 쪽인가 마님 쪽인가—나는 샘터로 걸으며, 장옷의 저 편안함을 생각하고 있었다. ──허나 어째서 서서 걷는 것만은, 그렇게도 은폐시킬 것을 많이 갖게 된 것인가? 그것은 도대체 언제부터, 어디로부터 시작된 것인가? 혹자는 믿기를, 이것은 지혜로 인한 것이라고 하고, 이 지혜는 죽음을 초래했다고도 한다. 서늘할 녘에 동산을 거닐던 어른이, "아들아, 글쎄 이 사람아, 네가 어디에 있는가?"라고 물었던 데서부터, 저 은폐의 본능이 백일하에 드러나 버린 것이다. 그 은폐는 그러니까, 자기네의 수치를 감추려는 외향적 행위였던 모양이었다. ──나는 샘으로 걸으며 장옷의 저 편안함을 즐기고 있었다. ──헌데 어떻게 되어서, 저 '사람'은 수치와 느닷없이 대면해버린 것인가? 어떤 도사들에 의하면, 허기는 그날, 저 최초의 선남자 선녀자는, 자기네들이 갖기도 하고 못 갖기도 한, 저 흉물스럽게 생긴 하나의 나무와 하나의 해골이, 대체 무슨 내력을 지녔는지 한번 거들떠보자 하구설랑은, 별 좆같은 짓을 하고 난 뒤에, 갑자기 눈이 밝아졌다고 하고, 그래서 자기는 덜 가지고 자기는 더 가진 것에 대한, 그 인식이 수치의 감정을 도발해낸 것이었을 것이라고까지 짐작해내지만, 어쨌든 서서 걷는 짐승만이 하복부를 가린, 가장 오래된 풍문은 그렇게 들린다. 그러나 그때까진 아직 나뭇잎으로만 간신히 덮고 있는 중이어서, 그들이 행여 허리를 구부리거나 무릎을 쳐들기라도 할 양이면, 나뭇잎 새 사이로 뛰어가는 수노루 뿔이며, 그래 보아도 한번 묻혀 시들면 그만이라는 무상(無常)이 금세, 금세 드러나 버리곤 했는데, 헌데 저 씨버무거갈 녀러 것이 거기서 끝나지 않은 것이다. 물론 추위도 왔고 봄날이라도 저녁으론 바람 끝이 차갑기도 했다. 허나 나중에는, 최소

224

한도로 제 계집 하나씩은 집구석에 처박아놓고도, 행여 이웃 집 자부네 복숭아뼈라도 언뜻 보일라치면, 얄궂게 가슴을 울렁이고, 대체로 어중간한 자세로 어기죽거리며 집으로 돌아가, 제 마누라를 족쳐대는데, 이런 정도는 도덕 군자적이어서 탓할 바는 절대로 아닌 것이다. 똥 묻은 오리 대갈통 같은 체면이라는 것이, 그래서 거론되는 것이다. 그가 얼굴을 백일하에 드러내놓고 있지 않았더라면, 또 그를 어기죽거리게 한 이웃 자부도 얼굴을 가렸더라면, 까짓것 노상에서 한 번쯤 노닐었다고 해서, 손상당할 체면이 어디에 남아돌았겠는가. ──나는 샘으로 걸으며 장옷의 저 편함을 찬양하고 있었다. ──아 어쨌든, 이럴 때 이제, 꾀 있는 사람들은, 체면도 지키고 이도 득할 양으로 검은 수건으로 얼굴을 감추어버린 뒤, 마지막 잠 곤드라 떨어지는 새벽쯤에, 칼 들고 부자 과택네 담을 넘는다, 그러나 밝은 날, 그가 저 검은 수건을 떼어내고, 아름다운 미소에 고담준론을 물고, 그 과택네 사랑방에라도 찾아들 양이면, 체면을 존중히 아는 귀한 손님이 내방했다고, 물 좋은 곳 인삼주에, 주인 과택의 미소가 안주로 나온다. 체면이란 그런 것이다. 그것은 정조 같은 것이어서 정결할수록 좋은 것이지만, 그러나 사실에 있어, 정작 당자인 저 정조라는 것은 보리밭과도 달라서, 서른 놈 도적이 삼백 날 한하고 지나가도, 오줌 누어버리면 발자국 하나 남아돌 더러움이 남지를 않는다. 그래서 정조란 정결한 것이며, 은 같은 것이어서 닦을수록 윤이 나는 것이다. 체면이란 그런 것이어서, 자꾸 새 체면을 드러내지 않으면, 묵은 체면이란 독록(毒錄) 슨 은 같은 것으로나 보인다.

　그러고 생각해보니, 장옷을 입고 내가, 마을 가운데 샘으로 이렇게 훗훗거리고 나아가기는, 이것이 처음이고 있었다. 내가 이제 나아가다 길 가운데서 설사를 갈긴다 하더라도, 이제 내가 누구인 줄 알겠는가. 그래서 가리려면, 야 '사람'아, 처음부터 얼굴이나 가릴 일이지, 하초는 별 육실헌다고 가렸던가. 진짜로 은폐시켜야 했을 것은, 하초가 아니라 얼굴이 아니었겠는가. 얼굴을 열고 다니는 데서부터 이제 본격적인 은폐가 시작되었을 듯한데 말이시, 에끼 이 '사람'아, 지혜를 깨쳤다는 게 똥개 지혜만도 못할 것을 깨우쳤더군그래. 나는 그러는 새 샘에 닿고 있었고, 이방인이 아니라 나도 이곳의 촌민이라는 것 때문에, 약간 건방져지고 있었다. 입을 찡그리고 쨍그려 나는 웃어도 보고, 코를 벌름거리기도 하며 먼저 도착한 두엇의 수도자들이 물 긷는 것을 보았다. 그런데도 그들 중의 누구도 나를 미친놈으로 보고 있지 않은 것은, 내 표정이 장옷 속에 은폐된 탓이었다. 속에서는 내가 헐렁이가 되어 있는데도, 그들은 나를 정상으로 보고 있는 것이다. 나도 또 그들을 그렇게 보고 있을 것이었다. 그러고 있는데, 노란 장옷 둘이 동이를 이고 왔기에 나의 아침은 아주 신명 나는 것으로 변해졌다. 가만히, 그리고 다소곳이 서 있기만 한데도, 자꾸 흐르는 허리며, 엉덩이며, 팽팽한 젖가슴들을, 나는 자꾸 뒤돌아보며, 입맛을 다셨다. 색념으로써는 아니고, 은폐를 한번 즐겨본 것이고, 마을의 건달이 행세를 한번 해본 것이다. 노란 장옷들은 저희들끼리 뭐라 뭐라 귓속말하며, 나를 향해 킥킥 소리를 냈는데, 짐작건대 웃는 소리였다. 그래도 그것이 내게는 아무렇지도 않았는데, 그럴 것이, 나도 나를 가려놓았다는 순전한 그 탓으로, 그녀들의 얼굴을 벗겨내 보고 싶은 생각은 들지를 않은 것이다.

그러는데 내 차례가 되어, 내가 한 두레박 끌어 올려, 그 두레박을 노란 장옷들께 내밀어주었더니, "아유, 대사님은 친절도 하셔" 하고 그중에서 좀 작으나 통실해 보이는 수도부가 말하고, 동이를 내민다.

"대사님은 혹은 벽 스님이 아니셔요?"

다른 수도부는 그렇게 묻는다. '벽 스님'이란 아마도, 늘 벽을 마주하고 앉아 선(禪)하는 스님일 터이다.

"소승은 늪중이라고 합니다요." 나는 제법 에헴스럽게 대답해주고, 다시 다른 두레박질을 했다.

"참 이상스런 스님도 다 있으셔." 조금 큰 쪽에서 말하고, 저희들끼리 킥킥 웃는다. 이것은 감기만큼이나 청량한 아침이며, 뼛속의 오한만큼이나 청량한 아침이었다. 그런 청량함으로, 안개비 죽림(竹林)이 내리며 휩싸고 있다.

"자네들 말입지, 이 대사와 더불어서입지, 무슨 설법을 주고받는 중입지?" 그때 누군가가 또 점잖스레 끼어들었는데, 음성이며 어투로 추측컨대 촛불중이 분명했다. 체면이라는 것이 그러고 보니 말 속으로 스며든 느낌이지만, 인연에 의해서 그의 얼굴을 볼 수 없었다면, 그렇다고 해서, 그의 입술이 두터운지 얇은지는 알 수가 없을 것이었다. 그런데 그는, 다림질까지 잘된 흰 장옷을 입고, 우산까지 든 데다, 가죽신까지 윤내 신고 있어서, 어딘지 사람 많이 모여 사는 곳에 여행이라도 떠나고 있어 보였다.

"아유 스님, 오늘 읍엘 가셔요?" 비교적 작은 편에서 그렇게 묻는다.

"이제입지, 짐수레가 도착되면입지, 그편으로 가려는 것입지, 헌데 오늘은 도착이 좀 늦군입지. 아 그리고입지, 언니 수도부는 안녕하신가입지?"

"그 앤 별일 없어요. 허지마는요, 여기서 눌러살겠다고 고 집인걸요. 어쨌든 스님은 우리허구 동행이시겠에요. 잘됐지 뭐예요."

"아니 여기서 눌러살겠다고 말입지? 헛허웃. 그럼 어느 대사분과 더불어 정분이라도 두터워진 게 아닌가 말입지. 파 계로군입지, 파계로군입지. 헌데 대사께서도 평안하신가 말입 습지."

그가 아마 내게 묻는 것 같았다.

"아, 대사께서도 평안하십니까?" 나도 그래서 그렇게 받 고, 이번엔 내 항아리를 위해 두레박질을 했는데, '파계한 언 니 수도부'가 정작 누구의 의미였는지는 모르되, 그 수도부가 자꾸 내 마음에 쓰였다.

"일곱 달이나 가물었는데 말입지, 허긴 좀 내려야 쓰겠는 데입지." 촛불중이 아마 내게 향해 말하고 있는 눈치였다. 그 러나 내 눈에는, 갑자기 모든 것이 음울해 보이고, 안개비 죽 림 속에 서 있는 우리가, 실체처럼은 보이지 않는데다, 모서리 도 표정도 잃어, 문둥이들 죽은 것들이 습기 때문에 일어서 있 는 것처럼 여겨졌다.

"글쎄 말입니다, 이내 큰비라도 한 줄금 할 것 같지 않습 니까?" 나는 대답하고, 내 항아리를 옆구리에 낀 뒤, 샘에서 비 켜서 주었다.

"믿을 수 없습지." 촛불중은 안개 덮인 하늘을 올려다보는 시늉을 한다. "이런 비나 한 대엿새 오고 말입지, 끝나버리는 것이 여기 실정이니 말입지. 해도 이제, 장옷의 편안함을 드디어 알게 되는 것입지. 허긴 맑은 날 볕 아래에서도 마찬가지입지. 볕의 권태, 그렇습지, 몇 년을 살며 소승이 알아낸 건 그것인데 말입지, 그런 볕의 권태를 이겨내게 하는 것도 장옷이더군입지."

"스님은 읍에 가셔서 얼마나 지내시려구 그러셔요?"

한 수도부가 나섰고, 그러는 중에 다른 둘의 수도자들이 다가오는 것이 비현실적으로 보였다.

"아 그러면, 평안한 여행을 하시기 바랍니다." 나는 그리고 그 자리를 떠나려 했다.

"아, 혹간 대사께서는입지, 부탁하실 것이라도 없으신지 말입지." 촛불중이 내게 물었는데, 내가 얼른 이해할 수 없어 좀 머뭇거리고 있자니, "본사(本寺)에 보내는 서신이라든지, 소승이 장 보아다 드릴 무슨 일용 일습품이랄지, 돈으로 말입지, 바꿀 무슨 송금표랄지 그런 것 말입지" 하고 설명해주었다.

"고마운 말씀이시외다만, 그렇게 필요한 것도 없을 뿐 아니라, 워낙이 빈손이라 놔서요."

"헛헛헛, 말입지." 촛불중은 말하면서도 거기 당도한 둘의 수도자들께 합장해 보이고 있었다. "소탈하신 말씀입지. 물고기는 말입지, 어떻게 낚일 만하시냐 말씀입지."

"평안합시오." 절하고 나는, 되도록 부지런히 발걸음을 옮겼다. 샘에서는 자기들끼리, 뭐라고 뭐라고 말을 주고받는데, 내가 뒤돌아보았을 땐, 말소리만 어디서 들려오고, 사람은 안개비에 먹혀 보이지 않았다.

부지런히 늪으로 돌아가다 나는, 이상스레 수도청 앞에서 걸음을 더 떼어놓을 수가 없어, 멈춰 서버리고 말았다. 그렇다고 내가, 그 안으로 들어가 보자는 것도 아니었고, 이름도 모르는 여자의 이름을 불러, 불러내자는 것도 아니었다. 성욕도 없이 그러나 나는 그녀를 만나보고 싶은 것이었는데, 어쩌면 안개비 탓이었을지도 모른다. 순전히 감기 탓이었을지도 모른다. 정분으로 하여 파계해버린, 어떤 수도부에 대해 말하던, 문둥이의 혼신(魂身) 같은 것들은, 그러나 지금은 안개비 속에 묻혀버려, 내 눈에는 더 이상 보이지도 않고 있다. 그런데도 나는, 수도청 앞을 떠나지를 못하고 고개를 쳐들어, 닫힌 하늘이나 올려다보고 서 있다.

얼마를 그렇게 서 있었는지 모른다. 그런데, "어마, 늪 스님이시죠? 늪 스님이 웬일이셔요?" 하고 묻는 소리가 나는데, 그래, 그녀들은 샘으로부터 뒤늦게 거기에 도착한 것이다.

"아, 평안들 하시오?" 나는 그렇게 물었는데, 그 소리는 내게 들리기에도, 어쩐지 새가 빠지고 모서리가 달아나 얼뜬했다.

"호호호, 우리가 뭐 처음 만나나요 뭐?" 조금 작지만 통실한 쪽에서 말하고, "늪 스님이란 낚시질하는 스님이란 말씀이셨죠? 지금이라면 알아요. 그럼 잠깐 기다리셔요 네? 이 물동이 들여놓고 얼풋 되돌아 나올께요 응?" 하고, 내가 뭐라고 미처 말도 꺼내기 전에 들어가 버렸다.

"그 앤 저 혼자서 시집갔다고 하나 봐요." 남아 있던 계집도 마저 들어가려 하며, 그렇게 말했다. "그리곤 노래만 부른다구요." 그리고 그 계집도 냉큼 사라져버렸다.

나도 그 자리를 비켜서, 늪으로 향하고 있었다. 안개비는 밖에서가 아니라, 나의 안에서 휩싸고 내리는 듯이 여겨졌다.

그것은 그래서 내 오장육부를 습습히 적시고 곰팡이를 띄워내고 있는 듯했다.

"시님, 거그 좀 지다려 주씨요이, 지다려라우이?" 누가 내 등 뒤에서 소리치고 있었다. 그러곤 내 가슴속에서 쿵 소리가 났는데, 역시 그 계집이었고, 그것이 이마로 내 가슴을 사정도 없이 받아 붙인 것이었다.

"왜 왔지라우? 왔으면 지다리제, 지가 머슬 그렇게 똑벨났다고 꽁대기를 빼제라우? 왜 왔었난개? 날 보고 자팠으면, 보고 자팠다고 말을 좀 해야 할 거 아니냐고라우, 말을 좀 해겨요. 허랑개라우. 들어보구로 좀 허씨요."

"그래, 네가 보고 자팠다."

"히었으면, 워짠다고 가(그 애)들하고는 시시닥거리제라우? 가들 말이, 시님이 물도 질어줌선, 궁뎅이를 때렸다고 히어요. 그람선 조슬 세우드란디, 고것이 참말이끄라우? 들어보구로, 어디 말 좀 히어보씨요, 히어보랑개. 말 못 하겠어라우? 제 지집 두고시나, 워짠다고 무신 육갑헌다고, 넘우 지집들헌티 생 조슬 세우고, 고 지랄이란디요 지랄이?"

4

경도의 시작이어서 더러운 내 계집은, 그래 허긴 진육(眞肉)이란 더러운 것이다, 읍에서 소달구지가 왔을 것이라며, 즐거워 죽겠다는 얼굴이었다. 다른 수도부들이 오고, 그녀들은 소주병이라도 숨겨 가지고 왔을지도 모른다고 말하며, 쿨

쿨 웃어댔다. 그러는 새, 덮였던 피 찌꺼기들이 굳어, 부스러져 떨어지고 있었는데, 읍으로 돌아가는 것이 좋을 것이라고 내가 몇 번이나 타일렀어도, 그것에 관해서는 함구하면서, 나중에 저녁때쯤, 자기와 목욕하러 가지 않겠느냐고, 내 계집은 졸랐다. 풍문에 어떤 수도부가 파계했다고 들리던, 그 출처는 결국 이런 것이었다. 게다가 그 계집은, 속칭 부정하다고 일러지는 그 상태에 있는데도 불구하고, 사내를 세 번씩이나 불러들이고 있었다. 그래서 그 부정을 탄 것인지, 내가 모를 일이, 나의 뼈마디들이 타는 데서는 오히려 찬바람이 돌고, 척추와 엉덩이판은, 고드름에라도 계속적으로 찔리고 있는 듯해, 이것은 음허(陰虛)에 음황(陰黃)인 듯하다.

"헌데 읍은 살기가 어떤고?" 기분이라도 바꿀 겸, 내가 그렇게 물었다.

"임자는 그라면 대처니 워떤 질로 오싯단대라우?"

"글쎄 그게 말이지, 나도 잘은 모르겠는데, 걷다가 걷다가 보니, 호롱불이 뻔한 데가 있어서 말야."

"시방 그랑개로, 시님은 소금 장시 이약을 허고 있단대라우?"

"내 얘긴 말야, 조그만 마을을 하나 만났더라는 그것이지, 어쨌든 그것이 내가 여기 닿기 전에 들른 마지막 마을이었는데, 그 마을에서 듣자니, 길 닦여진 데로 따라서 여기엘 오려면, 한 백삼사십 리 길이나 되는데 그러는 중에 물론 마을이며, 읍도 나올 것이라는 말이더군. 헌데 지름길로는 한 칠팔십 리 길이라며, 그저 한 삼 년씩이나 가다가, 나 같은 중이나 하나씩 지나곤 해서, 길이란 것도 못 된다고 하더군."

"잘은 모루겄어도 재미는 있어라우. 나는 말이제라우, 옛날이약 겉은 걸 참 좋아허요이. 그래서 호랭이라도 만냈으끄라우?"

나는 대체로 쓸데없는 이야길 하고 있었다. 음허 탓이라고 생각했다.

"웬걸. 늙은 중이나 하나 만냈지. 나는 생각에 까짓 칠팔십 리 길쯤이라면 해 지기 전에는 닿을 수 있으리라고 했는데, 헌데 그게 길이 못 되는 데다, 첩첩 산을 넘어야 했고, 들을 건너다 잃기도 했고, 황토고개도 누렇게 돌아야 하다 보니, 해가 꼴깍 져버렸더군."

"그랑개 또 불이 뺀하게 빕뎌?"

"그랬기라도 했음 좋았게? 사람이 지치더군. 그래 아무 데나 옴팡한 데 쭈그리고 잤지. 그러다 이마가 뜨뜻해 깨어보니, 해가 한 발 반은 떠올랐더군. 또 한 모랭이 돌아 들을 잊어버리고 걷자니, 길이 나오더군. 헌데 말야, 그 늙은 중은 나와 헤어진 뒤 죽었어. 길중이라더군."

"그랑개 시방, 그렇제라우 참, 임자 이약을 듣고 있었구만이라우이. 그랑개로 읍내로 히어서 온 것이 아녔구만이라우."

"허나 대체로 쓸모없는 얘기지."

"임자, 나랑 거그 한번 앙 가볼랑그라우? 한번은 귀경해 볼 만은 허요이."

"글쎄, 어떤 늙은네 하나가 날더러, 읍내 장로네쯤 한번 들러도 좋다고 말한 적은 있었지. 객승에 대한 대접이 나쁘잖더라고 그러더군. 말로는 그렇게 했지만, 그 유언을 좇아서 나도 한 번쯤은 가보려고 마음먹는 중이지. 그러니 임자가 먼저 가서 있으면, 그렇지, 인연이 닿으면 만날 것이고, 못 닿으면."

"나는 읍내 안 갈 것이요."계집은 다시 뚝 잘라 말했다.
"맘을 바꽈뻐렸당개요."

우리는 잠시 이을 말을 찾지 못해, 굴 밖에서 내리며 안으
로까지 서리고 드는 안개비를 내어다보았다. 어쩐지 우리는
서로가 불쌍하고 처량한 생각이었다.

"달구지꾼 할아부지는이라우, 버버린디, 참 웃워라우."계
집이 뭔가를 생각해내고 킥킥 웃었다. "질 가다가시나, 소가
앙 간다고 숭내를 냄선, 질 가운디다 달구지를 시워 놓소이.
그라고는 삯을 내야 헌다고 허요이. 그라면 가새 · 바우 · 보
해각고, 진 아가 치매만 쬐꼼 올리줌선, 송장 태운 생이도 나
갈라면 삯을 걸어야 한다고 험선 웃어라우. 심이 엔간하덜 안
혀라우."

"그럼 대개 몇 점이나 돼서, 그 달구지는 여기에 닿는고?"
"짬 없어라우. 거그서 원제 떠났는가 고것인디라우, 낮에
일깜이 있으면 밤에 떠나고라우, 없으면 아침에 떠나온개라
우. 그란디도 읍내로 갈 사람들은, 새복부텀 깨나 서둘러싸라
우. 가심이 두군거리싸서 그란다요. 거그는 질 가상(갓)에도
불을 환하게 써놔서라우, 밤도 대낮 겉어라우. 아까 시님이 말
헌 고 장로님이 요 장로님인지는 몰라도라우, 장로님이라고
허는 할아부지가 거그 읍장님이란요. 고 할아부지 아들님은
판관님이랑가 머 그렇대라우. 판관님은이라우, 말만 타고 댕
김선이라우, 껌운 옷에다가시나 노란 실로 사내끼(새끼줄) 꼰
걸 둘루고 댕긴개라우, 뵈기 좋아라우. 모도 절허요이. 헌디 나
를 늘 오라고 그래싸서 탈이라우. 모도 날 불법다고(부럽다고)

234

그러요이. 헌디 머시 불법운지 나는 고것은 모루겄고요, 좋덜 안 해라우. 애편 한 대 묵어야 심이 나는디 고것 불 붙이주기 끄장도 싫은개요. 그라고 나면 인제 발바닥부텀 핥음선 깨물어돌라고 그러요이. 그래도 모지래면, 말 쎄리는 매로 갖고 쎄리돌라고도 그래라우. 그라고 나야 제우 뭠이 쪼꿈 썽낼라고 허는디라우, 고 임시는 내가 심이 하나도 없음선 잠만 와라우. 그래도라우, 월매나 월매나 고운 딸이 있다고라우. 고 딸은 할아부지네 집에서 사는디라우, 읍내 훤칠한 서방님덜 모도 퇴짜 맞았당구만이요. 우리는 말도 못 걸어보는디요, 모두 눈 홀김선 머시라고, 욕을 못 해 환장이라도라우, 나는 고 아씨하고 성님 동생이나 삼았으먼 싶고라우, 보면 백택 없이 좀선, 내가 부끄러져라우. 시님도 만내보면, 내 말이 거짓소리 아니다 헐 것이요이. 요번 달구지 편으로 내가 가먼이라우, 또 고 판관네 집우로 가서 메칠 살아줘야 될 것이었는디라우, 내가 요번에 앙 가먼, 모주는 썽내고 죽을라고 헐 것잉만이라우. 쬑기 날랑가도 몰라라우. 그래도 인제는 안 무섭고, 나는 조 읍내살이가 싫여라우. 내 눈에는 사람덜이 모도 미친다니로배끼 안 비어라우. 새복부텀도 취해각고라우, 개가 아들(아이들)을 물어도 얼렁 말길라고는 안 하고, 귀경부텀 험선 웃어라우. 씨앙 놈덜 많아라우."

"헌데 임자네 모주는 팩 늙었는가 몰라? 슬하에 자식도 있는가도 모르고."

"모주라우? 진갑이람선 잔치한 지 월매 안 돼라우. 모주는이라우 진짜 여자 중이었당만이요이. 첨에 우리는 조 읍내서 안 살았다고라우. 다른 디 워디, 산 짚은 디 쬐꾸만 암자서 살았는디, 조 해골바가지 똑겉은 걸 들고 댕기던 시님이, 날 거그로 덱고 떼어났제라우. 가봉개 나 같은 지집아들이 펄쎄 많이 와 있더랑개요. 조 모주는 참말이제 썽 한번 낼 중 모르고라우, 맨날 웃음시나, 우리덜 배 앙 고프고 안 춥게 히어줬어라우. 그람선, 우리 모도 고것이 무신 이약인 중은 몰루겄어도, 우리덜 모돠놓고 늘 이약해줌선, 우리를 키웠는디, 고것 잘한 일이람선, 여그저그서 돈도 보내오고라우, 쌀도 보내오고 그랬당구만이라우. 그라다 우리가 컸는디, 워떤 날은 고 암자에 불이 나뻐렀어라우. 모주랑 우리는 서럽게 울었네라우. 그라다 소달구지 타고 거그서 떠나왔는디, 몇 날 메츨을 왔는지 몰라라우. 와본개 조 읍낸디라우, 조 읍내 기중 복판에 지얼 큰 집이 우리 살 집이라고 허요이. 고 집을 수도청이라고 허등구만이라우. 그란디 월매 안 지내다 봉개요, 묵어보면 얼굴이 붉어짐선 다리에 심이 하나도 없는 물을 팜선이라우, 남자들이 와각고 징그럽게 굴어라우. 남자는 비구라고 하는디, 죽어서 여자 면하고 남자 돼서 태어날라면, 남자 거절하면 안 된다고 하고라우, 되뼤(도리어) 꽈들이야 되는디, 그래도 정을 주면 안 된다요. 그런 말 써놓은 무슨 책도 있단다요. 징그럼선도 남자가 싫던 안 해라우. 암자서 살 적으는 심심했응개요. 조 읍내 와각고, 암자서 왔던 나 같은 수도부도 지끔은 셋배끼 안 남았어라우. 우리 셋이는 성님 동생 함선 친헌디요, 요번에 올 아 속에 하나 있을 것잉만이요. 그 아는 빼꽹이라우. 묵어도 살이 안 붙고라우, 그래도 애인이란가 머 고런 것이 있다고 험선 비밀이란다요, 나도 봤는디요, 수도청 문밖에다 장작 짐 세워놓고 문 열리기 지다리는 고 촌사람이랑만요. 다른 아들은 애를 배갖고 찍기났다고도 허고라우, 벵이 걸리 더 못씨게 됐다고도 허고라우, 머 서방 따라 도망갔다고도 허요. 모도 보고 잡제라우. 우리는 정해놓고 무신 알약을 묵소이. 모주가 주는디라우, 묵으면 벵이 안 걸린단개 부지런히 묵제라우. 경도 때만 안 묵는디, 살다 봉개요, 전에는 앙 그랬는디 요 메칠 급째기 그래라우, 읍내가 싫고라우, 수도부가 싫어라우."

"허, 허기야 시주를 받는 방법도 여러 가지가 안 있겠다구. 헌데 그 시주는 어디 본절에다 보내거나 어디 고아원 같은 데나 보내는가 몰라?"

"고건 암도 모르제라우. 우리는 밥하고, 술하고, 잠자리하고, 옷하고, 분연지만 얻어라우. 그랑개 머리도 끊거 팔고 허는디요, 그래도 새로 온 아들 말을 들으면, 우리 수도청 살기가 기중 낫다요. 우리는 비싸서, 금테 두른 것이나 마찬가지란디요, 그렁개 말여라우, 이똥 꾸룬내 나는 촌놈덜 상대 안 헝개 좋단 것여라우."

"으? 후흣. 아, 이거 말이지, 나도 뭐 손가락에 검불이라도 감아서, 이똥을 좀 문질러 내야겠지엥?"

우리는 그리고, 그런 시들 없는 소리 때문에 붙들고 웃었다. 그러나 그 웃음의 꼬리는 어쩐지 공허했고, 재재거리던 계집은 갑자기 울기 시작했다. 그러나 나는 그것이 왜 울기 시작했는지는 모를 뿐이고, 나도 약간의 울음을 느끼고 있다는 것뿐이었다. 어쩌면 그녀는, 자기가 거부해버렸음으로 해서 어쩌면 뒤바뀌게 될 운명을 울고 있었는지도 모르긴 하다. 현실적으로, 그래서 그녀가 모주로부터 내쫓김을 당하게 될 것이라면, 그녀에게 새로운 자유가 주어지는 대신에, 고통이 또한

237

주어질 것은 사실이다. 그렇든 저렇든, 때로 그저 울어버린다는 것은 필요하다.

　울다 계집은, 서답 찬 맨살 위에 흰 장옷을 꿰어 입고, 안개비 속으로 뛰어나갔다. 그것이 내게는, 꼬리가 짧은 것을 흔드는 암노루같이 보였는데, 다시 마음 고치고 그녀가 읍으로 돌아가려고 한 것인지, 어떤 것인지, 그건 나도 모른다. 되도록 돌아가 주기를 나는 바랐고, 그래서 언제든 운명이 바뀔 것이라면, 이똥 구린내 나는, 어떤 우직한 촌놈의, 금테는 둘러본 적 없어 본때 없는, 얼굴에 방울지는, 그 땀방울 안에서 바뀌기를 바랐다. 금테는 바랄 바가 아닐지도 모르는데, 왜냐하면 그것은, 마찰을 통해 약간의 금가루를 남길지는 모르지만, 혼으로부터 방출되는, 정액은 아낄지도 모르기 때문이다.

　그런데 아마도 나는, 기를 너무 탕진해버린 것 같았다. 계집이 온기로써 내 품에 안겨 있던 동안엔 잘은 몰랐었는데, 그 따뜻한 것이 눈물이 되어 흘러 빠져버리자, 갑자기 참을 수 없는 배고픔이 밀리고, 손발 끝들이 가늘게 떨리며, 이빨이 부딪치느라 덜거덕거리고 있었다. 추위가 시작된 것이다. 여름도 칠월에 망할 녀려 한파가 휩쓸고 있는 것이다. 나는 물론, 장옷 입어 여미고, 그 위에 삼베 홑청으로도 감싸고, 그랬어도 속에서 견딜 수가 없고만 있는데, 어떤 성급한 눔의 겨울 귀신 나그네 몇이, 화톳불도 없이, 내 속의 어디서 노숙을 하고 있는 중인 것이다. 급살 맞을 녀려! 어쨌든 허기진 것을 생각해서 나는, 해골 속의 누룩의 조금과, 한 알의 계란은 남기고, 남은 미숫가루는 모두 먹어치웠는데, 이보다 더 극심한 보릿고개도 또 없을 것이라고 생각해서 그런 것이다. 맛을 구태여 생각하려 했으나, 어쩐지 혀가 또한 미각을 잃었다. 그럼에도 한 알의 계란은, 뜨거운 피를 잘 알배고 있는 것처럼 내 시선을 아주 붉게 이끌어가고 있다. 하루에도 열두 번씩, 내 생각은 간절히 그것에 닿아왔었고, 그래서 목구멍이 뜨겁게 마셨었으면 했었다.

나는 그것으로 손가락을 가져가고 있었다. 그리고 둥그스럼히 차가운 그것의 성기다운 육중함을 우선 즐겼다. "그러니 받아 두십지. 화대입습지." ─── 그런데 촛불중이 내 귓속의 어디에서 속삭이고 있었다. 그래 나는 조금 웃고, 송곳니에 톡톡 두들겨, 그것의 두 끝에 구멍을 낸 뒤, 천천히 빨아들였다. 그러자 그것은, 외출했다 돌아온 저녁으로, 어머니의 젖통이에서 나던 침 냄새를 풍겼다. 간질쟁이며, 새끼 문둥이며, 폐결핵 환자들이 쓸었을 그 젖통이를, 나도 쓸면서 자는 것이다. 그 젖꼭지는, 더럽도록 시커멓게 굳어 있는 데다, 액근(液根)이 메마른 지 하도 오랜 뒤이어서, 젖이 흘러나올 리는 없었지만, 그래도 빨아보면 뭔가가 입안에 괴곤 했는데, 피는 아니었던지도 모른다. 그것은 비릿기했고, 뜨거운 듯했다. 그것은 '해웃값'의 맛이었었다. 어머니는 그럴 때, 입으로만 짜증을 부렸고, 발가락은 꼬무락거리고 있었다. 해웃값은, 그런 맛이 있다.

밖에서는, 소리는 없는, 마른번개가, 어쩌다 한 번씩, 안개비 속을 헤치며 지나가고 있었다.

나는 내가 거의 죽어가고 있는 것이라고 생각했다. 그러자 죽음이 겁나고 내가 외롭다는 생각이 치밀어 올랐다. 눈꾀를 참지 못하고, 어째서 그 도보 고행승이 뛰쳐나왔는지를, 지금이라면 이해할 수 있을 듯도 하다. 밖에서가 아니라 안에서 눈이 퍼부어 내리고, 찬바람이 가지를 휘며, 눈보라를 휘몰아간다. 어디 별로 멀지도 않은 데선 이리 떼가 길게 길게 울고 있고, 찌그덕여 놓은 사립문은 밤새도록 찌그덕 소리를 내고 있다. 군불을 지필 화목도 없어 얼음장 같은 구들막, 고콜에 관솔을 얹어야 될 때여서 무릎을 풀면, 그 슬관절에서 서리 가루가 흩어져 내린다. 그리하여 이만일천육백 번을 한하고 심호흡을 해보며, 열여섯, '꽃 활짝 핀 나이', 시집 아직 안 간, 그러나 실 한 올 걸치지 않은, 분홍 젖꼭지의 물오른 계집을 떠올려, 그 몸 위에 수음하며, 그 계집이 자기의 해골을 핥고, 뼈를 갉고, 사지를 자르는 광경을 화목(火木) 삼아, 추운 몸에 군불을 좀 지피려 한다. 하더라도, 냉동은 이미 귀두에도 비롯되어 있었다. 그래도 어쩌면, 그 계집 그리워하기를 치열히 계속한다면, 그 계집이 뜨거운 젖 방울을 짜내어, 저 언 귀두 끝에 흘려줄지도 모르긴 하지만, 그보다도 나는 참, 목욕을 가기로 했었다. 울며 암노루모양 뛰어가던 계집이, 날더러 목욕을 하러 가자고 졸랐었다. 허나 그 계집은 지금쯤, 읍으로 가는 달구지 위에 앉아 있을지도 모르고 아니면 새로 온 다른 수도부들과 함께 어울려 들떠 있을지도 모른다. 어쨌든 나는 혼자서라도 가기로 했고, 그래서 저 소나무 숲이 있는 샘을 떠올렸다. 거기 떠돌고 있을 악령들은, 이제는 이미 죽은 것들이어서, 사립짝에 걸린 해묵은 부고나 같은 것일 것이다. 내가 해낼 수 있는, 그중 좋은 음한의 조리 방법은 그것이었는데, 즉슨, 마을을 벗어나는 길로 우선, 장옷을 벗어 허리에 띠고, 아주 빠르게 역마보다도 빠르게, 미친 듯이 빠르게 달려, 전신에 땀을 흠뻑 돋운 뒤, 대번에 물속으로 잠겨 드는 것이다. 심장이 멈추든 말든 그것은 따질 바도 아닌 것이었으며, 그래서 저 얼음처럼 극심할 물의 차가움을 관절의 곳곳에다 밀어 넣는 것이다. 훈련은커녕, 아직 초보에도 못 들어선 나 같은 돌중으로서는, 결국 그런 방법에 의존해서라도, 저 열여섯 먹은 통실한 계집년을 떠올릴 수밖엔 없고 그리하여 그녀의 난도질과, 매운 혀를 체험할 수밖엔 없는 것이다.

그러기로 하고, 몸을 부르르 떨며 떨치고 나서니, 저 참을 수 없을 차가움에 대한, 미칠 듯한 수사(水死)스런 향수가, 그 계집이 휘두르는 혀처럼, 마른번개처럼, 내 전신의 곳곳으로 핥으며 지나간다.

　　　오 여자, 나의 어머니, 질투를 아는 자여,
　　　오 여자, 나의 어머니.

제12일

1

[19]오씨요, 임자 오씨요, 돌아오씨요,
척진 일 없었을 임자, 집으로 오씨요.
오 끼끗허든 양반, 돌아오씨요, 날 보로 오씨요.
임자 기렸던 나는 임자 시악씨,
날 베리고 임자 참말이제 못 떠날 것이요이.

오 끼끗허든 서방님, 서방님 집우로 오씨요.

임자는 있음선도 안 뵈는디, 속으로 나 임자 원험시나

눈으로 나 임자 보기 바라요.

임자네 시악씨, 임자네 안댁헌티로 오씨요, 임자 제집

헌티로

임자는 참말이제 고롷게 떠나던 못헐 것이요.

나는, 내 누이처럼만 여겨지는 여자가, 내 시체를 놓고 통
곡하며, 초혼(招魂)하는 소리를 들었다. 그녀는, 촛불을 한구
석에 켜놓고, 저 시체의 머리를 자기 무릎 위에 받쳐놓은 채,
저 시체의 옛 주인 돌아오기를 빌고 있었다. 내 시체와 그녀는
내가 팠던 굴 안에 있었는데, 그 굴 밖은 지척도 분간 못 할 어
둠이며, 구질게 내리는 안개비며, 이따금 스치는 마른번개 말
고는, 그저 죽음뿐이었다. 그러나 나 망자여, 너 고매하게 태어
났었던 모성모씨(某姓某氏)여, 이런 상태도 그러나 두려워할
것은 아니다. 나의 신부여, 나는 드디어 업보의 무게로 무거운
곳 바르도로 왔구나. 나의 시악씨, 나의 제집, 나의 안댁, 내 시
체를 안고 있는 너는 순전히 아름다워, 여자보다 지고해 뵈누
나. 너는 열여섯 먹은 어머니 같구나. 너는 누이 같구나. 아 그
러나, 나는 싫고도 외로운 행로에 처해, 드디어 너를 꿈꾸는데
너의 애곡밖에, 친구도, 인도해주는 별도, 위안될 아무것도 없
는, 이것은 참으로 외로운 배회로구나, 업보의 무게만 자꾸 나
를 누르고, 일숙할 뻔한 불빛 하나 볼 수가 없는 곳, 어찌 내가
거기로 내려와 버린 것인가. 그러나 나 망자, 모성모씨여 저
계집이 함께하고 있는 빛을 더불어, 나의 나아갈 길을, 지금은

찾아야 할 때인 것이다.

> 하늘끄장 밤끄장 말짱 임자헌티 고개 쉭이고,
> 임자 땜시 울고 있는디라우……
> 내가 임자 뽀챔선 운개요
> 조 하늘끄장 내 우는 소리 들었는개 빈디,
> 워짠다고 임자만 귀가 먹어삐렀단대요?
> 아직도 나 임자 제집, 임자가 탐냈던 제집,
> 임자가 뽀챘던 고 예삔네.
> 오씨요, 임자네 안댁헌티로, 임자네 제집헌티로,
> 임자라우, 낭군——

2

"읍내서 새로 온 동무들하고 이약 좀 허다가시나 봉개, 하루가 휙 가삐렀어라우이, 그래 각고 인제 임자헌티 왔일 때는 캉캄히어라우. 저녁이더랑개요. 헌디 임자가 안 비어라우. 나는 그래서나, 아매 똥이나 누로 갔능개 비다 허고라우, 기양 캉캄헌 디 앉아 지다려봤다고라우, 임자가 나 땜시 깜짝 놀랠 걸 생각헌개 속으로 재미가 솔솔 나라우. 헌디 고 톰박에(그동안에) 하매 똥 열 번도 더 눴겄는디, 스무 번도 더 눴겄는디, 임자는 오덜 안 해라우이. 그라장개 내가 전더 묵덜(견디지를) 못하겄어요이. 무섭움선, 걱정이 실부제기 들어라우. 그런 건 또 첨이요이. 그란디 번개만 생 육갑을 제기요이. 벨 생객이 다 나라우. 좋은 생각은 안 들고라우, 고때는 인제 무선 건지 안 무선 건지도 몰루겄고라우, 임자헌티 탈이나 없이먼, 고것만 바래져라우. 그라장개 칠성님 전에도 빌어지고라우, 서낭님 전에도 빌어지고라우, 번개님 전에도 빌어져라우. 살리돌라고 히었소. 나헌티 딕꼬(데리고) 와돌라고 히었소. 워짜먼 워디 움내만침이나 가뻐릿능가도 물론 히었었제라우만, 고렇게 생각허기는 싫던디요, 싫여라우. 헌디 추워라우. 나는 안 울덜 못허겄어라우. 워떻기 좀 히어돌라고, 움시나 동무들헌티 갔더니라우, 암도 없어라우. 죄용해라우. 쇠주들 묵고 시님덜헌티 갔을 것잉만이요이. 시님덜은 심들이 좋다고라우, 움내서 오먼 모도 고 길로 시님덜헌티 가기를 좋아해라우. 한 사날 지내먼 인제 하품을 시작해도라우. 워쩌겄어요이? 등에다 불 쓰고 초 챙기고, 성냥도 챙기고라우, 나 덮던 이불끄장 싸서 이고, 또 혼차 왔일 수배끼요. 비는 와도라우, 젖도 안 헌개 더 외시시해라우. 하매 고란 새 왔일랑가, 그랬어도 임자 안죽도 안 왔네라우이. 울어짐선 차꼬 빌어져라우. 머 배우도 안 히었는디 달리는 빌겄어라우? 돌아오라고, 임자네 안댁 못 베릴 것이라고, 기양 고렇게 빈 것이제라우. 월매나 고라고 있었우꼬? 그란디 머시 엉떡에서 보독씨러져 니리는 소리가 나라우. 무섭어라우, 반가라우. 워디 가서 술 묵고 늦었는갑다 고렇게도 맘이 들기도 허고라우. 얼렁 등 들고 나가봉개라우, 임자, 임자는 고렇게도 버파(바보)끄라우? 글씨, 워짠다고시나 꺼꿀로 떨어져 니리각고, 고렇게 꿈틸꿈틸허고 있으면, 대천지 세상이 훗딱 꺼꿀로 돌아줄 것맹이든그라우? 참말로 버파제라우이. 니얌새를 맡아바도 술은 묵은 것 겉든 안 헌디, 고라고시나 있은개 알아묵을 터시레기가 안 잽히라우, 첨에는 숭푹 떠는가도 안 히었겄소이? 헌디 고것이 아니어라우. 그라 장개 더 안씨러 뚝 죽겄어라우. 욕이 다 나와라우. 워짠 녀러 씨발눔의 사나가, 멋헌티 와달이 쓸디가 없어서, 아만도 못 헌 제집헌티 요 지랄이냐고, 그렇게 욕이 나와라우. 그람선, 움선, 등 니리놓음선, 보듬움선, 눈물 딲음선 참 바빠라우. 헌디 들어봉개, 임자가 머슬 머시라고 씨분대싸요이. 무신 말인 중은 암만히어도 몰루겄는디, 죽을라고 인제 환장을 히었는갑다 생각을 헌개, 내가 다 미칠라고 험선, 무멩지(무명지)는 고까짓 것 시뿌잖고(시원찮고)라우, 쎄바닥(혀)이라도 뚝 짱글라 피를 내 믹있으면 싶은디, 울라, 시님 부를라, 말헐라, 멋헐라 허장개 바빠서라우, 고 짓도 되덜 안 해라우, 나도 참 씨발년이어라우. 헌디도 임자헌티는, 무신 틱벨시리 볼일이 엉떡 위에 있었간디, 차꼬 엉떡으로만 올라갈라고를 시작허요이, 고때는 그랑개 정선이 좀 들었던개 빈디, 정선이 든단 것이 어만 데로 들어각고라우, 미쳤어라우. 웃음이 나와라우. 홀래 홀래 춤을 춤선이라우, 가만 봉개 글씨, 짬마리(잠자리)가 번갠 중 알았는개 빈디, 본개 고것 잡을라고 고 지랄이라우. 그라다 워떻기 엉떡 우로 기어 올라갔소이. 그라더니 요번에는, 낚숫대를 잡고는 휘둘러라우. 그람선 막 인제 꽥꽥 소리를 치는디요, 누가 시님더러 사람 아니랍뎌? 지가 사람이람선, 썽낸 황소맹이 식식거려라우. 그래도라우, 재미가 없는 건 아니라우. 나도 그라 장개, 번개가 지내갈라면 홀목이 뻘치 나가라우. 헌디 또 생각 히어봉개라우, 고것이 장난이 아니고라우, 임자 눈 봉개로 까뒤집어라우. 하릴없고, 내가 처랑시럽소이. 돌팍에 앉았제라우. 그라고 울고 있장개, 워니 녘 번개 지내갈 때였던동, 시님이 날 봤덩개 벴어라우, 히히 히히 웃어라우. 고때는 다른 것은 안 무섭고라우, 끕째기 시님이 무서라우. 고 시님 때미 쎄끄장 짱글라 줄라고 허던 고젱이 휙 배낌선, 고 시님이 무섭드라고요. 꼼도 못 치겄고라우, 도망가도 못허겄고라우, 기양 눈치만 보고 있장개, 요번에는 내 목에다가라우, 낙숫줄을 거요이. 그라고는 막 잡아땡겨라우. 모가지가 비어질람선 아파 죽겄고라우, 숨도 막혀라우. 지금 본개, 그래도 비어지던 안 했던 맹여요. 나 죽기 싫다고 히었소. 움시나 손 비빔선 살리돌라고 히었소. 고 토막에 그런디, 낙숫대가 중두막이 나뻐려라우. 그랑개사 시님이 열 질썩(열 길썩)이나 뛰어댐시나 웃어대는디요, 참말이제 정이 떨어져라우. 그라더니 패시시 씨러지더니라우, 내 아랫배다 머리를 얹고는 아무 기척도 안 해라우. 고런 일이 기양, 눈 깜짝할 새도 못 돼서 배끼고 배끼고 헌개 정선을 못 채리겄는디, 시님이 소롯해라우. 자는 것맹여라우. 안자라우. 죽었어라우. 꾸둥꾸둥해라우. 죽었어라우. 밤은 궂어라우. 번개는 자꼬 지내가라우. 처럼어라우."

밤은 궂었었다. 번개는 쉼 없이 지나갔었다. 처럼은 밤이었었다. 그리고 나는 내 시체를 보았었다. 그런데도 내가, 혼이어서 무장애로 떠나지 못했던 것은, 뭔지, 내 시체와 혼 사이에 강인한 끈 같은 것이 연결 지어져 있어 혼이 떠나려 하면, 그 끈의 다른 끝에 매달린 시체가 무거운 탓이었었다. 업(業)은 아니었었을 것인가 모른다. 글쎄, 시신과 혼 사이의, 다하지 못한 연(緣)의 점질대(粘質帶)는 아니었던가 모른다. 그러고 보면 몸은, 무서운 유형지여서, 벌이 다하지 않은 혼의 족쇄를, 그렇게 쉽게는 끊어주어 버리지를 않는 듯한데, 그러나 어쨌든, 몸과의 잠시의 죄면[阻面]을 통해서, 이상스럽게도 혼은 열예 같은 것으로 넘치고 있는 듯하며, 혼과의 한 수유간의 불목을 겪고 몸은, 비록 손발 끝을 가늘게 떨고는 있다고 하더라도 괴이쩍은 활력, 그것은 불 같은, 그런 신선감에 알배어 있는 듯하다. 영육 간 어쩌면 회포가 많았던지도 모른다.

그럼에도 나는, 이러한 열예, 이러한 생명력을 어떻게 이해해야 될지는 모르고 있을 뿐인데, 왜냐하면 현재로서 나는, 내가 한번 음한을 내고 뛰어나간 그 이후의 일의 한 끝도, 명확하게는 기억해낼 수가 없고만 있기 때문이다. 그러나 뭔지가, 내가 기억해낼 수 없는 저 공백을 메꾸고 있는 것이고, 그것도 그저 범상적인 사건은 분명히 아닐 터인데 피에 섞여 몸속을 도는 어떤 느낌 자체가 일상적인 것이 아니기 때문이다. 몸 한번 뒤척임으로 해서, 밤새도록 자기가 누구였던가를 잊고 깨어난, 어떤 거지의 아침이 그럼에도 괜스레 싱그러운 것이라면, 그는 어쩌면 밤새도록 임금님이었던 꿈을 꾸었을지도 모르는데, 그런 꿈은 결코 거지의 일상은 아닌 것이다. 뭔가, 내 의식 속에는 상흔이 있는 것이다. 그 상흔이 어떻게 이뤄졌는지를, 어떤 방법으로든 나는 재생해내지 않으면 안 될 듯한 것이, 이 싱그러움의 출처가 언제까지나 수수께끼로 남아 갈 것이라면, 그것도 일종의 병이라고나 불러야 할지도 모르기 때문이다. 머릿속에서 어떻게 잘못 자라난 혹 때문에 어떤 백치가 느닷없이 수재가 되었다는 것과, 이것은 조금도 다를 바 없는 병인 듯하다.

"여그 와각고, 시님 늘 배가 고팠제라우이? 나는 워처키 고렇게나 쇡이 안 뚤꼈었는지 몰라라우. 나 배 불르면 임자도 앙 고픈 중만 알았었소이. 헌디 봉개 임자는, 솔나무 잎이나 씹어 묵었던개 비지라우? 불쌍히어라우, 참말이제 내 쇡이 씨립소. 헌디 암껏도 안 묵을라고 히었었는디, 인제 정선이 쪼꿈 들었으면, 저그 끓이다 논 미음 좀 드씨요. 자 입만 쪼꿈 벌려 줴겨라우. 그려요. 요것 다 묵고라우, 쪼꿈 쉰다가라우, 조 흰밥 한 그럭만 다 묵으면이라우, 인제 심이 날 것이요. 아직도 쪼꿈은 뜨뜻헐 것이요이. 입을 쪼굼만 더 벌리씨요. 아직도 비는 와라우."

"헌데 어제 짐수레가 왔다고 했던가?"

"정섬때 훨썩 지내서 왔다고 그러요. 그랬어도 머 그랬어라우."

"같이 있던 친구들과는 헤어지고, 헤어졌던 친구들과는 만나게 되어, 아주 눈물깨나 흘리고, 또 웃곤 했을 터이지."

"그랬어라우. 그래도 묵을 때는 말허는 것 아닌개, 쎄바닥은 기양 두고, 입이나 짝짝 벌리쑈. 내가 요렇게 믹이줌선 생각헌개, 내가 참말로 각씨 각고라우, 오매(어머니)도 싫응구만이라우. 그란디 내 동무 하나가 기양 되돌아 뻐맀구만이라우. 워쨌던 읍내는 비는 안 오더라고 허요. 높은 디에 얇은 구름만 덮였드라요."

"임자가 돌아갔어야 했었는데 말야."

"워째서 시님은, 똑 넘우 말 허뎃기 고렇게 말헐 쑤 있으끄라우이?"

"임자가 불쌍해서 그러지."

"나 불쌍헐 건 없어라우. 겡도도 하고라우, 뫼이 썩 성털 못허다고 했응개요. 거짓소리로 그랬어도라우, 모도 날 보고 얼굴이 안됐다고 허요이, 그래도 그 아헌티는 참 안됐제라우. 빼깽이다가 벵골인디, 내가 아매 말했었제라우? 나무 해다 파 는 저 촌사람허고 정든 그 아 말이라우. 여그 온단개, 그 나무 꾼이 한숨을 쉼선, 가지 말고, 저하고 저그 오매헌티 가서, 낭 자 울리고, 지심(김)매 묵고 살자고 허드랍데. 나는 그 아가 불 법어요."

"허지만 임자는, 이런 데서 한 달이고 두 달이고, 우격다 짐으로 살아서 좋을 일은 또 뭐겠는가?"

"임자만 있으면, 워디라도 나헌티는 좋와라우."

"그래도 말이야 보살님, 내일이라도 나는, 여길 훌쩍 떠날 지도 모른단 말야."

"나도 알아라우, 시님은 원지든 홱 없어질 것맹이기는 허 그덩이라우."

"그럼 임자는 대체, 여긴 뭣 때문에 머물러 있는 것이지?"

"없어질 때 없어지드래도라우, 안 죽은 시님이 여그 있응 개라우."

"그럼 내가 없어지면, 그때 읍에로 가겠군."

"그렇지도 않을 것잉만이라우, 나는 읍내가 싫여졌어라 우. 나는 여그서 살랑만이라우. 다른 시님들도 살잖애라우? 여 그서 시님 만냈잖애라우. 고날 밤 달이 참 좋았어라우이? 꼴리 각고 벵신맹이 시님은 왔는디라우, 제집도 없어 조라고 댕긴 다 생각헌개, 시님이 불쌍해라우. 가찹게서 봉개라우, 첨 본 시 님인디, 내가 맘으로 꼴리라우. 그전은 한 번도 그란 적 없어라우, 참 요상해라우. 가심이 월럭벌럭험선도 웃음이 나와라우. 그란디도 나를 뽀채도 안 했제라우? 그랑개 울음이 날랑고 허요이. 헌디 궁뎅이를 맞고 난개라우, 정이 홱 들어뻐렸는디, 서러야 헐 것인디, 정든 것은 요상체요이? 집에 가서 봉개 내가 찟어졌어라우. 몸도 그렇고라우, 맘도 그래라우. 여그 떠나면 내가 멋헐 것이요? 나는 여그가 좋아라우. 시님 없어도 좋을 것이요. 읍내라우? 읍내, 읍내 말은 허지도 마씨요."

"임자, 이제 말이야, 돌아가서 푹 좀 쉬며 말이지, 나 때문에 밤새운 것 빌충 좀 해야 안 될까 몰라."

"거그는 기양 바빠라우. 모도 돈 벌라고 그란다요이. 돈 있으면 절해라우. 없으면 춤 뱉아라우. 모도 눈이 삘그래라우. 애핀쟁이, 술쟁이, 똥깔보, 노름쟁이, 걱다가시나 합치각고, 머릿뱅쟁이가 참 많아라우. 글씨, 가난시러면 머리가 아프대라우. 그람선 괴회당(교회당) 귀신헌티 탓을 돌리요이. 거그 그런 괴회당이 있웅개라우. 여그서 읍내로 가자먼 첫 번채로 비는 큰 벡돌집이 고것인디라우, 오른짝 엉떡 우에 있지라우. 원지부턴지는 몰라도라우, 고 좋은 집을 꽝꽝 닫아놨는디요, 비가 오면 귀신이 운다요. 괭이(고양이) 소리로 운다요. 거그 능금이 제복 솔찮이 굵어졌겠네. 헌디 고것을 헐어낼라고 헌다요이. 헐릿는가도 모르제라우. 읍내는 머리 아푼 데여라우."

"허허허, 이야길 듣다 보니, 거기 한번 가보고 싶어지는군. 가고 싶건 말건, 나도 한번은 가보도록, 그렇게 되어 있단 말야."

"임자는 그래도 돌아오겄제라우맹?"

"내가 돌아올 것이라고 생각하는가?"

"내가 임자를 못 베리는디, 임자는 워처키 날 베릴 수 있으끄라우? 베리도 고뿐이어라우. 제집이란 건 집 지킴선 지다리는 것이겄제라우. 돌아오라고 손 비빔선, 나는 지다릴 것이요."

"허, 헛, 허지만 말이지, 그러는 동안에 늙는 건 그만두더라도, 다른 사내들이 화를 낼 것이 문제야. 글쎄, 그따윗 녀석 하나만 사내고, 세상엔 사내가 또 없드란 말이냐? 이럴 것이거든, 수절 과부는 그렇기 때문에 비록 꼽추일지라도 추파를 받는 게야. 그렇지 않겠느냐 말야."

"세상 사나딜 나 많이 품어봤소마는, 고중에 그래도 내 사나는 없던디라우. 그라면 말 다 해뻐린 것이제 또 머시겄소. 좆만 단 것이 사나라면, 워째서 방마치(방맹이)는 사나가 아니겄는그라우."

"설할 만한 법이 있는 것 아니라고도 하나, 보살 설하신 법은 가히 설할 만하시니다."

"그랑개로 여부, 날 염리(염려)헐 것은 없겄고만이라우. 나는 여그를 내 집으로 생각해뻐렸응개요, 임자 허고 싶은 대로 허시겨라우. 그래도 임자네 안댁이 안씨럽게 지다리고 있는 것만, 워짜다 한 번썩, 기양 생각해줘겨요. 불 뺀하게 써놓고, 그라고 있을 팅개요이."

"자 그럼 임자, 가서 한잠 푹 자구려. 그러는 동안에 나도 말이지 한참 자기도 하고 말이지, 임자 어떻게 지내는가 생각도 할 테니 말이지."

"임자는 지끔, 혼차 있고 싶어서 그러제라우? 눈 봉개 그려라우."

"임자도 말이지, 어떤 때, 혼자 있고 싶을 때가 있지 않던가 몰라. 그래서 노래도 부르고 말이지, 콧수염도 한 오래기쯤 뽑아내 보고 말이지."

"임자는 혼자 있고 싶어서 그렁만요. 혼자 있어도 괜기찮으까 몰라라우이? 그러면 냉중에 또 오께라우. 웃목에 채리논 것, 냉중에 더 잡세겨요이. 그라고 쉬면 좀 나슬 것이오. 아, 그렇구만이라우, 요 등은 각고 가야 저녁에 불 쓰제라우. 이불 따숩게 덮고시나, 일어나던 마씨요이. 그라고 시님 장옷은이라우 흡빡 젖었기 땜시로, 내가 수도청 갔다가 널어났응개요, 마르먼 각고 오께라우. 허리다 월매나 딴딴히 짬매났는지라우, 고것 푸니라고 손톱이 다 휠라고 히어요. 비는 툽툽헌 것이 아직 끄장도 오는디, 꺼적때기 문이라도 하나 해 달았으면 싶으요."

"글쎄 말이지, 꽤는 궂군그래. 전엔 그랬었지, 구름 위에다 울 치고, 거기서 나 살고도 싶어 했었지. 헌데 그러고 보니, 내 안댁 자네랑 나, 지금 그 구름 가운데 울 치고, 마당 쓸며 살고 있는 듯하잖다구? 우리 그럼, 내일쯤에나 만날 수 있을지 몰라. 내일쯤 말이지."

3

나는, 내 기억의 꾸리에, 한 매듭 공백이 끼어버린, 어제 오후의 일을 상기해내려고 기를 모았다. 아직도 나는 쇠약한 채여서, 도저히 결가부좌를 꾸며 앉을 수는 없었으므로, 그냥 번듯이 누워 있는 채, 어제로 시간을 역행시키려는 일을 시도 했다. 그것은 일종의 전생을 밝혀보는 일과도 맞먹는 듯이 믿어졌다.

계집은, 내가 번갯불을 향해서 낚싯대를 휘둘렀었다고 말했었다. 근래의 나의 모든 노력이 물고기를 낚으려는 데에 바쳐진 것이었다면, 그러고 보면 그러한 행위는, 자명한 결론으로, 내가 어쩌면 번갯불을 고기로 보았었다는 얘기인 것이었다. 그런데 또 그녀의 이야기대로 하자면, 그러다 나는, 그녀를 발견하고, 그녀의 목에다 낚싯줄을 걸었다고 했었다. 그러고 보면, 그것도 또한 똑같은 이치로, 번갯불과 고기와 계집이 혼동된 예인데, 그러면 어떤 과정에 의해서 저 세 개의 질료가 일원화를 획득하고, 그리하여 계집에 의해 육화를 성취하여, 한 돌중의 낚시에 걸려든 것인가? ── 이것은 아무리 해도 석명해낼 길이 없다.

문제는 아마도, 그 결과가 아니라, 그 과정인지도 몰랐다. 그러므로 나는, 그 시초로부터 더듬어 내려, 어떻게 하여 그런 결과에 닿았는지를 싫고 괴롭더라도, 그것의 매듭들을 풀어내지 않으면 안 될 듯했다.

그랬었다, 나는, 동구를 벗어나자마자, 장옷을 벗어 허리에 단단히 쫌맨 뒤, 뛰기 시작했었다. 그것은 조금도 유쾌한 운동은 아니었었다. 땀이 얼마쯤 솟기도 했으나, 뛰기를 조금이라도 멈추면, 순식간에 땀이 식고, 새로운 한기를 더 크게 보탰었다. 나중엔 땀에 의해서 내가 채찍질 당해졌고, 현기증은 더 심하게 계속되었다. 그래서 샘 속에다 몸을 잠갔을 때는, 그래, 왼몸에 경직이 일어나며, 손 발가락이 뒤틀리고, 이빨이 갈렸다. 그러나 그 샘은 수심이 깊은 것이 아니어서, 아직 나를 익사시키지는 않았었다. 그러는 새 쥐가 풀리자, 이제 한기가 땀구멍 구멍 속으로, 뼈 마디마디 속으로 스며들며, 굼벵이들모양, 내 열기를 파먹어댔다. 나는 그럼에도, 스스로에게 모진 매를 가해, 이만일천육백까지를 세어나가기로 했다. 그때는 안개비가 더욱더 두터워져, 김이라도 피어오르는 듯 수면에는 안개로 뭉슬거렸었다. 아마도 그렇게, 한 팔구백까지는 세었으리라고 기억되는데, 그러는 동안에 그런데, 나는 어쩌면 얼음이 되어버렸던지도 모른다. 무엇보다도 못 참을 것은 불알이었고, 그것을 통해 창자와 척추가 굳어 들며 뒤틀리는데, 아무리 해도 깊은숨을 들이쉴 수가 없었다. 그런 뒤에는 그런데 무슨 일이 일어났던가? 나는 익사를 해버린 것인가? 허지만 여기에 나는 지금도 살아 있는 것이다. ——그러므로 결과로써, 나는 아마 뛰쳐 일어났으리라고 추리하는 수밖엔 없을 것 같다.

나는 그리고, 추웠으므로, 또 뛰기 시작했을 것이라는 것은 쉽게 짐작된다. 안개비는 물론, 지금이나처럼 내리고 있었을 것이어서, 어두워지면서는 더욱더 지척을 분간할 수가 없었을 것이다. 그럴 때 비로소 낮부터도 스산히 스치던 번개가 분명히, 그리고 어둠 속의 한 큰 빛, 한 큰 위력으로 나타나기 시작했을 것이었다. 그래, 그랬을 것이었다. 그리하여 번개를 통해 보이는 사막의 메마름을, 고적을, 밀폐를 공포로써 바라보았을지도 모르는데, 그것이 사실이라면, 나는 분명히, 내가 죽어서 낯선 고장을, 혼자서 쓸쓸히 헤매고 있을 것이라고 믿게 되었을 것이다. 사실에 있어 내 가슴에는, 그 바르도의 풍경이 늘 자리 잡아왔던지도 모르는데, 극락의 풍경을 가슴에 지니지 못한 자는 불행하다. 그래, 그러고 보니 그것이 내게 기억난다. 나는, 바르도란 그러나 공포스러운 고장은 아니다, 한 번 죽음으로 족하고, 아무도 두 번 죽을 수는 없으니, 어떠한 참경에 처해서도, 그것은 물 위에 뜬 달과 같은 허상의 풍경이지 실재가 아니라고, 자꾸 인지하라, 라고 스스로에게 일러주었던, 그래, 그러구 보니 그런 기억이 난다.

그러면 도대체 나는, 어디를 그렇게나 헤매다녔던 것인가? 나중에 종합해보고 나는, 아마도 샘과 마을 사이의 어느 일점을, 아마도 불과 한 마장 정도의 거리를, 맴돌았을지도 모른다고 짐작했다.

그러면서도 나는, 저 망자의 몇 박(泊) 숙소로부터, 할 수만 있으면 옛집으로 몸째 돌아가고 싶어 했을 것이었다. 그것은 처설프고 외로운 행로였던 것이다. 번갯불이 나의 길잡이였었다. 나는 아마, 동으로도 달리고, 서로도 달리고, 남으로도 북으로도 헤맸었다. 그러나 아무 곳에도 나를 향해 열린 문은 없었고, 어디에나 밀폐된 어두움, 안개비의 뻘뿐이었을 것인데, 그래서 나의 행로는 춥고 초조로우며, 휴식 없고, 지치게 했을 것이었다. 번갯불은 쉼 없이 스쳤으나, 스치고 나면 나는 다시 제자리에서 있고, 아무리 진행했으나 진행이 가능하지 않은, 묽은 정지가 나를 휩싸 뻑뻑했다. 그것은 수렁과 같은 밤, 수렁과 같은 고장이었다. 이제는 차라리, 길잡이로서의 불기둥이 두려운 것으로 변했다. 두렵다고 일단 느끼기 시작하면, 잠재해 있던 모든 두려움이 일시에 깨어나 버리는 것이고, 그래서는, 이제까진 의연히 견디게 했던 풍경을, 영 못 견딜 것으로 바라보게 하는 것이다.

그리하여, 기억뿐만이 아니라 완전히 죽었던 의식까지도

되살아나 모든 광경이 생생히, 내 눈앞에 재현되기 시작했다.

그 스산히 스치는, 잠시의 빛이, 나를 완전히 주저앉지 못하게 하는 장본인이었던 것이다. 그것은 차라리 내게 꺼끄러움을 느끼게 했다. 미끄러우나 한번 스치면 살을 베어내는, 칼날 같은 꺼끄러움, 비늘 같은 꺼끄러움, 독아 같은 꺼끄러움. 길고 뜨거운 꺼끄러움. 그러나 그것은 거기에서 그치지 않고, 나를 착 휘감아 틀어 뺑돌이를 치며, 땅바닥에다 내팽개쳤다. 그것은 그리고 계속해서 이제 내 위에 후려쳐댔다. 그것은 천수 천족으로, 천의 방향에서 나타났다, 천의 방향으로 숨어들었다. 짐승다운 천의 팔, 천의 다리, 천의 불도리깨를 휘두르며, 천의 뒤꿈치로 나를 짓찍어댔다. 그 아래서 나는, 사력을 다해 허덕였어도, 도대체 벗어날 수가 없을 뿐이었고, 나는 나약하게 죽어가고 있었다. 아, 대지의 저 힘센 황소여, 경탄할 우주여, 그대 노호를 멈추라. 초원의 말이여, 그대 흔드는 지축을 멈추라. ─나는 간신히 간신히 빌 수 있을 뿐이었다. 아 빛의 어머니여, 질투를 아는 자여, 내 너에게 간청하노니, 그리고 강한 목의 외경스런 힘의 선조여, 제발 나와 함께 있으라, 나를 수호하라. ─나는 간신히 간신히 빌 수 있을 뿐이었다. 그러나 어디에서고, 어떤 종류의 구원도 나타날 것 같지는 않았다. 그래서 내가 더 이상 나를 지탱할 수 없이 되었을 때, 나는 빠른 죽음을 바랐더니, 후려치는 번개가, 내 목을 잘라 뒹굴리는 것이 내 눈에 보이고 팔이 잘려 나가 홀홀 뛰는 것이, 다리가 나로부터 떠나 저 혼자만 도망치는 것이, 내 창자가 한바탕 터져 나와 안개비 속에 산철쭉 한 모닥불 지핀 것이, 눈이 방울 소리로 구르는 것이, 혀가 잘려서도 비명하는 핏방울이, 보이고, 다 보이고, 그런데도 난도질은 멈추지를 않았다. 그러나 그것은 난도질만으로 끝난 것은 아니었다. 그 스치는 칼날보다도 더 아픈 혀의 무참한 밤이, 저 흩어진 몸에서 골을 빨아내고, 피를 마시며 뼈를 갉았다. 그러나 이런 광경 또한 물 위에서 휘두르는 회초리 그늘 같은 것이다, 그러므로 고통만 해쌀 일은 아니다. ──나는 간신히 간신히 스스로에게 들려주었으나, 나의 타일러줌은 차라리, 허상이 실체를 향해 하는 것처럼 실감이 안 되고 공허했다. 어쨌든 나는 죽었으므로, 이제는 한번 웃어라도 볼 때라고 생각도 했다. 저 초원의 말이여, 대지의 황소여, 질투를 아는 어미여, 힘의 선조여, 이제는 그러면 내 눈을 감겨다오, 전에 나, 영겁의 주가 창조하여, 모든 선물로 하여 단장되었던 자, 사람, 그로부터 이제 학대의 혀를 거둬 가다오. ──나는 항복해버리고 있었다. 사람, 그래, 그의 모든 눈을 감겨다오, 하나씩 하나씩 저 어기찼던 마을의 등을 꺼다오, 영생의 주로부터 특히 생명 받은 자, 사람으로부터──나는 항복하며 어둠을 수락했더니, 마음이 조금 평온해지는 것이었다. 그러며 한번 웃어보려고 입술을 오무작거리다가, 갑자기 나는, 하나의 논리에 의한 분노를 느껴내야 했다.

영생의 주가 창조하여, 우주까지도 선물로 주어, 주로서 보냄 받은 자, 나는 사람, 모든 것을 지배토록 태어난 자, 나는 그래 사람.

그런 논리적 분노는 나를 뛰쳐 일어나게 했다. 그러자 흩어졌던 내 몸이 내게로 돌아와, 자석에 쇠붙이 붙듯, 내 가지 위에 붙었다. 그리하여 논리는 사라지고, 광분만이 남아서, 나는 호령해대기 시작했다. 자 내가 지배하노니, 너 방자한 대지의 황소여, 노호를 멈추라. 너 분수를 모르는 초원의 말이여, 광란을 멈추라. 힘의 선조여. 빛의, 어머니여, 내 또한 사람의 육성으로 하여 그대들을 불러내노니, 와서 저 모든 광란과 광분스런 혼돈에 재갈을 물리라. ──나는 주먹을 휘두르며, 발을 굴러 소리쳤다. 그때도 번개는 스침을 멈추지 않고 있어서, 나는 그것의 목줄기를 잡아, 내 뒤꿈치로 짓밟아버리려고 또 달려들었다. 그럼에도 나는 그것의 대가리를 볼 수가 없는 것이 이상했다. 다만 그것의, 칼날만 같은, 번쩍이는 비늘 덮인 몸의 중두막과 꼬리만이, 뜨겁게 내 전신을 베어대며 자꾸 휘감아가기나 할 뿐이었다. 그것은 커다란 고래나 용처럼, 한번 지날 때마다, 하나의 큰 소용돌이를 일으켰었다. 그럴 때마다 나는 휩쓸려 쓰러지고 또 소리치며 일어나면 다시 내동댕이쳐져, 나는 한 이파리 목선만 다웠다. 아, 그리하여 알겠노라, 너는 밤바다에서 미친 듯이 유영하는, 한 마리의 거대한 고기인 것을, 아, 그리하여 알겠노라. 나를 삼키려는 고기로구나, 헌데 나는 누구인가. 아 그러면 나는 누구인가, 누구인가 하면, 어부일레라. 나 너를 지배토록 태어난 인간 어부, 너로 하여 생업 삼은, 나는 어부일레라. 너 나로부터 도망칠 수 없을레, 왜냐하면 나는 너의 주 사람. ──나는 그러며 달리고, 날뛰며 최소한도 그것의 허리에라도 팔을 걸어, 밤바다 육만 리라도 헤매 다녀볼 참이었다. 그러나 불가능했고, 그것은 하나의 수단, 낚시나 그물에 의해 유혹해 들여야 되는 그런 어떤 것 같았다. 그것은 사실에 있어 나를 유혹해 들이고 있었고, 나로부터 도망치고 있는 것이 아니었다. 나는 그 사실을 나중에 알긴 했으나, 그것은 아름다웠다.

두 [20]겨드랑 밑의 두 날개,

계집의 유방, 풍요한 자궁,

비늘 덮인 물고기의 하반신.

내가 붙들려 했던 저 스산한 번갯불은, 그녀가 우아스러이 날아서 유영해가는 길을 트고 있었던, 그녀가 거느린 사대(四大) 중의 한 종자(從者), 그녀의 오른손이 든, 감로수병 속에 담긴 독사가 내뿜는 불.

그것은 내게 순종했을 때, 밤바다 수심 깊은 곳으로 희게 가라앉아 내리며, 바다보다도 더 깊은 요니를, 붉은 두 잎짜리 연(蓮)스러이 열고 있었다.

그때 나는, 하나의 용해를 느끼고, 맥을 풀었더니, 내가 액체가 되어 저 붉은 연 깊은 속으로 흘러들어 버리는 것이었다. 그 안은 그리고 새 둥지다운 안온함이었고, 나는 하나의 알이어서, 그 안온함 속에 휩싸인 듯했다.

그런 뒤 얼마의 세월이 흘렀는지는 모른다. 알로부터 내가 부화할 만큼 세월이 흘렀다면, 허긴 그거 뭐 긴 세월은 아니라고 하더라도, 어쩐지 나는 혼자였고, 사방은 소조롭고, 적막하고, 추웠다. 나는 어찌할 바를 모르겠는데, 조금 헤매고 있으니, 내 누이처럼만 여겨지는 여자가, 내 시체를 놓고 통곡하며, 초혼하는 소리가 들렸다.

오씨요, 임자 오씨요, 돌아오씨요,

하늘끄장 밤끄장 말짱 임자헌티 고개 숙이고,

임자 땜시 울고 있는디라우……

제13일

나는 그러나, 어떻게 하여 한 마리의 물고기가, 그렇게도 종잡을 수 없는 양태로 진화할 수 있었던지를 아무리 해도 알 수가 없었다. 그것은, 한 마리의 암독수리가, 마늘과 쑥 잘못 먹고 계집이 되어가는 판에 눈멀어 측은한 아비 생각하고 인당수에 뛰어들었다가, 별주부하고 눈이 맞아 살다 보니 애를 낳았는데, 둘만 낳았어도 한 겨드랑에 하나씩 끼고 떠나왔을 것을, 그만 셋씩이나 낳게 되어 못 떠나고 반만 고기 된 그런 무슨 효녀 독수리 이야기 같기도 하고, 또 신판 처용담 같기도 한데 귀신은 처용이 각시 앞에서 자고, 처용은 제 놈의 각시 뒤에서 잤다던가 아무튼 뭣해서 얻었다는, 그 딸내미 같은, 저 한 마리의 고기를 두고, 나는, 생선 비린내에, 계집의 액기(腋氣)에, 새털 누린내에 코가 미어져, 축시부터 깨어선, 더 잠에 들 수가 없었다.

전날 나는, '고기의 형태는 양극을 갖는 타원형이라고 불리는 것'이라고 생각했었다. 그러나 그 '양극을 갖는 타원형의 형태와 두 겨드랑 밑의 두 날개, 계집의 유방, 풍요한 자궁, 비늘 덮인 물고기의 하반신'의 저 잡종 잡년과의 사이엔 어떤 유사점이 있는 것인가? 전날 나는, '양극을 갖는 타원형'은 암수

공존의 일체여서, 양성(兩性)이 아닌가 하고까지 생각했으나, 비린내에 액기에 누린내까지 풍기는 저 고기는, 보기에 순전히 암컷이어서, 그것은 요나를 삼킨 물고기, 기독을 싸안은 무덤 같은 것으로밖에는, 달리 생각지 않는다. 허긴 그 문제로 그래서 나는, 밤을 새우고 아침을 맞은 것이고, 안개비 때문에 아침은 느리게 왔으나, 그 아침 함께 내 계집은 부지런히 달려왔다. 그녀는 두 손에 하나의 차린 소반을 받쳐 들고 온 것이다.

나는 그래서 다시 한번, 저 '양극을 갖는 타원형'을 정리해보지 않으면 안 되었었다. 전날 나는 그것을 정의했기를, 밖에서 보면 그것은 남근의 형상인데, 안에서 보면 요니의 형태라고 하고, 그 탓에 혼란을 느낀 적이 있었다. 어쩌면 거기에, 저 혼혈 잡종의 한 마리의 물고기를 이해할 단서가 있는지도 몰랐다.

그러니까, '양극을 갖는 타원형'을 이루고 있는 두 곡선은, [21]'눈에는 보이지 않는, 어떤 남근을 휘감고 있는, 두 마리의 뱀 같은 것'이라고 한다면, 그것은 곧장 요니의 의미와 통하는 것이라고 보아지는 것이다. 남근과 요니의 관계에는 그리고 언제나, 임신이나 출산이 저변되는 것이므로 전날 나는, 요나를 삼킨 물고기의 배 속과, 예수를 묻은 무덤은 동시에 자궁과 상사를 갖는 것이라고 했었다. 그리고 고기, 또는 '양극을 갖는 타원형' 자체는, 그 외양에 있어 남근의 형태이지만, '고기와 생명은 같다'의 관계에서 본다면, 그 형태가 생명을 싸안고 있음으로 해서, 성전환을 하여, 여성화한다는 것을 밝혔다. '생명은 남근과 같다'의 관계에서, 그 형태가 생명을 싸안고 있다는 의미는 그러니까, 동시에, 그 형태는 보이지 않는 남근을 싸안고 있는 요니라는 결론을 이끌어 내는 것이다.

그래서 어쩌면, 저 혼혈 잡종의 고기는, 유방에, 요니를 열고 있는 모습으로 나타난 듯하기도 하다. 하지만, 그러나 그 잡종의 고기가, 보이지는 않더라도 어쨌든 남근을 싸안고 있는 것이란다면, 그것은 보이는 그대로의, 순전한 계집일 뿐일 것인가? 사내를 묻은 무덤은, 도대체 계집인가 사내인가?

그럼에도, 그녀가 달고 있는 두 겨드랑 밑의 두 날개의 의미는, 나로서는 알아낼 재간이 없었다. 다만 나로서 추측할 수 있는 것이 있다면 그것은 분명히 범어(凡魚)는 아닐지도 모르며, 어쩌면 어떤 범어(梵魚) 같은 것일지도 모른다는 것뿐이고, 그 날개에 의해서, 어떤 한계나 장애로부터 비월(飛越)해 가며, 더 크고 더 넓은 세계로 나아가는 것이나 아닌가 할 뿐이다. 재갈과 고삐에 어거되어진 짐승에게는, 재갈과 고삐를 벗고 들로 뛰쳐나간 짐승이, 그런 날개를 달고도 있어 보이는 것일 터이다. 그러나 어쩌면, 의식을 넘어선 곳에서 형성되어지는 것은, 그것이 무엇이든, 논리의 고삐와 재갈로 하여, 일상 속에다 끌어다 놓고 길들이려는 짓은 하지 않는 것이 현명할지도 모른다. 어쨌든 아침은 왔고, 계집을 데불었다.

그러나 이 아침에 내 계집은 왠지 쭈뼛쭈뼛 해하며, 얼른 다가오려고를 안 해, 내가 손을 펴 영접하자, 그제서야 기쁜 얼굴로 다가와, 다소곳이 앉는다. 그리고, "요것 좀 들어배겨 라우"라고 말하며, 덮었던 소반 보를 거둬낸다. 그러자 아직도 뜨듯이 김을 풍겨내는, 고봉 담은 한 그릇의 흰 밥과, 고추장 바른 더덕구이, 약간의 무장아찌가 호화판이다. 내가 그만한 상을 받기에 족할 만큼, 그녀에게 한 것이 무엇인지는 모른다.

어쨌든 그것은, 한 되의 나드 기름만큼은 정을 고봉 담은 것은 사실이었다. "나는 벨로 음석 솜씨가 없어라우. 헌디 자민시나도(자면서도) 걱정이 돼라우. 그란디 시님 봉개라우, 시님이 끌째기 어린아 얼굴맹여라우, 흰빛이 돌고라우, 불콰하니 맑음선, 끼끗해 비는디라우, 고 쉬염이나 좀 밀어내면, 뵈기가 영 달르겄어라우." 계집은, 내가 먹는 것을 부지런히 거들며, 그렇게도 말했다. 목구멍이며 창자가 탐욕 부리는 대로만 한다면, 숟갈질을 크게, 아주 크게 해서 퍼 넣고, 혀 한번 내둘러 침 돌린 뒤, 꿀꺽꿀꺽 삼켜 넣었으면도 싶었으나, 한 숟갈의 밥을 적어도 백여 번 이상씩은 씹어서 넘기려니, 진저리가 다 쳐졌다. 주린 창자가 좋은 음식에, 영양 잃은 기관이 영양에, 혀가 맛에, 호착하는 것처럼, 만약에 정신이 도에 집중되기만 한다면, 대물려가며 깨우치고도 다 못 깨쳐, 만 대도 더 대를 물릴 것을, 하루아침에 말짱 깨쳐버리고, 저녁엔 죽어도 좋았을 것이었다. "시님만 안 싫다면 말이라우, 내가 좀 쉬염이랑 손톱이랑, 발톱이랑 다 깎아줬이면 싶으요이. 에려서부텀 배왔는디라우, 모주가 우리 머리를 다 깎아줄 수가 없었응개요. 서로 돌아감선 깎아주었제라우."

"아, 그것 참 좋은 생각이겠군. 그렇잖아도, 오늘쯤은 머리도 좀 깎았으면 싶었더라구."

"내 그라면, 얼렁 가서 모도 챙기각고 올란개, 고동안에 찬찬히 고 밥 다 들겨라우이."

계집은 말하고 쭈르르 달려 나갔다. 돌아온 그녀의 손에는, 삭도며 비누 같은 것이 들려 있었다.

"여그로 보낼 때는이라우, 우리 모주가 꼭 이런 것을 챙기

넣어주는구만이라우. 그래서나 시님들이 원허먼 깎아주라고 허제라우."

그녀는, 그런 일에 거의 믿기어지지 않을 만큼 익숙해 있어서, 머리며, 수염이며, 손톱, 발톱을 깎아나가는 사이 나는 한 마리의 굼벵이가 나비로 되어가는 과정이, 이만큼은 시원하리라고 했다. 그리고 수도자도 어쨌든 한 마리의 굼벵이여서, 날개를 달고 날아갈 것을 바라는 것이다. 그러나 내가 머리며 수염을 밀어붙인 것은, 내가 중이라는 것을 스스로 확인시키기 위해 그런 건 절대로 아니었다. 나는 그런 종단에 속해진 중은 어째도 못 되는 것이다. 머리칼쯤 길어서 발가락에 감겨도 그뿐이고, 수염쯤 자라서 음식 찌꺼기가 고드름 져도 그뿐이지만, 깎고 싶으면 깎고, 안 깎고 싶으면 안 깎는 것이다. 이런 문제쯤은 그리고 어떤 종단이나 타인의 눈으로써 기저귀 채워질 성질의 것은 아닌 듯하다. 그래도 허기는 해쌓는 말로는, 기저귀 채워줄 손이 많으면 많을수록, 애가 샘에라도 빠져죽을 횟수는 줄어든다고 한다. 허지만 샘에는 빠져 죽지 않을는지는 몰라도, 별로 얼마 지나지도 않아, 그 많은 손들에 의해서 그 애가, 갈기갈기 찢겨져 버릴 것이라면, 통째로 자기를 한다발 해서 샘에 빠지는 것이 나은지, 아니면 맛보기로 조금씩여러 손에다 나누어주는 것이 나은지, 어쩐지는 모를 일이다.

"그라면 임자, 내가 요것조것들 갖다 놓고, 나도 얼굴도좀 씻고 분가루도 좀 바르고 올 팅게라우, 고렇게만 아씨요이. 시님이 고렇게나 끼끗해진개로요, 끔째기 내 얼굴이 추접은 생객이 드는 게 말여라우. 그라고 봉개요, 시님 말이라우, 맑은 빛이 돔선 헌출허게 잘생깄어라우. 볼 때마둥 놀래져라우이."

계집은 다시 쭈르르 달려 나갔다.

내게는 아무것도 부족함이 없었다. 그런 생각이 들었다. 그렇다고 괜스레 싱글벙글 웃을 일도 없었지만, 한숨 쉬며 짜증 낼 일도 없었다. 내게는 부족함이 없었다. 넘칠 것이 그렇다고 있는 것도 아니었다. 나는, 부담 없는, 생각할 것도 안 할 것도 없는, 노래할 일도 못 할 일도 없는, 그런 마음으로, 그저 앉아 있거나, 걷거나, 눕거나, 자거나, 아무렇게나 나를 맡겨도 좋았다. 늪을 내어다보았지만, 그것이 그렇다고 뭐 내게 고역으로서만, 반드시 형장으로서만 보이는 건 아니었다. 부상과 함지에 걸쳐 길숨하게 누워 있는 그것은, 병아리를 깨낸 알껍질처럼도 보였고 아늑한 둥지처럼 보이기까지도 했다. 그 속에 담긴 공(空)이나 무(無)로 당해보건대, 그것은 해골이었다. 보이지 않는 남근을 싸안고 있는 요니, 이 순간, 내게는 아무 구속도 장애도 없었다. 나는 다만 가난할 뿐이어서, 아무것도 덜려 나갈 것이 없을 뿐인 것이다.

그리하여 나타난 계집은, 허긴 날 놀라게 했다. 그녀는, 내 앞에서 수줍은 듯이 고개를 숙이고 서 있었지만, 화장한 얼굴에, 성장을 하고 온 것이었다. 어깨를 거의 드러내고, 허리는 짤룩히 해서, 둔부로부터 한 무더기의 흰 구름을 흩뜨려 뿌리고 있는데, 저 운봉의 꼭대기를 볼작시면, 거기 보름달이 막 솟아오르고 있다. 목은 탁월했고, 어깨는 우아했다.

"워처키 생각허신데라우?"

그녀는 묻고 있었다. 순전히 하나의 꺼풀에 의해서, 그러나 나는, 그녀를 다시 고려치 않을 수가 없었다. 내 기억에, 전에 그 어깨, 그 목에 얹혔던 얼굴은, 죄를 너무 몰라 거의 백치다운 것이었었는데, 그 같은 목에 얹힌 오늘의 얼굴은 그런데 대체 어떻게 되어서, 죄를 너무 많이 알아, 차라리 청초해버린 암냄다운 윤기를 띠고 있는 것인가.

"워처키 생각허신데라우? 유행이 지내서 모냥이 없제라우?"

계집은 다시 물으며, 거의 겁먹은 눈을 했다.

"당신은 건강히 아름답소."

"오매! 참말이라우? 우리덜 모도라우, 요런 것 한 벌씩은 다 각고 있네라우이. 서방도 없음선이라우, 시집갈 때 입을라고 그런당만이라우. 헌디 말짱 허는 말로는, 요론 모냥은 인제 귀식이 됐단구만이라우. 그래서라우, 얼렁 입어 떨어티릴라고 허는디도, 입을 디가 있어야제라우."

그런데 말을 하다 말고 그녀는, 왠지 모든 것이 갑자기 막연해졌다는 눈을 하고, 멍하니 밖을 내다보고 있다. 허기는 그래, 우리는 지금부터 무엇을 해야 되는지를 모르고 있는 것이다. 어머니가 옷을 바꿔 입으면, 그녀는 아랫녘 뱃놀이에 갔거나, 저잣거리를 다녀왔었다. 허지만 여기는, 뱃놀이도 저자도 없는 것이다. 그 탓에 그녀는 의기소침해졌을지도 모르긴 하다. 그래 내가 달래느라고, 그녀의 손을 잡아 앉혀, 나와 마주 보게 한 뒤, "아가 어떻니, 우리 말이지, 읍내 구경이라도 같이 가본다면 말이지?" 하고 물었다.

그러나 그녀는 슬픈 미소로, 고개를 쌀래쌀래 저어버렸다. 그리고 조금 눈물을 떠올리며, "시님이 날 곱당개, 나는 좋아라우" 하고, 거의 들리지도 않게 말한다. "내가 정든개, 고정 땜시, 나도 사람 겉고라우 여자도 겉여라우."

우리의 이야기는 거기서 그쳤다. 마른번개가 어쩌다 우리의 침묵 사이를 가르고 지나가곤 했다. 우리는 서로의 눈을 바라보기나 했다. 이 단계에서 우리는 한 번의 격렬한 성교를 서로 요구하고는 있었던 것이다. 그리하여 그런 소진을 통해, 잠시의 이별을 감행하고, 이별을 통해 또 그리움을 느껴낸 뒤, 성교가 행해지기까지 뭔가 얘기하며, 같이 있는 걸 또 흐뭇하게 여기는 것이다. 그러나 우리는 바라보기나 했다. 우리는 아직 소진을 겪지 않았으므로, 그러한 응시가 싫증 나는 것으로 바뀔 것은 아직 아니었다. 차라리 그 탓으로 해서 우리는, 서로의 응시의 둘레를 벗어나지를 못하고 있었다. 그리고 생각해보니, 우리는 서로 진정으로는 아직 한 번도 바라본 적이 없었던 것도 같았다. 사실에 있어, 태어나서 죽을 때까지, 얼마나 많은 눈을 한 번씩이라도 정시해볼 기회를 갖는지는 모르긴 하다. 내게 얼른 떠오르는 눈은 어머니의 것이었고, 다음으론 스승의 것이었지만, 그러나 그는 나의 눈을 깊이 들여다보았으나, 나는 별로 그래 본 적이 없다. 그리고는 아무의 눈도 기억되지 않는 것은 이상하다. 유아는 젖을 빨며, 저 맑지만 뭔지 닫힌 눈으로, 그냥 어머니를 바라보는 것이다. 그러다 젖꼭지를 놓고 소리 없이 웃는데, 그 웃음의 의미는 모른다. 다시 젖꼭지를 물고, 그리고 잠이 눈에 퍼부어 더 뜰 수 없을 때까지, 어머니를 올려다본다. 그렇게 바라본 어머니의 눈은, 성년이 되고 났을 때도 확연히 기억나는 것은 아닌 것 같다. 그래도 그 어머니의 눈을, 그 사내는 이해하고 있는다. 그 이해가 어떻게 그 사내의 행동과 사고 속에 나타나는가를 알아보는 일이란, 어쩌면 그 사내의 전생(前生)을 밝혀보는 일과도 맞먹을지도 모른다. 그러나 풍요가 끝나고, 더 이상 생산할 수도 아름다울 수도 없을 때, 어머니는 죽는 것이 아마도 좋다. 늙고, 허리 굽은 데다, 더러운 노쇠의 냄새나 풍기며, 매사에 간섭만 많은, 번데기 같은 어머니는 아들에게 있어서, 모든 추악함의 여성적인 덩이로밖에는 보이지 않는다. 그것은 이미 어머니는 아닌 것이다. 쭈그렁지고 비듬 돋은 젖퉁이를 볼 때마다 자기가 그 젖을 빨았을 것이라는 데 대한 혐오감이 싹튼다. 현실적인 어머니에 대한 배반은, 그렇게 이뤄진다. 이것은 하나의 친모 살해며, 그런 뒤 아들은, 저 늙은 여편네로부터 떠난다. 여자에게 있어서의 아름다움과 풍요함은 자기의 남편 때문이 아니라, 자기의 아들 때문에 영원히 지켜지지 않으면 안 된다. 바람나서 떠난 이 아들은, 긴 쓸쓸한 행로 끝에, 자기가 살해한 옛 어미를 다시 그리워하기는 한다. 그때는, 그 어머니의 눈이며, 젖퉁이며, 배꼽이며, 아무것도 생생하게는 기억나는 것이 없을 뿐이다. 그리하여 다가온 어머니는, 영원히 아름답고, 영원히 풍요로우며, 아들의 정액을 삼킨다.

요람으로부터 묘혈에까지, 그래, 얼마나 많은 눈을, 저 혼의 깊이까지를 들여다보는지는 모른다. 서른세 살까지 살고나서, 나는 오늘, 그 두 번째의 눈과 대좌해 있을 뿐이다.

처음 얼마간 그녀의 눈은, 조금쯤 당황하고, 조금쯤 초조해하며, 무엇엔지 질리고 겁먹은 듯한 빛이었는데, 내 짐작에 그녀는 한 번도 타인의 정시를 의식해본 적이 없는 듯했다. 그 눈의 당혹은, 그녀 속의 어떤 일상의 분열, 붕괴로 나타났던 것인지도 모른다. 그것은 연기 빛 같은 것에 암울히 싸여, 안개비 내리는 유리보다도 더 탁했다. 그런 다음, 그녀의 눈은 그러한 정시를 견뎌낼 수 없는 듯, 괴로운 빛으로 한순간 핏발을 세우며, 어쩐지 절시증적인 증세를 나타냈는데, 이 상태는 오래가지 않았고, 그런 대신, 저 동공의 그중 안쪽으로부터, 하나의 가는 푸른빛을 순간 쐬어내는 듯했다. 그것은 거의 포착키 어려운 빛이었고, 그 빛이 사려 들어버리자, 그녀의 눈꺼풀이 포르르 한번 떠는가 했더니, 눈자위에 분홍빛이 어리기 시작했다. 눈물이 한 꺼풀 엷게 입혀지며, 그 흐린 안막 속에서, 자신을 완전히 풀어버리고 있었다. 이것은 일종의 위기여서, 아픔을 갈망하고, 도덕적 의식이 사라지면서, 외계의 빛이 붉게 보인다. 그런데 이 상태는 심히 오래갔고, 그것은 우리 둘에게 다 괴로웠다. 내 눈에도 물론 엷은 눈물이 덮이려 하며, 입속엔 타액이 괴어들고, 전신이 대체로 습기스러우며, 허리뼈에 통증이 모여든다. 그런 한 찰나에 그런데, 그녀의 눈 아득한 속에서, 흐린 노란빛이 나타났다 꺼지는 것이 포착되었다. 그래서 우리는 더 이상 성교 같은 건 바라지 않게 되었다. 않았으나, 그녀의 눈은, 아무리 해도 거기서 더 진전을 보이지 않았다. 그것은 그리고 우리 둘을 다 지치게 했다. 그래서 이번엔 내 쪽에서 눈을 돌려, 그녀의 눈을 외면했다.

안개비는 여전히 유리를 폐쇄시키고 있었다. 그 폐쇄를 그리고, 마른번개가 열며 지나가고 있었다.

오래잖아 계집은, 조금 슬픈 미소를 짓더니, 팔을 둘러 내 등을 감곤 흐느낌은 없는 눈물을 흘려냈다. 그 눈물을 이해할수 있으리라고, 나는 생각지 않았다.

안개비는 여전히, 유리에 내리고 있었다.

그러다 그녀는 수도청으로 되돌아갔는데, 서답을 갈아 차야 될 때라고만 말했었다.

나는 그저 그런 채로 아마도 어물쩡히, 자정을 맞았는데 별로 생각한 것은 없었고, 그저 살아 있다는 것의 즐거움만을 아꼈을 뿐이다. 그러며, 하는 말로, 산다는 것은, 그리고 유전은 고해라고 하는, 저 사는 것들이 많이 모여 사는 유전의 고장들이나 한번 둘러보았으면도 했다. 이제쯤은, 스승의 유언쯤 들어주어도 좋을 때에 온 듯도 싶은 것이다. 허지만 유전이란 아마도, 아름다운 것일지도 모른다. 제석삼천불 법륜(法輪)이 다지고 지나간 자리에 돋은, 저 계집 같은 한 포기 들꽃의, 그 들꽃의 크기의 고해(苦海)는, 제석삼천불 거하는 삼천대천세계보다도 혹시는 더 클지도 모른다. 저 한 포기의 들꽃의 고해가 없으면, 삼천대천세계 주춧돌 놓을 자리가 어디이겠는가? 저 들꽃 크기의, 고통의 바다 가운데에, 제석삼천불 거하는, 한 연꽃만 한 삼천대천세계가 있고, 거기서 불(佛)들은 명멸한다.

제14일

옴 바즈라파니 훔*

★ hail to the Holder of Dorje, ʾHūm (Dorje─벼락─男根).

제3장

1

부슬거리는 비는 그치질 않고 있어서, 저 유리를 비실재적인 고장처럼, 길로부터, 읍으로부터, 그리고 하늘로부터 제척해버리고 있었다. 내가 뒤돌아보았을 때, 그것은 형체를 잃어버렸고, 그런 뒤 어둠과 운무에 휩싸여버려서, 거기 마을이 있었다는 것까지도 의문스러울 지경이었다. 그래도 그것을 나로 하여금 실재로 여기게 하는 것이 하나 있었는데, 동구 밖까지 바래다주던, 내 계집의, 저 오열에 짓휘늘어진, 그러면서도 그것을 짓누르고 일어서려면서 해맑게 웃어주던 얼굴, 그것 하나가 거기 있던 것이다. 유리가 그리고 사실에 있어 비실재의 고장이라고 가정한다더라도, 그녀에의 내 향수 때문에, 그것은 그래서 내게 실재하기는 할 것이다. 어쨌어도 나의 느낌은, 저 유계(幽界)를 뒤돌아보지 말았어야 되는 그 이승의 경계에 서 있는 듯했으며, 내가 뒤돌아보았을 때 모든 것이 그냥 희게 주저앉아버려, 내게 하직의 손을 흔들어주는 듯했다.

나는 뒤늦게사, 뒤는 더 돌아다보지 않기로 하고, 소달구지가 구르느라 길을 홈파고 간, 그 가운데로만 따라서 걸으며, 속이 적이 씁쓸해진 것으로 한 대의 담배 생각을 하기도 했다. 내 계집이 뭉쳐, 깨소금 바른 한 덩이의 주먹밥을 담은, 해골바가지 하나를 끼고 떠난, 이 여행은 표표스러운 듯했다. 나는 결국 유리를 떠난 것이다. 나는 분명히, 별로 며칠 지나지도 않아서 다시 유리로 돌아오게 될 것이라는 것은 알고 있었다. 그럼에도, 이 떠나는 아름다움은 간직해둘 만한 것처럼 여겨졌다. 아마도 도보 고행승은, 그런 것들을 아껴서 바랑 속에 간직해두었었을 것인데, 떠나는 슬픔과 도착에의 가슴 두근거림— 허지만 그것은 해묵을 때, 개혁 이전의 지폐나, 또는 고향 떠나올 때 씹어 삼켰다가, 먼 훗날 언제 적 어딘지에 정착하며 토해 내놓은, 흙 같은 것일지도 모른다.

유리를 떠나 두세 식경을 걸으니 병야였고, 거기서부터는, 안개의 희끄무레한 양(羊) 몇 마리 같은 것들이, 웅크리고 누워 잠자고 있거나, 풀섶의 밤을 뜯으며, 흐느적이는 바람을 풀피리 소리로 여겨 따라가고 있었다. 그래서 오랜만에 하늘을 올려다보니, 구름이 좀 두텁게 덮여서 보이지 않는 새벽달, 그 빛을 검게 뿌리고 있었다. 그 아래서 모든 것이 검게 뭉쳐 죽고 있으며, 어쩌다 길을 토막 내고 흘러 들로 뻗는 도랑도 흐르는 것 같진 않았고, 길 건너다 잠들어버린 구렁이처럼 보이게 했다. 정적하고, 적막하고, 삭막하고, 소삭하고, 소조하기만 하다. 이울어지고 있음에 틀림없지만 보이지 않는 달빛으로 염색하고 구름이, 희미하게 드러내 보여주는 아주 멀리에론, 어쩌다 숲 같은 검은 짐승이 달려가다 멈칫 서 있고, 또 구름이, 야음을 틈타 언덕 아래로 걷는 비구의 뒤통수를 해 달고, 느릿느릿 어디로 떠나고도 있었다. 올빼미까지도 두려워 울지도 못하는 이 빈 들은, 의식하며 걷는 자를 외롭도록 자극했으나, 살아서 그런 세계를 휘어 휘어 지난다는 것도 그렇게 나쁘지는 않았다.

그러는 새에도 하늘에는 바람이 있었던가, 하현달 창백한 빛이, 내 그림자를 길 위에 까는데, 구름 그늘은 상여처럼 반 뙈기 달빛을 떠메고 들을 지나간다. 그러는 새에도 하늘엔 바람이 있었던가, 바람이 있었는갑다.

2

벌이 그 날개로 기후를 알아내듯이, 내게도 말하자면 어떤 그런 것이 있어, 그것으로 하여, 뭔지 사람 많이 모여 사는 곳의 냄새 같은 것을, 소음 같은 것을 느껴낼 수 있었는데, 때는 동틀 녘이며, 검게 잠들었던 것들이 희게 깨어나고 있었다. 그때에 이르러선, 걷기에 편하도록 끌어올려 붙들어 맸던 장옷 자락도 내리고, 얼굴 가리개도 덮어버렸다. 그러고 나니 내가, 내 해골을 떼어내 옆에 끼고, 머리 없는 몸으로 걷고 있는 듯하다는 기분이 들었다.

나는 이제, 이 길로 통해지는 읍의 입구, 처음 건물이 교회당이라는 데를 먼저 들러볼 작정으로 하고 있는데, 비록 헐린다 헐린다 하고는 있다고 한다더라도, 그것이 헐리기 전까지는, 아무 방해받음 없이 노독을 풀 자리는 거기밖에는 없는 듯해서 그런 것이다. 내 계집은 행여 그 집에는 발걸음도 하지 말라고 신신당부도 했었지만, 그렇기 때문에 내가 십 년 한하고 낮잠을 잔들, 누가 내 잠을 침노할 것인가. 이미 헐려버렸으면 또 그런대로, 주춧돌이라도 베고 쉬어도 좋을 터.

그러는 새날은 완전히 밝아져 버렸고, 해의 아주 센 빛이 구름을 엷게 녹였다가 붉게 밀어내고 있어서, 내게서도 그림자가 돋아나고, 색깔을 잃었던 것들에서도, 그 내부로부터 색깔이 번져 올라왔다. 들은 푸르고 냇물은 맑고, 꽃은 붉기도 노랗기도 하며, 세상은 세상이었다. 시야에는 아직도 한참을 더 걸어야 될 저쪽에, 그리고 읍일 것이라고 믿어지는 지붕들의 아주 높은 것들 몇 개가 드러나 보였고, 그것은 읍일 것이었는데, 내가 거기 도착했을 때는, 늦은 조반이 끝나고나 있을 무렵이었다. 먼 여행이었다.

교회당은 아직도 헐려 있지는 않았다. 그 주위로, 능금나무와 벚나무들이 적당한 간격으로 늘어서 숲을 이루고 있는 언덕에, 삭다리 십자가를 아직도 높이 세우고 있는 그것은, 담쟁이덩굴에 덮인 붉은 벽돌 건물이어서, 대번에 나의 시선을 끌어갔다. 그것은 번쩍이는 햇빛 아래, 고풍으로 정숙히 서 있어 아름다웠는데, 왠지 고향 없는 한 돌중의 심사를 불편스러이 했다. 한쪽만 올려다보아서 잘은 모르겠지만, 그래도 추측건대, 백오륙십 명의 신도를 수용할 수 있지 않을까도 싶었는데, 그 속 어디 제일 깊숙한 데에, 그러면서도 햇빛이 잘 드는 곳에, 아늑한 방은 하나 없을 것인가. 난(蘭)이라도 가꾸면 좋지. 서늘할 때엔 뜰을 거닐고, 한낮엔 벌들이 윙윙대는 소리에 졸고, 밤중쯤에는 어디 별에서라도 흘러내리는 애 울음소리를 들어도 좋다…… 이러한 바람[願]은 또한 바람[風]이어서, 나

274

를 자꾸 불어간다. 내가 어느덧 도보 고행승의 문하생이라도 되어졌던 것인가?

옛날에는 분명히, 풀포기는커녕 모래 한 톨도 구르지 않았을 것이었지만, 지금은 각시풀이며, 엉겅퀴 줄기 같은 것으로 가려, 계단으로도 보이지 않는 돌계단을 딛고, 나는 올라갔다. 철이 그런 철인지, 서리라도 맞아야 볼이 붉어질 그런 종류의 능금이, 파랗게 주렁주렁 매달려 있어, 잡히는 대로 하나 따서, 얼굴 가리개를 열고 씹어보니, 시고 또 떫떨했으나, 솔잎 씹어 배 불리기에 비할 바는 아니었다. 그러나 잘려진 가지며, 씹혀지다 버려진 능금 알이 뒹굴고 있는 것으로 보아, 어디에나 있는, 호기심 많고 극성스러운, 그런 개구쟁이들이 이 읍에도 많이 있어서, 낮이 기울도록 윙윙댄다는 것을 알게 했다. 듣고 보니, 몇 마리의 매미들이 울음을 시작하고도 있었다, 허긴 날개를 무겁게 했던 이슬도 말랐겠었다.

정문은, 내가 딛고 올라간 계단과 마주해 있었는데, 두꺼운 판자를 가로질러 대고, 큰 못으로 쳐, 단단히 봉해놓아 버리고 있었다. 그런 위로 담쟁이는 뻗어 올라가고 있었는데, 얼핏 보아도, 큰 개 한 마리는 들락일 만한 구멍이 하나 밑에 쪽으로 뚫려 있어서, 나중에 나도 그 구멍으로 들어가 쉬어야겠다고 했다. 그 구멍 또한, 개구쟁이 녀석들의 호기심의 눈 말고, 무엇으로 뚫렸겠는가.

나는 세 개째의 애능금을 씹으며, 천천히 건물을 돌아보면서, 바람[風]인 바람[願]에 휘청거리고 있었다. 난이가 키우지. 애 울음소리나 듣지. 창을 열고 밤에는 달빛에 끄슬려도 좋고, 때로 저승 간 이웃들을 추억해도 좋다. 높이 매달린 창들도 역시 판자로 봉해져 있었으며, 깨어진 유리창 구멍 속으로도, 담쟁이는 절시(竊視)의 가는 눈을 박고 있었다.

지대가 훨씬 높았으므로, 그것을 높이 세울 필요가 없었겠지만, 나지막한 종각은 그리고, 그 건물의 동쪽 편, 그러니까 회당의 뒤쪽에 따로 떨어져 있었고, 그 종각 바로 아래 왼쪽엔 한 옹달샘이 있었으며, 분명히 목자의 가족이 살았을 한 채의 작은 기와집이, 그 샘의 바로 곁에, 북쪽 바람을 막아서, 부엌을 잇대고 있었다. 그 기와집 문 또한 판자로 봉쇄해놓았었지만, 문창살은 다 부러져 나가버렸으며, 마룻장 또한 참혹하게 부서져 내려앉아, 게으른 바람이나 머물러 있고, 생활은 떠나 없었다. 어쨌든 갈증이 심했으므로, 그 샘에 머리를 처박아 물을 들이켜고, 거신(巨神)까지라도의 그런 쇠망, 그런 몰락 속에서도, 샘만은 아직도 맑고 티 없이 연면해온 것 때문에 몇 가닥 회포도 일었다. 거신뿐만이 아니라, 한 서낭의 몰락도 슬프게 한다. 그가 비록, 만세 전부터도 그리고 만세 후까지도, 강한 목으로 하늘의 보좌를 지키고 있다고 한달지라도, 어쨌든 이 읍의 한 귀퉁이에서, 그의 뒤꿈치는 상처 입은 것이 사실이었다. 문제는 그가, 만세 전부터 만세 후까지, 외적(外的)으로 존재하느냐 못 하느냐는 아닌 듯도 싶으며, 내적으로 얼마나 깊이, 그가 그의 그림자를 던질 수 있느냐에 있는 듯도 싶은 것이다. 산 채, 이 읍의 호적과에 사망 신고를 당한, 저 거신의 슬픔을 생각해서, 종 줄이나 잡아당겨 저 산신의 울음이라도 울려 내주었으면도 싶었으나, 나는 그러다 그만두었다. 소리까지도 몰락했을 것을, 황폐해졌을 것을, 그래서 울려 퍼지지도 못하고 소리의 녹이나 부스러뜨릴 것을, 무엇 때문에

다시 깨워낼 것인가.

한눈에 보이는 읍은, 한 이천 호로부터 한 이천오륙백 호 정도를, 그 주름 주름에 싸안고 있었다. 그 읍을, 동에서 서로 갈라서, 큰 한 냇물이 흐르는데, 강(江) 못 된 이무기였고, 완만한 무지개형의 석교 둘에다, 목교가 하나 있어, 차안에서 차안으로 이어주고 있었다. 그것 중에서 맨 서쪽 켠, 목교가, 이 교회와 유리로 이어지는 것임은 금방 알 수 있었다. 그런데 대체로, 호박잎을 얹은 초가집이며, 작은 측간들이 밀집해 있는 것으로 보아, 물의 이쪽 켠, 그러니까 남촌은 별로 풍족지 못한 사람들이 모여 사는 듯했다. 거기서는 어쩌다 닭 우는 소리가 들려왔으며, 굴뚝 옆 감나무 잎들은 푸르게 번쩍였다. 그리고, 가운데 석교 건너편 북촌에서는, 끼니때 지난 지도 한참 된 오전의 중두막인데도 연기가 파랗게들 피어오르는 데다, 몇 떼씩으로 둘레둘레 뭉친 사람들이 피우는 소음이 주로 거기서 나는 것으로 보아, 장은 거기에 있는 듯했다. 거기서는 대장간 쇠망치 소리며, 팔러 온 촌 송아지가 우는 소리, 한 발길 걷어 채이고 깨갱거리는 장터 개, 거간꾼 흥정 붙이는 소리 같은 것이 들려오고 있었지만, 아직 소주가 되려면 너무 이른지, 문턱으로 나와 바지춤 까 내리고 오줌 줄기를 퍼 내지르는, 동촌 어디 아지배 얼굴이 안 보인다. 희고 큰 건물은 읍청쯤일 것이고 우중충히 검고 큰 건물은 재판소쯤일 것이고, 또는 그런저런 건물들, 수도청, 공지니네, 도갓집, 황토고개 과부댁네 상점. 동북간 대단히 완만스러이 기슭져 내려온 산 뿌리에, 한 숲을 돌로 담 둘러, 오백 가구가 살아도 남을 터에, 고대롭고 광실스런 집을 지닌 자는, 장로라고 불려지기를 더 좋아

하는 읍장일 터이고, 서북간에 또 그런 집을 차지한 자는, 판
관 나리——이런 건 모두, 유리에 있는 내 계집의 여행안내로
알게 된 것이다. 어쨌든 읍은 푸르게 보이는 고장이었다. 가로
수며, 샘 곁에 선 배나무며, 사거리의 수양버들 같은 것으로,
그것은 속이 푸르른 고장이었다.

그러나 나는 거기로부터 잠시 눈을 돌렸다. 저 읍은, 나중
에 천천히 속곳 살쿰 열리는 데로 따라 내려가, 그 내정을 진
하게 느껴도 좋은 것이었다. 허긴 지금도 마찬가지일지도 모
르지만, 열세가 좀 더 덜 되었을 때에는, 처음 닿게 된 촌락이
나 읍의 입구에 서면, 가슴이 설레어서 빨리 들어가 보지 않고
는 견디질 못했었다. 그러나 지금은 그러기 전에 먼저 그런 촌
락이나 읍을 다른 방법으로 사모하기를 바라고, 그런 뒤, 저
설렘을 잠시의 비밀로서 간직한다. 어쨌든, 사람 사는 곳은 다
그렇고 그런 것이다. 울타리엔 빨아 널은 월경대가 걸려 있고,
어느 집 마당 귀퉁이에서는 금잔화가 피고 있거나, 또 섬돌 위
에서 파리를 가득히 물고 자는 엷은 뱃가죽에 채독병 든 아이,
유리 갑 속에 든 알이 큰 눈깔사탕, 그 뚜껑 위의 먼지, 도갓집
의 술찌끼 냄새, 정미소의 꺼끄러운 먼지, 웃음소리는 그러나
별로 없고, 개장국집, 생사탕집, 저녁녘, 어쩌다 곱창 구워지는
냄새가 나는 골목을 지나다 보면, 으레 병든 목소리의 작부의
노래가 느려터지게 흘러나오고 있고, 떼뭉친 건달이 패들, 해
수 걸린 노파의 기침 소리, 소박맞고 돌아가는 며느리의 누런
삼베 적삼에서는 땀 냄새가 풀신거린다. 그런 것이다. 그러나
지금은, 어떻게 그런 것들을 즐길 것인가를 조금쯤 알고 있는
것이다. 그러기 위해서 무엇보다도 먼저, 노독을 푸는 것이 나

의 방식이다.

나는, 저 정문에 트여진 개구멍을 통과하느라고, 버르적
거리고 있었다. 그러자니, 삭은 송판이 부스러 떨어지기도, 부
숴 떨어지기도 한다. 그럼에도 아직, 그 내부가 확연히 드러
나 보이는 것은 아니었는데, 거기는 현관이어서, 한 번 더 문
을 열고 들어가야 청이 될 것이었다. 그 안쪽의 문에 손을 대
며 나는 몰락하고 색폐(塞閉)되었던 교회당이 간직해올 수 있
는 온갖 것을 다 떠올렸다. 무엇보다도 습습한 곰팡이 냄새가
썩어가고 있을 것이고, 먼지 또한 한 뼘 두께는 채워 있을 것
이며, 혀를 토해내어 길게 길게 태워 올렸던 방언(方言)의 제
연(祭煙)이 그을음이 되어 천장과 벽에 붙어 있을 것이고, 노
파 신도들이 남긴 눈물의 흐릿한 소금 냄새, 사라지지도 못한
송가의 꼬리들, 젊은 여신도들이 앉았던 곳에의 냄 자국들——
그런저런 원귀들이 그 안엔 있을 것이었다.

그래, 그 안은 그런 것으로 빼꼭 채워져 있었으나, 그렇다
고 해서, 그것들의 가닥가닥을 구별해서 느껴낼 수는 물론 없
었다. 천의 잡음이 일시에 일어나면, 허긴 거기 하나의 화음이
나타날지도 모르긴 하다. 냄새도 그런 것이어서, 그것은 거의
들척지근하기까지 했다. 지붕의 구멍들을 통해, 하늘로부터
푸른빛의 동아줄이 몇 가닥 흘러 내려져 있었지만, 몇 마리의
거미를 빼놓고, 혼령 같은 것은 하나도 매달려 있지는 않은 걸
로 보아서, 복음(福音)이 좀 뒤늦게 내린 것 같았다. 복음도 광
년(光年) 같은 것이어서, 이천 년 전쯤에 한 번 반짝했던 빛이,
이천 년 다 지나서야 보이기도 하는 것이다. 그러한 빛의 줄기
는, 일종의 희망으로서 쏟려 드는 듯이도 보였으나, 어떤 종류

의 희망은 때로, 고문 같은 것으로 변해져 있기도 한다. 완전히 절망할 수 없을 때 고통이 따른다. 삶의 경우만 하더라도, 영혼에의 희망에 의해서 그것은 학대당하고, 비참하며, 구원에의 확신이 없을 때, 죽음이 가장 큰 두려움으로 화한다. 자기가 구원될 것이라는 확신은 그러나 기독 자신도 가질 수 없던 것이어서, 어찌 자기를 버리느냐고 깊이 탄식하며 죽어갔던 것이었다. 물론 그렇게 해석하는 것이 반드시 옳은 것은 아마 아닐지도 모르긴 하다. 어쨌든, 지붕으로부터 쏟아져 내리는 몇 줄기의 빛이 없었다면, 이 안의 어둠은 차라리 아늑한 것일 수도 있었을 것이며, 황폐나 몰락이 슬픈 것으로만 보이지 않을 수도 있었을 것이었다. 그렇게 본다면 극락이란 저승에 향해서 고문으로 던져진 것이다.

의자라곤 물론, 하나도 그 안엔 없었다. 그러나 내가 어림잡아, 거기쯤에 설교단이 있었으리라고 생각되는 곳으로, 한 발자국 한 발자국 떼어놓을 때마다, 마룻장이 삐꺼덕이며, 나를 그 밑의 무슨 땅굴 속에라도 떨어뜨릴 듯이 했는데, 그 삐꺼덕이는 소리는 벽에 부딪혀 이상스런 반향을 내며, 먼지의 수십 년 잠, 모든 추억의 수십 년 잠, 음침스러운 것의 수십 년 잠을 일시에 깨워 빛줄기가 내려 쏘이는 곳으로 푸르게 운집해 들었다. 나는 호흡이 거북하고, 재채기가 터져 나오려고 해서 불쾌했으나, 되도록 조용히 걸어, 저 잠들의 언저리만 그저 조금 건들기만을 바랐다. 그러며 다시 둘러보니, 저 푸른 빛줄기는, 반드시 지붕에 뚫린 구멍으로부터만 쏟아져 내리는 것 같지는 않았고, 차라리 그것은, 저 어두운 안에서 밖으로 뻗쳐 올라가는 것처럼도 보였다. 그리고 그것은 내 기가 약해질 때를 틈타, 내 위에로 덮쳐 누르려는 것처럼 느껴졌다. 이때에 이르러, 나는 조금쯤 초조해지고도 있었다.

허지만, 내가 설교단 위에로 완전히 올라서게 되었을 때, 그것은 표독스러이 짖으며, 바람처럼 사라져버렸다. 한 번의 위기는 지나간 것이었는가. 그리고 그것은 어쩌면, 저 악명 높은 늙은 검은 고양이였던 것이었는가. 검은 늙은 고양이 아니면 그것은, 뼛속으로 흘러 다니는 실뱀 바람이었는지도 허긴 모른다. 나는 왠지 뼛속이 시리고 왠지 으스스해서 빨리 이 회당으로부터 도망쳐버렸으면, 그것을 바라기도 했다.

그러는 새 눈이 그 안의 어둠에 익어, 보니, 기도대 위에는, 한 벌의 검은 법복이, 엎드려 있는 꼴로 얹혀 있는데, 그것은 어떤 반쯤의 형체를 싸안고 있는 듯이도 보였다. 유리에 남은 계집으로부터서, 그러나 나는 이런 법복에 관해서는 들어본 적이 없었다. 어쩌면 육갑하고 둔갑한 고양이가 법복 밑으로 숨어들었을지도 모르는데, 아무래도 나는 기를 좀 모아야 했다. 왠지 비겁해지려 하며, 어쩐지 싫다는 정이 치밀어 오르고 있는 것이다. 그러나 이것은, 내가 예기했거나 못 했거나 간에, 일상적인 데에 끼어든, 비일상적인 것 앞에서 당하는 불쾌감이며, 다른 것은 아니라고, 스스로에게 자꾸 일러주지 않으면 안 되었다. 그러며 내가 접근해 갔어도, 그것의 자세는 흐트러지지 않았다. 그때 다시, 저 파란 눈의 검은 바람이 소리없이 냉기를 뿌리더니, 한번 무섭게 짖고 그리고 어디엔지로 사라져버렸는데, 역시 고양이였고, 사나웠고, 검은 놈이었다.

그때 나는, 모든 것을 가슴으로 느껴 알고 있었다. 저 설교복으로 엎드려져 있는 자는, 분명히 마지막 목자였을 것이며, 그는 어쩌면 기도하던 채로 죽었을지도 모르는데 한 마리의 고양이가 그의 주검을 수호해 왔었을 것이라는 것을, 글쎄 나는, 뭔지가 속삭여 듣고 있었다.

만약 그것이 사실이라면, 그리고 그가 아직도 썩지 않고 있다면, 그것은 고적과 고독의 몰약 탓이었으리라. 그러나 어찌하여 그는, 하필이면 한 마리의 고양이로 하여 자기 주검을 수호받아 왔는가. ──이것은 내게 하나의 수수께끼로 던져졌다. 이 의문만을 빼놓는다면, 이제는 저 설교복을 향해 더 다가갈 아무 의미도 없는 듯해 그의 평안한 깊은 잠을 흔들어 깨우지 않으려 되돌아섰다. 나는 그리고, 한숨을 한번 불어내고, 천장 구멍으로부터 새어드는 낮 빛에 망연해 있다가, 또 생각해보고, 이것도 무슨 인연으로 마주친 듯해, 그의 어깨라도 한번 안아주고 싶어 안았더니, 처음에 무슨 맥박 같은 것이 느껴지는 듯도 싶어 기꺼웠는데, 내가 잡고 있는 건 종내, 그 검은 옷 한 귀퉁이뿐이었다. 뭔가가 소리를 내며 떨어지기에 발밑을 보았더니, 타다 만 모닥불모양, 오소록이 쌓인 뼈 무더기 위에로, 그의 두개골이 마지막으로 굴러떨어져 내리며 투박한 소리를 냈던 것이다. 그래서 내가 들고 있던 해골이 떨어지지나 않았나 하고 살펴보았으나, 나는 여전히 내 것을 끼고 있었다. 그 기도대 위에는 다른 것이 하나 더 있었는데 그것은 성경이었고, 그러고 보면, 성경과 해골과 쇄골만 기도대 위에 얹혀 있었던 모양이었고, 정갱이며, 대퇴골이며, 무명골 따위들은, 전에 벌써, 설교복 밑으로 슬슬 흘러내려 와 있었던 듯했다. 나는 체머리를 흔들며, 조금 한숨을 쉬고, 조금 클클 웃었을 것이었다. 이 주검이, 비록 나에 의해서 그것의 오랜 잠의

처녀를 잃었다고는 하더라도, 내게는 그러나 전혀 생소한 것
은 아니다. 우선 나는 혈루병자를 알고 있으며, 도보 고행승의
임종을 보았고, 그러나 무엇보다도, 독수리와 까마귀와 개미
와 파리 들이 쪼아대던, 내 스승의 뼈들을 나는 생생히 기억하
고 있는 것이다. 게다가 또, 내 스스로도 하나의 해골을 끼고,
이 먼 길을 걸어온 것이었다. 그럼에도, 내가 서서 있자니, 내
좌골도 내 장옷 속에서 슬슬 흘러내리고 있는지, 내가 자꾸 흔
들흔들해지며, 무너나려고 한다. 나는 그래 뼈 무더기를 앞에
두고, 흩어지려는 내 뼈를, 결가부좌에 붙들어 맸다. 나는 피로
를 느꼈다. 그래서 노독도 풀 겸 한잠 자두려고 하고 있자니,
뭔지 파란 눈이 나를 쏘아보며, 살기를 쐬어내고 있어, 나는
그것의 목부터 비틀어버려야겠다고 생각했다. 어디로부턴지
소리도 없이 나타난 그 고양이였고, 그것은 뼈 무더기의 건너
편에 웅숭그리고 있었다. 그 고양이 역시, 그러나 내게 조금도
생소하지 않다는 것을 나는 알아내고 있었다. 글쎄 전에 나,
촛불중네 촛불 속에서 그런 고양이를 보았었고, 그때 그것은
참혹하게도 내 눈을 파고 뛰어들었었다. 그런데 그 설욕을 아
직까지 못 하고, 나는 거의 까맣게 잊고 지내온 것이었다. 그
래서 나는, 조용히 손을 올려, 내 장옷의 얼굴 덮개를 열고, 머
리 덮개를 벗어, 내 얼굴을 저 검은 짐승 앞에 정면으로 드러
냈다.

전에 나는, 저 촛불 속의, 저 빛의 한가운데, 그 빛이 닿지
못하는 한 둥근 동혈에, 내가 먹혀들 것을 겁냈었다. 그 어둠,
모든 중력이 일점에로 쏟겨 들어 무서운 소용돌이를 일으키는
유암에, 억류당해 만년을 헤어 나오지 못할 것을 겁냈었다. 그

것은 지금 돌이켜보면 그리고, 어쩌면 내가 최초로 인식해낸, 한 생명이 타며 휩싸고 있는 불길 속에 냉엄히 자리 잡고 있는, 하나의 깊은 절망, 구원이 차단된 괴로운 고장이었던지도 모른다. 생명이 작열하면 할수록, 그것은 그 심지 가운데, 흑암을 더욱더 두터이 하는 것 같은데, 그래서 그것은 생명이 어쩔 수 없이 같이하고 태어나는, 어떤 원죄처럼도 여겨진다.

이것이 바로 그런 고양이와의 재회인지 아닌지는 모르지만, 그러나 문제는, 작열하고 있는 내 생명의 어떤 불꽃이, 어떤 시꺼먼 고양이의 붉은 피를 요구하고 있다는 것이고, 그런 희생, 그런 제물에 배고파하고 있다는 것일 것이다. 글쎄 나는, 설분하기를 보류해온 것이다.

그래서 오늘은 나는, 천천히 심호흡을 해가며, 아주 오래오래 전에 철위산 밖, 첨부주 땅 밑, 오백 유순 어두운 곳에로 쏟겨 들어갔던, 한 빛을 떠올리고, 그 빛 위에 명상해나갔다. '빛'이, '말씀'이, 인육(人肉)을 입고, 이 세상에 나타났다가, '해골의 골짜기'에 던져져, 어떻게 저 흑암의 고장을 밝혔는지, 그 과정을 할 수 있는껏 소상히 살피며, 빛에 쏘이자마자 괴롭게 신음하고 주리 틀려 형체를 녹혀, 한 가닥 연기 같은 것으로 영원히 스러지던, 그 고장 슬픈 백성들의 소멸을 초롱히 떠올려보았다. 흑암으로 해 입은 살이란 그리고, 닭이 세 번째 울어 트는 동이, 복숭아나무 동쪽 가지 끝에 걸리면, 저절로 파괴되어, 서러이 울며 사라져버리는 것이다.

나는 심호흡을 계속해가며, 저 소용돌이치는 듯이 느껴지는 동혈 속으로 발을 디뎌나갔다. 그러며 양미간에 기를 모아, 두 개의 눈이 하나로 합쳐져, 그것이 빛을 쏘아내는 하나의 칼이 되어지기를 바랐다. 그러는 동안에 해는 얼마를 더 굴렀는지 모른다. 그러나 내 눈으로도 나를 보니, 내 양미간에 하나의 복숭아나무가 서 있는데, 그 동쪽 가지에 빛이, 뱀처럼 쓰르륵쓰르륵 흘러내려 오고 있었다. 그러며 그 빛은, 저 유암 속으로 쑤물거리고 들어, 그 안의 형체들의 목을 옥죄고 드는데, 이 황충에 물린 모든 흑암은, 괴롭게 죽어 희어져 버렸고, 그런 뒤 붉은 불길이 일어 그 안을 일시에 태워버렸다.

이제는 손을 뻗쳐, 저 검은 짐승의 목을 옥죄어도 좋았다. 나는 그것의 패배를 알고 있는 것이다. 그것은 벌써 죽어버린 듯이, 머리를 가슴에 사려 넣고, 암흑 그 자체로, 정적 그 자체로, 소롯이 머물러 있었다. 나는 그것 위에로 아주 조용히 손을 뻗쳤다가, 느닷없이 움켜쥐어버렸다. 그리곤 그것의 따뜻하고 부드러운 목을 비틀어대기 시작했다. 목숨이란 괴로운 것이다. 한번 숨 넘기가 괴로워서 이 고양이는, 신음하며, 괴롭게 발버둥 치느라고, 내 장옷을 찢고, 내 가슴을 할퀴기도 했으나, 그것은 목숨이 괴로워 그런 것이다. 나는 그러나 마음이 더 차분해져, 그것의 고통을 지키며, 그 숨이 끊일 때까지 그것의 목을 자꾸 비틀어갔다. 그러나 쾌감은 느껴지지 않았다.

종내 그것의 목뼈가 부러져 가는지 어쩌는지, 무슨 으드득 소리 같은 것이 나고, 캑캑이는 소리가 나더니, 차차로 그것이 사지를 풀어가고 있었다. 그러며 말초 부분들을 바르르 바르르 떨었는데, 허긴 나도 어지간히는 힘이 진해, 현기증이 나기도 했으나, 그것의 늘어진 몸은 그래서 뼈 무더기 위에 올려주고, 그것의 대가리는, 그것이 지켰던 두개골 속에다 쑤셔 넣어주었다. 나는 그런 뒤, 그 자리에 그냥 비그르 무너져 누

워, 마룻장에 내리고 있는 빛 자국들이, 세 치씩만 더 동으로
옮겨 앉을 때까지나 자두려고, 눈을 감았다. 내 마음은 평안했
으며, 상심될 일은 없었으므로, 내가 잠들고 싶을 때, 잠은 얼
른 내 눈꺼풀을 덮어주었다.

　　그러나 얼마나 잤는지는 모른다. 밖에서 한 떼의 아이들
이 벌 떼모양 윙윙거릴 뿐만 아니라, 유리창에다 돌팔매질을
해대는 판에 잠을 깨이고 말았다. 그 애들은, 물장구치기에도
신물이 나고, 또 군것질 생각도 난 데다가, 뭐 좀 부숴대며 놀
일이 없을까, 그래서 올라온 것이었을 것이다.

　　"아이갸. 그라고봉개요이, 니 말이 맞는개 빈디. 어저께
봤일 때는, 여그 요런 뽀시래기(부스러기)가 없었는디, 그라구
구먹(구멍)도 훨씬 더 커졌어."

　　第一의 兒孩가말하고있었다.

　　"고 족거튼 괭이할매가 오널은 여그로 들어갔는개 비제?"

　　第二의 兒孩가말하고있었다.

　　"고 새깽이 지엔장 앉아 똥 싸 뭉개는 소리를 다 허고 있
네."

　　第三의 兒孩가말하고있었다.

　　"야, 헌디 들어바, 들어바, 들어보랑개. 무신 소리가 안 나
냐?"

　　第四의 兒孩가말하고있었다.

　　第五의 兒孩는무섭다고그린다.

　　第六의 兒孩도무섭다고그린다.

　　第十三의 兒孩도무섭다고그린다.

　　十三人의 兒孩는무서워하는兒孩뿐이모였다.

다른事情은없는것이차라리나았을것인가,

十三人의兒孩가道路로疾走하는데,길은뚫린큰길이다.

다른 사정은 없는 것이 차라리 나았을지도 모르는데, 그 애들에 대한 나의 짝사랑으로, 내가 회당 바닥을 삐꺼덕이며 걸어가, 우선 내게 유산된 해골부터 먼저 내민 뒤, 내가 다시 그 구멍으로 나가려 목을 내밀었을 때, 그 애들은 도망가버린 것이다. 목교 위를 질주해 가버린 것이다. 때는, 점심을 끝낸 농부들이 그늘 밑 오수를 즐기려 큰 나무 밑으로 찾아들 즈음이나 되어 있었다. 내가 고양이를 죽인 얘기를, 결국 그 애들에게 들려주지는 못해버린 셈이다. 나중에 그러나, 내가 읍내로 내려가게 되면, 그 애들 불러 앉혀놓고, 내가 어떻게 고양이와 싸웠는지, 그 무용담을 한번 신나게 엮어갈 수도 있을 것이다. 그 아해들은, 길로는 대로를 따라 질주해 갔지만, 마음으로는 막다른 골목으로 뛰어들고 있을 것이었다. 그 아해들은 무서워 뒤도 돌아다보지 못하고 있었다.

나는 어쨌든, 활개를 펴 기지개를 한번 했다. 그리곤 해골을 옆구리에 낀 뒤, 회당 앞마당의 능금나무 밑을 조금 어슬렁어슬렁 걸어 선잠 깨서 아픈 머리도 좀 맑히고, 신선한 공기도 폐부 가득히 호흡해 넣었다. 어쩌면 내가, 저 공기의 신선함에 너무 욕심을 부렸는지도 몰랐는데, 배가 쭐쭐거리며 건트림이 나와 트림을 했더니 매미 소리까지도 괴어 올라왔다.

한 뭉치의 주먹밥을 기억해내고 나는, 그런 뒤 종각 밑 샘 곁으로, 갔다. 그녀는 그랬었다, "가심선, 요것으로 요구(요기)하먼이라우, 읍내가 될팅개요, 아척(아침)은 거그 장로님네로 가 뺴겨요. 고 댁네서는 시님덜헌티 대접이 참 좋다고 헝개요.

알았지라우?" 나는 고개를 끄덕였었지만, 그러겠다는 마음이 있어서는 아니었었다.

어쨌든 청랑한 물로 입술부터 축이고, 전망을 찾아, 샘을 뒤에다 두고, 읍내를 내려다볼 수 있는 곳에, 아무렇게나 나는 퍽적지근히 주저앉았다. 그리고 아끼며 한입 뜯어, 오래오래 씹으며, 읍내의 거리며, 지붕이며, 분위기의 이내를 내려다보았다.

그러는 사이 내 손은 비워져 버렸고, 달게 괴어든 유리의 계집의 정이 창자에 무거워, 그것 좀 삭고 나면 가벼이 몸을 일으키려, 시간으로는 대개, 골통담배 세 대쯤이나 다 태웠을까 했을 만큼 앉아 있는데, 헌데 무슨 일이 일어났던가, 내 뒤통수를 벼락이 때렸던가, 급살이 끼었던가, 무슨 일이 있었던가. 내 뒤통수가 한번 와싹 탄 것뿐으로, 대체 어쩐 일이었던가. ─나는 아무것도 모르게 되었다.

3

너무 잘 들기 때문에 꺼끄러운, 삭도 같은 것으로나 내 발바닥 살을 포로 떠내며, 거기다 소금을 끼얹는 듯한 아픔 때문에, 나는 깨어났다. 그것은 인고의 한계를 훨씬 넘는 것이어서, 도대체 비명을 참아낼 재간이 없었다. 나는 지금 산 채, 이 초열지옥의 고문을 당하고 있는지 어쩌는지 그것까지도 알 수가 없었다. 기억나는 일이란 아무것도 없고 또 기를 써서 주위를 살펴보아도 연기로 보이는 무슨 푸른 것이 나를 두텁게 휩싸고 있어, 재채기에 따라 눈에서는 눈물이 비처럼 흘러, 아무 것도 볼 수가 없었다. 숨을 쉬면 가슴이 쓰리고 터져나가려는 것으로 보아서, 이것은 한 마리의 물고기가 물에서 낚여져 올라와, 숯불에라도 던져진 그런 상태인 듯하다.

"히히히, 조, 조골 들어배겨, 글씨 괭이가 우는 소리 안 걸냐고이?"

아스라한 어디, 아래쪽인지 위쪽인지에서, 어떤 아수라가 고자 목소리로 떠들며 웃는 소리가 들렸다. 그건 십 년 전에나 했던 소리가, 십 년이 지난 이쪽으로 뒤늦게 울려오는 듯, 도대체 내게 실감이 되지 않기는 했다.

"요배겨들, 에끼 이 사람덜, 요게 시방 무신 짓이단댜? 아이덜도 아닌 어른덜이 시방 요런 짓을 장난으로 헌단냐? 글씨, 고만침 해뒀이면 인제 실폭허기도 안 허냐고. 인자 구만들 뒈겨." 누가 굵은 목소리로 말하고 뭔가를 걷어차 내는 소리를 낸다. 그러자 나를 푸르게 휩쌌던 것이 흩어지며, 발바닥의 에는 아픔이 좀 얼운한 채 머물고, 사물이 흐릿하게 나타난다. 아직은 그래도, 여울지는 수면을 통해 보는 것처럼, 무엇이든 포르르 포르르 떨며, 스무 개도 서른 개도 넘는 몸으로 내 눈앞을 스쳐 지났다. 손을 쳐들어 눈을 닦고도 보려고 나는 했다. 그러나 손이 쳐들어 올려지지가 않았고, 그런 대신 압박감이 느껴졌는데, 그리하여 내가 내 몸을 훑어보니, 내가 염 되듯 꽁꽁 열두 매로 묶여 있었다. 그것도, 내 등의 척추를 따라, 뒤꿈치까지, 무슨 막대기 같은 것으로 등발이를 해놓고, 그렇게 염해놓은 것 같았다. 그런 탓에 나는, 대꼬챙이에 꿰어져 마른, 약재용 지네 같다는 기분이었는데, 그런데 내가, 전체로서 뻣뻣한 채, 왠지 흔들리고 있어서, 전혀 안정감이 없는 데다 현기증이 났다. 초열은 저 아래 발바닥 밑에서 비롯되었던 모양이었다. 도대체 알 수도 없는 그들은, 그래 그러고 보니, 나를 태우고 있던 중인 것이다. 내 짓무른 이빨 사이론, 사실로 고양이 죽던 때 짜여 내지던 그런 소리가 부서져 나갔는데, 그래 그러고 보니, 그들은 한 마리의 요사스런 고양이라도 태우고 있던 중인 것이다. 대여섯의 사내들이 날 둘러서 있고, 그들의 얼굴은 벌겋게들 부어 있었고, 대략 여덟 살에서 열두 살까지의 사내애 한 여남은 놈들은 조금 멀찍이 서 있고, 그놈들은 여차하면 도망치기라도 할 양으로 궁둥이들을 빼 내놓고 있고, 남루한 옷을 입은 계집아이 하나는 재미있어하는 얼굴로, 내 발치 아래 퍽적지근히 주저앉아 있다. 그러나 무엇보다도, 내 시선을 온통 빨아들이고 있는 것은 아주 멀찍이, 한 스무남은 발자국 떨어져, 능금나무 우거진 데 몸을 반쯤 숨기고 말에 타고 앉은, 금 사슬 두른 옷의 기름진 사내였다. 나는 어쩌면 그를 잘 알고 있을는지도 모른다. 글쎄 그는, 한 곬에 심긴 세 번째 나무거나, 어쩌면 첫 번째 나무일지도 모른다. 그의 눈은 충혈되어 번들거리고 있을 것이며, 입술엔 습기가, 가슴엔 불이, 치골엔 가려움증이 일고 있는 것이었다. 제일의 처용은 숨어서 보고, 제이의 처용은 각시의 뒤에서 자고, 제삼의 처용은 각시의 앞에서 잔다.

"두고 봉개 사람 참, 너무형만이. 조놈우 아새깽이들은, 지언장, 무신 굿 났냐, 굿 났어?" 굵은 목소리의 사내가, 모두들으라는 듯이 소리친다.

"허헛따나 십장 사둔은, 넘우 뒈세기병(두통) 좀 나수겠다고 요라는디, 백찌 나서각고, 훼방헐 것은 없잖냐고."

다시 고자 음성의 사내가 받는다. 그러며 그는, 여기저기로 흩어져 연기를 파랗게 피워내는 모닥 끝을 주워 모으고 있었는데, 제일의 사내가, 아까 한 발길에 차 던졌음에 틀림없는 것들이었다.

"사둔은 그라면, 조 객을 쥑이겄다는 짓인가 먼가? 머리며 장옷 봉개 중 겉은디 말여. 고렇게 무장무장 더 헐 것이 없잖애?"

"십장 사둔은 고거 무신 고런 숭칙헌 소리를 다 헌디야 참말로이? 내가 그랑개 쥑이잔 것이 아니고 말이라, 실토를 허라는 것 아닌개 비."

"실토를 허란다니? 아니 실토는 무신 실토여? 잔네덜 첨에 조 객네 얼굴 보고시나, '나는 요것이 요사시런 귀신인 중 알았는디, 봉개 사람 아니라고?' 히었잖냐고?"

"고것이 그래서 워쨌당 거여, 사둔헌티 시방? 그래도 혹깐 모룬개, 꼬랑지(꼬리)를 내노라고 요라는 것 아니냐고?"

"참말이제 나는 몰루겄고만. 잔네덜은 않던 짓덜을 잘험시나 좋와허드라고. 원제 녘에는 떠들어온 워떤 새비(새우)젓 장시(장수) 하나를 안 그랬더냐고. 고 장시가 무신 죄가 있다고시나, 빨개를 홀딱 베끼고, 똥을 칠허더니, 똥개헌티 핥으라고 히었냔 요 말이여? 그래각고 갈라 묵고 난 고 새비젓 맛은 워떻던고?"

"요놈우 꽹이야. 꼬랭이(꼬리)를 횟딱 내놓아라, 안 그러면 꾸워 살라 묵어 뻐릴랑개."

제이의 사내는, 그리고 다 모은 모닥에다 입김을 불어 넣기 시작한다.

"아 글씨 이 사람아, 요런 짓을 히어도 눈치를 좀 바감시나 허라고. 저그서 판관 나으리가 아까부텀도 보고 안 있냐고. 잔네들 머랄 것이여 인제?"

"십장 사둔은, 고때 고 새비젓 값을 누가 갚아줬는지, 여태끄장도 소석이 깡깜허단 것 아녀?"

제삼의 사내가, 낮은 음성으로 말한다.

"판관 냥반 말이제, 사정 돌아가는 것을 조만침이나 빠르게 안개로, 우리 읍내가 끄덕도 없이 잘 지켜져 나가는디, 누가 한번 방구를 꾸었다고 허면, 조 냥반 그림재가 거그 있는개 말여."

제사의 사내도 낮은 음성으로 말한다.

"그래각고 기양 보고만 있는디, 새비젓 장시 일도 그랬제, 그랴. 그래서나 나중에 엄히 나무래기는 히어도 말이제, 우리 줌치(주머니)에서 고 새비젓 값이 나올 만헌가?"

제오의 사내도 낮은 음성으로 말한다.

"내 알기로는, 조놈우 가시나가 쥑일 년이여. 조것이 끈나풀이라고. 그래각고 쪼로록 일러바친당개로."

제육의 사내도, 말한다.

제칠의 사내는, 마상에서 귀두 끝으로 수분을 떨어뜨리고 있을지도 모르는데, 나는 다시 태워지며, 꼬리를 고백할 것을 강요당하고 있다. 그러는 동안에, 내 눈에는, 마상의 사내가 한 점만 하게 보여졌다 사라지고, 그런 대신 이 현장엔 부재중인 사내들이, 어지럽게 내 눈앞을 스쳐 가는 것을 보아야 했다. 사내 하나는, 타는 초를 항문에다 꽂곤, 밤 속을 등처럼 지나가고, 다른 사내 하나는, 물속에 앉아 자기의 근을 물어 끊는데, 그 광경을 보던 사내 하나는, 자기의 외눈 속에다 손가락을 깊이 꽂아 넣는다. 바위가 무너져 내리고, 그 아래에 앉았던 사내는 척추를 부러뜨리는데, 나무에 못 박힌 사내의 가슴엔 창이 꽂히고 든다. 내게는 어째서 꼬리가 감추어져 있지 않았던 것인가. 창자라도 토해질 것이라면, 그것이라도 한 열댓 발 토해내 꼬리모양 보여줄 것인데.

나는 얼마나 애를 쓰고 힘을 썼던지, 입으로도 뭔지 썩은 걸 토해내고 있는 것으로 보아, 똥오줌을 또한 질금질금 갈겨내고 있었을 것이었다. 그러다 보니 내가 흔들흔들 흔들려지고 있었던지 나를 둘러섰던 사람들이 빙글빙글 돌고 있으며, 똥물처럼 참았던 그들의 웃음이 일시에 터져버렸던가, 내 고막이 찢어질 듯이 떠는데, 내 머릿속은 굉음으로 채워져 나를 절도시키려 들었다. 그 소리는 그리고도 계속되었다.

"에게 사람덜, 고 좀 너무헌다 싶웅만. 워짜겄다고 또 종줄은 잡아땡김선, 사람을 뺑뺑 잡아 돌리는 겨, 에헥, 거 좀 고만들 해둬겨."

"보제 야 사람? 안 본다고? 물속에 처넣은 괭이 대가리를 흔드는 꼴이여."

나는 어쩌면 청각을 잃었을지도 모른다. 아직도 소리가 나고 있다는 막연한 느낌만 빼놓으면 나는 아무것도 들을 수가 없고 있었다. 나는 어쩌면, 종 불알에 매달려 있는지도 몰랐다. 모든 새벽마다 모든 주일마다 그것은 깊고도 청아스러이 울어, 고달픈 혼들을 어루만져주었을 것이었는데, 지금은 저 소리의 녹슨 것, 소리의 황폐한 것이 평온했던 혼 속에서

죄스런 아픔과 신음의 녹을 부스러뜨린다.

체념하고 나는 눈을 감았더니, 연기 탓으로가 아니라 비겁 탓으로, 속으로부터 눈물이 괴어올랐는데, 그러자 왠지 소리가 멎고, 흔들림도 멎더니, 발밑의 초열도 가셔버렸다. 그 순간에 이르러 내 정신이 아스무레해졌는데, 그래도 까무러치지는 않기 위해서, 호흡에다 기를 모았다. 가슴 또한 단단히 묶여 있었으므로, 깊은 호흡은 할 수가 없었어도 어쨌든 정신을 숨통에다 간신히 붙들어 매둘 수는 있었다.

"끌어내리도록 하시오!"

한 스무남은 걸음 저쪽에서, 한 스무남은 해나 걸려서 하는 소리였다. 그러고 보면 아직도, 내 고막은 파열되지 않은 상태인 듯했다. 그럼에도 물론 귀는, 저 소리의 악몽을 덜 깨고, 아직도 괴로워 윙윙거리고는 있었다.

"대체 당신들이 하고 있는 짓들은 무엇이오? 어디 십장께서 설명 좀 해보시오."

스무남은 걸음 저쪽에, 말에 타고 있던 사내가 어느덧 다가와, 마상에서 힐난조로 묻고 있었다.

"파, 파, 판관 나으리께, 께서도 보, 보아서 알고 계신 것맹이로."

"내가 알고 있다니?"

"헤, 보, 보아서, 헤헤헤, 아, 알고 계시잖은개 벼요이?"

"보아서 알고 있다니?"

"그, 그러싱구만이라우이, 그, 그라먼 요것 참, 죄송, 송히어서, 디, 디릴 말씸이 어, 없는디라우."

"죄송해야 할 필요는 없겠소. 무고한 객승에 베푼 사형(私

刑)에 대해서는 나중에 법이 공정히 그 죄과를 다룰 것일 터인데, 본인이 보았다면 여러분의 두터운 행악이며, 한두 번 같이 사는 읍민으로서 너그러이 훈계했음에도 불구하고, 재차 재삼 그런 행악이, 그것도 백주에, 그리고 질서를 지키는 자 앞에서, 의연히 행해지고 있다는 것에 대해, 본관으로선 깊이깊이 유감으로 믿는 바이오. 어쨌든 저 스님을 끌어내리도록 하시오."

"예이, 예이! 아, 야, 이 참, 아 요 사람덜 여태끄장도 멋들을 허고 있단댜? 원 씨버무거갈! 내가 머시라고 허드냔 말이제. 일을 벌일 때는, 똑 무신 썩은 괴기 본 여시걸이 달기들더니, 요론 판에 이른 개는 죽을 상판을 해각고는, 능장코만 빠추면 워짜잔 것이여, 지엔장!"

나는 그제서야 풀려 내려졌다. 그들이 나를 매달 때, 그렇게 했을 것이 틀림없는, 아마도 그 방법을 거꾸로 써, 한 사내가 다른 사내를 목 위에 받쳐 올리면, 그 목에 사태기를 감고 있는 사내가 종 불알에 나를 묶은 새끼줄을 풀고, 남은 사내들이 나를 받아 내리는 그런 식이었다.

"내가 알고 싶은 요점은," 판관이라는 사내는, 익혀져 버려 고칠 수 없이 된, 사람을 깔보는 눈으로 나를 내려다보며, 이번엔 언사를 좀 누그러이 해서 이었다. 나는 도대체 앉아 있을 수가 없었음에도, 눕지는 않았고 두 다리를 뻗치고 앉아 두 팔로 몸을 괴는 자세로 앉아, 그를 올려다보았다. "당신들의 이유는 무엇이었느냐는 점이지. 목적이 나변에 있느냔 말이야."

"그, 그랑개, 내가 머시라고 허등감? 머시라고 히었더냔개?" 십장이라는 사내도, 여기에 이르러선 분기를 돋우고 나섰다. "워디, 자네 말 좀 해뭬겨, 판관 나으리께 좀 고해보랑개." 그는, 고자 음성의 사내를 향해 그렇게 족쳐대고 있었다.

"아니, 고렇거니나 똑똑허든 사램이 끝째기 쎄(혀)가 굳었단
다, 워쨌단댜? 벵을 나술렀으면 벵을 나술렀단다고 허든지, 머
시라고 히어야 알 거 아니냐고."

"히, 히히, 판관 나으리시라우, 쪼꿈만 뇌기를 가라앉히시
고라우." 그제서야 고자 음성의 사내가 나섰다. "요 쇠인 눔이
몰루고 저재질른 이약이나 좀 들어바줘겨라우. 그라고 우리
모도 용서나 좀 히어주씨요."

"용서하고 안 하고는 법이 알 일이고, 내가 알 일은 아니
오. 그리고 대개 요점만 얼른 말해보시오."

"그러라우 글씨. 그런디 요 괴회당에 꽹이귀신 살고 있단
건 다 아는 일 아닌개 뵈이. 판관님도 아실 경만이요이."

"아니, 그런 일도 있어왔댔구료? 그래서 당신이 보았댔
소?"

"워, 워디가라우? 혜, 혜히히, 판관 어르신도 아심서나 백
찌 몰른 체허셔요이."

"내 말은, 당신이 눈으로 보았느냔 말이오."

"아 앙 그라고사, 백택 없이 그라면 워짠다고 요런 좋운
집을 묵히고 그라다 인제는 헐어낼라고 할 까닭이 없잖애라
우? 그라장개 우리가 지금 요 공삿일 시작되기만 지다림선, 요
런 좋운 날 허릴없이 가는 거 원망허고 있잖애라우? 그랑개요,
판관 나으리도라우, 장로 어르신께 좀 말씸 좀 디려서라우, 요
렇게 좋운 날씨 때, 조 공삿일을 시작허도록 좀 심(힘) 좀 써주
면, 우리 참말로 아심찮겄구만이라우. 아 안 그랴 모도?"

"당신 지금 낮 꿈을 꾸는 것이오, 아니면 나로 더불어 희

롱을 하자는 것이오? 어째서 이런 불미스런 일이 일어났는지를 요점만 말하라고 내가 그러지 않았소?"

"허튼이라우. 그라장개 시방 고런 이약끄장도 나오는 것여라우. 헌디 말이제라우, 해만 질라면 요 쇠인 놈은 뒈세기가 아픈디, 나만 그런 것이 아니고라우, 그런 사람이 쎄삐릿어요."

"지금 하고 있는 객담엔 또 무슨 뜻이 있는 것이오? 간단명료히, 어째서 저 객승께 행악을 했는지, 그것만 밝히라고 내가 말하지 않소?"

"글씨 그랑장개, 요 쇠인 놈 애가 씨잉구만이라우. 헤, 헤히, 요번 일도 전번 일맹이로, 우리헌티 몇 말씸 훈계나 주시고라우, 우리덜 유야무야해삐리지라우 예? 요렇게 머슬 일을 크고 복잡허니 맹글어 좋을 일 없잖겄어라우? 아 앙 그려 모도? 그라고 조 시님 발바닥 봉개, 물집 한 뒤 군데 맺는디라우, 판관 나으리께서는 너그럽우신개요, 한두 푼 줘서 의원네라도 보내면 말여라우."

"내가 바로 목격자이므로 여러분의 죄상에 관해서는 더 따질 말이 없겠소. 어쨌든, 무고한 여행자를 이유도 없이 살해할 목적으로 분사형(焚私刑)을 가하다가, 목격자에 의해 목적을 달성하지 못하자, 그것을 일종의 장난인 것처럼 꾸며 은폐하려는 악랄한 저의라든가, 또한 그러한 범죄 행위에 대한 뉘우침은커녕, 오히려 법으로 하여 다스리는 자를 모욕하고, 또 공정히 써야 될 읍민의 세금으로 하여 여러분이 행한 상해의 보상금으로 써주기를 바라는, 그런 철면피하고 냉혈적이며 후안무치한 태도에 대해, 공정을 위주로 하는 법이 침묵할 수 있으리라고 본관으로선 생각할 수가 없소. 본관으로서는 지금 당장 여러분을 체포 구금하여야겠으나, 같은 읍에서 같이 뼈를 굵혀온 처지로서, 여러분께 오랏줄을 씌워 관서로 간다는 것은, 화평과 우의로 사는 읍민께 경악이 되며, 여러분께는 씻을 수 없는 치욕이 되고, 그런 일로 관과 민 사이의 거리가 소원해지는 것을 본관으로서도 바라는 바가 아니니 어쨌든 관에서 부르면 여러분께서는 여러분의 발로 관서에 출두해주기를 바라는 바이오."

"아니, 요것이 고렇게나 큰일이었으께라우?" 고자 음성의 사내가 등신불 같은 얼굴로 묻는다.

"나는 그리고, 당신이 주범이라고 지목하는 바인데, 법의 조문이 결정할 일이겠으나 앞서 말한 이유만으로도, 당신은 최소한 삼 년 징역형이나, 그에 상당한 벌금형에 처해지지 않을까, 그것이 나도 당신과 함께 염려되오."

"아니, 그랑개 요것이, 좀 짓구진 짓였단대도, 헐 일 없는 사람덜 장난이 아니었으끄라우?"

"할 이야기가 있으면 법정에 서서 해주시오."

그리고 판관은 말머리를 채, 돌아가려 한다. 그러자 십장이 얼른 말고삐를 잡아 매달리는 시늉을 하며, "파, 판관 나으리, 쪼, 쪼끔만 지, 지다려줌선, 우, 우리덜 이약이나 좀 들어보쏘이" 하고, 무릎을 꿇는다. 그는 오십은 넘은 얼굴에 두터이 눈물을 괴어내고 있다. "쇠, 쇠인 놈들이 몰라서 헌 일을 그, 그저, 똑 한 번만 너그러이 보아서, 그저 이약이나 좀, 이약이나 좀, 들어바주먼 원이라도 없겠네라우."

그러자 판관은, 양미간을 좀 찡그렸으나, 말을 몰아 떠나지는 않았다.

"우리도 말이라우, 우리 죄를 몰루는 건 아니구만이라우. 헌디 말이지라우, 조 친구네 늘 머리 아파해쌓는 걸 우리 눈으로 바왔응개 말이요, 벵 좀 나수겄다고 그러는디, 대처니 우리가 워쩠겄어요? 벵 나술라고 워떤 사람은 죽은 아 간도 내 묵는단 말도 안 있는그라우이? 헌디 야 사람아, 고라고 등신맹이 있으면 워짠단 것이여? 얼렁 돼온 사탈이를 판관 나으리께 고해바쳐얄 것 아녀? 다른 씰디없는 말은 헐 것이 아녀 글씨. 톡 뿐질러서, 알아딛기 좋구로 말허란 말여."

"윗따나 사둔은 지엔장, 아 누구는 안 그라고 싶어서 안 그라는 중 아는갑네. 십장 사둔도 여그 있었응개, 그라면 사둔이 좀 나서서 말 좀 히어보라고. 시방 그럴랑개, 내 뒈세기 아픈 벵 이약이 나오는 거 아니냐고."

"앗따 건 그랴. 그라면 바쁘신 어른 너무 지체 않구로 허라고."

"헤헤, 저 그랑개요,"고자 음성의 사내는, 너무 일그러뜨려 보기에 추악해 뵈는 웃음을 물고, 판관의 말 곁으로 다가선다. "요 쇠인 놈이 고 말썸은 디릴라고 히었는디요, 판관님이 어만 말로시나, 내가 헐 말을 못 허게 하셨제라우이? 헌디요, 그라장개, 쇠인 넘이 아까 판에 워디끄장이나 말썸을 디렸었제라우?"

"내 고려해보겠소."

판관은 그리고, 말 잔등에 가벼운 채찍질을 한번 해서, 여유 있게 떠나갔다.

"사람 참." 십장이 의기소침하여, 고자 음성의 사내께 한마디 투덜댄다. "워짠다고 고 모냥 고 꼴이여?"

"머시여 내가? 고 좀 십장 사둔은 가만히 처져 있으라고. 워짠다고 고렇게, 헌 중우에 좁 불거지뎃기 고렇게 차꼬 나서 쌓냐고." 그는 그리고, 이미 스무남은 발자국도 더 저쪽으로 멀어진 판관을 부르며, 몇 발자국 달려간다. "파, 판, 관 나으리요, 죄 없는 사램이 워쩨서 관엘 가야 쓰끄라우? 글씨 죄는 저 그 저 시님헌티 있다고라우."

그러나 그는, 힘없이 돌아서더니, 자기만을 쳐다보고 있는 눈들 때문에 기가 질렸는지, 좀 비실비실하고 있었다. 그러더니 뭘 생각했는지, 능금나무 한 가지를 꺾더니, "요놈의 새깽이들, 무슨 귀경 났냐? 귀경 났어?" 하고, 팬스레 아이들을 다그치고 나선다. "귀경 났냐고? 요것이 굿이여?"

"씨발, 우리가 워쨌간디 우리헌티 야단이대라우?" 애들은 꿩병아리들처럼 헤쳐져 도망간다. "족거치, 에이 족거치."

"글씨, 조놈우 새깽이들 때미 요런 일이 안 벌어졌난 말여." 애들이 다 도망가버리자 그는, 회초리를 던지고, 탓 돌림을 시작한다. "글씨, 사둔들하고 같이 안 들었었냐고. 조 구멍 워디서, 먼첨 해골바가치가 굴러 나오는디, 본개로, 대가리가 없는 귀신이 피를 뻘겋게 묻히각고 또 나오드라고 말여. 아 안 그랬었더냐고? 삼 년 재수 없을 놈우 호리야덜 놈들! 그라고야 가시나야, 나이는 옹골차게 다 처묵은 지집아가, 대처니 멋허겠다고 여그 요라고 있는 것이여? 또 상내가 났단댜? 한번 히어주까?" 그는 이번엔, 남루한 옷을 입은 한 소녀에게 화를 덮어씌운다.

"음지랄이냐? 조쪽 옴팡한 디로 가까? 씨버무거갈 녀러 가시나."

"그래도 나는, 똥개가 아니니까요 아저씨 아랫두리를 물어뜯지 않을 테니 염려 마셔요."

그 계집아이도 그리고 표표히 떠났는데, 모두 얼굴을 돌리고 감추어서 웃는 것으로 보아, 그 계집아이는 그들을 감격하게 했음에 틀림없었고 내막도 있었음에 틀림없었다. 그러자 저 무죄하고 무안했던 사내의 얼굴에 일순 핏기가 사라졌으나, 그래도 한 사십 년 산 나잇값을 하느라고, 얼른 고쳐 웃곤, "조것 조래 비어도 말이라, 제복 음쪽거리는 디가 있더라고. 한번은 말인디, 요것 사설(사실) 이약인디, 지랄을 혐선, 조 작것이 쎄바닥을 빼 물리길레 씹다 봉개 말여, 고것이 조 작것의 쎄바닥이 아니고 말이제, 끄텡이는 무신 끄텡인디 고것이 글씨 내 끄텡이드라고"하고 말했다.

"쏵해, 에이 쏘악허드랑개. 쏵해."

그 계집아이와 이 사내는 우리를 감격케 했다. 내 발바닥에 독하게 남아 있는 얼운함까지도 잊게 하는 감격이었다. 우리를 감격케 한 그 계집아이는 열네댓으로밖에는 보이지 않는, 허약한 아이였었다.

"아 그러나 야 사람들." 십장이 한숨을 한번 불어내고, 어두운 얼굴로 나섰다. "우리가 요거 생각보당 큰일을 저지른 것 겉은디, 워째얄까를 몰루겄는디, 위선 조 시님헌티도 멘목이 없고 말여."

그때쯤엔 나도, 한 객승으로서 본읍 사람들께 인사도 차려야 될 듯해서, "듣고 보니, 모든 잘못은 내게 있었던 듯한데 말입죠"하고, 한마디 참견하고 나섰다. "이거 너그러이 용서하십시오. 소승은 어젯밤 유리를 떠나, 오늘 아침에 여기에 닿았는데, 밤길을 걷다 보니 노독이 심해, 어디 한 군데 유해볼까 하고 들렀던 데가, 글쎄 저 회당이었습니다요그려."

"아 그러신 걸 몰루고 말이요," 십장이 겸손한 어투로 말한다. "우리가 이거 손님 대접을 옳게 못 했으니."

"아니, 우리가 손님 대접을 잘못히었단 말이여?" 고자 음성의 사내다. "조 시님 이약도, 자기가 잘못했다고 허잖냐고? 글씨, 들어봤제? 나는 잘못헌 짓이 없었드라고."

"글쎄, 소승이 잘못했던 것 같습니다. 유리의 풍속은, 이런 장옷을 입되 얼굴 가리개까지 가리는 것이라고 할지라도, 여기서는 그래서는 안 되는 것을 깨닫지 못한 것이 불찰이었으며, 비록 소승의 스승이 내린 것이라 하더라도, 유리를 떠나면 이런 두개골은 지참치 말았어야 옳았을 터인데, 그것 또한 불찰이었습니다. 하오나 소승께는, 그 두개골이 소승의 스승이 내린 법이나 계만큼은 중요한 것인데, 지금 소승이 그것을 잃고 있으니, 어느 분께서 참으로 친절하시게도 그것을 좀 찾아주시겠습니까? 소승이 일어설 수만 있으면 소승이 찾아보겠습니다만."

"아 그야 어렵잖지라우." 어떤 다른 사내가 말하고 일어선다. "아까 시암갓(샘가)에 있는 것 봤응개요."

그는 일어나 샘터엘 갔다 되돌아오며, 무슨 막대기 끝에다 두개골의 눈을 꿰어 가지고 온다. 그랬기에 두개골이 뒤집혀져, 그 속의 '누룩'이 다 엎질러져 버렸지만, 엎질러지지 않았다고 하더라도, 그것은 이미 못 먹을 것으로 변해져 있었을지도 모른다. 흙먼지며, 풀잎 따위 같은 것이 채워졌던 흔적이 보인 것인데, 그 애들 말고 누가 그랬겠는가.

"듣고 봉개," 고자 음성의 사내가 다시 말한다. "시님이 말씀 한번 잘히었소이. 불찰은 똑 시님헌티 있었다고라우. 헌디 죄도 없는 내가 삼 년 징역이나 살아야 된다면, 고것이 옳은 짓이끄라우?"

누구의 불찰이든, '무고한 객승에게 베푼 분사형'에 대해서, 그는 깡그리 잊고 있는 투였다. 그러나 나는 그를 미워해야 된다고는 생각지 않았다. 어쩌면 그의 그런 태도는 그의 생활하는 방식 속에서, 그만의 땀내처럼 번져버린 것인지도 모른다. 그렇다고 그런 땀 냄새가 내게 훌륭하게 느껴지고 있는 것도 아니었다. 다만 뭔지, 우리 사이엔 청산될 것만 쌓여온 것 같았다.

"글쎄 거 어째야 되겠습니까? 어디 소승이 한번 관에라도 가봐야 될까요? 그래선, 그것 모두 나의 불찰이었으니, 벌을 주려면 내게 달라고 말해볼까요? 허긴 그럼 무슨 방도가 있을지도 모르죠."

"참말이제 고건 옳은 말씀이구만." 고자 음성의 사내다. "일이 그렇게 돼야 순서라고. 아, 안 그랴 모도?"

"자네는" 십장이다. "자네 터럭 하나라도 빠지면 아깝고 말이제, 다른 사람은 발을 못 써도 된단 말여, 무신 말여? 비록 말이제, 조 시님이 얼굴을 개리고 말여, 해골박을 들었단대도 말여, 자네가 조 시님 기절시켜놓고, 자네가 조 시님 얼굴 열어봤지 안 했더냐고. 점잖고 도량 짚은 시님헌티 탓 돌릴 건 없제, 없어. 나로 말히어도 말여, 자네들 못 말긴 죄가 있은개, 그랑개 나도 받을 죄는 받을라고 작정히었응개."

나는, 그의 이야기를 들으며, 흐트러졌던 장옷 자락을 여몄다. 그것은 분비물의 냄새를 풍기고 있는 데다, 그 끝이 조금씩 타고, 가슴팍 부근은 찢겨 핏방울에 덮여, 더 입을 수 없이 되어 있었다. 찢겼거나 핏방울에 덮인 곳은 분명히, 고양이가 죽어가며 표독스러이 내 가슴을 할퀸 탓이었다.

"그란디 나도 말여, 여태끄장 생각히어봤어도 말여," 나중에 듣고 보니 그는 돌팔이 측량사였는데, 그가 드디어 한마디하고 나섰다. "머시 뒤집어씌웠던 것맹여. 헌디 요것이 물론이나 에리석은 이견(의견)일랑가는 몰라도 내 이견으롤랑은 요렇구만. 워쨌던 여그 오신 시님덜은 장로님 댁에 묵기가 일쑨개 말이고, 또 장로님이 시님덜 대접을 잘헌개 말인디 나중에 원지, 시님께서 우리가 좀 밉고 싫드래도, 우리들 불쌍헌 것 생각하시서 말이제, 고 장로님헌티 살째기 한번, 우리덜 잘못헌 것 용서 좀 히어주라고, 귀띔만 해주면, 만사 잘될랑가도 몰른다는 생각인디, 그라먼 인제 우리가 시님 치료비는 대고 헐 것인개, 내 이견이 모도헌티 워뗘?"

"그라고 봉개, 고것 이젠(의견)인디. 조만침이나 꾀가 있응개 말여," 채석공이라는 사내가 얼굴을 펴고 나섰다. "배운디는 없음선도 칙량을 해서 묵고 사는 겨. 헌디 조 시님헌티 먼첨 물어바야 안 될랑가 몰라."

"고것도 또 독(돌) 한번 쪼개고 나선 소리 겉구만."

"아, 그런 일이라면, 우선적으로 소승의 불찰이었고 하니, 여러분이 원한다면 즐거이 해드리지요."

"고만헌 도량이면," 듣자니 회계꾼이라는 사내가, 오랜만에 한마디하고, 십장은 읍내 쪽을 망연히 내려다보고 있는데, 고자 음성의 사내는 자기 발등만 보고 앉아 있다. "큰시님도 한번 돼묵기도 에럽잖겄소이."

이 대목쯤에서, 그들의 말소리는 숙어 들었는데, 나뭇가지들에서 매미만 울어쌓고, 별로 할 일도 없는 여름날 오후의 고단함이 밀리고 들었다. 그들은 이제쯤 내려가서, 하다못해 주막집 그늘쯤에서 고누라도 한판 벌여도 좋았을 것인데, 그러나 그러기는커녕, 번듯이 눕거나, 게으르게 눈알이나 굴리거나, 한숨을 쉬거나 했다.

"나는 미쟁이 노릇을 해묵고 사는디, 한 십여 년 전에 떠들어왔지라우. 헌디 시님 본절은 워디시라우?" 이제까지, 내게 향해서는 한마디도 없던 사내가, 내게 그렇게 물어왔다.

"이런 돌중 행색에, 헤, 어디 본절인들 있겠습니까?"

"허기사 제 혼자 중질허는 중도 많은개라우. 고렇게 벌어묵고 사는 기 펜하겠지라우이."

"허허허, 옳은 말씸이시오."

"헌디 워짠다고 고런 숭칙한 해골바가치는 들고 댕긴대라우?" 회계꾼이었다. "고것 각고 댕기면 몽뎅이 맞기는 똑 좋아비어도, 동냥허기는 에럽겄소."

"헌데 사돈은," 내가 고자 음성의 사내를 부르는 소리가 그랬다. 나중에 알자니 그는 목수라고 하는 것 같았다.

"늘 머리가 아프시다는 말씸이셨는데, 속담에도 있듯이 병이란 건 숨겨두면 도지고, 밝히면 약이 생긴다고도 하지 않습디까요?"

"아니, 그라먼 시님헌티 무신 좋운 약이라도 있다는 고 말이요?"

"그런 뜻으로 드린 말씸은 아니지만, 그래도 좀 듣고 싶어

그럽니다."

"약도 없음선, 넘우 벵 이약은 멋 땜시 들어볼란단 것이
요? 허허 내 참. 히어도 시님이 말 한마디는 잘 허겼어라우. 벵
이란 건 천상이제 감추고 지낼 것은 아니요이. 헌디 내가 말
을 헐라면 모도 웃는 디에 사탈이가 있소. 글씨 넘은 벵 이약
을 허는디, 저는 웃는단 요 말이요. 벨 씨식잖은 소리를 다 헌
다고 하는 기요. 허나 시님 들어보씨요이. 에려서 짐성헌티 크
게 놀랜 사람은, 다 커서도 그라는지 워짜는지는 몰루겄어도
아무튼 나는 고놈의 짐성허고는 사이가 썩 좋덜 못해봤어라
우." 그는 그리고 침을 삼켜 넣는다. 그러나 다른 사람들은 흥
미를 잃은 듯, 읍을 내려다보기도 하고 우는 매미를 향해 투덜
거리기도 하고, 그리고 아마 무슨 공사판 이야기도 하는 것 같
았다. "그랑개 들어보씨요이. 요 괴회당에 괭이귀신 살고 있는
중은 다 알고 있소. 본 사람은 없어도라우, 소문만 갖고 이
약 책을 꾸미도 서른 권은 될 틴개, 고 말은 허지 맙씨다잉. 헌
디 보씨요, 해만 질라고 허면 나는 머리가 아팠더라 요 말이
요. 우리 집은 조쪽 아래 있는디, 모도 감나무집이라고 그러제
라우. 헌디 해가 질라면, 요 괴회당 그림재가 살망살망 니리와
갖고는 우리 집을 콱 웅키잡아 묵어뻐리는 것이랑개. 아니, 헌
디 시님은 안 웃는그라우?"

"웃을 까닭이 없는 말씀이신걸요."

"아, 그라면 안심히었소. 글씨 나는 사설 이약을 헌개로.
그라면 인제 갖다가시나 머리가 아파지기 시작허제라우. 고
아픈 징세는, 일로 치면 뒤세기 속에서 괭이가 운다고 허까.
움선 고 붉은 쎄바닥으로 내 골을 핥아 묵는다고 허까, 워쨌던

그렇소. 애초에 시작은 그랬는디, 고것이 차채차채 도지먼서 인제 밤이나 낮이나 아픙만이요. 그래도 더 소싯쩍에는 몰랐는디, 마누라가 데리고 온 자석 놈 홍진에 죽어뻐려, 묻고 돌아온개 워디서 밤새도록 팽이가 울어싸라우."

"아니 이배겨들." 십장이 생기 있는 목소리로 주의를 환기시키고 나선다. "조 다리 우에 말여, 조 냥반이 장로 어르신 아녀? 잔네들 붉은 눈으로 좀 봬겨."

"그렇고만 그랴. 그라고 촛불 시님이시구만. 헌디 오널은 워짠 서낭 귀신이 씌었단댜?"

"좋은 소식이나 좀 갖고 왔이먼 싶으구마는. 인제는 배도 고푸다고. 여그로 오시는 기 확실허제?"

"조 촛불 시님은 에지간히 큰시님이 아니여. 워디, 유리서 왔이먼 시님도 조 시님을 만내봤이끄라우?"

나는 고개를 끄덕이고, 목교를 내려다보니, 두 사람이 걸어오고 있는데, 얼굴은 확실치 않았으나, 백발의 약간 등이 휘인 늙은네를, 젊은네가 부축하고 오는 것이 보였다.

"아, 그러니 그 내용이 그렇게 되었군입쇼. 소승도 저 어린 죽음에 대해 심심히 조의를 표하는 바이외다."

"고맙구만이라우. 내가 참 귀애했었는디라우."

"그렇다면 거기 전혀 묘약이 없을 수도 없겠습니다요 그려."

"아니, 고것 참말이랍뎌? 흐흐흐, 그래서나 벵이란 소문을 내고 볼 일여."

"그나따나 말이제." 십장이 이번엔 풀 죽은 소리로 혼잣말하고 있었다. "워짠 일이 있었냐고 물으면, 내가 요거 머시라

고 헌다제? 걱다가 다른 청부업자가 둘썩이나 더 나스고 있는
판인디 말여."

"만약에 그런 고양이가 죽어버렸다면, 사돈 머릿속은 깨
끗하지 않겠소."

"아 고것이사 베문헌 소리겄소이?"

"소승이 저 회당 안에서 그런 고양이를 한 마리 죽였는데,
그게 그 고양인지 모르겠군요."

"허히, 고것이 참말이랍뎌? 송아치만 하게 큽뎌? 서서 걷
습뎌?"

"뭐 그렇지는 않습디다요. 그냥 설교대 밑에 던져놓아 뒀
습죠."

"고것 좀 얼렁 보고 싶응만." 두통쟁이는, 좀 넋 떨어진 놈
처럼 웃으며, 회당 정문 쪽으로 걸어간다. 오며, 내가 살해한
그 고양이의 뒷다리를 거머쥐고 나오는데, 그의 얼굴엔 조금
도 기쁜 빛이 없었다. 밝은 데서 보니, 그 고양이는, 생각했던
것보다는 크고 살기스럽기는 했으나, 털에 윤기가 없어 거의
누르스름하게 보이는 것이, 천했다.

"시님이 말씸한 괭이가 요것이었든그라우. 요것 본개 머
리만 더 아프요."

나는 대답할 말을 찾지 못했다.

"다른 괭이라면 몰라도, 요 괭이라면 불쌍시런 걸 팬시리
죽있소. 요놈은 집도 절도 없는 놈이라 배가 고프면 기양 느시
렁 느시렁 댕기도 벨 해꾸지 한번 안 허는 놈이었더랑개요."
그는 그 고양이를 땅바닥에 던지며, 다시 내 곁에로 왔으나,
앉지는 않았다. "요 읍내 사는 사람치고, 조 괭이 안 본 사람은

없을 것인디, 불쌍헌 것만 쥑있소."

그는 차라리 나를 원망하고 있었다. 이 사내의 병은 낫지 않을 모양이었다. 이 사내의 병은 그러고 보면, 고양이라고 풍문으로 전해지고, 실제로는 어떤 그늘뿐인, 그 그늘의 주술에 의해 돋아진 것인지도 몰랐다. 그러나 누군가가 있어, 이 사내에게서 그 주술을 풀어주지 않는다면, 이 사내는 분명히, 그 두통을 관 속에까지 넣어 갈지도 모를 것이었다.

"아, 그러고 보니, 사돈이 말한 고양이 이런 것이 아니었었지요? 그랬습죠. 그러고 보니, 다른 고양이 말씀이시구만. 글쎄 그 고양이였어, 그놈의 고양이 말씀이시구먼."

"아니, 시님도 보싰단대라우?"

때에, 장로와 촛불중이 거기에 도착했던지, "여러분께서는, 한 대사로 더불어, 한 마리 고양이를 놓고, 무슨 뜻깊은 말씀들을 나누고 계시오?"하고, 한 열댓 발자국 저쪽에서, 웃음으로 묻는 소리가 들려왔다.

"아, 요, 요, 참 죄송시럽게 돼뻐렸는디요." 십장이 뒤통수를 긁으며 하는 소리였고, 다른 사람들도 모두 일어나 절하며, 뭐라고 제가끔씩은 한마디씩 인사를 해 올린다.

"헌데, 나도 내 아들로부터 대강은 이야길 듣고, 지금 부랴부랴 오는 길이오만." 노인은 내 쪽으로 다가오며 말하고, 촛불중은 약간 좀 놀란 듯한 눈으로 나를 쏘아보더니, 고개를 돌려 읍을 내려다본다. "대체 무슨 짓들을 하였단 말이오?" 그리고 장로는, 내가 지참한 해골을 보고서인지, 일순 창백한 얼굴이 되며, 입술을 좀 떨고 있어 난 좀 민망함을 금할 수가 없었다. 그러나 그는 이내, 전의 온화한 얼굴로 돌아가, "대사, 이

거 참 못 당하실 곤욕을 당하셨구료"하고, 연민 어린 눈으로 날 내려다본다.

"어찌 한 학승을 대사라고 부르십니까?" 나도 대답하고 합장 재배해 보였다. 그런 뒤, 다른 사람들이 말을 꺼내기 전에 내 쪽에서 먼저, 어떻게 되어온 사정인가를 요약해서 들려주고, 일이 이렇게 되어온 모든 원인은 내게 있었다는 것을 강조했다. 그리고 그런 불미스런 일에 따르는 벌과는, 그것이 어떤 것이든 새로이 고려될 여지를 갖고 있다는 것을 밝혔다.

이 계제에 이르자 노인은, 호걸풍으로 웃으며, "듣고 보니, 서로들 몰라서 그랬지, 누구의 잘못도 아닌 듯하구료. 그러나 법은 판관이 다스리는 것, 판관이 고려할 일이겠으나, 그래도 일이 그런즉 나도 거들어 이야기해보리다. 허나 어쨌든, 이런 불상사는, 그 내용이야 어쨌든 전혀 두둔할 만한 것은 아니라는 것을, 이 기회에 모두 명심해두는 것이 좋겠소. 허고, 상처를 보니 그렇게 심한 듯하지는 않으나, 속히 치료를 받는 것이 후환을 없이할 터이니, 어디 십장께서는 들것이라도 하나 만들어보는 것이 어떻겠소. 그래서 비록 이 늙은네 집이 불편하다 하더라도, 이 늙은네 집으로 대사를 좀 모시도록 하시오"하고, 분부도 했다.

"암만이라우, 암만이라우. 그랍지라우." 십장은 대답하고, 채석공과 미장이를 손짓해 불러, 교회당을 옆으로 돌아갔다 돌아온다. 그들은 그래서 두 쪽의 퇴색한 송판을 가져왔는데, 떨어져 나갔던 부엌문을 가져온 것 같았다.

"하온데, 아까 소승은, 여기 계시는 분과 함께, 고양이에 관해 이야길 주고받고 있던 중이었습죠."

"예, 그랬었지라우 장로 어르신."

"허락하신다면, 소승이 지금 그 말씀을 끝냈으면 하옵니다."

"아, 어서 계속하여주십시오. 이 늙은네도 경청해드리리다."

"감사합니다." 장로께 나는 목례해 보이고, 두통쟁이에게 향했다. "그러니까 말씀입죠, 혹시 사돈 말하는 고양이가, 해가 지려고, 서산마루에 걸려, 그렇지 꼭 지금처럼, 뉘엿뉘엿할 때로, 산으로부터 스름 스름, 아주 조용하게, 산그늘모양."

"그래라우, 그려요. 아 그려라우. 그람선 고것이, 진 낮잠 자다 깬 것맹이 입을 짤 벌림선, 하품을 하요이. 그라고 몸뚱이를 한번 쭉 늘였다가시나는, 냐옹 하고, 내 우에로 덮치각고는, 내 머리를 씹어대요이." 그는 수다스러이 떠벌이며, 친구 만난 듯, 내 발치에 털썩 주저앉았다.

"그러고 나면 밤중까지나 열이 나지 않소?"

"것도 맞는 말씸인디. 헌디 고것도 변허드랑개."

"전에는, 구름 낀 날이나 비 오는 날은 아프지 않았었다는 말 아니겠습니까?"

"요 냥반이 그라고 본개요, 점쟁이치고라도 솔찮은 것맹인디?"

"그거 하나도 틀린 말씸이 아닌디. 조 친구네 그래각고, 꾸름한 날로만 좋아했었응개." 십장이 거들며, 그도 자리 잡아 앉는다.

"사돈네들, 만약에 그렇다면, 그 고양이는 이 읍에만 있는 고양이는 아니겠습니다요."

"아니 그라면, 딴 디도 있습디?" 칙량꾼도 묻고 앉고, "참 말이제 열시[閱世] 많은 시님덜 말씸은 들어놓고 바얄 것이당개." 회계꾼도 앉고 다른 사람들도 앉았다. 장로와 촛불중만, 열외에 서 있었는데, 그러나 장로는 서 있는 것이 좋아서인 것 같았고, 촛불중은 흥미가 없어서인 것 같았다.

"설매 그러끄라우?" 두통쟁이 당자는 정작 못 믿고 나섰다.

"사돈, 글쎄 나도 그렇게 의심했더라구요. 허지만 이야 길 좀 들어보시지요. 서녘 산이 있는 마을 이야기지. 그 서녘 산 꼭대기 소나무 가지에다 그만, 모년 모월 모일 모시에, 한 처녀가 목을 매달아 죽어버렸구만. 그런 이후, 그 처자의 원귀 가 검은 고양이가 되었더란 이런 말이지."

"아 그런 일이사, 뭐 해 가다끔 한 번썩은 있는 일이제. 봄 에는 동촌 큰애기 하나가 쏘에 빠져 죽잖었다고?"

"허지만 그 고양이를 본 사람이라곤 마을의 무당 할미뿐 이었고, 사실로는 아무도 본 사람이 없었다니까, 실제로 그 처 자가 고양이가 된 것인지 아닌지는 모를 수밖에요. 어쨌든 마 을에는, 홍역에 애들이 더러 죽기는 하고 염병에도 땀을 못 내 는 환자가 있는가 하면, 늙은네들 중의 어떤 이는 노망을 시 작하는데, 비만 좀 세차게 와도 괜스레 논두렁이 무너나고, 고 목은 웬일로 끝부터 말라죽는데, 무당 할미 생각에 그것은 원 귀 탓이라고 해서, 원귀 풀이도 몇 차례썩이나 지냈다고 합디 다." 장로가 호인스럽게 웃으며, 촛불중께 뭐라 귓속말을 하고 있다. "그러자니 무당 할미 장사는 썩 잘돼서, 새로 태어나는 애는 뭐 말할 것도 없지만, 심지어 칠순 노인네들까지도, 수명 좀 길게 해달라고 무당께 파는 것이 이제 통속으로 되었는데,

그러자니 그 마을의 손주로부터 할애비까지, 무당 할미를 어머니라고 부르지 않는 사람은 없는 형편이었다고 합디다그려. 부적도 그렇지, 장길에도 부적 없이는 못 가고, 심지어는 칙간 벽에까지도 붙여 두어, 칙간 길 오르내리는데 낙상이나 하지 않게 해달라고 비는 판이었다니깐. 그랬어도 그런 흉액이 줄어들지가 않는 걸 사람들은 알게 된 것이지. 글쎄 모두 머리 한 귀퉁이씩은 아픈가 하면, 가슴이 아프고, 체한 듯이 늘 끄르륵거려야 되었는데, 산다는 일은 아무 재밋속도 없고, 열심히 일해보아도 배는 늘 고프더라지. 마을의 사내들이 그래서는 분노를 하고, 작당을 해버렸다는구료, 그래서는 횃불에 몽둥이를 들고, 징 쳐대며, 저 서녘 산으로 올라 닥쳤겠습니다, 그려."

"윗다나, 그라고 본개로 고 시님, 실멩(신명)이 엔간헌디, 조라먼 판수제 머시겄어?"

"헌데 사돈네들, 이거 죄송하외다. 결국 잡기는커녕 구경도 못 했더란 말이오. 자기네들의 생활의 모든 모서리를 갉고 들던, 저 보이지 않는 검은 힘은, 도대체 보이지가 않더란 말이라. 그러자니 맥이 풀려 쓴 담배나 태워대며, 어쨌든 부적이나 몇 장씩 더 사서, 허리에도 차고, 살러서 냉수에 섞어 삼키기도 하고, 심지어 불알에라도 동여매 놓아야겠다고 그러고, 있는 판인데."

"고 시님이 음양 속도 제복 밝히고 드는디."

"그런데 말씀이오, 서녘 산 서쪽 켠으로부터 웬 늙은 중이 하나 올라오며 '웬 잔치가 벌어졌습네?' 하고 묻더라지. 그 중이야 보나마나 그 마을로 시주나 받으러 가는 길 아니었겠소?

그래 그네들 그 사실을 자상히 일러바쳤더니 그 스님 한참이나 껄껄대고 웃더랑마는 그리곤 이런 얘기를 하더라는 겁디다." 나는 이 대목에서 말을 좀 중단하고, 지는 해를 건너다보았다.

"아니, 요 시님이 이얘을 허다 말고시나 워디 통세(변소)를 갔단다 워쨌단다?" 신소리 한마디 안 나올 수 없었겠었다.

"언덕을 내려가더라도 쉬엄쉬엄 가야 발목을 안 삐는 법이오. 하물며 지금 가파른 재를 올라가는 데 있어서야 더 말해 뭘 허겠수?"

"조 시님이 음양 이치 속끄장 쪼꿈 아는 중 알았더니, 참말로는 고것이 아니구만그래. 가파른 재 올라가다가시나 말고 쉬었다가는 똥궁뎅이서 불나기 똑 좋제. 워디 고것이 사나 구실이여?"

"헤헤 사돈, 그것도 아닐 것이구만. 산은 아직 시랑토 안 하는데, 올라가는 나그네만 숨이 가빠서도 똥궁뎅이서 불나기 똑 좋을 일이겄구만 워디 고것이 사나 구실이여?"

"윗다나 작것, 나도 신소리깨나 헐 중 안다고 히어왔는디, 조 시님 당해서는 찬물에 당군 뭣 겉은디."

"허나 어쨌든 들어보시오. 이제부터 하는 얘긴, 그 스님이 하신 말씀이라오."

나는 밭은기침을 한번 했다. 보니 장로도, 어느덧 자리를 잡아 앉고 있었다.

"이 세상 가운데에 큰 나무가 하나 있는데, 그것이 하늘을 떠받치는 기둥이라고 한다오. 일러서 '세상나무'라고 한다지. 그래서 이 세상나무를 통해, 상제라던 둥, 미륵이라던 둥, 한울님이라던 둥 하는 이들이, 이 세상을 다스리고, 또 원통한 일이 있는 사람들은 그 나무를 올라가 자기의 억울함을 고해바쳤다는 것이오. 나중엔 이런 일은 무당이나, 또는 그와 비슷한 일을 하는 사람들이 떠맡기는 했지만, 그러기 전의 세상은 참 살기 좋고, 평화스러웠다고 하오. 그 나무는 음양으로 치면 양이라고 하는 것인데, 거기 또한 음의 조화가 있어, 한 훼방꾼을 나타나게 해버린 것이오. 그것을 일러 세상고양이라고 하는 것이오. 물론 이 세상고양이는 이름도 많았겠소. 어디서는 악귀라고 악마라고도 하고, 어디서는 저승이라고도 하고, 어디서는 사람들을 꾀어 들여 죽이는 온역이라고도 하지만, 까짓 이름이야 별로 대수로울 것 없소. 헌데 이 세상고양이가 나타나자마자, 전에는 안 죽던 목숨들이 죽어가고, 형이 아우를 돌로 치는가 하면, 이웃 간에도 불화가 끊일 날이 없게 되었구료. 세상이 아주 어수선해졌더란 말이지. 이러다간 말세가 갑작스레 와버릴 것이라는 풍문은 그때부터도 있었다는구료. 그래 하늘에 있는, 상제라던 둥, 미륵이라던 둥, 한울님이라던 둥 하는 양반들이 보니, 이거 저 고양이를 그냥 둬서는 안 될 것 같았소. 그래 진기를 돋워 한 불칼 내휘둘러 저눔의 고양이를 죽여버렸구료. 그런 뒤, 사람들 눈에 안 보이게 하려고, 그 세상나무 뿌리 밑에 묻어버렸다는구료."

"고것 참, 잘한 짓이었구만, 잘혔어."

"야 고런 맛으로 갖다가시나 그랑개, 못 당할 일에 당허면 하눌님 찾제 워떤 시래비 자석이 안 그러면 왜 찾겄어?"

"헌데 그것으로 끝나고 만 게 아니었던 모양입디다. 그 고양이를 묻고 나니 변괴가 일어났는데, 글쎄 없던 그림자들이 느닷없이 생겨났더란 것이오. 그래 한판 수라장이 벌어졌는데, 글쎄 그놈의 그림자를 떼어내자고, 사람이며 짐승이며가 역마모양 날뛰어댔더라는 것이오."

"그라면 전에는, 그림자 없던 짐성도 있었다는 고 말배끼 더 되요이?"

"그 말씀이겠지요, 어쨌든 들어보시지요. 그래 그림자가 생겨서, 한쪽은 양지면 한쪽은 음지가 되고, 한쪽이 밝으면 다른 쪽은 어둡게 되어버린 것이지. 그건 겉에만 그런 것이 아니고, 속까지도 그렇게 되었더라는 것이오. 한편으로는 흥겹고 기쁘면서도, 어쩐지 한편엔 근심이 자리 잡고 있어, 괜스레 불안하고 초조하여 잠을 들 수가 없고, 어떤 땐 선한 마음이 들다가도, 어떤 땐 '에이 고놈 쥑이뿌릴 놈이여' 하고 이가 갈려지기도 하더란 말입니다. 마음도 음양으로 나뉘어진 증거란 말이지. 그러나 무엇보다도 문제는 사람들이 갑자기 죽기를 무서워하기 시작했다는 것이오."

"그라면 지금은, 미럭이며 상제며 모도 통세라도 가고 없단 요 말이요?"

"그 말씀 잘하셨소. 그래서 그렇지, 듣기로는 한 이천 년 흘렀다고 합디다. 헌데, 워떤 하나님 하나가, 그 고양이와 싸워 한 번 더 죽으려고 그 나무를 타고 그 밑으로 내려갔다고 합디다마는, 그 얘기까지 하려면 너무 길고, 그러니 이렇게 얘기해도 되겠습죠. 결국 모두 속에다 고양이 한 마리씩은 넣어서 기르고 산다는 말이지요."

"그라면 시님, 내 벵이 요것이 나만 아픈 벵이 아닌 것도 같은디요. 그라면 요 벵은 영 못 나수고 말끄라우?"

"그러니 이제 또 들어보시지요. 저 서녘 산 올랐던 장정 중의 하나가, 사돈처럼 아팠던 모양이지, 그 사람이, 사돈 내게 묻는 것모양, 그 스님께 물었던 모양이었소."

"그러니 워쨌답뎌?"

"대답은 이랬다고 하는데 즉슨, 당신이 만약에 장에 갈 일이 있거든, 그 장바닥 중에서도 그중 큰 어물전으로 찾아가, 그중에서도 그중 크고, 그중 싱싱한 것으로 생선을 한 마리 사고, 또 소지할 종이도 사서, 제사를 지내면 되는데, 어떻게 지내는가 하면, 그 물고기를 맛있게 양념해 굽든가 지지고, 흰밥과 함께 뼈까지 다 썹어 삼키며, 소지해 올리면서 이 주문을 세 번 읊으시오, 그러면 볼 내력이 있으리라."

"아니, 괭이님 전에 제사헌담선, 그 괴기를 내가 묵어뻐려라우?"

"고양이가 사돈 머릿속에 있으니, 사돈이 먹어서 대접하는 수밖에 다른 도리가 있겠습니까?"

"히히, 고건 그려라우. 맞는 말씸인디. 지엔장마질 것, 여핀네헌티 이약해서, 하루에도 똑 세 번썩만 고런 지사를 지냈으면 고것 아니 좋겄소이?"

"조런 옘병헐, 조놈의 사둔 조라다 인제 마내 속꼿끄장 다 팔라고?"

"허면이라우, 고 주문이란 것 좀 휘딱 좀 알아봤이면 싶으요이."

"이제 모두 알았다시피, 고양이는 음에 속한 족속이라, 생선 먹여 달랜 뒤, 양한 기를 불러내야 되는데, 그 양한 기라도 음을 잘 후려잡는 기라야 되는 것이오. 이천 년 전에 땅속으로

간 불칼이 그런 것인데, 주문은 이렇소. 천상양기지신내조아
(天上陽氣之神來助我) 옴급급여율령사바하.”

“알던 못허것어도, 고것이 회험이 없던 안 허것는디, 히
히, 나도 요거 참, 고 주문이 워떻다고라우?”

“사돈은 걱정 마시오. 잘 알도록 일러드릴 터이니. 뜻은
이렇소. 하늘에 계신 우리 아버지, 부디 속히 오셔서 나를 도
와주십시오, 하는 것인데, 소지해 올리며, 천상양기지신내조
아를 세 번씩 먼저 읊고, 그다음에 옴급급여율령사바하 하고
맺는 것이오.”

“그것 그라고 봉개 쉽던 안 허것는디.”

“사돈은 걱정 마시오. 여기 어디 어느 분이 공책이나 뭐
쓸 것을 갖고 있으시면, 좀 써서 드려도 좋겠소만.”

그러자 회계꾼이, 반으로 겹친 공책을 꺼내 반 장 뜯고,
중두막이 난 연필을 내밀어 주는데, 그것은 짐수를 헤아리거
나 할 때, 바를 正 자를 그어가는 것임이 분명했다. 어쨌든 나
는, 또록또록하게 그 주문을 써서 두통쟁이에게 건네주었다.

“문제는 무엇이냐 하면 이제, 그런 제사를 올리고 주문을
읊으며, 고양이가 사돈 머릿속에서 캑 물림 받고 쓰러져 눕는
것을 보아야 하는 것이오. 그러려면, 소지하고 주문 읊으며,
눈을 내리감아, 고양이를 눈앞에 떠올려보는 것이오. 바로 저
기 죽어져 있는 그런 고양이요. 그러니 저것을 예사 고양이로
만 보지 마시고, 지금 잘 살펴두어야 합니다. 그래서 그 고양
이가, 좋은 생선을 먹는 것을 보아야 되고, 배가 불러 허리를
둥글게 하여 잠드는 것을 보아야 하고, 주문을 읊자, 창끝 같
은 번갯불이 저 고양이의 정수리를 모질게 치는 것을 보아야

한단 말이오. 천상양기지신은 그런 불칼로 나타나는 것입니다."

"고런 일이사 벨랑 안 에럽제 싶소. 눈을 깜은개, 시님 말씀헌 대로 환하게 비어라우. 똑 조런 놈이 비어라우."

"그러면 되었구료. 사돈은 내려가 제사나 지내시지요. 헌데 보태드릴 말씀이 있는데, 사돈이 이제 불칼을 불러내는 일이 늘 잘 되면, 그때는 뭐 고양이 공양하겠다고 생선 대접하지 않아도 될 것이지만, 제사한 음식은 가족과 나누어 먹는다면, 가족들도 건강할 것이오."

"고건 무신 이미속이끄라우이?"

"그러니까 일이라도 하시다가, 머리가 아프거든, 눈을 감고 고양이를 보는 것이오. 그래서는 주문 읊어, 그 고양이 머리를 치는 것이오."

"고 말씀도 뜻은 있는 것맹이나, 팽이는 팽이니, 물괴깃 대가리로서나 달개놓고 보는 것이 좋을상허요이. 아 안 그래라우? 히힛, 그란디 고 비린내 좀 맡을랑개 속이 울렁거리 못 살겠고만."

그는 그리고, 장로께 꾸벅 절하고, 언덕을 내려갔다.

"조 사둔 말여, 비린내 맡고, 밭뙈기 문서 잽히로 가는 것 아니까?"

"그런 식으로, 화로 가슴앓이를 하는 사람은 그 가슴을 놓고, 고양이를 보고 쫓아내는 것이라고 합니다. 여기서 저 늙은 스님의 말씀은 끝났다고 합지요."

"듣고 봉개, 뜻은 다 짚은 말씀인디." 십장이 어두운 얼굴로 나섰다. "워떤 사람은, 구렝이를 잘 위허먼 부재가 된다고 험시나, 구렝이가 처매 끝에 기어갈작시면, 마내 젖끄장 짜서 대접험선, 업님 많이 잡숴겨요, 하고 빈단디도, 나는 펭생에, 팽이니 구렝이니, 고런 건 생각해보덜 않고시나 살아왔소이." 헌데 그의 어투는 어딘가 신랄하고, 어딘가 서글픈 데가 있었다. "그라기로 말허면, 부잿집 용마리 높은 기와지붕에는 구렝이가 득시글거리야 되는디, 사설 말이제, 고런 지붕에는 굼벵이 한 마리도 없네라우. 그라고 팽이귀신도 그렇제, 지사를 잘 받을라면 부잿집으로 가야 옳을 상헌디도, 그랑개 내 말은 말여, 일 년 다 가야 내 헹펜으로서 나는 꽁치 대가리 하나 귀경험만도 못 한디, 위째서 하상이면 가난한 몸뚱이에 기를 쓰고 붙어 있어야 되끄냐 요 말이라고. 못 묵다 본개, 어지럼벵이 듦선, 머리가 아픈 때가 많더라고. 헌디 내 팔자로 말허면, 부잿집 팽이 팔자만도 못 헌디, 고걸 목심이라고, 머슬 울키묵겠다고 고런 귀신이 붙겄냐 요 말이랑개. 고것이 목심이여?"

"하기는 십장 사둔 말씀이 옳긴 옳여, 우리 겉은 목심이거 무신 목심이라고? 허기는 말여, 팔짜도 다 다르뎃기, 태나온 목심도 다 다를 겨. 나로 치면, 무신 소 목심 소 팔짜 우에다, 사람 껍데기만 입히놨는가도 모루겄다고. 기양 쎄가 빠지게 일만 히어도 말여, 무신 볼 내력이 있어야제."

"그래도 소는, 쉰이 있어서 배라도 안 불리주는갑네. 아무 근심 걱정 없이 일만 꿍꿍 허면 되는 것여."

"그런데 그 내용은 반드시 그렇지만은 않을지도 모르지요."

해는, 가난한 산(山) 목구멍 속으로 넘어가 버리고, 그 하늘은 한으로 붉었다. 산다는 일의 고단스러움이 그때는, 내 목구멍으로부터도 붉게 넘어왔는데, 약간의 한숨은 아니었는지도 모른다.

"글쎄 반드시 그렇지만은 않을지도 모르지요." 나는 반복하고, 그리고 이었다. "소승이 어디서 이야기를 듣자니 말이오, 어떤 부잣집 탐욕스런 영감이, 자기가 부리는 착한 종을 데리고, 서낭당 귀신에게 찾아간 이야기가 있더군요. 그래서 대체 누구의 목숨 무게가 더 무거운지, 그 무게를 한번 달아보아 달랬다는구먼요. 글쎄 그 노인 생각에, 자기는 부자라 잘사는 판이니, 자기 목숨이 훨씬 무거울 것이라고 은근히 교만해했던 것입니다."

"그것도 있을 상헌 말씸이오만, 허지만 저 종놈의 목심이자 거 머 목심이랄 것이나 되었으끄라우? 그랑개 종이고 상전인디."

"헌데 그 귀신 달아보고 했던 말인즉슨, 두 무게가 아주 꼭같아서, 저울눈이 아무 쪽으로도 기울지가 않는다고 하드란 것이었소. 그러자 이 노인 고개를 갸웃거리며, 만약에 목숨 무게가 같기로 한다면, 어째서 자기는 잘살며 상전이 되고, 어째서 저 종놈은 못살며 종놈 노릇을 못 면하느냐고 물었다는구료. 그러자 저 서낭 귀신 대답이, '만약에 노인장께서, 재물로 하여 목숨을 살 수 있다면, 한 여남은 근쯤 더 사다 이 저울대 위에 올려놓아 보시오, 그러면 노인장 목숨이 여남은 근쯤 더 무겁지 않겠소' 하더라는 것이지. 그러자 이 노인, 그것 참 좋은 의견이라고 기뻐하며, 목숨 무게야 까짓것, 상전 것이나 하인 것이나, 부자 것이나 빈자 것이나 같다고 하니 따질 것 없으니, 그럼 어디 혼 무게를 좀 달아줄 수 없겠느냐고 물었다는

구료. 글쎄 자기에게는 그만큼의 재물이 있으니, 장차 자기가
죽을 일이 있으면, 저 충직한 종으로 대신하여 죽게 하여, 그
혼을 자기 혼 대신으로 저승엘 보낼 심산이었던 것이죠."

"헤헤, 고것이사 일러 머슬 더 말하겠소? 종놈 혼이란 건
개돼지나 머."

"헌데 말이시다, 그 귀신 했다는 대답이 '목숨이나 혼 무
게는 누구의 것이나 같은즉, 그럴 것이 아니라, 누구의 선업
(善業)의 무게가 무거운지, 그것이나 달아보면 어떻겠소' 하
며, 달아본즉, 그 착한 종의 무게가 글쎄, 저 탐욕스러운 장자
의 무게보다 삼백 배 사백 배도 더 무거워설랑 저 장자의 선업
의 무게를 가랑잎 한 닢처럼 띄워버리더라지요. 그래 노인 심
히 의아해하면서도, '장차 내가 죽어야 될 때, 저 종놈의 혼을
내 것 대신으로 보내도 되겠소?' 하니, 그 귀신 대답이, '이제
선업의 무게로 대강 아셨겠소만, 저승에서는, 노인장께서 저
종자의 종이나 되겠소. 글쎄 저승엔, 무겁지만 혼 위에 업(業)
을 업고 오는 것인데 그 무게가 노인장 것과 꼭같은 것이 있
다면, 대신 보내도 될랑가 모르겠소만, 내가 알기로, 이 세상
엔 같은 업 무게는 하나도 없는 걸로 알아왔소' 이러더라지요.
그에 이르러선 장자 슬피 울며, '한번 죽으면 가져오지도 못할
저 재물 때문에, 내 얼마나 평생에 못 할 일을 많이 하였던고!'
하고, '이제 내가 돌아가면, 그 재물로 하여 원한들이나 씻어
주어야겠소' 하고 발길을 돌리려 하는데, 서낭 귀신이 불러 세
워 하는 말이, '노인장은 어디를 가시려오? 일직사자 월직사자
저 문전에 당도해 있으니, 저승 갈 채비나 하시오' 그러더란
것이었소."

그런데 여름날 석양이 어쩐지 소조했다. 그러고 보니 읍은, 어느덧 저녁연기에 덮여 있는데, 바람은 한끝도 없는 날이어서, 흩어지지도 못한 연기들이, 용머리와 용머리 가운데 개까집들처럼 엉겨 있고, 여름날 석양이 어쩐지 소조했다.

"고것 다 참말이제 뜻이 짚은 말씸이시오." 십장이 일어서려며 잠시, 엉겼던 침묵을 깼다. "히어도 말이제라우, 만약에 저싱이란 것이 없다고 헌다면, 선업이 암만 무겁단들 그것 머세다 쓰겠는그라우?"

거기에 대해 나로서는 대답할 말이 없었다. 나로서는 합장하여 목례나 해줄 수뿐이었다.

그제서야 드디어 장로가, "아까도 이 늙은네가 말씀드렸소마는, 상처나 아물 때까지, 이 늙은네 사랑에서 묵어 가시면 어떠시겠소?" 하고 정 있게 물어왔다.

"아 시님, 그러시제라우. 그런다면 우리도 좀 덜 죄송시럽겠소." 십장이 권하며, 아까 갖다 놓아두었던 송판을 둘로 겹쳐 부러지지 않게 하여, 나를 들어 그 위에 앉히는데, 그러고 나니 흡사 목마라도 타는 기분이었다.

해골을 챙겨 드는 건 물론 잊지 않았다.

"우리가 요거, 진짜 시님을 모르고시나 고런 짓을 히었소이." 들것의 앞에 서서 가며 회계꾼이 말했고, "참말이제, 찌이게 생각지 마시겨요." 들것의 뒤에서 따르며 측량사도 말했고, "그랬었응께 우리가, 요런 시님 말씸도 들을 수 안 있었겠고이?" 하고 미장이도 말했는데, 목교를 건너고 있을 땐, 교대해서, 십장과 미장이가 앞뒤에서 들것을 들었다.

우리는 아마, 읍의 변두리 길로 나아가고 있는 듯했다. 냇둑을 따라서였는데, 거기는 가로등도 없었고, 또 별로 지나치는 사람도 없는 걸로 보아, 이것은 한참 저녁 식사 시간이었다.

도중에서 촛불중은, 장로께 귓속말하더니, 내게 합장해 보이고 처졌고, 그런 뒤 별로 이야기들이 없어 묵묵히 걷고만 있었는데, 장로가 그저 한마디 그들에게 들려준 것으로, 그들의 저녁은 충분히 흥겹게 편안한 것이 될 수 있었다. 만약에 그들의 사정만 허락된다면, 내일부터라도, 회당을 허는 공사를 시작해도 좋다는 허락이었다. 내 짐작엔, 장로와 그들 사이에 공사비가 문제로 되어왔던 듯했다.

장로네에 닿았을 땐, 그 댁의 뒷의 머슴들이 나와서 거들었고, 나는 뭣보다도, 우선 목욕을 좀 했으면 좋겠다고 장로께 귓속말했더니, 먼저 목욕탕에 옮겨졌고, 그런 뒤 어떤 나만 한 크기의 머슴의 것이라도 되는 듯한, 빨래 된 옷이 주어져 내가 그것을 입었더니, 머슴들에 의해 나는, 대단히 큰 사랑방으로 옮겨졌다. 그것은 안채를 향해 북향하고 있었는데, 삼사십 명 식객이 머물러도 족할 듯했다. 한 폭의 산수도, 한 폭의 화조도, 당시(唐詩)로 메워진 열두 폭 병풍 외에, 조금 어울리지 않지만, 흑판 하나가 안쪽에 매달려 있고, 그 아래엔 책상으로써도 좋을 다탁자 하나, 탁자 위에는 성경(聖經) 한 권, 종이와 철필, 대체로 그런 것들뿐이어서 나는 그 방이, 무슨 문객들이 모여 시를 읊는 곳이거나, 무슨 강석을 베푸는 장소인 것으로 알았다.

마당 가운데 연못을 내려다보며 조금 앉았자니, 중년 아주머니에 의해 저녁상이 나오고, 내가 먹는 동안만 장로는 내 곁에 있었으나 내가 마쳤을 땐, 푹 쉬라고 나가버렸고, 그런 뒤, 아마 침모인 듯한 할머니가 한 병의 무슨 기름과 솜뭉치와, 한 켤레의 무명 양말을 가져와선, "발에 이 기름을 좀 발라 두시와요" 하고 큰누님처럼 내게 대하며, 벽장을 열더니 이부자리를 꺼내 펴주고 나간다. 그러는 동안에도, 어디로부터인지, 뜻 없이 한 번씩 퉁기는 듯한 가야금 소리가 울려와, 어쩐지 나를 고달프게 하고, 피로로 휩쌌다.

4

나중에 듣자니, 그날 밤으로, 저 회당 안의 뼈는 한 보자기 싸여 자기네만 알고 나는 모르는, 어느 언덕에 묻혔다고 한다. 만장도 조곡도 상두꾼도 없이, 장로네 머슴들이 땅 파고, 흙 아래에다 장로가, 그 보자기를 던져 넣어주었다는 것이다. 성경도 함께해서 묻어주었다는 것이다.

제16일

1

나는 아주 오래오래 자고 났다. 도대체 기억나는 꿈이라고는 없으니 나는 꿈 한 가지도 안 꾸고 그런 것이다. 나는 참으로 오랜만에, 오래오래 자고 났다. 신선주 잘못 얻어 마시고 잠든 나무꾼만큼이나 오래 잤을지도 모른다. 내 몸 위에, 몇백 년 세월의 낙엽이 덮여 썩고 있었던 것은 물론 아니라도, 이 긴 잠에서 내가 깨이고 느낀, 이 좀 어릿두군하면서도 청량스러움은, 아마도 그 나무꾼의 것과 흡사할 것이었다. 아니면, 봄날 햇볕에 눈뜨고 흙 밑에서 나온, 구렁이나 두꺼비의 것일 것이다. 저 별로 잘 먹지도 못하고, 내리 시달리기만 했던 유리의 피로가 그래서 드디어 회복된 듯했다. 어쩌면 해가 또 기울고 있는지, 내가 앉은 방에서, 마당을 건너 내어다보이는 연못의 몇 송이 연꽃 붉은 얼굴 위로 붉은 비가 내린다. 연못 주변으로는 학처럼 목을 꺾어 물을 마시려는 듯한 소나무며, 조화를 위해서 개성이 상처 당한 꽃 진 철쭉의 둥그스럼한 기복이며, 원래 거악스러웠어야 될 것들이 이민(移民)와, 그곳의 풍속에 깎이고 늙어버린 왜소한 바위며, 이끼 낀 석등이며, 잔디며 세련된 고요함이며, 죽평상 하나며, 그런 한가운데로 연못에 그늘을 빠추고, 뗏장을 입힌 목교가 우아스러이 건너갔는데, 그 떼에선 산 풀이 돋아 푸르렀다. 이 댁 정원사는, 한꺼번에 일을 많이 추어내지는 못할지 모르지만, 찬찬하고 잔잔한 늙은이로, 신선 거의 다 돼가고 있는 늙은이일 것으로 여겨진다.

그 다리를 건넌 곳에 죽림이 있고, 그 죽림 사이로 짧은 오솔길이 보이는데, 그 죽림 너머에 무엇이 있는지는 알 수가 없었다. 그러나 거기에 본채가 있으리라고는 생각되지 않았는데, 왜냐하면, 다리 위의 뗏장에서 돋은 풀이 별로 상처 당하고 있지 않은 것이었다. 그래서 눈을 돌려 살펴보니, 저 못을 왼편으로 돌아간 곳에, 높은 용머리가 우람히 치솟아 저녁

빛 속에 꿈틀거리는데, 휘어져 내려온 추녀 끝은, 밤나무며 감나무며, 배나무 들의 푸른 잎 속에 잠겨 있었다. 그 뒤쪽 어디서 연기가 피어 올라와, 녹음 사이에 거미줄처럼 걸리자, 모든 것이 갑자기 내게는 비현실적으로 보이기 시작했다. 서른세 해 전부를 걸쳐, 나는 한 번도 장판 깐 방에 몸을 뒹굴려 본 적도 없이 살아왔던, 그런 사내였던 것이다. 그래서 난 좀 망연히 있다가, 마당이라도 좀 어슬렁거려보고 싶어져 일어서려다 잊었던 일을 모두 기억해냈다. 글쎄 나는 좀 태워졌던 것이며, 장로네로 옮겨져 왔고, 그리고 아직도 쾌쾌히 걸을 수 있는 정도가 아니었다. 그래 걷기는 단념하고, 방 안이나 휘둘러보다, 한 돌중에게 베풀어준, 주인의 자상스런 성품에 접하고 감사했다. ── '듣자니 읍내 장로네는 객승에 대한 대접이 나쁘잖더라더구나. 한 번쯤 그 댁에 들러보아도 좋겠지.' ── 내가 잠에서 깨었을 때를 위해서, 그렇게 준비해둔 것이 분명했는데, 정결한 상 위엔, 잘 익은 한 접시의 과일과 찻주전자가 있고, 그 상 아래엔, 두 대야의 물과, 붕산수와 기름병, 그리고 세수 도구와 타구, 물잠뱅이와 새 양말이 가지런히 놓여 있었다. 그래 나는, 아주 오랜만에 양치질도 하고, 비누 세수도 해서 얼굴에 꼈던 기름때도 좀 씻어냈으며, 그런 뒤 다른 대야에 붕산수 좀 부어 넣고, 발을 잠그고 보니, 그 또한 청량스러이 쓰리면서도 상쾌했다. 발바닥은 발의 가운데 굴곡진 부분과, 발가락 새의 비교적 피부가 연한 곳만을 화염이 핥았는지, 수포가 돋아났거나, 붉은 속살을 아주 조금씩만 내보이고 진물을 흘려내고 있었으나, 맨발로 사느라 꾸둥살로 다져진 뒤꿈치며 앞꿈치는 성했다. 수포 맺힌 것을 터뜨리고, 한 이틀 정도만 쓰지 않고 두어둔다면, 대개 딱지가 앉았다 나을 것도 같았다.

그리하여 내가 비로소, 한 잔의 차를 따라 들며, 다시 연못을 건너 내려다보고 있자니, 유리에 남았던 한 계집이, 한 연처럼 못 위에 피어 올라와 보이는 것이었다. 안개비와 황량한 들과 연 같은 계집이 그래서는, 한 방울의 눈물처럼 찝찔하게 내 목구멍으로 넘어가고 있었다. 나는 결국 차를 마시지는 못했다. 나는 그리고, 지금부터 내가 무엇을 할 것인지도 결정하지 못했다.

그저 망연히 연못이나 내어다보고 있을 수뿐이었는데, 그 잔잔한 수면에 두 개의 그림자가 어리어 드는 것이었다. 그 그림자는 떼 입힌 다리 위에서 잠겨 든 것이었고, 그 다리 위에는 뜻밖에도, 촛불중과 또 대단히 품위 있어 보이는 한 흰옷 입은 젊은 여자가 나란히 서서 걸어오고 있어, 그 다리를 오작교처럼 보이게 했다. 그들은 내게로 다가오고 있었다.

"스님입지, 이 숙녀님께 인사하십지. 우리 고을이 존경하옵는 읍장 어른의 손녀이십고, 판관님의 따님이십지."

나는 그래 합장만 해 보였더니, 그녀도 목례로서 받는데, 일순 나의 시선은 항거할 수 없이 그녀의 시선에 엉겼다가 몹시 흔들려져 풀려났다. 그녀의 얼굴엔, 빈곤과 고통의 흔적이 없어 맑았고, 또 고왔다. 그 이상의 표현이 내 비록 돌중이지만, 중에게도 허락되어지는지는 모른다.

"그래서입습지, 발은 좀 어떤신지입지?"

"뭐 별로 대단치는 않았지만, 대개 아물고 있는 듯합니다."

"할아버님께서 공사 현장엘 나가셨는데요." 장로의 손녀딸이 말하고 있었다.

"저녁 진지까지는 돌아오시겠다고 하셨답니다."

"헌데 이거 정말 염치도 없이, 한 돌팔이 중놈이, 너무 자버린 느낌이기도 합니다."

내게도 그렇게 들렸지만, 촛불중께도 내 말이 추악하게 들렸던지 고개를 돌리더니, 마루 끝에 어중간히 걸터앉는다.

"그래서입지, 스님께서는 피로를 좀 푸셨는가 말입습지?"

"대개 그렇게 믿어집니다. 허나 뜻밖에 이런 데서 만나 뵈니 반갑쇠다."

"할아버님이 읍청에서 돌아오셨을 때도 주무시더라고 하니까, 꼬박 하룻밤, 한나절하고, 한나절의 반을 더 주무신 거예요."

"후후, 아 그렇게나 되었군입쇼, 그랬으니 이거 참, 장로님께서는, 아 이 웬 잠퉁이 중놈이 다 있는고 안 하셨을 도리가 없었겠습니다. 헤 이거." 내가 들어보아도 나는 추악하게 지껄이고 있었다. "거 그러니, 이놈의 몸뚱이가 이거 내 것이라고 해도, 장차 안 썩어질 도리가 없겠지요, 아, 안 그래요?"

"유리에서입지, 산다는 일은 피곤합지. 때로 피로를 푸는 게 좋겠습지. 헌데입습지, 고기 낚기는 말입지, 어떻게 잘되셨나입습지."

"촛불 스님께서 오늘 저녁 유리로 돌아가시게 되셔서요, 할아버님께서 두 분 스님을 저녁 진지에 초대하셨습니다. 그러니 잊지 마셔요." 그리고 그녀는 되돌아 들어가려 한다. "그러시면 두 분 스님께서 그때까지 말씀이나 나누셔요."

"그, 그보다도 말입습죠, 소승이입지요." 촛불중이 그녀를 바쁘게 따라가며 섬기는 말이다. "숙녀님과 한 둬 가지 의논할

게 있는데 말씀입죠."

그래서 그들은, 이번엔 다리를 건너서가 아니라, 정원을
왼쪽으로 돌아 안채 쪽으로 걸어갔다.

2

저녁 식탁엔, 장로와 그의 손녀와, 촛불중과, 그리고 나 넷
이서 앉아 그래서 식사를 시작했다. 장로는, 공사장을 둘러보
고 온 얘기로부터 식탁의 분위기를 누그럽게 했고, 촛불중은,
적당히 맞장구쳐 들으면서도 대개의 주의를 장로의 손녀딸께
기울이고 있었다. 나는 그저 경청하며, 더 청해서 먹고 마셨
다. 원래 내가 그렇게 대식가였는지 어떤지는 나도 모르지만
그러나 나는 오랫동안 계속 주려왔던 것이다.

"유리에 관해서 뭐든 좀 재미있는 말씀을 들려주셔요." 장
로의 손녀딸이, 그들의 이야기가 뜸해진 틈을 타, 내게 물어오
는 것이었다.

"아 좋습죠. 허지만 소승보다는 저 스님께서 더 오래 거기
에 사셨으니, 저 스님께서라면 더 좋은 말씀을 하실 수 있으리
라고 생각하는걸입쇼."

"유리에 관해서입습죠?" 촛불중이 이런 문제 역시 자기의
차례라는 투로 나섰다. "그렇다면입습죠, 참 여러 것을, 말씀
드릴 수가 있는뎁지요."

"저도 언제든 한번 가보았으면 하고 늘 생각했었답니다."
장로의 손녀딸이 그렇게 말하고 들어, 어쩌면 촛불중이 했을

지도 모를 긴 이야기를 중단시켜버렸다. "헌데 할아버님이 허락을 안 하신답니다."

"아니 이보게." 장로가 손녀딸에게 친구처럼 말하고 나선다. "자네가 스님이라면, 내가 반대할 턱이 없지."

그는 우리를 웃게 했다. 어쩌면 그는, 해학에도 묘를 터득해놓고 있는지도 몰랐다.

때에 처마에 남포등이 걸리고, 사랑채가 있는 바깥뜰에서는, 사내들의 웅성거리는 소리가 나고 있었다.

"어제 본 그 인부들이라오." 장로가 설명한다. "글쎄 대사와 얘기나 좀 나누고 그러자고, 모두 저녁들 먹고 온 모양이오. 저 사람들, 대사께 대단히 감동한 눈치들이라니까. 헛헛헛." 늙은네는 나를 두고 그렇게 말하고 있었다. "그리고 아가, 만약 원한다면, 자네도 마당 한 귀퉁이 차지해도 좋을 게지." 손녀딸에게도 그렇게 말한다. 그러자 그녀는 기뻐하며, 할아버지 이마 위의 백발을 쓸어 올려준다. "탐욕스런 늙은 장자와, 착한 종자의 이야길 들었다면, 자네도 가히 감동치 않을 수 없었을걸."

"할아버님께서 제게 들려주셨잖아요?"

"아 그랬던가? 그랬었지 아마. 헌데 대사," 그는 나를 불렀다. "이것이 이 누추한 늙은이 집에 머무시는 어떤 스님이든 싫더라도 떠맡아야 되는 한 큰 짐인데, 한 번쯤 집회에 설법을 해주시는 일이지요. 헌데 내일이 집회 일이라 해서, 한 이삼십 명 신자들이 모이기로 되었거든. 그러니 허락하시지요." 그는 다짜고짜 그렇게 말했다.

"장로님께서는, 학승 하나로 하여금, 저 존엄스런 집회를 어지러뜨리려 하십니까?" 의외의 청에 나는 당황했다.

"겸양의 말씀을. 어제 회당 뜰에서 하신 말씀을 되풀어서 들려주셔도, 우리들의 마음은 기쁨에 넘칠 것."

"그러하오나, 자기도 깨달음이 없이 어찌 남을 깨우친다 하겠습니까?"

"바로 그런 말씀이라도 우리의 귀는 목말라 있으니, 자 그러면 한 설법 해주실 것으로 이 늙은네 믿고 있겠소이다. 그러면 우리, 이제쯤 뜰로 나가보아도 좋지 않겠나요?"

3

"아이고라우, 시님 본개 반갑구만이라우. 헌데 시님 발은 좀 워떻단대라우? 요 쇠인 놈 머릿병이 깨끗허게 나쇠뻐릿소이. 헌디 몰루고 우악 부린 것 용서허시겨라우."

두통쟁이였던 사내가, 반겨서 내 손을 우악스럽게 잡으며 말한다. 장로네 머슴 둘이서, 나를 번쩍 들어다 마당 가운데 명석에다 앉혀준 것이다.

"헌데 사둔, 사둔한테서는 웬 비린내가 이렇게 독하다우? 말소리 속에서도 생선 비린내가 나는구료."

"헷헷헤, 그러께라우? 글씨, 굴비로 갖다가시나, 어제부텀 한 댓 마리나 꾸어 묵고 난개 그런 모냥잉만이요. 허힛힛."

"워떠, 마내랑 이좋게 갈라 묵었대여?" 십장이 웃고 묻는다.

"십장 사둔은 가끔 가다가시나는 거 못헐 소리를 뚱금없이 잘헌다고이. 옛적부텀 니리오는 말이란 것이 다 틀리덜 안

332

허는 법인디, 약이란 건 갈라 묵을시락 회렉이 없단 것이라고. 약치고 또 묵기 좋은 것이 워딨었어? 고것 꾸어 묵는다고, 내가 기양 생칠을 냈는디 그랴."

장로와 그의 손녀딸, 그리고 촛불중은, 죽편상에 앉아 듣고 웃고 있었는데, 때에, 제육에 빛깔 좋은 청주가 동이에 넘실거리게 나와, 한 잔치가 남폿불에 흥그렁히 익었다.

"글씨 말이겨라우." 어린 머슴이 돌린 잔 뒤 번 받아 목 축이고, 십장이 내게 향했다. "시님헌티 우리가 워떻기 고마와해얄 중을 모루겄는디요, 판관 나으리께서도 요번만은, 너그럽게 우리를 한 번 더 용서히어준 것도 시님이 우리헌티 악심으로 대허지 않은 고 탓이고라우, 그라고 장로 어르신 편으로서 나는, 머 고렇게 괴회당 헐 일이 바쁜 일은 아닌선도, 우리가 바란 대로, 고것도 고렇게 끔짝시리 허락허신 것도, 거그 시님의 덕이 있는 것 겉은디, 요런 덕 있는 시님을 갖다가시나, 우리 사람 볼 중 모루는 우악한 사람들이."

"십장 사돈은 지금, 사돈이 말씀하시는 말씀의 내용을 잘 모르시는 듯합니다. 그럴 것이, 소승이 들어서는 여러분께 일시적으로나마 염려를 드린 것뿐이고, 판관 어른이 한번 용서하시고 안 하시고는 그분의 도량이시며, 교회를 헐게 하신 일은 장로님의 후덕스런 배려에서 나온 일인데 어찌 소승께 그 덕을 돌리십니까? 당초에 그런 말씀은 하실 것이 못 되는 것 같습니다."

"아 그야, 판관 어르신의 도량이시고요, 장로 어르신의 후덕이시지만 말이라우," 회계꾼이 말을 받는다. "그래도 우리가 시나 시님께 품고 있는 고마움은 또 고마움이라고라우. 그랑개 그렇게 아씨요이? 그라고 나는 말이라우, 오늘 일을 험선도 말이라우, 워짜다 보면 넘우 정신이 반은 든 듯히었는디 말이제요, 글씨, 업 무게를 놓고 허신 고 말씸 때미 그랬구만이라우이? 달아보면, 나 겉은 놈도 무게를 쪼꿈이라도 각고 있으까 몰라라우. 고것이 이심스럽더랑개요이."

"시님 이약대로 허자면, 저 종놈은 맘이 착했기 땀세, 죽으면 잘살 것이라고 헌 것 겉었는디요." 이번엔 측량사가 나섰다. "그란디 나는, 머시 착한 일인지 고것을 암만 생각히어봐도 몰루겄더라고요."

"아, 고것 듣고 봉개 이미속이 짚은 말 겉고만, 나도 살다가시나 얼풋얼풋 고런 생각도 히어봤다고. 그라다가는 부끄럼어 걷어치우고 말기는 히었어도."

"글씨 시님, 이렇소이, 이우제(이웃의) 배고픈 사람 보고도 어만 데로 눈을 돌릴배끼 없는 것이, 글매 맘이 없어서는 아닌디도, 갈라 묵고 나면 당장에 내 새끼 배가 고파 울더란요 말이요이."

"고것뿐인개 비네? 워짜다 이우제 과택 아짐씨네 손이 모지래, 한나절만침이나 도와줄라다 보면, 내 식구 배가 고 한나절보담 서너 배는 더 고프더랑개. 그라장개 눈 깜고 산다고. 살다 봉개 잊어뻐리고, 잊어뻐렸응개 조렇게나 좋은 날도, 씨렛씨렛 돌아댕기거나, 그늘 밑에서 낮잠이나 자고 말여, 아놈들 말 듣고 쫓아가, 무고헌 시님 발바닥이나 꿉고 말여, 차꼬 악해져 간다고. 그래도 윈지 뒤돌아본 적도 없었드라고. 개가 아를 물어도 위선은 웃고 본다고. 고렇게나 워느 톰박에 벤해진 걸, 글씨 엊저녁부텀 오늘끄장 알았다고."

아무도 얼른 다음 말을 잇지를 않았는데, 모깃불 연기의 싸한 냄새가, 이 저녁을 취하게 했다. 모두 한 순배씩 더 돌리고 있었다.

"히어도 워떤 사람은 왕후장상으로 나고, 워떤 사람은 부재로 태어나는디, 워떤 사람은 그저 천허디천허고 또 가난시럽게 태어나야 되는 디는 전 시상(전 세상)에 무신 죄가 있었겄다, 나는 고렇게끄장도 맘묵어봤었구만. 아 안 그라고서야 워떤 목심은 장자네 점지를 받고 워떤 목심은 날 겉은 걸 애비라고 불르겄냔 요 말여."

"듣고 보면 고것도 그랴 그렇기는. 허드란대도 이왕지사 태어나뻐린 것, 인제 와서나 전 시상 생각혀서 머세 쓰겄어? 뒷 시상이라는 것이 있는지 없는지는 몰루겄어도, 거그서나 잘살아봤으면 싶다고. 요 시상살이는 별 장래성이 없어 빈개 말이라. 시님은 그래 웃고 듣고만 있단다요? 우리가 요거, 하매 뒤집 해도 더 잊어뻐리고 안 허던 소리덜을 하고 있구만이오이."

"나는 반대시 고렇게만 생각헐라고 인제는 안 형만. 아 모도 둘러배겨. 하상이면 부재나 왕후장상헌티다 자기를 비긴개 그렇제, 짐승끄장은 구만두잔대도 말이라, 요것 못헐 소린 것맹이라도 아 버버리며, 난쟁이며, 앉은뱅이며, 눈먼 봉새며, 꼽새 등이며, 또 끔째기 문뎅이 된 사람이며, 머 고런 사람덜도 좀 생각히어보라고. 아죽끄장은 그래도 우리는 실허잖냐고. 또 여자로도 아니고 남자로 태난 건 고것이 또 워딘디?"

"고참, 듣고 본개, 사둔 말 한마디 잘히었다 싶응만. 글매 그랑개사 생각이 나는디, 조쪽 황토고개네 아짐씨 청상 과택으로시나 외아덜 워처키 키운 건 알 겨. 헌디 인제는 요 읍내 큰 점방 허면, 그 아짐씨네 껏이 첫찔걸. 내 말은 그라장개, 머 팔짜만 따질 것도 못 된단 요 말이고, 항차 여자 혼차서도 고렇게 일어스는디, 남자치고 팔짜 타령만 해싼다는 것도, 그라장개 부끄럽운 일이구만."

"히어도 고 아들내미는 에미 속 몰룬 듯히었니. 지끔이사 어엿허니 큰 형장(形場) 나으리지만, 공부도 끝을 못 냈다고 허제 아매?"

"넘우 말 헐 것 없겼고만. 워쨌던동, 그라고 보면, 재물이던 베실이던, 고것이 반대시 팔짜소관허고도 달른 것도 같다고. 생각히어보면, 날 겉은 건 기양 펜허게 살라고만 히었던 겨. 아 다른 사람덜 밤에도 펜히 못 잠선, 머시던지 궁리를 히어서는, 요것도 히어보고 조것도 히어볼 때 나는 기양 하루 벌먼 고것만 좋와각고시나, 고날 햇딱 써뻐리고, 밤에는 잘 자고, 머 요라다 본개 늦은 것이제. 아 지내간 말로, 나도 낫쌀이나 젊었일 적에, 허다못해 부석칼(부엌칼)이라도 갈아 주로 댕깄어보게, 고것이 무신 기술이 필요한 일이여 머여? 조 큰 철물점 쥔이 젊어서 멋히었는디? 지끔이사 한다하는 유지 아닌개 벼? 다 늦게 깨달은 것이제만 말여, 머시든 지가 지 일을 히어야 되는 겨. 꾀만 많아도 망치는 수가 있니. 차라루 소맹이 우직히어야 되어. 넘 숭내 낼 일은 아니겼던디. 넘이사 머시라던, 고런 디에 귀가 애리먼 안 되았더라고."

"그래도 야 사람아, 될래야 되제 안 될라먼 안 되더라고. 옹기 짐을 지고 자빠졌으먼 그뿐일 틴디, 끈트럭에 모가지끄장 찔릴 수가 있당개. 머시 씌어서 도와줘야 되니."

"그랴 허기는. 안 될라먼 안 돼야."

"그나저나 인제 늦었인개, 뒷 시상이나 한번 잘살아봤이 먼 싶기도 허제."

"헛헛헛, 이 사람아, 뒷 시상을 잘 갈라먼, 술 처묵고 와달이나 씨지 마라."

"아니, 조 사람, 내가 원지 자네헌티 와달이를 썼단겨? 고 못헐 소리를 허능만."

"윗따나 사람, 나헌티 와달이 쓴 것만 와달이랑가? 자네네 장독 깬 건 와달이가 아니고?"

"아니 조 사둔네 배겨. 그래서 우리 집사람이 자네네로 된 장이라도 얻으러 간 일이 있던가?"

"내가 고렇게 말했으먼 자네 지끔 우리 집 장독 깨러 올 판이란가?"

"그라면, 워짠다고 넘우 집 지사에 왜 사둔이 나서서 감 놔라 배 놔라여 시방?"

"아니, 조 사램이 지끔 생사람 잡는디. 아니 모도덜 좀 배겨, 내가 원지 조 친구네 지사에 감 놔라 배 놔라 히었단 것이제 잉? 내 말은 그라면 못씬단 것이제."

"자네헌티 안 그랬으먼 됐제, 자네는 그라면 왜 백찌 찌럭대기를 쓴단 겨 쓰기를?"

"아니 자네가 시방, 고렇게 나올랑 것여? 내가 그래서 시방, 요것이 자네헌티 찌럭대긴가, 찌럭대기여? 아니 친구네 좋은 권고는 워처키 생각을 허고설랑은, 날더러 자네는 시방 찌럭대기란댜? 헥. 거 상종 못 할 친구네 겉으니."

"글씨 그랑개, 내가 내 장똑을 깨던, 내 쎄바닥을 짱글라

개헌티 주던, 고것이 자네하고 워처키 된디야, 되기를?"

"핫따나, 고만들 해뒤겨. 벨것도 아님선 언성을 높일 건 없잖여? 자네가 참소."

"아니 십장 사둔은 그라면, 요것이 벨것이 아니다 요 말이여, 지끔 헌 말이? 글씨, 조 친구 말여, 넘우 일에 지가 머슴 잘 났다고 택 불거져 감 놔라 배 놔라 허는 요것이, 그래 벨것이 아니다 요 말이냐고, 말이?"

"조, 조 말허는 꼴을 보게. 좋은 청주 묵고 탁한 와달이가 또 발동허는 겨."

"머시여 이눔아? 머시여? 네 요놈, 머시여? 요 쩍이뿌릴 개자석 놈."

"글매 구만들 둬! 구만들 두라고! 별 볼 일 없는 걸 가지고, 요것이 무신 짓들이여, 짓들이?"

"아니, 그렇잖냐 말이여?"

"머시 그렇잖애? 싸울라면 나가서 하소. 아 장로 어르신이며, 장로 어르신 손녀분이며, 시님딜 앞에서, 아니 요것이 무신 부끄럽운 짓들여 글씨? 오널은 시님허고 말씸도 좀 허고, 우리가 큰시님을 몰라서 행악헌 걸 뉘우칠라고 와서나, 고런 이약들은 안 험선, 서로 좋은 친구 간에 백찌 말다툼이나 하면 씨겄난개? 좋은 음석에 아까운 술끄장 대접을 받고시나, 고것에 대해 감사는 못헐망정, 그래 자네들이 요래서 씨겄네, 씨겄어? 자, 사와를 하소. 첫째는 머시냐면, 아무가 들어도 고것 머 웃고 받아넘길 말이기는 헌디도, 고것 듣는 사람 기분에 딸린 것인개, 자네가 와달이 씬단 말을 헌 디서부터 일이 요렇게 되었응개, 자네가 먼첨 고 말을 취소허소. 그라고 자네도 그렇제, 시님 일러준 주문 각고 머릿벵도 나샀겄다, 머 속에 찌일 일 없응개, 나 곁으면 덩실덩실 춤을 추겠는디도, 좋운 친구가 웃자고 한마디헌 걸 각고 고깝게 들어서, 요놈 조놈 험선 내달을 건 또 머시드냐고?"

"……십장 사돈 말이 맞겄고만. 아 요것 참, 장로 어르신, 죄송시러 얼굴도 못 들겄는디요. 못 배왔다 봉개 요러는디라우, 용서허셔라우. 그라고 조 시님덜, 또 아씨 어른, 내가 요거 못 배와 이렁만이요이. 그라고 자네도, 내가 친허다 봉개, 농담한마디헌 걸 각고, 요놈 조놈 쥑일 놈 허고 나실 것끄장 있었겄냐고이? 자, 내 술 한잔 받세."

"글매 나도 말여, 허히, 사둔헌티 그랄라고 헌 것은 아니었는디 말여, 술 한잔 묵고 봉개, 글씨 고얀이 와달이가 났던개 비네. 내 술도 한잔 받아보더라고. 허고 좌중 어르신네, 요것 참 미안시럽고 부끄러워 똑 죽겄구만이라우이."

"아 그럴 수 있지. 거 모두 사이가 허물없이 되면 그렇게도 되는 게야 그렇게 풀어버리면 그뿐이지. 그럼 모두 고단할 테고, 또 내일 일도 일찍부터 해야 될 터이니, 이런 정도에서 모두 자리에 들어야 안 될까?"

4

그리하여, 종내 나와 촛불중만이 남게 되었다. 그들이 떠나며, 나를 사랑방에다 옮겨주어서, 나는 방에 앉아 있게 되었고, 촛불중은 마루 끝에 앉았는데, 그는 버릇이 된 그 눈으로,

정원에 켜진 석등을 바라보고 있었다. 부나비들은 그 석등으로도 달려들고, 연못으로부터 엷은 안개가 피어 올라와, 학 모가지의 소나무에 엉겼다가, 마당으로 잠푹이 가라앉는다. 안채 뒤뜰 숲에선가 어디선, 밤새가 휘파람 소리로 울고 있는데, 낮에는 못 보았던 살진 개 두 마리가, 어디로부턴지 느스렁 느스렁 다가와, 뜰 가운데서 서로 냄새를 맡는다. 밤에만 풀어놓는 것인지도 몰랐다.

그와 나는, 당분간 말없이 그냥 있었다. 유리에서 만났을 때보다, 이런 곳에서 우리는 더욱더 할 이야기가 없는 듯했다. 그는 낮에는 들고 있지 않던, 유리에서 보았던 예의 그 우산을 들고 있었으며, 유리에서 보았을 때 산뜻했던 그 장옷은, 어느녘에 꾀죄죄해져 있었다. 어쩐지 그가 꾀죄죄하고, 초조스러워 보였다. 어쨌든 우리는, 이 읍의 질서 아래에서, 체면만을 내보이고, 모든 것을 그 체면 아래 은닉해둔 채, 이렇게 가깝게 앉아 있는 것이다.

"스님께서는입지, 유리로 돌아가시지 않을 작정이신지입지." 그가 그렇게 말하며, 무심한 척, 장옷 주머니 속에서 뭘 꺼내 주무르는데, 보니, 예의 그 백팔염주였다. 나는 그의 저의를 알 수가 없고 있으나, 어쨌든 난 아직, 어떤 대답도 만들 만한 처지에 있는 것이 아니다. 왜냐하면 나는, 읍내에 닿았을 뿐으로, 읍내를 아직도 둘러보고 있지 않은 것이었다. 그것이 내게 무슨 의미가 있는지는 모르되, 그러나 어쨌든 나 외톨 각설이, 한 바퀴 둘러보고, 그 읍의 길 끝에 서기 전에는, 아무것도 결정할 수 없는 것이다. 다시 도보 고행자이다. 가려는 길의 끝까지 이르지 않고서는, 아무런 대답도 할 수 없는 각설이.

"허지만입지, 아마도 말입지, 스님은 유리를 벗어날 수는 없으리라고 말입지, 소승은 믿고 있습지. 일단 말입지, 늪에입지, 낚싯대를 들고 앉은 그 순간부터 말입습지, 아무도입지, 그 늪으로부터 떠나지 못했었다는 것만 말입지, 한 번 더 강조해 두는 바입지." 그는 그리고 떠날 듯이 일어서더니 계속했다. "유리에는 유리의 율법이 있겠습지." 그리고 그는 침묵하며 한참 동안이나 정원의 석등을 바라보았다. "아시겠지만입지 소승은, 오늘 밤 중으로 말입지, 안개비와 수도부들의 고장으로 떠나게 되었습. 읍엘 오면 말입지, 언제나 돌아가기가 싫습지. 스님도 마찬가지겠습지. 그러나 돌아갈 곳이란 거기밖에는 없으니 말입지, 소승은 늘 돌아가곤 했습지. 이번 길엔, 짐 수레 편이나 동행인이 있는 것도 아닙지. 그리고 이렇게 말하는 것이 말입지, 이상하게 들릴지도 모르지만 말입습지, 소승 자유의사로 돌아가는 길도 아닙지. 어떤 종류로든, 스님도 머지않아, 혹간 스님 자신도 모를, 어떤 타의로부터 말입지, 벗어날 수 없다는 것을 아실 때가 올지도 모릅지. 소승에게는 말입지, 이 세상 산다는 일이 말입지, 누군가가 배후에서 철삿줄을 놀리고 있는 그런 말입지, 무대에 선 한 꼭두각시 같은 것이라는 생각을 하곤 하는데 말입지, 그 철삿줄을 끊고 말입지, 그 꼭두각시가 무대 아래로 내려서려고 한다면입지, 그건 꼭두각시의 죽음과 연결되는 것입지. 꼭두각시의 자유와 초월은 말입지, 철삿줄에 계속 붙들려 매어져 있을 때라야만 말입지, 가능한 것일지도 모릅지. 거역이나 반항도 그렇습지. 철삿줄을 쥐고 있는 누군가가 말입지, 왼손을 쳐들라고 하는데입지, 꼭 두각시 당자가 왼발을 쳐들 수 있는, 그런 말입지, 거역과 자

유도 말입지, 그 철삿줄과의 연결 아래서 가능된다는 말입습
지. 그러나 말입지, 소승은입지, 누가 소승의 철삿줄을 쥐고 있
는가 말입지, 그것을 현실적으로 알고 있으니입지, 차라리 정
신적인 자유는 말입지, 분리해내는 것이 말입지, 가능 되는 수
가 있습지. 그러나 말입지, 그가 누구인가를 모른다면 말입지,
일견 자기는 무애한 듯도 싶겠으나 말입지, 종내는 혼과 몸이
묶여 들어 시달리지 않는지 그것은 의문입지. 이것이입지,
나 하찮은 중이 말입지, 대사께 연민의 정을 느끼게 하는 것입
지. 나 비록 하찮은 중이지만 말입지, 대사는 가히 탁월하다는
것쯤은 알고 있는데 말입지, 대사가 처한 곳은 거기가 어디든
말입지, 이상스런 혼돈이 야기된다는 그 한 가지 사실만으로
도 그렇습지. 나 같은 작은 빛들은 스러져 없어져 버립지. 그
러나 말입지, 스님이 유리로 돌아가고 안 가고는 말입지, 스님
의 자유의사로 결정될 문제겠습지. 유리를 떠나서도입지, 유
리의 잔령(殘靈)들을 극복할 수만 있을 것이라면 말입지. 소승
도 어쩌면, 스님께서 유리로부터 바랄지도 모릅지, 도피하기
를 말입지."

그는 그리고, 작별 인사로 내게 합장해 보이고도, 한두 마
디 더 잇다가 안채 쪽으로 걸어 들어갔다. "그러나 이것은 소
승의 우정으로 드리는 말씀은 결코 아닙지. 소승은, 그것이 비
록 무의미하다 해도 말입지, 떠나간 스님의 뒤쪽에서입지, 한
번 웃고 싶어 그럴 뿐입지. 아직도 소승은, 유리에 비가 내리
고 있으면 하고 말입지, 바라고 있습지. 평강하십지."

그가 떠나고 난 뒤, 그러나 난 자다가 놀래고 깬 듯해, 어
리떨떨하며 무엇인지 종잡을 수가 없었는데, 그것은 차차로

외로움으로 바뀌었다. 나는 모른다, 그러나 뭔지 모르는 곳에서 뭔지가 형성되어왔었는데, 나는 모른다, 그러나 나는 그것을 달콤하게 내려다보며, 나는 모른다, 나는 그 위에 내 흰 그림자를 아름답게 드리우고 선회해 왔을지도 모른다, 그러나 나는 모른다, 그것이 나의 비상과 나의 휴식을 싸안아 줄 그런 바다 같은 것이었는지 어쨌는지, 그러나 나는 모른다, 그러나 그것은 나의 비상과 휴식의 바다는 아니었고, 그만큼 넓고, 그만큼 깊은 불구덩이어서, 내 날개가 지치기를 바라고, 음험히 입 벌리고 있는 그런 어떤 것이었던지도, 글쎄 나는 모른다. 그러나 어쨌든 촛불중은, 나로 하여금, 내일의 집회에 참석하여, 뭔가를 지껄이도록 충동질하고 있음엔 틀림없었다. 나도 그러기로 결정했다. 그러기 위해 그리하여 나는 가부좌를 꾸미고 앉아, 다탁자 위에 놓인 그네들의 경전(經典) 위에서 명상하고, 필요한 구절을 적어가며, 밤을 새워나가기 시작했다. 무슨 이야기를 할 수 있는지는, 나로서는 아직은 모른다. 그렇더라도 내가 이만큼 살아오며, 뭔가를 생각해왔고, 또 무엇보다도 '살아왔다는 것'을, 한 울음에 담아, 끼룩거리기라도 해보기는 해보아야 되는 것이다. 그러는 중에 날개가 지쳐, 내려앉은 곳이 불구덩이라고 하더라도, 어쨌든 한번은 산 목청으로 울었다는 것을, 자신의 귀에라도 들려주어야 하는 것이다. 끼룩. 다만 한 번 끼룩. 끼룩.

1

아침 식사 또한, 장로와 그의 손녀딸과 같이서 했기 때문에, 지금 헐어내고 있는 교회당의 내력 같은 것을 들을 수가 있었다. 그것은, 일차적인 신자의 확보도 없이, 장로의 선친께서 사재로 먼저 지어놓고, 그런 뒤 목사를 모셔 전도를 시작했었으나, 뜻대로 되질 못했던 모양이었다.

"들어 알고 계시겠지만, 이건 그런 고장이 아니오? 어느 도문, 또는 어느 종단으로부터 축출 파문을 당했거나, 스스로 파계 환속한, 그런 남자 그런 여자 들이, 그럼으로 해서 더해진 번뇌로 하여 고행을 왔거나, 모든 세인의 눈을 피해 와서 살며, 결혼해 애 낳다 보니 이뤄진, 그런 고장이 아니냔 말이외다. 지금은 교통수단이 좋아져 그저 한 뼘 거리 정도로나 좁혀져 버렸지만, 그 당시만 해도 이곳은, 대처로부터 대단히 먼 고장이어서, 일종의 유적지라고 해도 과언이 아니었던 모양이었쇠다. 헌데 이곳의 유사(遺事) 서문에 의하면, 당시에 어떤 종단에서 정치적 실권을 장악하게 되자, 타종단 승려의 생명쯤은 풀강아지로 쳐, 누가 그들을 비록 타살(打殺)하였다고 하더라도, 관에선 그저 훈계 방면이나 하고 말 정도였던 모양인데, 그러자니, 그런 타종단의 승려들은, 은둔처를 찾아 깊은 산속 같은 데로 찾아들었던 모양이었지요. 헌데 그런 중에도 파계를 했거나, 환속한 승려들이 더러 있었던 모양인데, 그러면 그들은 대체 어디를 갈 수 있었겠소? 더러는 물론 평복으로, 어디 다른 지방에 숨어 들어가 머슴살이도 하고, 장사치도 되었겠소만, 업이 그래서 승려가 된 사람들은, 마음을 갉는 번뇌를 영 떨치지를 못했던 모양이었지요. 그리하여 이제, 소문을 좇아 모여든 곳이 여기라는 내용이었소. 허나 그들의 파계나 환속이, 정작으로 파계나 환속인지, 또는 개종인지도 모를 일이었으되, 어쨌든 저 변절적인 피는, 면면이 후대에까지 이어져 오고 있는 것을, 우리는 수시로 발견해냅니다. 이런 후손은, 이 늙은네 선친이 애쓰신 결과를 종합해보건대, 무신앙과도 살지를 못하지만, 어떤 종교와도 또 살지를 못하는 듯합니다. 그래서 아편이나 독주가 오늘날은 그 양쪽을 조화시키고 있는 듯한데, 허긴 그것이 계속될 수 있는 한은, 그것 속에 전혀 구원이 없지는 않을지도 모르는 겁니다. 그러나 아편과 독주가 끊겼을 땐, 거기 무엇이 있어 그들을 안온히 감싸줄 것인지는 모릅니다. 나의 선친께서는 아마도 그 점에 착안하셨던 모양으로 기독교를 포부하시고 돌아오신 것입니다." 장로는 생각해내느라 애쓰며, 천천히 계속하고 있었다. "헛헛허, 그랬지, 나의 선친과 조부님 간엔 늘 뭔지 서로 맞지 않는 점이 있었지. 그도 그랬을 것이, 오늘날 이만한 살림을 꾸려낸 조부는, 그분의 아드님 눈에, 부당한 착취를 하는 이로밖엔 여겨지시지 않았을 테니깐. 헛헛허. 그래서 선친께서는 대처로 휙 나가셨다간, 몇 달 또는 몇 년 만에 돌아오시곤 하시기를 한 삼사십 년이나 하셨는데, 그러자니 읍장이란 직함은 조부에게서 손자에게로 건너뛴 셈이었지. 허긴 부자간의 연세 차이가 십육 년밖에 안 되고 보니, 그런 데서 오는 갈등 또한 무시할 수도 없었겠지, 어쨌든 조부가 초대 읍장이었고, 아무도 오려고 하지 않는 여기로 자청해서까지 오셨을 때, 그분 보시기에, 이 읍은 치부에 적당하다고 하셨던 모양이었습니다. 그분은 가히 탁월한 재능을 가지셨던 분입니다. 그런데 가만있습시다, 내가 무슨 이야기를 했던가? 늙으면 이렇게 정신이 흐려진단 말이거든." 그는 생각하느라고 애쓰고 있었다. "아 그렇지. 그래서 선친께서 신교를 포부해 오셨다는 말이었었지. 내 나이가 그때 마흔다섯에 접어들었었으니, 선친의 연세는 진갑 해이셨겠군. 선친은 그때, 스물다섯인가 된 아주 앳된 목사 하나와, 이십 전후밖에 안 보이는, 아주 가냘프게 생긴 여 전도사 한 분을 대동하시고 오신 것인데, 나중에 임종에 듣자니까, 그 목사분이 나의 이복동생뻘이었더군." 이 대목에서 장로는 소탈히 웃었으나 눈물기가 어린 회색 눈엔 초점이 없었다. "헌데 무슨 일이 일어났겠소? 결혼도 하지 않고, 저 여 전도사가 그만 임신을 했구료. 지금이야 그런 일이란 더러 있지만, 그땐 지금관 조금 다른 데다, 하나님 사업을 하는 여자는 정결해야 된다는 생각이 굳어 있어서, 선친께서 얼마큼의 재물을 쥐여 주어, 그 여 전도사를 다른 고을로 소문 없이 보내는 지경에 이르렀댔지요. 가만있습시다, 벌써 열아홉 해나 흘렀을거나? 그러니까 지금 그 애의 나이가 열여덟이나 되었단 말 아니게?" 장로는 손녀에게 묻고 있었다. "그러나 어쨌든, 선친이 계셨을 땐 말이외다, 선친께서 부리던 머슴이라든지 소작인, 심지어 머슴들의 사돈네들까지, 신앙이 있거나 없거나 모아들여, 집회를 가지곤 했었습니다만, 그분 돌아가신 뒤부턴, 나나 저 애하고, 한 칠팔 명이 남았었을 뿐이지요. 만약에 선친께서 하시던 방법으로, 재물에 호소하여 신자를 모았다면, 더 많은 사람을 모아들일 수도 있었을 것이오만, 난 선친으로부터 보아서, 그것이 전도이기는커녕, 오히려 사람들의 정신만 저하시킨다는 것을 알았기 때문에, 그런 방법은 쓸 수도 없었고, 쓰기도 싫었댔지요. 그럼에도 우리는 주일만은 지켜왔댔소. 턱없이 휑뎅그렁하게 큰 저 사랑방은 그런 목적으로 만든 것이었지요. 어쨌든 나의 관점은, 선친과는 좀 달랐거든. 피의 유전이나, 역사적 배경을 고려치 않을 수가 없었던 것이오. 이것은 만신전(萬神殿) 같은 고장이라는 것이 나의 믿음이었단 말이외다. 그러므로, 그것이 어떻게 개방적인 종교라고 할지라도, 그것이 일단 어느 신의 이름 아래에서 이 고장에 세워지면, 그것은 이상스럽게도 그것대로의 폐쇄를 은연중에 드러내 버리거나, 아니면 그것이, 그것대로의 특색을 잃어버려 이미 종교가 아닌 것으로 무산돼버리거나 하더란 말이지. 그런 예는, 허다하지만, 그중에서도, 스스로 존자라고 자칭하는 스님이, 본사가 대찰임을 믿고, 이 고장에 절간을 세워 중생 제도에 나서려 했었으나, 제물에 문을 닫아버리고, 유리로 나가 고행이나 하고 있는 예는, 나의 선친의 예와 함께 좋은 예이지요. 선친의 것은 원래 개방을 표방하고 나섰다가 폐쇄되어버린 예이고, 존자의 것은, 개방될 근거가 희박했던 것 같은데도 너무 열려져 버려, 수도청 모주의 것과 같은 것으로 변해져버린 예라오. 그럼에도 그럴수록, 이 고장이 키우고 있는 음원(陰願)은 어기찬 것인데, 그것이 어떻게 이끌려져 햇빛 아래 모습을 드러낼지는 알 수가 없고만 있지요. 우리는 종교 없이는 못 살면서도, 또한 종교와는 살 수가 없고 있는 것입니다."

장로는 목이 마른지, 숭늉을 좀 마시고, 퀭해진 눈으로 나를 건너다보더니 이었다. "아 그렇지, 대사께서는 저 교회당의 시체에 대해 의문이시겠지. 대사는 그 시체를 보았음에 틀림없으니까. 그는 그냥 거기서 굶어 죽은 것뿐이라우. 어떠한 좋은 말로도 그의 결심을 돌이킬 수는 없었지요. 순교했다고 말해도 옳을는지 모르지. 이 고장을 밝힐 하나의 심지로서 그는 자기를 태워, 자기의 주 품으로 간다는 것만을 완강히 고집했댔지요. 그는 그리고, 주님의 집을 헐어내야 될 일이 있을 그때까지는, 자기를 그 주의 제단에 남겨두어, 손도 대지 말아달라고 했었지요. 그러다 그가 주의 품으로 갔기에, 그 문들에 못을 박아 그 회당을 그의 관곽으로 삼아주었지요. 그리고 십오 년이나 흐른 것이지. 내가 알기로 이 십오 년 동안, 아무도 그 회당을 부수고 들어가 본 사람은 없었는데, 그 안에 귀중품이 있었을 리도 없었고, 무엇보다도, 판관의 냉엄한 시선이 거기 머물러 있어온 탓이었다고 해야 될지도 모르지요. 그러나저러나, 그 회당을 둘러싸고 여러 잡음이 있는 데다, 괴담이 만들어지고 더욱더 두터워지고 있어, 헐어내려던 참이었으나, 그렇게 바쁠 일은 없었는데, 대사가 오신 그날은 좋은 계기가 되었던 것이었지요."

장로의 이야기는 이만큼에서 끝났는데, 어쩐지 내게도 숙연한 기분이 들었다.

그러나 어쨌든, 나는, 이 장로가 어찌하여, 그의 것을 포함한 어떤 종단에도, 어떤 도문에도 속해져 있지 않은, 한 고아 같은 각설이 중으로부터서도, 한 번의 소설(小說) 듣기를 원했던지, 그 이유를 알 듯도 싶었다. 허나 어쩌면, 먼저 구원해내야 될 것은, '종교 없이도 살지 못하지만, 종교와도 살지 못하는' 인간이 아니라, 신들인 듯도 싶은데, 발붙일 곳이 없어 저것들은, 배고픈 외로운 노래나 부르며, 사람들이 사는 언저리로나 비실거리고 다니는 듯싶기 때문이다.

<h2 style="text-align:center">2</h2>

집회는, 사시 초쯤에 시작되었다. 장로만큼이나 늙은 장로의 친구들이거나, 아니면 그 읍의 사회에서 굳건한 자리를 차지하고 있는 자들로 스물다섯 명 모였는데, 여신도로서는 장로의 손녀딸 하나밖엔 없었다. 판관은 신병 관계라며 참석지는 않았으나, 하나의 섭섭함을 빼놓고라면, 그런 정도의 청중이 내게 꼭 적당하겠다고 나는 생각했다. 하나의 섭섭함이란, 그들의 몸에서 땀 냄새가 나지 않았으며, 그들의 얼굴엔 눈물 자국이 없다는 그것이었다.

나는 일어설 수는 없었으므로, 연좌인 채 장로가 소개하는 대로 일일이 합장해 맞았고, 그들은 각각 자기네들 편한 대로 자리 잡아 앉았다. 내 청에 의해서, 내 등 뒤에는 흑판이 나직이 내려져 있으며, 내 앞엔 예의 그 다탁자가 놓였는데, 냉수와 그들의 경전, 그리고 내가 준비한 이야기의 원고가 놓여졌다. 그러나 그것은 원고라기보다는, 그들의 경전에서 인용한 몇 구절의 색인 같은 것이라고 해야 옳았다.

때가 마침맞다고 생각해서인지, 드디어 장로가 밭은기침 한 뒤 번 하고 앉은 채 집회를 인도해나갔다. 찬송하고, 기도 했으며, 그런 뒤 내가 나설 차례는 왔다.

"오늘, 이 변변찮은 한 학승으로 하여금, 여러분의 존귀하고 존엄스러운 집회에 참석시켜주시고, 또 졸견을 말씀드릴 기회와 영광을 베풀어주신 장로님께, 특별히 깊은 존경과 감사를 먼저 올립니다." 나는 그렇게 시작하고, 장로를 향해 합장해 보였다. 장로와 그의 손녀딸은, 사람들의 맨 앞자리에, 나와 그중 가까운 데 나란히 앉아 있었다. "하옵고 소승의 관견을 어여삐 들어주시려는, 숙녀, 귀빈 여러분께 또한, 감사와, 여러분 주 안에서의 평강을 빕니다."

다시 나는 합장하고, 어디라 방향도 없이, 두 번 머리 숙여 보였다. "그리고, 비견으로 하여, 소승이 외람되게도 이 엄숙한 집회를 행여 누 되게 한다 하는 경우가 있다고 할지라도, 장로님, 그리고 숙녀와 여러 귀빈께서는, 모쪼록 불쾌감을 참으시고, 제가 아직 깨우침이 없어 그러려니, 그렇게 너그러이 이해하여주시기 바라는 바이옵니다." 나는 그리고 잠깐 쉬었다 이었다. "그럼에도 소승이, 소승과는 무관한 집회에 참석하여, 졸견을 피력해보겠다고 작정한 데에는, 소승은 소승 나름으로, 여러분의 교의에 한 티끌만 한 천식을 갖고 있어온 그 이유이온데, 업이 그러하므로 서당 집에 태어난 개가, 삼 년을 지내니 풍월을 읊더라는 이야기와 비교되어도 좋을지 모르겠습니다. 소승의 스승께서 글쎄, 여러분의 교의에 조예가 있으셨던 덕으로, 그분에 의해, 한 학과목으로서, 소승 또한 여러분의 경전을 육칠 차례에 걸쳐 읽어본 적이 있으며, 장작 짐을 해서 읍내라도 가는 날엔, 밖에 서서, 빼꼼히 교회 안을 들여다보기를 여러 차례 하는 중에 훌륭한 교역자들의 설교를 엿

듣기도 해보았던 것입니다. 그리고 훌륭한 복장의 내 또래의 아이들을 부러워도 하고, 그러다 눈물을 흘리고 돌아선 적도 많았댔습니다. 깁고 남루한 옷에 짚신을 신고, 지게 목발을 두들기며 산막으로 오르는 길은 그래서 더 슬프고, 외로웠었습니다. 그러나 그때 스승께서는, 이미 여러분의 교의로부터 개종해버린 이후였다는 것을, 나중에 좀 더 자라서 알게는 되었었지요. 여러분께서 이해해주실는지는 모르겠습니다만, 그분은 여러분 교단의 검은 성복을 입고는, 선가적(禪家的) 명상법을 도입하시곤, 밀교적(密敎的)인 주제로써 사고하셨던 것입니다. 어쩌면 그분은 영매 접신을 달하려고 했던지도 모르겠습니다만, 한 기슭에 통나무집을 쌓아 올리고 사셨을 때부터, 엉뚱하게도 그분은 금(金)의 제조에 몰두하셨습니다. 그러나 그분의 금은, 도식(圖式)과 머릿속에만 있어서, 현금 가치는 전혀 없었던 것이었습죠. 그러면서도 그분은, 일 년이면 반을 다 바쳐서 세상 밖으로 나가시는 일은 거르질 않으셨는데, 자기도 노쇠해가신다는 것을 아셨던지, 종내 한 사미를 맞아들이고, 그리고는 그 사미에게 자기의 생애를 쏟아 얻은 지혜를 불어 넣어주시려고 했습니다만, 그 사미는 우둔하고, 매사에 불찰스러우며, 게을러 잠 깨기를 싫어하는가 하면, 살욕이 과하여 인하지 못했으나, 그 스승은 그런 사미를 별로 개의치도 않으신 듯했습니다. 그 사미가 현재, 여러분과 마주 앉아, 그 스승으로부터 얻은 약간의 지식으로 하여, 그 스승으로부터 개종해가고, 뭔지 이단적이기를 획책하고 있는 중인 것입니다." 나는 잠깐 쉬고 이었다. "이제 여러분께서는, 간략히라도, 이 한 돌중의 젖줄이 어떻게 이어져 왔던 것인가를 들으셨으니, 또한 소승이 어느 종단에도 속해져 있지 않으나, 그러나 그 모든 종단에서 베풀어준 식은 밥으로 뼈를 굵혀왔다는 것도 아셨을 것입니다. 그럼으로 해서, 소승이 외람되게도, 여러분 교의의 어떤, 한끝을 붙들어, 소승 나름으로 이야기를 꾸며본다 하더라도, 꾸중하시기 전에 어여삐 여겨주실 수 있다고도 믿는 것입니다. 헌데 소승은, 여러분의 경전 속에서 언제나 읽어보아도 재미있는 한 이야기를 알고 있는데, 그 이야기를 두고, 소승의 천견을 말씀드려본다면 어떻겠습니까. 소승이 조사해놓았기로는, 「창세기」 3장 1절에서 7절까지의 기사인데, 혹시 저 숙녀께옵서, 참으로 친절하시게, 그 구절을 봉독해주실 수 없을는지요? 저 간교한 뱀이, 최초의 여인을 유혹하는 장면입니다."

"「창세기」 3장 1절로부터입니다. '여호와 하나님의 지으신 들짐승 중에 뱀이 가장 간교하더라. 뱀이 여자에게 물어 가로되 하나님이 참으로 너희더러 동산 모든 나무의 실과를 먹지 말라 하시더냐, 여자가 뱀에게 말하되 동산 나무의 실과를 우리가 먹을 수 있으나, 동산 중앙에 있는 나무의 실과는 하나님의 말씀에 너희는 먹지도 말고 만지지도 말라 너희가 죽을까 하노라 하셨느니라. 뱀이 여자에게 이르되 너희가 결코 죽지 아니하리라. 너희가 그것을 먹는 날에는 너희 눈이 밝아 하나님과 같이 되어 선악을 알 줄을 하나님이 아심이니라. 여자가 그 나무를 본즉 먹음직도 하고 보암직도 하고 지혜롭게 할 만큼 탐스럽기도 한 나무인지라 여자가 그 실과를 따 먹고 자기와 함께한 남편에게도 주매 그도 먹은지라. 이에 그들의 눈이 밝아 자기들의 몸이 벗은 줄을 알고 무화과나무 잎을 엮어

치마를 하였더라.' 7절까지입니다."

"감사합니다. 참으로 수고하셨습니다. 헌데 소승이 희망하기로는, 이 이야기가, 소승에게와 마찬가지로, 여러분에게도 재미있게 여겨지기를 바랍니다. 이것은 말을 좀 더 짓궂은 방향으로 바꾼다면, 어버이가 곶감 담은 상자를 아이에게 열어 보여주며, 이것은 나중에 손님 접대에 쓸 것이니 만지지도 말고 먹지도 말라고 단단히 당부한 뒤, 시렁에 얹어두었는데, 정작 잔치할 당일에 와서 그 상자를 열어보니, 그 속에 곶감은 하나도 남겨져 있지 않았다는 얘기와도 비슷하게 소승에게는 여겨지곤 했던 것입니다. 그래서 소승은, 그것을 재미있게 생각했었으나, 그러나 실제에 있어, 저 3장 기사는 전율할 장면이며, 가공할 내용을 담고 있는 것일지도 모릅니다. 그것은 그런 것이었습니다. 그런 이유로, 소승이 이야기해가는 중에, 저 장면을 휩싼 몇 문제가, 설혹 되풀이되는 경우가 있더라도, 그 점에 관한 양해를 미리 바라지 않으면 안 될지도 모르겠습니다. 어떤 문제들은 되풀이를 통했을 때, 보다 명료해지는 수가 있기 때문입니다." 나는 잠깐 쉬고, 다시 이었다. "아시다시피 저 3장 기사는, 원죄(原罪)가 이뤄지고 있는 장면인 것입니다. 그것은 그래서, 성경 전체를 통해 가장 비극적인 소식인데, 이 원죄 문제는, 그것이 내포하고 있는, 신의 어떤 예정, 또는 어떤 의지에 의해서, 장차 '신의 인현(人現)' 또는 '삼위일체'(三位一體)의 문제 같은 것에까지도, 직접으로 연결 지어진다는 것을 미리 밝혔으면 싶습니다. 그리고 그것들은 연줄이 아주 이상해져, 연금술사들의 상징적 도식에서 그 비유를 빌려온다면, 세 마리의 여우가 한 원 안에서, 서로의 꼬리를 물려고 뺑뺑이질을 하거나, 두 마리의 용이 서로의 꼬리를 물고 또한 둥글게 맴돌이를 하거나, 한 마리의 뱀이 제가 제 꼬리를 삼키느라고 끝없이 뒤집혀지는, 바로 그런 관계와 비슷하다고, 소승은 감히 믿는 바입니다. 그러면 이제 여러분은, 저 3장 기사에 의한, 소승의 관심의 방향이 어떤 것인가를 대개 아셨으리라고, 소승은 믿는 바입니다."

나는 잠깐 쉬고, 서투른 얘기의 서론은 일단 끝냈을지도 모른다는 생각을 했다.

"이 원죄설에 관해서, 많은 고명한 학자들이, 훌륭한 학설을 내놓고 있는 것은, 우리 모두 아는 바입니다. 가령, 어떤 이는, 아담은 최초의 인간이므로 인류의 대표인바, 그가 저지른 잘못은 그러므로, 연대적으로 전체의 인류가 그 값을 받아야 된다고 주장하는 것 같은 것도 그런 하나입니다. 이런 견해는 나중에, 후 아담으로서, 왕으로 대표되어 십자가에서 수난 당한, 예수의 죽음이 또한 연대적으로, 인류의 죄를 대속한 것이라는 생각을 불러일으킵니다. 그런가 하면, 또 어떤 이는, 저 아담이 지은 죄의 결과가 자손들께 전해진 것이 아니라 죄에 빠지기 쉬운 성격이 유전되었다고 하는데, 업(業)을 '심리적 유전'으로 해석하려는 경향이 아닌가 하고도 여겨집니다. 그럼에도 다른 편에선 많은 석학자들이 이 원죄설에 의심을 품고, 그것을 부인하려고 애써오고 있는 듯도 싶은바, 이 회의는 거기서 끝나는 것이 아니고, 예수의 십자가상의 수난의 의미까지를 의문케 하거나, 예수보다는 여호와 쪽에 전적인 비중을 두어 생각해보게 하는 결과를 도출할 가능성이 짙은 것이었습니다. 그러나 소승의 관심은, 역사적으로 어쩔 수 없이 부달려만 오는 동안에 피할 수 없이 폐쇄적으로 된, 어떤 한 민족의 민족 신에게 있는 것이 아니고, 그 폐쇄를 개방하고, 한 민족 신을 세계의 신으로 하여, 우리 같은 이방인까지도 한 형제로 생각했던, 한 인간의 아들 쪽에 있는 것입니다. 그리하여 소승은 그 인간의 아들이 인류의 원죄를 대속했던 양으로서, 그리고 암흑을, 분쇄했던 빛으로서, 죽음을 극복한 생명으로서 고통을 이겨낸 사랑으로서 우리들 사이에 왔다가 죽은, 구주였었다는 편에 서는 것입니다. 만약에 원죄나 예수의 수난의 의미를 회의하고 본다면, 그는 그저 하나의 훌륭한 사표로서, 그의 인격적 도덕적 완성을 본받자는 데에 머물게 되거나, 아니면, 어떤 민족 신이 타민족 앞에 갑자기 압도해온 결과가 될지도 모르게 될 것인바, 어떤 민족이고 그들 고유의 신화를 갖지 않은 민족은 거의 없으며, 어떤 종류로든, 그 민족 신들은 최선의 형태로 그 민족의 피와 역사 속에 자리 잡아온 것이 사실이기 때문입니다. 그렇기 때문에 소승은 여호와가 아니라, 한 인간의 아들 쪽에 계속 관심을 두지 않을 수 없는 것인데, 그 인간의 아들은 유독, 수난받는 한 민족의 호전적인 신과, 세계의 질서 가운데 서 있어서, 한 민족의 전쟁 신을, 세계의 사랑과 빛과 생명의 신으로, 그 신격을 바꿔놓은 자였으며, 동시에 인류의 원대한 꿈이 무엇인가를, 그것이 어떻게 성취되는 것인가를, 그 자신을 비춰 보여주었던 자라고 믿고 있기 때문입니다, 이 점은 참으로 중요하고, 그래서 점차 좀 더 밝혀지리라고 믿습니다." 나는 잠깐 쉬고 다시 이었다. "이리하여 우리는, 앞서 살펴본 사소한 이유만으로서도, 저 원죄의 문제가, 대단히 위험스럽고도 심중한 내용을 갖고 있어왔다는 것을, 조금은 눈치챈 셈입니다. 그리고 그것은, 보다 깊이 천착되어져도 좋을, 그 여지를 갖고 있어왔다는 것을 알게 됩니다." 나는 잠깐 쉬고 다시 이었다. "이 자리에선, 이것 조금 성급한 감이 없는 건 아니지만, 그러나 만약 그 어휘만 바꾼다면, 원죄란 죽음의 의미의 종교적 발상이라고 보아야 옳을 것인데, 그리고 이 점이, 지금부터 당분간 말씀드릴, 소승의 주제이기도 한데, 그러므로 이 원죄는, 그가 여러분 교문의 신도인가 아닌가와도 별개의 문제로, 그리고 인간인가 짐승인가와도 별도의 문제로, 모든 생명이 있는 것 위에, 무엇보다도 무서운 하나의 시련, 하나의 고초, 하나의 통로로 놓여왔다는 것을 싫더라도 우리는 인정하지 않으면 안 될지도 모른다는 것을 먼저 말씀드리는 바입니다."

나는 잠깐 쉬고 다시 이었다.

"그러면 도대체, 저 3장 1절에서 7절까지의 비유와 의미들은 무엇인가, 이것이 이제 우리의 흥밋거리며, 수수께끼가 아닐 수 없겠습니다. 그중에서도 특히, 뱀으로 표현된, 저 간교한 암호의 풀이는 어떻게 되는 것인가, 그것이 무엇보다도 궁금하고, 그것이 그리고 3장 구절의 의미를 푸는 열쇠 같기도 해서입니다. 그런데 이 뱀은, 여러분의 생명의 교의에서는, 그렇게도 악시하며 적시하여, 다만 하나 사랑할 수 없는 표적으로 삼고 있어온 듯도 싶습니다만, 그럼에도 불구하고 다른 방언(方言)에서는, 종종 숭배의 적이 되어오고 있는 것이 또 사실이었던 것입니다. 그것은, 자연(自然)이라든가, 사계(四季)의 변화, 또는 자연이 내부에 숨겨놓고 있는 어떤 힘, 영겁회귀, 심지어는 사대[地水火風]의 상징으로까지 나타납니다. 특히 저 힘은, 나중에, 남성적 작용력인 것으로 깨달아져, 남성 성기로까지 발전하고, 남성 성기 숭배까지를 일으켜온 듯도 싶습니다만, 여러분의 교의에서도, 저 뱀의 숭배의 영향을 전혀 받지 아니한 것은 아니라고도 합니다. 모세가, 그의 백성을 이끌고 에돔 땅을 둘러 행하려 하였다가, 길로 인하여 백성의 마음이 상하고, 하나님께 원망을 퍼붓게 되자, 하나님께서 불 뱀을 백성 중에 보낸 기사(「민수기」 21: 4~9)에 의하면, 모세가 놋뱀을 만들어 장대 위에 달자, 그것을 본 자마다 살아나게 되었다는 것도, 그런 예인 것입니다. 저 놋뱀은 나중에, 십자가에 걸린 예수의 모습과도 상사를 갖게도 될 터인바, 그들은 똑같이, 나무에 매달린 구원자들이었다는 이유로서입니다. 그러나 이 점이, 여러분 교의의 전체를 통해, 얼마나 중요한 관건인지는 소승으로서는 모를 뿐이고, 아마도 중요한 것은, 뱀이 사탄과 동일시되어 있다는 그것이 아닌가 합니다. 어쨌든, 근저에 있어, 여러분의 교의에서도, 저 뱀을 자연 그 자체, 또는 자연의 섭력 같은 것으로 전제해놓고 있다고 보아야 하는데, 왜냐하면, 자연이란 생명을 보양하고, 그것을 죽음으로 던져 넣었다가, 그 죽음에서 다시 생명을 이끌어내는, 저 이상스런 무위(無爲)의 위(爲)이기 때문인바, 이 무위의 위, 영구히 돌아가고 영구히 돌아오는, 영구히 소멸되어가지만 영구히 소멸되지 않는, 영구히 죽어가고 영구히 살아나오는 이것은, 영생을 위주로 하는 종교의 입장에선, 타도해야 할 어떤 무서운 적으로밖에는 보이지 않을 것이며, 극복해버려야 할 어떤 난경으로밖에 여겨지지 않았을 것은 확실합니다. 그러니까 영생의 종교에서는, 다른 방언들과는 다른 방향에서, 생성소멸의 유전(流轉)은, 마땅히 정지되어야 할 것으로 본 것이 아닌가 하고, 저절로 이해되어지는 것입니다. 그러고 보면, 생명의 책으로서 여러분이 읽고 계시는 성경은, 차라리 죽음의 책처럼도 여겨질 정도인바, 생명이 멈출 때라야 영생이 가능하다는 것을 고려한다면, 한 번의 완전한 죽음을 어떻게 성취할 수 있는 가를 그 생명의 책은 말하고 있는 듯합니다. 글쎄 여러분의 교의에 의하면, 재생이라는 것을 자연의 법칙에 의하지 않고, 형이상학적으로 취급을 해서, 그것도 한 번만 가능한 것으로 보고 있는 것 같습니다. 태어나는 과정에 관한 한은 거의 함구하고 있으면서, 어쨌든 기왕에 태어난 목숨은, 죽으면 이제 한번 영으로 부활하려는 것으로, 인간만을 자연의 외권 내로 뚝 떼어내 버리는 것입니다. 저 자연 외권의 아름다운 고장을 천국이라고 부르며, 선한 영들은 거기로 이민 가버리고, 생성소멸의 현장인, 이 어기찬 고향, 대지로는 돌아오려고 하지 않습니다. 아마도 저 아름다운 곳으로 못 간 영들이 모여 사는, 황폐한 고장은 그래서 지옥이라고 하는 모양입니다. 그러고 보면, 여러분의 교의 또한 삼층 구조인 것이 확실한바, 대별하여 하계(下界)·현세·상천(上天)이 그것입니다. 그러나 영(靈)이란 '영상의 몸'[念態]이어서, 고통이 실감되지 않는 몸이라는 것을 특히 마음 깊이 새기고 보면, 지옥의 불길은 어디서 타는지, 그것은 상정키에 꽤 어려운 듯합니다. 여러분 교의의 삼층 구조와 이 염태(念態)의 문제는, 필경 다시 한번 더 이야기되어질 것이지만, 그럼에도 소승이 이 당장에 참아둘 수 없는 하나의 다툼은, 만약에 죄업에 의해서 생명이 고통당해야 되며, 그 고통을 통해서라야만 영혼이 순화를 성취할 것이라면,

그런 고통을 실감할 살과 혼의 총체로서의, 실체가 살도록 던져진, 이 세상 말고는 영혼을 순화시킬 장소란 따로 없다는 이것입니다. 삶은 그러므로 영혼의 순화의 과정으로도 이해되는 것입니다. 이렇게 볼 때, 그러면 어떤 과정에 의해서, 순화되지 못한 영들이 다시 육신으로 되돌아오는가 하는 의문이 남기는 합니다. 그것에 대한 한 해답으로서 우리는, 요나의 표적을 갖고 있기는 합니다. 그러나 죽음 가운데 던져진 그 삼 일 동안에, 요나가 무엇을 했던지는 아직도 의문입니다. 그 삼 일은 비밀의 방인데, 그러나 모세의 출애급 이후의 광야의 사십 년 수난사와, 여리고에서의 예수의 수난과 시험의 이야기를 통해서 보면, 저 비밀의 방이 완전히 폐색된 것은 아니라는 것을 우리는 알게 됩니다. 저러한 수난과 시험은, 집단에게 내려질 때 사십 년으로 화하고, 개인에 이를 때 사십 일로 요약되는 것입니다. 어떻게 저 요나의 죽음의 삼 일 동안에, 저 사십 일이 끼어들 수 있겠느냐는 의문은 아마도 대단히 불필요할 것입니다. 보다 분명히 말씀드려서, 출애급 이후의 사십 년이나, 여리고 광야의 사십 일을, 하나의 망혼이, 죽음과 재생 사이에 끼어서, 새로운 자궁의 문으로 다가가는 한 중간적 상태라고 소승은 보고 있는 것인바, 저 요나의 삼 일의 방은 저 중간적 상태라는 것입니다. 이 상태를 다른 방언으로는 바르도라고 부르며, 사십구 일로 치고 있습니다만, 모세의 출애급은, 그러니까, [22]애급을 몸으로 치고, 애급으로부터 벗어난 상태를, 영이 몸에서 분리된 것으로 보는 것입니다. 그런 뒤 그들이 건넌 홍해는, 죽음 속으로의 침몰의 과정으로 나타난 것이며, 광야에서 당한 사십 년의 고통과 공포와 유혹 같은 것들은, 올바른 자궁으로 다가가는 과정에 나타난 장애 같은 것들입니다. 이것은 집단적 형태이지만, 개인으로 환치될 때에도, 그것은 전혀 틀리지 않은 형태로 나타날 것입니다. 요나는 그러니까, 그의 비밀의 방 속에서, 삼 일 동안의 신고스런 외로운 배회를 했던 것입니다. 그러나 그가 태어나올 곳은, 그가 그렇게도 저 어했던, 저 생성소멸의 현장이었습니다. 불순한 영들은 그렇게 환고향하는 것입니다. 업은, 큰 섭리 같은 것이어서, 회피되지 않는다는 것을, 요나는 드디어 알아냅니다. 소승의 다툼은 그러니까, 소승은 아까, 뱀을 자연 그 자체로 보면서, 여러분의 교의에서는, 자연 그 자체를 적시한다는 것에 대한 것으로, 반복되지만, 여러분의 교의에서는, 생존과 사망의 되풀이, 즉 그러한 유전의 전 장소인 어머니 자연, 또는 뱀을, 죽음 그 자체로 보아버린 것이라는 점입니다. 사실에 있어, 저 뱀은 죽음의 한 원형(元型)으로서, 「창세기」3장에 나타난 암호였다고 소승은 믿는 바입니다. 다시 말하면, 뱀으로 나타난 종교적 암호를 원상에 놓고 다시 본다면, 자연 그 자체가, 필멸(죽음) 그 자체의 의미로 환치되는 것입니다. 만약에 영원히 죽지 않을 수만 있다면, 자연의 섭리나 순환이, 죽음으로, 또는 소멸로 보일 리는 없는 것입니다. 그러나 우리는 잠시밖엔 살 수 없기 때문에, 비록 어머니 자연이 새로운 생명을 계속 출산한다 하더라도, 그것은 필멸의 윤회로밖에는 달리 볼 수가 없게 되는 것입니다. 이때, 우리들 수유밖에 살 수 없는, 특히 의식하는 존재들에게는, 저 자연이 양태를 바꾸어, 무섭고 징그러우며, 빛도 사랑도 없는, 하나의 차가운 괴물로 나타나 보이게 되는 것인데, 영생에의 희원이 계속되면 될수록, 생명을 자기의 섭리 속에 끌어넣어 멸살하려는, 저 자연은 더욱더 처참한 악마로 둔 갑되어지는 것입니다. 그럴수록 영생에의 욕구 또한 가증할 것은 확실합니다. 이리하여 우리는 저러한 적과 싸워서 이겨 줄, 빛과 사랑과 생명의, 온화한, 그러나 참으로 강한 힘을 찾 게 되고, 이것이 이뤄지지 않고 있을 때, 기다리게 됩니다. 메 시아입니다. 그러나 여러분의 책에 의하면, 그러한 싸움은 아 직도 계속되고 있는 듯하며, 계시록에 조금 내비치어 보이는 약간의 희망을 제외한다면, 얼핏 보기에, 이 싸움은 패해가고 있는 느낌도 없지 않아 있습니다.

　3장 기사대로 얼핏 이해하기에는, 저 뱀은 간교한 유혹 자며, 차라리 동산 가운데 있는 나무가 죽음을 잉태하고 있는 듯도 싶지만, 그러나 이 나무는 결과에서 부활 또는 중생(重生)으로 이어주었던 사닥다리였던 것을 고려하면, 그것은 결 코 죽음의 나무는 아니었던 것입니다. 여러분의 구속자의 죽 음이, 다시 한번 나무에 매달렸던 것을 제발 염두에 두어두시 기를 바라는 바인데, 이것은 그의 죽음이 어떻게 원죄를 대속 할 수 있었던가를, 가장 직접적으로 설명해주는 단서가 되기 때문입니다. 저 '나무'는 이른바, '우주 가운데 있는 나무', 그 것이 세상의 형태를 취한 것으로서의 '세상나무'라고 하며, 달 리 부르기로는 '생명의 나무' 또는 '순화의 나무'라고 하여, 고 대로부터, 나무를 높이 올라가려는 것으로써, 영혼의 순화를 성취함과 동시에 하늘에 닿으려고 하였던 것입니다. 이 '나무' 는, 무교(巫敎)에 있어서의 '밧줄'과도 통하고, '무지개'와도 같은 것으로, 태초로부터 인류의 의지 속에는, 저 하늘에의 소 망이 깔려오고 있었던 것입니다. 어쨌든, 저 아름다운 생명의

동산, 이른바 에덴이라고 하는 고장의 한가운데 있던 '나무'
나, 저 추악한 해골의 골짜기, 이른바 골고다에 세워졌던 '나
무'(십자가)나, 그것들은 똑같이, '세상의 나무'였으며, '생명
의 나무'였으며, '순화의 나무'였던 것은, 거듭 강조할 필요도
없이 분명한 사실인 것입니다. 이때 우리가 꼭이 관심을 갖고
지켜보아야 할 것이 있는데, 어째서 최초의 것은 '생명의 동
산'에 세워져 있었으며, 다음의 것은 '해골의 골짜기'에 세워
져 있었던가 하는, 저 장소들의 이상스런 두 개의 은유인 것입
니다. 아담이 서 있었을 때 '생명의 동산'이었던 것이, 예수가
서 있게 되었을 때, 그것은 어찌하여 '죽음(해골)의 골짜기'로
변해졌는지, 그것은 큰 흥밋거리이며, 동시에 수수께끼가 아
닐 수 없습니다. 그런데 만약, 연금술사들의 상징적 도식을 차
용하는 것이 허락되어진다면, 그 관계가 보다 명료해질 것인
바, 동산은 아직 체(體)를 못 얻은 용(用)으로서 던져진, 원초
적 질료의 남성적 국면의 상징으로서 나타난 듯하며, '골짜기'
는, 체로서, 원초적 질료의 여성적 국면의 비유로서 나타난 듯
합니다. 그들의 도식에 의하면, [23]아담의 하복부에서는, 저 '나
무'가 자라고, 하와에 이르면, 그 '나무'가 머리에서 자란 반면
에 '해골'과의 관련하에 놓여져 있습니다. 말을 보다 복합화
하면, 하와의 여근이 해골과 동일시되어 있는 것입니다. 이 용
과 체는, 그것이 결합되었을 때 완전을 확보하는 것인바, 보
다 문학적으로는, 동산 '나무'가 '해골'의 골짜기에서 심기어
졌을 때, 거기 완성이 나타났다고 말할 수 있는 것입니다. 다
른 방언을 빌려 말한다면, 그것이 이른바 [24]'옴마니팟메훔'입니
다. 헌데 호흡법에 있어 '옴'은 날숨이며, '마니'는 '보석'의 뜻

이고, '팟메'는 '연'(蓮)이며, '홈'은 들숨인바, 전체로써 그 뜻은, '옴 연 속에 담긴 보석이여 홈'으로 될 것인데, 그런데 이 [25]연(蓮)은 요니라고 하여 여근(女根)의 상징이며, '보석'은 특히, '금강석' 또는 '번개'로서 남근(男根)의 의미라고 하니, 그것은 우주적 음양의 화합의 상태를 가장 고차적인 어휘로서 정의하고 있는 것이라고 할 것입니다. 그래서 우리는 '연'(蓮)과 '해골'과, '보석'과 '나무'가 같은 것이라는 것을 알게 되고, '연 속에 담긴 보석'을, '해골의 골짜기에 세워진 십자가'로 환치하더라도, 거기에 무리가 없다는 것을 알게 됩니다. 그리하여 우리는, '동산 가운데 나무'가 죽음을 잉태한 것은 아니라는 결론을 이끌어낼 수 있게 된 셈입니다. 모든 잉태나 출산에는, 어머니가 매개되지 않으면 안 되기 때문인바, '나무'는 결코 음(陰)이 아니기 때문입니다.

그러나 어떤 종류든, 재생과 부활에는, 거기에 매장이나 죽음이 전제되는 것으로 소승은 이해해온 것인데, 가령 한 알의 씨앗이 떨어져 흙 속에 묻혀들면, 그로부터 그 씨앗의 육의 죽음이 시작되면서, 하나의 힘찬 싹이 돋아나오는바, 육의 이런 죽음은 그래서, 죽음으로서 이야기될 것은 아닐지도 모르는 것입니다. 그러나 그것은 식물적 윤회의 과정이며, 동물적 윤회로 환치했을 때도 같은 상태로 나타나는 것은 아닐 것입니다. 그런 동물적 윤회가 가장 완벽히 성취되어, 하나의 전형으로서 보여지고 있는 것이, 그리고 해골의 골짜기의 십자가 위에서의 예수의 죽음과 부활의 광경입니다, 그 죽음은, 육신으로 자궁에 들어, 살을 썩히고 영으로 싹을 키운, 바로 그 동물적 윤회의 과정입니다. 그러니까 하나는 살에서 살을 키워내고, 하나는 살에서 영을 분리해냅니다. 해골의 골짜기에 세워졌던 저 나무는, 그래서 두 가지의 것을 동시에 성취시켜준 하나의 의지처럼도 보여지는바, 반복되지만, 하나는 육의 죽음이며, 다른 하나는 영의 출산이었던 것입니다. 그런데 여기에서 특히 주목해야 될 것은, 예수에 의해 성취된 저 두 가지 것은 아담이, 동산 중앙의 나무에서 실과를 따냈던, 바로 그 순간부터 예비되어왔었던 것이라는 이 점입니다. 물론 여러분의 경전 기사대로 한다면, 하와가 먼저 따서 맛보고, 남편에게 권한 것이 사실입니다만, 우리는 이 최초의 여성을, 하나의 죽음의 장소, 중생(重生)의 태로서의 '해골의 골짜기'로서 계속 이해해나가지 않으면 안 되는 것입니다. 다른 말로는 어머니 대지인 것입니다. 그리하여 우리는, 저 3장의 기사가, 자연의 단계를 깊이 살피고 난 뒤에 쓰인 것을 알게 되는바, 하와가 먼저 뱀과 동침하고, 그런 뒤 아담과 동침했다라는, 그런 처용가(處容歌)가 그래서 들려지기도 합니다. 그것들을 고지식하게 춘담으로만 듣지 않는다면, 자연력 또는 남성적 작용력으로서의 뱀의 현장은, 대지로서의 하와를 떠나서는 있을 수 없다는 것을 알게 되고, 그래서 여자가 먼저 뱀을 수용하고, 다음으로 남자를 유혹했다는 순서는 완벽한 것입니다. 그러나 '사람의 아들'이 나타나기 전까진, 저 유혹과, 따 내려진 실과는, 하나의 서론, 하나의 예비, 하나의 수수께끼에 불과했을 뿐, 그것이 어떻게 성취될 수 있을는지는 알 수가 없었을 뿐입니다. 이제 차차 드리게 될 소승의 졸견을 통해서 약간 눈치채시게 되실지도 모르겠습니다만, 여기에서 소승은, 예수를 아담의 후신으로 보는 견해에 동의할 수가 없는바, 아담이 동산 가운데 나무의 열매를 땄을 때, 그것은 아담 자신의 죽음을 따낸 것이 아니라, 신의 죽음을 따낸 결과라는 것을, 우리는 곧 알게 될 것이기 때문입니다. 신의 죽음의 예비였다고 말씀드리는 것이 더욱 분명하겠습니다. 아담이 가정해서, 그 열매를 따내지 않았다고 하더라도, 그는 결국 죽게 되어 있었다는 것을, 나중에 소승은 고려해보려고 하고 있습니다만, 저 지상적, 육신적 영생의 문제는 수수께끼입니다. 만약에 예수를 후아담이라고 하는 견해가 옳다면, 예수에 의해서 아담이 지은 죄(원죄)가 구속되어졌음이 분명한데도, 그러면 어찌하여 우리는 계속해서 죽어가고만 있으며, 어찌하여 지상에 에덴은 회복되어 있지 않은지 모를 일입니다. 육신적 영생이란 어쨌든 수수께끼입니다. 이런 예가 적당할지 어떨지는 모르겠습니다만, 지나다 듣노라면, 영생의 문제와 관련하여, 나무나 거북의 수명의 예를 들기 때문에 말씀인데, 그래서 나무나 거북을 예로 들어보아도, 육신적 영생이란 여전히 수수께끼입니다. 누가 만약에, 그 나무의 뿌리를 파헤치고, 그 거북의 목을 잘랐다면, 어떤 일이 뒤따랐을 것입니까? 그래도 계속 오백 년이나 육백 년을 살아나갔을 것이겠습니까? 그리고 보면 결국, 파괴당할 소지를 지닌 영생은 영생이 아닌 것처럼 여겨집니다. 그런데 만약에 자기가 파괴될 소지를 갖고 있다는 것을 알며, 그것을 절감한 생물이 있다면, 그 생물은 그중 비참한 존재입니다.

그것이 아담이었습니다. 아담이란 그리고 사람이란 뜻이라고 하니, 사람이야말로 그 가장 비극적인 존재였던 것입니다. 이 비극은 그리고 저 실과 맛으로 하여, 사람의 눈이 밝아져, 신처럼 되어졌던 그때부터 시작된 것입니다. 자기의 필멸

성과, 생명의 한계를 깨달아버린 것입니다. 정신적으로 고양
된 것이겠습죠. 공포가 싹트고, 그것은 자기 은혜의 본능을 일
으켜냅니다. 어딘지 아늑한 곳에, 자기를 숨기고 싶은 것이겠
습죠. 쾌와 불쾌에의 분별력에 의해 선악 관념이 형성되고, 선
악 개념에 의해 양심이라는 쓸개주머니가 생기고, 그리하여
그 쓴 즙에 의해 수치가 싹텄을지도 모릅니다. 에덴은 끝난 것
이었습니다. 그것은 짐승의 발굽과 똥에 짓밟힌 마구간으로
변한 것입니다. 영생을 잃은, 짐승의 똥과 오줌 속에서, 어떻게
저 하나의 보석— 영생이 발효되는지는 아직은 모릅니다. 어
쨌든 3장의 기사를, 약간만 주의 깊게 살펴본다면, 그것은 여
호와 자신, 또는 말씀이 뱀을 통해, 아니면 뱀으로 둔갑하여,
저 인간들을 종용하고 유혹해서, 에덴을 잃게 한 것으로 여겨
지는바, '동산 중앙에 있는 나무의 실과는 [……] 먹지도 말고
만지지도 말라, 너희가 죽을까 하노라'라고, 일견 친절하고 인
자스런 아버지처럼 충고하고 있는 것이 그것으로 여겨집니다.
그러나 이것은 친절하고 인자한 충고가 아니라, 하나의 간계,
하나의 유혹, 나중에 다시 한번 되풀이되는 것과 같은 유아 학
살로서 던져진 것을 우리는 알게 됩니다. 여호와가 진실로, 사
람으로 하여금, 그 나무 실과를 먹게 하지 않고, 죽게 하고 싶
지 않았더면, 그는 그렇게 말하기에 앞서, 그 나무를 이 세상
가운데 아예 심지 않을 수도 있었으며 뽑아내 버릴 수도 있었
고, 또 가시떨기나무를 종종 태우듯, 그 나무를 불로 휩싸놓
을 수도 있었는데다, 최소한도 먹지 말라는 충고는 하지 않아
도 좋았었습니다. 그러나 그는 그렇게 하지 않았습니다. 허긴
비록, 아담이 순종하여 그 실과를 따내지 않았다고 했더라도,

그것이 울타리도 없이 이 세상 가운데에 '먹음직도 하고 보암직도 한' 열매를 풍부히 매달고 서 있는 한엔, 하나의 금기, 하나의 유혹으로서, 놋 땅으로 이민 가, 여호와 하나님이 창조해 본 적도 없는 그곳 처녀께 장가든 카인에 의해서든, 또 아니면 오늘 이 자리에 앉아 있는 어느 분의 손에 의해서든, 언제든 따 내려질 하나의 가능적 대상으로서 계속 남아오는 것이긴 합니다. 곶감 담은 상자에의 유혹의 이야기는, 그래서 소승이 했던 것입니다. 만약에 그 어버이가 지혜롭고, 진실로 그 곶감을 잔치 때까지 아껴두고 싶었다면, 그 어버이는 그 상자를 열어 보여 '먹지도 말고 만지지도 말라'고 타이르기 전에 그것을 땅광 속 깊은 데에 넣어놓고 자물쇠를 채웠거나, 최소한도, 그저 아무 말도 없이 시렁에 올려둘 수도 있었습니다. 그랬으면 그 아이는, 그것에 유혹을 느꼈기 전에, 하다못해 마늘이라도 구워 먹으며 쭐쭐거리는 창자를 달랬을 것입니다. 비록 그 아이가 그 곶감을 다 먹어 치웠다 하더라도, 불복종의 누명만은 적어도 쓰지 않았을 것인데, '먹지도 말고 만지지도 말라'는 아무 당부도 받은 적이 없으니 말입니다. 그런 당부는 순수를 오염한 것입니다. 주의를 환기시키고, 관심의 방향에 초점을 제시한 것입니다. 여호와 같은 전지한 자가, 저와 같은 순수의 오염이나, 인간 심리의 묘한 역반응을 몰랐다고 한다면, 그는 신이기 이전에, 한 우치한 송아지 따위의 수호신에 불과합니다. 그러나 그 송아지까지도 고삐로 어거치 않으면, 뜻대로 움직여지는 것이 아닌 것은 우리도 아는 사실입니다. 그럼에도 그 곶감을 먹어치운 그 아이의 행위가, 죄이고, 불복종이며, 타락이라고 한다면, 그것은 결국 그 어버이의 이상스런 유혹과, 그 아이 심리 속의 어떤 간교한 것의 속삭임에 의해서 이뤄진 결과인 것입니다. 이렇게 하여 여호와가 하나의 유혹자로 자기를 둔갑시킬 때, 뱀으로까지도 보여집니다. 그 죄과는 그리고 죽음이므로, 그는 자기의 저 어린 자녀들을 학살해버린 것입니다. 그러나 어쨌든, 여러분의 교의를 점철하고 있는, 저러한 유혹, 저러한 유아 학살은, 예수에 이르기 전까진 그 완성을 보고 있지는 못합니다. 저 최초의 유아 학살이 되풀이된 예는, 예수의 탄생과 함께, 헤롯 대왕에 의해 무참히 행해져 버렸지만, 저 최초의 유혹은 보다 복합화하여, 예수와 유다 사이에서 완성을 보게 되는바, 결과에 주목하여 발단으로 소급하여본다면, 저 최초의 유혹도, 여호와와 함께했던, 저 '말씀'에 의해 행해진 것이나 아닌가 하고까지 여겨집니다. 나중에 이뤄진 그 말씀의 육화(肉化)를 여러분 경전의 기술자들은 예수라고 하고 있는 것이 아닙니까. 그 예수는 어느 날, 느닷없이, '이 중의 하나가 나를 팔리라'(「마태」 26: 1~21)라고, 인신매매에 관해 전제를 해서는, 전에 한 번도, 그런 일이란 상상해볼 수도 없었던 제자들께, 그러한 스승 매매도 또한 있을 수 있다는 것을 깨닫게 해준 뒤, '이 그릇에 손을 넣는' 그가 팔리라고(「마태」 26: 25, 「마가」 14: 20~21) 하여, 유다에게 그 음험한 보자기를 덮어씌웁니다. 순수에의 오염입니다. 하나의 불순한 소명입니다. 그가 유다를 지목하기 전에, 그 유혹은 이미, 병독으로 침식해 있었던바, '저희가 심히 근심하여 각각 여짜오되 주여 내니이까?'(「마태」 26: 22)라고 묻던, '주여 내니이까?'라는 질문에, 그 병독 든 심령이 극명히 엿보입니다. 그렇다고 하여, 그들 모두가 예수를 팔리라는 그 확실한 가능성은 없던 것입니다. 이럴 때, 간교스런 자는, 그럴 가능성이 그중 확실한 자를 제자로 하나 거느려두는 것이고, 필요한 때에 이르러 그를 지목해내는 것입니다. '유다가 대답하여 가로되 랍비여 내니이까. 대답하시되 네가 말하였도다'(「마태」 26: 25)라고, 정확하게 굽에다 못을 박으며, 자기를 충심으로 따르던 친구에게 변절을 뒤집어씌우고, 쓰게 배반해버리는 것입니다. '랍비'의 이 배반은, 유다에게는 가슴 저미고 드는, 도저히 참아낼 수 없는 아픔입니다. 이것은, 사람 사는 이웃 간에서 흔히 있을 수 있는 그런 변절과도 다른 것입니다. 이것은, 유다의 생명의 전 소망을, 희망을 좌절시키는 데서만 끝난 것도 아니었습니다. 그는 죽어서까지도 갈 데가 없는, 하나의 저주의 덩이로, 태어나지 말았던 것이 좋았을 한 핏덩이로, 이 우주 간에 고독하게 버림받아져 버린 것입니다. 그러기 전부터도, 그 유다는 외로운 사내였었습니다. 그의 열한 명 친구들이 모두 한 지방 사람들로서, 형제들이었거나 이웃사촌들이었던 데 반해, 그 유다만이 홀로 남 유다 이스카롯 지방에서 와서, 사실상 외톨박이였던 데다, 예수까지 열셋이서 각설이패모양 우 몰려다니나, 먹을 것도 없어, 안식일 같은 때에도 생밀알이나 까먹어 요기를 하곤 하던, 그런 풍족지 못한 일당의 회계까지를 맡아, 그렇지 않아도 늘 혼자 근심스럽고 또 괴롭던 중이었습니다. 그런데 며칠 전에는 어떤 부잣집 약간 홀린 옌네가, 삼백 데나리온이나 값이 나가는, 그렇게도 귀중한 한 옥함의 나드 기름을 먹지도 못해 야윈 랍비의 곁에다 쏟고 있었을 때, 유다 자기로서는, 참으로 온정 있고, 충직하며 성실한 마음으로, 그것을 팔아 가난한 자를 도와주는 것이 더 옳지 않겠느냐고(「마태」 26:

6, 「마가」14: 3) 한마디 거들었다가, 여지없이 질책을 당하고 있던 중이기도 했습니다. 물론 그러한 충직한 충고를 한 인물의 이름이 성경상엔 나타나 있진 않습니다만, 재정적인 문제로 근심스럽던 회계꾼이 그런 이야긴 우선적으로 했을 수 있다는 것은 쉽게 짐작되며, 그렇지 않더라도, 물고기나 낚아 그저 소탈히 살던 다른 어부들이, 그 한 옥함의 나드 기름 값을 그렇게 자상히 알고 있었으리라는 믿음은 없습니다. 헌데 그 당시의 한 데나리온이란, 농원 농부들의 하루 품삯에 해당된 값이었다고 하니, 먹지도 입지도 말고 저축하였어도 일 년이나 걸려서야 만들 값이었으니, 가히 거액이었으며, 혀만 내둘러 가난한 사람들을 돕고, 천국의 금덩이를 엿보여오고 있던 차에, 재물로써도 또한, 가난한 자들을 도와줄 수도 있던, 바로 그 기회에 왔던 것입니다. 제자들의 견지에서는 그렇다는 말씀입니다. 그러나 그 예수는, 삼백 데나리온의 기름에 비 맞은 병아리 꼴을 하고선, 그런 성실한 충고에 오히려 분노하고, 특히 유다 듣기에, 별로 써먹지 않은 말로 횡설수설하기만 했던 것입니다. 이미 말씀드린 바와 같이, 열두 명째 제자로, 유다를 꾀어냈던 그때부터도, 저 변절, 저 유혹은 준비되어 있었습니다만, 성경상에 나타나기로는 저 한 옥함의 나드 기름으로부터 이제 저 유혹은 곬으로 다가가고 있는 느낌이 없잖아 있습니다. 예수의 죽음의 준비의 시작이었던 것입니다. 아무튼, 그 삼백 데나리온짜리 기름이 발라졌음에도, 예수의 죽음은 비웃음과 조롱에 덮였었는데, 그 유다가 빈축만 사야 되었던 이유는 어디에 있었겠습니까? 거기에 저 '말씀'의 인현(人現), 예수의 숨은 뜻이 깔려 있었다고 볼 수밖엔 없겠습니다. 그 숨은 뜻

이란 참으로 뱀답게 간교하며, 음험한 것이었습니다. 그럼에도, 그런 방법에 의해서 그는, 자기의 전능을 성취해낸다는 것을 우리는 압니다. 이 말씀은 그러니까, 여호와 자기가, 하나의 대의를 위해, 예비해놓은 길을 가기 위해서, 그런 수단을 택한 것은 아닌가 하는 이야기입니다. 그렇지 않다면, 그 여호와를 믿고 의지하며 예배하기에 앞서, 그에게 주먹을 쥐고 달려들어, 저주하며 욕설을 퍼붓지 않고는 못 견디게 할 것임에 틀림없습니다. 그러나 소승의 이야기는 너무 멀리 나온 듯합니다. 어찌 되었든, 소승의 한 결론은, 저 실과는, 신 자신의 유혹에 의해 따 내려진 것이라는 것이며, '원죄'란 '죽음'의 의미라는 것이고, 그리하여 죽음에 대한 공포와 기대가, 생명에 대한 고통과 희망이, 저 최초의 사람에게서 비롯된 기사라고, 「창세기」 3장 1절에서 7절까지의 이야기를 해석하는 바입니다."

나는 잠깐 쉬고 다시 이었다.

"이렇게 해서, 그러면 어째서, 우주의 주재 신이, 하필이면 인육(人肉)을 취해서, '사람의 아들'로서 이 세상으로 내려오지 않으면 안 되었던가 하는 문제를 조금 언급해도 좋을 차례에 왔다고, 소승 사료하는 바입니다. '신의 인현(人現)'이, 소승 믿기엔, 바로 저 원죄와 직접적인 관련을 갖고 있는 것 같기 때문입니다." 나는 잠깐 쉬고 다시 이었다. "이 문제에 관해서도 물론, 많은 학자들이 많은 학설을 주장하고 있는 듯하며, 또 성삼위(聖三位)를 부정하는 파에서는, 이 문제 또한 부인하고 있는 듯하지만, 소승으로서는, 그런 여러 고귀한 주장들을 요약적으로라도 말씀드리고, 그것의 옳고 그름을 분석할 만큼 박식하지도 못하려니와, 그것이 또 소승의 의도에도 꼭히 필요한 것은 아니므로 회피하려 하오니, 혜량 있으시기 바라는 바입니다.

미리 말씀드린 바와 같이, 그런데 이 '원죄' '신의 인현' '삼위일체'의 문제는 연줄이 그래서 그러니, 소승으로 하여금, 다시 저 「창세기」 3장 1절에서 7절까지의 기사로 되돌아가, 살펴볼 수 있도록 용허하여주시기 바라는 바입니다. 소위 '선악과'라고 일컫는, 저 열매를 최초의 인간이 따고 있었던 그 장면은, 극도로 무서운 순간이며, 그 탓에 우리는 낙원을 잃어버린 것이 아닙니까. 인간은 그래서 죽음과 맞닥뜨려버린, 저 한순간이 만약에 없었더라면 하고, 우리는 얼마나 바라온 것입니까. 그래도 우리는, 우리의 선조가 무엇을 잃고, 무엇을 성취했는지, 그것을 알아내지 않으면 안 되는데, 그것을 위해서도 여러분의 책은 쓰인 것이라고, 소승은 믿는 바입니다. 어찌되었든, 그런 문제를 밝히기 위해서, 그러면 여호와는 왜 인간을 타락으로 유혹하지 않으면 안 되었던가 하는 문제가, 이제 정작으로 제기됩니다. 이 문제의 제기는, 아까도 잠깐 언급되어졌었습니다만, 그러면 선악과를 따먹기 전엔, 인간에게 과연, 신과 같은 영생이 육신적으로 그리고 지상적으로 부여되어 있었던가 하는 의문을, 동시에 불러일으킵니다. 비록 '너희가 죽을까 하노라'라고 하여, 문맥상으로는, 영생이 주어져 있었던 듯이도 여겨지지만, 그럼에도 의문은 여전히 남아 있는 것이 또 사실입니다. '여호와 하나님이 흙으로 사람을 지으시고, 생기를 그 코에 불어 넣으시니 사람이 생령이 된지라'(「창세」 2: 7)와, '필경은 흙으로 돌아가리니 그 속에서 네가 취함을 입었음이니라'(「창세」 3: 19)를 서로 연결하여 생각하여보면, 신이 흙을 취해 인간을 지었을 때, 이미 그 물질적인 육의 한계는 저변되어 있었다는 결론이 저절로 따르는바, 초기 기독교의 석학들은, 하나님이 인간의 코에다 불어 넣은 생기를 설명하면서, 동시에 육의 한계를 극명히 하고 있습니다. [26]'신이 땅으로부터 진흙을 취해, 자기 형상 닮게 사람을 짓고, 그것에다 생명의 숨을 불어넣었더니 사람이 생령이 된지라. 그런데 이 영이란 무엇인가 하면, 원래 원소에 의해서 그것이 이루어졌을 때부터, 파괴될 성질의, 불완전한, 물질의 몸, 즉 육체 내에서 살 때는 속사람이라고 부를 어떤 것이다.'

그러면 어째서 신은, 저 '파괴될 성질의' '완전치 못한', 그런 조악한 '물질'을 취해서 사람을 짓지 않으면 안 되었던가, 거기엔 어떤 쓸모가 있었던가, 이것이 가장 큰 문제인데, 그것에 대한 대답은 어쩌면 이렇게 되어질 것인지도 모릅니다. 즉, 신은, '사람의 눈으로 볼 수 없는'(「요한」 1: 18) '영'(靈)(「요한」 4: 24)이었기 때문에, 그런 영체(靈體)에서는, 저 물질적인 몸을 분리해낼 수가 없었을 것이라는 것입니다. 신 자신으로서도, 어떤 모태를 빌리지 않으면, 자신을 육화(肉化)해낼 수 없었다는 이유가 이제 여기에서 밝혀집니다. 그래서 우주적 '신비한 암컷[玄牝]'으로서의, '지혜'의 여성명사화로서의, '소피아'(「잠언」 8: 22~31)나, 세상적 어머니로서의 '마리아'가 등장하게 됩니다만 아무튼 아담의 몸은, 저 조악한 '흙'의 집적이었으며, 그것은 그런 이유로, 장차 파괴될 그 '불완전성'을 병독으로 지니고 있었던 것입니다. 신까지도, 저러한, 파괴되어 흩어진 물질에는 영생을 부여할 수가 없었던 것입니다. 신은 전능하므로, 신으로서 할 수 없는 일이란 없다라고 생각하는 것은 사리를 따져보기도 전에, 무조건 신앙하고 맹종하는, 하나의 단순성, 또는 유치성이라고 해도 될 것인즉슨, 한 예로, 그런 전능한 신도, 자기가 죽기 위해서는, 장차 이야기되겠습니다만, 자연의 어떤 과정에 따르지 않으면 안 되는 것입니다. 분명히 말하면 신은 죽지를 못한다는 이야깁니다. 그것은 육신적인 삶에도 그대로 적용될 수 있는 이야긴 것입니다. 원죄로부터 예수 하나만이 무죄하였다고 하는 것이 사실이라면, 그리고 육신적 영생이 가능한 것이라고 한다면, 한 번뿐이 아니라, 천의 병사들이 각각 천 번씩 그 예수께 창끝을 찔러 넣었다 하더라도, 그는 죽지 않았어야 되는 것입니다. 고통도 느끼지 말아야 되는바, 고통과 함께하는 영생이란 저주며, 지옥이기 때문입니다. 그러므로 어쨌든, 저 '죽음'은, 동산 가운데 있던 선악과보다도 선재해온 무서운 악이라는 것을 우리는 알게 됩니다. 보다 분명히 말씀드리면, 선악과를 따먹기 훨씬 전부터, 생명이 물질로 형상을 입었던 그때 그 순간, 이미 죽음도 함께했었다는 말이 되는 것입니다. 그럼에도 저 최초의 사람은 그것을 모르고, 자꾸만 죽음으로 다가가고만 있었습니다. 도대체 조심성이 없어, 행동은 위험스럽고, 지혜가 없어, 보기에 민망할 정도로 어리석었습니다. 그때 여호와는 대자대비를 느꼈을 것이 분명하고, 그래서 무엇보다도 여호와에게 문제가 되었을 것은, 어떻게 저 철없는 사람에게 죽음을 인식시킬 것인가였을 것임에 분명합니다. 지혜는 그리고, 죽음의 인식으로부터 시작된다고 해도 그렇게 과언은 아닐지도 모릅니다. 죽음을 깨닫게 한다는 것, 그것은 한편으로는 잔인스러우나, 그렇다고 또한 피할 수도 없는 것이었을 것입니다. 죽음을 모르고, 동성(童性)으로 산다는 일은 행복일는지는 모르나, 한계 지어진 삶을, 불행하게라도, 보다 절실히 산다는 일과는 다른 것이기도 합니다. 어쨌든 죽어가는 자가, 죽음을 몰라 웃고 있는다는 일도 보기에 비참한 것입니다. 죽음과 늘 대면하여 산다는 일 또한 보기에 참혹한 일이지만 그래도 삶은 이제 거기서부터 그 세부에까지 체험되어지는 것이나 아닌가 하고도 믿어지는 것입니다. 같이 꿈꾸는 눈을 하고 있다고 하더라도 할아버지 품에 안겨 있는 손자의 하루와, 그 할아버지의 하루는 전혀 다른 것이 사실일 것입니다. 여호와로서는 물론 여러 가지 방법으로 아직 죽음을 몰라 방정스럽지 못한, 저 선남 선녀에게 죽음을 가르쳐줄 수도 있었을 것인데, 무릎 밑에 앉혀놓고, 한 꽃을 뜯어내 보여, 그 꽃이 햇볕 아래서 어이없이 시드는 것을 보여줄 수도 있었을 것이고, 또 한 덫을 만들어, 거기 목 졸린 토끼가 비명하다 늘어지는 광경을 보여줄 수도 있었을 것입니다. 그런 건 물론 잔인한 살해의 장면입니다만, 그랬다손 치더라도, 저 자녀들은 미구에, 그런 방법에 의해 삶을 꾸려가야 했으며, 또 죽어가야 했던 운명이 아니었던가 말입니다. 그런데도 실은 그런 방법으로는 가르쳐주지 않고, 어찌하여 하필이면 간계로써, 저들을 죽음에의 인식으로 유혹했는가, 이것이 수수께끼이며, 그 탓에 소승은 그것을 일러 최초의 영아 학살이었다고 말하는 것입니다. 어찌하여 그는, 동산 가운데 나무를 정하여, 거기에다 보암직도 하고 탐스러운 덫을 매달아 놓고, 그 덫에다 자기의 사랑하는 자녀들을 치이게 한 뒤, 죽음의 초래를 인간의 불복종과 과오 쪽에다 돌려, 외로운 인간들로 하여금, 저 모진 고통을 전적으로 당하게 한 것인가, 글쎄 이것이 문제입니다.

그리하여 이제, 종단 없는 장돌뱅이 소승 또한, 여러분의 신의 대자대비에 깊은 앙모를 품지 않으면 안 될 단계에 온 듯합니다. 그것은 아까 누누이 말씀드렸으나, 여태까지도 오리무중 속에 남겨온 한 문제의 심각성 때문으로써입니다. 그러니까, 이미 함께했던 인간의 죽음이, 두 번 예비된 것으로서 저 선악과가 따 내려진 것이 아니라, 그것이 따 내려졌던 그 순간, 신 자신의 죽음이 예비되었던 것이라는, 바로 이 심각한 점인데, 한마디로 투박하게 말씀드리면, 신은, 자기의 대자비로 하여, 저 죽을 자녀들을 어떻게든 중생(重生)시키기 위하여, 자기의 목숨으로써 대신하려 예비했었다는 주장인 것입니다. 이것은 하나의 충격입니다. 비록 신 쪽에서 인간을 유혹했다고 하더라도, 이 사실은, 인간이 최초로 신 죽이기에 나선 것으로 보이기 때문입니다. 반복하면, 그리고 이 점은 아무리 반복되어져도, 아무리 강조되어져도 좋은데, 선악과에 의해 인간은 인간의 죽음을 따낸 것이 아니라, 신의 가슴에 창을 꽂아, 그 신으로 하여금 죽게 한 신의 죽음을 따낸 것이라는 것입니다. 그리하여 저 선악과는, 두 개의 무서운 의미를 획득해 내는바, 하나는, 인간이 몰랐던 죽음에의 인식이며, 하나는, 신의 죽음에의 예비입니다. 그러나 여러분의 구주, 예수의 죽음이 십자가에 매달려지기 전까진, 신의 것이나 인간의 것이나 꼭같이 저 죽음들은, 청산되어져야 할 하나의 부채로서 보류되어왔었던 것입니다. 신은, 자기의 자녀들을, 죽음 가운데서 일으켜 세워야 할 대자대비의 부채를 인간에게 지고 있었고, 그것은 창조자의 의무에 속하는 일이기도 하겠습니다만, 인간은, 자기네들이 따낸 실과, 신의 죽음을 저 나뭇가지에 되돌려, 불복종에의 용서를 받아야 될 부채를 신에게 지고 있었습니다. 그리하여, 나무에 매달린 예수의 죽음은, 그런 모든 부채 정리로 나타납니다. 서로 간에 채무 관계가 생겼을 때 거기 유혹의 방법이 개재되어 있었듯이 채무가 정리되는 데에도, 거기 유혹의 수단이 되풀이되어 있었던 것입니다. 허지만 예수의 유다에의 유혹에 관해서는 재언을 삼가려 합니다. 어쨌든 우리가 예수를 나뭇가지에 매달아, 따 내렸던 열매를 되돌렸을 때, 예비되어왔던 일들이 모두 성취되며, 동시에 종결지어졌던바, 신과 인간에게 동시에 주어진 '죽음'이며, 동시에 획득된 '영생'입니다. 이 영생은 물론 육적 영생은 아닙니다만, 이 영생의 문제와 함께, 그러면 신의 죽음의 값으로 어떻게 영생이 가능되어졌던가 하는 문제는, 아직도 수수께끼입니다만, 그것은 '삼위일체'의 문제를 언급해가는 동안에 차차로 밝혀지기를 바라고 있습니다. 그러면 어째서 하필이면, 저와 같은 영아 학살의 수단을 택해 역사 속에서 되풀이시켰느냐는 의문과 함께, 신격에의 회의까지를 금할 수 없게 하는데, 그 점에 관한 한, 소승은 불완전한 인간이어서 그 깊은 뜻을 들여다볼 수가 없을 뿐입니다만, 그럼에도 추측이 허락된다고 한다면, 소승으로서는 그러한 유혹의 방법이란 극소한도까지 신 자기의 섭력을 줄이려 하며 그러한 일이 인간의 자유 의지에 의해 형성되어진 것처럼 보이게 하려 한 것이나 아니었을까 하는 것이고, 영아 학살의 둘째 번 되풀이의 저의는, 보다 더 복합적 의미를 띤 듯합니다. 소승으로서는, 예수가 순전히 무죄하다고 생각하는 편에는 서지 않습니다. 그가 태어났을 때, 그로

인해서 무고하게 학살당한, 수없는 영아들의 피가 그의 생명
위에는 뿌려져 있었던 것입니다. 예수에 의해서 나중에, 그런
어떤 유아는 '천국'이라고까지 비유되었던 것밖에, 예수 자신
도 자기의 출생의 나쁜 전설에 대해서는 참회하고 있는 흔적
이 보이지 않는 것은 이상합니다. 그러나 저 영아의 죽음들은,
예수의 생명의 집단화에로의 확산의 과정처럼도 보이며, 또한
위대한 정신을 보듬어내기 위한 하나의 우주적 산고처럼도 보
이기는 합니다. 한 생명의 집단화란, 다시 풀어서 말씀드린다
면, 그 생명과 다른 생명들과의 인과관계 때문인데, 그 생명이
태어나지 않았으면, 다른 생명이 학살당하지 않았을 것을, 그
생명이 태어났으므로 다른 생명들이 학살당한 것은, 그리고
그러한 학살이 위정자에 의해 거국적으로 행해졌던 것은, 그
생명의 비범성을 단적으로 드러내 보여주는 것이라는 말씀입
니다. 그러나 거기에서 끝나고 말았으면, 저 어린 예수는, 피처
럼 붉은 한 저주의 덩이, 죄악으로서 던져진 나쁜 씨앗에 불과
했습니다만, 우리가 특히 관심해야 할 것은, 그러한 우주적 산
고를 치르고 낳은 아이가 장차, 우주적 죄를 또한 한 몸에 지
고 죽었다는 이 점일 것입니다. 출생에서부터 그의 생명은 그
자신만의 것이 아니었습니다. 비록 조롱하기 위해서였다고 하
더라도, 당시인의 무의식 속에선 그를 왕으로 받아들이고 있
었던바, 그에게 가시면류관을 씌우고 홍포를 입히며, '유대인
의 왕'이란 명패를 걸어주는 데까지 이르는 것입니다. 그의 죽
음의 집단화였던 것입니다. 그의 출생이 피와 비극에 의해 영
아들의 울음에 덮였던 것에 반해, 그의 죽음이 조롱과 멸시에
의해 어른들의 웃음거리가 되었던 것은, 뭔가 거기에, 천착해

볼 여지가 있습니다만, 그 점만은 소승은 보류해두려 합니다.

어쨌든, 앞서 살펴본 대로 하여 하나의 주장을 끌어낼 수 있다면, 여러분의 종교는, 신이 신앙되어지는 것이기 전에, 신에 의해 인간이 신앙 당해왔다는 것입니다. '신의 최초부터 최후의 주제는 인간'이라는 것입니다. 그래서 그는, 인육까지도 서슴지 않고 입어, 이 세상으로 고통을 자초하고 온 것입니다마는, 그렇다면 신은 어떤 과정을 통해 인육을 획득할 수가 있었는가 하는 점이 궁금해지기도 합니다.

그 문제에 관한 한은, 소승으로서는 전적으로, 선현들이 미리 다 해놓은 이야기를 빌려올 수밖엔 없겠습니다만, 그러나 소승의 관심점은, '신이 어째서 인현을 준비하지 않으면 안 되었던가'이지, '신이 어떻게 인현을 성취했는가'는 아니라는 점을, 특히 기억해주시면 싶습니다. 신이 어떻게 인육을 입었는가라는 의문에 대한 대답은, 그렇게 어려운 것이 못 될 것인바, 출산에 있어서의 세상적 형태를 우주적 형태로 환치해놓고 보면, 금방 그 비밀이 누설되기 때문입니다. 여호와는 일견, 고독한 양력(陽力)일 뿐인 듯하지만, [27]'어떤 신도, 거세되어 고자의 형태를 띤 신은 없다'는 것을 특히 고려하고 보면, 그에게도 배필이 있었던 것입니다. 그녀의 성격은 그렇군입쇼, 소승이 조사하기로는, 「잠언」 8장 22절에서 31절까지의 기사인데, 수고스럽지만 숙녀께서 좀 봉독해주시겠습니까?"

"[그가] 그 조화(造化)의 시작, 곧 태초에 일하시기 전에 나를 가지셨으며, 만세 전부터, 상고(上古)로부터, 땅이 생기기 전부터, 내가 세움을 입었나니, 아직 바다가 생기지 아니하였고, 큰 샘들이 있기 전에 내가 이미 났으며 [……] 또 땅의 기초를 정하실 때에 내가 그 곁에 있어서 창조자가 되어, 날마다 그 기뻐하신 바가 되었으며, 항상 그 앞에서 즐거워하였으며, 사람들이 거처할 땅에서 즐거워하며, 인자(人子)들을 기뻐하였느니라."

"소피아입니다. 희랍 말로서, '지혜'라는 뜻이라고 합니다. 말씀드렸다시피, 우주적 현빈(玄牝)으로서, 세상적 형태를 입어, 요셉과 정혼한 처가 됩니다. 아시다시피, 여호와는 양기(陽氣)며, 양령(陽靈)이었으므로, 저 동정녀에게 아무 상처 입히지 않고라도, 그녀의 태 속으로 섭리해 드는 일쯤은 어렵지 않게 해낼 수 있었을 것입니다. '성령'이 때로 '소피아'와 혼동되는 일이 있지만, 삼위일체설에 의하면 성령 또한 양신(陽神)인바, 그 성령이 저 양력(陽力)을 여인의 태 속에다 씌어 넣는 일을 맡습니다. 그래서 태어난 어린 아들은 태초부터 있었던 늙은 여호와 자신이면서, 동시에 자기 자신의 아들이며, 이 아들은 또한 늙은 아비 자신이면서, 자기 자신의 아버지가 되어 있습니다. 그런데 어미 편에서 보자면, 그녀 또한 태초부터 여호와와 함께했던 늙은 아내였던바 그 늙은 아내가 태어내 놓은 아들은 어린 남편임과 동시에, 사실에 있어 늙은 아들이었던 것입니다. 늙은 아들 쪽에서 보면, 전에 자기의 늙다리 부인이었던 것이 느닷없이 어린 어미로 변해져 있던 중인 것입니다. 현빈의 세상화에서 나타난 결과입니다. 이 관계를 그림으로 나타내보면 보다 명확해질 것인바, 이 그림은, 소승이 의중에 넣고 있으며 미구에 보여드리려고 하고 있는, 다른 몇 그림의 근간이 되어 있다는 것만을 미리 말씀드렸으면 합니다. 그러나 저 그림은 대단히 평면적인 것이며, 그것이 입체화되기 위해서는 약간의 변모를 당하지 않을 수가 없을 것입니다. 장차 주석될 하나의 전제로서 소승은 이 자리에서 먼저, 저 그림의 숫자 '五'는, '白'의 위치이며, 오행에 있어서는 '土'를 담당하고, 방위에 있어서는 '中央' 또는 '黃房'이며, 성별에 있어서는 '陰陽一體', 작용의 문제에 있어선 '體用一體', 그런 모두

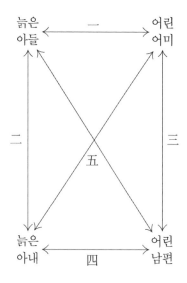

를 가능케 하는, 힘으로서의 시간의 문제와의 관련에서 '시간의 현재'의 일점이라는 것을, 먼저 말씀드려 두는 바입니다.

이렇게 해서 어쨌든, '원죄설'과 관련하여, 어째서 신 스스로 인육을 입어 이 세상엘 왔던가 하는 점들을, 소승 나름으로는 정리해본 셈입니다. 그러고 나니, 여호와와 예수는 동일신이다라는 믿음이 짙어지고, 이 연쇄의 고리는 곧장 '삼위일체'의 문제를 고려케 합니다."

나는 잠깐 쉬고, 다시 이었다.

"헌데 물론 아시다시피, '삼위일체설'은, 성경상 그 근거가 희박할 뿐이고, 후대 현자들의 철학적 사색의 결과로 보는 것이 옳은 견해라고 하고 있습니다만, 그러나 그렇게만 시선을 고착시켜버리는 것은, 여러분의 경전은 「요한계시록」까지만 쓰이고 그 이후에는 전혀 쓰이지 않는다는 주장과도 맞먹

는 것이며, 여호와의 역사하심 또한 멈춰진 지 오래라는 이야기와도 맞먹는 견해인 듯합니다. 그러나 소승의 믿음에는 역사를 통해 경전은 언제나 새롭게 윤색되어왔으며, 그리하여 그것이 그 시대에서 보편화를 획득하면, 그것은 그 시대의 진리로 되는 것이고 이미 옛날의 경전과는 다르다는 것입니다. 일례로, 다윗이나 솔로몬의 일부다처제 같은 것을 들고 보아도 그것은 이미 침몰된 시대의 풍습이지, 오늘날도 반드시 통용되는 것은 아닙니다. 그리고 더욱이 신은 경전 속에 억류된 유수가 아닌 것입니다. 경전이 비록 「요한계시록」까지 쓰이고 멈췄다고 해서 신의 역사함까지 멈춘 것이 아니고 그 시대들의 고뇌와 요청에 귀 막고 온 것이 아닙니다. 그러니까 소승의 말씀은 여러분의 예순여섯 권의 경전에만 성령이 임한 것은 아니고, 그 후의 현자들 위에도, 그 성령은 꼭같이, 아마도 보다 다양화하고 복합화해진 시대에 알맞게 임해온 것이라는 주장입니다. 이렇게 볼 때라야만, 여러분의 신은 우리의 세계의 흐름에도 여전히 참여하며, 우리의 염원을 귀담아듣는, 생생히 살아 있는 신으로서, 우리의 심령에, 그리고 우리들의 매일 매일의 삶에 자리해오는 것입니다. 사실에 있어 묵은 신의 영상을 고수한다는 일은 족보나처럼, 우리들 선대인들이 어떻게 자리 잡아 살며, 어떻게 자손을 퍼뜨렸는가 하는 내용으로, 역사적인 의미를 지니고 있을는지는 모르지만 지금 현재, 우리가 살며, 우리가 고통당하는 것과는 별로 무관한 것일 것입니다. 신은 그러나 모든 시대에 알맞도록 그 시대 속으로 쉼 없이 그 시대에 맞는 인육(人肉)을 입어 나타나지 않으면 안 되고, 그래서 그 시대인들과 사귀며, 희망을 주지 않으면 안 되는 것입니다.

통설을 따라서, '삼위일체론'은 후대 현자들의 사색의 결과로 보는 것이 옳다는 견해에 동의한다고 보더라도, 성경상 그 근거가 희박하다는 이야기는 반드시 옳다고만 믿어지진 않습니다. 선현들이 때로 잘 인용하는 몇 예문만을 들어보아도 그러한바, '태초에 말씀이 계시니라. 이 말씀이 하나님과 함께 계셨으니 이 말씀은 곧 하나님이시니라'(「요한」1: 1)라는 구절에 의하면, '말씀'과 '하나님'이 일체라는 예이고, '말씀이 육신이 되어 우리 가운데 거하시매 우리가 그 영광을 보니, 아버지의 독생자의 영광이요'(「요한」1: 14)라든가, '본래 하나님을 본 사람이 없으되 아버지 품속에 있는 독생하신 하나님이 나타내셨느니라'(「요한」1: 18) 같은 구절에 의하면 저 '말씀'은 곧 예수였던 것입니다. 그리고 그 예수는, '나와 아버지는 하나이니라'(「요한」10: 30)라고 분명히 자기를 밝히고 있는 것입니다. 그런데 '성령'은 '보혜사'(保惠師)라고도 하여, '내가 아버지께 구하겠으니 그가 또 다른 보혜사를 너희에게 주사 영원토록 너희와 함께 있게 하시리니'(「요한」14: 16)와, '보혜사 곧 아버지께서 내 이름으로 보내실 성령 그가 너희에게 모든 것을 가르치시고 내가 너희에게 말한 모든 것을 생각나게 하시리라'(「요한」14: 26)라고, 그 성격을 명확히 하고 있는바, 무엇보다도, '그가 또 다른 보혜사를 너희에게 주사'의 '또 다른 보혜사'와, '만일 누가 죄를 범하면 아버지 앞에서 우리에게 대언자(代言者 혹 保惠師)가 있으니 곧 의로우신 예수 그리스도시라'(「요한 1書」2: 1)의 '대언자' 혹 '보혜사'와의 구별이 안 되고 있는 것은 주목할 만한 것으로 사료됩니다. '또 다른 보혜사'라고 그 자신이 말하면서, '대언자' 또는 '보혜사'와 자기를 혼동시킵니다. 이 의미는 곧바로 보혜사와 예수 자신이 또한 일체라는 것일 것입니다. 성부와 성자가 일체이며, 성자와 성령이 일체라면, 성부와 성령도 또한 일체인 것은 분명합니다.

그럼에도 불구하고, 그러면 어째서, 여러분의 경전 속에는, '삼위일체'라는 어휘가 한 번도 기술되어 있지 않았는가라는 의문이 제기되는바, 소승의 천견으로는, 저 유일신이 다신교적으로 예배되어지는 것을, 성경 기술자들이 꺼린 것이나 아닌가 하고 여기고 있을 뿐입니다. 당시에 바빌로니아에도 저 삼위일체 신위가 있어 다신적으로 숭배되고 있었을 뿐만 아니라, 다른 여러 방언(方言)에도 저 삼위일체 신위가 있어온 것은 여러분도 잘 아시는 바입니다. 그런 경우, 유일신의 신위를 계속 견고히 하는 방법은, 삼위일체라는 그 성격을 흐리게 하고, 여호와만을 계속 우리 앞에 압도시키는 수밖엔 없었을 것이라는 것이 쉽게 이해됩니다. 그러면서 할 수 있는 한까지 폐쇄시키는 것입니다. 그럼에도 불구하고, 다른 방언이 끼친 영향이 여러 군데에서 발견되어지는바, 모세의 '놋뱀'도 그런 하나이지만, '에스겔'에 예시된 (「에스겔」 1: 1~14) 신약의 네 공관복음서 기자들의 모습도, 사실은 애급의 태양신의 네 아들의 모습이며, 구주 탄생에 따른 저 별의 전설도, 바빌로니아의 점술의 영향하에서 이뤄진 것이라고 보는 것입니다. 이렇게 볼 때, 여러분의 경전 기술자들이, 삼위일체를 어째서 극력 은폐시키려 했는가가 어쨌든 조금은 밝혀집니다. 사실은 그런 덕에, 외부의 홍수 같은 영향을 이겨내고, 여러분의 신은 계속 유일신으로서의 자리를 고수해온 것이 사실입니다. 여호와는 그러므로, 자기가 선택한 민족의 배타심과 폐쇄성에 감사해야할 일입니다. 어쨌든 그렇게 해서라도 이제, 여러분의 신위가확고해졌으면, 신격(神格)의 문제가 다시 심각히 논의되어도좋을 때에 왔다는 것을 여러분은 알아냅니다. 왜냐하면 이제는, 일신 삼격(三格)을 아무리 논의한다고 하더라도, 그가 다신적으로 예배되어질 그런 소지란 전혀 남아 있지 않기 때문이고 이러한 논의를 통해서, 그의 신격이 더욱더 완전을 확보했으면 했지, 손상당할 일이란 없을 것이기 때문입니다.

어쨌든, 선현들에 의하여 삼위일체론은 대별하여 두 가지로 나뉘어왔던바, 그 하나는 이름하길 '현현(顯現) 삼위일체'라고 하고, 다른 건 '본질적 삼위일체'라고 하는 것이 그것입니다. 헌데 '현현 삼위일체'란 그 어휘가 시사하고 있는 바와 같이, 하나님이 역사상에 나타난 사실에 기초하여 발전된역사적 교의라고 하는데, 즉 여호와가 셋의 모습으로 역사에군림한 것이라고 하는 것입니다. 그러니까 기독 이전에 히브리 민족에게만 나타났던 하나님이 그 하나이며, 그 둘째는 기독을 통해서, 기독 이후의 성령이 그 셋째라고 보는 견해이고, '본질적 삼위일체'란 앞서 본 여호와의 통시적(通時的) 현현은, 신 자신의 성격에 기초하지 않으면 안 된다는 확신에 의해서 형성된 것으로 신은 하나이면서 세 분이라고 보기 시작한견해인바, 더욱이 이 본질적 삼위일체는 사상적 성찰로 이뤄진 예라고 합니다. 이상에 드린 말씀은 미리 모두 해놓은 이야기를 약간 차용한 것입니다만, 그러나 삼위일체 사상의 성립근거라든가, 그것의 발전사 같은 문제는, 소승이 지금부터 말씀드리려는 것에 대해, 거의 도움이 되고 있는 건 아니라는 것을, 이 자리에서 밝혀두는 바입니다. 소승으로서는, 선현들 해놓은 저러한 구분을 빌리는 것이, 소승의 관견을 말씀드리기에 썩 편리하기 때문에, 그분들의 용허도 없이 빌려 쓰려고 하고 있을 뿐입니다.

얼핏 보면, 그 두 고견은, 병합해 질서로워질 근거가 희박한 듯이도 여겨지지만, 소승으로서는 그것을 종과 횡의 관계로 이해하려고 하고 있는 중입니다. 그러한 소승의 의도가 보다 명료히 설명되어지기를 바라서, 그래서 소승은, 미구에 몇 개의 그림을 실험해 보이려 하오니, 모쪼록 허락되어지기를 바랍니다. 그리고 이러한 그림은, 소승이 체험하고 난 뒤에 믿기론, 그 자체가 어떤 의문의 해답이며 별도로 그렇게 많은 주석이 따라야 될 것으로는 여겨지지 않습니다. 물론 '河圖'나 '洛書'는 해답이지만, 주석이 따르지 않는다고 할 때, 도대체 그 의미를 알 수 없는 경우 같은 것도 있을 수는 있습니다."

나는 잠깐 쉬고, 다시 이었다.

"주지하시다시피, 우주는 종교적으로 여럿의 상징을 입어 우리의 육안에 호소되어왔습니다만, 그중에서도 특히 삼각(三角)과, 사각(四角)과, 원(圓)이, 그 주된 형태로 알려져 왔습니다. 그렇다고 우리가 세 개의 우주를 가져온 것이라고 생각하는 것은 잘못입니다. 이 말은 그러니까, 삼위일체와도 같이 하나의 우주가 나타내고 있는 삼중적 성격이라고 보는 것이 타당하다는 것입니다. 지금부터 밝혀지려는 것이 그것이지만, 이 삼중적 성격은 거기에 머물지 않고, 종내 오두(五頭)를 드러낸다는 것을 전제해둡니다. 그런데 원은 우주 자체의 여성적 국면을, 사각은 남성적 국면을, 삼각은 그 양성적(兩性的)

국면을 담당해온 것으로 알려집니다. 양성(兩性)이라고 했을 때, 우선적으로 떠오르는 모습은, 여자의 유방에 남근을 갖고 있는 형상입니다만, 그러한 양성은, 임신이나 출산이 자체 내에서 가능되지 않는바, 소승이 말씀드리려는 양성은 음과 양이, 체와 용이 어기차게 어울리는 현장의 의미라는 것을 특히 기억해주셨으면 싶습니다. 그 상태를 일러, '해골의 골짜기에선 십자가'라든가, '연 속에 담긴 보석'의 의미라고 말할 것입니다. 그러나 먼저, 그러한 상징들을 그림으로 그려본 뒤, 그것에 해당될 가능적인 이름들을 붙여보고, 생각을 진전시켜간다면, 보다 편리하리라고 믿습니다.

[그림 1]

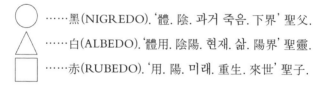

……黑(NIGREDO). '體. 陰. 과거 죽음. 下界' 聖父.
……白(ALBEDO). '體用. 陰陽. 현재. 삶. 陽界' 聖靈.
……赤(RUBEDO). '用. 陽. 미래. 重生. 來世' 聖子.

우리 민속에 의한다면, 이 관계는, 귀신 – 아내 – 처용(處容)의 관계로 나타날 수도 있다는 것은 첨언할 수도 있을 것입니다.

그런데 사실에 있어, 黑(Nigredo)·白(Albedo)·赤(Rubedo)의 세 이름들은, 연금술사들의 화학 실험에서 나타난 반응을, 그들이 상징적인 어휘로 표현한 것에서 빌려온 것이라는 것을 먼저 밝힙니다. 그들에 의하면 그러니까 어떤 선택되어진 질료(Prima Materia)가, 금(金)으로 가기까지 그것은 세 단계의 전변(轉變)을 치르는데, '검은 날개의 까마귀'로 비유되는 '黑'이 그 첫 단계며, '흰 비둘기'로서의 '白'이 그 둘째 단계며, '핏빛의 홍옥'으로서의 '赤'이 그 마지막 단계입니다. 이 '赤'은 언제라도 금으로 바꿔 쓸 수 있는, 그러니까 금 자체라고 보아질 어떤 것이라고 합니다. '계시록'에 나오는 '네 기사' 중에, 붉은 말 탄 자가 나타나자, 땅에서 평화가 제거되며, 사람들끼리 서로 죽이더라는 이야기는 저 금과의 관련 아래서 따져질 것이나 아닌지도 모릅니다. 금이란 그 용(用)이 너무 강한 탓에, 그것은 생각만 하여도 사람을 광기에 당하게 하는 것이 아닙니까. 아무튼, 금 제조자들의 관찰의 방법의 다름에 따라, 저 질료의 변화의 관계가, 네 단계, 일곱 단계, 심지어 열두 단계까지도 설명되어지고 있지만 압축하고 종합해보면 저 세 단계로 귀착하는 것은 확실합니다. 그것이 저 어지러운 변화의 저변에 깔린 하나의 구조인 것입니다. 어쨌든, 우리의 이야기의 질료가 되어 있는, 저 黑(圓)·白(三角)·赤(四角)을 [그림 1]이라고 해두겠습니다. 헌데 저 [그림 1]에 나타난, '陰·陰·陽·陽'은 성별과 원소를 나타내기 위한 것인바, 이 경우 원소란 음으로서의 '물'과, 양으로서의 '불'의 의미인 것으로, 특히 두 원소를 중요시하는 이유는 오행설(五行設)을 염두에 두고서입니다. 선인들은 '水·火'를 특히 생명과의 관련의 원소로 본 듯했으며, '水·金'은 생활 자재로서, 그리고 '土'는, 그러한 생명의 변천과 성쇠가 일고 갈아드는 장소로서 본 듯했습니다. 그런데 불의 원소와 물의 원소의 화합의 도식을, 연금술사들은 두 개의 삼각이 서로 엇비슷이 대접(對接)한 꼴로 나타난다고 하는바, 그것의 원초적 형태는 역시 삼각이므로 삼각이 우주의 상징을 입는 하나의 소이도 여기에 있습니다. 모든 '얀트라'에 나타나는 저 삼각은, 그러나 무엇보다도 '여근'(女根)의 원초적 형태로 되어온 것이나, 그것이 '양신'(陽神)을 잉태하고 있다면, '음양일체'의 이상스런 존재인 것은 분명합니다. 그리고 아시겠다시피, '體 · 體用 · 用'은 작용력의 관계를 나타내기 위하여 쓰인 이름들입니다.

그래서 이제, '현현 삼위일체'를 도표로 나타내보면 신이 어떻게 역사상에 나타냄을 보였는지가 육안에 호소되어올 것입니다. 그러나 이런 경우 우리는, 어쩔 수 없이 시간(時間)의 문제와의 관련하에서 따지지 않을 수 없는데, 사실에 있어, 시간의 문제를 파악해본다는 일은 유전(流轉)의 법칙을 이해해본다는 일과도 맞먹으며, 유전의 법칙을 이해한다는 일은, 이 세계의 질서를 파악한다는 일과도 같으며 세계의 질서를 파악한다는 일은, 신의 역사하심을 이해한다는 일과 틀리지 않기 때문입니다. 왜냐하면, 우리들의 선조와 그 선조의 선조들이 살았고 우리가 현재 살고 있고, 또한 우리들의 후손과, 그 후손의 후손들이 살아나갈, 언제나 같은 저 한정된 장소에 언제나 다르게 갈아들며, 언제나 다른 형태의 전이를 가능시키는 하나의 이상스러운 힘, 그것이 저 시간이기 때문입니다. 장소만 있고 시간이 없다고 할 때, 그리고 시간만 있고 장소가 없다고 할 때도, 이 세계에서의 생멸은 끝나버리는 것입니다. 그러나 하나는 거시적으로 보면 불변의 것이며, 하나는 아무리 미시적으로 보아도 항변(恒變)의 것입니다. 그러므로 우리의 관심은 저절로 저 불변의 장소 위에서 항변하는 그것에 쏠리고, 그것의 현묘함을 밝히려는 것 때문에, 보다 초력적인 힘을 전제하고 나서는 것입니다. 그러므로 소승이 지금부터 많은 부분, 시간과의 관련 아래에서 이야기를 진전한다고 하더라도, 그 진의는 시간에만 국한되어 있지 않다는 것을 이해해주셨으면 합니다. [그림 1]의 저 많은 이름들은 그런 이유로 쓰인 것들이었습니다.

[그림 2]는, 보시다시피, 현현 삼위일체로 설명되어온 그대로를 그림으로 환치한 것일 뿐입니다. 그러나 이것은 죽

[그림 2]

은 그림이어서, 하나의 정지된 상태의 조감도이거나 영원히 진행해가다 언덕에서 실족하고 소멸해버릴 것 같은, 그 미래가 엿보이지 않는 것입니다. 중생이라든가 재생의 순환의 가능성이 완전히 차단되어 있는 상태입니다. 이것은 여러분의 신전(神典)이 열왕기(列王記)식으로 나타난 예입니다. 제일신(第一神) 즉위 몇 년에, 몇 년을 처리하고, 몇 년에 열조에 들매, 그해 제이신이 즉위하였더라라는 식입니다. 그러나 우리가 잊어서 안 될 것은, 한 유일신의 삼중의 현현이라는 점입니다. 이때 저 '현현 삼위일체'의 견해가 약간의 변질을 감수치 않을 수 없게 될 터입니다. 그래서 [그림 3]을 보여드릴 차례에 온 것이지만, 그러기 전에, 여러분이 갖고 계실 두 가지의 의혹이 옳다는 것에 긍정을 표해야겠습니다. 즉슨, [그림 1]을 [그림 2]에 응용해보면, 여호와 시대를 과거, 성령의 시대를 현재, 예수의 세상을 미래라고 보는 그 점에 대해서인즉, 이것은 분명히, '성자'와 '성령'의 위치가 바뀐 상태가 아닌 것인가 하는 것이고, 그러나 소승이 말씀드려가는 중에, 그러한 의혹

은 은연중에 해소될 것으로 믿는 바인데, 그러나 무엇보다도 선결되어야 할 문제는, 둘쨋번 의혹인바, 그러면 어째서 시간의 과거는 음이고, 체이며, 사실로는 성령이 모성적 자리를 차지해온 것으로 보이는데도, 태초부터의 저 위대한 남성적 작용력, 저 남신(男神) 성부가, 음과 체의 성전환을 당했는가 하는 것에의 문제인 듯합니다. 거기에 대답은 아마, 이런 가정에 의해서 되는 것이 옳다고 믿습니다. 즉슨, 시간에 있어서의 과거는 시간의 현재의 시점에서 보면, 그것은 일단 끝나버려서, 거기에는 이미 일어난 사실(史實)의 유령밖에는 남아 있지 않은데, 이 의미는, 과거의 시간은 용(用)을 잃고 있다는 그것입니다. 가령 소승이 함께하고 있는 이런 두개골을 두고 보아도 그것이 전에 남자의 것이었다고 할지라도, 그것은 이미 용을 잃었음으로 해서 체라고 보아야 하는바, 음은 체의 성별적 이름이므로, 시간의 과거를 또 음이라고 하고, 죽음이라고도 하며, 그래서 여호와 또한, 그가 남신이든 성부이든, 그런 것과도 상관없이 음·체·죽음의 과거의 시간 속에다 두어두는 것입니다. 이렇게 말씀드리는 것은 그러나, 소승의 이야기를 편리하게 하기 위한 하나의 가정이며, 소승으로서는 시간의 과거라고 해서, 그것은 이미 끝난 사실의 유령들이, 한번 쳐든 손을 더 내려뜨리지도 못하고 있다거나, 한 번의 절규를 여태도 끝내지 못한 채 그냥 응고시켜버리고 있다는 투로, 고화(古畵) 한 폭으로서 과거를 이해하고 있는 것만은 절대로 아닙니다. 강조하는 바이지만, 그것은 가정입니다. 그러면 어째서 저 '白'은, 곧바로 용이나 양이 못 되고, 양성적(兩性的) 상태인가에 대한 의문이 성령과 성자의 위치의 전치(轉置)의 문제와 관련하여 싹트는데, 그것도 만약, 가정하에서, 시간의 미래로서의 '赤'이 어떻게 용과 양의 이름을 입을 수 있었는가를 확실히 할 수만 있다면, 체와 음으로서의 시간의 과거와, 용과 양으로서의 시간의 미래가 연접되어 이루는, 저 양성적 시간의 현재가 곧바로 주석되어지는 것이라고 여기는 바입니다. 그리하여 우리는, 모든 것이 생성하고, 모든 것이 소멸되는, 시간의 이 현재의 신비함에 놀라게 될지도 모르며, 양이 드센가 음이 드센가를 가름하여, 그 현실의 집단적 기운이 어떻게 형성되었으며, 그것은 어떻게 전이해갈 것인지를 점쳐낼 수 있게 될지도 모릅니다. 우선 소승은, [28]용은 용 자체로, 체를 얻지 못하면 아무것도 가능시키지 못하며, 양은 양대로 음을 데불지 못하면, 아무것도 이뤄내지 못한다는 점을 특히 강조했으면 싶습니다. 그것이 시간에 있어서의 미래 자체이기 때문입니다. 현재화하지 못한 미래의 시간이란, 과거의 시간과도 꼭같이, 아무런 조화를 일으킬 수 없는 것으로, 이것은 아직 자궁을 얻지 못한 시간의 유계(幽界)의 시간의 혼령에 불과합니다. 그 시간의 혼령이, 현재의 시간의 모태를 얻어 과거화하는 그 과정에서만, 저 유계의 시간은 의미를 획득하는바, 그래서 용과 양은 체와 음을 얻고, 체와 음 또한 용과 양에 순종하는 것입니다. 그 자체로서 아무런 조화도 성취해낼 수 없는 미래의 시간을 그래서 소승은, 용과 양의 편에 둔 것이며, 또한 성자의 편에 둔 것은, 그가 여러분 교의의 삼층 구조에서의 내세 편에 서 있기 때문입니다. 이 내세의 의미는 부활이나 중생의 의미인데, 일신 삼격 중에서 부활이나 중생을 성취한 신격은 예수 하나뿐이었다는 것은 특히 고려될 만한 점입니다. 그의 부활은 물론 이천 년도 전에 끝났습니다만, 그것은 현재 살아 있는 우리의 중생이 어떻게 이뤄질 것인가, 그것의 한 집단적 전형적 형태로서의 예시이며, 현재 우리는 우리 자신의 죽음 앞에 놓여 있고, 우리 자신의 중생을 성취해내지 않으면 안 되는 상태에 있는 것입니다. 그것은 그리고 이 현재의 시간에 당면한 미래의 일입니다. 이리하여 여러분은, 소승이 신의 이야기를 통해, 우리들 자신의 문제를 이야기하고 싶어 한다는 것을 아셨을 것입니다.

[그림 3]은, 죽은 [그림 2]가 살아난 장면입니다. [그림 3]에 의하면 어떠한 시간, 어떠한 상태도 죽어 있지 않은데, 그것이 섭리에 대한 소승의 정의(定義)입니다. 이 그림은 현재의 시간이 진행하여(白→赤)

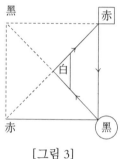

[그림 3]

미래의 시간을 과거로 만들고(赤→黑), 그 과거의 시간은 집적하여, 다시 미래의 시간으로 뒤집혀 현재화(黑→白)하는 관계를 밝히는바, 이런 경우 필요한 안목은, 저러한 그림은 유동적이라는 것을 염두에 두고, 시각이 주는 고정관념을 없애는 것입니다. [29]저것은 한 원 안에서 세 마리의 여우가, 두 마리의 용(龍)이, 한 마리의 뱀이, 꼬리를 물고 한없이 맴돌이 치는 것을 보여주는 그림인 것입니다. 모래시계가 만약에 인력(人力)에 의해서 뒤집혀지지 않고, 그 자체 내의 어떤 힘에 의해서 뒤집혀지기만 한다면, 그것처럼, 저 전이(轉移)와 회귀(回歸)의 관계를 시각적으로, 그리고 극명히 나타내 보여주는 것도 없을 것입니다. 예를 들어, 서 홉의 금싸라기를 만 하루 동안에 흘러내리도록 고안된 모래시계가 있다고 한다면, 위쪽에 쌓여 있어 현재화하는 금싸라기는 육안에 보이는 시간이며 미래며, 그 시간의 미래가 현재화하며 밑 쪽에 쌓이는 금싸라기는, 육안에 보이는 시간이며 과거여서, 불변의 천지 사이로 항변스러히 유동해가는, 저 시간이 매 찰나 포착되어지는 것입니다. 그러는 중에, 위쪽에 있던 금싸라기가 다 흘러내려져, 더 이상 시간의 현재를 젖먹일 수 없을 때, 우리는 저 모래시계를 뒤집어 거꾸로 세워놓게 됩니다. 그런 그 순간, 거기 변괴가 나타난 것을 우리는 목격하게 될 것인바, 저 집적되었던 시간의 과거가, 이상스럽게도 갑자기 시간의 미래로 변해져, 그것이 전에 시간의 미래가 채우고 있었던 빈 곳으로 흘러들어, 다시 시간의 과거가 되어 쌓이는, 그 개벽의 이변입니다. 이런 이변을 관찰해낸 선인들은 그래서, 이 세상엔 두 개의 '황금의 태자(胎子)'가 있어서 그것들이 각각 부상과 함지에 자리 잡고 있는데, 한 마리의 긴 뱀이, 부상에서 함지로, 함지에서 부상으로, 쉬지 않고 움직여 가선, 그 태자에 들었다가 새끼 뱀이 되어 움직여 오는 것이, 세월이 아닐 것인가 하고 추리해내기까지 합니다. 이런 추리는 횡적 윤회의 과정을 완벽하게 설명하는 것으로서, 다시 한번 여러분의 교의의 상징과 언어를 입었을 때, 신의 인육화와, 인육의 신육화(神肉化)의 끊임없는 되풀이의, 역사적 현현으로 보이는 것입니다. [그림 3]은, 그러한 횡적 유전을 보여주는 것으로, 반복되지만, 모든 시간은 무섭게 살아서, 꿈틀거리고 있다는 것을 보여주기 위하여 나타내진 것입니다. 그것은 육안에 단순하게 보이는 도식입니다만, 우리가 그것을 확산시킨다고 할 때, 이 우주 자체보다 더 커질지도 모르는바, 작용과 시간과의 관계에서 이 우주를 다시 살핀다고 한다면, 우주는 현존하는 그것보다 수십만 배 더 클지도 모르며, 우리의 '엄지손가락' 크기만 해질지도 모릅니다. 이것은, 앞으로 종적(縱的) 관찰에서 보다 분명히 밝혀지겠지만, 우주는 그런 양면성을 또한 갖고 있는 것일 터입니다. [그림 3]을 확산시킨다고 하는 것은, 저 [그림 3] 전체를 하나의 '黑'이라고 하고, [그림 3]과 같은 '白'을 또 나타내고, 다른 '赤'을 놓고, 그것이 이룬 그림을 또, '黑' '白' '赤'으로 한없이 이어나가는 것을 말합니다. 나중에 풀어서도 보여드리려 합니다만, 그렇게 확대해놓고 본다면 가령 '黑' 하나만을 예로 들어보더라도, 그 '黑'은 그저 완전한 '黑'뿐일 것인가——그런 완전한 '黑'을 소승은 '陽黑'이라고 부를 것인데——만약 그것이 거기에서 머물러버릴 것이라면, 어떻게 유동과 변전이 가능해질 것인가, 하는 궁금증이 다소간 해소되리라고 믿습니다. 그러나 도식의 그런 확산은 불필요하기만 할 뿐인데, 왜냐하면 종내 돌아오는 원점은, 저 [그림 3]일 것이기 때문입니다.

우리는 그러나, 저러한 항변, 저러한 되풀이를 가능시키는, 하나의 위대한 모태(母胎)를 잊어서는 안 되는 것입니다. 그것에 관해서 말씀드리려고 하는바, 여기에서 비로소 '본질적 삼위일체'가 설 자리를 획득하는 것이라고 보는 것입니다. 이 의미를 파악하기 위해서도 소승은 물론 이제까지의 별견의 태도를 계속 고수할 것입니다. 그러나 이것은 종적 별견이며 그 탓에 이제까지 신과 시간이 삼두일신(三頭一身)으로만 계속 보여오던 것이 둔갑을 하여, 오두일체(五頭一體)로 나타나 버리게 될 것인바, 소승이 주된 다툼의 관점은 바로 여기에 있는 것입니다. 그것이 소승이, 소승 나름으로 이해해온, 존재와 작용력의 모든 의미인 것입니다. 그러면, 도대체 저러한 항변의 힘의 아래에는, 위에는, 밖에는, 안에는, 무엇이 있어서, 도대체, 그 모태는 무엇이어서, 저러한 유동, 저러한 회귀를 가능시키는가, 지금은 그것을 의문해볼 때인 것 같습니다. 그 저변에 아무것이 없어도, 운동은 운동 그 자체를 가능시키는가? ─ 이런 질문은 그리하여 상대 개념을 불러일으킵니다. 음이 있으면 양이 있고, 용이 있으면 체가 있고, 성함에는 쇠함이 있고, 거악이 있으면 심곡이 있다는 그런 개념인바, 이것은 사실에 있어 무서운 법칙이며, 그래서 이 우주 내의 모든 것은 상대적으로 존재한다는 것을 이해하게 합니다. 그래서 소승은, 운동의 문제에 있어선, 정지의 대개념을 이끌어낼 수 있다고 믿는 바입니다. 정지를 염두에 두지 않는다면 대체 운동이 무엇인지를 모르게 되는 것입니다. 무엇에다 기준을 두어, 무엇이 운동이고, 무엇이 비운동인지를 모르게 되는 것입니다. 그러니까, 모든 운동에는 정지가 있어, 운동을 운동이게 하는 것이며, 운동에 의해서 정지는 또 정지로서 정의되는 것입니다. 그리고 시간이란 운동에 의해 정의되는 것이므로, 그래서 운동으로서의 시간은, 운동을 통해 정지 속에 침몰해 들어, 그 정지 속에 오소록이 쌓였다가, 그것이 재운동화할 때, 현재의 시간으로 화하는 미래의 시간이 된다는 이야기가 가능해집니다. '시간의 유계'라고 말씀드린 건 그러니까 저 정지의 의미였던 것입니다. 이것은 의식이 무의식 속에 침몰했다가 재의식화하는 과정과도 통하고, 생명이 죽음 가운데로 던져졌다가 중생, 또는 재생하는 유전과도 곧장 통하는 이야기입니다. 무시간(無時間)까지를 포함한 시간 속에서 그런 일은 이뤄지기 때문입니다. 그러나 언제든, 정지라든가 무(無)는, 극대한 쪽에 자리를 잡아온 것을 우리는 특히 염두에 두지 않으면 안되는데 한 예로, 한 참새의 죽음을 두고 보아도, 그 참새의 죽음은, 그 참새만 한 정지, 그 참새만 한 무로서, 극대한 운동 속에 외롭게 던져진 것이 아니라, 그 참새만 한 운동의 밖에, 태초로부터 말세까지, 넓고 깊고 무섭게 저변해온, 우주적 정지와 무 속으로의 슬픈 침전이며, 귀의라고 보아야 되는 것입니다. 참새의 운동을, 수미산만 하다고 하거나 우주 자체만 하다고 쳐놓고 보아도, 이야기는 같은 것으로 될 것입니다. 이 의미는, 바꿔 말하면, 운동이란 극소한 것이며, 극대한 정지 위에 돋아난, 찰나적 한 빛에 불과한 것이라는 것입니다. 거기에는 어쨌든 한계가 함께해 있다고 보는 것이 옳습니다. 그런데 저 극대한 정지와 무는 아마도 분명히 우주의 개념에 통하는 것일 것인바, 그래서 한 섬광적 운동으로서의 생명이란, 어떤 개체의 자아란 극소하여, 외로운 존재입니다. 이렇게 하여 소승은 극대의 상대는 극소라는 대적 개념에 의하여 우주와 자아를 대치시켜도 좋을 때에 왔다고 믿게 되는 것입니다. 그러한 대치는 종적으로 이루어지는바, 그림으로 나타내보면, 그것이 종교적으로 삼층 구조를 갖는다는 것이 명확해집니다.

　　[그림 4]의 두 그림은, 완전히 같은 것입니다. '黑′'이나, '赤′'의 어느 것을 상위에 정하든, 그 의미상의 변화는 없으며 글자의 옆에 획(′)을 하나씩 더 붙인 것은, 종적 별견을 용이하게 하려는 이유뿐이지, 그것 또한 원의를 바꾸는 것은 아닙

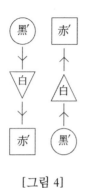

[그림 4]

니다. 그런데 저 '黑´'이 담당하는 국면은, 저 극대한 정지와 무이며, 저 극소의 운동과 생성으로서의 자아는 '赤´'이 담당하고 있습니다. 그리고 '白'은, [그림 2] [그림 3]으로부터 약간의 변질도 변모도 당하지 않은 채 머물러 있다는 것은 눈치채셨을 줄로 압니다. 그것은 여전히, 종적 시간 관계 위에서도 현재를 담당하고 있는 것입니다. 저 '黑´'은 그러니까, 여호와 신의 영지이지만, 시간과의 관련하에서 이름을 붙인다면, '우주적, 무의, 극대한, 정지의, 비시간의 시간' 같은 것이나 될 터이지만, 소승은 그것을 그냥, '극대의 시간'이라거나, '무의 시간' 또는 '정지의 시간' 따위로, 간략히 부르려 합니다. 이것이 종적 관계에 있어 과거의 시간의 영역입니다. 그러면 '赤´'은 어떤 이름이 될지는 소승도 의문이지만, 우선 떠오르는 것은 '극소의 시간'인데, 그렇다고 그 이름이 그것 자신의 성격을 완벽히 규정하지는 못하고 있는 것입니다. 이것은, '없음'에 대해서 '있음'의 의미며, '멈춤'에 대해서 '움직임'의, '큼'에 대해서 '작음'의, '아니함'에 대해서 '함'의 뜻 등으로, 그것을 '평균 시간'과의 대립에서, '심소(心所) 속의 시간'이라고나 해야 옳을지도 모릅니다. 심소 속의 것이라고 하여 그것이 반드시 작은 것이라고는 할 수가 없기도 할 것인바, 마음의 용적은 있는 것이 아니어서, 우주까지도 취해 넣어버릴 수가 있다고 하기 때문입니다. 이것이 어쨌든, 종적으로 '미래의 시간'

의 국면이라는 점은 아셨을 것입니다. 헌데 저 '극대의 시간'이란, 구차히 설명을 길게 하지 않아도, 이해하기가 그렇게 어려울 것 같진 않으나 이 '극소의 시간'이란, 구체적인 주석을 동반한다더라도, 이해키에 꽤 까다로운 것 같기도 합니다. 그것에 관해서는 그러므로, 그저 소박한 질문을 몇 가지 함으로써 설명을 대신했으면 합니다. 이런 경우에 척도가 되는 시간은, 선인들이 고심하여 얻은, 이른바 평균 시간이란 것이 되는 것입니다. 하루를 열두 시간이라고 한다거나, 보다 분화하여 스물네 시간이라고 한다거나 하는, 저 시간의 구분이 그것입니다. 그런 평균 시간을 염두에 두면, 이런 물음은 우리를 당황하게 합니다. 가령, 만약에, 그늘에 숨어서, 무심한 포졸이 얼른 지나가기를 바라는, 쫓기는 도둑이 있다면, 그 도둑이 숨 쉰 번 쉬는 시간에 있어, 포졸의 것과 그 도둑의 시간의 길이는 같은 것인가? 또는, 무섭게 앓는 환자의 하룻밤 새우기와, 견우직녀의 하룻밤 보내기는, 그것이 같은 길이일 것인가? 아니면 낙오한 병정이 적진 속에서 공포와 굶주림으로 보내는 한나절과, 전승 축하로 풍악 잡히고 술 고기에 휩싸인 적장의 한나절은 어떨 것인가? ── 이런 물음은, 천만 개도 더 만들 수 있을 것인바, 저 평균적 시간 외에 그 평균적 시간의 속에, 다른 시간이 또 있는 것이 아닌가 하는 의심을 일으킵니다. 그러나 앞서 든 예의 시간 같은 것은, 좌우간 횡적으로 흐르는 시간임엔 분명합니다. 그런데 거기에 그 외의 다른 시간이 또한 엄존합니다. 이 시간의 경우는, 그것이, 뒤죽박죽이 되어, 흐른다는 관념이 거의 없어지는데, 이런 시간은, 정신적으로나 육체적으로 이상 상태에 처해 있다거나, 또는 건전한 사람의 경우에라면, 꿈이나 수시로 일어나는 공상이나 상상을 통해서, 어떤 사물에서 자극받은 연상을 통해 체험되어지는 시간이라고 해야 할지도 모릅니다. 언제나 우리가 평균 시간 속에서만 산다고 말하는 것은, 존재의 영토를 좁히려 드는 결과에 머물 것입니다. 여러분도 그런 경험을 했거나, 흔히 듣기도 했으리라고 믿어집니다만, 어느 사람은, 하룻저녁 짧은 꿈에, 한 번도 본 적이 없었던 오대조와 만나, 서로 살아서 이야기를 나누기도 하고, 또 어떤 사람은, 백일몽을 통해, 십 년이나 이십 년 후에라야 우연히 들르게 될 곳을, 누차에 걸쳐 미리 가보기도 합니다. 공상을 통해서라면, 내가 새였다면, 내가 요순시절에 태어났다면, 내가 백 년 후에 태어난다면, 하고 생각을 시작하여 과거로도 미래로도 날아가, 가능적인 풍경들을 체험하는 것입니다. 이런 예들은, 현재에 존재치 않는 시간들, 시간의 과거며 시간의 미래 같은 것들이 현재 속으로 유입해 든 예이며, 그것은 흐름으로 파악할 것들은 못 되는 것들입니다. 그런데 중요한 것은 그 모두 현실 속에서 인식되는 것이며, 또한 현실의 어떤 개아의 심소 속에 엄존하는 것입니다. 어떤 개아의 심소 속에 엄존하는 것——이것은 그러나 평균적이 아니며 집단적인 것으로 확산될 공통성을 지니고 있지 못하기 때문에 비록 마음을 넓히면 우주까지 수용한다고 할지라도, 이 시간을 '극소의 시간'이라고 부르는 소이는 여기에 있습니다. 이것은 현란하고 어지러우며, 그 갈래를 구분해낼 수 없는, 그래서 찬란한 시간이기도 합니다. 어떤 방언에 의하면, 자아란 엄지손가락 크기로 염통 속에 있다고 하는데, 그러면 이 '엄지손가락 크기의 자아의 시간'과, 저 '극대의 무의 시간'은 어떻게 상쇄

하며 상보하는가, 이 문제를 살펴보는 일이 필수적인 듯합니다. 이 관계가 밝혀지면, 우주 자체였던 여호와가, 어떻게 한 작은 인간의 육을 획득하였는가의 문제가, 종적 또는 공시적 (共時的) 입장에서도 밝혀질 것이라고 믿습니다. 여기에 이르면, 저 [그림 4] 역시, [그림 3]과 같은 변형을 치르지 않으면 안 되는데, [그림 5]는, [그림 3]의 종적 형태입니다. 있는 그대로의 [그림 4]는, 재언할 필요도 없이, 상승과 하강의, 돌출과 침몰의 관계를 전혀 설명하고 있지를 못하고 있습니다.

[그림 5]의 점선 부분은, 짐작하시겠지만, [그림 3]이 횡접(橫接)된 것을 나타내고 있는 중입니다. 이 [그림 5]는, '극대의 시간'이 한없이 극소화해가는 과정, '극소의 시간' 이 한없이 극대에로 귀의 침몰해가는 과정을 나타내 보이는 바, 이것이 여러분 교의의 상징과 언어를 입었을 때, 신의 인 육화와 인육의 신육화라고 하는 것이며, 한 정신의 우주적

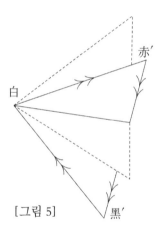

[그림 5]

정신으로의 확산과, 우주정신의 개아에의 제휴, 한정된 삶의 영생에의 획득과, 영겁의 죽음의 한정된 삶에의 현현으로 해석되어질 것입니다. 그러니까 우주의 주재 신 여호와와, 인신 (人神) 예수가 만나서 역사하는 자리는 이 현세, 이 현장, 바로 이 순간인데, 그 자리의 이름은 '白'이며, 성령이 임한 자리라고 하는 것입니다. '성령'은 그래서 신의 역사하심 자체의 의

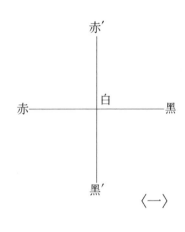

〈一〉

인적 하나님이라고 보아도 좋은 것입니다. 이 점은 비슷한 말로 한 번 더 반복되어져도 좋고, 그래서 강조되어져야 하는 바, 이 현세, 이 현장, 이 시점 말고는 신이 주재할 장소란 없으며, 인간 말고는, 그가 예배 당할 대상이란 없으므로, 그래서 신은, 매 찰나 매 순간 어쩔 수 없이 인간으로 환신해 온다는 것이 소승의 믿음입니다. 그 찰나가 끝날 때마다, 그래서 그는 죽고, 다시 우주적 적멸 속에 침몰했다가, 다시 '말씀'으로 화하여서는, 다시 죽는데 '다시 죽는'이 의미는 중생(重生) 자체가 아닐 것이겠습니까. 그래서 죽음은 '黑′'이, '말씀의 인현'은 '白'에서, 중생은 '赤′'이 담당하는 것은, 재언을 요하지 않을 것입니다. 그러나 [그림 5]만으로는,

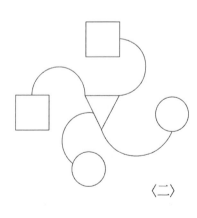

〈二〉

저 횡적 시간의 조응을 거의 얻지 못해, 역사적 사실에의 설명이 불가능해집니다. 이때 [그림 3]과 [그림 5]의 대접의 필요가 나타나며, 그런 뒤에라야 삼위일체가 일하는 것의 전모가 드러나는 것입니다. 그러나 이 역

사는 오중(五重)의 일원화이며, 그러한 극명한, 그리고 집단적 현현적인 예가, 만약에 그 사건에다 상징을 입힌다고 하는 것이 가능하다면, 그것은 물론 가능한데 왜냐하면 이천 년 동안에 그것은 시체(時體)를 잃고 신화만 남겼기 때문인바, 예수가 못 박힌, 저 해골의 골짜기의 십자가에 그대로 고스란히 나타나 있는 것을 발견합니다.

　이상의 두 그림은 다 같은 것입니다. 〈二〉는 다만, 진행의 의미의 태극선을 붙임으로 해서, 저 십자가 상징의 작용을 엿보려는 것에 불과합니다. 그래서 예수가 고난 당한 것은, 저 십자가형 때문이 아니라, 종횡이 어지러이 만나는, 저 한 점 '白'의 혼돈, 저 한 점의 무질서, 저 한 점의 비화해, 그것의 순화, 그것의 질서, 그것의 화해 탓으로서입니다. 과거의 전체, 극대의 무, 극소의 유가 온통 쏟겨 드는, 저 한 점이, 매 순간 매 찰나, 우리가 사는, 이 죽음의 갈림길이라서, 산다는 것은 고통이며, 죽는다는 것도 고통입니다.

　[그림 6]은 그리하여서 이제까지 소승이, 종과 횡을 구분하여서 말씀드렸던 것을 하나로 합친 결론으로서 나타난 것입니다. 마는, 아직 이것은 과도적 결론이라는 것을 밝힙니다. 과도적이라는 의미는, 그것이 아직 완벽하지 않기 때문인데, 그것은 저 오중의 작업이나 현현이, 그러나 하나며 생명

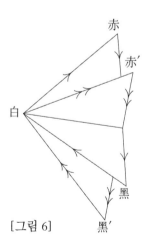

[그림 6]

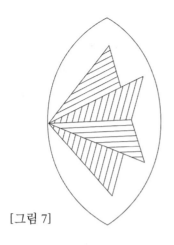

[그림 7]

"In His Vision of the Blessed Gabriele, Crivelli Encloses the Virgin Mary and Child in an Almond-Shaped Vesica Piscis (Mandorla) Formed by the two Intersecting Circles Symbolic of Each of this Holy Persons, All-Perfection."

An Illustrated Encychopaedia of Traditional Symbols, "Almond" 참조(J. C. Cooper, Thamesd Hudson Press, 1978).

과 함께 이뤄진다라는 하나의 상징이 모자라 있는 상태인 것입니다. 그러한 상징은 그리고, 소승이 낚시질로 소일하다 얻은 것이지만, 소승으로서는 그것에 대한 구구한 설명은 회피할까 합니다. 그것에다 저 [그림 6]을 내접시키면, 이제 소승이 의도하는 결론과 만납니다. 그것이 [그림 7]이 될 것입니다. 그것은 흡사 물고기의 형상과 같을지도 모릅니다. 덧붙여 드릴 말씀이 있다면, 저 [그림 7]에서 이제는 내장을 온통 다 뽑아내 버리고, 저 이상스런 원만 남긴다 해도, 의미상의 아무 변화도 일어나지 않을 것인바, 이런 이유로, 저 '양극을 갖는 타원형'에 대한 주석을 회피한 것입니다. 그런 과정까지, 앞서 그런 몇 그림은 필요했을 뿐입니다. 그리하여 마지막으로 남은 그림을 살펴보면, 그것은 양(陽)을 싸안은 여근(女根)이어서, '연 속에 담긴 보석'이나, '해골의 골짜기에 세워진 십자가'의 의미를 은유적으로 설명하고 있습

404

니다. 그것은 단순한 듯하나 단순하지 않으며, 죽은 듯하여도 죽은 것이 아니고, 머문 것이 아닌 것을 알게 됩니다. 그것은 그래서, 마음자리를 옳게 알고 닦아서, 그 마음을 우주처럼 채웠으나 채워진 탓으로 비어진 것의 모든 표상으로 여겨지기까지 할 정도입니다. 그것을 두고 이렇게 게송되어도 좋을지 모릅니다.

> 보리에 본래 나무가 없고
> 밝은 거울 또한 틀이 아닌데,
> 본래 한 물건도 없는 터에
> 어디에 먼지며 티끌 앉을까.

이제까지 소승이 드린 관견은, 여러분 교의의 어휘를 입었을 때, 그것이 여호와의 오중의 역사와 성격을 파악해보려는 노력으로 보입니다만, 그러나 몇 개의 단어를 다른 방언으로 바꾼다고 한다면, 그것은 곧장 유전 법칙이라든가, 오행설과도 관련을 가질지 모른다는 것을 부차적으로 강조해두었으면 싶습니다. 그러나 소승으로서는, 극력 그런 문제와 관련짓는 것을 회피해온 터이지만, 사실에 있어, 그런 문제들을 같이 다루었다 하더라도 이야기는 결국 같은 것이었을지도 모르긴 합니다. 그러면 이제, 여러분과 함께 얻은 저 [그림 7]이, 현실적으로, 다시 말하면 역사 속에서 어떻게 나타나는가, 환언하면 흐름을 이해하기 위해 그것은 어떻게 응용될 수 있는가의 문제를 몇 마디로 요약해서 따져보는 일은 과히 흥미 없지 않을지도 모르겠습니다. 몇 마디로 요약한다는 의미는, 소승은 전혀 역사학의 보조를 받고 있지 못함으로 해서, 아무리 소승이 자세하고 깊게 따져보려 해도, 그것이 소승께는 불가능하다는 뜻이기도 합니다. 이 점은 미리 양해를 빌지 않으면 안 되겠습니다.

각설하옵고, 다시 한번 더 친절하게, 저 요조숙녀께옵서, '네 기사' 이야기를 읽어주실 수 있으실는지 모르겠군입쇼. 소승이 조사해놓기로는 「계시록」 6장 1절에서부터 8절까지이군입쇼."

"내가 보매 어린 양이 일곱인 중에 하나를 떼시는 그때에 내가 들으니 네 생물 중에 하나가 우렛소리같이 말하되 오라 하기로, 내가 이에 보니 흰 말이 있는데 그 탄 자가 활을 가졌고 면류관을 받고 나가서 이기고 또 이기려 하더라. 둘째 인을 떼실 때에 내가 들으니 둘째 생물이 말하되 오라 하더니, 이에 붉은 다른 말이 나오더라. 그 탄 자가 허락을 받아 땅에서 화평을 제하여 버리며 서로 죽이게 하고 또 큰 칼을 받았더라. 셋째 인을 떼실 때에 내가 들으니 셋째 생물이 말하되 오라 하기로 내가 보니 검은 말이 나오는데 그 탄 자가 손에 저울을 가졌더라. 내가 네 생물 사이로서 나는 듯하는 음성을 들으니 가로되 한 데나리온에 밀 한 되요 한 데나리온에 보리 석 되로다. 또 감람유와 포도주는 해치 말라 하더라. 넷째 인을 떼실 때에 내가 넷째 생물의 음성을 들으니 가로되 오라 하기로, 내가 보매 청황색 말이 나오는데 그 탄 자의 이름은 사망이니 음부가 그 뒤를 따르더라. 저희가 땅 사 분의 일에 권세를 얻어 검과 흉년과 사망과 땅의 짐승으로써 죽이더라."

"참으로 수고하셨습니다. 소승 깊이 감사를 올립니다.

저 장면은 확실히 말시의 풍경인 듯합니다. 그러나 소승이 짐작키로는, 어떤 시대에나 그 시대의 병폐, 그 시대의 타락, 그 시대의 고뇌, 그 시대의 불안, 그 시대의 위기가 있어서, 그 시대를 사는 사람들은, 그 시대 사람들 나름으로, 말세가 가까이 왔다고 생각을 하는 것이 아닌가 하고 있습니다. 이 말은 바꾸면, 말세는 그래서 한 번만 오는 것이 아니라 되풀이해서 나타나는 것이라는 의미며, 그래서 저 '네 기사'의 지옥화를 소승이 이해한 바로는, 모든 말세가 갖는 하나의 구조, 또는 하나의 전형이 아닌가 하는 것입니다. 헌데 저 장면은, '붉은 말'로 나타난 '赤·赤′'의 상태가, '검은 말'로 나타난 '黑·黑′'의 단계로 전이해가는 과정을 보여주고 있는바, 그럼에도 그것은 순조전이(順調轉移)를 치르고 있어서, 이전이 뒤에, 필시 크고 영광스러울 날이 올 것으로 여겨집니다. 소승이 나타내 보인 [그림 7]을 제외한, 여섯 개의 그림은, 저 순조 전이에 입각한 것인바, 아직 이 자리에 오기 전에까지는, 순조 전이에 반해서 일어나는, 퇴조(退調) 또는 역조(逆調) 전이에 관해서 언급할 기회를 얻지 못했던 것입니다. 역조 전이의 관계의 도표는 그러니까, 그림들에 나타난, 진행과 연결의 의미로서의 화살표를, 거꾸로 돌려놓고 보면 되는 것입니다. 그러고 난 뒤에 일어날 상태에 관해서는, 장차 언급될 기회가 있어 설명되어지면 좋겠지만, 그렇지 못하더라도, 그저 한마디로, 그것은 와해(瓦解)라고 말해버려도 좋을 것입니다. 와해, '黑·黑′'에로의 느닷없는 하강 침몰, 그런 뒤 거기서 순조 전이가 시작되면, 다시 세계의 시작입니다. 이런 의미에서, 순조 전이도 마지막 단계에 이르면 일종의 역조 전이로 보아야 할 것이기도 합니다. '赤·赤'의 상태는 '黑·黑''에로 와해 침몰에 들기 때문입니다. 어쨌든 지금부터는, 도표상에서 보다 명료히 하려기 위해, 원래 같은 이름이었던 것들을 분류해놓은, '黑·黑''따위들은, 그냥 '黑'이라는 식으로 환원시켜 사용하려 하오니, 용허하시기 바랍니다.

그러고 보니, 이 자리에선, 저 '黑·白·赤'의 성격은 그러면 어떤 것들인가를 따져보는 것이 필수적인 듯한데, 그래서라야만, 그것의 내부에서 어떤 '발효' 또는 어떤 '독'(毒)이 있어, 저러한 변전을 가능시키는지를 알 수 있을 것이기 때문입니다. 미리 말씀드릴 것은, 이제 나올 '+' '-' '=' 같은 기호는, '더하기' '빼기' '답'이라는, 산술적 기호라는 것입니다.

黑 + 黑 + 黑 = 陽黑

黑 - 黑 + 白 = 陰白

黑 + 白 + 白 = 陰陽白

白 + 白 + 白 = 陽白

白 - 白 + 赤 = 陰赤

白 + 赤 + 赤 = 陰陽赤

赤 + 赤 + 赤 = 陽赤

赤 - 赤 + 黑 = 陰黑

赤 + 黑 + 黑 = 陰陽黑

黑 + 黑 + 黑 = 陽黑

이것은, 저 [그림 7]을 순조 전이에 입각해서 풀어놓은 것이라는 것을 아셨을 것입니다. 이것을 그림으로 조립하면 그러니까 다시 [그림 7]이 나타난다는 말씀입니다.

그래서 「계시록」의 저 지옥화를 보는 데에 이 공식을 이용한다면, 저 말세는, '陽白'으로부터 시작하여, '陽赤'을 거쳐, '陽黑'으로 전이한 관계를 보이고 있습니다. 그런데 이러한 전이를 가능시킬 '발효'를 도운 것은, 음부를 거느린, 고름에 덮여 사망이라고 불려지는, 저 '청황색 말'인즉, 이른바 '독'이라고 하는 그것입니다. 이 '독'이야말로, 아무리 그 의미가 강조되어져도 오히려 모자랄 정도로 위대한 '힘'인바, 소승 자신으로서는, 비록 여러분 교의의 주재 신을 주제로 말씀드리고 있음에도 불구하고, 어떤 유전(流轉)의 과정 속에, 절대의 지라고 불러야 될지도 모르는, 무슨 큰 힘이 있었다는 데에는 회의적이면서, 어떤 종류의 발전이나 쇠퇴이든, 그것은, 집단적 또는 개별적 음기(陰氣)의 유전(遺傳)의 형이하적 발현이라는 의견엔 동의하는 것입니다. 이 '음기'란, 다른 말로는 '업'(業)이라고도 해야 할 것인지도 모르는바, 이 '업'을 소승은 '독'과 같은 것으로 보고 있는 것입니다. 소승으로서는, 신까지도 자기를 섭리하기 위해, 이 '독'에 의존한다고까지 말하고 싶은 정도입니다. 그러면 여러분께서는, 이 '독'과 '업'과 '음기'의 관계에서, 소승의 관심의 방향을 눈치챘으리라고 믿는바, 우주라고 하더라도 한없이 채워 넣어도 계속 빈 곳을 남길 만큼, 그렇게 턱없이 넓은 그릇만은 아마도 아니라는 것입니다. 그래서 음이 가득해지면 양이 쇠하고, 양이 세하면 음이 약소해지는 것입니다. 여기에서 조화가 나타나는 것일 터인바, 그래서 소승은, 불의 원소의 팽창인가, 물의 원소의 팽대인가는, 저 '음기의 유전(遺傳)'에 의해서라고 믿는 것이며, 반복되지만 어떤 절대적 힘의 섭리라고 믿는 것이 아닙니다. 저 '음기'는 역사화할 때 다시 말하면 형이하화할 때 양성화하지만, 우리가 잊어서 안 될 것은, 저 양성화의 뒷전에서는, 다시 또 새로운 '음기'가 끊임없이 일어나고 있다는 그 사실입니다. 저러한 음기 자체가 '독'이며, 이 '독'에 의해서 저러한 '음기'가 형성되어지기도 하는, 이 '독'은, 그러면 무엇인가를 알아보는 일은 필요한 듯합니다.

그것 또한 연금술에서 차용한 언어로서, 금 제조자들은, 그들의 '돌'(현자의 돌)을 한 생명에 비유하여, 그것이 몸과 정신과 영혼의 삼위일체라는 견지에서, 몸이 독이라고 믿으며, 몸의 죽음에 의해서라야만 영혼과 정신의 해방, 또는 부활이 가능해진다고 보는 것입니다. 이 독은 또 불치병, 회생할 가망이 없는 더러운 병으로도 말하고 있습니다만 어쨌든 저 '부활'의 의미는, 그들에게 있어 '금'(金)의 뜻입니다. 어떤 질료든, 가령 수은이라거나 유황이라거나, 그것이 금으로 가기 위해서는, 일차적으로 죽어야 수은이나 유황인 것의 성질을 잃는바, 그러한 죽음을 가능시키는 것이 독인 것입니다. 그 독이 없이는, 수은은 여전히 수은이며, 유황 또한 그러하여, 금으로의 변질을 도모할 수가 없는 것입니다. 질료의 저 죽음이 '黑'이며, 그 죽음으로부터 나타난 아말감이 '白'이며, 이 '白'이 전이하여 나타난 '핏빛의 홍옥', 그것이 '赤'인 것입니다. 어쨌든 이래서, 이 '독'이 하나의 원동력이 되어 있다는 것을 우리는 이해하게 됩니다. 소승의 믿음엔, 그리하여 이 '독'의 의미는, 그 시대를 살고, 그 시대를 고뇌하고 간, 그 시대민의 고통, 그 시대민의 사고, 그 시대민의 풍속, 그 시대민의 경향 등등의 전부와 동일한 것으로 여겨집니다.

　각설하옵고, 어쨌든, 「계시록」의 저 악환(惡幻)을, 요한처럼, 그것을 행하는 잔인스런 신 편에서 보지 말고, 그것에 당하는 인간 편에 서서 보기로 한다면, 우리는 하나의 대환란, 또는 큰 전쟁의 와중에 휩쓸리고 있는 중인 것입니다. [그림 7]에 의해서, 순서적으로 살핀다면, 이 와중은 '陽黑'의 상태인 것입니다. 그런 환란 뒤에 오는 황폐는 그래서 '陰白'이 되는바, 이 '陰白'에 처한 그 시대민들은, 그리하여, 그러한 외적 황폐뿐만이 아니라, 자기네들의 정신적 지주의, 또는 이제까지 지켜져 왔던 가치 기준의, 뿌리까지도, 그것이 난도질당해, 재 속에 흩어져 있는 것을 보게 될지도 모릅니다. 그러나 이것은 그 시대민의 눈에 보이는 외적·내적 풍경이며, 정작에 있어 신 자신은, 어떤 상처도 입지 않고 있을지도 모릅니다. 신에게 대항한 욥의 변론은 이제 여기서 비롯되어집니다. 저런 가공할 대량 학살, 저렇게도 무서운 파괴, 잃을 것을 다 잃어버린 가난함, 그런 것으로 하여, 욥들은 외롭고도 슬프게 재 속에 가슴을 묻고, 선조 대대로부터, 가슴속의 그중 따뜻한 곳을 차지해온 가치, 그러나 이미 변절해버리고 돌아선 친구, 그것을 불러 세워, 가슴으로서가 아니라 이제는 얼굴로서, 정면하는 것입니다. 자기네들께 무슨 몹쓸 죄가 그렇게나 있어서, 저렇게나 모진 형벌에 처해진 것인지를, 그들은 아무리 해도 알 수가 없게 된 것입니다. 우리들은 숙연히 한번, 이 자리에서 욥의 변론을 음미해볼 필요가 있습니다. 결국, 악에 오염당한 것은 신 쪽이었으며, 욥은 아니었던 것입니다. 그것을 종교적 완곡어법으로는, '여호와께서 사탄에게 이르시되 내가 그의 소유물을 다 네 손에 붙이노라'(「욥」1: 12)라고 하는 것입니다. 사탄에 들린 자는 욥이 아니라 여호와였던 것입니다. 욥의 변론을 통해, 그리하여 학대당하기 시작하는 것은 신이며, 이 학대는 종내 신까지도 죽음에 이르게 하는 병독이 됩니다. 그렇지 않아도 그 신은, 자기의 죽음을 예정해놓고 있었다는 것은, '원죄'의 문제와 관련하여, 누누이 이야기되어온 바입니다. 그러나 신 스스로도 그날이 언제일지는 모르고 있었던바, 욥의 변론을 통해, 이것이 자기가 아직도 입고 있는, 구태의 신의(神衣)를 벗을 때라는 것을 깨닫게 됩니다. 변론을 통해서 보면, 사실에 있어 욥이 신보다, '도덕적으로 우위'에 있던 것입니다. 그리하여 그 신의 인현이 갑자기 서둘러져, 예수에 의해 '욥의 우월성'이 극복되어집니다만 신의 이런 인현은, 억겁을 두고 되풀이되어야 옳다고 소승은 믿는바, 신이란 결국 고통 그 자체인 것입니다. 어쨌든 인간 편에서는, 어떻게 해서라도, 신으로 하여금 한시름 놓을 겨를을 주어서는 안 되며, 계속 채찍질하여, 그로 하여금 쉼 없이 인육(人肉)을 입어 내려와, 우리들의 십자가를 대신 지게 하지 않으면 안 되는 것입니다. 그것이 신에 정면한 인간이 갖는 권리인 것입니다. 어쨌든 저러한 '陰白'에 처해, 독한 침을 하늘에 튕겨 올리며, 신을 향해 자기들의 결백을 주장한 욥들의 변론은, 하나의 전형으로서 보여지는 「욥기」에서처럼, 그러한 어떤 반응이 그 당대에 나타나는 것은 아닐 것입니다. 그 열매가 쓰든 달든, 그것은 그 욥들의 후대민의 것일 것입니다. 저 선대민 욥들의 변론은 '음기'를 조성했던 것으로, 그것은 후대민들께 유산되어지는 것입니다. 그것은 어떤 절대적이라고 해야 할 의지와 관계가 전혀 없는 것입니다. 그래서 앞서 든 예의, 유전된 음기가 양성화하는 상태를 '陰陽白'의 단계라고 부르는 것입니다. 헌데 모든 '陰陽'의 단계는, '赤'의 상태와 같이, 위험스러운 단계라는 것을 밝혔으면 싶은데, 그러니까 '陰陽白' '陽陰赤' '陰陽黑'의 단계는 '小赤'의 상태라고 보는 것이 옳게 됩니다. 왜냐하면, 이 단계들에서는 그다음 단계로 순조 전이를 치를 것인가, 아니면 양상을 달리하여, 이미 전이해온 상태로의 퇴조 전이를 치를 것인가, '음기의 유전'에 의해서 그것이 나뉘는 분계점이기 때문입니다. '陰陽白'은 그러니까, 순조로이 나아갈 때 '陽白'으로 바뀌며, 역조할 때 '陰白'으로 퇴행하여, '陽黑'의 상태로 침몰해버리는 것입니다. 와해입니다. 몰락하여 원상으로 돌아간다 하여도, 그것이 물론 전과 같은 양태를 취할 수는 도저히 없는 것인바, 그 와해의 과정 중에서도 새로운 '음기'가 무섭게 일어나기 때문입니다. 말씀드리다시피, 「계시록」의 환난의 풍경은, '小赤'을 극복하여 '陽白'으로 나아간 것입니다.

그러나 만약에, 소승이 역사학의 보조를 받을 수 있었더라면, 보다 더 현실적으로, 그리고 재미있게 풀어 보여드릴 수도 있었을 터인데, 그렇질 못해 소승도 유감입니다. 그리고 아마도 소승은, '네 기사'의 풍경과 관련하여, '黑·白·赤'의 관계를, 순전히 횡적으로만 별견해온 느낌이 없잖아 있습니다. 거기에 만약, 종적 조감이 병행되어진다고 하면, 겁(劫)의 산법으로서라야 그 해답을 얻어낼, 여러 문제의 해답을 수유간에 얻어낼 수 있을지도 모르지 않나 하고 생각합니다만, 그러려면 장시간을 요할지도 모르고, 이미 했던 이야기를 재차 재

삼 반복하게 될지도 모르므로, 일단 여러분께 보류해두는 바입니다. 어쨌든 우리가 만약, 유전(流轉)을 먼저 종적으로 조감하여 횡적으로 이해하려고 든다면, 인과율(因果律)의 당대적 완성을 보게 될지도 모르며, 더 나아가서, 한 찰나 사이에서도 그것이 맺고 끊기는 것을 포착해낼 수 있게 될지도 모른다는 것은, 첨언해 둡니다.

'찰나'라고까지 말씀드린 것은 왜인가 하면, 현재의 시간이란 그렇게도 작고 짧은 것이어서, '찰나'를 겁이라고 놓고 비교한다면, 현재의 시간이란 그 겁 속의 한 찰나 같은 것이기 때문입니다. 그것은 엄존하지만, 그래서 그것이 존재한다는 것까지도 의문스러울 지경입니다. 그러나 그것이 존재치 않는다면, 신까지도 존재할 터전을 찾지 못할 것입니다. 비록 그것이 극소하더라도, 그것에 의해서라야만 존재가 파악되며, 동시에, 저 죽은 듯이 어슴푸레 잠든 공룡, 과거며 미래의 시간이 또한 깨어나 꿈틀거리는 것입니다. 장소를 떠나 시간만을 따진다면, 존재 비존재를 휩싼, 저렇게도 삼엄하고, 저렇게도 방대하며, 저렇게도 심오한 우주가 도대체 어떻게, 저렇게도 작은 시간의 방 속에서, 억만 겁을 한하고 억만 번을 굴러도 남을 터전이 있는지, 그것이 영구히 의문스러울 지경입니다. 그러나 우리가 잊어서는 안 될 것은, 그보다도 더 작은 시간을 우리는 갖고 있다는 것이며, 그것은 심소 속의 시간인데, 만약에 저 현재의 시간의 크기를 수미산만 하다고 쳐놓고 비교한다면, 이 시간은 겨자씨 한 알의 크기도 못 되지 않나 하는, 그런 시간입니다. 그것은 그렇게도 작지만, 그것에 의해서라야만, 극대한 정적이, 죽음이, 정지가, 무가 존재로서 인식되어지는 것이라는 것은 재언을 요치 않을 것입니다. 저 극소의 것, 그러나 극대를 획하는 저것이, 우리의 불멸성이라는 것을, 이제는 말씀드려도 좋을 듯합니다. 예수가, 우리를 필멸할 육속의 한 집단적 '불멸성의 상징'을 입을 수 있던 소이도 여기에 있던 것입니다."

나는 잠깐 쉬고, 다시 이었다.

"이만큼 이야기해왔는데도 불구하고, 그러면 신의 죽음이 어떻게 사람의 영생을 성취시켰느냐의 문제에 대한 천견을 말씀드릴 기회를, 여태도 얻어내지 못했습니다. 그러면, 이 변변 찮은 논의의 결론으로서, 그 점을 생각해보기로 하겠습니다.

누차 언급된 바이지만, 다른 여러 교의에서와도 꼭같이, 여러분의 교의도, 음계(陰界)·양계(陽界)·상천(上天)의 삼층 구조로 이루어져 있는 것은 사실입니다. 그런데 우리가 이해하기로는, 성부와 성자와 성신의 국토는 이층과 삼층뿐이며, 지하층은 악마의 영지로서 여태도 수복되지 못하고 있는 중인 것입니다. 여러분의 경전에 의하면, 이러한 구조에 대해서, 뭔가가 잘못되어 있지 않을까 하고 회의할 여지를 거의 남기고 있지 않은즉, 그것은 하나님의 말씀이니, 일점일획도 인간으로서는 고칠 수 없다는 것이 아닙니까. 그러나 소승의 생각엔, 저 삼층 구조에 뭔가가 잘못된 곳이 있는 것으로 여겨집니다. 그리고 났을 때, 어째서 요한이, 저 경전의 맨 마지막에,「계시록」을 써서 첨부하지 않으면 안 되었던가 하는 의문이 생깁니다. 밤은 새벽빛에 의해서 깨뜨려집니다. 그래서 여러분의 하나님은 빛의 하나님이라고 말하는 것입니다. 그래서 예수를 일러 '새벽별'이라는 뜻으로, '루시페르'라고까지도 말합니다. 그 '새벽별' 빛이 저 '어두운 곳'으로 쐬어 들어간 지 이천 년이 흐른 것이 아닙니까? 밤은 새벽빛에 의해서 깨뜨려져 버리는 것입니다. 이것이 단적으로, 신에 의해 극복된 죽음이라고 소승이 보는 것입니다만, 그런데도 무엇을 위해서, 요한 「계시록」을 써서 첨부한 것입니까.

소승은 누차에 걸쳐서, 여호와는 한 유목민족의 민족 신에 불과했다는 것을 강조한 바 있습니다. 그 민족의 생업은, 아시다시피 목축이었으며, 그 탓에 그들은 생업을 좇아, 운명적으로 광야를 배회하지 않을 수 없었던 것입니다. 이쪽 들의 풀이 다 상해졌을 때 그들은, 저 배고픈 양들을 다른 언덕으로 이끌어가야 했던 것입니다. 그러자니, 거기 선착해 자리 잡은 다른 이웃들과의 불화를 회피할 길은 없었던 것입니다. 다윗 같은 무사 왕이 가장 위대한 지도자로 길이 추모되는 이유도 여기에 있던 것입니다. 여호와가, 농부였던 카인의 제물은 용납지 않고, 목부였던 아벨의 제물만을 용납했던 기사는, 그 여호와가 원래 목축업의 수호신이었다가, 점차 변모하여 전쟁의 신이 되어간 과정을 엿보이는 것입니다. 짐작하시다시피, 그런 생업에 의해서 어쩔 수 없이 들로만 유랑해야 되었던 사람들께도, 때로 정착해 살고 싶은 욕망이 일 때가 있어, 어디에 안주하려고 하면, 그때마다 예언자들이 나타나, 그들의 정신의 부패와 타락을 규탄하며, 무서운 광경을 예언해 보이되, 그것도 잔학한 싸움의 지옥화인 경우가 대부분입니다. 그러면서도 가나안을 엿보여주어, 그들의 안주에의 꿈을 조금 위로해줍니다. 헌데 바알이나 바알세불 같은 신들은, 토지신이거나 풍요의 신의 성격을 가졌던바, 한 목축업의 수호신에게는 그중 무서운 대적이었던 것이지만, 헤맴과 싸움에 지친 저들에게는 가장 유혹적인 신들이었던 것입니다. 여호와의 질투와 진노는 이제 거기에 싹틉니다.

그런데 이제 예수가 출현합니다. 이 예수의 출현은 하나의 무서운 도전이었던바, 그러나 이번엔 전쟁 신 당자에게가 아니라, 옛 약속에 머리가 굳어진, 보수적인 사고방식의 인간들 자신에게 대하여서였습니다. 인간의 율법으로는 도대체 정죄할 죄가 되지 않는 저 예수를 그래서, 이미 정죄된 바라바와 바꾸어서 처형한 예는, 그것을 단적으로 증명해주는 것입니다. 싸움 대신에 화해를, 미워함 대신에 사랑을, 제척 대신에 사해동포주의를, 무엇보다도, 땅 대신에 하늘의 소망을 부르짖는 그는, 그들에게 있어 하나의 적이었던 것입니다. 그러나 그들은, 자기네들이 약속된 땅에 이미 닿아, 정착하고 있다는 사실을 잊고 있었습니다. 그러나 그들이, 그들의 신이 약속한 것을, 그 땅에서 다 받았다고는 믿어지지 않습니다. 반면에, 저 이방인들의 로마가, 세계의 장엄한 그늘을 덮고 있으면서, 땅의 기업에서 기대될 수 있는 온갖 것을 누리고 있었습니다만, 그것은 동시에, 지상적 소망의, 지상적 낙원의 한계를 보여주는 것이기도 했습니다. 여기에 이르러서는, 여호와 편에서도 이제는 아벨의 것이 아니라 카인의 제물을 용납하지 않으면 안 될 처지에 이르는 것이었습니다. 그래서 그는, 한 번더, 자기의 백성을, 이번에는 비실재의 험로로 이끌어내, 하늘나라고 일컫는, 제 이의 약속된 땅에의 소망을 심어주지 않으면 안 되게 되었던 것입니다. 이 소망은 그러나, 그들의 것만은 아니었고, 땅에서 사는 우리 모두의 것이었는데, 여기에서 비로소 여호와 신격의 확산과 보편화가 성취되는 것이었습니다. 그러자니 신 자신의 세상화가 서둘러지고, 자기 성격의 재증축까지도 필수적으로 따릅니다. 허지만, 심지어「계시록」을 쓴 당자 요한까지도, 그와 같은 신의 의중을 몰랐다고 보는 것이 옳을지도 모릅니다. 그는, 예수에 의해, 여호와의 신격이 완전히 개조되고 변질된 것을 개탄하고, 사탄과의 최후의 전쟁 광경을 펼쳐 보임으로써, 구식의 여호와, 자기네 선조의 목축업의 수호신, 역사적 배경을 고려하면, 별로 싸움을 잘하지도 못했던 한 군신(軍神)의 수명을, 할 수 있는껏 연장해보려고, 마지막의 애국적 슬픈 시도를 하고 있는 것입니다. 우주의 주재 신으로까지 승격 보편화된 신을, 요한은 그렇게 해서, 억지로, 자기네 사촌 간의 작은 전쟁 신으로 유배 폐쇄시키려한 것입니다. 그것은 그가, 너무 충직하고 순우한 탓에, 사리를 오착한 것인지도 모르는데, 그래서「계시록」은 신 자신에게나, 우리들, 요한네 영원한 이방인들에는 슬픈 책입니다. 선택받은, 자기네 열두 지파에서만 구원받을, 십사만사천 인의 하나님, 질투 많고 복수심 많으나, 팔다리가 별로 굳세지도 못하여, 자기 집 아래층에 세 든 무뢰한 한 놈쯤 아직도 쫓아내지 못한, 늙은 신의 이야기──그것이「계시록」입니다. 소승이 감히 이렇게 말씀드리는 것은, 여러분의 하나님에의 찬양이며, 영광 돌리기이며, 그가 태초부터 예비했던 모든 것이 예수에 의해 다 이루어졌다는 것을 믿는 소이에서입니다. 이제 와서는 불필요한 말씀이지만, 예수가 참으로 여호와 당자인가, 또는 그의 아들인가 아닌가와도 별개의 문제라는 것을 강조했으면 싶은바, 좀 이상스러운 말로, 영매 접신을 통하여서라도,

한 인간의 정신이, 신 자신으로까지 고양될 수 있다는 것은 괄목할 가치가 있습니다. 그리고 부정하여서, 신은 아예 없었다고 치더라도, 한 인간에 의해 신이 자리를 확고히 하고, 복음이 전파되며, 그 복음 아래서 세계에 덮였던 어떤 그늘에 양지가 좀 비낄 수 있었다면, 그것은 확실히 '이뤄진' 상태인 것입니다. 예수 자신도, '다 이루어졌다'고 선언하고 있던 것입니다. 이 선언은, 한 민족의 수호신이, 어떻게 우주의 주재 신으로까지 자기의 지위를 확보해갔는가 하는, 그 간난신고의 종언의 의미였던 것입니다. 그 의미는 또한, 지하층에 난입하여 질탕질을 치고 있던 악마까지도 항복 받았다는 것이기도 합니다. 사실에 있어, 요한이 백일몽을 통해 밧모 섬에서 본, 저 악마의 참패의 광경은, 예수가 숨을 멈추었을 때, 세상이 닫기며 캄캄해졌던 저 '제9시' 속의 풍경의, 저 '白'으로의 재유입(再流入)이었을지도 모르는데, 저 '극소의 시간' 속에서는 언제나, 흐름이라는 것이 순서 있게 나타나는 법은 잘 없기 때문입니다. 요한은 그러한 외경스러운 광경을 접하곤, 그것을 미래의 풍경의 예시라고 착각했을지도 모릅니다. 시간성에서 따져보면, 반복되지만, 미래란 과거의 집적에 불과하므로, 그것이 현재화할 때, 하나의 신기루 같은 것을 '심소의 시간' 가운데에다 재연할 수 있습니다. 헌데 저 '제9시'는 너무 어두웠고, 사람들은 공포에 질려, 그 한순간의 암흑을 통해, 암흑이 분쇄당하는 것을 볼 수 없었다가, 그것이 요한에게 재현된 것인지도 모르는 것입니다. 이런 의미에서라면, 우리는 요한에게 감사하는바, 요한에 의해서, 저 '제9시'의 인봉이 뜯겨, 백일하에 드러나게 된 것이기 때문입니다. 그러면, 예수는, 다만 하나의 강렬한 빛으로서만 저 암흑을 깨뜨린 것에 불과한가, 아니면 그것과 함께, 우리들께 다른 것을 더 성취시켜 준 것인가, 그 것이 또한 궁금해집니다."

나는 잠깐 쉬고 다시 이었다.

"그 점을 밝히기 위해 소승은, 소승이 격렬히 다룸해온 저 '원죄'의 의미가 무엇이었는가를 상기시키는 바입니다. 그것을 소승은 '죽음' 자체라고 했던 것입니다. 그런데 이 '죽음' 들 속에서도 순화되지 못한 것이 가는 곳을, '지옥'이라고 하며, 그곳은 사탄에 의해 치리되고 있다고 알려집니다. 허나 소승은, 한 걸음 더 나아가, 지옥이란, 생시에 지었던 죄업으로 인하여 고통받는 장소가 아니라, '죽음' 자체의 또 다른 이름일 뿐이라는 것을 거듭 강조하는 바입니다. 왜냐하면, 한번 죽은 몸은 두 번 다시 죽지 못하며, 영(靈)은 영생으로(「로마」8: 6,「고린도전」15: 42~50) 반복되지만, 육신을 잃어 염태(念態)만을 갖고 있는 존재에게는, 고문이란 체험되는 것이 아니기 때문에, 만약에 고통으로 하여 죄과를 삭이고, 영혼을 맑혀야 한다면, 이 세상 말고 그런 고장이란 없을 것이기 때문입니다. 그러므로 이 세상적 죄가 완전히 구속되지 않은 혼령이 있다면, 그 혼령을 위해선, 한 번 더, 심지어는 억천만 번을 더 이승에 던져, 그 죄과에 해당하는 살[肉]을 입히는 것일 터입니다. 살이란 고통의 전 장소인데, 그래서 이제 지렁이로도, 쥐로도, 박쥐로도, 굼벵이나 소로도 태어날 것인바, 생명은 그 크기나 무게에 있어 비록 같다고 할지라도, 형태가 다르다는 그 비극적 한계에 의해, 비로소 고난이 시작되는 것입니다. 굼벵이는 참새에게 쪼이고, 참새는 솔개에게 채이며, 솔개는 뱀에게 휘감기고, 뱀은 독수리 발톱에 찢김을 당합니다. 그렇다고 소승은, 이 세상은 고해라고만 생각하는 것은 아닙니다. 소승으로서는 몇만 번이고 돌아와, 이 세상은 살 만한 고장이라고 믿고 있는 중이기도 합니다. 어쨌든, 비록 신이라더라도, 영으로서는 고통받을 수 없다는 것, 영으로서는 죽음을 포착할 수 없다는 것, 육신에 한 번 억류당했던 혼이 아니면, 고전적 의미의 유계(幽界)에의 여행을 성취할 수 없다는 것, 이것이 신이 '인간의 아들'의 살을 입어 세상에 나타난 관건인 것입니다. 그러므로, 대자대비로 하여, 죽음을 포착하여, 그것을 항복 받으려면, 신으로서도 자연적인 과정을 밟아, 필멸될 살을 취하지 않으면 안 되었던 것이고, 그 살이야말로 죽음 자체라는 것을, 자기의 죽음으로써 보여주기에 이르는 것입니다. 그러나 그는, 나사렛에서 한 사자(死者)를 살려 일으킴으로써, 자기의 죽음에서 자기가 어떻게 살아날 것인가를, 가장 육적(肉的)인 형태로 예시했긴 했습니다. 이 예시는 우리에게 한 중생(重生)의 소망을 심어줍니다. 아시다시피, '옛 약속'에는, 땅에 대한 약속이 전부라고 해도 과언이 아니었으며, 심지어 모세까지도 '열조에로 돌아갔을' 뿐 고혼들이 모여 화목하게 살 땅에 대한 희망은 거의 없었습니다. 그러던 것이, 인현한 신에 의해서, 우리의 집단적 염원이 성취된 것이 보입니다. 우리의 죽음은 그래서, 하나의 희망으로서 우리 앞에 놓인 것입니다. 삶은 그럴 때, 조금이라도 비참하다거나, 고통스럽다거나, 고독한 것으로 여겨질 것은 아닙니다. 똥과 오줌 속에서 발효된 보석입니다. 죽음의 극복입니다. 아담이 따 내렸던 실과의 반환입니다. 그래서 전에 쓸쓸하고 외롭던 음계(陰界)에, 지금은 대자대비한 신의 대자대비한 손이 있어, 아직 순화되지 못한 영들에게, 그들의 업에 알맞게 재단한 살을 입혀, 슬픈 눈으로 이 세상으로 떠나보내며, 하직의 손을 흔드는 것입니다. 떠나오면서도 그러나 우리는 죽음에의 소망을 갖고 있습니다. 원죄의 극복입니다. 신이 죽음으로써 보여주고, 극복하고, 성취한 전부의 내용이 그것입니다. 첨부할 것이 있다면, 바르도의 몸이 전부, 삼 일이나, 사십 일이나, 사십구 일 안에 어디론가 헤어져 가며, 하직의 손을 흔드는 것은 아니고, 어떤 혼은 오백 년에서 천 년까지도 배회하고 있다는 것인바, 그 역 업에 의해서이겠습죠. 업이겠습죠.

그러므로 이제 우리는, 다시 살아난 나사렛의 사자는, 우리의 죽음을 대신하지 못하였는데, 어째서 예수의 죽음에는 우리 모두가 가담되어졌는지 그것을 두고두고 생각해보며, 그래서는, 저러한 공통적 또는 집단적 형태를 입어버린 화해와 고통의 모습에다, 자기의 개인적 아픔과 설움으로 엮어진 가시관을 씌워주어 버린다면, 삶은, 그리고 죽음도 하나의 은총으로서 주어진 것으로 알게 될지도 모르며, 마음엔 감사와 열예가 넘치게 될지도 모릅니다. 자기가 외롭다고 생각할 때마다, 고통스럽다고 느껴질 때마다, 언제든 그래서, 저 십자가 위의 사내의 무섭게 아파하는, 친구도 없는 얼굴을 떠올리면 되고, 그 아파하고 있음이, 그 고독이, 자기 것의 대신이라고 믿으면 되는 것일 것입니다.

그러나 사실에 있어, 모든 것이 우주적으로 이뤄져 버린 그때부터, 모든 것은 새롭게 시작되어버렸다는 것을 우리는 간과할 수는 없을 것입니다. 이 시작은 보다 다양화해지고, 보다 복잡화해지고, 보다 내밀스러워져 버려, 그때부터 인간은 더욱더 의혹하고, 더욱더 방황해야 하며 더욱더 고독하지 않으면 안 되게 된 것이 사실이기도 합니다. 저 마지막 신의 죽음은, 모든, 우리들의 밖에 있어, 우리로 하여금 외적으로 대적케 하고, 또 외적으로 따르게 했던 그런 외적 대상의 죽음을 함께해버렸던 결과였습니다. 이 의미는 그러니까, 외적 대상이었던 모든 것이, 우리 심소 속으로 내치되었다는 이야기와도 통하는 것입니다. 밖에 있던 사탄의 죽음이 우리들 심령 속에서 살아나고 있는 것이 그것이며, 우리가 깨어 있지 않으면, 산 채로 죽음 냄새를 풍기는 것도 그것이며, 땅 위에 있어서 우리로 하여금 몸으로 획득케 했던 천국이 땅에서 사라져버린 것도 그것이며, 심지어는 시내 산자락에 불 피우고 살던 신령까지도, 우리들의 밖에선 사라져버린 것입니다. 이것은 인간이 보다 성숙되었다는 의미일지도 모르지만, 이 의미는 또한, 우리가 보다 복합화해진 비극에 당하지 않으면 안 되게 되었다는 의미일지도 모릅니다. 까닭 없이 불어나는, 인간관계에서의 긴장, 어디서 비롯되는지도 모를 초조, 불안, 견딜 수 없는 외로움, 불행감, 절망, 그런저런 독 묻은 화살들이, 방향도 시간도 없이 날아와서, 우리들의 심령에 꽂혀 듭니다. 그러나 그럴 때일수록 우리는, 우리 마음의 향방(向方), 우리 마음의 정처(定處)를 잘 살피고 깨달아, 자기 속으로 이주해온 하나님, 자기 속의 중생(重生), 자기 속의 천국을 불씨 가꾸듯 가꾸는 데 게을리해서는 안 되며, 자기 속으로 침입해 든 악령, 사리고 든 죽음 같은 것들을 잡초로 알아, 솎아내는 데 전력을 다하지 않으면 안 되리라고 믿습니다. 그러기 위해서, 촛불이나 무슨 물질적 대상에 의하여, 흔들리는 마음을 한 점에 붙들어 매려는 것보다는, 저 마지막 신에 의해 획득되어진, 자기의 불멸성 위에 명상하는 것이 좋으며, 자기를 그것 속에 끊임없이 귀의시켜 가려는 노력은 훌륭하다고 믿습니다. 그러는 동안에 우리는 다른 하나의 새로운 사실을 발견하게 될지도 모르는데, 전에 외적 대상이었던 것들이 내치된 데에 반해서, 전에 내부에 있었던 어떤 것 하나가 외적 대상으로 환치된 것, 즉 자기의 불멸성이 살을 입어, 해골의 골짜기에 심긴 나무에 매달린 것을 보게 될지도 모른다는 이것입니다. 어쨌든 명상을 통해, 그 모습을 떠올리는 것은 필요하며, 이러한 명상을 여러분은 '은밀히 하는 기도'라고 표현하는지는 모르겠습니다. 그런 기도를 통하여 그리하여, 저 외적으로 환치된 '불멸성'이, 어느 날 다시, 밖에서는 찾을 수 없게 되었을 때, 그리하여 개인적 불멸성에 제휴되어버렸을 때, 그 심정을 차지하여 그늘을 드리우고 있었던, 죽음이며, 악귀며, 필멸성이 극복되어져 버린 것을 알게 될지도 모릅니다. 그러나 이 상태는 기독을 섬기는 여러분 교의의 종언입니다.

그럼에도 소승은, 어째서 여러분 교의의 신도는 아닌가──이러한 물음에 대한 소승의 소박한 한 대답은, 저 해골 속에 뿌리내린 나무를 사라쌍수에 비유할 수 있다면, 그 한 가지는 불멸성이며, 다른 가지는 필멸성인데, 하필이면 무엇 때문에, 기독의 이름 아래에서 나 자신을 믿어야 하는지 그것을 모르겠다는 것뿐입니다. 그것은 더욱더 힘든 일임엔 틀림없지만, 그래서 소승은, 소승의 짐을 소승 자신이 끝까지 지게 되기를 바랄 뿐인 것입니다. 이것이, 저 마지막 인신(人神)──소승의 짐을 위해 하늘의 어디에 있는 구레네에서 와줄지도 모르는 시몬, 예수와 소승과의 사이에 끼인 하직입니다.

그러면 여러분의 주 안에서 평강들 하십시오. 옴마니팟메 훔."

3

나는 그리고, 까닭을 알 수 없는 허탈로 하여 견딜 수 없어, 장로께 귓속말하여, 잠깐만 혼자 있을 수 있도록 주선해줄 수 없겠느냐고 하였더니, 그가 머슴들에게 시켜, 나를 안채의 그의 서재에 옮겨다 주었다. 그는 다른 말은 없이, 다시 집회 방으로 나갔다. 그로부터 그들은 먹고 마시며, 그들의 주일을 보내다 헤어졌을 것이었다.

혼자가 되고 보니, 나는 왠지, 알맹이가 빠져버린 채 해변에 구르는 소라 껍질이나 무슨 그런 기분이 들었다. 어쩌면 장로의 손녀딸이 손수 내 점심상을 가져왔었던지도 모른다. 그러나 내게는 먹을 생각이 도대체 들지가 않았다. 그리고 어쩌면 그녀가 또, 붕산수 희석한 물을 한 대야 손수 가져와, 계집종처럼 내 발을 씻기고, 그 상처에다 기름을 바른 뒤, 새 무명양말을 신겼었을 것이었다. 그러는 동안 나는 어쩌면, 그녀의 냄새를, 그녀의 품위를, 그녀의 전부를 사랑하고 있었다. 허나 그것뿐이었다. 저녁상 앞에 앉혀졌을 때까지, 나는 그냥 내 살이 썩은 묽음 위에 촉루로 얹혀 있다가, 저녁밥을 먹고 났더니 몸에서 조금 땀 냄새가 번져 올랐다.

저녁상을 물리고 났을 때 나는, 장로께, 교회를 헐어내는 일에 나도 부려줄 수 없겠느냐고 물었더니, 장로나 그의 손녀 딸은, 처음엔 웃었고 다음으로 좋은 말로 반대했으나, 그렇다면 이 저녁으로 하직 인사를 올리는 것이 폐를 줄이겠다고 솔직히 말했더니, 그에 이르러서야 내게 허락을 했다.

"정 그러시다면, 허긴 짐 수를 헤아려주는 일쯤이라면 즐길 만도 하리다. 허고, 취침하기 전에 발 치료를 좀 받으셔야 안 되실까? 아, 그리고 얘야, 난 너의 아비와 긴히 상의할 것이 있어 나가 봐야겠구나. 대사께서는 모쪼록 실례를 용서하십시오. 나가는 길에 일꾼 불러 대사께서 완쾌해지신 대로 같이 일하시겠다고 십장께 일러두라고 하리다."

장로는 좀 수다스레 떠들며 일어섰다. 나도 일어섰더니, 장로는 나무라는 투로 말렸으나, 일어서서 발바닥에 무게를 주고 보니, 차라리 시원했다. 아마도 내 병은 조금쯤 호화기를 띠고 있었던 모양이었다. 이런 정도라면, 내일부터라도, 짐 수 헤아리는 일쯤은 시작하고도 남을 듯했다. 나는 물론 그러기로 스스로 작정했지만, 그러나 내가 무엇 때문에 갑자기 노동을 자청했는지는 나 자신도 모른다. 어쩌면, 스승이 보내서 들러본 장로네와도, 이제는 하직할 때라는 것을 막연히 느꼈던지도 모른다. 그런 문제는 아무튼 나중에, 한 삼 년 후에라도, 생각해보아도 늦지는 않을 것인데, 충동이 언제나 나의 길잡이였던 것이다.

하루도 제기럴 다 가고 있던 중이었다.

　하루나 이틀쯤만 더 쉬면 발이 완쾌해질 터이니, 그저 눌러 하루만이라도 더 집에서 묵어 공사판으로 나가라는 장로의 온정 있는 부탁에도 불구하고 나는, 이른 조반 먹는 그 댁의 일꾼들과 같이 어울려 배불리 먹고, 그 길로 공사판으로 나갔다. 물론, 침모 아주머니가 내밀어 준 한 벌의 노동복과 노동화를 입고 신고서 그런 것이다. 그것들은 어떤 내 크기만 한 머슴의 것이었을 것인데, 풍더분하고 편했다. 해골은 물론 지참하지 않았고 나 쓰던 사랑방에 놓아둔 채였다.

　아직도 대단히 가렵고 무쭈룩한 증세만을 빼놓는다면, 발은 대개 나은 것도 같은바, 그 화상은 글쎄 워낙이 심한 것이 아니었었고, 그들 또한 불로 엄포만 하여 내가 내놓을 꼬리나 보려 했던 것이었다. 허지만 내 꼬리는 궁둥이에가 아니라 어쩌면 내 머릿속에라도 있었을 것이었으니, 불로 그을리기를 화장하듯 했다고 하더라도 그것이 튀어나올 리가 있었을 것인가. 그것을 백일하에 드러내놓은 짐승에게 있어서 그것은 일종의 아름다움이기도 하지만, 그것을 은폐해놓은 짐승에게 있어서의 그것은 추악함의 모든 내용이 그것일지도 모른다.

　관청과 상점과 술집으로 이뤄진 것이 만약에 읍이란다고 말할 수 있다면, 이것은 어쨌든 읍을 위해선 이른 시각이었다. 장로네로 통하는 장로네만의 생나무 울타리 가운데 길을 길게 빠져나오니, 한 가는 줄기의 아주 맑은 냇물이 가로 흐르고 있어서, 거기 엎드려 나는, 이뚱이며 얼굴의 개기름을 씻어내고

427

소매 끝으로 문질러 닦아내고 나니, 갑자기 하늘이 맑은 것이 기억났다. 그 도랑 위로는 두 대의 달구지가 서로 비켜서 지날 만한 돌다리가 얹혀 있어, 들것에 실려 내가 장로네로 가고 있던 석양엔, 나는 거기에 도랑이 건너가고 있다는 것은 몰랐다. 그때 허긴 난 좀 앓느라고, 아무것도 본 것 같지가 않다. 그 돌다리를 건너서야 나는, 오랜만에 내 옛날의 가난했던 호흡을 찾은 듯했다. 장로와 그의 손녀딸, 그리고 그 큰 집에서 일하는 모든 사람들의 후덕과 호의의 울타리 속에서 나는, 왠지 짐스럽기만 하던 것이다. 천대와 멸시 속으론 스스럼없이 걸을 수 있었던 나는, 후덕과 호의 속에선 그저 몸이 껄끄럽던 것이다. 후덕과 호의에 내가 길들여본 적이 없었던 짐승이어서 그런지 어쩐지는 몰랐지만, 그 댁에서 내게 던져준 부스러기는 내게 너무 기름졌다.

어쨌든 이 시각은, 읍을 위해서는 적이 이른 시각이었다. 상점이라고 생각되어지는 함석지붕을 한 집들도, 판자문을 한 쪽씩만 비시켜 놓았거나, 꽁꽁 처닫고 있으며, 여인숙 앞이 조금 후끈했을 정도였는데, 그것은, 팔아서 생계를 이을 나뭇짐을 받쳐놓은 촌사람이 피우는 엽초 냄새 때문이었다. 스승과 나도 그렇게 연명해왔었다. 그리곤 오줌 마려운 똥개들이 맴돌이를 치거나, 똥구멍 냄새를 맡고 있고, 이런 시각의 읍은 대체로 그런 것이다. 얌전이편물점. 금방. 유리방. 학청. 법청. 연초청. 소금청. 혈세청. 농업은업. 상업은업. 최선은업. 최덕은업. 갈보은업. 남창은업. 읍산파네. 장의사. 포도청. 수의소. 침술집. 철물전. 어물전. 푸줏간. 지물전. 닭전. 쇠전. 옷감전. 옹기전. 싸전. 왕대포집. 순대국집. 국수전문집. 국밥옥. 서

향집. 동편관. 남한루. 북새통집. 덕산조빨소[調髮所]. 씨발[市
－]목욕탕. 과택바느질. 개장국집. 우족탕. 돼지꼬리곰탕. 황토
고개 점포. 생사탕. 읍내식당. 똥집구이. 수도청. 홀레돌집——
수도청, 저 높은 쌍대문은 성처럼 닫혀 있고, 법(法)이 살이 되
어, 술 속에서 썩는 냄새가 암내처럼 풍겨나고 있으나, 그 문
밖에 나뭇짐을 받쳐놓고 있어야 할 홍도의 애인의 촌스런 얼
굴이 안 보인다. 그중에서, 꼬리곰탕이며 순댓국 같은 한두엇
의 전문집을 빼놓고는, 그러나 아직 아무것도 개시 안 하고 있
고, 지푸라기며, 밤이슬에 젖은 휴지 나부랭이나 널려 있을 뿐
인데, 유리로도 통하고 교회로도 통하는 목교를 나는 건너고
있었다. 신선하고 청명한 아침이었다.

　　내가 회당에 도착하고도 한참이나 더 있어서야 해가 장로
네 울 뒤쪽 어디서 솟아올라 왔고, 십장과 두통쟁이 등이 헌칠
한 얼굴로 올라왔다. 그들은 내게 반갑다는 뜻을 표하느라고,
얼굴을 너무 일그러뜨려 우는 상을 지었다. 그래, 우리는 친구
들이었었다. 어느 날 이 우정이 갑자기 식어진다고 하더라도,
그것은 겁낼 것이 아닌 듯하며, 세상은 이만쯤 따뜻해도 좋았
다. 식었을 땐 또, 그만큼 세상은 차가워도 좋은 것이다. 발이
나숭 것 겉은개 기쁘다는 둥, 시님이 요런 일 히어묵을라먼 심
이 씨일 것이라는 둥, 히어도 재미를 붙이먼 히어묵겄응개 자
기들도 허고 있는 게 아니냐는 둥, 하고 말하고, 십장은 내게,
그동안 일이 어떻게 진척되어 왔는지를 보여주었다. 물론 나
는, 벌써 둘러본 바였고, 그래서 목자가 살았던 집이 주춧돌도
남기지 않고 사라진 것을 알았고, 회당의 지붕도 반쯤이 뜯겨
난 것을 보았었다. 지붕의 구멍들로부터 탁하게 쏟겨 들던, 그

빛의 유수(幽囚)들도 떠났던 것이었다. 시무 종, 점심 종, 종무 종을 위해서, 종각은 맨 마지막까지 두어둘 것이라고 했다.

"자 보시제라우, 조쪽이 옴팡하잖냐고라우? 인제 부인네서껀 인부들이 올라오먼 말이제요, 지게다 져각고 조 옴팡헌 디다 부리는디, 거그를 잘 메꾸고, 터를 워처키 잘 딱고 보먼 말이요, 여그가 아매 무신 공청 하나 실 자리는 될 것도 겉여요. 그라고 써까래서껀, 무신 태울 만헌 것들은이라우, 조쪽 벨랑 안 걸개칠 만헌 디다 쌓아놓는디요, 화목으로 쌈직허게 돌라는 디가 많응개요. 헌디 시님이 허실 일은 그렇제라우, 저 그 앉어서나 말씸이요, 한 짐 지고 감선 지 번호를 불르먼, 바를 正 자를 맹글어 나가기만 허면 되는 것이구만이요이. 헌디 워떤 사람덜은, 물론이사 장난이로시나 그라겄지라우만, 짐을 부리놓고 감선도 지 번호를 불르는 수가 있잉개, 고것이나 좀 눈예겨보아 줴겨라우, 허고시나, 니얼은 수건이던 머시던 머리에다 좀 쓰고 오세야지, 낭중에는 햇볕이 뜨겁울 것잉개요."

그는 그리고, 반을 접어 주머니에 찔러두었던, 겉장에 흙때 묻은 공책을 하나 건네주고, 연필을 하나 들려주었다. 그러는 새 인부들이 대강은 모여 회당 뜰에서 웅성대고 있는데, 십장이 그들 가운데로 나아가며 목청을 높인다. 내가 눈으로 얼른 세어보니, 내가 여기로 왔던 첫날 발을 그을리고 앉아 있었을 때, 그중의 한 관객이었으나 쫓겨 간, 그 파리한 소녀까지 합쳐, 아낙은 넷이었고, 허리 굽은 늙은네까지 합쳐 사내는 열한 명이었으니, 전원 열다섯이었고, 십장 일당까지 가산하면 스물하나였다. 나중에 안 것이지만, 미장이는 미장이라서 미장이 일을 하는 것이 아니고, 그저 막일을 해대는 것이었는데,

430

그들은 뜯고 허는 일을 하면, 다른 품팔이들이 져다 나르는 것이었다.

"모도 그랑개 들어들배겨라우. 여그 지시는 시님 보제라우? 요 시님이 오늘부텀은 댁네들 짐 수를 매길 팅개 모도 고렇게 알라고라우. 그라고 번호는 어제 그대로고라우. 오늘 일도 요령은 어짓 일이나 같웅개. 쪼꿈석만 더 짊어져 돌라고라우. 나는 댁네가 다섯 짐을 지던 오백 짐을 지던 고건 상관헐 것 없겠소."

그런 뒤에야 일은 시작되었다. 도대체 한 짐 지는데 아낙이 얼마며, 노인은 얼마인지는 모르겠으되, 번호 아래에다 바를 正 자를 그려나간다는 일은 쉽고, 무던하고, 즐겁고 正 자가 아직 한 획이 모자라다거나 할 때엔 내가 괜스레 초조하기까지도 했다.

"듣장개, 요 시님이 이원(의원)이람선이요이?"

해가 대개 반나절쯤은 올라왔다 싶자, 몸에 땀들이 돋았나 봤다.

"왜 또, 중리댁이 머슬 잘못 묵었단댜?"

"여보쑈 사둔, 잘못 묵을 거시기라도 있으면 요런 품팔이 안 오겠소이."

"그라면 백찌 이원은 왜 찾는디야?"

"중리댁 배앓이는 이원 각고는 안 될 것잉구만이. 그저 입짐(김) 돈독이 쐬넣고, 고 아픈 배에다가시나 뽕잎이나 발라두는 수배긴 없을 겨."

"넘은 묵을 것도 없어 탈이라는디, 사둔 영감은 무신 배앓이 이약이다요 이약이?"

"글씨, 못 묵어도 배가 씨린 벱이그덩. 워디 입으로만 못 묵어서 배가 씨린 벱이라야 말이제."

"고거 뽕잎만 붙이놔 바도 회력이 있는 것은 아니답디다. 한 바리 실한 누에로서나, 고놈의 뽕잎 맞창을 내야 된다는디."

"시님, 거 바를 정 자가 암만 바르대도, 거 무신 글짜에 눈 달리고 입 달렸답뎌?"

"우리는 말이라우, 고놈의 바를 정 자, 바르게 맘묵고, 바르게 맹글라고, 뻬를 토막 내다 본개라우, 뭠이 바르덜 못허고, 뭠이 뻬틀어지는디."

그러는 새, 대개의 사내 일꾼들이 스물다섯에서 서른 짐까지 지고 있을 때 아낙네들도 대개 스무 짐씩은 지고 있었는데, 한 가냘픈 목소리는 그때 겨우 열 짐을 부리고 있었다. 그 야윈 계집아이였고, 아마도 체력이 영 부달리는 모양으로, 눈이 흰창까지도 누르스름한 데다, 가는 손가락들은 떨고 있었다.

"일이 무척 벅찬게요, 그렇지?" 하고 내가 물었더니, "뭐 그렇지도 않아요. 게으름이 나서 그러는걸요" 하고, 거의 매정스러울 정도로 대답해서 나는, 그 애에게 너무 사치스럽게 굴었다는 것을 깨닫지 않으면 안 되었다. 그러며, 나 같은 한 건강한 녀석이, 노닥이며, 병자라도 해낼, 글자 메꾸기나 하고 있다는 것에 대한 수치감이 일었다.

시간이 갈수록, 그 애의 성적은 점점 떨어지고 있었다. 보기에 아주 기진맥진해 있었다. 그러나 나는 할 수 있는껏 그 애를 외면해버렸고 그런 대신, 무심히 무릎 위를 드러내고 북북 긁기가 일쑤인, 중리댁의 허벅지나 건너다보았다. 얼굴은 비록 그을려 검고 탁했으나 그 허벅지에 괴인 붉은빛은, 밤중에 도착한 뱃고동 소리 같아서, 좋아서, 옻칠한 숟갈이라도 하나 있었으면, 그저 내가 속이 가려워 환장하고 나자빠질 만큼이나 한하고, 그 붉은 소리를 좀 퍼먹어 보았으면도 했었다. 그러고 보니 시장하기도 했는데 시큼떫떨한 애능금 다섯 개를 점심 삼아 씹어 삼키며 언덕을 내려가, 나는 냇물에 발을 잠그다 올라왔다. 중놈이 고기 맛을 보면, 절간 빈대를 안 남긴다더니, 중리댁 허벅지를 내가 개의해쌓던 것으로 미뤄보건대, 내 살 속에 양기가 좀 채워가나 보다.

종무 종이 울리고, 회계꾼이 발부한 어제 일의 전표를 오늘 받아 쥔 인부들이 내려가고 난 뒤에도 난 거기 좀 남아서, 하루의 마지막도 즐길 겸 숨을 좀 돌리고 있으려니, 일의 마무리를 보느라 아직도 남아 있던 십장이 내 곁으로 오며, "요런 일은 안직 몸에 배덜 안 히어, 참 애쓰셨구만이요" 하고 앉는다.

"웬걸입쇼. 너무 수월해 여러분께 죄송스런 생각까지 들었습니다. 그래 내일부턴 나도 등짐이나 졌으면 하고 있는데요, 나도 좀 끼워 넣어주셨으면 합니다만."

"아매 고 일은, 시님께 너무 심들 것잉만이요. 기양 짐 수매기거나 허시제라우. 아까 장로님이 오싰다 안 가싰다고요? 장로님께서 솔찮이 염려허시더라고라우."

그래, 그가 한번 왔었다. 그리고 자기 집 일꾼이 점심을 가지고 왔었더냐는 둥, 이런 일은 할 만하냐는 둥, 발을 조심하라는 둥, 아주 자상스럽고 인자스러이 묻고 내려갔었다. 언덕을 내려가는 그의 흰 등을 바라보며 나는, 그가 나의 스승과는 다른 데에서, 어쩐지 아버지 같다는 느낌을 받았었는데, 그러고 보면 나도, 때로 얼굴도 알 수 없는 아버지를 그리워하고 있었던지도 모른다. 그것은 그리고, 하나의 슬픔 같은 것이 되어 어디론지 가라앉아버렸다. 아 그리고 물론 저 늙은 정원사가 점심을 가지고 올라왔었다. 그러나 그때는 오후의 일이 시작된 지 한참 된 때여서 저 파리한 계집아이에게, 내가 그 점심을 주어도 좋은지 어떤지를 물어보았더니, 그 애는 눈만 한 번 치켜떠서 나를 보곤, 그걸 받아 샘 곁으로 갔었다. 그런 얼굴이 내게 싫지 않았었다.

"아, 그리고 시장허시겠소. 요건, 시님 오늘 수고허신 전표구만이라우."

"아니, 뭘 했다고 내게도 임금을 주시는 것입죠? 그리고 내가 알기론 모두 어제 일한 전표를 오늘 받은 걸로 아는데요."

"시님은이라우, 일당을 딱 정해놨응개요, 요것 몇 푼 안 되지만 말이라우, 받아서 접어 넣어둬겨요. 그라고 요렇게 여러 장으로 해드린 것은 말이제요, 쓰실 때 펜리허라고 그런 것인디, 밥집이나 점포에서 밥이나 물건은 줘도, 돈은 거실려 주덜 안 헝개 그런 것이제라우. 아 그리고 저어 시님 말씸이요, 니얼 저녁은 무신 일이 좀 있어서 그렇고, 니얼 말고 모레찜, 저녁이나 우리 집에 와서 드실 수 안 있으시겠는그라우? 오늘 아척(아침)에 일을 나올랑개, 마누라가 되시락을 들리 줌선, 모레 저녁찜, 시님이 틱벨히 볼일이 없으면 좀 뫼싰으면 좋겄다고 히어서요, 그래 내 참 착하다 싶은 생각에, 궁뎅이 몇 쌈 두둘기주고 안 나왔겄는개 비요이."

우리는 그래서 같이 소리 내어 웃었다. 그리고 고맙다고 내가 몇 번이나 말했더니, 그가 일어서며, "그라먼 더 앉아 기시다 니려가실랑그라우?" 하고 먼저 내려갔다. 내려가는 그의 뒤통수에다 대고 나는, 내일부턴 등짐을 지게 시켜달라고 한 번 더 부탁했고, 그는, 내가 고렇게 원한다믄이사, 자기가 시키고 자시고 헐 것이 있었느냐고, 대답했었다. 그러나 사실에 있어 저 전표는, 그것이 얼마나 값이 되는 것인지 나는 알 수가 없었으며, 그것을 상점에 가져가서 어떻게 한다는 것인지도 몰랐지만, 어쨌든 내가 일해서 번 것이라고 생각하니 기뻐서, 접어서 주머니 속에다 넣어두었다. 그리고 만약 유리로 돌아간다면, 나를 기다릴 계집을 위해 알맹이가 큰 눈깔사탕이라도 살 수 있을 것이라고도 생각했다. 그러나 무엇보다도, 낚싯대를 하나 준비해다 놓아야 하는 빚도 있었다. 장로네에 무턱대고 폐만 끼칠 수도 없으니, 이 저녁부터라도, 아마 그것으로 일숙박 소도 구할 수 있을 것이었다. 나는 아마 지금 내가 중이기를 거부하고 있는 것이었다. 그리하여 나는 노동자이기를 바라고 있다.

읍은 저물고 있었다. 가는 눈으로 나는 그 저묾을 내려다보며, 나 때문에 낭자머리를 하고 비녀를 꽂은 계집이, 된장찌개를 구수히 끓여놓고 남정 오기를 기다려 사립짝을 내어다보며, 어린 녀석에게 젖꼭지 물리고 있는 것을 보았다. 그런 계집의 얼굴은, 중리댁의 것 같은 것이었어도 좋았을 터인데도, 그리고 유리의 계집의 것이었으면 더 좋았을 터인데도, 어쩐지 저 장로의 손녀딸의 얼굴이, 자꾸 안막에 껴들고 있었다. 내 참 착하다 싶은 생각에, 궁뎅이 몇 쌈 두둘기주고 안 나왔겄는개 비요이──나는 체머리를 흔들고, 이제 일어나려고 했다. 창자도 길들이기에 따라 엄살이 많아지거나, 아니면 正 자 몇 개 그어준 것도 일이었던지, 배가 고프던 것이다. 헌데 그

435

때 좀 의외의 일이 내게 일어났다. 사람들이 모두 내려간 줄 알고 있었는데, 저 파리한 계집아이가 내 등 뒤 어디로부터 나타나 내 곁에 앉는 것이었다.

"아니, 아가씬 여태도 돌아가지 아니하였소? 시장할 터인데 말이지."

"전 남아 있게 되었던걸요." 그 애는 그렇게 또록이 대답했는데, 그 의미가 그러나 내겐 모호했다.

"그래, 그렇게 되었던가? 그래서 아가씬 여기 머물러 있겠단 말은 아니겠지러이?"

"아버진 목사라구 우리 엄마가 그러셨죠. 저 교회를 세웠답니다." 그 애는 내 물음에 대답은 없이, 뭔지 모진 얘기를 꺼내고 있었다.

"자 그럼 아가씨, 우리 같이 내려가세나." 나는 화제를 바꾸려 했다. "어쨌든 나도 배가 고프이."

"스님은 점심을 굶으셨으니 그렇겠죠. 그 점심을 헌데 왜 내게 주셨죠?"

"자 가자구. 내가 아가씨 사는 문전까지 바래다 드리지. 어머님이 기다리실 게 아닌가?"

"난, 저기 보이는 저 가운데 돌다리 밑에서 살죠. 거지들만 사는 데예요. 사내애들까지 일곱인데, 내가 그중 나이 많으니까 내가 대장이지요." 그렇게 말하며 그 애는 조금 킬킬거리고 웃었다.

"아 그러시군. 그럼 부하님들이 잔뜩 기다리겠군, 겠어, 대장 나으리."

"그렇겠죠."

"그럼 왜 남아 있지?"

"스님은 왜 남아 있으셔요?"

"나, 나 말인가? 글쎄, 난 한숨 좀 돌리고, 읍도 좀 내려다볼 겸, 그러다 내려가려구 그런 거지. 그래서는 안 되나?"

"거짓부렁 마셔요!"

이 애는 참으로 모진 애였다.

"짐 수를 스님이 열다섯 짐이나 더 불려주셨던걸요. 난 내가 일한 거 다 헤아려 꼼꼼히 알고 있었거든요."

"아 그렇게 되었던가? 난 좀 잘 기억할 순 없어도, 그랬다면 거 잘됐군."

나는 말을 그렇게 했으나, 그 애가 따지고 나서니, 어쩐지 쾌한 기분이 못 되는 것이 그 애에 대한, 어쩌면 그것은 사치였을지도 모르는 연민으로 하여, 부정스럽게 내가, 남의 돈을 횡령해 그 애에게 얽어주었다는 생각이 새삼 들어 그런 것이다. 열다섯 짐이면, 그 애 일하는 품으로선, 거의 한나절 벌이는 되는 것이다.

"십장이나, 회계 맡은 사람들이 흔히 하는 짓이에요."

"그런 사람들이 흔히 하는 짓이라구? 그 속뜻은 뭔지 모르겠지만, 그러니 그런 일이란 있을 수 있고, 있어 왔댔군." 십장이나, 회계꾼들과의 공범 의식이 나를, 어처구니없이 위로해주었다. "바른 대로 말하면 말이지, 이렇게 말해도 화 안 내기를 바라지만, 아가씨가 좀 딱했던 거지. 내 보기에 아가씨는 말이지, 아가씨가 할 수 있는껏 열심히 했다구. 노력으로 따지건대 열다섯 짐쯤은 더 얹어줘도 남을 듯했더라니깐. 내가 이거 좀 우습게 말하고 있는 건 아닌가 모르겠지만 말야." 나도 참 딱했다. "어쨌든 알겠지, 내가 뭐라는지?" 나도 참 딱했다.

"모르겠어요."

"그럼, 십장이나 회계꾼들이 짐 수를 불려주는 데는 무슨 뜻이 있다는고?"

"아시면서 그러셔요. 스님 참 엉큼한데요!"

이 애는 참 모진 애였다. 난 입을 다물고, 잠풍이 어두워지며 가로등이 켜지고 있는 읍으로 시선을 옮겼다.

"스님이 탁 깨 내시기를 꺼린다면, 제가 깨드리죠. 저와 자고 싶으셨죠?"

"자, 자, 자고 말인가 싶은가 말인가? 자, 자, 자고 말이지?"

"헌데 저 중리댁이라면 모두 탐내는데, 몸이 좋다고 허거든요, 헌데 스님은 어째서 절 고르셨죠? 점심까지 먹여가면서 말예요? 나도 좀 이쁜 데가 있어요?"

"가, 가만있어 보, 보세나, 아가씨가 지금 하고 있는 얘긴 무엇에 관해서지?"

"정 의뭉을 떠시겠다면 다시 일러드리죠. 그리고 얼른 끝내셔야 저도 내려갈 것 아녜요? 스님이 날 타 누르고 싶으셨죠? 스님 눈으로 온종일 날 그렇게 보셨잖아요? 난 준비가 됐답니다. 지금 여기서라도 좋아요? 아무도 보는 사람은 없잖아요? 보아도 그뿐이죠."

이 모진 애는, 가래침 뱉듯 그렇게 말하고 눕더니, 치마를 걷어 올리려 한다.

"자, 이봐, 아 아직 그럴 것까진 없네." 나는 우선 말하고, 그 애의 눈을 찾았으나, 감고 있어서 눈이 없었다. "아마 뭔지,

우리 사이에 오해가 끼인 듯하군. 그러니 우리 천천히 얘기해 보면 어떨까? 뭐 바쁜 일이란 없으니 말이지."

"참, 시시한 스님도 다 있으셔요! 그렇담, 자 되돌려 받으셔요. 내가 빌어서 얻는 공짜하고, 동정해주는 공짜하군 달라요. 이런 공짜에 대해선 난 조금도 고마워하지 않는답니다." 그리고 그 애는, 그 전표면 열다섯 짐에 해당하는지, 자기의 전표 중에서 석 장을 건네주고 일어서서 뛰어 내려가려고 한다. 이것은, 어처구니없었던 나의 산법이 별 빌어먹을 놈의 결과를 불러온 것이다. 성욕과는 무관했다는 것을 일러주기 위해, 내가 그 전표를 되돌려 받는다면, 그것은 또 얼마나 모자라고 이빨 빠진 노릇이 될 터인가. 또 가령, 색념이 발동한 탓이었다고 한다면, 자기가 정당히 번 전표로 계집을 사면 되었지, 어째서 하필이면 횡령한 재산으로 계집을 사야 되는 것인가. 어쨌든 일단 수습은 해놓고 볼 일이어서 나는 얼른 그 애의 치마꼬리를 잡아, "그럼 자네 말하는 식으로 말하지. 자 앉게나"하고 우선 앉혔다. "아가씨 불두덩에도 거웃이 돋았는가 몰라? 내 그것이나 한번 쓸어보았으면 싶으구만." —— 만약에 색념을 일으키지 않는다거나, 일어나지 않는다면, 귓바퀴를 만져보거나 불두덩을 쓸어보거나, 그것이 어떻게 다를 것이겠는가. 그러나 듣는 당자 쪽에선 내가 귓바퀴를 만져보기를 원한다고 한다면, 아마도, 나를 비웃고 전표를 다시 건네주고 갈 것이었다.

"허지만 다섯 짐만 불려줘도 전 몸으로 갚았답니다." 그 애는 아마 자조하고 있었다. 내 목구멍은 슬픔으로 비렸다.

"아, 그래? 그럼 나하구 자세나. 그런데 이봐 아가씨, 난 배가 무척 고프다네. 뭐 좀 먹을 것을, 이것으로 좀 사올 수가 없을까 몰라?" 나는 그리고, 내게 주어진 전표에서 두 장을 내어놓았다. "이 정도면 될까 몰라."

"이만큼이면 너무 많아요. 이거 한 장이면." 계집아이는 한 장만을 뽑으며 계속했다. "싸구려 집에서라면 설렁탕 두 그릇 값이에요. 헌데 스님은 내가 닷새 일해서 번 것보다 더 번 것 같아요." 계집아이는 그리고 통통 뛰어 내려갔다.

이 황혼에, 내게는 모든 것이 어슴푸레하기만 하고, 무엇이 잘 분별되지 않았다. 무엇보다도 내가 내게 불쾌하고 슬픈 것은, 마음속으로부터 내가 저 계집아이에게 정을 느끼지 못하고 있는, 나의 저 차가운 심정이었다.

그러고 있는데, 계집아이가 올라왔다. 고기를 다져 넣은 밀가루떡 세 개에, 수리취 넣고 찐 시루떡 두 넓데기를 종이에 싸 가지고 왔는데, 그것들은 아직도 조금은 뜨뜻했다. 나는 시루떡만 하나 차지했고, 남은 것은 그 애 몫으로 주었다.

"고기는 못 잡숫게 되었다죠?" 그 애가 그렇게 물었다. 그러나 나는 한 번도, 그런 걸 생각해본 적은 없었다. 고기를 먹어볼 만한 형편이 아니어서 못 먹었던 것뿐이고, 고기 맛이 그래서 어떤 것인지도 모르게 된 것뿐이다.

"여긴 이내 이슬에 덮일 거예요. 지붕이 있는, 저 회당 안으로 들어가지 않을 거예요?"

식후에, 내가 멍하니 있으며, 읍 거리의 가스등이나 내려다보고 있자니, 저도 웬만큼 배가 불러졌는지, 시루떡을 반쯤 남기며, 계집아이가 그렇게 제안했다. 그 애는 나이보다 다섯 살쯤은 더 슬기롭거나, 보기보다 다섯 살은 더 늙었을지도 모를 애였다. 그래서 기억해보니, 장로가 했던 이야기 가운데, 이 애의 어머니일 것이 분명한, 저 여 전도사가 애를 배고, 이 고을을 떠난 것이 십구 년 전인가 된다고 했었다.

"이거 실례될 말 같지만, 대체 아가씨 나이 몇이나 되는고? 보기대로만 말한다면 말이지, 아무리 많게 잡아도, 열여섯 정도로밖엔 안 보이는데 말이지."

"호호호, 두 살이나 더 어리게 보여요? 열여덟인걸요."

"아, 그렇게 되었군."

"그래요. 허지만 못 먹고 자랐기 때문에 이렇게 작고 마른 걸 거예요. 어쨌든 지붕 밑에로 가셔요 네?"

"그러기로 하지." 우리는 일어서서, 아직 덜 헐려 내린 지붕 밑으로 가 자릴 잡고 앉았는데, 공교롭게도 거기는, 그 애의 아비가 무너져 내리던 바로 그 언저리였다. 거기서 그리고 지금 나는, 그의 딸과 성교를 하려고 하고 있는 중인 것이다. "아버지가 목사라고 했었지 아마?"

"그래요, 허지만 얼굴은 못 보았네요." 계집애는 대답하며, 내 곁으로 아주 바싹 다가앉았는데, 그 애의 머리칼에선 땀이 푹 쉰내가 풍겨 나고 있었다. "어머닌 날 배가지구 다른 읍에 가서 날 낳았거든요. 어머니가 죽었기 땜에 난 여기로 왔었죠. 날 여기로 보냈답니다. 온 지 세 해째 나고 있어요. 헌데 듣기로는요, 아버지는 내가 나기도 전에 죽었을 것이라고 해요."

"아버지 묘소가 어디 있는지는 알고 있겠군." 난 이 애가 죽어서 기도대 위에 엎드려 있었던 자기 아버지에 대해, 알고 있었는지 어쩐지 그것이 궁금해, 둘러서 물어보았다.

"아버진, 저 기도대 위에 엎드려 있었답니다. 이 읍내 사람치고, 그걸 모르는 사람은 없어요. 그러니 아무도 이 속엘 들어오질 안 했겠죠. 허지만 난, 그이가 내 아버지라곤 조금도 믿을 수가 없었어요. 그러다 잊어버린걸요."

"이거 또 한 번 실례될 말이지만, 그럼 어째서 장로님네 댁에서 살지 않나? 이것이 아까부터 궁금했는데 말이지."

"아직 그럴 맘은 없어요. 난 그 댁에 대해 이를 갈고 있답니다. 죽을 때까지 엄마는 얼마나 울었다구요. 죽으면서 엄마는 날 그 댁으로 가라고 했답니다. 그 댁에서도 몇 번이나 내게 사람을 보내고, 그 늙은네도 만나는 대로 내게 말했지만, 난 그 집이 폭삭 망해지기만 바란답니다. 한 번은 불을 지르려고도 했었는데, 그런 이후론, 내가 어떻게 지내든, 그 집에서도 아무 간섭이 없어졌답니다. 난 뭣보다도, 그 집 손주딸의 얼굴을 가위로라도 찢어놓기를 바라지만 안 되는걸요. 그 여잔 몸이 없는 여자라고 아주 소문난 여잔데, 그 여자께 중매쟁이를 보냈다가 이 고을 유지네 아드님들 중에 코 안 꺾인 서방님이 없답니다. 어쩜 그 여잔, 이 읍내서 시집가긴 다 틀린 거죠. 아주 고소해 죽겠어요. 스물다섯 살이나 처먹은 늙다리처녀가, 제가 뭐 잘났다고 그런 서방님들 코를 꺾어놓을 일이겠어요? 그래서 지금은 아무도 중매쟁이를 보내지도 않구요. 또 우선 그 여자에 맞을 만한 늙은 총각이 없답니다. 헌데도 이상한 것은요, 그 여자가 한번 지나가기도 할라치면, 심지어 생사탕집 꼽추 영감까지도 허리를 착 끊고 절을 하는 까닭은 모르겠어요."

"이봐, 아가씨도 말야, 그 댁에 가 살면서, 고운 옷 입고 나들이 해보란 말야. 그럼 모두 정중히 허릴 굽힐지도 모른단 말야. 아가씬 고생을 사서 하고 있는 듯하거든."

"반드시 그렇지만도 않은가 봐요. 장로네만은 못 해두요, 쩌렁쩌렁한 유지네 따님들이 많아두요, 모두 앳되고 이쁘답니다. 스물다섯 살씩이나 먹은 늙다리는 없어요. 그래도 서방님들 눈 하나 깜박 안 할 때가 있어요. 도리어 아씨들 쪽에서 아양을 피곤 한답니다. 그 서방님들은 모여서 격검 놀이를 하거나 활도 쏘고 아편 피우며, 마작도 하곤 해요. 스물한두 살씩된 서방님들이 지금 한창 신바람이 났답니다. 노인들은 괜스레 한숨을 쉬면서 큰일 났다고 하지만요."

"아가씨 부하님들이 지금 기다리고 있는 게 내 눈에 환히 보이는데."

"뭐 그렇지도 않을 거예요. 난 대개 밖에서 자거든요. 열한 살 때부터 남자와 잤답니다." 말하며 계집아이는, 스스럼도 없이, 내 허리춤에다 손을 찔러 넣고 있었다. 나는 언제든 보아서, 저 버르장머리 없는 손바닥을 한 뒤 차례 때려주어야겠다고 생각했다.

"진짜로 중이 있다면, 그 중도 여자와 잔다고 생각하는가?"

"난 스님들과도 여러 번 자본걸요. 길 스님이라고 부르는 어떤 늙은 스님은, 저의 단골일 정도예요. 어쨌든 스님이 진짜로 스님이시긴 하세요?"

"허허, 헛, 글쎄 그건, 나도 모를 뿐이야. 아가씨 눈엔 내가 중처럼 안 보이나?"

"스님 같으시면야 뭣 하러 노동판엔 나오셔요? 얘기 몇 마디만 장로 귀에 솔깃하게 해드리면, 몇 달이고 공짜 밥을 먹이고, 떠날 땐 노자까지 준다는데요." 계집아이는 손가락을 쑤물거리면서도 말은 그렇게 하고 있었다. "글쎄, 어떤 늙은 스님은, 그 댁을 자기네 절간처럼 생각해버리는 것 같았어요. 그 스님은 아주 괴팍스러워, 웃음이 나와 웃다 보면, 느닷없이, 짚고 있던 대나무 지팡이로 머리를 후려친답니다. 그래도 정신만 퍼뜩하지, 아프진 않아요. 그 스님은 꼭 일곱 집 둘러 밥을 빌으시곤, 우리 사는 데 와, 우리들과 같이 빽 둘러앉아 먹곤 했어요. 워낙이 이름난 스님이어서요, 그분이 일곱 집 둘러 빈 밥이면, 우리 모두 배가 불렀답니다. 해도 혼자 계실 때, 밥 비는 건 우리 중의 아무도 못 보았는걸요. 한 달 전이나 되는지 모르겠어요, 그 스님이 오셨었는데 보이지 않아요."

"그래? 아 그랬던가? 그런 늙은 스님도 계셨댔군?" 나는, 말을 그렇게 했으나, 뭔지 모를, 그것은 슬픔 같은 것이 왈칵 치밀어, 목젖을 꼴록꼴록해야 되었다.

"스님도 장로댁에 머물러 계셔요, 진짜 스님이시면 말예요. 뭣 하러 이런 힘든 일을 할 필요가 있어요?"

거기에 대해서 나는, 아무것도 대답할 말이 없었다.

"유리에서 오셨다고 그러셨죠?"

"그렇다네. 유리에서 왔댔지."

"그러심, 거기 사는 여자들과도 골고루 지내셨겠죠?"

"그랬을는지도 모르지."

"그 여자들은, 저기 저 중앙통 그중 큰 술집 색시들인데요, 도 닦으러 간다고 그러죠. 거기 간 색시 중에, 그중 뛰어나게 이쁜 색시가 있는데요, 판관 첩이죠, 판관은요, 그 색시가 사내애만 하나 낳아주면, 본처로 삼겠다고 한다고 그랬다는데두요, 그 색신 영 멍청이야요. 읍내 서방님들치고, 그 색시에게

반하지 않은 서방님은 없을 거예요. 그 색실 머리 없는 여자라고 한답니다. 장로네 손주딸하고 그 색시는, 그렇게 서로 반대로 아주 유명하답니다. 헌데 이번엔, 글쎄 유리가 무에 그리 좋다고, 오지도 않고, 아프다고 쏙 빠져버렸다네요. 모주라는 할머니가 노발대발 야단이랍니다."

"………"

"요즘엔, 새로 온 중 얘기가 한창 떠돌고 있지요."

"새로 온 중 말인가?"

"그래요. 그 중은 아주 훤칠하고, 아주 잘생기신 분이라고 하지요. 그 중은 눈에 무슨 영기 같은 것이 흐른다고 그러는데, 영기가 어떤 것인지는 모르겠어요. 헌데 처음엔, 실 한 오라기도 안 걸치고 마을을 돌아다니더니, 나중엔 글쎄, 마른 늪에서 고기 낚기를 시작했다고 그러니, 미친 거겠죠? 그래도 한번 봤으면 싶어요. 영기라는 게 뭔지, 그걸 좀 알고 싶거든요."

"후후훗. 그런 중도 있긴 있더군. 나두 보았지. 허지만 뭐 그렇게 훌륭하게 생긴 듯하진 않았네. 어디서 그런 소문을 듣는 거지?"

"거기서 돌아온 색시들이 떠드는 소릴 엿들은 거죠. 들은 대로 우리는 퍼뜨리고 다니는 것을 재미로 안답니다."

"그럴상해, 하지. 그럼 자네 말야, 큰 형장이란 것에 대해 내게 퍼뜨릴 얘기 좀 없겠나?"

"아, 큰 형장 말씀이셔요? 그것은요, 유리에서 낮에 오셨다면 스님도 보셨을 거예요. 유리로 가는 길에서 보면, 오른편으로 큰 숲이 있답니다. 그 숲속에 그 큰 형장이 있다고 그러죠. 저 황토고개 점포네 외아들이 거기 대장이라는데요, 그이가 읍엘 오면, 서방님들도 쩔쩔맨답니다. 하는 말로는, 천하에 장사라고 하죠. 그이는 아직도 총각인데, 촛불 스님과 빨가벗고 함께 잔다는 얘긴 한때 파다했는데요, 지금 장로네 손주딸께 중매쟁이를 넣고 있다는 소식이 쉬쉬하면서도 돌고 있죠. 헌데 스님은 왜 알고 싶으셨죠?"

"뭐, 뭐, 그저 말야, 그저, 모두 말하길래, 큰 형장 나으리에 관해서 말이지, 그저 말야, 그러고 보니 아가씬 많은 걸 알고 있군 그래."

"우린 그런저런 걸 아는 것으로 해서도 푼돈을 벌기도 한답니다."

"헌데 내 눈엔, 아가씬 전에, 저런 힘든 일은 별로 안 해본 것 같더군."

"목돈이 필요할 때만 해요. 옷이 너무 낡아서 이번에 벌면, 예쁜 옷이나 하나 사려고 그런답니다. 닷새는 꼬박 벌어야 될 것 같아요. 보아둔 옷이 있거든요. 허지만 저런 일은 싫어 죽겠어요. 할 수만 있음 나도, 수도청 수도부나 됐음 싶어두요, 모주가 나만 보면 소금을 뿌린답니다. 남자랑 자는 일은 좋거든요. 거기다 돈까지 생기잖아요?"

계집애는 말하며 내 상반신을 밀어, 나를 마룻장에 눕게 한다.

"내가 자네 아버지의 친구쯤 된다고 생각하지 않나?"

"그럼 못쓰나요?"

"전표 때문이라면 잊어버리게."

"벌써 잊어버린걸요."

"그렇담 잘됐군, 우리 내일 또 만나세나."

"누워 계셔요. 사실을 말하면, 난 스님이 좋던걸요. 중리 댁도 아주 반한 눈치였답니다. 스님처럼 색골로 보이는 남자도 흔치 않거든요."

난 이 야윈 계집아이를 떨쳐내거나, 뭐 그렇게는 굴지 않았는데 이 애는 내게서 성기를 구걸하고 있는 것이다. 보살행이 따로 무엇이겠는가. 그럼에도 나는 내 마음이 확 틔어, 이 애를 정으로써 안아줄 수 없는 것이 슬펐다.

그러는 사이 어느덧, 음으로만 자라서, 음으로 하여 야윈 듯한 이 계집아이는 온갖 정성으로 내게 덤벼들고 있었다. 정작 결혼하고 나서는 불감증에라도 걸릴지 모를, 초로와 같은 정열을 낭비하고 싶어서, 그래서 이 음기 덩이는 태워 들고 있었다. 나는 내버려 두었다. 나는, 그 애가 흔들릴 때마다 덜그덕 덜그덕 뼈 소리를 낸다고 들었다. 그 뼈들은 다섯 도막을 한 무더기로, 우르르 무너져 내려선, 바를 正 자를 이룬다고, 나는 보았다. 그러나 그것은 사실에 있어, 그녀의 애비였던 사내가 흘러내리는 소리였을 것이었다. 어쨌든 모든 십장들이, 그 값이 얼마인지는 모르되, 바를 正 자 세 개 그어주고, 이런 밤을 살 수 있다면, 그것은 세 가지 의미에서 좋은 것이리라. 싸서 正하고, 나쁘지 않아서 正하며, 호꾼해서 正한 것이다. 내가 그렇게 뼈 무너져 내리는 것을 셈하고 있는 중에 저 어린 갈보년은 제 아비를 불러대며, 세 번씩이나 버둥거리다 진해서 쓰러져 누워버렸는데 그때에야 내 근으로부터는, 뭔지가 소리 없이 몇 번 무섭게 솟구쳐 올랐다. 그러나 저 갈보년은, 그것은 모르고 내 귓바퀴에 대고, 제 년의 근이 찢어진 듯하다고, 상소리나 지저귀고 있었다.

1

동이 아직 트기 전에 깨어보고 나는, 목사의 바람난 딸이, 어제저녁 먹다 남은 반 넓데기의 시루떡만 남기고, 밤에 언제 깨어, 자기의 친구들한테 돌아간 걸 알았다. 오늘의 시작으로 서 나는, 명상 자세를 꾸며 반 식경쯤 앉아 있다가, 일어나 샘 으로 갔다. 아침 냉수를 좀 마시고, 풀 대궁 뽑아서 손가락에 감아 이도 좀 닦은 뒤, 세수도 하고, 그리고 물 퍼 올려 발도 좀 씻어, 진물이 굳은 것도 씻어냈다. 발바닥은 약간 악화된 듯했 으나, 그것이 무슨 큰 병을 일으킬 것으로는 보이지 않았고, 조금 심한 무좀이 파고든 정도로나 보였다. 이제는 장터로 내 려가, 어디 골목쯤에 해장술꾼들을 위해 열어놓았을 국밥집이 라도 다녀와야 될 모양이었다. 날씨는 이 아침 또한 청명했고, 내게는 또 무슨 수심이 일어날 까닭도 없었으니, 가슴은 기꺼 움으로 채워져 있었다. 읍내의 굴뚝들에서는 뿌연 연기들이 올라와, 일찍 도는 여름 햇살에 닿아, 일순 변절자의 입술 빛 깔을 띠다가는 흩어졌다. 그 굴뚝 밑 골목들에서는 지금 하루 가 싹트고 있을 것인데, 잠자다 깬 그대로, 저고리 아래로 젖 통이를 늘인 할매가, 밤새 채워진 요강을 들고 나와, 수챗구멍 있는 데로 돌아가고 있을 것이며, 골패판에서 밤을 새고 새벽 에야 돌아온 남정네의 아낙은 불만을 울 너머에다 토해 넘기 고도 있을 것이었다.

나는 계단을 천천히 내려, 장터 밥집을 찾아가려다, 체머리를 몹시 흔들고 되돌아 올라와, 목사의 저 바람난 딸이 먹다 남긴 굳은 떡이나 씹어 삼키려다, 왠지 걷잡을 수 없이 웃음이 터져 나와 나는, 바닥을 거의 데굴데굴 굴러대야 되었다. 내 주머니 속에 있었어야 마땅할 내 몫의 전표가 한 장도 남아 있지 않은 것이었다.

2

번호 아래에다 짐 수를 적어 넣는 일은, 십장이 데리고 온 한 절뚝거리는 늙은이가 했다. 그는 진갑 해엔 들어서 보였는데, 십장이 시켜서인 듯 지게를 하나 지고 와서 내게 넘기며, 자꾸 고맙다고 말해서 날 어리둥절하게 했다. 나중에 알고 보니, 내가 어제 그 일을 떠맡았으므로 해서, 그가 일자리를 잃었던 모양이었고, 그래서 내 쪽에서 미안해해야 할 터인데, 내가 등짐을 지는 것 때문에 그가 미안하다고 하고 있었다. 그는 십장과 어떻게 친척이 되는 듯했고, 그 일에 있어선 늙은 여우가 다 되어 있는 듯했다. 그러나 목사의 저 바람난 딸의 얼굴은 보이지 않았다.

"요배겨 사둔, 사둔은 실허기도 허세. 고만침이먼 꼽새 짐으로도 한 짐은 실폭허게 졌는디도 사둔은 땀 한 방울 안 흘린당개로이." 영감이 일꾼을 그렇게도 어르고 있었다.

"아니, 늙은 사둔이라우, 사둔은 돋뵈기를 꺼꿀로 갖다가시나 썼으끄라우 워쨌으끄라우? 앙 그라고사 사둔 눈구녁만

크게 비고, 넘우 짐은 쬐깐하게 빌 턱이 없잖애라우?" 응수하
는 소리고

"조, 조런, 조 배겨, 젊은네가 늙은네헌티 허는 소리 좀 들
어배겨. 아니, 눈구녁이라니? 헤엑 고얀지고여."

"구녁은 구녁인디, 코가 달렸으면 콧구녁이고, 눈 달렸으
면 눈구녁 아니요이?"

"그래도 고렇게 말허면 내장머리 없다고 허는 겨. 허허이
참, 그라고 본개 네이, 아 조거 중리댁 아니란냐?"

"아니 원지부텀 날 바 왔임선, 무신 심뽀로 새빠지게 날
반긴다요이?"

"요런 일은 그래도 히어묵을 만허다고이. 뭐니뭐니 해싸
도 구둘짱지기가 기중 땀나는 일 아니겄냐고이? 아, 그려 안
그려, 암사둔?"

"그래 말여라우이, 히어도 워디 구둘짱지기만 땀날 일이
겄으끄라우이. 늙은 작것이 상낭 떠받치기는 고 또 워떻겄냐
고라우? 숫사둔, 안 그려라우?"

"맞았제. 맞는 소리여. 히어도 나 안직도 시랑토 안 허는
중은 암사둔이 더 잘 알잖는다고이?"

"월레여, 조 늙은 작것이? 사둔네 할멈 머라는지 들어보
도 못했는개 벼? 고자가 맘뿐이라더니, 당신네 영감태기가 그
렇담시롱 한숨이 열두 발이여, 한숨이."

"거 사둔도, 글씨 거 넘우 사정 뺀허게 암시롱도 백찌 저
래쌓제이. 암만내 실허단대도, 아 워쳐키 여그저그 다 심폭허
게 갈라 믹인다야. 우리 할멈으로 치면, 내 소싯쩍부텀 참말로
실폭했응개. 워뗘? 나중에 내 쇠주 한잔 받으까?"

"말도 마쑈, 펄쎄부텀 취헐라고 허요이. 석삼년 전 제사 때 썼다던, 고 조굿(조기) 대가리 안죽도 상낭에 매달려 있답 뎌?"

"조런, 암사둔은 고 똑 물 썰(켜일) 소리만 해쌓제? 두 번 말허먼 너무 짜와서 못 씨제. 점섬때 될라면 안직도 시근 있어 야겄는디, 고 소리 듣장개 입이 짜움시롱, 춤이 괴어, 춤이. 그 라고 야야, 엑끼 젊은아 같으니, 솔부작 밑 뽀챌 때부텅 내 알 아봤더니라."

"솔부작 밑에서는 했답뎌? 나는 무신 소린지 몰루겄는디 라우."

"고런 짓일랑은 장개가각고 시악씨랑 함께 허는 거. 하늘 보고서나 용써바야 벨 내력은 없니라. 몸만 상우제."

"고거 또 듣고 봉개, 없던 심이 제절로 날라고 허요이. 그 랑개 고 말쎔이, 섬뜰 개똥밭이나 짬매서 나를 사우 삼겄단 고 런 말쎔도 겉은디요이."

"안죽 이망빼기 쇠똥도 안 버꺼진 것이, 펄쎄부텀 조롷게 숨을 헐헐험선, 상판은 누루텡텡헌디, 누가시나 고런 걸 사우 삼을란지, 그것도 한심허제. 그랑개 솔부작 뽀채쌀 것 천상 아 니다."

"물동우를 이고시나, 정제(부엌)로는 안 가고, 삼밭으로 가는 딸네 속에는 머시 들었으끄라우?"

"조런 처 쥑일 놈, 아 그라고, 듣장개 말여 조 사둔, 지난여 름에 갖다가시나 키우던 개 한 바리를 턱 잡아 재치고 소복을 잘히었다고 헌디 말여, 고 소복허고설랑 고 회력이 지끔 돋아 난댜, 워짠댜? 짐이사 헐개겁던 말던 내 알 바 아니라도, 고맇

게 너무 보지란히 댕기싼개 말여 헤헤헤……"

그 늙은이는 아무튼, 왼종일 씨불댔고, 그렇게 해를 씹어 삼켰다. 그에게는 무엇보다도 우정과 융통성이 있었다. 종무 종이 울리고 나서, 내 전표를 받고야 안 것이지만, 그는 내게 도 다섯 짐을 더 얹어주고 있었다. 이 다섯 짐이 사흘쯤 쌓이 고, 좀 더 늘잡아 서른 날쯤 쌓인다면, 아무리 정절이 대나무 처럼 곧다는 아낙네라도, 저 늙은네 어글한 손이, 엉덩이 한두 번 더듬는 것 한두 번쯤 짐짓 모른 체해줄지도 모를 것이었다. 그렇다고 그놈의 엉덩이 어느 한 귀퉁이가 무너나 버리는 것 도 아닐 터이다.

이 일은, 내겐, 허기지고 괴로웠다. 그럴수록 나로서는, 할 수 있는껏 많이 지고, 할 수 있는껏 부지런히 다니려고 전력을 다했다. 내게는, 내가 선불 내서 저 어린 갈보년을 산, 열다섯 짐의 빚도 있었던 것이다. 아무도 모르게 빚낸 것을, 아무도 모 르게 갚으려니, 내가 질 수 있는 짐 위에, 조금씩 더 짐이 올려 지지 않으면 안 되었다. 그래 보았어도 내가 대략 계산해서, 다 섯 짐 정도의 빚은 갚았겠다고 하고 있는데 점심 종이 울렸고, 그리고 알아보니, 중리댁네들보다도 두세 짐을 덜 지고 있었 다. 그래도 숨을 돌릴 수 있어, 한옆 아주 멀찍이 동떨어져 앉 았자니, 심정이 울적하고, 왠지 기쁘지가 않았다. 결국 나는 아 낙네만도 못한 사내로 퇴화되어 있었다는 생각밖엔 들지 않았 다. 아낙네만도 못한 기력과 정신으로, 도를 닦았으면 몇 평이 나 닦았을 것인가? 이런 어깨 위에, 내 짐을 져왔으면 또한 얼 마나 져왔을 것인가? 다 짊어오지를 못하고 남긴 내 운명은, 그러면 누가, 자기의 짐 위에 덤으로 얹어 짊어와 온 것인가.

허기지고 쓸쓸해, 내 발등 너머나 바라보고 앉아 있자니, 두통쟁이 사내가 내 곁으로 오며, "시님, 십시일반이라고, 우리가 요거 쬐꿈씩 덜어냈는디, 찌이게 생각지 말고라우, 들어배겨요"하고, 받쳐 들고 있던 도시락 뚜껑을 내려놓는데, 보니, 거기 그득히 그들의 정이 담겨 있다. "젓가치는 없는디, 아 그랴요, 내가 맹글아디리제." 그는 말하며, 가는 나뭇가지를 꺾어 둘로 만들어 내밀어준다. "우리랑 같이 잡샀으먼 좋겄는디도, 시님이 머슬 짚이 생각도 허고 있는 것도 같고 히어서라우."

"고맙습니다."

"머슬이라구. 있인개 요렇게 나눠 묵제라우, 없으면 못 히어라우."

그는 그리고 자기 자리로 다시 돌아갔다. 여럿의 아낙네들의 거칠게 부르튼 손들을, 나는 도시락 뚜껑에서 보았다. 자기가 한 숟갈씩 덜 먹고 그 남정네의 도시락에 보태준 그 숨은 정을, 저 남정네들은 무정스레 덜어내 버린 것이다. 허기를 며칠씩이고 뽀얗게 참아낼 수 있다는 것은 연꽃 형상의 푹신한 방석 위에 눈 감고, 겨울 뱀처럼 지낼 때뿐인지도 모른다. 그것도 일종의 잠인 게다. 더 깨어 있기 위한 잠. 잠자는 누에는 안 먹지만, 깨어 있는 누에는 분비하기 위해서 먹은 듯이 먹고 분비한다. 그래, 잠자는 누에는 다시 깨어 있기 위해 잠을 자긴 한다, 자긴.

그 점심을 끝내고, 도시락 뚜껑도 되돌리고 물이라도 먹을까 하고 일어서는데, 장로네 원정이, 한 보자기에 무겁게 차린 점심을 가지고 그때에야 올라왔다.

"아, 그랑개, 요거 또 늦었단 말 아니끄라우? 임식이 식지 말라고, 싸게 싸게 걸었어도, 늙은 걸음이라 이러니 용서허씨요." 그는 그렇게 말하고 표정으로 미안해했다. 그 점심을 나는 의당히, 내게 십시일반으로 먹여준 사람들께 돌려야 했다. "니얼은 조반을 끝냄시롱 출발을 히어야겄고만이요이. 요것다 아씨가 손본 것인디, 가서는 머시라고 헌다지라우?"

오후는, 오전보다도 더 길고 더 팍팍했다. 짐을 부리고, 짐을 다시 짊어지러 가는 그 홀가분한 한때, 땀은 잠시 걷히려 했다가, 짐을 다시 지고 발을 옮기고 있을 땐 어쩐 일로 햇볕까지도 더더욱 쨍쨍히 내리쬐었다. 그러는 중에 아마도, 몰래 선불 낸 열다섯 짐의 빚은 갚았다는 생각이기도 했다. 그런 뒤의 이 노동은, 내가 당해내지 않으면 안 될 것 같은, 하나의 고역의 도전으로 바뀌어버렸다. 나도 물론, 지게로 뼈를 굵혀오지 않았다고는 하지 못한다. 허지만 빈 지게로 조금 산기슭을 올랐다가, 그 지게는 받쳐놓고, 그늘 아래 누워, 솔개가 자유로이 선회하는 것이나 올려다보거나, 설핏 잠이나 자다가 일어나, 휘파람을 불어 젖히며 조금 움직여, 해 올린 까치집 같은 삭정이 다발이 그렇게 무거울 리도 없었고, 설사 무거웠다 해도, 그리고 져다 부릴 거리가 좀 있었다 해도, 언제나 나는 마음에 여유를 갖고 있었으며, 아무것에도 구애되지를 않았던 것이다. 차라리 한 짐의 나무가, 뜻을 깨우칠 수 없는 한 구절의 사어(死語)보다도 수월했으며 즐거웠었다. 이내 속을 헤치며 산(山) 냄새에 취하다 보면, 가슴에 산(山)이 고이고, 사지는 솔가지가 되어, 송진 냄새를 풍기던 것이다. 그런 일이란, 환속으로서, 또는 해방으로서 던져진 것이었다. 그러나 이 일은 어쩐지 달랐고, 지게 멜빵이 구속하는 것보다도 더 큰 구속이 어디 다른 데에서 나를 욱죄이고 드는 듯했다. 그것이 고해(苦海)라고, 누군가가 자꾸 들려주고 있었다. 태어난다는 것, 산다는 것, 늙고 병든다는 것, 죽는다는 것은 고통이라고, 누군가가 말하고 있었다. 그랬을수록 나는, 그것은 일종의 발악이었을지도 모르는데, 더 많은 벽돌장을 지게에 올렸으며, 더 부지런히 걸음을 떼어놓으려 이를 갈았다. 그러느라면, 십장이며 중리댁 같은 사람들이 주의를 주고, 핀잔도 했지만, 그러나나는 이미 노동을 하고 있는 것은 아니었는지도 모른다. 나는 어쩌면 고역과 싸움을 하고 있었으며, 그들과 같이 일하고 있으면서도 나는, 나를, 한 외로운 혹성으로 떼어내 가고 있었던 것이다. 그러면 내 앞쪽의 어디서, 누군가가 다른 목소리로 웃으며 속삭이는 소리가 들렸었다. 에헤, 어리석은 돌중이로고, 그 일을 사서 하지 않아도 당분간의 휴식과 좋은 잠자리와 좋은 식물이 글쎄 자네를 기다리고 있잖느냐 말이지. 에헤헤, 자네 보는가, 저기 장로의 손녀딸이 자네에게 손을 흔드는 것이 보이는가? 아 그렇지 까짓것, 저 계집을 강간하란 말이지. 그리고 저 계집의 발등에 입 맞추고, 그녀로 하여금 몇 방울의 눈물을 흘리도록 측은히 굴어보란 말야. 그러면 사람들이 세상에 대해 꿈꿀 수 있는 얼마 정도를, 자네는 아주 쉽게 얻어낼 수도 있을 것이란 말이지, 비록 천하를 다 얻었다 해도, 어디 그 천하에 다 사는가? 한 도시, 한 채의 집, 한 간의 방, 그리고 한 계집과 사는 것이지. 글쎄, 서 말의 땀을 흘리고도, 오히려 서 홉의 밀가루 사기도 어려울 고역은 고통일 터인데, 그것을 자네가 전에 아름답다고 했던가? 그러고도 윤회는 아름답다고 다시 말할 터인가?

어쩐 일로, 사람들이 장승들처럼, 아주 멀리 둘러서서 나를 보고만 있다. 십장이 뭐라고 내게 주의를 시키는 소리가 아슴푸레하게 들리고도 있는데, 내 가슴은 터져나가고, 척추는 무너져 내리려고 하며, 다리는 후들후들 떨리고 있었다. 멜빵이 어깨를 옥죄이고 있어서, 팔뚝으론 푸른 혈관이 튀어 오르며, 피부가 온통 충혈되어 추했다. 무엇보다도, 피가 거꾸로 치솟아 오르는지, 얼굴이 부풀어 오른 듯한 느낌이면서 눈앞이 뿌옇기만 해, 그것이 괴로웠다. "조 시님이 지끔, 고을에다 장사 났다는 소리 한번 퍼뜨릴라고 저러는개 벼." 누군가가, 아마도 짐 수를 헤아리는 늙은이가 그렇게 말하는 소리가 들리고, 사람들은 웃고 있는 듯했다. 그러나 그들의 얼굴 모서리들이 내겐 보이질 않아, 내게는 그들이 문둥이 죽림(竹林)만 같았다.

그러나 한순간에 모든 것이 원상으로 되돌아왔다. 발을 헛디뎠던 모양으로, 내가 진 짐이 나와 함께하여 옆으로 쏟아져버린 것이다. 십장 말대로 하자면 나는, 장정이 질 수 있는 그 가장 많은 양의 두 배쯤을 짊어졌었다고 했다. 나는 그래서 백치스러이 웃고, 그저 망연자실 서 있었을 것이었다. 사람들의 비웃음이 뜨거운 줄도 몰랐다.

십장이 나더러, 한옆에 가 잠시 쉬면 어떻겠느냐고 우정 있게 충고했다. 나는 그렇게 했는데, 오래잖아 종무 종이 울려버렸다. 그럼에도 나는 갑자기 갈 곳이 없어져, 그냥 그 자리에 앉아만 있었더니, 오열이 북받쳐 오르려 했다. 고역을 이겨보려는 싸움은 무모하고 무익했으며 또한 이길 수 없는 것인 것만 같았다. 조금쯤 교활을 배워, 조금쯤 가볍게 지고, 보다

더 성적을 올리며, 할 수만 있으면 고역을 회피해가며 산다는 일, 그것이 현명히 고역과 대치하는 일인지도 몰랐다. 어쨌든 나는, 조금만 더 어두워지기를 기다려, 목사가 뼈로 돌아간, 저 기도대 위에나 엎드려, 한번 통곡을 하거나, 아니면 창녀라도 하나 사서 극렬히 하룻밤을 태워보리라고 했다. 그렇게라도 하지 않으면, 이 '먼지 덮인 마음'을 씻어낼 길은 없는 듯했다. 그래, 연좌(蓮座)로 사는 일은 쉬운 일이다. 연좌로 십자가를 떠메는 일은 쉬우며, 연좌로 타인의 고통을 대신하는 일은 쉬우며, 연좌로 세상을 이해하는 일은 쉬운 것이다. 그것은 쉬운 것이다.

그러나 나의 저녁은 방해되어진 모양이었다. 누가 글쎄 나를, 무슨 어미 잃은 송아지로나 뭐 그런 것으로 알아서, 아마도 부드럽게 내려다보며, 부드러이 말하고 있었다.

"가셔요. 네? 저와 같이 가셔요. 할아버님이 스님께 꼭 이 드릴 말씀이 있으시다구요, 기다리고 계셔요."

그녀는 그래, 장로의 손녀딸이었는데, 내 눈이 떨궈진 자리에, 까만 구두코 끝을 가지런히 놓아두고 있었다. 그런데 그것이 어쩐지 내게는, 어떤 계집의, 어쩌면 내 어머니일지는 모르는, 젖꼭지처럼도 보여져, 나는 그것 위로 손가락을 가져가, 치사하게 어루만져보았다. 술이라도 한잔 마시러 갈까, 나는 그런 것을 생각하기도 했다. 노을이 아직도 한참은 촛불만큼이나 밝아서, 웅달쪽이라도 그렇게 어두운 시각은 아직 아니다.

"스님 일하시는 것 저두 보았댔죠. 허지만 가셔요 네?"

"아 그러시죠." 나는 우선 대답하고, 드디어 천천히 그녀를 올려다보았더니, 그녀는 승마복을 죄어지게 입고 있어, 전에 별로 깨닫지 못했던, 그녀의 둔부며, 허리의 흰 선이며, 튀어 솟은 젖가슴이며, 수려한 목이 갑자기 꿈틀거려 나를 휘감고 들었다. 누가 이 계집을 일러 몸이 없는 여자라고 했었던 것인가. 이런 계집이면, 장가가지 않은 사내의, 몽정이나, 수음을 통해 오는, 저 스산한 은하수에 떠 감으며, 천 번도 더 흘러갔었을 것이었다. 그녀는 분명히, 저 아래 어디쯤에 말은 묶어놓고 올라온 것이었을 것이다. "자 그러면 가시죠." 나는 말하고 일어서, 그녀의 눈을 들여다보며 이었다. "헌데 무척 외람된 말씀이지만, 숙녀께서 소승으로 하여금, 약간의 볼일을 끝내고 뒤따르게 허락해주셨으면 합니다만."

"긴한 볼일이세요?"

"웬걸요. 저 냇가 어디에나 가 땀이나 좀 닦아내리려는 것입죠. 이래 가지고서야 어떻게 장로님을 뵙겠습니까?"

"그런 일이셔요? 그러시담 집에 가셔서 하시고, 옷도 갈아입으셔요."

"고맙습니다만," 나는, 치골이 울음으로 아프고, 그것이 싫어서, 거의 추악하게 들릴 농담을 생각해내고 있었다. "숙녀께서는, 한 돌팔이 중놈과 저기 저 중앙통을 지나시는 광경을 상상해보셨습니까?"

"호호호, 그럼 안 되나요 뭐?"

"그러심 숙녀께서는, 이런 소문을 들어보신 적이 있으십니까? 아주 이름난 요조숙녀가, 읍의 중앙통에서, 한 돌팔이 중놈의 뺨을 갈겼다는 그런 투의 소문 말입니다."

"그런 일이란 있을 수 없겠죠."

"이제 소승은, 숙녀님과 함께 저 중앙통을 가다가, 가능적으로, 숙녀님께 입을 맞출지도 모르기 때문입니다."

나는 조금도 웃고 있지 않았었다. 그러고 있다가, 뒤늦게야 웃음이 터져 나와, 회당 뜰을 데굴데굴 구르며 웃었는데, 그땐 그녀가 탄 말이, 목교 위를 신경질적으로 달려가고 있을 때였다. 술 처먹고 와달이나 한번 부린 것만큼이나 내 속은 시원해져서, 선 자리에서 오줌을 한번 갈긴 뒤, 나는 배포 있고 느긋하게, 언덕을 내려가기 시작했다. 그러며 종잡을 수 없이 씨불댔다. 아 그래 다리를 건너기 전 우선, 다리 아래로 내려가 끼인 땀이며 냄새를 씻어내리라. 그런 뒤 다리를 건너, 뱃놈도 아닌 것들이 뱃놈 목소리를 꾸며가며 대폿잔 속으로 항해를 떠나느라고 지랄들인 골목으로 나가리라. 눈꼬리 밑의 살이 처지고, 입술이 푸르뎅뎅한 사십 고개 넘은 계집——그년의 엉덩이에 손을 두르고, 뱃놈도 아닌 것이 뱃놈모양, 가슴팍에 쏟아가며, 술을 퍼마셔 대리라. 그러며 저 구두코 끝의 윤택한 유혹을 떠올릴 것이지.

사실로 나는, 그런 골목을 지나고는 있으나, 성욕 같은 약간의 시장기, 시장기 같은 약간의 울분, 울분 같은 약간의 피로, 피로 같은 약간의 성욕을 아랫배에 싸안은 채, 고개를 숙이고 그냥 지나고만 있고, 어디에서고 발을 멈추지는 못했다. 물론 가스등이 가로변에서 타고 있고, 상점들은 갈보년들모양, 속곳 안을 환하게 드러내놓고 있었다. 흘레돝집, 수도청, 똥창구이, 꼬리곰탕, 생사탕——아, 생사탕이나 매큼하게 한 그릇 해뒀어야 되었을까——, 황토고개 점포, 느려터진 유행가, 수도청 높은 대문 너머에선 웃는 소리가 넘어오고, 조용하기, 왁자지껄하기, 조용하기, 왁자지껄하기, 조용하기, 왁자지

껄하기, 조용하기, 왁자 왁자 왁자지껄하기, 조용하기—그러
나 나는 발등만 보고 걷고 있을 것이었다. 장로네로 갈 생각은
조금도 들지가 않고 있었다. 그러나 그러다 보니 나는, 어느덧
장로네로 이어지는 그 석교를 건너버린 것을 알았고 거기서
는 더 나아가고 싶지가 않아 돌아섰더니, 나는 다시, 유리로도
통하고 교회로도 이어지는 목교 앞에 서 있게 되어, 거기서는
난, 하늘을 올려다보며, 마냥 서 있기만 했다. 나는 유리로 돌
아갔으면 하고 생각하기 시작한 것이다. 그러나 사실에 있어,
나는 한 발자국도 유리 쪽으로는 떼어놓지 않았다. 그냥 그렇
게 서서, 수없이 떠올랐다가는 느리게 사라지는 환영들을 보
았을 뿐이다. 유리가 나를 휩쌌던 것들, 안개비며, 정적이며 슬
픔이며 한마디로는 거기 남아 있는 내 계집을, 나는 보았었다.
나는 그리고, 내가 유리로 돌아가고 싶으면 싶은 만큼, 유리를
거부하는 경련이 더욱더 거세게 마음속에서 일고 있다는 것을
알았다. 그러는 중에, 내 등 뒤의 소음은 보다 더 숨죽어 들고
있었다.

흘레돝집, 수도청, 똥창구이, 읍내식당, 생사탕—아 생사
탕이나 매큼하게 한 그릇 했으면 양기가 돋을 것이라고 생각
을 했던가—, 황토고개 점포.

그저 나는, 유리창을 통해 그 안을 넘겨다보았을 뿐이지
만, 황토고개 점포 안엔, 백화(百貨)가 만개해 좋은 시절이었
다. 낚싯대인들 물론 품목에서 제외될 리는 없었는데, 그런 낚
싯대들에 내 눈이 머물렀을 때, 내 속에서는 거부의 절규가 울
려 나왔다. 누구에게도 더 이상, 저 마른 늪에서의 낚시질은
시키지 말아야 된다. 촌장이라는 풍문의 존재로 하여, 더 이상

유리를 치리시키지 말아야 한다. 젠장, 말아야 된다. 그러나 나는 한숨이나 내쉬고 말았다. 결국은 유리나 읍이 아니라, 내 생명 자체가 무엇엔지 치리 당하고 있는 것이다. 결국 생명 자체가 죄업(罪業)이어서, 그것이 둘러친 울을 벗어날 길은, 이 세상에선 없는 것일지도 모른다.

나는 한숨을 쉬어 젖혔으면서도, 내가 가진 전표의 액수보다도 마흔 배 쉰 배도 더 될지 모를, 그렇게나 많은 물건을, 유리의 내 계집을 위해, 그냥 눈으로만 샀다. 그렇게도 풍성한 물건을 본다는 것 또한 일종의 기꺼움이었는데, 그것들이 삶을 윤택하고, 편리하며, 호화롭게 하는 데 동원될 그런 모두였었다. 그것에 대해서 어째서 육신을 가난 가운데 가둬두려 피나는 노력을 해야 하는가. 무엇을 위해서 그래야 하는가.

누가 쫓아버리지만 않는다면 그 안에 불이 꺼질 때까지라도 서서 나는, 그 안의 풍경을 즐기고 싶었다. 전에, 대단히 어렸을 때 스승이 짊어져 준 장작 짐을 팔아, 몇 푼의 돈을 손에 쥐고, 하필이면 큰 상점도 말고 구멍가게 앞에 서서, 나는 저 크기도 큰 눈깔사탕들을 부러움으로 바라보고 서 있노라면, 뭘 사려느냐고, 주인아주머니가 물어오곤 했었다. 그러면 내 목구멍에선, 거진 울음이 된 소리가 "이 돈만큼만 보리쌀을 좀 주세요"하고 나온다. 물론 늘 보리쌀을 사는 건 아니다. 때로는 초며 성냥도 사고 소금도 산다. 소금을 산 때론, 산막을 오르는 길이 입에 적이 짜기는 했다. 한 알씩 두 알씩, 입속에 넣고 녹히며, 그 짜가움을 음미하곤 했었다. 그러다 종내 그 눈깔사탕은 못 사고 말았다. 가을 녘으로, 어디선지 스승이 모아온 석청(石淸)으로, 조금씩 단 입맛을 다셨을 뿐이다. 그런데 오늘, 성년이 된 먼 훗날, 그 부러움, 그 울음 맺힌 소리가, 밑바닥 어디 가슴에서 괴어오르고 있다. 내가 비록, 세 개쯤, 아니 한 서른 개쯤이라도, 그 사탕들을 사서, 불룩한 볼로 사립짝을 들어섰다고 했더라도 스승은 아마 그런 일로는 내게 죽장질을 퍼붓지는 않았을지도 몰랐었는데.

그러고 서 있는 탓이었겠지, 그래 그 탓에 종내 나는, 보지 말았어야 될 광경을 목도하고 말았다. 목사의 저 음부뿐인 딸이, 아마도 과택 바느질집 앞길쯤에서, 대단히 헌칠하고 한량들로 보이나, 늙으려면 아직도 한창 더 살아야 쓰겠는 네댓의 서방님들 속에 둘러싸여져서, 몹시 두들겨 맞고 있는 광경이었다. 격검을 즐긴다는 그들이, 어디 격검장에서라도 돌아오던 길이었던지, 손에 모두 그런 몽둥이 하나씩을 들고 있었는데 그것으로 그 계집아이를 사정도 안 두고 아무렇게나 찔러대며, 쓰러져 애원하며 꿈틀거리는 것을, 와자지껄히 웃으면서 즐기고 있던 것이다. 그리고 아마 소금을 뿌리는 것 같았다. 그 짓은 바로 시작된 것이었다. 내가 그것을 보았을 때, 나는 아마 그들 사이로 헤쳐 들어갔었을 것이다. 그리고 쓰러져 꿈틀거리는 것에 품에 싸안아, 그들이 쑤셔대는 막대기로부터 피하게 하려 했었을 것이었다. 나는 슬펐으며, 나는 분노하고 있었던 것이다.

"어이가나, 그라고 본개시나 말여."

"이게 이 가시나네 지둥서방 아니라고이?"

"꽹이의 대왕 나리 납셨어."

그들은 그렇게 떠들며, 와자지껄히 웃고, 그 애로부터 몽둥이 뜸질을 거둔 듯했으나, 이번엔 웬일로 내게 향해서 퍼부어대기 시작했다. 자기들께 행악한 일이 없으며, 그 내력이야 어떻든, 헌칠한 사내들이 어린 거지 계집아이에 행하는 사형 (私刑)을 저지시키려 했다고 했더라도, 내가 그들에게 싸움을 건 것은 아닌데, 어째서 그들은 나를 표적 삼기 시작했는지 알 수가 없었다. 목검 뜸질은 어쨌든 가중화했다. 나는 정신을 차릴 수가 없고, 그저 온몸이 뜨겁고 괴로워, 흔들흔들하다 종내 쓰러져버렸을 것이었다. 그럼에도 아직 의식은 잃지 않고 있는데, 매 순간 매 찰나 검은 하늘로 무지개가 현란히 건너가며, 은하수가 쏟아지고, 그 은하수 맛은 짜가웠다.

그리고 내가 마지막으로 볼 수 있었던 것은, 누군가가, 그 단단한 몽둥이를 높이 쳐들어, 내 가랑이를 통해, 내 불알을 후려치면서 웃은 저 일그러진 얼굴뿐이었다. 아마도 그 계집 아이는, 멀리멀리 도망가 숨어버리고, 그 자리엔 없었을 것이었다.

제20일

1

난 어떻게 되어서, 다시 장로네 사랑방에 와 있었다. 잠은 일찍 깼다. 머리며, 사지며, 불알이 몹시도 욱신거리는 것만 빼놓으면, 부러진 데는 없는 듯해, 그것을 다행으로 여겼다. 기분

은 오히려 상쾌할 정도였다. 아직 조금쯤 더 있어야, 이 댁 일
꾼들 조반을 들 때여서, 그 큰 집이 그냥 소적하기만 하다. 보
니 상 위에 한 그릇의 죽이 놓여 있어서, 그것을 비우고, 못가
소나무 가지에 깃 친 안개의 새벽잠을 깨울까 그것이 겁나, 중
놈 하나 그림자모양 그 집 대문을 밀고 나섰다. 해골은 역시
지참하지 않았는데 어차피 하직을 위해서는 한번 와야 될 것
이었다. 그 집의 큰 개놈들은 나를 또한 친구로 알아주어서 꼬
리를 흔들며 내게 뛰어올랐다. 내가 대문을 나서니 의아스러
운 듯이 물러서 있었는데, 불성(佛性) 없다는 그놈들의 낯짝이
내게는 부처처럼 보였다. 말을 전도시키면, 히히, 부처가 개처
럼 보이더라고 될 터였다. 어쨌든 부처도 불성은 없는 짐승이
어서, 불성이니 비불성이니 그런 것으로 따질 성질의 것은 아
닐 터였을 터이다. 어떤 것이 그것 자체로 전순해져 버리면,
그것은 이제 그것을 뛰어넘어선, 다른 존재로 변해버리는 것
이다. 옥은 티에 의해서 가름되는 것이다. 그러니까 독사도 불
성을 가졌다면, 그것은 독사 속의 비불성에 의해 그렇게 말 되
어지는 것이다. 그러나 불성 자체는 불성이 아닌 것. 그러므
로 불성이 아닌 불성은 인(仁)하지 아니하여 생명을 초개로 아
는 것. 하지만 금을 일러 그것을 무엇이라고 다른 이름으로 부
르겠는가. 그러니 금은 그냥 금인데, 금 또한 인하지 아니하여
그것이 법륜을 굴리고 간 자리엔 풀 한 포기 남기지 않는 것이
다. 개가 부처 낯짝을 해 달고, 그러고 보니, 히히 뉘 집 담 밑
에다 오줌을 갈기고도 있고, 짐승처럼, 암놈의 똥 궁둥이로 기
어오르고도 있다. 새벽 이른데 인하지 아니하여 치사한 양반
들이.

나는 히히 웃으며, 아직도 가스등이 꺼지지 않은 거리를 느릿느릿 나아갔다. 목적은 물론 일터를 가려고 그러는 것이다. 그러나 사실을 말하면, 난 좀 뒤틀리고, 왠지 안정되지 못한 그런 상태에서, 뒤죽박죽으로 구르고 있는 중이었다. 이것은 이민감(移民感) 같은 것이다. 낯설음인 것이다. 풍경이나 풍습, 또는 생활 자체에 대한 낯설음은 어쩌면 좋은 것이며, 어떤 사람들은 그것에 호착하여, 여행이라는 이름으로 심지어 무전 길에도 오르는 것이다. 저 도보 고행승은, 어쩌면 그런 하나의 전형이라고나 해야 될지도 모르지만, 내게 갑자기 깨달아지기론, 풍경이나 풍습, 또는 생활 자체, 한마디로 시체(時體)에서 다르게 나타난 양태들의 반영이며, 근간은 아닌 듯한 것이다. 근간에 있어 그것들은 서로 그렇게 뭐 다른 것 같지도 않으며, 반영이란 어쩌면, 같은 뼈 조직 위에 발린 살의 두텁기나, 색상의 차이인 듯하다. 내가 만약 어느 때, 뒤늦게 손주라도 하나 가질 수 있다면, 그 녀석에게 들려줄 얘기란, 사람 사는 데 어디나 비슷하고, 주막이 있으며, 허벅지 내놓은 계집이 유행가를 부르는 곳이 있으면, 거기가 그 고장의 의식의 총화라고 말해줄 수 있을 뿐일지도 모른다. 헌데 이 아침에 내가 갖게 된 이민감이란, 그런 어떤 반영 위에서가 아니라, 어쩐지 저 근간 자체에서 비롯되고 있는 것만 같은 것이다. 이것은 전혀 즐길 만한 것이 아니며, 손주를 향해 지혜 있는 늙은네 목소리 같은 것을 꾸밀 수 있는 것도 아닌 듯하다. 이것은 뭔가 하면, 전적으로 나 자신과만 결부된 것이어서, 그것의 보편성을 얻기는 어려운 울음인데, 내가 암탉이어서, 나 자신의 알을 까놓고, 그 알이 설익었을 때 또한 내가 쪼아서, 저 팔

삭둥이 병아리를 햇볕에 드러내놓은 것의, 저 병아리가 앓는 아픔인 것이다.

나는 이 아침에 기도를 생각하기 시작했다. 그러는 새 내가 죽고, 내가 썩고, 내가 파사근거려지고, 내가 오소록이 무너나고 싶은 것이었다. 전엔 나는, 나를 한 큰 보자기로나 만들어보려고 애도 썼었다. 거기다 해도 싸고, 달도 싸고, 별도 담을 만큼 담아서, 나 저승 가면, 그 어두운 천장에다 걸어놓고, 나 혼자서라도 좀 덜 춥게, 덜 어둡게 살아보려 했었다. 그러나 웬일인지 이 아침에 나는, 갑자기 줄어들어 버려, 해도 그만두고, 달도 그만두고, 육안에 보이는 그만큼 한, 어떤 작은 별 하나 삼켜둘 터전이 없는 듯했다.

변두리 길로 따라 걸어가는 동안에, 어제저녁부터 울려고 쌓아두었던 울음이 쏟아져 나왔다. 그러면서도 나는 후후거리고 웃고, 눈물방울을 발등 위에 떨구었다. 그래, 이 눈물은, 아주 먼 어제부터 방울져온 것이다. 발악적으로 벽돌 짐을 져나르며, 그것을 짐으로 생각하지 못한 데서부터 그것이 끓어올랐던 것이고, 사정없이 퍼부어지는 목검 뜸질 아래서, 그것이 앙금이 되어버린 것이다. 왜소함으로의 귀환——자기의 왜소함과 대면해야 된다는 일이란, 아마도 그중 큰 형벌이다. 저 벽돌 짐과 몽둥이 뜸질은, 종불알에 매달려 불에 태워지던 것과도 절대로 같지가 않았던 것이다. 불에 구워지고 있었을 때 나는, 최소한도로 내가, 저 몇 빈한한 빈혈증 환자들의 한 악귀의 모습을 대신해줄 수는 있었던 것이다. 내게 비롯된 이민 감은 허긴 그런 것이었을 것이다, 전에 이 세상에 맞도록 살을 옷 해 입었던 사내가, 느닷없이 줄어져 굼벵이만 해졌는데, 그

466

래서 이 세상이, 자기 살기에 너무 품이 큰 것을 발견하고, 한숨 쉬는 그런 것이었을 것이다. 그것이 저 왜소해진 인간을 웃게 그리고 울게 하며, 이제까지 일상적이던 세계를, 그 근간으로부터 낯설게 느끼게 하는 것이다.

그러나 결국 나는, 기도 같은 건 하지 않았다. 다시 아집이었을지도 모른다. 여하간 나는, 나를 분리해내고 싶지는 않던 것이다. 십시일반으로 나를 분리해내서 다른 사람들이 또한 자기를 분리해낸 것에다 합치고 그래서 한 집단 운명을 만들어낸 뒤, 거기에다 자기의 슬픔과 고통을 전가하여, 그로 하여금 대신 울게 하고 싶지는 않던 것이다. 아집이었을 터이다. 왜소한 혹성의 왜소한 아집이었을 터이다. 그러한 한 떠돌이 별이, 자기의 고독을 못 이겨 타인 속으로 뚫고 들어 동화하려고 비록 원한다 하더라도, 한 톨의 모래 부스러기라도 그 별은 자기를 남길 수 있을 것인가. 그렇게도 저들을 둘러싼 대기는 두텁고도 무서운 것은 아니었을 것인가. 그러므로, 고독한 아집으로서, 저 외로운 곳을 혼자 떠도는 수밖엔 없고, 그것이 그 별을 존재시키는 것일지도 모른다.

결국 나는, 기도 같은 건 하지 않았다. 그런 대신, 한구석에 쭈그러져 있는, 저 거지 계집아이의 잠이나 만나게 되었다. 그 애는 거기서 잤던 모양이었다. 알룩달룩해서 그 낫살짜리들에 곱게 보일 옷 한 가지를 가슴에 껴안고, 그런 채 자고 있었다. 그 잠은 내 보기에 정직했고 순진했고 그리고 애처로웠다. 나는 그래 쭈그리고 앉아, 그 잠을 보다가, 그 애의 눈과 마주쳤는데, 처음엔 뭔지 알 수 없다는 흐린 눈이더니, 이내 뭔지 두려운 듯이 나를 외면했다. 그러면서도 저 야무진 애는,

"잘못했에요. 용서해주셨으면 하고 왔었어요" 하고 한 말은 또 렷이 했다.

"이보게, 자네가 뭘 용서해달라는 건지 그건 잘 모르겠지 만, 난 자네가 착하지 않다고는 생각하지 않는다네." 난 달래 며, 외면한 그 애의 뺨을 내게로 돌렸더니, 벌써 그 뺨 위로도 트는 동이 어스름히 어리고 있었다. 그건 아픔에 찌들리고, 가 난에 학대당하고, 모멸에 뒤덮인, 이지러진 얼굴이었다.

"그럼 용서해주시는 거예요? 난 죽으려고도 했었답니다. 아버지가 뜻밖에도 보고 싶어져요. 허지만 어느새 잤나 봐요."

"자넨 아버지가 보고 싶었댔군."

"그랬에요." 계집아이는, 그제서야 부스스 일어나 앉으며 대답했다. "전에두 더러 그랬지만, 어젯밤처럼은 아니었어요. 제가 맞고 있을 때, 스님이 절 안아 피하게 해주셨죠? 그때 전 아버지를 보았었답니다."

"그래, 자넨 아버지를 보고 싶어 했었군."

"스님이 맞으시는 거 난 다 보았답니다. 그러다 안타까운 김에 장로 댁에로 뛰어갔더랍니다. 장로님께서 그렇게 노발대 발하시는 건 처음 보았더랬죠. 그 댁 손녀딸까지 나왔었다니 까요. 법정 나으리들이 불려 나오고 해서요, 그 서방님들은 유 치장으로 끌려갔답니다. 모두 수군거리기로는 그 서방님들 모 두 한 사흘씩 콩밥을 먹어야 할 거라구 그래요. 그러며 내게 눈을 흘기며, 침을 뱉아요. 난 그러자니 괜스레 눈물이 나곤 해서 여기로 왔댔죠."

"그렇게 됐었댔군, 그랬댔어."

그러나 나는, 더 이을 얘기를 찾을 수가 없어, 잠시 침묵

468

하고 있자니 나는 내가 불쾌해 견딜 수가 없었다. 스승이 나를, 저 높은 산막에서 밀어뜨려, 그 아래 세상으로 떨구어버렸을 그때로부터 시작해, 내가 간 곳에선 왠지 불화가 끊이질 않고 있어온 것이다. 심지어 나는, 그 스승까지도 짓찍어 놓아버린 것이다. 뭔지 내게는 독업(毒業)이 있고, 그것에 닿아지면, 뭔가가 상처를 입는 듯하다. 그러고 보니 나는, 하나의 불길함으로써, 저주의 덩이로서, 이 세상에 던져진 것 같기도 하다.

"저어 이거요." 계집애가 내 손을 끌어가며 말하고 있었다. 그러며 내 손에다, 저 알룩이 옷을 쥐어 주는데, 난 얼른 이해할 수가 없었다. "이것이 탐이 났었댔지요. 허지만 지금은 조금도 탐나지 않아요. 저, 저어, 이, 이걸 스님께 돌려 드리면, 나, 날 도둑으로 생각지 않으시겠죠? 스님의 전표로 이걸 산 거예요."

"허허, 이 사람아," 난 머리가 좀 띵했다. "내가 그걸 뭣에 입겠나? 이왕 이렇게 된 걸 아가씨나 입어두지."

"전 용서를 받고 싶어요."

"이봐, 내 애길 좀 들어보라구, 아주 신명 날 얘기지. 오늘 밤에 말이지, 십장 댁에서 날 저녁이나 먹으러 오랬는데 말이지, 자네 그것 좀 파르라니 입고, 나와 같이 가면 어떨까? 십장도 반가워할걸. 암믄이지."

"정말이세요?"

"그럼, 그러믄이지."

"이걸 입구 어젠, 귀여웁다는 말을 더러 들었더랍니다. 허지만 저녁에요, 스님이 뭔지 걱정스러운 얼굴로요, 같은 길을 왔다 갔다 하신 걸 보군, 스님이 날 찾으려는 게 아닌가 하니

겁도 나구요, 그래저래 해서 마음을 바꾸었었답니다. 그래설랑은요, 다시 물려서요, 스님 전표를 되돌려 드리려고 했더니요, 과택 아주머니 말이, 너 같은 더러운 거지 애가 입어본 옷은 넝마장수도 얻으려고 하지 않을 거라는 것이었어요. 전 분했어요. 그래 좀 대들었더니요, 건너 술집에서 그 댁 아드님과 친구들이 달려 나온 거예요."그리고 그 애는, 잠깐 시무룩해져 있더니, 뭣을 생각했는지 아주 생기 있는 목소리로 이었다. "아, 그래요, 스님께서 닷새만 참아주시면요, 그 닷새 동안 일해서요, 갚아 드릴 수 있겠어요."

"이만쯤 우리 속을 털어놓았는데도 말야, 그래도 정 그게 마음에 쓰인다면 말이지, 글쎄, 그건 좋은 일인지도 모르지. 그럼 내가 의견을 하나 낼 테니, 그렇게 하면 어떨까?"어쩌면 나는 서투른 계획을 하고 있었을지도 몰랐다.

"어떤 것인데요?"그 애는 그렇게 묻고, 그리곤 아주 기죽은 속삭임으로, "스님만 안 싫으면요, 한 달이라도 스님과 살아 드릴 수도 있어요"하곤, 얼굴을 붉히는 것이었다.

"허허허웃, 이보게, 고맙지, 고맙지만 말야, 내 계획은, 별로 말이지 내가 자네 손바닥을 몇 차례 때려주었으면 하는 것이었다네. 괜찮은가? 싫으면 그만둬도 괜찮지. 난 조금도 때리고 싶지는 않으나, 그런다면, 자네게는 여전히 빚진 듯한 느낌이 있는 것이라 생각해 그러는 거야. 허지만 맞겠다면, 난 피가 나게 때릴 터인데, 나로서는 종아리를 때렸으면 싶으나, 남의 눈에 뜨이면 거 뭐 좋을 것도 없고. 그러나 자네가 결정할 일이야. 난 하여간 빚쟁이는 안 될 테니."

"맞겠어요. 삼백 차례라도 맞겠어요."

"그럼 회초리를 하나 준비해오고, 손바닥을 내밀게. 나로서는 글쎄, 세 차례만 때리겠네."

 계집아이는 종종 뛰어나갔다가, 능금나무 가지 하나를 꺾어 와서 내 앞에 앉고, 손바닥을 나란히 펴 내밀었다.

 "그럼 지금부터 헤아리란 말이시. 세상은 그 대부분의 경우, 매로써 다스려진다는 것을 보여주려는 것이네." 나는 그리고 내 말의 꼬리를 들어보니, 참 의연히 말하고 있었다. 글쎄, 세상은 대부분의 경우, 매로써 다스려진단 말야.

 한 차례 갈겼다. 그 깡마른 손바닥이 붉어지는 것을 나는 보았다. 계집아이는 이를 악물고, 내 눈을 뚫어져라 하고 보고 있었는데, 그 눈이 어쩐지 내게는 무섭게도 느껴졌다.

 세 차례를 나는 때려주었고, 계집애의 손바닥은 언 것처럼 부풀어 올랐다. 그러나 어쩌면 나는, 대단히 큰 잘못을 저질렀을지도 모른다. 그럴 것이 아무 말도 없이 입술만 짓물고 있는 그 애의 눈엔 어떤 원망이 서리고 그것은 잠시 표독스러워졌는데, 그러다 흐려져 버렸다. 어쩌면 매로써 다스려지는 세상이란 그 매질의 아래쪽에 그 매질보다도 더 독한 음독을 쌓는 일인지도 몰랐다. 모멸과, 천대와, 가난과, 가래침에 덮이며 자라온 것을, 그 애는 정직하게 나타내 보였었고, 거기에다 나는, 세 번의 모진 매질을 가해버린 것이다. 결국 그 매의 의미는, 한 번 더, 가혹한 침 뱉기를 해버린 이상의 아무것도 아니었을지도 모른다. 그러나 무엇보다도, 아무리 살펴보았어도, 내 가슴엔 그 애에 대한 조금의 따뜻함도 괴어 있지가 않은 것이 문제였다. 그 차가운 가슴은 사치의 망령으로 우글거리고 있었다. 내 가슴은 그래서, 나에 대한 실망과 분노로 들

끓어 올랐으나, 체머리를 흔들며, 그 애의 손바닥이나 들여다 보다가, "아가씨라면, 어디 우리 둘이 같이 가서, 요기를 할 만 한 식당을 알고 있을 법하겠군?" 하고 화제를 돌리려 했다. 그 러나 그 애는 고개만 한번 끄덕여 보였을 뿐이었다. 그래 우리 는 일어섰는데, 그러나 그 애는, 그렇게도 탐냈었다던 저 알룩 이 옷을, 아무렇게나 쑤세미처럼 움켜쥐는 것이었다.

밥집만 가리켜 보이고, 그 애는 그리고 말없이 돌아서 버 리는 것이었다. 그 등 뒤에다 대고 나는, 십장네 저녁 초대를 잊 지 말라고 당부하고 내가 일을 끝낼 때쯤에 저 다리목에서 기 다려줄 수 없겠느냐고, 그저 그런 말이나 할 수 있을 뿐이었다.

2

그 계집아인 물론, 일터엔 나오지 않았다. 그 한 가지 알 룩이 옷을 위해, 그 앤 어쩌면 너무 많은 값을 치렀을지도 모 르긴 하다.

내가 다시 일터로 돌아왔을 땐, 해가 두 발쯤이나 올라왔 을 즈음이었다. 나는 장로를 만나보고 온 길이었다. 그 계집아 이도 그렇지만, 내가 그 현장에 뛰어들었기 때문에 유치장에 들었다는 '읍내 서방님들'이며가 마음에 걸려, 전혀 입맛이 없 었다. 그래 생콩이라도 씹는 기분으로 아침을 마치고 나는, 장 로가 읍청을 나오는 길을 노려, 장로네로 이어지는 돌다리 목 에 서서 기다렸더니, 멀리서부터도 나를 알아보고 장로가, 반 기며 다가와 내 손을 잡는 것이었다. 그는 내게, 몸이 어떠냐는 둥, 산책이라도 했느냐는 둥, 얼른 돌아가 아침 식사를 하라는 둥 아버지처럼 자상히 대하곤, "대사께서는, 저 철없는 젊은이들한테 훈계를 좀 해줘야 된다고 생각지 않으오?" 하고 물어왔다.

"소승은 한 번도 그렇게는 생각해보지 않았습니다."

"그 젊은이들을, 마음으로부터 용서하고 있으신 게구료?"

"훈계라는 것도 생각지 않았으니, 용서라는 것도 생각해보지 않았습죠."

그와 나는, 읍청 쪽을 향해 천천히 걸어가고 있었다.

"소승은 소승으로 인해 장로께 드리게 된 여러 번폐에 대해, 충심으로 죄송스러워하고 있을 뿐입니다."

"허허헛, 대사는 그것을 생각하셨댔구료."

"소승은 그래서, 한 학승을 두둔하시느라, 남의 집 귀한 자제들께 훈계를 주어, 그 어버이들의 원망이 장로님께 미치지 않기를 바라서, 오늘은 법청에라도 들러볼까 하고 있는 중입죠. 그리고 소승으로서도, 한 소녀가 매질 당하는 것으로부터 피하게 하려 했으면 그것으로 됐지 별로 상처 난 곳도 피해 입은 것도 없이, 꼭이 이는 이로, 피는 피로 갚고 싶은 건 아닙니다." 어쩌면 나는 진심을 말하고 있었는지도 모른다. 왜냐하면 그들이 그 계집아이를 학대하고 있었을 때 나는 분노했었지만, 그 학대를 내게 옮겼을 때, 분노할 여유도 없이 나는 까무러쳐 버렸었고, 그런 뒤 아침에 나는 그때 느꼈을지도 모를 분노를 재생해내지 못하고만 있기 때문이다. 그저 사지나 좀 욱신거릴 뿐이었다.

"정 대사의 뜻이 그러시다면, 이 늙은이가 법청엘 들러볼

터이니, 대사는 돌아가 좀 쉬시구료."

나는 그래 합장하여 깊이 머리를 숙이고, 그와 헤어져 공사판으로 온 것인데, 장로는 저녁엔 일 끝나는 대로 부디 자기 집으로 와주기를 바랐고, 나는, 십장이 저녁 초대를 한 난관을 말했더니, 그럼 끝나는 대로 언제라도 와줘도 좋다고 말해서, 나는 그러겠다고 대답했었다. 그 노인은 그리고도, 한참이나 우두커니 서서 내 등을 보는 것 같았다.

한 열 짐가량은, 나도 다른 일꾼들과 같이, 즐기며 져 나를 수가 있었다. 그러는 사이 그러나, 해가 중천에 올라오며, 느끼기에 아주 탁해서 숨 막히는 열을 내려 퍼부어대고 있어서, 호흡이 가빠지고, 목이 타기 시작했다. 등짝은 땀에 흠씬 젖어, 비 맞은 것처럼 옷이 온통 들러붙고, 멜빵이 욱죄고 드는 어깨엔, 심하게 긁힌 것처럼, 핏발이 서는가 하면 다리는 휘청거리기를 시작하여, 도대체 딛는 곳은 어디나 땅이 견고 하지도 평평하지도 못해 비틀거리게 했다. 게다가 흐르는 땀이 눈으로 스며들어 눈을 쓰리게 하며 원근과 요철(凹凸)을 가렸다. 허파가 터져나가려는 것에 비하면 그래도 그것들은 참을 만했다. 어제 경험에 비추어보건대, 이것은 하나의 고비였다. 명상 자세를 처음 수업했던 때와 같이 좀이 쑤시고, 괜스레 여기저기가 가려우며, 망념이 더욱더 휩싸 드는가 하면, 번열이 나고, 무료한 데다, 헛기침이 자꾸 나오는 것뿐만이 아니라, 물을 켜고 싶어 환장할 지경인 것이다. 이런 고비를 넘기면, 다음 고비가 오기까지 또 그럭저럭해나가게 하는데, 그런 인내력이 가득 쌓이게 되면 허긴 유능하고 쓸모 있는 일꾼이 되어가긴 할 것이다. 그러나 이 고비를 넘긴다는 일이 그렇게 쉽지가 않은 것이었다. 도대체 마렵지도 않은 똥만 육실허게 마려운 듯하고, 누워보아도, 진저리만 쳐지고 오줌은 뒤 방울 뚝뚝 흘리기나 할, 오줌주머니가 부풀어 오른 듯해, 씨버무거갈 녀러, 참기가 어려운 것이다. 왠지 길이 자꾸 내어다보이며 메고 있는 지게가 저주스럽다. 어째서 도보 고행승이 장소로부터 자꾸 떠났던지를 그래서 생각도 해보고 이 짐을 못 참고 내가 읍내로 내려간다면 종내 나는 읍도 참지를 못하고 어딘가로 떠날 것이라고 했다. 짐과 장소가, 하나의 구속으로서 동일시되어 인식되기 시작한 것이다. 그러나 장소를 떠나면 거기 언제나 새로운 장소가, 기다리고 있는 것이다. 짐을 부리고 나면 다른 짐이 또 기다리고 있는 것이다. 그럴수록 나는 눈을 치뜨고 이를 악물었다. 그리고 갈 길을 내어다보며 빈 몸으로 성큼성큼 내딛는다고 하면, 서른 걸음 저쪽, 내가 짐을 부려야 될 곳이 아득하게 멀어 보였지만, 그래도 거기 닿지 않으면 내게 해방은 없다는 것을 자꾸 생각한다. 그것이 짐을 지고 걷는 나를 유혹하고, 집착케 한다. 그러나 종내 그것이 나를 노예로 만들고 있던 것이다. 그것은, 내가 가서 짐을 부려야 될 그 장소는, 하나의 커다란 위안으로, 내가 고역에 처하고 있을 때 나를 부르고 있었다. 나는 그것에 자꾸만 복종해가고 있던 것이다. 내가 얼른 다가가, 지게를 한번 기우뚱하기만 하면 나를 옥죈 모든 것이 풀리며, 준비된 듯한 산들바람이 그때마다 불고 있었다. 허파가 트이고, 후들거리기는 하면서도 드디어 발은 견고한 자리를 얻으며, 휘었던 척추가 한번 뻗쳐오른다. 만약에 무거운 짐을 지고 그것을 부릴 자리를 갈망하듯 서역 정토를 갈망한다면, 세상은 정토만으로 가득 차, 서역 읍 계획을 다시 세우지 않으면 안 될지도 모른다.

　그러는 중에, 첫 고비는 지나고 있었다. 그래서 나는, 반은 졸고 반은 깨어서, 다시 여남은 짐을 더 져 날랐는데, 점심때가 가까워 오고 있었는지, 다시 다른 고비가 내게 덮어씌우고 들었다. 그리고 이번 것은 이상스럽게도 짐을 부릴 자리에의 집착으로부터 거부의 형태를 띠고 나타났다. 조금 전까지 나는 대단히 빨랐었는데, 지금 나는, 자꾸 느려터지고 있다. 나는 이때, 고통은 차라리, 짐을 부려버리고 난 뒤에서부터 정작으로 시작된다는 것을 알아내고 있었다. 짐을 부리고 난 뒤, 잠깐 숨을 돌리며, 다른 짐들이 산적해 있어 져 나르기를 기다리고 있는 것을 멀거니 건너다본다――이것은, 짐을 지고, 한 발자국 한 발자국 내디디며, 나를 일시에 해방시켜 줄 곳을, 땀과 열로 흐린 눈으로 바라보았던 것과는 전혀 달랐다. 이때 내게는 거부가 싹트고, 그래도 자신을 채찍질해 나아가는 길은 더디고 비겁해진다. 이럴 때 아마도, 야윈 자식들을 거느린 아비들은 한 숟갈 더 많은 풀기를 자식들과 자기의 목구멍에 흘려 넣을 수 있게 될 것을 생각할지도 모르며, 비록 천수답일망정 그것 한 떼기라도 자기 것으로 갖고 살다 죽었다는 희망을 떠올릴지도 모르며 또 아니면 형편 탓에 혼기를 놓치고, 퍼 내지르고 앉기만 하면 수심가나 부르는 딸내미 낭자라도 올려 줄 것을 생각할지도 모른다. 어쨌든 일하지 않으면 궁핍과 모멸이 빚더미로 쌓인다. 이런 일은 차라리 하나의 형벌로서 주어진 것처럼 그래서 여겨진다. 누군가는 분명히, 금잔에다 저런 땀방울들을 받아서 취하도록 마시고 있다. 그러나 이런 형벌이, 어디로부터 왜 왔어야 되는지는 아무도 모른다. 그러한 형벌을 감내하는 일이 얼마나 유익한지 어떤지도 모른다. 다만 도망칠 수 없다는 것을, 울 수도 추억에 잠길 수도 없다는 것을, 조금 알 뿐이다. 그렇다고 무엇에다 어떻게 대들 것인지 그런 것도 알 수가 없을 뿐이다. 할 수 있는 하나의 일은, 울분이 치밀 때만, 선조를 한 번씩 원망도 해보지만, 누구 몫의 짐이든, 그것이 자기에게 짊어지워 졌으면 지는 일뿐이다. 구레네 사람 시몬이 곁에 서 있어도, 그가 누구인지를 모를 뿐일 터인데, 우리 모두가 매달고 있는 얼굴은 구레네에서 온 얼굴들뿐이기 때문이다.

그러다 보니 점심 종이 울렸고, 나는 가슴이 창백해져 서버렸다. 그랬더니, 짧아진 내 그림자가 내 발등 위로 흘려내려 덮여 있는 것이, 일종의 낯설음으로 보인다. 어쩌면 자기 왜소감과의 재상봉이었을지도 모른다. 오늘도 나는 속으로 흐느끼고 있는 것이다. 명하여 돌들을 떡 덩이가 되게 할 수만 있었으면, 그랬으면, 했었을 것을.

점심은 또 장로 댁에서, 그 댁의 원정에게 들려 보내왔다. 오늘은 점심 종이 울리기 전에 도착해 기다렸던 모양으로, 노인답게 웃으며 다가와, 같이 들자고 했다. 그래서 우리는, 십장이며, 두통쟁이며, 전문은 비록 미장이라도 막일을 하는 미장이며, 그런 사람들이 모인 데로 가 자리를 잡은 뒤, 권해가며 그들과 함께 들었다.

"시님 일허는 걸 보면 말이라우, 반거쳉이인 디다가 일 욕섬만 많아각고라우, 딱해서 보덜 못허겄어라우. 그래도 오늘은 어지보당은 히끈 일 수단이가 됐던디라우. 해보먼 요랑이 생기는 겨요."

짐 수 헤아리는 늙은이가 그렇게 말을 풀어냈으나, 내가 그저 웃고 대답을 하지 않으니, 십장이 다른 말로 바꾸었다.

"어지도 내가 말히었지만 말여, 모도 잊덜 말랑개, 시님도 안 잊어뻐렸을기요이? 오널 저녁은 모도 우리 집에 와서 묵자고. 우리 예펜네가 머 솜씨는 없어도 말여, 셍의는 있인개, 임식 타박을랑은 말고여."

"요배겨 십장 사둔, 고런 이약을 헐라면 말이제, 한 열흘 전부텀이나 히었어야 옳였다고이."

"윗따나, 조놈우 친구네, 그라먼 고단새 굶어놓았겄단 고 말 아녀?"

"그란히어도 엊저녁부텀 설먹어놨더니, 뱃쇡이 쪼록 쪼로록 안 해싼갑네?"

"쪼꿈 전에 억쳑이로 묵던 입은 그라먼 고것이 똥구녁이 었던갑제?"

"자네 말여, 고것이 말허는 소리였으까 똥뀌는 소리였으까? 꼬린내가 독한 것 본개, 자내 베랑 뱃쇡이 실헌덜 못헌갑제? 그라고 봉개시나 쉬엄 멫 가닥 돋은 게 똥꽃도 겯여이. 어른들 허는 말씸으로 따지자면, 들어보라고, 양반의 쇡이란 짚다고 허는디, 고 쇡이 글씨 월매나 짚었으면, 오만 쌍놈이 비지땀을 흘리 거둔 걸, 죄다 갖다 고 한입에만 믹이줘도, 실폭 허다 소리를 안 허끄냐 요 말이제. 양반의 쇡이란 그래서나 한량이 없느니. 아까 묵은 고까짓 것 갖고 쇡이 차겄냐고?"

"허흐, 고참, 양반 하나 뫼시고 볼랑개, 나도 쇡이 짚어질람선 잠이 다 오는디. 속만 짚어서는 안 되여. 게을러야 양반도 허는 겨."

478

"글매, 한 소곰 살콤 자고시나 또 시작헐 일이겄고만, 그라고 조 양반 너무 바라바싸먼, 자네도 배가 자꼬 고파질 팅개, 알아서 바두라고이."

"그랴, 그랴. 내 땀으로만 배를 불릴랑개, 요렇게나 에럽운디, 당최 배고파질 일일랑 말어야제. 그런디 말여, 넘우 땅에 넘우 피 맛에 일단 쎗바닥을 적시봤다먼 말여, 듣자먼 그렇단 소린디, 사램이 더 깔딱증(갈증)을 냄시롱, 영 벤해각고, 나중에 보먼, 천련 묵은 무신 독거무(독거미)나 고런 것이 된당만. 그래각고는 줄을 늘인단디, 고 줄은 비도 앙코 말여, 워처키나 튼튼헌지, 독수리라도 걸리먼, 꼼짝 못 허고, 피를 빨리고 껍데기만 냉긴당만."

"후유, 그래도 시절이란 것이 안 있겄다고이? 가실(가을)도 오고, 저슬(겨울)도 오제. 여름이란대도 원제나 하늘이 맑은 법은 아니니."

"고건 무슨 소리꼬이?"

"워디, 거무가 뿌렝이(뿌리)로 사는 짐성이던가이? 고건 줄로 사는 짐성 아니더냐고? 워떤 때는 쏘내기가 오제이? 눈이 질로 질로 채이기도 하고이, 바람도 세게 불 때도 있을 것인개이?"

"그래 봤던들, 거무 똥구녁에 줄 끊어졌단 말은 내 못 들어봤인개."

"그래도 시절이란 것은 있는 게 아니냐고이? 지 땀으로 지 걸금(거름) 허는 것이 있다먼, 고건 나무일 것인디, 봄에 잎을 피워각고, 가실에 지 뿌리에 덮어서, 저실을 따뜻허게 사는 겨. 워짜먼 나무는 저슬에 살라고 세 철 일허는 것이여이? 고

건 뿌렝이로 살잔개, 시절도 없겠제이? 고 뿌렝이끄장은 거무도 줄 치던 못 헐 것잉만이? 지 땀으로 갖다가시나 배불릴랑건 나무여이?"

"그랑개, 나무도 땀을 흘린단 말여 지언장 어짠단 말여?"

나는, 눈앞에 활짝 열린, 읍내 풍경이나 내려다보고 있었다. 한낮의 뙤약볕 아래, 저 읍도 또한 오수를 살콤 들이고 있는 모양인데, 음탕하고 또 으슥한 듯해 보기에 좋았다. 어째서 신들이, 자기의 계집을 땅에다 정하고 거기에다 자기의 두루마기를 걸기 바랐던지 그 신욕(神慾)의 뿌리도 짐작할 듯했다. 이 언덕에다 조그만 암자를 갖고, 낮엔 졸고 저녁엔 달빛에 얼굴을 그을리기라도 한다면, 높은 가지 위의 독수리 같겠지, 같겠지—

오후의 일의 대부분은 대체 어떻게 했는지, 정작으론 나도 모른다. 나는 다만 지게를 벗어부치고 장로네로 내려가선, 장로께 무릎을 꿇어 절하고, 또 그의 손녀딸을 달콤한 말로 꾀어내어 애를 배어준 뒤, 그네의 부 가운데 점잖이 도사리고 앉는, 그런 꿈이나 꾸었었다. 그런 꿈에 휩쓸리다 보면, 내가 지고 있는 짐이 무거운지, 가벼운지, 그것까지도 느껴지지 않았다. 그 짐을 지고 가서 나는, 저 은근스레 품 열고 있는 계집의 사타구니에다 자꾸 부려버렸을 것이었다. 내 속에서는 탐욕의 더러운 건더기를 튀겨내는 기름 냄새가, 오후 내내 끓어 올라왔다. 어쩌면, 읍과의 하직을 단행하지 않으면 안 될 데에, 나는 온 것인지도 몰랐다. 그리고 고역과의 싸움도, 일단은 보류해두지 않으면 안 될 데에 온 것인지도 몰랐다. 나로서, 최후까지 희미하게라도 나를 붙들고 있었던 것은, '네가 만약 성교 중에라도 몸을 일으켜, 떨어져 내린 홍시를 주워 먹을 만한 중놈이 못 된다면' '계집과는 호젓이 있을 일이 아니다'라는, 선사들의 충고를 꼭 한 번만 좇아, 그래서 이 읍으로부터 떠나지 않으면 안 된다는 것이었고, 또 고역에 대해서는, 어떤 고역에도 내가 결코 만성이 되지 않기를 바란 것뿐이다. 면역이 되지 않기를 바란 것뿐이다. 어떻게 사소한 눌림이나 스침도, 내가 그것을 놓치지 않고, 그것으로 하여서도, 내가 무섭게 앓게될 수 있기를 바란 것뿐이다. 그런데 나는 어떤 편이었는가 하면 홍시쯤은 까마귀가 물어가도 그뿐이라고 생각하며 홍시의 맛에 집착하여, 계집을 울리는 보살행이란 옳지 않다고 믿는 편인 것이다. 계집에는 집착이 없으나 홍시에는 집착이 있는 것과, 홍시에 집착이 없으나 계집에는 집착이 있는 것은 근원에 있어 그것들이 어떻게 다른지는 모르되, 병든 근으로 하여 계집을 잠시 웃기는 것보다는, 홍시 맛에 집착하여 계집을 잠시 울리는 쪽이 나을지도 모르긴 하다. 지혜의 올바르지 않은 것은 병든 근이나 같아서 절대로 세상의 후끈한 쪽으로 나설 것이 아닌데, 결과는 계집을 썩혀버리게 될 것이기 때문이다.

회계꾼이, 인부들의 어제치 임금을 지불하고 있어서, 자기의 호명을 기다리며 수선거리고 있을 때, 나는 저 목사의 바람난 딸에게 약속한 것을 기억해내고, 십장 곁으로 갔다. 그리고, 그 애와 같이서 참석한다면 대단한 폐가 안 되겠느냐고 물었더니, 십장은, 물론 좋다고 대답하며 만약에 내가 원한다면 몇 더 데리고 와도 좋다고까지 했다.

"그럼 먼저 내려가서," 내가 말했다. "땀도 좀 씻어내고, 늦지 않게 댁에 도착할 터인데, 짐작에 그 애는 십장님 댁을 알고 있지 싶습니다."

"아 그 아사 물론이나 알지라우. 획씨 그 아를 못 만내드래도라우," 십장은 그러며, 손가락으로 가리켜서, "저그 저쪽 이그만이라우. 수도청 옆으로 쪼꾸만 골목이 있는디라우, 거 그를 돌아서라우, 잊어뻐리고 한참 걷다가 보면이라우, 동네 시암(샘)이 빌 것이요이. 거그서는, 아무헌티라도, 화장장 가는 질이 어디냐고 묻고라우, 고 질로 따라 좀 올라오먼 우리 동넨디, 동네서사 우리 집 모를 사람 없을 거고만이요."

오늘은 내가 그중 먼저 하산했다. 물론 전표는 받아 쥔 뒤였다. 그리곤 냇둑을 따라, 인가가 없는 곳까지 걸어 내려갔다. 그런 뒤, 전표는 꺼내 돌 밑에 눌러놓고 땀에 흠씬 젖어 쉰내를 독하게 풍기는 옷째 물속으로 걸어 들어가, 배꼽까지 닿는 데서 주저앉았더니, 내 턱밑에서 물이 시원스레 갈근거렸다. 그러며 내 목을 조르는지, 일순 현기증이 일며 풍경이 아스라하니, 신기루처럼, 그 표피만 한 포 떠져서, 이불 폭처럼 펄럭이더니, 다시 살 위에 입혀졌는데, 내가 본 저 풍경의 한 껍질 밑은 연한, 진물을 송송 돋워내는, 살이었고, 그 살은 기름졌다. 그리고는 다시 풍경이었다. 이삭을 배기 시작하는 볏논이며, 등성이 밭, 논두렁으로 느릿느릿 걷는 농부의 흰옷이며, 석양을 받고 금빛으로 번쩍이는 냇물, 하늘과 땅. 다시 풍경이었다.

물속에 앉은 채 옷을 벗어 나는, 그 옷을 저 거세게도 아니고, 그렇다고 완만하게도 아니어서, 살 속에서 뼈가 녹아드는, 저 흐름에다 휘적휘적 휘적였다. 그리고 참아두었던 배설을 했더니, 똥 덩이는 떠올라와 금빛으로 흘러내려 갔는데, 송사리들이 한 점씩 떼 물어갈 것이었고, 그러는 중에 똥 덩이의 수사는 이뤄져 버릴 것이었다. 나는 조금만 더 그렇게 앉아서, 저 여울이 간지럽히는 호꾼함 속에 꽂혀 있었고, 일어났는데, 물 한 방울 떨어져 내리지 않을 때까지 옷을 쥐어짜 입고 이제 읍으로 들어간다면, 마침맞게 은근스러울 시간인 듯했다.

3

버드나무며, 해당화 울타리며, 조용히 저물고 있는 골목의 낮은 목소리 들리고, 밖으로 나앉은 노인네들의 잎담배 연기와, 땀내와, 개들이 뺑뺑이를 도는 골목을 걸어, 그 계집애와 나는, 십장 댁에 알맞게 도착했다. 그의 아낙은 부지런한 옌네인 모양으로, 안팎이 모두 깨끗하고, 또 먼지가 일어날 만한 마당 귀퉁이들엔 물을 뿌려, 마당을 그득히 황토 냄새로 괴어놓고 있었다. 그 냄새는 좋았다. 그 마당 가운데 멍석이 두 닢이나 펴져 있었고, 나를 불로 태우려 했었던 그 얼굴들이 한 다발 잘 피어 웃고 있었다. 그들은 벌써, 몇 순배씩 소주를 돌렸던 모양으로, 어떤 만족스러움, 어떤 휴식, 어떤 정들로 얼굴들이 붉었다.

"아 시님, 왜 인제사 왜겨라우?"라든가, "지다리장개 눈깔이 빠지요"라든가, 뭐라든가, 모두 한마디씩 하고, 그들은 그 애와 나를 반기고 자리를 넓혔다.

"아 그리고 여봐." 십장이 자기 마누라를 부르고 있었다. "시님 오싰는디, 나와 인사해겨." 그는 그리고 또, 그 멍석 귀통이 앉아 있던 두 아들더러도, "시님이 오싰으면 인사를 히어야제"하고, 호통치는 음성을 꾸민다.

　그렇게 해서, 흩어지던 황토 냄새가 소주잔에 가라앉고, 그 소주를 마시기 시작해서 모두, 코로 황토 냄새를 풀풀 풍겨냈다.

　"시님도 요만침이라면 드실 수 있겄구만이라우. 자, 잔 받으시제라우." 십장이 내게도 권해, 잔은 받았으나, 마시지는 않고, 상 밑에다 내려두었다. "그라고 너도 쬐꿈 맛 좀 볼래?" 그는 그리고 계집아이에게도 권한다. 거절도 하지 않고, 그 애는 받아서, 한 모금에 잔을 비워버린다. 그리고 입맛을 다셨는데, 그 앤 어쩌면 소주 맛을 알고 있는 듯했다.

　"헤엑 조런?" 두통쟁이었던 사내가 그렇게 말하며, 자기 잔을 그 애 앞에 내밀어준다. "너도 원제 수도청 물 좀 묵어봤단댜?"

　"상은 내가 뚜둘기줄 팅개, 노랫랑은 니가 한번 불러볼래?" 회계꾼이 그러고, 미장이도 한마디하려는 눈친데, 십장이 말을 바꾸고 나섰다.

　"허고 말어, 금매 우리 예핀니허고, 애덜이 나가서 오널, 미꼬랭이를 글씨 한 뒤 구럭 택이나 잡아왔더랑만. 그래 씨락 넣고 한 가매솥 끓이놨응개, 허끈들 풀고 말어, 실폭허게들 자시라고이. 예핀니 솜씨가 그저 그런개, 맛으롱랑 탓헐 건 없겄제."

　"히억, 고런! 글매 고 소리 듣잔개, 양반 속만 짚은 것도 아닌 듯혀."

　"아짐씨사 손끝 짭짤허기로 이름났잖냐고."

허리끈들 늦추며, 한마디씩 하고 있다. 때에 큰 뚝배기들이 날라져 와 탑처럼 쌓이고, 구수한 비린내를 풍기며 김이 뭉슬뭉슬 오르는, 국 담은 동이가 들려 내오고, 이어서, 그 댁 막내아들 목욕이라도 시켜도 좋을 양푼에, 아마 한 간은 안회 마음씨 같고, 한 간은 도척이 마음씨 같거나 싶게, 쌀하고 보리가 섞인 밥이 그득히 담겨 나왔는데, 그 주방지기는 십장이 맡고 나서서, 뚝배기들에 먼저 적당히 밥을 푸고, 그 위에 넘치도록 추어탕을 부어 주는 것이었다. 내게는, "시님 식성을 내가 아죽 모른개, 국하고 밥하고 따로따로 디리제라우" 하고 그렇게 배당했다. 나 장돌뱅이 중놈이어서 그렇게 생각하지만, 이런 일이란 장터에서도 그중 호꾼하고 옴팡한 데서, 서로 떠돌이끼리 만나서도 한동네 이웃인 듯이 친해지는 곳에서나 있는 것이다. 글쎄, 그 가마솥 걸린 곳이 밍밍한 벌판 가운데라 한다더라도, 거기는 어쨌든 바람 가려진 옴팡한 데처럼 여겨지는 것이다. 그 가마솥 전에 앉아 국자를 들고 있는 백정의 어미는, 상스레 불그스름한 얼굴에다, 굵직한 목소리를 하고서, 솥전으로 모여드는 시장한 것들을, 무슨 새끼 원숭이들이 나처럼 취급을 한다.

"거 괴기 좀 듬뿍 넣고, 한 그럭 잘 말아바잉?" 손님이 그러면, "지랄육갑허고 있네 시방. 얼렁 돈이나 건네여 내가 베문이 알아서 사둔 모시까?"라고, 밥주걱으로 뺨 한 대 갈기는 투로 대답하지만, 고기를 집는 손은 간사하고 또 섬세해서, 언제 녘 서너 근 삶아놓은 내장이, 오십 명 손님을 배불리 먹이고도, 여전히 서 근으로 남아 있어 보인다. 그래도 거기는 옴팡하고, 늦가을 바람이 아무리 쌀쌀하다더라도, 호꾼하다.

"윗따, 아짐씨 손끝이 짭짤히어서잉, 요렇게 맛있는 건 생전 또 첨인디."

"듣자면, 시님덜은 괴기를 못 묵는다고 허는디, 고게 사실이랍뎌?"

"소승은 그럴 만하게 속이 뚫린 중이 못 됩니다. 그러니 먹어도 그뿐이겠습죠."

"헌디 시님 국그럭은 쫄아지들 안 허는디요. 요렇게 맛있는 괴깃국도 못 묵어보고 산다면, 요 세상 사는 재밋속으로 갖다가시나 팩 줄이뻐릴 기요."

"야 사람아, 시님헌티 말헐 때는, 요것을 괴깃국이라고 허지 말고 말여, 씨락국이라고 해야 허는 겨, 조렇거니나 말헐 중을 몰른단 말이랑개."

"허허웃, 나는 자네가 말허는 소리는 모도 똥 뀌는 소리다 허고설랑, 꾸룽내만 난다고 히어왔는디, 워짜다가는 말로 헌당개."

"소승은 아주 잘 먹고 있습니다. 호박전이며, 파전이며, 이것저것 하도 음식이 훌륭하다 보니, 젓갈질하기가 바쁘기 이를 데 없군요. 밥은 벌써 한 그릇 반이 비워져 가는 중인걸요."

"많이 많이 드씨요, 많이 묵어야 똥도 많이 싸는 것인디, 많이 들고라우, 도란 것도 좀 많이 페씨요."

"허허웃. 그랑개 조것이 똥 뀌는 소리 아니었으까? 똥허고 도라는 것허고, 대처니 고것이 같단 소리여 머시여?"

"초런! 같을 때도 있제 그라면, 많이 묵는 누에가 실도 많이 뽑는 겨."

"큰 형장 나리 밥 묵는 걸 보면, 말밥으로 갖다가시나 족

486

쳐댄단디, 그 사람 누어놓은 똥으로 그라면, 자내 멩주옷을 해 입는단 고 말 아니겄어?"

"자네 시방 나헌티 와달이란댜?"

이 잔치는 그래, 풍더분하고, 알속 있으며, 호꾼했고, 옴팡 했다. 그런 옴팡한 세상은 여하간 우겨서라도 당분간은 살아 갈 만한 고장이었으며, 그런 살 만한 밤은, 처마에 매단 등불 아래서 이슥해지고 있었다. 그 등을 올려다보며 나는, 그들과 의 하직을 단행하지 않으면 안 된다는 것을 되다지고 있었다. 부나비들이 등갓 틈으로, 안의 뻔한 불빛을 들여다보며, 처용 (處容)의 음성으로 노래하고 있었다.

> 밤드리 노니다가
> 드러사 자리 보곤
> 가르리 네히어라
> 둘은 내해엇고
> 둘은 뉘해언고

그렇게 내가, 이별을 마음에 다져버리기 시작한 것은, 저 처용들이, 옴팡하고 후끈히 살고 있는 곳을 보는 나의 눈이, 간음과 절도기를 띠어버린 것을 깨달아낸 그때부터였다. 한 객귀가, 저 고장의 풍염하고 은근한 눈치에 반해서 그의 두 다 리를 그녀의 이불 속에 묻어놓기를 바라기 시작했을 때, 그 간 통은 시작되었던 것이다. 그러나 나는 한 번 더 개종해버릴 것 이다. 그래 그럴 것인데 어디로 떠날지는 아직은 모르고 있다. 나 옛날 살던 산막도 이제는 아무 의미도 간직하고 있지 못하니, 다른 아무 곳으로도 머리 둘 곳이 없어져 버렸다는 뜻이고, 아마도 그래서 나는, 유리로나 되돌아가게 될지도 모른다.

헤어질 때 그래서 나는, 십장만 듣도록, 나로서는 내일 하루쯤이나 더 읍내서 머물러 쉬고, 이 읍을 떠날까 한다고 얘기해두었다. 어쨌든 저 노동은, 고역과의 이상스러운 싸움은, 일종의 환속으로서 보류해두었다. 내가 왜 노동을 자청했는지는 아직도 모를 뿐이며, 받고 보니, 임금이란 무엇보다도 큰 의미를 띠고 있다는 것만 알아냈을 뿐이다.

십장은 그 점에 관해, "글씨, 그러시기를 바랐었구만이라우. 몸에 맞도 안 헌 짐을 져 날를라고 비지땀을 흘리는 걸 보고 있자먼이라우, 송구시러 죽을 지경이었더랑개요. 장로님도, 나헌티, 시님이 일을 구만두도록 권하라고 허시곤 히었었제라우"하고, 자기 본심을 털어놨다. 우리가 헤어졌을 땐, 자정이 가까웠지 싶었다. 그때쯤엔 술기도 깨어가고 있었던지, 목소리들도 낮아지고, 졸음 겨워 있었다. 그러고 보니, 모든 곳이 다 조용했고, 한길에 가스등만 타고 있었다.

"아 이보게, 아가씨가 나와 같이 십장네에 가준 것에 대해, 내 충심으로 감사한다네."

"정말 잘 먹고, 재밌었어요."목사의 딸은 그렇게 말하며 내 팔을 꼈다.

"장로님 댁에 말이지, 좀 들를 일이 있어 가는데 말이지, 내가 아가씨 사는 데까지 바라다주지."

"장로 댁에 가셔요?"

"글쎄, 그렇게 하려 한다네."

"내가, 저쪽에, 아주 조용하고 깨끗한 여인숙을 알고 있는

데, 거기서 기다려요?"

"고, 고맙네만, 난 아마 그 댁 사랑방에서 자게 될 거야. 아 그럼, 이만쯤에서 헤어지는 게 좋겠군. 평안하게."

"그러시담." 계집애는 아주 떠는 목소리로, 그리고 거의 들리지도 않게 말하고 있었다. "아버지처럼, 절 한 번만 안아 주시고 가실 수 없으셔요?"

"아, 물론이지, 좋지." 난 그리고 팔을 벌려, 그 애를 껴안으려 했다. 그랬더니 그것이 몸을 빼져 물러나며, "이렇게 훤한 행길에선 싫어요. 허지만 저쪽 그늘쯤이라면 좋겠어요" 하고, 먼저 그늘 쪽으로 다가가 웅크리고 섰다. 거기는 쓰레기들이 쌓여 있었다.

그 그늘 아래서 나는, 그 애가 바라는 대로, 저 깡마른 애를 품에 안아주었다. 그리고 팔을 풀어 이제 돌아서려는데, 나는 이미 내가 거역할 수 없는 처지에 처한 것을 알게 되었다. 그 계집아인 어느덧 흘러내려 바닥에 무릎을 꿇고 앉아선, 한 돌중의 사유(私有)를 탈취해, 제 목구멍을 채우고 있었다.

"이봐, 자네 손바닥은 아직도 아픈가?" 나는 거의 잠꼬대처럼 말하고 있었을 것이었다. "난 말이지, 괜스레 말이지, 자네 손바닥을 때렸다고 말이지, 후회를 했댔지만, 어쨌든, 그것으로 끝난 게 아니었던가 말이지."

그러나 오래잖아 귀두가 떨었고, 난 우울해 그냥 서 있었더니

"안녕히 가셔요."
하고 그 애가, 외로움에 병든 밤의 한 귀신모양 비실거리고 가는 것이 아주 우울하게 보였다. 그 애는 결국, 한 떠돌이 중을

삼키지 않고 뱉어버려서, 그 돌중이 간음기를 갖고 보았던, 그 읍의, 한 으슥한 더러운 구석의 쓰레기 더미 위에, 그 중을 아주 끈적하고 탁하게 버려버리고 있었다. 내일 새벽쯤엔, 개들이 와서, 저 물림 받은 객귀의 냄새를 흠흠거리게 되리라.

안녕히 가셔요. 아, 안녕히 가셔요.

제21일

1

읍과의 하직은 결국 그렇게 이뤄져 버렸던 것으로, 내게는 자꾸만 이해되었다. 나도 그것의 곬에다 정액 쏟기를 무엇 때문인지 거부했었지만, 그것 또한 삼켜주려 하질 않았었다.

장로 댁 대문 밖에도 가스등은, 새벽 깊음으로 타고 있었다. 새벽 고달픔으로 깊어지고 있었다. 시간이 적당치는 못했지만, 그리고 장로가 날 기다려 깨어 있든 없든, 일숙박을 위해서도 대문을 두들기기는 해야 했다.

그랬더니 개가 먼저 컹컹 짖고, 그런 뒤 대문이 열렸는데, 그 문간방에서 홀로 지내며, 내게 점심을 날라다 주었던 그 원정이 반긴다. 나는 늦게 죄송하다고 말했고, 그는, 장로가 날 기다려 사랑방에서 책을 읽고 있다고 귀띔해주었다. 개들은 꼬리를 흔들며, 나를 따라와 사랑방 마루 밑에 쭈그리고 앉아 올려다본다.

장로는 성경을 읽고 있었다. 그리고 나의 내방이 늦었다는 사과에 대해서는 일언반구도 없이, "글쎄, 처음서부터 지금 다시 읽기를 시작한 참이죠" 하고 말하며 돋보기를 벗겨냈다.

나도 자리에 편안한 자세로 앉고 그를 건너다보았다. 그때 그는, 마당을 가로질러 있는, 못 위의 연꽃을 바라보고 있었는데, 밤의 여름은 적막했다. 부나비들이 남포등에 부딪치며, 여름의 밤을 적막히 태우고 있었다. 밤은 자꾸 흐르는 듯했다.

"이 읍에 와서 대사는, 못 당하실 곤욕을 두 번씩이나 당하셨구료." 그런데 장로가 느닷없이 그런 말로 밤의 소적함을 깼다. "그때마다 대사는, 그 행악한 자들께 벌주려 하기보다는, 용서해주기를 바라지 아니하셨소?" 그는 그리고, 차를 따라 내게도 권하고, 자기도 든다. "그러나 대사는 모르시겠소만, 그런 종류의 행악이란 타인을 상대로, 밖으로 드러난 아주 작은 종기나 같은 것일지도 모르지요." 노인은 그리고 얼굴을 찡그리더니, 거의 신경질적인 음성으로, "글쎄 모르시겠소만, 이 읍은 이미, 매음과 아편과 독주 없이는 지탱해나가기 어려운 상태에 와버린 것입니다" 했다. 그는 그리고 나를 멀거니 건너다보았는데, 내게는 그가 괴로워하고 있다고 여겨졌다. "그렇지, 이제는 말씀드려도 좋겠지. 글쎄 그러려구 했었으니까." 그리고 노인은 갑작스레 병든 듯이 짧게 웃더니, "오늘날 이 늙은이가 푹신하게 걸터타고 앉은 이 부가, 무엇으로 이뤄진지를 아시오?" 하고, 좀 번들거리는 눈으로 나를 쏘아보았다. "나의 아들은 다르지만, 선친이나 나는, 이 재산에 먼지 한 톨도 없은 게 없었습니다. 그러면, 일대에 그것도 한 이 삼십 년간에 무슨 수로 이만한 재산을 불릴 수 있다고 생각하시오?" 그는 그리고 또 병든 듯이 조금 웃었는데, 그의 속이 아마 무척 쓴 듯했다. "그렇지 뭐, 둘러서 말씀드릴 것도 없겠지요. 창기와 아편과 독주 말고, 무엇으로 이런 재산이 이뤄졌겠소. 조부께서 초대 읍장으로 오시며, 이 읍에 가져오신 선물이, 그 세 가지 것이었습니다. 그리고 물론 점잖은 품위, 인자한 웃음, 다정한 언사." 노인은 그리고 조금 눈물을 내비치며, 연못을 망연히 내어다보다가 이었다. "자 이제는 모든 내력을 아셨겠소. 헌데 문제는, 밖으로 나타나는, 그런 작은 종기가 아니라, 내독에 있는 것이외다. 한 분은 그 병독을 뿌리고, 다른 분은 그 병근을 뽑으려 했었습니다만, 이 병근은 무슨 혹이나 잡초처럼 솎아낼 수 있는 것은 아니었습니다. 그것은 뭔지, 혼만 삼키는 독사 같아서, 이 독사를 집어내면 혼까지 뽑아내게 될지도 모르는 겁니다. 이 병독은 그런데, 소위 말하는 하류층에가 아니라, 상류층에 뿌리 깊은 것이어서, 그래서 더욱더 무서운 것인데, 그 탓에 그것이 도덕적 기준까지를 바꾸고 들며, 이해할 수 없는 취미, 이해할 수 없는 악을 즐기려는 것입니다. 대사께 불을 질렀던 일도 그런 한 예가 될 것이지만, 헌데, 이렇게 말하고 있는 이 늙은이의 조부가 그 씨앗을 뿌린 것이고, 그 씨앗을 받은 자들의 피는, 신앙 없이는 못 살면서도, 어떤 종교도 또한 받아들일 수 없는 그런 것으로 붉어 있었습니다." 장로의 눈엔, 눈물이 더 두터이 어리고 들었으나, 그는 그것을 닦으려고도 하지 않았다. "그런데 그들이 이 종교를 받아들여 버렸소. 창기와 아편과 독주에다 그들은, 자기들의 혼신을 제물로 바쳐버린 것이오." 장로는, 눈물 어린 눈으로 웃어 보이려고 애쓰고 있었다. 그 얼굴은 비참해 보였고, 괴로워하고 있어 보였다. 그는 그러나 얼른 말을 이으려고는 하지 않더니, 또 밤이 엔간히 흘렀겠다 싶은 때에사 계속했다.

"헌데, 어떻게 들어주실지는 모르겠소이다만, 이 말이 이치에 닿지 않으면, 늙은이의 망령이라고 생각해주시고, 또 조금은 진실한 마음에서 우러난 이야기 같다고 믿어지면, 좀 고려해 보아주셨으면 싶은데, 다른 말이 아니고, 나로서는 그런 모든 병폐는, 거기 그것을 치유할 만한, 새로운, 하나의 확고한 정신적 지주가 없는 탓이라고 믿어서 그래서 또 그렇다고, 어떻게 해서 이뤄진 것이든, 재산이 영 없는 것도 아니고." 노인은 갑자기, 좀 종잡을 수 없이 말하고 있었다. "그렇다고 그것이 뭐 그렇게나 떼진 것이라고, 이 고장 이만의 가난한 사람들을 다 잘살리게 할 만한 것도 못 되지만, 자선이라든가 동정의 이름 아래 베푸는 작은 선심이, 결과에 있어 차라리 해독만을 조성해오기도 한 터라서 글쎄 그랬었군, 심지어는 말이외다, 선천이 교인들께 베풀어주신 얼마쯤의 은전들로 사람들은 아편을 사고, 창기네로 가며, 소주잔에 살라 먹어버리는 결과였기도 했던 것이외다. 나중엔 노름 밑천까지 얻으러 오는 상태에까지 이른 정도였는데, 물론 나중에는, 그것을 밑천으로 조금씩 힘을 펴는 사람도 없는 건 아니었을 것입니다만, 백 명 가운데 한둘 정도라고까지 말해도 과언은 아닐 것입니다. 그 한둘을 위해, 아흔 일고여덟을 게으르게 한다는 일은, 그것이 아무리 선의의 결과라고 한다더라도 과히 찬성 못 할 일, 그럼에도 이 늙은네는, 아들은 물론 자기의 분깃을 지나칠 정도로 충분히 갖고 있으니, 이 늙은네 몫으로 평생 지녀온 것들을 어떤 방법으로든 나누어서, 나의 조부가, 창기와 아편과 독주로 얻은 그들의 것을 되돌려주려 하고 있는데, 그래 내 그 문제로 요 한 십여 년 때로는 밤잠도 설폈었댔소." 장로는 잠깐 쉬고, 다시 이었다. "그래 내 생각에 보시라는 것에도 여러 가지 방법이 있을 터인데, 그들이야 아편을 사든, 식량을 몇 말씩 가난한 사람들께 나누어주는 방법도 있을 것이고, 또 그 가난한 마음에 무슨 다른 마음의 풍부함을 갖게 해줄 수도 있다고도 믿는데 말이외다, 그래서, 이 늙은네는, 그래서, 저 몇 말씩 나누어줄 식량을랑 겉으로는 인색해 하고, 그것으로 그렇지, 교회당이라고 해도 좋고, 절간이라고 해도 안 될 것 없지, 또 수도장이라고 해도 좋을 것을, 그렇지, 하나 크게 짓고, 방도 여럿 만들고, 환과고독 불쌍한 사람들, 거기 머물고 싶은 사람들은 머물게 하고, 병들었으나 재산이 없어 치유치 못하는 사람들껜 의원도 대고 말이지, 아 그렇지, 이런 문제는 이제 구체적으로 상의되어질 것이니, 먼저 말 되어질 것은 아니지만 그래서 말이외다, 이 늙은네가, 수도장이래도 좋고 절간이래도 좋을 그것을 관장할 한 훌륭한 인물을 찾았던바, 그래 내 이 고장을 지내시는 모든 스님이며, 도사며, 심지어 무당까지도, 모두 마음으로부터 환영하고 영접하여, 그분들의 고견 듣기를 원했던 것인데 우선 어떤 정신적 지주 아래에서, 저들의 병든 마음이 치유 당하기를 먼저 바라고, 그런 뒤 결속되어지기를 바란 소치에서였던 것이고." 어느덧 눈물기가 적셔진 그의 눈은, 그 은은한 가운데로부터 빛을 쐬어내기 시작하고 있었다. "그러던 중 종내 한 분 보살을 뵙기는 했었소이다. 그러나 그분은, 이 늙은네의 청을 거절하시지도 안 하시지도 않으며, 농담인 듯이 이렇게만 한 말씀 하셨었습니다. '그 등에 대인스런 사람만을 태우고 싶어 하는 나귀가 있다면 그건 괴팍한 나귀인데, 나로 말하면, 장차 내 등에 태울 사람이 다닐 길을, 내 발굽으로라도 할 수 있는껏 평평히 다지고 넓히려는, 그냥 한 마리 나귀에 불과할 뿐이지요.' ── 이 늙은네는 그래서 그의 뜻을 짐작할 듯했었습니다. 이렇게 말씀드리면 의아해하시고, 대체 어떻게 알았었느냐고 물으시겠습니다만, 그 늙은네는 대사의 스승이셨댔습니다. 그리하여 자기의 제자께, 이 일을 넘기신 것입니다. 그래 내 늙은 머리를 숙여 대사께 간청인 바는, 만약 그러실 수 있다면, 이 집이 비록 그렇게 편안스럽지는 못하다 하더라도 묵어주시며, 이 읍의 어떤 혼령들을 바른길로 좀 이끌어주셨으면 합니다. 그러는 동안에, 지금 헐어내고 있는 교회당 터에 새로 건물을 짓고, 문호를 개방할 것인데, 그러나 이번 것은 어떤 교리나 신주(神主)를 표방하려는 것은 아니외다." 그는 여기서 침묵하고, 나를 이윽고 건너다보았다. 나는 머리가 뜨거웠는데, 그래 나는, 저 늙은네 신발 위의 먼지까지라도 혀로 핥으며, 그에게 아첨하고 싶어 했었다. 그러나 수염이며 머리털이 우북이 자라 껄끄러운 것으로 따지니, 유리의 계집에게 돌아가, 그런 껄끄러움도 좀 밀어내야 될 때쯤인 듯도 했다. 밤이 자꾸 흐르는 듯했다.

그러나 어쨌든 내가 대답할 차례에 온 것이었다.

"이 용렬하고 깨우침 없는, 법이나 도로부터의 미로아(迷路兒) 하나를 어떻게 귀여히 보셨던지, 그와 같은 큰 정의로 보살펴주시고 또 중생을 염려하시는 장로님의 대자대비에, 이

천숭 그저 묵연해 할 뿐이옵니다. 하오나, 대저 그렇게 큰일에 맡겨질 인물이란, 그 인물 스스로 대낮같이 청명하며, 태양같이 원광스러워 밝게 두루 비추나, 또한 어머니다워서 중생의 설움을 속 깊이 달래며, 그의 말씀으로 하여 받는 위로와 복이, 하늘의 별과 같고 해변의 모래와 같아야 될 것이겠사온데 이 사미는 그저 초개 같은 한 유정이어서, 번뇌키를 여의기는커녕 그것을 사는 젖으로 삼고 지내며, 아집이 두터운 데다 스숭께서 늘 지적하신 바와 같이 충동적이어서, 이 순간 조금 기꺼웠는가 하면 다음 순간 성내며, 성냈는가 하면 슬퍼하기를, 하루에도 백여덟 번을 더 반복하고 있는 터이온바, 장로님께서는, 저 보살님이 뜻하셨다는 그 대인스런 제자를 혹시 이 사미와 착각하고 계신 것이나 아닌지 모르겠습니다."

"이 말씀을 아첨으로 드리기엔 내가 너무 늙어버렸소만, 허나 대사께서 정히 그렇게 말씀하신다면, 내 회포하고 있는 말씀 한마디 드렸으면 싶으구료." 장로는 그리고 내 손을 온기 있게 잡았다. "이 늙은 한 속인의 눈으로도, 대사는 가히 탁월하여서, 대사를 만나본 것만으로도 내 여생에 여한은 없을 것만 같소이다. 그날 집회에 참석했던 모든 사람들이 또한, 매 집회를 대사와 함께 갖기를 바라고 있는 것이 사실이외다."

이 계제에 이르러 나는, 양가죽 속에 감춰놓은, 내 피 묻은 손을 더 이상 감춰놓을 도리가 없음을 알았다. 나는 그래서, 그가 잡고 있는 내 손을 빼어내 합장해 보이며, 내 붉은 손을 고백하려 했다.

"이 계제에 이르러서야, 소승이 무엇을 숨길 수 있겠습니까? 모쪼록 소승을 용서하십소서. 장로님께서는 이 읍뿐만이 아니라, 이 읍에 소속된 모든 촌락까지를 치리하고 계시오니, 유리 또한 장로님 장중 밖의 땅이 아닐 것이온데, 그러하므로, 한 객승이, 장로님 치리하시는 땅 안에서 행한, 어떤 것 하나라도 숨길 수 없다는 것을, 소승 또한 아오며, ……하온데, ……장로님께서는, 장로님께서 특히 귀여워해 주셨던, 한 객승의 의연한 얼굴 밑에 숨겨놓고 있는, 대, 대단히 불미스런 이야기를 들으시게 된다면, 모르고 베푸신 후덕과 온정으로 하여, 여생의 큰 한을 삼, 삼으시고도 모자라 할 것이온데…… 소, 소승으로서도 그 말씀 드리기가 진정 거리끼는 것은, 떡으로 객을 배 불려준 주인께, 독사로 갚는 결과가 될 것이기 때, 때문이온바." 나는 어째선지 계속할 수가 없고, 가슴이 타고 들어 그냥 이마를 조아리고 엎드려버렸다.

"대사께서, 지금 무슨 말씀을 하시려는지, 이 늙은네도 알 듯도 싶습니다." 그런데 그가 그렇게 말하며, 이마를 조아린 나를 일으켜 앉힌다. "아니, 대사가 말씀하시려는 것이, 이 늙은네가 이해하고 있는 것이 아니어도 좋습니다만. 어쨌든 우리 사이의 우정에 조금의 그늘도 드리워 들지 않게 하기 위해서는, 서로 말할 수 없어서 감추어놓은 것이 있다면, 그것을 어느 쪽에서라도 깨뜨려버리는 일은 필요하다고 생각하는 바이외다. 그렇소이다. 이 늙은네도, 대사께서 저 샘터의 존자와, 염주 스님을 살해한 것도, 그리고 대사의 스승이며, 유리의 오조 촌장이었던 이 늙은네의 친구를 압살한 것까지도 알고 있소이다. 대사가 말씀하려는 것이 그것 아니었댔소?" 그는 거의 잔잔히 웃기까지 하며, 매정스러울 정도로 말해대고 있었다. "그리고 대사는, 그러한 형벌로서 마른 늪에서 고기를

낚아 올렸어야 되는 것도 알고 있으며, 대사께서 한 수도녀로
더불어 정분이 두터운 것까지도 알고 있소이다. 이 늙은이는,
대사의 스승을 다만 하나의 친구였다고 감히 말해도 좋을 만
큼, 그분과 정분 두터이 수십 년을 사귀어왔는데, 대사께서 든
저 인두골이며, 찢어지고 태워졌으나, 대사께서 입었던 장옷
이 모두 그분의 것인 것을, 대사를 본 첫날 알았었지요. 그분
이 유리를 떠나실 땐, 언제나 그 두개골과 장옷은, 이 늙은이
집에 보관시켜 왔었댔으니 말이외다. 그러나 내 감히 말씀드
리지만, 대사의 스승이 어째서 그렇게도 대사를 아꼈던가 하
는, 그 이유를 지금이라면 조금은 알 듯도 싶은데, 그분은 농
담인 듯이 이따금씩 말씀하시기를, 자기로서는 한 마리의 늙
은 당나귀로서, 자기의 제자를 등에 업고 다니기를 기꺼워한
다고 하시곤 했었지요. 이 늙은이는 그리고 지금은, 대사께서
한 마리뿐만이 아니라, 오히려 오천 명이 먹고도 남을 물고기
를 광주리 광주리 낚아 내버린 것도 또한 알고 있소이다. 심
지어 초부라도, 존자 스님의 게송을 읊조릴 정도로, 그분의 게
송이 이 고장 인구에 회자했던바, 대사의 게송을 듣고 이 노구
는, 존자의 살해가 이뤄져 버린 것을 알았었습니다. 물론 존자
스님을 더불어서도 우리는, 여러 번의 집회를 가져왔던 터이
었소이다. 다른 건 몰라도 이 늙은이도 이것은 아는데, 하나의
정도를 보이기 위해서 세상은, 어쩔 수 없이 다른 곳에서 피를
흘리고, 땀을 흘리고, 괴로움을 참아내지 않으면 안 된다는 이
것이외다. 그런 산고를 치러내지 않고는, 우리는 훌륭한 정신
을 보듬어내지를 못합니다. 대사께서 이미 말씀하신 바와 같
이, 한 영아를 위해 다른 영아들이 살해되어 갑니다. 저 한 영

아는, 그러고 보면 가장 잔혹하며 가장 살육적이며, 가장 죄 많은 아이였는데도, 우리는 그 하나만이 죄로부터 눈처럼 흰 것으로 알고 있습니다. 그와 같은 다른 영아들이 죄 없이 살해 당해 가며 피를 뿌린 그 자리에서만 그런데, 저 위대한 구주의 정신이 태어났던 것이고, 그의 죽음은 그래서 동시에, 저 죄 없던 영아들의 살해에의 벌로도 치러진 것을 알고 있소이다. 그의 생명이 다른 영아들 것과 바뀐 것 같습니다. 그러나 오직 하나 살아남아 장성하며 영아를 들어 천국의 비유로 사용하곤 했던 저 사내는, 자기로 인해 죽은 다른 영아들의 죽음을 슬퍼 했거나, 자기의 죄라고는 일언반구도 하지 않았던 것이 아니 오?"

나는 죽장으로 얻어맞고 있는 것처럼 머리가 뜨겁고 띵해 져, 늙었으나 그 얼굴에 맑은 빛이 도는 이상스런 늙은이를 건 너다보기만 했다. 그랬더니, 그의 얼굴과, 그의 친구였던 내 스 승의 얼굴이 서로 겹쳐지며, 하나의 얼굴로 변해지고 있던 것 이다. 나는 그래서 합장하고, 깊이 머리 숙여, 바닥에다 두 번 이마를 댔다.

한참 후에 그는 다시 이었다.

"이렇게 말씀드리는 것은, 대사는 보통스런 척도로 재보 려 시작할 때 그 범위에서 미치질 못하거나, 훨씬 넘어서 버리 기 때문입니다. 이 노구로서는 달리는 표현하질 못하겠는데, 가령 대사의 눈이 담고 있는 탐욕 한 가지만을 두고 얘기를 해 도, 대사의 스승께서는 그것을 '색욕'이라는 말로 늘 표현했습 니다만, 그것이 탐욕을 뛰어넘어선 탐욕이어서, 그것을 글쎄 무엇이라고 해야 할지를, 모르겠다는 말이외다. 헛헛헛, 글쎄 세상살이에 집착하고 있는 것이 너무도 뚜렷이 보이는데도 집착을 떠나 있고, 글쎄 번뇌하고 고통하고 있으며 혼신으로 통곡하고 있어 보이는데도 맑단 말이외다. 글쎄, 흐르는가 하면 멈춰 있고, 멈췄는가 하면 격류로 변해져 있는 그 비밀은, 나 같은 범인의 눈으로 알아낼 재간은 없겠지요. 그렇다고 해서, 각도한 대사들의 저울눈으로서도 대사는 무게를 헤아릴 수가 없는 듯한데, 이른바 분노니 정염이니 세욕이니 하는, 저 쭉정이 무게에나 비길 것 같은 것들도, 대사에 이르면 각도의 무게나 맞먹는다고 생각이 드니 이상한 일입니다. 내 별로 길지는 않으나 그래도 이만큼 살아오는 동안, 꽤 많은, 아마도 천도 넘게 헤아릴 스님들을 만나고 또 헤어졌습니다만, 그중에 대사 하나만이 이 늙은네의 수수께끼입니다. 내 평생 경애를 바쳐왔고, 또 이 경애는 관 속에까지 가져가게 될 것이지만, 나의 친구, 대사의 스승과도 대사는 같지가 않소이다. 이렇게 말씀드리는 것이 용서된다면, 대사의 스승은 하늘을 향해 화살을 쏘지만, 그 화살은 과녁을 향하고, 그분의 제자는 과녁을 향해 화살을 쏘는 듯하지만, 그 화살은 과녁 너머 어디로 날아가 버린다고 말해도 좋을 것입니다. 과녁이 다른 것일 터인데, 명수와 대가의 차이일지도 모르겠소이다. 하나는 명수이지만, 대가가 못 되며, 하나는 대가이지만 명수가 못 되는 것일 터이외다. 과녁을 모르면, 그래서 때로, 대가의 노력이란, 치졸하고도 광란적으로 보일지도 모르겠지요. 범인의 눈에 그래서 대가란, 하나의 위험으로도 수수께끼로도 보일지도 모르는 것이외다. 그러나 대사의 수수께끼는, 다른 훌륭한 대사들처럼, 마음에 도를, 불을, 인을, 대자대비를 비밀하고 있는 그런 것은 아닌 듯하며, 오히려 인하지 않은 것을, 비불성을, 도를 초개로 아는 것을, 이기적인 슬픔을 담고 있는, 글쎄 그런 것인 듯하외다. 그래서 대사의 스승께서는 자기의 제자에 관해 이렇게 말씀하셨던 것으로 압니다. '독수리의 알이 암탉의 품에서 깨어나, 다른 병아리들 속에서 치이며 자라면서, 한옆에서, 늘 우울한 얼굴을 하고 있습지요.' 헛헛헛. 글쎄 그렇지, 주책없는 소리지, 그래도 열인열세(閱人閱世) 몇십 년 해오다 보니, 이런 서투른 풍월이라도 읊을 수 있게 된 것이오 그려." 그리고 그 늙은이는, 내 손을 아버지처럼 잡는 것이었다. 나는 이마를 바닥에 붙여 크게 절하고 이제 감발을 맬 차례라고 알아, 이렇게만 말했다.

"이 사미를 용서합소서." 그리고 내 쪽에서 이번엔, 그의 늙은 손을 잡아 우악스럽게 한번 쥐어본 뒤, 마루로 나섰다.

"어디 다니러 가실 데라고 있으시오?" 장로는, 이해할 수 없다는 어두운 얼굴로 그렇게 물었다.

"유리로나 돌아갈까 하고 그러합니다. 하옵고 이제 이것이, 장로님께서 이 하찮은 사미께 베풀어주신 후덕과 온정에 깊이깊이 감사를 올릴 차례라고 생각합니다. 하오나 워낙이 천하게 자라다 보니, 타인의 후덕에 어떻게 감사하고 어떻게 갚을지 그 훈련을 쌓지 못해 서투르니, 그 점 해량하여 주셨으면 합니다."

"그래서 대사는, 종내, 이 노구의 평생의 소망 하나를 저버려도 좋으시겠소?"

"가정해서, 소승이 비록 그만한 재능이 있다고 한달지라도, 이렇게 피 묻은 손을 내밀어서는, 한 마리 강아지의 상처도 어루만질 수 없는 것이 아니오니까? 난산으로 인해, 그 어머니의 죽음의 피가 묻은 손과, 그 어머니를 살해하고 피 묻힌 손은, 절대로 같지가 않으오이다."

"그래서 대사는, 형벌을 치름으로 하여, 그 손의 피를 씻지 아니하셨소?"

"소승은 지금 형벌을 파기하고 있는 중이옵니다."

"그래서 대사는, 참으로 유리로 돌아가시려고 그러시오?"

"그러려 하옵니다."

"이게 다 속인의 의견입니다만, 그러시다면, 하필이면 저 메마른 고장으로 다시 돌아가시겠다고 그러시오?"

거기에 대해서는 난 뭐라고 대답할 말이 없었다. 그러자 비감이 들며 나의 출생이 원망스러웠다. "할 수만 있었다면, 소승으로서는 모태에서 태어나오지 않았던 것이 좋았습니다." 그러나 아마, 박쥐에게 물어보아도, 이 세상은 충분히 살 만하다고 대답하긴 할 것이었다. 이번에는 장로 편에서 침묵을 지켰다. 나의 대답이 아마 그만큼이나 모호했던 모양이었다.

"나도, 대사가 저 유리의 촌장으로서 오신 건 알고 있었습니다만." 늙은이는 한숨을 쉬더니, 느리게 이었다. "그렇더라도, 유리로 돌아가는 일이 뭐 그렇게 바쁜 일은 아니지 않겠소? 말씀드렸다시피, 내 선친께서는 삼십 년을 외지로 배회하시다 돌아오셨는데, 그랬어도 뭐 이 읍에 안주해 사시는 데 늦을 이유는 없었던 것이오. 정히 그러시다면, 대사는 어째서, 스승과 같이 지내셨던 암자라도 좀 다녀오시지 않소이까."

"스승도 계시질 않으니, 이제는 무엇 때문에 돌아가 보아야 될지를 모르겠습니다."

"대사께서는 유리의 율법에 관해 들어보신 적이 있습니까?"

나는 고개만 저어 보였다. 그러자 장로는 고개를 좀 뒤로 젖혀 처마 끝을 통해 밤하늘을 올려다보았는데, 눈자위와 볼에 남폿불이 흐리게 어려 든다.

"없으시겠지." 그는 혼잣말하듯이 그렇게 말하더니, "그러나 이런 경우에 이르러서라면, 일러드리는 것이 필요한 일인 듯싶으구료." 그는 그리고 잠시 침묵하더니, 어쩐지 약간의 수분을 어둡도록 띄워 올리며, 조금 떠는 음성으로 계속했다. "알려드리려는 사실 자체가 잔인한 것이므로, 잔인스런 말을 쓰는 것을 용서하시옵지." 그는 그리고 또 침묵하고, 또 한숨 쉬었다. "유리에는 대사의 죽음이 준비되어 있소이다." 그는 그리고 좀 번들거리는 눈으로 날 건너다보며, 떠는 목소리로 이어나갔다. "대사가 돌아가 정죄 받은 날로부터, 대사께서도 서른 날이 주어질 터인데, 그것은 죽음의 준비로서 주어지는 기간이외다. 유리의 율법은 스님들께 되도록이면 타의를 강요치 않으려는 것이 목적이라고는 한다더라도, 그러나 그 서른 날이 지나면 이제 거기 법의(法意)가 작용하게 됩니다. 그 서른 날이 다 가기 전에 그러므로, 자기의 날짜와 자기의 죽음의 방법이 자기에 의해 선택되어지지 않으면 안 되는데, 일단 정죄되면, 그러한 선택을 준 반면 예형(豫刑)이라는 것을 가하게 되어 있다는 것이지요. 물론 저지른 죄과에 따라 그것이 달리 나타날 것은 분명할 터입니다. 그런 일을 위해서 어쨌든, 세칭 촛불 스님이라고 하는 그 스님 관리가 거기에 보내어져 있습니다. 그 촛불 스님의 이번 읍내 행차는 순전히 대사의 정죄 문제 때문이었던 것이지요." 그는 그리고 또 침묵하고 또 한숨 쉬었다. "그러나 어떤 스님이라도, 정죄 받기 전에 유리를 떠나버리면, 사실상 그것으로 끝인 셈입니다. 이 읍의 질서를 담당한 자가, 그 범죄 승을 추적하려는 일을 결코 하지 않으려 한다면, 누가 그들을 쫓겠소? 유리는 유리의 불문율에 의해 누대가 폐쇄되어 와버린 것이고, 그래서 유리를 산다는 일은 한편으로 편하기도 할 것이지만, 한편으론 위험스럽다고 하지 않을 수 없을 것입니다. 그러나 스님들은 유리로 가기 전에, 유리로 가지 않을 수 있는 선택을 갖고 있음에도, 불구하고, 유리를 수도의 장소로서 택했을 때, 그는 동시에 법과 질서의 보호를 일단은 포기한 것으로, 읍의 율법은 간주하는 것입니다. 그리고 또, 유리와 이 읍 사이의 하나의 약속에 의해서, 유리에서 범죄한 스님을 정죄할 권리는 읍의 판관에게가 아니라, 거기에 파견된 스님 관리에게 있어온 것입니다. 유리를 벗어난 곳은 물론 그 스님 관리의 영역을 벗어나 버리는 것입니다. 헌데 그 관리는 지금 유리에 있습니다." 그는 그리고 몹시 언짢은 듯이 양미간을 찌푸리더니, 이었다. "그러나 나로서도, 대사의 스승을 통하고, 또 대사 당자를 뵙게 되어 두터이 된 정의로 해서, 한 범죄 승을 은닉하자거나 도주시키자는 의도는 추호도 없습니다. 범죄자는 그가 누구이든 그 범행에 해당하는 값을 치르지 않으면, 이 세상은 혼란의 와중에 던져진다는 것이 또한 나의 믿음인 것이외다. 문제는 그런데, 이 늙은이의 보는 바로서는, 대사께 주어진 형벌은 끝이 난 것으로 알고 있는 거기에 있는 것이외다. 대사의 스승께서는, 사람이 반드시 알지 않으면 안 될 열 가지에 관해, 집회에서 설법하시면서 [30]'눈에 보이는 현상은 환영이며, 실제가 아니라'고 하셨던 것입니다. 그러며, '환영이 아닌 것, 곧 실체에의 도달을 위해서 저러한 현상은 먼저 파괴되어지지 않으면 안 된다'고 하신 것입니다. 구도자에 있어서의 의미는, 그리고 살해의 의미는, 어떤 실체에의 도달의 과정으로 여겨지는 것입니다. 어쨌든 대사는, 고기를 낚아내지 않으셨소? 물론 펄펄 뛰는 물고기를 촛불 스님께 내보일 수 없는 것은 문제이지만, 나로서는 그러나, 누가 마른 땅에서 펄펄 뛰는 물고기를 낚아낸다면 차라리 그를 처벌하고 싶을 뿐이오. 나 같은 속인들의 눈엔 실제로 보이는 이 세계까지도 환영에 불과한 것이라면, 도대체 낚아 올릴 물고기가 물에선들 어디에 있겠소?"

나는 마루 끝에 걸터앉아 신발 끈을 매고 있었다. 차라리 나는, 두 번 다시 읍에는 오지 않으리라. 그것은 돌짐처럼은 무겁지 않으며, 새털보다도 가벼운 탓에, 비록 입술을 나불거리고 또한 혀를 양미간까지 뽑아내, 눈에 보이는 이 세상은 허상에 불과하다고 할지라도, 타는 향나무 장작에 얹혀서 죽은 불(佛)은 그렇게도 진한 사리를 구워냈었는데, 만약에 그가 산 불(佛)이었다면, 신음이야 형체가 없는 것이니 아예 따질 것이 못 된다 하더라도, 최소한도 몇 방울의 기름땀은 쏟아냈을 것이 아니었을 것인가. 타는 불길에 산 채로 휩싸여도 그는, 아저 불길은 환영이지 실제가 아니다, 그러므로 나는 오히려 시원할 뿐이고, 결코 태워지지 않는구나, 그는 그렇게 입술을 나불거렸을 것인가? 현상을 허상으로 본다면, 원 제기럴 열두 번 자빠지겠다고 사리는 분만해냈을 일이었겠는가?

허지만 허긴, 현상을 허상이라고 하고, 그것을 또 심영(心

505

影)이라고 했을 때, 그것은 '거울에 낀 먼지나 티끌' 같은 것으로 보여지기는 한다. 그러나 현상을 허상이라고 했을 때, 그것은 태초부터 실재해온 것이 절대로 아닌, '비유'(非有)가 그림자로서 나타난 것의 다른 표현인데, 그렇다면 저러한 '비유'에 '틀'이나 한계, 또는 구획은 어디에 있으며, 파괴할 것은 무엇이며, 사리를 남길 곳은 또 어디에 있으며, 또 생로병사의 고통은 어디에 있을 것이며, 무엇에의 해탈을 성취할 것이며, 열반은 무엇인가? 현상을 비실재로 보는 것은 오류인 듯하다. 현상은 현상으로서 실재며, 그것은 '틀'이나 한계로서 구획 지어질 것이기 전에, 그리고 '먼지나 티끌 낀' 것으로 정의할 것이기 전에, 하나의 우주를 형성해내는 것으로 이해할 것인 듯하다. 허지만 우주는 가득 채워진 것으로 비임[空]을 지키는 것이며, 이 '공'(空)은 '비유'(非有)와 결코 같지 않은 것일 것이다. 나는, 올 수 있단다더라도, 두 번 다시 읍에는 오지 않을 것이다.

"소승을 용서하십소서."

나는 깊이 두 번 절했다.

"아니 그래서, 이 야심한 지경에 떠나시려 그러시오?" 그는 일어서 마루 끝으로 나오며 물었다.

"글쎄입지요, 밝는 대로 떠나려고 하오나, 이 밤은, 와서 머문 동안, 소승께 후덕으로 감싸주었던 읍이나 한번 천천히 살펴보는 기분으로 산책이나 좀 했으면 하고 그럽니다."

"정 그러시다면, 천천히 산책이라도 하시면서, 너무 한꺼번에 들은 얘기의 충격도 좀 식히시고, 생각해보신 뒤, 밝는 날 유리로 돌아가시든지 아니면 고향이라도 한번 다니러 가시든지, 아무튼 이 노구의 손이나 한 번 더 잡아주시오."

　나는 그저 소리 없이 웃고 돌아서서, 대문을 밀고 밖으로 나섰다. 내게 고향은 이미 없었다. 고향으로부터도 나는 개종해 있었던 것을 뒤늦게 알지 않으면 안 되었다. 당산 가운데 백송, 섬돌이네, 바람쇠네, 당굴네 흙집, 언청이 여자, 빈 벌, 고추가 말라가는 초가지붕, 또 아마 등대, 갯벌 갈매기의 끼룩거림, 기우제 때 타다 만 모닥, 태주 할미네 오두막에선 낮에도 촛불이 타고, 배고픈 창자로 따 먹었던 생굴 맛, 어머니, 허긴 어머니.

　떠나려고, 돌아가려고, 작정했을 바엔, 이 밤으로 떠났으면도 싶었으나, 그러나 내게는 이틀분의 전표가 있었고, 그것으로 서른 날 치는 못 살더라도 어쨌든 사흘이라도 연명할 것을 무엇이든 장만해야 되었다. 그만큼은 나도 목구멍 탓에 현명해진 것이다. 그래 그리고, 쓴 목구멍으로 기다리고 있을 내 계집을 위해서도, 그래 한 개라도 좋다, 내가 어렸을 적 눈여겨보았던 그렇게나 큰 눈깔사탕쯤 사서 주머니에 넣어 가도 좋을 것이었다. 허나 이런 시간엔, 전들도 다 닫기고, 읍은 잠들어 있는 것이다. 그럼에도 나는, 장로의 훈륜으로부터는 벗어나고 싶은 것이었는데 그와 같이 앉아 있다는 것이 내게는 일종의 고문처럼 거북했던 것이다.

　나는 되도록이면 아무것도 생각하지 않으려 했다. 그런데도 내가 무엇 때문에 꼭이 유리로 돌아가지 않으면 안 되는가, 그 의문이 자꾸 일고 그것은 센바람이 되어 나를 한 뭉터기 쌓아, 축시도 말쯤의 새벽 고달픈 잠에 덮어씌워진 고적한 골목이며, 휑뎅그렁한 큰 거리로 굴러다니게 했다. 멀리 어디선가 아마도 말을 탄 밤 여행자가 지나고 있는 듯이 말발굽 소리 같은 것이, 말발굽 소리가 들려왔지만, 그러나 그것이 내 귀에는 그냥 언제부터인지 익혀진 소리였고, 낯선 것으로는 느껴지지 않았다. 어쩌면 나는 그 행여자를 알고 있을는지도 모른다. 눈이라도 한번 퍼부어 내렸으면, 아 눈이라도 한번 실폭하게 퍼부어 내렸으면 그랬으면 비감이며 수심을 동결시켰다가 한바탕 봄에 내가 녹아 스러져버릴 것인데, 비라도 습습히 내렸으면, 그랬으면, 뼛속의 곰팡이의 앓음으로 가슴은 앓을 틈도 없을 것을, 안개라도 짙었으면, 아 그랬으면— 결국 유리의 무엇이 손짓하는가? 그 대답은 허기만 종내 만들어지지 않았고 나는 수도청 바깥 등불 빛에 내 그림자를 흘려 내리고 서 있었다. 어째선지 피해왔고, 멀리 보려 해왔던, 저 수도부들의 수도청 앞에서 그런데 나는 이 새벽에 어째서 어물쩡거리고 있는가. 그러며 병든 듯이 머리를 썰레썰레 흔들고 있는 것이다. 갑자기 모주라는 노파의 얼굴이 궁금해지고, 뭔지 그녀와도 셈해둘 것이 있었던 듯한 느낌이 드는 것이다. 그래서 나는 대문을 두드리려고 손을 쳐들었다가 손을 늘어뜨리고 말았다. 결국 무의미한 것이었다. 내 계집에게 있어서의 모주 또한 그냥 고향 같은 것일 것이었다. 늙다리 계집, 잔소리 많은 계집, 질투 많은 계집, 그러자 어째선지 나는 좀 울고 싶은 기분이었다.

　나는 무엇 때문에 유리로 꼭이 돌아가지 않으면 안 되는가—의문은 그렇게 시작될 것이 아니었는지도 모른다. 그렇게 시작된 의문은, 비겁해진 정신이, 자기의 짐을 거부하려 하며, 그러면서도 자기를 합리화하기 위해 제기되었던 것인지도, 허기는 모른다. 그 의문이 들었을 때, 나는 도대체 돌아가야 할 아무 이유도 필요도 끈도 없다는, 대답 아닌 대답이 저절로 따라버리던 것이다. 그러며 꿈이 시작되었는데, 지금 헐어내고 있는 회당 터에 새로 설 절간엔, 그렇지 남향이 좋지, 남향의 아늑한 방을 갖고, 아 그래 가부좌로 난을 보아도 좋지, 잠이 오지 않는 이런 시각으론 골목들을 걸어 다니며 사람들의 숨소리를 엿듣고, 한번 꿰어진 백팔염주 같은 것을 지혜라고 들려주면, 그 지혜 앞에서 노인도 모자를 벗어야 하는 것이다. 원수는 갖지 말 일이지만 친구도 만들지 말 일. 색태 좋은 계집을 보아도 눈을 내려 감고, 돌아가는 그 계집의 엉덩이쯤 눈여겨보며 장삼 자락 속에서 불알을 훑어본다 하더라도, 사람들은 그를 일러 성자라고 할 터이지. 악인이 되기보다, 그리고 선인이 되기보다도, 성자가 되기란 쉬운 것이다. 배고파우는 아이도 머리만 쓰다듬어주면 되고, 불쌍한 과택의 살기 어려움의 호소에도 그저 미소만 보이면 되고, 사춘기 놈들의 심적 번뇌의 고백에도 충고 같은 걸 들려주는 일은 금물, 미소와 침묵, 난이나 보며 게으름이나 즐기고 있으면, 저희들 스스로 위로를 만들어내고도, 그 위로가 하늘에서나 내린 듯이 한 보따리의 존경을 싸 가지고 올라온다. 미소와 침묵, ……그러나 정작으로 의문해야 되었던 것은, 어째서 나는 유리를 떠나와 버렸던가, 그것이었을지도 모른다. 전에 내가, 유리를 떠나던 당시, 이 여행을 스스로에게 어떻게 정의해주었던지, 그것까지도 잊어버렸지만, 그러나 그것과도 상관없이, 이제 다시 돌아갈 바에야, 무엇 때문에 떠나왔던가를 다시 살펴보아야 될 때에 나는 온 것이다. 그러나 여기에 대한 대답도 만들어지지 않았다. 이제는 다만 모르겠을 뿐인 것이다. 왜 떠나왔는지, 그러면 왜 또 돌아가야 되는지, 유리가 내게 무슨 의미를 지니고 있는지, 유리로부터 도망치면 또 어떤 결과가 되는지, 아무것도 모르겠을 뿐이다. 하나 확실한 것은, 죽음이 두렵다는 것뿐이다. 아직은 죽고 싶지 않다는 것뿐이고, 살 수 있으면 천년이고 살고 싶다는 것뿐이고, 죽음은 상상도 되지 않는다는 것뿐이다.

나는, 수도청 앞을 언젠지 떠나서, 그냥 걸으며, 왠지 추워서 으스스 떨었다. 밤은 그리고, 쉼 없이 느리게 걷는 말발굽 소리를 내며 흐르고 있었다. "내가, 저쪽 어디, 아주 조용하고 깨끗한 여인숙을 알고 있는데, 거기서 기다려요?"……홀레톨 집 앞에서 나는, 아마 왼쪽으로 꺾어져, 냇둑을 따라 동향하여 걷고 있는 중이었다. 나는 그러고 보니, 그 뺏마른 계집아이가 살고 있다는 다리 밑으로 찾아가고 있었고, 어쩌면 한 번 더, 저 뜨거운 목구멍을 그리워하고 있었다. 내가 춥던 것이다.

그러나 결국 나는, 다리 밑으로는 내려가지 않았다. 그런 채 둔덕에 서서, 검게 흘러가는 냇물을 내려다보며, 얼마나 멀리서 내가 흘러왔는가를 생각했다. 아마도 나는 무척도 멀리서 왔다. 그러나 아마도 불원간 나는, 더 흘러가게 되지 못할지도 모른다. 흐르는 것도 종내는 멈추지 않으면 흐르는 것이 아니다. 이 숙명은, 아무리 씻어도 벗겨지지 않는 원죄 같은 때이다. 그러고 보니, 어쩐지 피곤하고, 허긴 좀 쉬었으면도 싶다. 서른셋의 나이로, 늘어볼 푼수 없이, 푹 좀 쉬었으면도 싶다. 그랬으면도 싶다. 나의 행망(行忘)은 계속되었다.

내가 돌아서니 그런데, 한 마리의 잘생긴 말이, 내게 코를 불며 머리를 까불어, 나를 아주 조금, 그저 흉내로 놀라게 했다. 그러고 보니 어쩔 수 없이, 말에 탄 밤 행려자에게 합장해 보이지 않을 수 없는 처지에 이른 듯했는데, 물론 그녀였고, 장로의 손녀딸이었고, 그녀는 멀찍이서 나를 따르며, 밤이 흐르는 소리를 들려주었을 것이었다. 나는 그것을 언제부터인지 알고 있었으나, 그녀가 지쳐서 돌아가리라고도 했었다. 추워서 내가, 뜨거운 목구멍을 생각했을 때 그러나, 바를 正 자 세 개에 구부려져 몸을 팔던, 그 계집아이의 얼굴은 결코 떠오르지 않았었다. 나는 이렇게 속으로 말하고 있었는데, "내가, 저쪽 어디, 아주 조용하고 깨끗한 여인숙을 알고 있는데, 거기서 기다려요?" 하고, 그런데 어쩌면 나는 저 말에 탄 계집의 너무도 맑은 얼굴에다, 저 찐득한 더러움을 칠하고 있었던 것은 아니었던가 모른다. 내가 춥던 것이다.

우리는 그러나, 어느 쪽에서도 말을 끄집어내지는 않았다. 그러는 새 말이 걷고 있어서 보니, 나도 그 말 곁에 적당히 붙어 서서, 이번에는 내가 아니라, 말이 행망 부리는 대로 내가 따라가고 있었다. 말은 아마도 읍을 벗어나, 더욱더 고적한 신작로로 나서고 있었는데, 그 깊은 유리로부터는 자꾸만 멀어져갔고, 그 길의 어느 매듭 뭉친 곳엔 필시 다른 읍이 있을 것이었다.

읍을 벗어나면서부터는 밤에 우는 풀벌레 지친 소리며, 어쩌다 한 번씩 풍진 세상 우는 휘파람새 소리며, 또 숲이 하는 말소리가 들리는데 별은 아주 나직이, 말머리 위로 뿌리고 내리는 것이었다. 나는 아까 추웠었는데, 그러나 지금 나는 훈훈해져서, 이 신록스런 은근한 밤을 사랑하기 시작한 것이다. 말은 조금도 빨리 걷고 있지 않은 데다, 복숭아꽃이며 살구꽃이며 아기 진달래 그늘로 머리 감은, 산(山)동네 누님만큼이나 순해서, 종내 나는 그 누님의 목덜미에다 머리를 기대고, 그냥 맹종으로써 걷고 있었다. 조금은 피로하기도 하던 것이다.

얼마를 그렇게 느리터분히 걸었던 둥, 나무의 동녘 가지 쪽에 맑은 빛이 어리고 거기서 새끼 아침이 눈뜨려고 시작했을 때, 말은 한 호수를 앞에다 두고 우뚝 멈춰 섰고, 그제서야 말에 탔던 여자가 내려서는 것이었다. 그리곤 코를 부는 말의 목에 팔을 두르며, 그것의 목에 얼굴을 기댔는데, 그 말처럼 순하고 수줍은 분위기였다.

우리는 아마도, 읍을 남녘에 두고 북쪽으로 걸어온 듯했다. 호수의 북쪽으론, 시꺼먼 잡목 숲이 아마도 수천 평으로 펼쳐져 있었고, 그 숲의 수면으로도 아침 빛이 펴들자, 바람도 없는데 그것이 조수지며, 뭔지 낮은 그렇지만 깊은 소리를 울려내기 시작하고 있었다. 호반의 남녘, 그러니까 우리가 선 뒤쪽은 그저 들이었고, 간혹 작은 숲들이 있었지만, 그 들 저쪽에, 읍이 아슴푸레하니, 무슨 푸른 안개 같은 것으로나 보였다. 호수는 잔잔히, 어쩌다 물방개라도 한 마리 지나려면 그것이 수선스러웠으나, 거기 이른 아침 하늘이 어스름히 깔리고, 또 고적이 덮여 휴식스럽고 안온해, 들찔레 덤불이며, 우북이 자란 갈대, 또는 키 큰 포플러 나무 같은 것들이, 혼을 한번 빠뜨려버린 뒤 주저앉아, 떠나지를 못하고 있었다. 이 호수의 내정은 몽락수 열매 같은 것이어서, 그 내정에 혀를 적시면 영 떠날 수 없을 것인 듯했다. 나는 아마 지금은 뛰어들지는 않을 것이다. 나는 차라리 처음에 주저앉았고, 다음에 눕기나 했다. 그런 뒤 나는, 졸음에 휩싸여버렸는데, 처음 본 이 호수의 둔덕에서 나는, 깊은 휴식을 찾은 것이다.

센 빛이 눈을 간지럽히어 눈을 떴더니, 구름 한 점 없는 하늘에, 어쩌면 낮달일지도 모르는 흰 얼굴이 하나 떠, 맑은 눈으로 날 내려다보며, 누이처럼 웃고 있었다. 아 그래 나는 참, 언젠가 뺨을 한 차례 얻어맞았으면 했던가. 내가 그래서, 아마도 낮달이 싶은 것을, 손 뻗쳐 따 내렸으나, 허나 내 뺨은 뜨겁지가 않고, 그냥 입술만 육실허게 뜨겁고 가슴은 비 맞은 듯했다.

"난 목욕이라도 한번 시원히 했으면 싶으구나." 내가 한 말은 그것이었고, 그녀와 우리 사이의 첫마디였고, 나는 일어났고 무자비하게 옷을 벗어부쳤고, 물속으로 첨벙 뛰어들어 버렸다. 그러자 처음엔, 바늘로 찌르는 듯한 한기가 몸을 쏘고 덤비며 경직을 일으키려 했지만, 물속에다 머리까지 처넣었다 솟구치고, 미친 한 마리의 물개가 되어, 저쪽 둔덕을 향해 헤엄쳐 가고 있었을 때는, 해탈을 조금도 부러워하지 않았다. 그래, 언제나 나는, 물가에 서면 투신하고 싶었었다.

그쪽 둔덕에 닿았기에 나는, 거기로 기어 올라가 섰다. 그리고 나를 건너다보는 저쪽 둔덕의 여자에게 팔을 흔들어 보이고, 그 여자가 절시하고 있는 내 몸을, 내가 또한 훔쳐보았다. 나는 그리고 아름다웠다. 내 등 뒤의 숲에서는, 몇백 년이나 쌓이며 썩던 이내가 새가 돼서 검푸른 울음을 울고, 내 발밑에는 몽락수 꽃 수줍게 열려, 나를 싸안기 바라고 있다. 저 그을음만 같던 유리의 햇볕이 그래도 나를 구릿빛으로 달궈놓고 있어서, 나는 한 마리의 근력 좋은 수구리 뱀이었다. 그 속엔 죽음의 괴력이 채워져 있어, 근육들을 꿈틀거리게 하는 것이다.

다시 나는, 물속으로 뛰어들어, 나를 기다리는 여자를 향해 헤엄쳐 나가며, 물을 머금어 양치질도 했다. 이제는 읍엘 들렀다가, 어쨌든 유리 길을 재촉해도 좋을 시간인 것이다. 호수 둔덕에 초막 짓고, 저런 계집과 함께 살고 싶으면 싶을수록, 얼른 떠나버려야 되는 것이다. 그런 꿈은 꾸는 것이 아니다. 일곱 집 둘러 밥 빌어 와서 처사여, 배 불리고 처사여, 아침엔 흰 연기를 굴뚝으로 뿜어내며 처사여, 저녁엔 붉은 모닥불을 아궁이에 피우고 처사여, 새들이 하는 노래를 처사여, 숲이 도란거리는 소리를 처사여, 구름이 넋 빠뜨리고 가는 호수에 낚싯줄 늘이고 앉아서 처사여 들으며 보며 늙어가는 처사여, 그런 꿈은 꿀 것이 아닌 것이다. 처사여, 아닌 것이다. 비라도 모질게 내리는 날로여 처사여 숲은 운무에 덮이네 처사여, 호수가 처러워 가슴을 움츠리면 처사여 때로 달이 어리울 것을 처사여, 달 잡으러 뛰어들 일은 처사여 꿈꿀 것은 못 된다 처사여, 한 마리 정충의 고뇌가 어떤 것인지 처사여, 그러면 그대 어미의 산통을 보라, 한 생명의 고통이 어떤 것인지 처사여, 그러면 그대 죽음을 보라, 겨울로 내려간 뿌리가 아직 잠도 채 깨기 전에, 여름 잎 푸른 솜털 위로 가을비가 차거이 추적이지 않는가 처사여, 그러므로 봄일랑 아예 꿈꿀 것이 못 되는 것이다.

나를 기다렸던 여자는, 그렇지 비단의 검은 폭에 연의 붉은 여섯 이파리를 가슴팍에 수놓은 옷을 입고 있었는데, 조금의 수줍음도 없이 그제는 정면으로, 벗은 나를 보았는데, 약간의 광기를 띠고 그 눈은 좀 붉어도 보였다. 나는 어쨌든 물방울이나 말리고서 볼 일이었기에, 해를 정면해 섰더니, 그녀는 해를 뒤에 받고 앉아 있었다. 물이 마르느라고 그러자 내 몸에서는 김이 누렇게 퍼져 올라오고 있었다. 그러며 조금 뜨거운 신선감이 전신으로 퍼지고 들자, 백일하에서 망할 녀러, 근이 굳건히 일어서고, 치골에 머리 얹고 잠들었던 두 마리의 뱀이 깨어선, 척추를 따라 세 바퀴 반을 휘감아 틀어 올라 목젖 있는 데서 대가리를 휘둘러댔다.

나는 아마 그녀에게 다가갔고, 그리고 그녀를 내 두 팔 안에 휘감아 넣었을 것이었다. 그러나 그녀는 거부의 몸짓은 하지 않았다. 오래잖아 내게서는 척추가 무너나 버렸고, 용 틀어 오르던 두 뱀도 전처럼 다시 치골에 머릴 얹고 잠들어버렸는데, 그녀의 검은 비단 폭 치마에는, 다른 흰 연(蓮)이 한 송이 해맑게 피어, 검은 바탕 위에서 햇빛을 받고 청황색으로 뻔쩍였다. 그녀는 그리고 저주하는 눈으로 그 치마폭의 청황색 한 송이 연을 내려다보더니, 여자는 종내, 실의와 거부의 몸짓으로 일어나 말한테 가, 자기가 달릴 수 있는껏 말을 몰아, 읍으로 이어지는 길을 달려갔다.

나도 그래서, 그제서야 부스스 일어나, 벗어부쳤던 옷을 꿰어 입고, 읍을 향해, 그 말이 몇 톨의 황진을 일으키고 간 그 길을 따라 터벅였다. 기분은 상쾌했으며 몸은 가벼웠다. 지금부터 내게는, 그 여자의 할아버지를 만나 하직할 일이 있고, 이틀 치의 전표로 당분간의 생활을 살 일이 있는 것이다. 결국 내게는 하나의 통로만이 남아 있었던 것인데, 그건 역시 유리에로의 그것뿐이었다.

2

장로는 읍청엘 가서 없었다. 그런 대신, 침모 할머니께 전 같을 남겨두었는데, 좀 쉬며, 천천히 정원이라도 산책하고 있다가, 자기와 같이 점심을 들도록 하자는 것이었다. 나는 그러기로 하고, 내 장옷 형편이 어떻게 되었는지 좀 살펴보아 주었으면 좋겠다고 했더니, 그녀는 웃으며 그것은 쓸모가 없이 되었다고 대답한다. 그런 대신, 안으로 들어갔다 나오며 속옷까지 갖춘 새 장옷 한 벌과, 새 양말, 두터운 고무창에다 가죽끈으로 이리저리 건너 엮은, 여름 신발 한 켤레를 내놓는다. "솜씨가 없어 모양은 없어도 튼튼하게는 꿰맸으니, 그냥 입으셔요. 지금 입고 계신 옷이 몸에 맞는 듯해 보여서요, 그 옷 임자 불러 치수는 재었지요." 침모 할머니는 그렇게 인정 있게 말하며 어머니처럼 웃었다. 그러나 나는, 그것을 받을 만한지 어떤지를 몰라, 그냥 적당히 얼버무려, 그 안채의 마루에 남겨둔 채, 사랑채로 나와, 못가 죽의자에 앉아, 연이나 들여다보며, 저 계집의 치마폭에 어렸던 연을 떠올렸다. 그리고 한숨을 쉬고 있자니, 그 계집이 한 붉은 연이 되어, 내 가슴속에 깊이 뿌리 내려 내 심정을 갉아먹고 있음이 알려졌다. 그 세근은 간질거리고, 그 줄기는 억셌으며, 그 꽃은 뜨거웠다. 그러나 그것이 내게는 결코 번뇌는 아니었으며, 그것으로 인해 내가 더욱더 아파지기를 바라는 것은 이상했다. 그것은 열예였다.

그러고 있는데, 어디선지, 가얏고 열두 줄 우는 가락이 울넘어 오는데, 그 가락은 심청이어서, 내 귀가 뜨이며 보이기 시작했다. 사실에 있어 내 귀는, 참으로 오랫동안, 날것인 채

516

로의 소리, 가령 바람이 불 때 산이 짐승처럼 앓는다든가, 물이 흐르는 소리, 또는 새의 지저귐이라든가 꽃이 망울 트는 소리, 잎 지는 소리라든가, 무주공산 떠도는 귀신의 곡소리 같은 것들, 그런 소리들밖에, 다른 소리에는 익혀져 본 적이 없던 바라, 공명관에 푹 담겨, 삶겨진 소리에 접하고 나니, 뭔지 형언할 수 없는 것들이, 내 속에서 한 이삼십 년 잠을 깨고 떨치고 일어나는 듯했다. 음악을 만약에 협의로 해석하여, 가다듬어진 소리만을 따진다면, 그런 소리란 아마 태초부터 없었던 것은 사실이다. 그런데도 없었던 것이 가슴에서 일어나고 있는 것은 어쩌면 갈마의 센바람 탓이다. 그 소리는 어쨌든 언젠가 한 번, 촛불중과 이 댁의 숙녀가 같이 걸어 나왔던, 저 못의 가운데를 가로질러 건너간, 다리 건너 쪽의 울안에서 울려 넘어오고 있는 것으로 짐작건대, 그녀가 한 가락 뜯고 있는 중인 것 같았다. 장로는 읍청에 가고 없다고 하니 허긴 누가, 한 그루의 오동 꽃을 흩뜨리겠는가. 그 문이 열렸다고 하더라도, 눈들이 많은데, 한 중놈이 허락 없이 지나서도 안 되겠지만, 그 문은 닫혀 있었고, 그런데도 나는, 저 소리 같은 계집, 계집 같은 소리에 화풍병(花風病)이어서, 궁리하다 못해 다시 안채로 들어갔다. 그랬더니 예의 그 침모가 빨래 손질을 하다 말고 일어서며, 뭘 도와줄 것이 있느냐고 묻기에 "아, 저 이거 실례했습니다. 저 고운 음악이 혹시 여기서 울려오는 것이나 아닌가 하고 따라 들어와 본 것이었습니다만" 하고, 짐짓 되돌아 나오려 했다.

"아 잠깐 계십시오. 아씨께 내 한번 여쭈어봅지요." 그녀가 마루를 내려서며 그렇게 나를 만류했다. 그리고 그녀는 서

두르는 걸음으로, 동편 채로 가 중문을 열더니, 그 안으로 들어간다. 나오더니 웃는 얼굴로 "아씨께서 스님을 좀 뫼셔 오시라는 말씀이십니다"하고, 왔던 길을 다시 앞서가더니, 중문 앞에서 내게 길을 터주고, 자기는 되돌아간다.

그 안뜰은 짐작했기보다 훨씬 더 아담하고 조촐했다. 우선 냄새부터가 달랐는데, 오동이 우는 소리의 냄새라야겠지, 청순한 계집의 태고스런 냄새라야겠지, 우선 코에 신선하지만, 그것이 일단 폐부로 스며들었다고 하면, 소금이 되어 짜지고, 혼을 조갈에 부대끼게 한다. 아무리 계집을 마시고, 또 마시고, 또 마셔도, 혼은 계속 갈증에 떨고, 그러다 발열 지랄육갑 다하고 나가떨어져, 무덤에 들어서도 저승으로는 못 가고, 달이 휜데도 제 놈의 봉분 위에 요요히 나앉아, 우니다가, 우니다가 녹아지면 한 알맹이 흰 소금이 되었다가, 녹아져서, 냄새만 바람에 불려가서, 봄꽃 질 때쯤이나 돼설랑가, 그렇지 한 이파리 복숭아꽃에 타고라도 좋고, 그렇지, 그년 오줌 누는 측간 바닥에라도 떨어지면 좋겠지, 그때 바람이 불면 더욱 좋고, 그러면 살풋 날아설랑, 그년 오줌 방울 묻은 데 설핏 붙었다가는, 그냥 살이 되어버리는 것이지. 아니면, 그년 죽어 혼 실려 나가는 요여 위에라도 떨어지면 좋고, 또 아니면 그년 시집간 첫날밤 화초 타는 창턱에 내려서 귀가 되어도 좋다. 이것은 갈보년의 냄새와는 다르고, 그렇지 물론, 갈보년의 냄새 또한 좋은 것이지 좋은 것이어서 산 채 썩어 죽기를 한하고 근은 서는 것이다. 어쨌든 냄새부터가 달랐는데, 우선 눈에 보여졌기로는, 그 안에도 또한 연못이 하나 있어, 붉은 연 한 열두어 얼굴, 이끼 긴 석등, 한 스무남은 그루의 대[竹], 죽의자,

대를 쪼개서 어디로 이어놓은 홈통에선 맑은 물이 흘러 못 위에로 떨어지고 있다. 바위는 패어지지 않는 듯이 하면서도 홈이 패어지지만, 그러나 물은 패어지는 듯이 하면서도 홈이 패어지지 않는다. 마당엔 자잘한 자갈을 펴 놓아, 먼지 날 일 없고 깨끗했고, 꽃 진 난 줄기며, 금잔화며, 해바라기며, 장미며, 비둘기며.

그런 것을 일별하고 나는, 섬돌 앞으로 갔더니, 쌍문 미닫이까지 활짝 열어놓고 그녀가, 소복으로 가야금 앞에 앉아 있는 것이 보였다. 그러나 그녀는 현을 퉁기지는 않고, "좀 올라 앉으시지 않으셔요?" 하고, 왠지 얼굴을 붉히며 떠는 듯이 말하고 있었는데, 어느 녘에 난이 낙화했던가를 의문했을 일은 아니었다. 어째서 정원에 난이 없었겠는가.

나는 대답으로서, 마루 끝에 어중간히 걸터앉고, 그런 뒤, 별로 의미 없이 한 번씩 현을 퉁겨보는, 그녀의 섬세한 손을 건너다보았다. 그러는 중에 그런데, 그 손이, 흰 비둘기처럼 비상하며, 저 죽은 가얏고 위를 춤추기 시작하자, 가얏고가 살아나는 아픔을 비명해대기 시작했다. 그것은 하나의 괴력으로서 내게 체험되기 시작한 것이다.

하나의 죽음이, 처음에 아주 느리게 살아나고 있었는데, 그때는, 가얏고 위를 날거나 춤추는 손은 손이 아니라 온역이었으며, 청황색 고름이었으며, 광풍이었고, 그것이 병독의 흰 비둘기들을 소금처럼 흩뿌리는 것이었다. 내가 흩뿌려지는 것이었다. 그러며, 내가 저 소리에 의해 병들고, 그 소리의 번열에 주리 틀어지며, 소리의 오한에 뼈가 얼고 있는 중에 저 새하얗게 나는 천의 비둘기들은 삼월도 도화촌에 에인 바람 람

드린 날 날라라리 리루 루러 러르르흐 흩어지는 는 는 는느 느
등 등드 드등 등드 드도 도동 동 동도 도화 이파리 붉은 도화
이파리, 이파리로 흩날려 하늘을 덮고, 덮어 날을 가리고, 가려
날도 저문데, 저문 해 삼동 눈도 많은 강 마을, 강 마을 밤중에
물에 빠져 죽은 사내, 사내 떠 흐르는 강 흐름, 흐름을 따라 중
모리의 소용돌이 자진모리의 회오리 휘몰아치는 휘모리, 휘몰
려 스러진 사내, 사내 허기 남긴 한 알맹이의 흰 소금, 흰 소금
녹아져서, 서러이 봄꽃 질 때쯤이나 돼설랑가, 돼설랑가 모르
지, ……계면(界面)하고 있음의 비통함, 계면하고 있음의 고통
스러움, 계면하고 있음의 덧없음이, 그리하여 덧없음으로 끝
나고, 한바탕 뒤집혔던 저승이 다시 소릇이 닫겨버렸다. 손은
그래서 다시 손으로, 오동나무 공명관은 다시 오동나무로, 겨
울에 죽은 한 마리의 까마귀처럼, 흰 벌에 누워버렸는데, 거기
어디에 그런 괴력스런 산조(散調)가 사려 넣어 있었던지 그것
은 알 수가 없었다. 그것은, 삶의 전 단계를, 생명이 당하는 괴
로움의 온갖 맛을, 말세까지의 한바탕 흐름의 전 물굽이를 한
마당 휘몰아친 가락에 담은 것이어서, 그것이 소릇이 잠들었
을 때, 나를 울게 했다. 나는 아마 눈물을 흘려내고 있었다. 이
것은 가공할 만한 하나의, 푸닥거리, 한 장면의 신굿처럼 내게
는 여겨졌다. 나는 그래서, 가냘프게만 보아왔던 저 손을 무녀
로서 존경하고, 소리의 백 년 잠을 일시에 깨어 흩뿌리는 그
손의 주술을 두려워하여 무릎을 꿇어, 떨림으로 그 손을 모두
어 쥐고, 나도 모른 새 입을 맞추며, 내 가슴에 꼭 대고 있었을
것이다.

나는 그러다 나를 찾아내고, 황급히 일어나 사랑방으로

나오려 했더니, 그녀가, 저 가얏고 우는 것만큼이나 가냘프고 떨려서 뜨거운 소리로 조금만 더 할아버지가 돌아오실 때까지만, 앉아 있어줄 수 없겠느냐고 묻고 있어서 그러기로 했다. 나도 떠나기가 조금은 싫던 것이다.

"이것이 스님과의 마지막인 것만 같은걸요." 그녀는 그렇게 말하며, 슬픈 듯한 미소로, 내 곁에로 사뿐히 와 앉는 것이었다. "이것이 또 하직할 때라고도 생각하면서도, 좀체로 손을 흔들어 보여드릴 수가 없어요. 어떻게 모진 운명을 스님은 감수하시려는 것이에요. 그러시지 않아도 되실 터인데요." 그녀는 그렇게 말하며 내게는 흰 온역으로서만 보였던 손으로, 내 어글한 손을 잡아 꼭 쥐는 것이었다. "유리로 그래서 기어코 돌아가실 것이에요?"

그러나 나는 대답하지는 않았고, 그냥 추녀 끝 너머의 푸른 하늘과 볕이나 바라보았다.

"유리에 있는 여자분은 아주 예쁜 걸로 알고 있어요. 아시겠지만요, 그 여자분이 우리 아버지의 정부인 건 세상이 다 아는 사실이죠. 어머닌 돌아가시고 안 계시거든요. 아버진 아들 얻기를 희망하시다, 아마 그 여자분께 정이 들었나 봐요. 그래서 저두요, 그 여자분을 눈여겨볼 기회가 많았는데요, 그 여자분은 그러나 아버님을 전혀 사랑하고 있는 눈치가 아니었답니다."

나는 추녀 끝을 통해서, 저 유리의 동구 밖에 어쩌면 아직도 희게 앉아 있을 그 계집을 얼핏 보고 있었다.

"이건 참 우습고 어리석은 얘기가 될 거예요. 그래도 묻고 싶은걸요. 스님께선 그 여자분을 사랑하고 계시죠. 그죠?"

나는 그저 듣기만 했다.

"그래서 돌아가시려는 거예요?"

나는 그저 듣기만 했다.

"한번 다니시러 가시는 거죠, 그죠? 돌아오실 것이지요?"

나는 그저 듣기만 했다. 그러자 여자는 한숨을 쉬더니, 내 눈을 들여다보며, "난 어째서 요 며칠 어리석어졌는지, 그걸 모르겠어요" 하곤 이번엔 연못을 내어다보며 시든 목소리로 이렇게 이었다. 마당의 꽃 속에는 벌들이 윙윙대고 있었다. "스님은 모르시겠지만요, 전 아주 오래오래 전부터 스님을 알아왔답니다. 스님의 스승이신 그 스님께서 틈만 나시면 제게, 스님에 관해 말씀하셨거든요. 그래서 한 번쯤 만나 뵙고 싶었었어요. 그냥 만나 뵙고 싶었을 뿐이죠. 아주 어렸을 때 헤어진 오라버니처럼 생각켰거든요. 지금이라면 모두 말해버리고 싶어요." 그러며 그녀는, 내 어깨에 얼굴을 기댄다. 정각한 도사가 지나간 자리엔 풀 한 포기 자라지 못한다고 들었는데, 헌데 내 스승이 지나간 자리에서라면, 어째서 이렇게 더욱 더 풀만 무성한가. "그래요 지금이라면 다 말해버리고 싶어요. 헌데 말예요, 저 석양 녘에, 저 공사장에서요, 스님이 제게 뭐라고 말씀하셨댔죠? 그 말씀은 너무 잔인했어요. 그래요, 전 무서웠었어요, 그 말씀은, 어쩌면 제가 지녀왔었을 두 가지 영상을 깨뜨려버린 결과였습니다. 하나는 뭐 그렇죠, 오라버니거니 했던 것이구요, 다른 하난 그렇죠, 훌륭한 그저 스님이거니 했던 것이었죠. 물론 저도, 유리에 계신 여자분과 정분이 두텁다는 말은 촛불 스님으로부터 들어 알고 있었지만요, 그런 이야기란 그저 한갓 남의 얘기인 것으로 여겨왔었댔죠. 헌데요, 스님은 오라버니거나 스님이시기 전에, 뻔뻔스럽고도, 호호, 그리고 자꾸 도망치면서도 뒤돌아보고 싶은 그냥 한 남자분이셨에요. 호숫가에 서셨던 스님은, 참 아름다웠었어요. 그래요, 아름다운 남자였었어요." 계집은 그러며 좀 킬킬거리고 웃었다. "전에 난, 집에 있던 어떤 애의 간질을 목격한 적이 있었답니다. 그 앤 늘 그렇진 않았는데 내가 본 그 간질을 일으키기 전에, 그 애는 참 아름다웠답니다. 그 눈은 이상하게 고요했었는데, 눈물에 엷게 덮여 있었구요, 물론 일순간이었지만요."

그녀의 이야긴 날 클클거리고 웃게 만들었다.

"스님의 스승께서, 자기의 제자에 관해 뭐라고 말씀하셨는지 아시겠어요? 허지만 그 늙은 스님은 자기의 제자에 관해 한 번도 과장해보신 적이 없으신 걸 저도 알게 되었어요." 그리곤 여자는, 무슨 생각을 하고서인지 핼끔 웃더니 계속했다. "그 스님은 늘 이런 투로 말씀하셨답니다." 그리고 여자는, 음성을 갑자기 그 늙은네의 것처럼 꾸몄다. "녀슥 말이지, 지지리 못났다구. 해도 보게나, 뼈대는 어글하잖게? 눈은 말이겠네, 그렇게, 아마 한 석 자 세 치 길이는 아니 되겠냐구, 그러니 거 얼마나 보기 싫으냐구, 게다가 그 두 눈구멍 사이에 흰 털이 한 오래기 나가지고 말일세, 거 뭐가 좀 모자란 듯하잖냐구. 그래도 보면 늘 반가운 놈이지. 에라이 순, 거 무엇에 쓸까 모르겠어. 서방을 맞더라두, 당최 그따위로 생긴 건 맞는 게 아니겠다."

그래서 우리는, 눈물이 솟을 때까지 웃어댔는데, 웃다 보니 허탈이 밀려, 우리는 한동안 잠잠히 있기만 했다.

"나중에 제가, 말로 유리까지 모셔다드릴 수 있겠죠?"그녀 쪽에서 먼저 말하고 반짝이는 눈으로 날 보았다.

"고맙습니다만, 그랬다간 유리엔 영 닿질 못하게 될지도 모릅죠, 글쎄 나로서는, 외로운 먼 길에 숙녀를 혼자 되돌려 보낼 수는 없을 터이니, 저 대문까지 다시 모시고 와야 되며, 숙녀는 또 소승을 유리까지 데려다주실 것이고, 그러다 보면 한평생 다 가게 될 듯하잖습니까?"

"호호, 재밌어요. 그랬음 더 바랄 게 없을 것 같아요. 그랬음 좋겠어요."그러며 계집은, 내 목에 팔을 감으며 내 품으로 안기고 든다. "절 욕심 많은 계집아이라고 한 차례 때려주잖으세요?"

허긴, 좋은 계집의 엉덩이 갈기는 일이 나의 전문인 듯도 하지만, 그러나 나는, 이 계집의 엉덩인 갈기지 않았다. 그런 대신, 저 떨고 있는 암컷을 보듬어 들고 뜰로 내려가, 그런 채로 연못 가운데까지 걸어갔다간, 그 수면에다 그저 떨구어 뜨려 버렸다. 그러자 연들이 목을 끊기는 듯 흐느적이며, 숨이 가빠 시샜다. 그러고 보니, 정오에 온 해가, 점심시간을 가리키고 있었고 나를 저잣거리로 불러내고도 있었다. 그래서 그녀의 귀에 속삭여 들려주었다. "아가씨, 이제 할아버님이라도 오셨을지 모르는데, 이렇게 있는 걸 보시면, 단칼에 소승의 목을 베려 하실 겁니다."

"염려 마셔요. 할아버진 오시기 전에 언제나 침모를 먼저 보내, 제 의견을 물으신답니다. 아침엔, 할아버님이 걱정스레 물으시더군요. 밤새 어디서 지냈느냐는 것이죠. 그래서 한두 가지 것만 숨기곤, 사실대로 다 일러드렸답니다."그리고 그녀는 소리 내 웃으며, 아직도 서 있는 날 주저앉혔다.

"허지만 이젠 일어날 때군입쇼."

"싫여요. 아주 추워서 견딜 수 없을 때까진, 한사코 일어 나지 않을 것이에요."

"그러다 보면 된내기가 안 내릴깝쇼? 이제 나는, 아가씨 를 저 기둥에다 붙들어 묶어놓을 것입니다."

나는 그리고, 그녀를 보듬은 채 일어났다. 그랬더니, 물에 젖은 소복이, 그녀의 몸에 찰싹 들러붙어, 그녀의 몸의 부분들 을 아른히 붉게 드러냈는데, 그것은 저 흩어져 사라졌던 가야 금 산조가 어디 하늘도 깊은 데쯤, 거기 어디 산도화 흩어지 는 데 닿았다. 산도가 되어, 부드러운 솜털을 달고 떨어져 내 린 것은 아니었을까 모른다. 내 어금니에선 신 침이 솟아오르 며, 입속에 저 과즙이 고이는 것이, 이러다간 내가 영 살아버 리고 죽을 것 같지가 않았다. 또 아니면, 유리 길 중간쯤 가다 가 그만, 돌 들어 내 아랫도리를 내가 찍어 죽어 쓰러지며, 아 달래나 볼걸, 달래나 보지, 달래나 보지, 심경(心經) 삼백 독이 나 해두어 보았을 것을, 그랬으면 흙도 바람인 것을, 아름다움 속에도 시즙(屍汁)이 괴어 있는 것을.

심경이라도 한 삼백 독이나 해두어 보았을 것을── 나는 자꾸 속으로 중얼거리며, 소리가 하늘 복숭아가 되어 떨어져 내린 것을 기둥에 묶어놓기 시작했다. 그녀의 젖은 긴 소매 끝 을 잡아 늘여, 기둥에 둘러 그 끝을 첨매고, 긴 치마폭도 두 귀 를 잡아 늘여 또 그렇게 했더니, 기둥을 안고 서 있는다. 그것 은 순전히 연극이었으며, 그런 연극에 의해서라도, 우리는 지 금 이 당장 헤어지는 슬픔을 이겨내려고 한 것이다. 나는 그리고 그녀의 이마에 입맞춤하고 돌아서려면서, "아가씨는 지극히 아름답소. 죽더라도, 그 아름다움을 조금 얻어 간직해 갈 수 있다면, 그 아름다움이 연이 되어, 그 시체에서 피어나지 않겠소?" 하고, 부지런히 걸어 나왔다. 그녀의 눈에, 진한 눈물이 어린 것을, 나는 보았었다. 그리고 그 말은, 연극을 위한 대사는 절대로 아니었는데 그녀로 인해 어쩐지 내 혼은 더욱더 무성해진 듯이만 여겨졌고, 그 무성함으로 인해, 이 세상 뙤약볕이 조금 가려져, 잠시의 오수를 내가, 그 밑에서 즐겨도 좋을 듯했다. 덧없음은 어디로부터 오는가? 그것은 비실재적 환영으로부터가 아니라, 실재의 현상으로부터 오는 것, 그러므로 누가 만약 그 덧없음을 실제로서 포착하길 원한다면, 그 현상을 체험하지 않으면 안 되는 것이다. 오온(五蘊)을 황폐로이했을 때, 무상도 비무상도 비비무상도 없을 것이지만, 벼락 맞고 죽은 고목이 아뇩다라삼먁삼보오리를 성취해서 초연한 것은 아니다. 바람 자지 않은 나무일수록 더 우람하며 더 가지가 많은 법일 터인데, 그것은 그것의 흔들림으로 초연한 것이다. 아직 된내기 내리려면 먼 철인데, 스스로 뿌리를 죽이고 시든 잎을 땅에 흩뜨리는 나무는 자기가 선 세상에서도 존재키를 거부하였으니 자기가 살아보지도 않은 다른 어느 세상에선들 절실히 존재할 수가 있을 것인가? 생명이 고통이라면 죽음도 고통이다. 그러므로 '나지 마라, 죽는 것이 고통이다. 죽지 마라, 나는 것이 고통이다'라는 충고를 할 수 있다면, 그러면 어쩌자는 것인가? 낳고 죽음이 끊긴, 서역 어디라는데, 극락에나 가서 번데기라도 되자는 것인가? 삶이 고통이라고 전제했을 때, 극락정토가 어떤 고장인지는 모르되, 죽을 수도 날 수도 없는 삶 또한 고통이라는 결론은 저절로 따르는 것이다. 이렇게 말하는 것은 어쩌면 역설일는지도 모르긴 하다. 그러나 만약에 이 세상이 비실재며 환상에 불과한 것이란다면, 자기 또한 존재치 않을 터, 자기가 존재치 않으면 극락도 존재치 않을 것인데, 그리하여 모든 것은 무 속으로의 무의미한 침몰을 당해버리는 결과를 부른다. 자기가 존재치 않는다면, 나거나 죽는 것이 어떻게 해서 고통이 되며, 낳거나 죽을 일은 어떻게 이뤄지는 것인가? 다만 무의미할 뿐이다. 이 세상도 저세상도, 살 만한 곳은 한 군데도 없는 것이다. 정토란 있는 것도 아닌 것으로 여겨진다. 그럴 때 허긴, 그것은 자기의 마음속에 있는 것이라는, 짐짓 대비스런 음성이 들린다. 그러나 몸을 사대(四大)에 의지하는바, 사대에 의해 마음이 있거늘 그 사대가 공(空)이란다면, 그 마음은 무엇에 의지해 정토의 초석이 될 수 있을 것인가. 바람 자지 않는 나무는, 죽은 나무보다도 더욱더 탐욕스러이, 빨고 드는 삶과 죽음의 고통 탓에, 그 불같은 아집 탓에, 더욱더 그 혼이 무성해지는 것이다.

옷이 젖어 미친놈 같았는 데다, 내 속살도 벌겋게 보여, 좀 열적은 채 침모를 보았더니, 그 침모가 킥킥거리는 웃음을 물고, 예의 그 장옷을 내밀어주며, 장로가 조금 전에 와서, 날 기다리고 있다고 귀띔해주었다. 난 그래 마른 옷을 받아들고, 얼른 사랑채로 나왔다가, 젖은 옷을 말아 들고, 안채로 다시 들어갔다.

장로는, 읍청에서 가져온 무슨 서류라도 읽었던 모양으로, 돋보기를 코끝에 나직이 걸고 있다 나를 맞곤, "그 애 가야금 솜씨가 거의 뭐 변변찮지요?" 하고 묻는다. 침모가 아마 그렇게 전해준 모양이었다.

"소승은 워낙이," 나는 자리를 잡아 앉으며 말했다. "새소리, 바람 소리, 물소리 같은 것이나 들으며 자라온 터라 놔서요, 도대체 음악에 대한 식견이 없습니다만, 그럼에도 그것이 좋은 음악이라면 누구에게라도 감동을 준다고 믿는 터인데, 저 숙녀의 가야금을 듣고 소승은, 한번 몹시 앓고 난 느낌이오니, 숙녀분께서는 가히 명인이 아닌가 여겨집니다."

"헛헛헛, 무슨 그까짓 솜씨를 가지고? 그 애의 스승이야 참 명수였댔지요. 그분 말씀대로 하면, 얘가 예능에 약간의 재주를 갖고 있다고도 했는데, 사실로는, 이 주책없는 할애비도, 간혹 한 번씩 청해 들어오고 있는 터지요."

"야인(野人)으로 살던 귀에, 그 한 번 들은 것만으로도, 소승의 귀는 복에 넘친 듯하옵니다."

"과찬을, 헛헛헛, 과찬을. 허긴 이 할애비의 낙이라곤 그 애뿐이기도 하지요."

그러고 있는 중에, 정갈히 본 점심상이 그의 손녀딸에 의해 들려오자 노인이 주책없이, "이봐, 자네의 가야금 솜씨가 가히 명인의 경지라고 대사께서 말씀하시는군" 하고 말해, 손녀딸로부터 고운 눈 흘김을 울거 낸다. 헌데 그녀는 자줏빛 명주옷을 입고 있어서, 소복 때의 저 난(蘭)스럽던 것이, 적이 음란스러웁게 바뀌어 보였다. 그런데 그녀는, 그저 민숭해서 다른 모양은 없고 그냥 계란 모양이라고나 해야 할, 비취 큰 한 덩이를 금 사슬에 달아 목에 걸고 있어, 아주 노을도 짙을 녘, 한 조각 하늘이 노을 속으로 뚫린 것 같았다. 그녀는 단정히 앉아, 할아버지껜 반주를 권하고, 내겐 젓가락을 집어 올려주며 미소 지어 보인다.

식사 중에, 우린 몇 마디의 사소한 얘기나 했는데, 공사가 어떻게 진척되어 간다느니, 오래 가물고 있어서 천수답민들이 걱정하고 있다느니 뭐 그런 종류들이었다.

상을 물리고 난 뒤에사 장로는, "그래서 어떻게 결정하셨소? 설마하니 유리로 당장에 돌아가시려는 것은 아니겠습지?" 하고 나와 관계된 문제를 언급했다. 그의 손녀딸도 오늘은, 자리를 뜰 눈치가 아니었다. "어디로 가시기로 결정을 하셨든, 이제 또 집회 일이 다가오고 있는데 한 번쯤만 더 설법을 맡아주실 수 없으시겠소?"

"자기도 깨달음이 없으면서, 외람되게도 저 엄숙한 집회를 한 번 어지럽힌 것에 대해서도, 소승 하늘로 머리 들 수가 없었는데 두 번씩이나 저 성스런 집회를 어지럽히는 일은 천만 있어서는 안 될 것이겠나이다. 하옵고, 한번 돌아가기로 작정하고 나니 빠르면 빠를수록 더 좋을 것으로 여겨집니다. 소승을 용서하십소서."

그러나 노인은, 얼른 말을 받으려고는 않고, 무척 상심된 듯 우두커니 앉아만 있더니 혼잣말처럼 중얼거렸다. "글쎄, 그러실지도 모르지, 모르지. 대사는 대사의 짐은, 대사가 끝까지 지기를 바란다고, 그렇지, 그렇게 말씀하셨댔지. 이 늙은이로서는 결국 슬픔을 짓누르고, 참는 수밖엔 없겠소이다. 이 늙은 속인이 자기의 욕심으로 인해서, 대사께 너무 부담을 드렸다면, 그것은 용서하여주셔야겠소이다. 그러나 어느 때든, 이 늙은 속인이 죽기 전에, 다시 한번 오셔서, 이 늙은 손을 잡아주리라 내 믿고 있겠소이다." 장로는 그리고 손바닥으로 눈을 눌

러 감는다. "그래, 그러시겠지, 그러시겠지." 그는 그렇게 중얼
거려쌓더니, 거의 꿩해진 눈으로 날 건너다보며 이었다. "어쨌
든 내가 나가서, 우마차 편을 하나 준비해놓겠으니, 정 그러시
다면 그편에 가시구려. 이 늙은이로서는, 유리의 육조 촌장에
대한 예를 달리 어떻게 해야 될지 모르고 있소이다. 그편에, 유
리로 보낼 다른 몇 가지 물건도 있고 하니, 그편에 대해서는 고
맙다거나, 짐스러워하실 것은 없겠소이다. 그러나 저녁도 좀
늦어서야 떠나게 될 터이니, 그동안은 내 집에 머물러주시오."

난 이 늙은네의 배려에, 그저 합장하고, 머리 조아릴 수밖
엔 없었다.

"그러시겠지. 이 늙은이가 복이 없어, 대사를 미리 만나지
못했었구료. 어쩐지 이 늙은이 가슴이 전과 같질 않으니 웬일
이오?" 장로는 그리고 좀 삭막하게 웃으며, 손녀의 손을 잡아
꼭 쥐었다 놓는다. "대사의 스승 되시는, 저 괴팍하던 늙은네
는 대사를 자기의 혈육이라고도 생각하시는 투였지. 그래서도
대사에 대한 나의 정은 대사를 만나기 오래전부터 있어온 것
인데, 이상스럽게도 그 늙은네는, 자기의 죽음이 자기의 제자
에 의해 이뤄지기를 바라는 투로 말하곤, 마지막으로 떠났단
말야. 그러며 꼭 한 번, 이 세상 너무도 많은, 그런 어떤 아버지
들 중의 하나의 음성으로, 자기의 제자를 글쎄 이 늙은네께 부
탁했었소. 그 늙은네 그래 본 적이 없던, 대꼬챙이 같은 친구
였댔소. 대사가 너무 외롭게 자라왔다고 했지. 대사의 젖은 그
외로움이었다고 했지, 대사를 한 중으로 보기 전에 다른 한 아
들로 여겨주기를 바랬댔지. 대성할 때까지 보살펴주라는 것이
었소. 헛헛헛, 그러나 그 친구네 노파심에다 망령이었던 모양

이지. 이 늙은네 눈에 그의 제자의 정신은, 그의 스승의 것으로는 도저히 가늠해볼 수 없는 데까지 이르러 있던 것이오. 보살핌을 당해야 할 자는, 우리 같은 정신적 고아들이고, 그 고아들이 대사의 손길을 기다리고 있는 것이오. 그 친구를 생각해서 만약 그 늙은이가, 대사의 유리 행을 저어한다면, 그것은 우족지혈 정도 같은 것이고 사실은 대사가 아깝소이다." 노인은 그러더니, 좀 머리가 아픈 듯이 이마를 짚었다. 그의 손녀는 입술을 짓물고 나를 응시하고 있었는데, 그녀의 눈엔 왠지 어떤 원망 어떤 저주가 담겨 있는 듯했다. 어쩐지 오후가 삭막하고 약간의 권태가 느껴졌다. 그래서 내가 일어서 나오려고 마음을 내고 있는데 장로의 손녀가, 약간 이해할 수 없는 이야길 꺼내, 저 삭막함을 털어냈다.

"할아버지, 저도 한 번쯤 유리엘 가보려고 한답니다."

"자, 자네가 말인가? 아니 자네가 언제 스님이시던가?"

"저두 한번 가보아도 좋겠죠?"

"글쎄쇼, 숙녀분께서 소풍이라도 할 만한 곳은 아닌 데인 걸입죠."

"허지만 전 소풍을 하러 가려는 게 아니에요. 어쨌든 한번 가볼 것이에요."

"너 혼자서라면, 너의 아버지가 우선 반대일걸. 친구가 있다면 허긴, 아침에 출발해 갔다가, 저녁에 돌아와도 나쁠 건 없겠지. 자네 말 모는 솜씨가 제법은 됐다니까 말야. 하지만, 온 조게 언제나 철이 들려는지."

3

장로가 다시 읍청으로 나갈 때, 나도 따라나섰다. 그는, 읍청 구경이라도 하겠느냐고 물었으나, 저녁에 뵙겠다고 나는 말하고 아들을 큰 형장 나리로 두고 있다는 황토고개 점포로 갔다. 그리고 점원에게 내 전표를 내보이고, 쌀로 치면 대체 얼마 정도의 값어치냐고 물었더니, 꼭 두 말 값이라고 대답했다. 그리고 보니, 누구의 후덕을 얹어서이든, 내 노임은 하루 쌀 한 말씩이었던 모양이었다.

나는 그래 우선 쌀 한 말을 자루에 넣어달라고 했더니, 자루 값은 별도로 내지 않으면 안 된다는 것이었고 대략 쌀 한 되 값에 해당된다고 했다. 그래서 쌀 너 되 값이 남은 데서, 한 되 값으로 소금을 샀고, 또 한 되 값으로 초와 성냥을 샀고, 다른 한 되 값으로 지물이며 연필을 한 자루 샀고, 알이 큰 눈깔사탕을 넋 놓고 보다가, 마지막 한 되 값만큼 멸치 몇 대가리를 샀다. 그 멸치 몇 대가리는, 눈깔사탕 대신에, 유리의 내 계집을 위해 장 본 것이다. 낚싯대 같은 건 아예 둘러보지도 않았다. 그리고 밀기울이나 보리를 산다면, 물론 분량은 많을 것이 분명했으나, 쌀을 넣어달라고 한 것은, 내가 그렇게까지나 사치스러워서는 아니었고 그것이 땔감 구하기 어려운 고장을 살기에 그중 좋은 것이어서 그런 것뿐이다. 배고플 때 그냥, 한 줌 털어놓고 씹으며 물 마시면 그뿐인 것이다. 멸치며 초 등속을 나는, 아직도 여분이 좀 있는 쌀자루에 넣고 어깨에 둘러멨다. 공사판에 가, 정든 친구들에게 작별 인사라도 할까 하다가, 그것은 어젯밤 마음으로 다 끝낸 것이라고 생각해, 곧장 장로네로 향해 걸었다. 새벽에, 호반에서 살풋 한잠 잤다고는 하더라도, 긴 야행을 앞두고, 어쨌든 한숨쯤 더 자두는 것도 좋을 듯했으며, 장옷에 쌀자루를 메고, 읍의 백주를 걸어 다닌다는 것도, 일종의 곤혹으로 여겨져서도 그런 것이다. 무엇보다도 그러나 내가 저 싱그러운 것을 자꾸 괘념해쌓는 것이 병이었으며, 저 가야금 한 산조를, 내가 나도 모른 새 되살려내 듣고 있는 것도 문제였다.

그 장로의 손녀, 내가 지냈던 사랑방 마루에 턱 괴고 앉아 있더니, 내가 문 들어서는 걸 보곤, 반가워하며, 거의 소리라도 지를 양으로 뛰어와 내가 어깨에 메고 있는 것을 거들어서 내려놓는다. 그리고 자루 주둥이를 천진스레 열어보더니, "이런 준비 때문이셨으면 나가시지 않았어도 좋았을 걸 그랬어요" 하고 말했다. "할아버지께서 다 아셔서 준비시킨 걸 제가 본걸요."

그 말에 난 좀 곤혹을 느꼈으나, 내색을 하진 않았다. 그런 대신 난 마루 끝에 앉고, 생후 처음 신어보는 가죽 미투리가 무척 편하다는 걸 생각했다.

"차 좀 드려요?" 그녀도 내 곁에 앉으며 물었다.

"글쎄쇼. 귀로 마실 수 있는 호의를 받을 수 있다면 영광이겠는뎁쇼." 난 농담 한마디를 했다.

"호호, 잘은 이해치 못하겠어두요, 무척 재민 있어요."

"소승은 오늘, 귀가 상당히 목말라 한다는 것을 알아냈습니다."

"죄송해요. 전 아무래도 그만쯤의 해학을 이해할 재간이 없나 봐요. 설마 저의 서투른 가야금에 관해 말씀하시는 건 아니겠죠?"

"고맙습니다. 바로 그런 말씀을 드리고 싶었던 참이었지요. 허지만 소승의 욕심이 너무 좀 과하잖을까요?"

"허지만 전 아직 무척 서투른걸요. 그래도 전 기뻐요. 저의 혼신을 다해 노력해보겠어요. 그럼 저와 같이 가셔요. 스님이 경청해주신다면, 배운 보람이 있는걸요."

우리는 그래서, 저 못 가운데의 다리를 건너고 있었다. "어떤 경우에 말예요." 그녀는 거의 들리지도 않게 말하고 있었다. "이 손을 쓸 수가 없게 된다더라도, 글쎄 말예요, 가야금을 더 탈 수 없다는 것 때문엔 마음 아파하지 않게 될지도 모르죠?"

원정 노인이, 그녀의 안뜰의 화초 위에다 물을 주고 있다가 우리가 들어서자 정답게 인사를 하더니, 꽃에 대해 몇 마디하곤, 안채로 통하는 중문으로 나가는 것이었다.

"전 저 노인네 등에도 많이 업혀 다녔답니다." 그녀는 그의 흰 등을 보며 그렇게 말하더니, 내 손을 잡고, 좀 젖은 눈으로 날 올려다본다. "제 눈을 바라보시는 건 즐겁지 않나요?" 그녀는 그리고, 선 채 내 가슴에다 얼굴을 묻는다. "지금 제가 바라기로는, 지금 이 순간만은, 유리의 여자분을 생각해주시지 않으면 싶어요. 전 질투하고 있는 거예요."

난 그녀의 등 뒤로 팔을 둘러 감고, 저 떠는 짐승의 등을 쓰다듬어줄 수뿐이었다. 이상스럽게 가슴이 쓰려오며, 우리들의 그림자가 동녘으로 눕는 것이 슬프게 느껴졌다.

"그리고 그 여자분과 계실 땐, 제 생각을 좀 해주실 수 없나요?" 계집은 그리고 얼굴을 쳐들어 날 올려다보는데 울고 있었다. "뭐든 한 말씀 해주실 수 없으셔요?"

나는, 그녀의 볼로 타 내리고 있는 눈물방울이나, 내 손가락으로 닦아주었을 뿐이다. 동편으로 깔린 그림자가 영을 넘어버리면, 나는 아마 달구지에 실려서, 별들이나 보고 있을 것이다.

"아, 그랬었죠 참, 스님은 귀가 목말라 하신다구 했었죠?" 그녀는 웃어 보이려 애쓰며, 내 가슴으로부터 살며시 빠져나갔다. 그래서 우리는 마루로 올라갔는데, 한 식경이 다 가도록, 그녀의 손은 조율을 얻지 못하고 있었다. "한번 유리엘 가보려는 것이, 저의 전 소망이랍니다. 그래두요, 거기 계신 그 여자분이 두려운걸요. 어떻게 만나, 무슨 말을 시작할지를 모르겠어요. 허지만 저의 믿음은요, 어떤 여자이든지 말예요, 진정으로 어떤 남자를 사랑한다면 말예요, 자기와 꼭같은 다른 여자의 괴로움을 이해는 해줄 수 있을 것이라고 하는 거예요." 그녀의 얼굴은 붉고, 음성은 몹시 떨리고 더듬거렸다. "그렇다면, 어째서 서로 간 불쾌해야 할 것인지, 어쩐지는 모르겠어요. 스님이 만약에 사흘만 더 머무신대도, 그 사흘이 다 가기까지, 전 아마 이런 얘긴 하지 않았겠죠?"

그러다 그녀의 손이 조율을 얻기 시작했을 때는, 쳐들었던 해바라기의 목 고개가 조금쯤 숙어졌었을 때나 아니었을까 모른다. 나는 가슴에 뭔지 한바탕을 울 것을 싸안고 있어서, 그것이 그 소리에 의해 녹혀지기를 바랐다. 도대체, 나로서도 나를 무엇 때문에 지탱해야 되는지를 모르겠을 뿐이던 것이다.

그리고 아마 끝내, 그 가야금 산조는 끝을 내지 못하고 말

앉을지 모른다. 어느 녘엔지 나는 그녀의 발을 가슴에 싸안고 있었으며, 끝낼 수 없는 오열을 토해내고 있었으며, 하고 싶었으면서도 참았던 얘기들을 토해내고 있었던 것이다. 그녀의 부드러운 손이 그리고 그때는, 내 등을 쓸어주고 있었으며, 내 눈물을 닦아주고 있었다. 그것을 깨달았을 때, 그리고 나는, 사랑방으로 뛰쳐 왔을 것이며, 그 오열을 짓씹다 나는, 어느 녘엔지 잠들어버렸을 것이었다.

제22일

1

짐수레는 밤중에 떠났다. 예의 벙어리 마부여서, 인간 둘이서 황막한 밤을 통과해나간다는 것 말고, 우리로선 아무것도 이야기로 통할 수 없었다. 그것이 오히려 내게는 편했다. 내 것이라며, 장로 댁에서 한 꾸러미를 실어 준 것까지 보태, 수레에는 그리고 유리 촌선들께 배달되어지는 식량이며, 숯이며, 소금이며, 소식 같은 것을 싣고 있었다. 하나의 흐린 등이 우리의 길잡이였는데 그것은 수레채에 묶어 쇠머리 앞쪽으로 뻗쳐낸, 긴 장대 끝에 매달려, 흔들거리고 있었다. 그 등은 내 안막에서 자꾸 멀어지는 읍 같은 것이었다. 그런 등을 나는 또, 내가 어렸을 때 이미 알고도 있었다. 나는 마부의 곁에

가 아니라 수레의 뒤쪽에 마부와 등하고 짐에 기대어 앉아 있었는데, 어둠 가운데서 읍이 쑴먹 쑴먹 비치고 있었다. 사실에 있어선, 그 읍 자체가 등으로 보인 것인지 아니면 어떤 한 계집이 그렇게 여겨진 것인지, 그것은 명확하진 않았다. 그칠 줄 모르고 세찬 비가 퍼붓고 있는데 그런 밤은 더욱더 어둡고, 조금의 안식도 남김없이 바람이 무섭게 뒤흔들어간다. 아니 반드시 그런 밤이 아니라도 마찬가지인데, 가령 물이며 뭍이며 숲이며 계곡이며가 만월에 뒤덮여 은은히 밝은 밤에라도. 그런데 그런 등은 다른 데도 말고 하필이면 바위들만 무성한 데 켜져 있어, 만삭된 마누라와 눈 큰 자식들이 기다리는 가장(家長), 뱃놈의 뱃길을 가리켜주고, 긴 뱃길로부터 무사히 돌아가게 하던 것이다. 그런 등은, 아랫녘 어디 선주네로 마을 간 어머니에의 그리움과도 같지가 않았다. 그것은 그냥 쑴먹이는 등대뿐만은 아니었던지도 모른다. 스승과 산막에서 살기 시작했을 때에도 나는, 그 등을 종종 보았었는데, 그때 나는 그것이, 저 고해의 피안에 켜진 불(佛)이거니도 했었지만, 그러나 그것은 어쩐지 그런 불도 아니었다. 피안에가 아니라, 그것은 고해의 모든 차안에 켜져 밤에만 빛났으며, 지금 그 빛은 아주 느리게, 흐리게 멀어져가고 있었다. 내게는 회포도 많았다. 그러나 외로운 것 같진 않았다. 허지만 내가 이 길을 떠나오던 때 가졌던, 그런 열예는 언젠지 식어버린 듯했다.

나는 한숨을 한번 불어내고, 소가 고개를 쩔레쩔레 흔들 때마다 퍼져나는 쇠풍경 소리를 들으며, 별들을 찾아, 그것들이 무슨 이름들에 불려져 왔던가를 생각해보기도 했다. 북극성, 북두칠성, 개밥주는별, 비저울, 견우직녀, 아마도 삼태성

돈을 녘엔, 수목의, 잡초의, 흙의, 잠의, 한선(汗腺)으로부터 안개가 피어 올라올 터인데, 그것은 여름밤의 꿈이 더워서 그러는지 모른다. 별들은, 그것들의 지혜에 의해서인 것처럼 대낮보다 훨씬 더 깊어 보이는, 검푸른 하늘 속에서 쑴먹 쑴먹이고 있었다. 그러나 햇빛이 그저 조금 엇비슷하기만 하더라도 저 지혜의 억만 반짝임들은, 저승 간 혼처럼 형체를 잃고 말아버릴 것인데, 그러고 보면 해는, 하늘을 가득 채워버림으로 비워 내는 것이며, 화평을 주러 돋아 오르는 것이 아니라, 검을 주러 오는 것처럼 여겨진다. 해는 그러므로 아마도, 지혜의 비유로는 적당치 않은 것인지도 모른다.

짐수레는 지금, 하나의 큰 숲을 서쪽 옆으로 두고 남녘으로 가는 중이다. 큰 형장이라고 부르는 것은 아마 그 속에 있는 모양이었으나, 그것은 그냥 시꺼먼 큰 숲이었을 뿐, 어디에서고, 수풀을 통해서라도 한 가닥의 뺀한 불빛도 보이지 않았다. 자기의 죽음을 상상한다는 것은 거의 불가능한 듯하면서도, 이 밤에는 어쩐지 저 큰 숲이 선영들 누운 산소나 또는 노도 잠들고 휴식스러운 밤바다처럼도 생각켰다.

나는 내가 죽게 될 것이라고는 조금도 생각할 수 없었지만, 그래도 죽어야 될 것이라면 어떤 죽음을 택하게 될 것인가? 허긴, 목이 일순에 죄이며, 찬란한 불이 한번 태우며 눈꺼풀을 통해 빠져나가게 될 것 같은 나뭇가지에 목째 대룽대룽 매달리는, 그런 죽음도 나쁘진 않을지도 모른다. 허긴 아니면, 무지개를 뿌리며 한번 나는 도끼날의, 저 싸늘함이 뜨거운 목을 일시에 동강을 내버리는, 그래서 마음과 몸을 분리해내 버리는 그 참수인들 나쁠 것인가? 허지만 아마 무엇보다도 한 대쫌의 담배는 필요하다. 한 모금 빨아들인 뒤, 그 연기를 마지막으로 뿜어내며, 자기가 숨 쉬고 있다는 것을, 연기로 통해 숨을 보며, 하늘을 한번 올려다보고, 땅을 한번 굽어본다. 그럴 때의 하늘은 제길헐, 육실허게도 푸르겠지. 그 땅 아래엔 배고픈 굼벵이들이 고개를 내저으며 살 냄새를 맡는다. 허긴 그래, 이내[嵐氣] 속에 초가 짓고, 안개 밭에 약초 심어, 동안 백발로 천년 살았으면도 싶지, 천년 한하고 말이지, 허긴 천년도 수유일 것을, 수유라도 좋은 것을. 꽃도 피는고야, 새도 우는고야, 어욱새 속새 덥가무 백양속애 가기곳 가면, 누른해 흰달 가난비 굴근눈 쇼쇼리 바람 블제 뉘 한잔 먹쟈 할고. 가을도 아닌데 아직은, 큰 형장 저 울창한 숲에는 별들이 주렁주렁 익어 있구나. 나무를 올라가기만 한다면, 그 별들을 대번에 한 바구니쫌 딸 수도 있어 보인다. 그러면 그렇지, 그 별들로 술 담아 아랫목에 묻어놓고, 마당 귀퉁이 쌓인 낙엽 태우며 그 싸한 냄새를 맡고 있자면, 체 장수 돌아가며 가을도 깊겠다. 어디 구면만 친구이겠는가, 체 장수 불러들여 잔 잡으면 그 또한 친구인데 낙엽 태워지는 연기 휩싸인 내 저승 마당으로 별 덧들이는 소리, 그것으로나 그렇지, 산(算) 놓아가며, 그렇지, 어느녘 퍼부은 눈 가운데 푹 가라앉아버려도 좋을 것이다.

소가 고개를 쩔렁이며, 숨을 쉬익 쉬익 불어낼 때마다, 그것은 그리고 계속해서 풍경 소리는 어두운 풀섶으로, 하늘의 이슬 속으로, 희게 구불탕거리고 기어간 길 위로 흩어져간다. 때로 어디 풀섶에서 우는 벌레 소리와, 새벽잠 없는 새 울음과 섞여서 그 풍경 소리는 가을볕 엷은 것처럼, 저 잠든 살들 속으로 스며들어, 그 수육(睡肉)들을 무르익게 한다. 그런 것을 들을 수 있다는 것은 그러나 얼마나 좋은가. 그러나 마부는, 소리들을 또한, 저 흔들리는 흐린 마등처럼, 눈으로나 보고 있을 것이었다. 듣지 못하는 귀, 말할 수 없는 혀, ──그는 하나의 수수께끼로 앉아서, 그저 고삐만을 잡고 있다. 그는 꽤 늙어, 환갑은 지났음에 틀림없어 보였던 것으로 나는, 그의 흰 등을 돌아다보며 기억했다. 그래 그는, 나에겐 하나의 수수께끼였다. 그는 모든 것을, 보는 것, 감촉하는 것으로 눈치채고 있을 것이지만, 그 이해가 어떤 것인지 그는 말할 수가 없다. 그가, 어쩌다 소를 어르느라고 내는 소리는, 그 스스로도 들을 수 없기 때문에도 그렇겠지만, 밤의 행여에 어울리잖게 턱없이 높거나, 째지는 듯한 소리였는데, 나로서는 그 의미를 알 수가 없었다. 그래도 그의 소는, 그의 분부를 이해하고 있음에 틀림없었다. 귀가 귀가 아닌 귀, 혀가 혀가 아닌 혀, 그 심정에는 대체 무엇이 괴어 있을 것인가.

안개가 조금씩 두터워지는 것으로 짐작건대 새벽이 가까워지는 증거였고, 또 그만큼 여행했으면 유리가 멀지 않다는 증거이기도 했다.

나는 어쩌면, '말'[言語]에 대해 생각하고 있었던지도 모른다. 형체가 없으니 볼 수가 없는데도 불구하고, 발음이 되어진 말은 신비한 힘을 갖고 의사와 느낌을 전달해준다는 전제에서 말을 사고했던 선인들은, 분명히 혀와 귀를 의식하고 있었을 것이었다. 혀와 귀가 없다면 결국, 말은 그것의 신통성을 잃는 것이다. 허긴 그래서 그 선인들은 결국, 말을 사고의 재료로 삼았다가, 그것의 무의미를 판독해내 버리기는 한다.

[31]"저 말은 음성으로부터 나와 귀에 들어오는 것인데, 보

아야 형용도 없고, 또 음성도 마음과 뜻에서 나오는 것인데 마음과 뜻도 또한 형상이 없는 것이다. 마음은 어디에 의지하는가? 사대를 의지하고 있는 것이니, 사대도 근본 이름이 없는 것이다. [……] 이렇게 생각하면 모두가 공하여 있는 바가 없는 것이다."

그러나 다른 편에서는, 존재 자체가 말에 의해서 드러나고 말에 의해서 운영되어 오는 것처럼 믿어오고 있는 것이다. 신의 인현까지도 언어의 육화로 보는 것이다. 이 말은 그리고 귀나 혀에 의해 호소되어지는 것은 아닌 듯하다.

이 두 관계는 대단히 상반적인 듯하다. 한쪽에서는 어떻게든, 저 '보이지 않는 마력'을 육화하려고 애쓰고, 다른 편에선 그것을 어떻게든 때려 부숴, 그 근원에 있어 존재까지도 부인하려고 든다. 한쪽에선 충전을 찾고 한쪽에선 진공을 성취하려고 한다. 그것은 이해키 어려운 듯하다. 그러나 해를 보면, 그것은 충전으로 하여 하늘을 비우고, 하늘을 비움으로 하여 가득 넘치게 한다.

아직도 유리에는 안개비나 내리고 있을 것인가.

유리가 가까워진다고 생각할수록, 어쩐지 마음의 동녘은 어두워 들고 마음의 서녘은 밝아 드는 듯이 느껴진다. 동녘의 계집의 밝았던 얼굴로 서녘 계집의 그늘이 어리고 든다. 유암에 덮인, 저 동녘 계집의 슬픈 울음소리를 그러나 지금은 애써 들을 때는 아니다. 마음의 동녘이 지금 어둡지 않다면 서녘도 밝은 것이 아니다. 그 어둠 또한 소중한 것이어서, 거기서 빛이 젖을 빨고 누워 있는 것이다. 갈보년의 꾸둥 진 꺼먼 젖꼭지, 더러운 듯한 냄새, 쉰 듯한 음성이 지금, 내 살을 끓게 하고, 모든 뼛속으로부터 정액을 공출하여, 치골 속에다 쌓아놓는다.

2

> 뜨르르 뜨르르 돌아왔소
> 품배 품배 돌아왔소
> 이 전 저 전 다 버리고
> 이눔의 전으로 돌아왔소

여태도 내리는 안개비인지, 아니면 그저 그냥 새벽안개
인지는 알 수 없으되, 어쨌든 유리의 새벽은, 안개에 덮여 지
척이 분간되지 않았다. 유리의 문전에서 짐수레는 머물렀는
데, 코를 씩씩 불어내는 소나, 하나의 불그스레한 등이나, 마부
나, 또 나나, 안개 속에서는 그저 흐릿하고 모서리가 없어 보
였으며, 도대체 실재 같지가 않아, 열나흘 길 지나온 혼백들이
황천 문 앞에 이른 것처럼 보이게 했다. 내 계집의 흰 망부석
은 보이지 않았다. 하매 세월이 그동안 그렇게나 흘러 풍화 다
되고 사라졌는지도 모르고, 아니면 손 흔들다 지쳐 돌아가 쉬
고 있는지도 모른다. 그러나 짐을 다 부려놓고 나면, 소와 마
부는, 등대가 켜진 저 차안으로 돌아갈 것이다. 짐을 내려놓
기 전에 마부는 우선, 담배에 침을 이겨 곰방대에 담아 문 뒤
불을 붙이곤 안개인지 담배 연기인지를 깊이깊이 들이마셨다
가, 안개인지 담배 연기인지를 뿌옇게 뿜어 내놓는다. 그가 그
러는 동안에 나는, 장로 댁에서 꾸려준 짐을 끌어내렸는데, 그

속에는 내가 늘 끼고 다녔던, 해골도 들어 있을 것이었다.

나의 꾸러미 속엔, 대체 무엇이 들어 그렇게 무겁고, 덩치가 컸는지는 모르겠으되, 회당을 허는 공사판에서 짊어졌던 그중 무거운 짐과도 맞먹게, 그것의 멜빵이 내 어깨를 파고드는 것이었다. 어쨌든 나는, 저 침묵스런 마부께 합장해 절해 보이고, 소에게는 그것의 땀 젖은 목덜미를 한번 쓸어준 뒤, 마을로 들어섰다. 물론 입은 장옷의 얼굴 가리개는 가려버렸고, 그래서 나는 유리로 온 것이었다.

글쎄 나는, 유리로, 온 것이었다.

그러는 새 어느덧 나는, 수도청 곁을 지나고는 있었다. 거기서는 걸음이 떼어 놓아지지 않아, 한동안 나를 잊고 멍청히 서 있었으나, 어쩌다 들리는 얕은 기침 소리밖에, 아직도 새벽잠이 훨씬 더 고달프게 깊어질 시각인 것이다. 아침치고는 이건 좀 너무 이른 시간인 것이다. 심사대로만 한다면, 소리쳐 내 계집을 깨워내고도 싶었으나, 우선은 내 토굴로 돌아가, 늪전이라도 한번 어슬렁거려도 보고, 한 식경쯤 잠도 자두어 여독부터 씻어내는 것이 좋을 듯했다.

집이란 그런 것이고, 이상한 것이었다. 만약에 내가 토굴을 파놓지 않았더라면 이 유리의 어디에 나는 내 짐을 부렸을 것인가. 맨 처음 왔을 때와도 꼭같이, 짐을 부릴 곳은커녕, 몸도 쉬일 곳이 없어, 어슬렁어슬렁 걸어 다니다가, 다시 창녀를 만나든지, 아니면 존자님들을 만나게 될지도 모른다. 허긴 그러고 보면, 죽은 송장에겐 무덤이 필요 없을지도 모르지만, 피 도는 몸에는 무덤이 필요하다. 거처가 없이 헤매면, 세상이 모두 나의 거처인 듯하지만, 그 세상의 어디도 또한 나의 거처는 아닌 것이다.

　내 토굴 앞에 닿아 그러나 나는, 약간의 어리둥절함을 느끼지 않으면 안 되었다. 내가 해 달아본 적 없는 거적문이 달리고, 출입구가 알뜰히 손보아져 있는 데다, 저 둔덕 위에 낚시꾼들을 위해 놓아졌던 반석이, 거적문 밑으로 옮겨져 와 있어서, 섬돌이며 문지방 대신을 하고 있었다. 내가 떠난 줄을 알고, 나 같았던 어떤 승객이 암자를 꾸몄거나, 아니면 어떤 돌중 나리가 또 낚시질을 시작했을지도 모를 일이었다. 그렇다고 한다더라도, 그 토굴이 내 것이라고 지금에 와서 우겨댈 수도 없을 터인데, 그럴 줄 알았더면 젠장, 문패라도 하나 걸어놓고 떠났을 일인데. 그러니 어떤 객승이라도 머물고 있다면, 이젠 사막 가운데로나 나가 스승이 압살당한 바위 밑 그늘이나 좀 구걸할 일뿐이었다.

　허지만, 돌아서려다 내가 들여다본 그 방 안에서는 우선, 씻지 않은 계집의 몸 냄새 같은 것이 확 끼쳐 나오고, 뭔지 황토물 같은 것이 웅덩이처럼 괴어 있어 보니, 피마자기름 접시 위에서 반쪽짜리 앵두 같은 빛이 홀홀 흔들리고 있는데, 그것이 그 방 안에다 황토를 이겨 넣고 있었다. 그 접시는 그리고, 안벽의 나지막한 데를 파서, 고콜처럼 만들어놓은 곳에 놓여 있었다. 그 빛인지, 아니면 내 시선인지, 뭔지가 하여튼 진정되었을 때에야 내가 본 바닥엔, 뭔지 희끄무레한 두 몸뚱이가 서로 동떨어져 뒹굴어 자고 있는데, 역시 계집들이었고, 그중의 한 계집은 앓는지, 간헐적으로 희미하게 신음을 하거나, 목쉬고 맥없는 목소리로 뭔가 헛소리를 하고도 있었다. 이때의 내 가슴은, 광기와 이상스런 분노로 비등하고 있었다. 앓는 것은 글쎄, 내 계집이었으며, 앓는 것 옆에서도 꾸들어져 자던 것은 다른 수도부였던 것이다. 나는 화급했고, 그래서 보듬어본 계집은 시든 국화꽃 다발이었다. 아무 탄력도 육중함도 없이, 그것은 버스럭거리게 느껴질 정도로 야위고, 지쳐서 늘어지고 수액이 없어 꺼슬거리는 데다, 의식은 대체로 잃고 있었다. 그것은 죽어가고 있는 중이었다. 코에서는 열 냄새만 끓어오르고, 때 낀 얼굴엔, 흘러내린 눈물에 눈곱이 엉겨, 추했고, 그리고 안쓰러웠다.

"그 애는 밤이나 낮이나, 스님만 찾았답니다."

누가 그렇게 말하고 있어 보니, 잠 깬 수도부가 옷을 여미고 있었다.

"헌데 이게 어떻게 된 일입니까? 참 어떻게 된 일이죠? 대체 어떻게 된 일이오?" 나는 묻고 있었으나, 대체 누구에게 물었는지는 모른다. 나는 이 계집이 슬펐다. 나는 계집을 꼭 싸안아, 내 속의 오열이 한고비 되게 넘어갈 때까지나 안고 있다가 뉘어놓고, 밖에 벗어놓았던 짐을 끌어들여 풀기 시작했다. 뭐든, 그 속에, 이 계집의 병에 먹일 것이 있을 것도 같아서 그런 것이지만, 그것은 그냥 발버둥질이었다. 그 꾸러미 것이 전부, 화타네 약방에서 꾸려진 것이었다고 쳐도, 병인을 모르고 뭘을 어쩌겠다는 것일 것인가마는, 그래도 그냥 뒤집어본 것이다.

처음에, 한지에 곱게 싸여진 해골이 나오고, 여러 켤레의 무명 양말, 장옷 밑에 받쳐 입는 세 벌의 평상복, 두 벌의 장옷, 모포 두 장, 참기름 반 되쯤, 꿀 한 병, 소금과 간장, 산채 말린 것, 서 말쯤의 쌀, 내가 장 보았던 멸치, 대덕용 성냥 한 갑, 여

섯 자루 한 묶음의 대덕용 초 다섯 갑, 두 꾸러미의 계란, 두 되
쯤의 미숫가루, 내가 샀던 종이와 연필, 치분과 칫솔, 비누, 수
건, 삭도 한 자루, 그리고 하나의 수수께끼 그것은 해골 속에
담겨 있었는데, 저 계란 모양의 하나의 육중한 비취 목걸이,
그것은 산 푸른 그늘을 가슴에 사리고 있는 바다 빛깔이었다.
그것을 나는 그래, 본 적이 있었다—그 외에는 그러나, 영신환
한 알도 없었다.

"나두요 내막은 모르겠어두요, 비상을 좀 먹었나 봐요, 물
론 많이 먹은 건 아닌 듯하긴 해요."

나는, 눈앞이 어둡고 어지러웠다. 그래, 전에 나도 비상에
관해 이야기를 들은 적이 있었다.

"여기서는요, 약을 가진 스님은요, 촛불 스님밖엔 없는데
요. 그 스님께 여러 번 가보구요, 그 스님도 와서 진맥도 해보
았지만요, 비상에 쓰는 약이 그 스님에겐 없다구 하면서요, 있
다더라두요, 늦었다고만 허시는 거예요, 그래도 우리들이 어
떡해요, 읍에라도 데리구 가려 했어두요, 읍엔요, 절대로 가지
않겠다는 것이에요. 그것이 이 애의 마지막 소원이라면서요,
이 토굴에서 죽게요 해달라는 것이었답니다."

나는, 고개만 그저 병든 듯이 끄덕이고 있었다. 나도 읍을
생각하지 않은 것은 아니고, 게다가 아직도 어쩌면 저 짐수레
편이 있을지도 모르고 있었지만, 그럼에도 나는, "여러 가지로
소승 심심히 감사드립니다. 하실 수 있으시면, 뭐 좀 가져가셔
서, 미음이라도 좀 끓여다 주셨으면 더없이 고맙겠습니다" 하
고 말하고 있었다. 어쩌면 읍내에 그녀의 생명에의 구원이 있
을지도 모르지만 어째선지 나는, 있을지도 모르는 구원을 차

단해버리고 있었다. 허긴 너무 늦었을지도 모른다. 그러나 너무 늦었다는 이유만으로 한 생명이 경각에 달해 있는 것을, 그냥 내려다보고만 있는 일은 옳을 것인가? 이것은 아마도 나로서도 종내 이해할 수 없는 아집일 터인데, 나는 이 생명이 고통당하고 있는 것이나 지켜보려 하고 있으며, 그것도 더욱이 그녀와 나만의 은폐 속에서 지켜지기를 바라고나 있는 것이다. 나로서는, 그녀가, 자다가 깨어서도 불렀다는, 그 노래처럼, 죽어가다 살아나서, 저 정적한 세계의 마른 모래를 파삭파삭 딛고 다니기를, 진정으로 바라고 있는지 어쩐지 그것도 몰랐다. 나는 그저, 그것의 바짝 마른 입술에다 짠 눈물이나 떨어뜨려 주고 있는 것이다.

"임자, 내가 왔소. 자 보구려. 내가 왔잖소. 자, 보구려."

내 속에서 오열이 아주 되게 몇 고비째 넘어가고 있었다. 그런 채로 나는 그냥 속만 다 썩어가는 고목이 다 돼서, 내 계집만 내려다보고 있었더니 이승 올 채비로 그러는지, 그녀가 한번 팔을 내두르며, 입술을 옴지락이더니, 눈을 반쯤 뜨는 것이었다. 그리곤 햬꼼 웃더니, 내가 아무리 속삭여도 내 말은 알아듣지도 못하고 햬꼼 웃은 그대로 돌이 되어버렸는데, 그 눈엔 빛이 없는 것도 있는 것도 아니었고, 감정이 있는 것도 없는 것도 아니었으며, 산 것도 죽은 것도 아니었다. 어쩌면, 간질을 일으키려던 그 애의 눈에, 한 찰나 떠올랐다던 그 고요로움이 이런 것은 아니었던지 모른다. 이 계집은 심정을 열어놓은 것도 닫은 것도 아니어서 중 떠난 절간처럼, 벽에 탱화만 걸리고 다른 데는 텅 비어 있었다. 그 탱화까지도 바람에 떨어져 나간다면, 절은 완전히 비어 죽은 것이나 같을 것이었다.

그 귀에다 대고 나는, 내가 돌아왔다는 소리를 속삭여 넣었으나, 그러나 나의 속삭임은 그 소리 크기만 한 되울림이 되어, 오히려 내 귓속으로 공허히 돌아오곤 했는데, 멀리 간 긴 꿈으로부터 아마도 그녀는, 몸만 먼저 돌아와서, 혼 돌아오기를 기다리고라도 있는 듯했다. 그 입술에다 나는, 수분을 흘려 넣어도 보았지만, 그저 입 귀퉁이로나 흘려버릴 뿐이었다.

그런데 계집의 죽음 빛 같던 얼굴에 아주 엷은 것이라고 할지라도, 조금 붉은빛이 떠오르더니, 갈증 난 듯이 입술을 옴지락거리고 있어서 그녀가 자다가 깨어, 어쩌면 시집살이 노래 같은 것이라도 부를지 모른다고, 나는 생각했는데, 이 세상 시집살이 고단키도 했을 것이어서 그랬다. 그러나 그녀는, 건구역질을 하더니, 뭔지 불그스레한 묽음을 입 귀퉁이로 흘려내며, 괴롭게 몸을 뒤트는 것이었다. 나는 다만, 그 모든 것을 지켜볼 수밖에, 나를 어떻게 꾸며야 할지를 모를 뿐이었다. 그러는 중에도 시간은 흐르고 물론 있었고, 나는 점차 멍청해져, 느낌을 잃고 있었다. 그런데, "시, 시님, 시님이 돌아오싰어라우이?" 그런 소리가 아주 조용하게, 먼 데서 들려오고, 내 손이 누구의 손엔지 꼭 잡혀져 그것의 가슴 위에 옮겨져 가고 있었다. 나도 혼을 보내버리고 있었던 모양이었다. "돌아오싰어라우이?"

"아, 암믄이지 임자, 암믄이야." 나는 그렇게 대답했었을 것이었다. 그녀는 배시시 웃고 있었다.

"시님이 전보당 히끈 더 튼튼헝 것 봉개 참 좋와라우." 그녀의 때 앉은 얼굴에는 눈물이 번지고 있었다.

"그래, 난 잘 지냈댔거든. 임자가 이러고 있을 때 말야."

나는 약간의 자조, 약간의 자학을 느꼈다.

"난 시님이 영 안 돌아오실 중만 알았제라우. 그람선도 노상 동구 밖만 그림선 살았구만이라우."

내 계집은 너무도 초롱초롱히 말하기 시작해서, 거의 믿기어지지가 않았으나, 그녀의 눈은 이상스럽게도 맑고, 미소는 아름다웠다.

"임자, 임자가 말 안 해도 말이지, 내 다 알고 있으니, 어디 뭐 좀 들고 힘을 내야겠지러이?"

"아니라우. 입맛이 없어라우. 머슬 묵으면 소태맹이 씀선, 창시를 뒤틀어놓는구만이라우. 배도 안 고프고라우, 목도 마르딜 안 헌개, 날 기양 내삐리둠선, 시님만 보게 허시겨라우이? 그러시겨라우이? 다른 건 모도 귀찮애라우." 그리고 그녀는 한 손을 뻗쳐 내 목에 감아 끌어당기려 하며, "헌디 여부, 임자는 워째 내 곁에 안 눕는대라우? 나 임자 품에 심씨이게 한 번만이라도 앵기봤으면 고것만 바랬는디라우" 하고 말했다. "눈을 깜으면이라우, 워짠지 내가 차꼬 헐개겁음선, 동동 날아갈라고 허는디, 멀 좀 꽉 웡키잡았으면 싶은디도라우, 그랄 디가 없어논개, 무섭었어라우."

나는 그제서야 깨닫고 그녀 곁에 누우며, 내 모든 정성으로써 그녀를 포근히 안아주었더니, 계집이 그 깡마른 손을, 내 아랫도리로 뻗쳐 내리는 것이었다.

"당신은 말이지, 내가 참으로 잘 돌아왔는가, 그것이 궁금한 것이지?"

그러자 계집은, 대답 대신 고개를 끄덕이는 시늉을 하더니, 한 번 햏꼼 웃곤, "그랑개 나도 예쁜네라우. 실한 남정네가 배깥에를 댕기왔잖애라우?"

난 그래 좀 웃었지만, 그녀가 바라는 대답을 나는 해줄 수가 없었다. 바를 정(正)자 세 개가, 호반의 햇빛 비치는 곳으로 와그르 무너나는 것이 보이고, 골목의 그늘 쪽에서는, 한 마리의 수캐가 강간을 당하며 캥캥 짖는 소리가 들렸다. 그것은 그리고 또, 진하고도 깊은 습기, 두터운 열 같은 것이어서, 차라리 내 혼의 수맥(水脈)이 아팠다.

나의 계집은 그러나, 말을 더 잇지는 않고, 몸이 아니라 마음이 불편한 듯 눈을 감더니, 그런 채로 오래오래 있었다. 그 감은 눈꼬리에로 그런데 눈물이 계속해서 번져나고, 그것은 나중에 걷잡을 수 없는 오열로 변했다. 그녀는 뭔지를 자꾸 용서해달라고, 누구에겐지 빌고 있었다. 그러며 뭔지 떠듬 떠듬, 그리고 거의 이해할 수 없는 데서 토막을 지어가며 하는 얘기를 들어보다가 나는, 앞에서가 아니라 내 등 뒤로부터, 비수가 박혀 들어, 내 염통을 꿰인 것을 알았다.

촛불중이 읍에서 돌아온 날로 내 계집에게 왔던 모양이었다. 그때 내 계집은, 내 토굴에 와 살며, 날 기다릴 양으로, 삽이나 괭이며를 가져다, 굴의 서투른 데를 고르기도 하고, 조금 더 파기도 한 뒤, 가마니를 가져다 문 해 달고, 그러곤 이제, 중도에서라도 마음 변해 돌아오는 내 발자국 소리라도 들리지 않는가 귀 기울이며, 그러면서 그냥 노래나 부르며, 눈물이나 빠뜨리고 있었던 모양이었다.

"헌디 발자죽 소리가 들리라우. 헛들은 것이라고 생각헐람선도, 자꼬 귀가 지울러져라우. 발자죽 소리였어라우. 난 자랑시럽어 죽겄소이. 헌디 시님, 시님이 아니었어라우. 촛불 시님이어라우. 읍내서 왔단대라우. 시님 소석 각고 왔단구만이라우. 소석만 히어도 반갑아 들어오라고 히었네라우. 헌디 시님이 불 속으서 꾸어졌당만이요. 나는 그라장개 전려 묵덜 못허게 어지럽어 엎우러져 울었네라우. 울었어라우. 그람선 보따리 싸각고 읍내로 갈랑개, 시님이 죽던 안 허고라우, 쩔뚝거림선 워디로 갔다고 허요이. 워디로 간 중은 암도 몰룬대라우. 나는 그러장개 생객이 나는디, 시님 갈 디는 여그배끼 없을 것 겉여라우. ……헌디 나는 시님 볼 멘목이 없어라우. 그래도 요 이약은 히어야, 죽드래도 찌인 건 안 각고 죽을 것맹이요이. 난 인제 월매 안 남은 것 겉은개요. 요롷게 정신이 초롱히어보기는 또 첨이라우. ……촛불 시님이 말이라우, 한 봉대기 미숫가루하고라우, 계란 한 개를 내놓아라우. 나는 왜 그라는가 허고 있응개요, 저랑 자자고 그러요이. 그래 내가, 나는 임자 있는 몸잉개, 우리 동무들헌티나 가보라고, 그래도라우, 징그럽게 웃음시나, 날 같은 똥깔보헌티 무신 정절이 있겄남시나, 우악을 부리각고 날 씨러눕힐러고 허요이, 사정도 안 두고 쎄리팸선 쥐리를 틀고라우, 옷을 찢고라우, 머리끄뎅이를 끄셔라우. 누가 말기줄 사램이 있으면 좋겄는디 없고라우, 속으로 바뿜선 무섭고라우, 똑 죽겄는디, 본개 꽹이자루가 비는디도 영 손을 못 빼치겄어라우. 허다못해 펄뚝을 물었더니라우, 찔금험선 장깐 손을 풀어라우, 그람선 히히 웃고 일어나더니라우, 요번에는 지 옷을 벗나고 히어요. 맘으로 요때다 싶어서라우, 얼렁 꽹이를 잡아 쥐고라우, 찍었는디, 워디가 찍는지는 몰라도라우, 고 시님 팩 씨러져 누움선, 뻐등개질을 쳐라우. 그라고 난개 내가 어지럽었는디, 워떻기 된 것인 중은 몰루겄어라우."

계집은 또 용서해달라고 말하고, 허공중에서 손을 휘젓더니 이었다.

"깨나 밧일 때는, 내 곁에 암껏도 없어라우. 아랫도리만 씨리라우. 입속도 데렙어라우. 본개 할캥이져서 피가 흐르는디, 뒤도 마찬가지라우. 시님, 워째라우, 내가 워째라우? 할캥여지고만 만 것이 아니었던개 비라우. ……그래 내 고 밤새껏 울고라우, 죽을라고 히었구만이요."

이 단계에 이르러 평생 처음으로 나는 마음을 비우는 노력을 해보았어야 되었다. 뭔지, 바람 아주 무서운 것이, 열두 삼태기의 티끌을 몰다, 내 마음속에다 끼얹으며, 나를 궂이게, 탁하게, 살기로 덮어씌웠다.

"이 보구려." 난 납물이라도 마신 듯한 목구멍으로 이렇게만 말했다. "우리 이제 뭐 좀 먹고, 힘을 내야 되잖을까? 내가 왔으니, 이제 걱정 없지."

"시님, 쪼꿈만 지다려줴기라우이? 참말이제, 내가 월매 남덜 안 헝 것맹여라우. 요렇게나 정신이 말짱험선, 벨랑시럽게도 맴이 펭하시러요, 글씨 나는 쪼꿈 전에도 내가 죽어서라우, 저싱 갔던 꿈을 꿨구만이라우. 내가 지끔 살았잉개, 고걸 꿈이라고 히어야겄지만이라우, 고건 참말 걸었어요. 거그는 여그보당 더 아늑험선이라우, 좋와라우. 첨에 아매 혼차서라우, 무신 똑 여그 겉은 벌판에 있었는디라우, 그라장개 추운 생객이 듬선 울고 자파도요, 그라고 있응개 누가 와각고 나를 품에다 품어줘라우. 시님이라고 생각히었구만이요이. 그라고 인제 높운 산도 기양 휘딱휘딱 넘고라우, 눈에는 안 비는 것 하나도 없어라우. 헌디 잠이 와서 자다 깨봉개, 또 여그로 왔어라우."

그리고 그녀는, 눈을 천장으로 향했는데, 그녀는 아마도 꿈을 재현해보고 있는 것 같았다. 그러자 그녀의 얼굴엔 별난 홍조가 어리어 들고, 눈은 그늘 덮인 듯한데, 고요한 미소가 감돌기 시작한다. 그것이 그녀를, 사는 데 쪽으로 시선 돌리는 것을 저지하고 있는 것이라는 것을 나는 비로소 알아내고 있는 중이었다. 허지만 젊은 여인을 위해서, 이승도 또한 그윽한 품을 열어놓고 있는 것이다. 흙을 따뜻이 데우고, 생명에게 빛을 수혈해 넣는 저 태양으로부터, 빛나는 맑은 하늘로부터, 온정 깊은 대지로부터, 굶주림의 쓰라림과 병고의 비통함으로부터, 그리고 사내들의 음탕한 시선들로부터, 도대체 어떻게 젊은 삶을 폐쇄시켜 버릴 수가 있단 말인가. 그리고 무엇보다도 어머니이지 않으면 안 되는 것인데, 여업(女業)으로부터 사내를 초극하고, 그 사내를 싸안은, 그 총화의 의미가 그것이기 때문이다. 그 모든 것들을 위해서 생명은 개방되지 않으면 안 되고, 그것들의 뜨거운 매질 아래에서 보다 오래, 보다 격렬히 꿈틀거리지 않으면 안 되는 것이다. 그런 뒤, 그래서 그런 뒤, 자기의 계절에 의해서, 자기의 생명이 폐허로이 되어가며, 불모가 끼어들 때, 그래서는 개방이 어느덧 폐쇄로 변해졌을 때, 그때 죽음을 하나의 개방으로서 맞지 않으면 안 되는 것이다. 저승은 그때, 굳게 닫은 문을 열어, 저 시들어진 삶을 받고 그래서는 새 활력을 수혈해 넣는 것이어야 하는 것이다. 그럼에도 이 계집은, 몸이 몸이 아닌 것을 몸으로 갖고, 마음도 또한 마음이 아닌 것을 갖고 있어서, 속진 앉을자리를 남겨놓고 있지 않은 것이었다.

"헌디 여부, 나는 워디 묻으면 좋을지를 시방은 알고 있구만이요이. 거그라우, 조그 조 배깥에, 시님 괴기 낚울라고 낚숫줄 니렸던 디, 거그 고 바닥에 묻으면 좋겄어라우. 내가라우, 한 마리 괴기가 되먼이라우, 그려라우, 그려라우, 그러먼이라우, 고 괴기 낚어 촛불 시님헌티 비이고라우, 요 유리 후딱 떠나, 워디든 가서 잘 사시겨라우. 인제는 촛불 시님이 밉도 안 헌 것이 참 요상체라우이?" 그리고 그녀는, 까슬히 돋은 내 턱수염을 어루만져보더니, "쉬염도 또 깎을 때가 됐는디라우" 하고 눈물 어린 눈으로 웃어 보였다. "그랴요, 나 인제 물괴기나 될라요이, 그래서나 시님이 멋 땜시로 벌 받고 있단 것 내가 모도 갚았으면 싶어라우. 불쌍헌 낭군, 여부 시님, 나는 안 불쌍허고라우, 히어도 안 죽고 욕섬은 많어서라우. 나 워처키든 말여라우, 쪼꿈이라도우, 시님 좀 띠어각고 가고 싶어라우." 그녀는 그러며, 나를 자기의 깡마른 몸 위에로 끌어올리기를 희망하고 있었다. 그래서 나는 슬픔뿐인 몸을 그녀 위에 옮겨 갔다.

"지얼 첨에 봤일 때보당도 임자는 더 튼튼히어라."

"그래, 난 잘 지냈었댔거든."

"임자는, 못 묵고 말랐임선도 색꼴이었는디, 요래각고는 월매나 심을 퍼내 써뻐리고 싶으께라우? 내가 그랑개, 인제는, 쪼꿈이라도라우, 시님을 저싱으로 각고 갈 수가 있겄구만이라우이? 헌디 시님, 인제 넘헌티 해꾸지허지 말겨라우이, 나는 그랑개, 인제는 죽어도 좋겄네라우이. 시님 보고라우, 홀애비 되라고는 나 참말이제 안 헐 것인개요……"

그런 얼마 후에 그런데, 무서운 수축이 조용하지만 격렬히 일더니, 뛰는 내 귀두에서, 정액의 마지막 방울까지를 훑어짜 뽑아 가는 것이었다.

그녀는 죽은 것이었다.

수치와, 독한 울음이, 내 목구멍에서 핏덩어리가 되어 토해져 넘어오려 했다. 그러나 나는, 울지는 않았다. 그 죽은 몸으로부터 내가 몸을 일으키자, 그녀의 몸은 허해지고, 비인 요니만 남는 것이었다. 탐욕스러이 쥐어짜 갔던 정액까지도, 그 죽음 속에 머물려 하질 않고, 시간을 걸려 흘러나오고 있었다. 몸으로부터는 말[言語]이 떠나버렸고, 죽음은 그런 것이었다. 그러나 나는 울지는 않았다. 그 죽음에다 뭔지 수혈할 것이 있다면, 그리고 내 것의 무엇인지를 줄 수 있는 것이 있다면, 그 것은 하직의 말[言語]뿐이었고, 그래서 그 말이 그녀의 저승 방에 울려가기를 바랄 수뿐이었다. 그래서 나는, 내 혀끝을 이빨로 물어 끊어, 피와 함께 그 죽음의 깊은 목구멍에다, 깊이 깊이 밀어 넣어주었다. 내가 애착하였던 것의 죽음에 바칠 산 희생, 산 제물이란 그것밖에 없던 것이다. 말을 나누는 것, 말을 저승 가운데로 울려 보내는 것, 그래서 이승에 앉아서도 그 혼령과 통화할 수 있는 것.

그것은 말뿐이었다.

3

글쎄 나는, 울지는 않았다. 미음을 끓여 소반에 받쳐 왔던, 저 죽은 엔네의 친구가 또한 그녀의 죽음을 알고, 울며 돌아갔다가 다른 친구들과 함께 와서, 곡비(哭婢)들처럼 울어댔으나, 나는 울지는 않았다. 그녀들은, 저 죽은 것을 목욕시키며 그녀에의 추억을 넋두리해댔으나, 난 울지는 않았다. 나는 그저, 삽과 괭이를 찾아 들어, 그녀가 자기 묘지 삼기를 바랐던 바로 그 자리에, 그 흙을 퍼내기나 시작했다. 나는 울지는 않았다.

그리고 석양이 비꼈는데, 나는 저 싸늘한 것을, 수의도 없이, 알몸인 채, 두 팔에 안았다. 그녀의 친구들은 곡비들처럼 무덤 전에 둘러서 있었다. 내 팔 안엔, 이 세상에서 그중 아름다웠던 것 중의 한 개가 안겨 있고, 그 얼굴 위에로, 배꼽으로도, 석양이 눈물처럼 번지고 들었다. 그녀의 눈은 감겨 있어서 자는 것 같았다. 나는 울지는 않았다. 그것은 싸늘했으며 공허했다.

나는 그리고, 저 고왔던 것을 안은 채, 무덤으로 내려갔다. 흙으로 돌아갈 것임을, 흙을 취했었음을, 돌아갈 것임을, 흙으로여.

그러나 아직 나는, 흙을 밀어 저 벗은 몸을 덮어주지는 않았다. 그런 대신 나는, 그녀의 머리를 내 무릎에 괴어놓고, 그 무덤에 앉아버렸다. 그리하여 이제, 그 죽음 속에 울려 보낸, 내 혀의 말로 하여, 몸 떠난 그녀와 이야기하려는 것이다.

흙이여, 너의 젖으로 키운 것 중에, 그중 어여쁜 것 하나가 네게 돌아갔으니, 저 보석으로 하여, 너의 부가 더해졌겠구나. 흙이여, 이제는 그대 가슴은 안온히 할 때인 것이다. 그러나 나는 울지는 않았고, 울지는 않았다.

제4장

제23일

1

[32]오, 고매하게 태어났었던 여인이여, 이제 그대의 숨이 멈췄으니, 지금부터 진실로 그대의 나아갈 길을 찾을 때에 온 것이다. 그대에게 애정을 깊이 하고 있는 사내 하나가, 맑은 빛 앞에 그대와 대면하고 있으니 이것은 그대가 죽음과 재생 사이로 내려간 상태에서, 거기의 현실을 직시해야 할 때인 것이다. 그대가 처한 상태를 바르도라고 하느니라(91). 비록 그대 죽었으나, 그대의 눈은 형체들을 볼 것이고, 그대의 귀는 소리들을 들을 것이며, 그리고 그대 감각의 모든 기관은 조금도 약화되어 있지 않을 것이고, 대단히 예민하며, 완전무결한 채일 것이다. 그런 이유로 바르도에 처한 몸은 모든 감각 능력의 집단이라고 말 되어지는 것이다(160).

그러나 그대는, 나의 비통해함을 들으며, 또한 나의 간곡한 일러줌을 들으며, "아 내가 죽은 것이 아닌가, 내가 어떻게 해야 할 것인가?"라고 생각하고는, 물에서 낚여 나온 고기가 붉고 뜨거운 숯불에 던지어진 것처럼, 참을 수 없는 고통을 깨달아낼 것이지만, 그러한 고통을 느껴낸다는 일은 그대에게 지금 아무 유익함도 없는 것이다(160).

지금 그대의 몸은, 저 조악한 사대의 집적으로서의 몸이 아니었던 몸으로부터 분리된, 무장애의 운동이라고 불릴 그런 것으로서 있는데, 그러므로 그대는 이제, 아무리 험한 바위산이나, 언덕이나, 땅이나, 집들이나, 비록 수미산 꼭대기에라도 단숨에 치달려갈 그 힘을 가진 것이다. 이러한 힘은 업과에 의해 얻어진 것인데(158), 고매하게 태어났던 여인이여, 그러므로, 나의 가르침을 기억하라, 기억하라 나의 지시함을.

2

오 고매하게 태어났었던 여인이여, 주의를 다하고, 흐트러짐 없는 마음으로 들을지어다. 그대가 처한 거기는, 여섯 상태의 바르도가 있나니, 자궁 속에 있을 때와 같은 자연 상태의 바르도가 그 하나며, 몽환 상태의 바르도가 그 둘이며, 깊은 사색에서 얻은 초월의 평정으로서의 바르도가 그 셋이며, 죽음의 순간의 바르도가 그 넷이며, 죽고 난 뒤에 실다움의 경험으로서의 바르도가 그 다섯이며, 저 속세적 삶의 역진행의 바르도가 그 여섯 번째의 것인 것이다. 그대는 그리하여 세 개의 바르도를 경험하게 될 터인데, 저 죽음의 순간의 바르도, 실다운 경험으로서의 바르도, 그리고 재생을 찾으려면서 처하게 될 바르도인 것이다. 그리고 이 셋의 바르도에서, 그대는 이미 첫 바르도는 경험해버린 것이다. 저 진실의 맑은 빛이 그대 위에 머물렀음에도, 그대 만약 그것을 포착키에 불가능하였다면, 그대는 지금 방황하고 있는 것이다. 그리하여 그대는 나머지 두 바르도를 경험하게 되리라(102).

오 고매하게 태어났었던 여인이여, 그대는 이제 이 세계로부터 떠나고 있구나. 그러나 그대 혼자만이 죽음을 당하는 것은 아니다. 그것은 누구에게나, 모든 것 위에 오는 것이다. 집착과 연약함으로 인하여 생명에 달라붙으려 하지 마라. 비록 그대가 악착같이 달라붙는다 하더라도, 그대는 이미 이승에 남아 있을 힘을 잃고 있는 것이다. 그대의 의지는, 이 풍진 세상 배회하는 그것 말고 다른 아무것도 얻지 못하리라. 약한 마음으로 이승에 집착지 마라.

오 고매하게 태어났었던 여인이여, 어떠한 공포, 어떠한 무서움이 그대를 덮어씌울지라도, 이제부터 하는 말을 잊지 말고, 그 말의 뜻을 가슴에 간직하여 앞으로 나아가라. 거기에 인지(認知)의 주된 비밀이 간직되어 있기 때문이다.

오호라, 생각에서 비롯되는 모든 공포와 무서움과 외경스러운 악령들을 거느린

실재에의 불확실한 경험이 여기 내 위에 내렸을 때,

어떠한 광경도 그것이 내 자신의 (이승에서의) 의식의 반영이라고 내가 인지할 수 있게 하옵시고,

나로 하여금, 그러한 허상들은, 바르도에서는 저절로 나타나는 것이라고 알게 합소서.

한 위대한 종말로 다가가고 있는 모든 중요한 순간에 처할 때마다.

나로 하여금, 내 자신의 생각으로 이룬, 평화에 충만했
거나 분노에 날뛰는 신위(神位)들 일당에 대해 놀라게 하지
맙소서.

또록또록하게, 그대는 이 게송을 늘 반복하라. 그리고 앞
을 향해 나아가라. 오 고매하게 태임 받은 여인이여, 그것에
의해서만 어떤 외경스런 광경이든, 어떤 종류의 무서움의 출
현이든, 분명히 그 정체를 인지할 수 있을 것이다(103).

오 고매하게 태어났었던 여인이여, 그대의 몸이 마음과
분리되고 있었을 때, 그대는 분명히 저 포착키 어려운, 튀기는
듯이 빛나는 현란하고 장엄한, 그리고 무섭도록 찬란한 한 순
수한 진리의 섬광을 경험했었을 것인데, 그것은 하나의 계속
되는 진동의 흐름 속에서, 봄에, 하나의 신기루가 펼쳐져 한
풍경으로 가로놓여져 있는 것과 같았으리라.

그러나 그것 때문에 의기소침치 마라. 무서워도 말고, 외
경스러워도 마라. 그것은 그대 자신의 실다운 자연의 발광(發
光)인 것이다. 그것을 인지하라.

저 발광의 가운데로부터, 천의 뇌우가 스치며 동시적으로
천둥 치는 것과 같이, 실다운 자연 그대로의 소리가 울려 퍼질
것인데, 그것은 그대 자신만의 실다운 자아의 자연 그대로의
소리인 것이다. 그것 때문에 의기소침도 말고, 무서워도 말지
어다.

그리하여 지금 그대가 갖고 있는 몸은, 그대 성향(性向)의
마음의 몸 또는 생각의 몸이라고 부를 그런 것으로 된 것이다.
그대가 살과 피의 물질적 몸을 갖지 않게 된 그때부터, 무엇이

그대에게 오든, 가령 저 세 가지의 전부, 소리라든가 빛이라든가 번득임 같은 것들이라도, 그대를 해칠 수는 없을 것인데, 왜냐하면 그대는 이제 두 번 죽을 수는 없기 때문이다. 저러한 환영들은 그대 자신의 염태(念態)라고 하는 것을 알아두라(104).

3

나는 어찌하여, 햇볕만 먹고도 토실거리는 과육이 못 되고, 이슬만 먹고도 노래만 잘 뽑는 귀뚜라미는 못 되고, 풀잎만 먹고도 근력만 좋은 당나귀는 못 되고, 바람만 쏘이고도 혈색이 좋은 꽃송이는 못 되고, 거품만 먹고도 영롱히 굳어만 지는 진주는 못 되고, 조락(凋落)만 먹고도 생성의 젖이 되는 겨울은 못 되고, 눈물만 먹고도 살이 찌는 눈 밑 사마귀는 못 되고, 수풀 그늘만 먹고도 밝기만 밝은 달은 못 되고, 비계 없는 신앙만 먹고도 만년 비대해져 가는 신(神)은 못 되고, 똥만 먹고도 피둥대는 구더기는 못 되고, 세월만 먹고도 성성이는 백송은 못 되고, 각혈만 받아서도 곱기만 한 진달래는 못 되고, 쇠를 먹고도 이만 성한 녹은 못 되고, 가시만 덮고도 후끈해하는 장미꽃은 못 되고, 때에 덮여서야 맑아지는 골동품은 못 되고, 나는 어찌하여 그렇게도 못 되고, 나는 어찌하여 이렇게 되었는가? 유정 중에서 영장이라고 내 자부했던 사람, 허나 어찌하여 나는, 흙 속의 습기 속으로만 파고드는 지렁이도 흘리지 않는 눈물을 흘려야 하는가. 된 밤은 마른풀 서걱이는 둔덕으로 차게 이슬져 내리기만 하는데, 내 아낙 떠나 바르도 헤매고 있네라. 나 이제 말할 수 없으나, 네 가슴에 꽂힌 혀끝의 아픔으로 너의 길잡이 떠났으니, 누이여, 저 모진 밤, 궂은 소로, 그러나 너무 서러워 말지다. 내 신부여, 그러나 넌 한마디의 울림도 보내지 않고, 무덤인, 무덤인 이 얄미로운 여인아, 바람 길에라도 너는 한마디의 기별도 없고, 나는 뜻뿐인, 말이 말이 아닌 말을 짖어대고 있는데, 그러는 사이, 하릴없이 밤도 지새어, 너 죽은 지 이틀째.

4

오 고매하게 태어났었던 여인이여, 그대는 참으로 오랫동안 혼도에 처해 지냈도다. 혼도에 처하면 찰나도 사흘하고도 한나절 정도로나 생각하는 것이다. 그러나 그대가 이 혼도로부터 회복되는 대로, 그대는 생각하리라. "이것이 어떻게 된 일인가?"

그렇게 하라. 그러면 바르도를 인식하게 되리라. 그 순간, 이승 살았던 모든 경험이 되살아나 그대를 혼도시키려 하리라. 그러면 그대는, 광휘와 신위들을 보게 될 것인바, 그것은 자연 현상의 나타남일레라. 저 전체의 하늘이 우선 깊은 청색으로 나타날 것이다.

그러면, 저 중앙계로부터, 씨 뿌리는 자로 불리는 자가, 흰색으로, 사자(獅子)의 옥좌에, 여덟 살진 바퀴를 손에 쥐고, 그리고 천공의 어머니의 포옹을 받으며, 그 자신을 그대에게 요연히 나타내 보이리라(105).

562

모든 집합된 질료, 또는 의식이, 그것 자체의 원초적 상태로 용해되어간 그것을 이제 푸른빛이라고 하는 것이다.

저 지혜는, 푸른색으로, 빛나며, 현란한데, 아버지─어머니의 심장으로부터, 그대가 그것을 쳐다보기에 거의 어려울, 그렇게나 휘황한 빛으로 그대에 대항하여 나오며 치게 될 것이다.

그것을 함께하여, 제바[提婆]로부터 흐린 흰빛이 또한 빛날 터인데, 그것이 또한 그대의 앞을 거슬러 그대를 치리라.

그래서, 악업(惡業)의 힘에 의해, 저 광영스러운 지혜의 푸른빛이 그대에게 공포와 무서움을 만들어낼 터인바, 그대는 그것으로부터 도망치려 할 것이다. 그대는 그리하여 제바의 둔한 흰빛을 호집(好執)하려 할 것이다.

이 단계에 이르면, 빛나며, 현란하고, 광영스러움으로 나타날 저 신성스런 푸른빛에 의하여, 그대는 반드시 외경스럽지도, 깜짝 놀라지도 않으리라. 그것은 한 위대한 불광(佛光)인바, 지혜의 빛이라고 불릴 것이다. 그대의 충심을 거기에 다하고, 흔들림 없이 믿고, 그것에 기도하고, 바르도의 험난스러운 소로에 있을 때, 그대를 영접하기 위하여 오고 있는 저 중앙계에 거하는 씨 뿌리는 자의 가슴으로부터 나온 빛이라고, 그대 마음으로 생각하라. 그 빛은 은혜의 빛이니라.

제바의 저 흐린 흰빛에 애착지 마라. 그것에 접근치도 말고, 약하지도 마라. 만약에 그대가 그 빛에 접착(接着)되어졌다면, 그대는 제바의 땅을 배회해야 될 것이며, 그리하여 육도(六道)의 소용돌이 속에 던지어질 것이다. 그것은 자유에로의 그대의 통로를 차단하는 장애인 것이다. 그것을 보지 마라. 충심을 다하여, 다만 저 푸른빛만을 보라(107).

1

그런데 정말, 세월도 너무 흘러싼다. 정말 너무 흘러싼다. 그런데 흘러싼다. 이 모진 여인아, 네가 이렇게나 변했구나. 구릿빛으로 살아서 밝던 얼굴이, 가짓빛으로 죽어서 어둡구나. 바람은 분 적도 없는데 모래는 허물어져 내려, 너 감은 우묵한 눈에도 고이고, 귀에도 고이고, 배꼽에도 고였구나, 콧구멍으로부터는 묽은 붉음이 흘러내리기 시작하고 거기 쉼 없이 파리가 끓어도, 글쎄 이 모진 여편네야, 넌 손 한번 휘저을 줄을 모르지 않는가. 흙 위를 걷던 너는 정도 많고 눈물도 많아 아름다웠었는데, 못다 부르고 가져간 노래는 언제 다 잠 깨워 이승으로 불러 보내려 하느냐. 삶은, 슬프지만 깊은 노래이거늘. 작용력이란 보지 않아도 추악한 것이어서 그 추악함으로 존재의 아름다움을 질투하여, 수줍은 듯이 반짝이며 소망으로 음탕하던 눈엔 먼지와 거미줄을 얹고, 햇빛과 맑은 바람으로 뜨거운 피를 뿜던 염통엔 그늘을 드리워 박쥐의 낮잠을 두터이 하며, 저 요니의, 향불 쉼 없이 타던 향로에는 황천 어디로부터 흘러온 독수(毒水)의 썩은 것을 고이게 하여, 삶의 냄새는 구역질 같은 것이라고 일러준다. 작용하는 힘은, 사랑이 아니며, 그것은 진노 같은 것이며, 질투 같은 것이며, 파괴 자체이구나. 땅 위에 서서 있던 실체를 땅 아래 깔고, 땅 아래 누워 있던 그림자를 일으켜 세우는, 전도와 번복의 소용돌이, 무서운 소용돌이.

오 고매하게 태어났었던 여인이여, 산만함 없이 들을지어다. 지금은 그대 앞에, 물만의 순수한 형체가 흰빛처럼 빛나리라(108). 그것은 그대 의식의 본체의 집적, 지각자(知覺者), 그것은 그것의 순수한 형태를 꾸며온 것인데, 그것 또한 현란히 번쩍이며 투명한 데다 휘황스러워, 그대 가히 쳐다볼 수 없을 것이다. 그것을 명경 같은 지혜의 빛이라고 할 것인데, 그것이 또한 그대를 대항하여 치리라, 그러면 한 둔한, 연기 색 빛이 지옥으로부터 나타나, 저 명경 같은 지혜의 빛과 같이하여 그대를 또한 치리라.

그러면, 분노에 따르는 업력을 통하여, 그대는 저 현란한 흰빛에 대해 공포를 느끼고 깜짝 놀라며, 그것으로부터 도망치려 할 것이다. 그러면서 그대는 지옥으로부터 흘러나온, 저 둔한 연기 색 빛깔에 호착(好着)하려 할 터인데, 그러나 그 빛에 탐착지 마라. 왜냐하면, 맹렬한 분노로 하여 뭉쳐진 악업의 힘으로 하여 그것은 그대를 지옥에 처넣어버릴 것이기 때문이다. 지옥의 저 끝없는 고통의 그 극한 것을 생각하여보라. 그대는 다시는 헤어나지 못하리라.

허지만 저 빛나고 찬연하며 맑은 흰빛을 좇는다면, 종내 그대는 공포를 여의게 되리라. 그것은 은혜의 빛이지만, 지옥의 빛은 그대의 자유에로의 통로를 차단하는 장애로서 놓인 것이다. 저 지옥의 빛은 보지 마라. 분노를 회피하라. 그것에 미혹되지도 말고, 약하지도 마라. 그러면 그대는 이 경계를 벗어나리라(109).

3

저녁에, 내 아낙의 친구들은 한 번 더 곡하고 가고, 그녀
들은 물론, 망인을 위해서나 생인을 위해서나, 젯밥을 지어와,
내 아낙의 머리맡에 놓아주었었다. 별빛 아래서, 나는 그것을,
혀가 태워지는 아픔으로 먹으며 자꾸 흐려져 와버려서, 어둠
속에서도 희게 돋아 올라왔던, 그 얼굴을 잃은 얼굴을 내려다
보기만 했다. 그녀 목구멍으로 넘어갔을 내 혀의 조금으로 하
여금 나는 모든 말을 대신할 수 있게 된 이 하나의 행복 말고
는, 내겐 밤뿐이었다. 끝없는 밤의 계속, 계속되는 밤.

제25일

1

[33]가시나무 가운데 백합화 같던 화육(花肉)이 냄새를 풍기
기 시작한 지 사흘. 아름답던 살이 진구렁같이 변하고, 비둘기
같던 너의 눈이 썩음을 흘린다. 산기슭에 누운 무리 염소 같던
네 머리털에서도 윤기는 사라지고, 홍색 실같이 어여쁘던 네
입술에서는 무상이, 고운 소리만을 위해 열렸던 귀에는 때[歲
月]가 처넣어져 때[垢]가 흐른다. 석류 한쪽 같던 붉은 뺨은 조
락된 지 나흘. 망대 같던 너의 목에 사자의 멍에 메인 지 또 나
흘. 백합화 가운데서 꼴을 먹는 쌍태 노루 새끼 같던 네 두 유

방의 젖꼭지는 검게 솔고, 썩은 포도주를 넣은 둥근 잔 같은 배꼽에는 바람도 없이 날려 든 모래가 썩은 포도주처럼 괴어 있다. 백합화로 두른 밀단 같던 허리도 이완된 창자로 하여 펴느려지고, 둥글어서, 공교한 장색의 만든 구슬꿰미 같던 너의 넓적다리에서는, 분만도 없이 하혈만 있으니, 윤회가 그대를 갈[耕]고, 포도주에 지나던 너의 사랑은, 각양 향품보다 승하던 너의 기름의 향기는, 죽은 지 나흘에 악취로 변했도다. 사대가 그대를 취해버리는구나. 불은 소진했으며, 물은 본원으로 돌아가고, 숨은 불려 가버렸으니, 널 껴안는다 하더라도 한 줌의 흙, 흙뿐이겠구나. 그리하여 너는 잠근 동산이요, 덮은 우물이요, 봉해버린 샘이 되어버렸다.

2

오 고매하게 태어났었던 여인이여, 악업과 자만으로 하여 아직도 저 장애를 뛰어넘지 못하였다면, 다시 흐트러짐 없는 마음으로 들으라. 그대는 지금 대지의 원소의 원초적 형태가 노란빛으로 아주 맑게 빛나는 것을 볼 것인바(110), 그것은 평등한 지혜의 빛이니라. 그 빛 또한 그대에 대항하여 치리라. 그때 또한, 저 인간 세상으로부터, 흐린 청황색 빛이 나타나, 그대의 마음에 대항하여 칠 것이다.

그래서 그대는, 아만(我慢)의 업력에 의하여, 저 찬연한 맑은 노란빛에 겁내고, 그것으로부터 도망치며 인간 세상으로부터 흘러나온 저 흐린 청황색 빛을 집착하리라.

그러나 만약에 그대가, 저 맑고 찬연한 노란빛에 대하여 공포를 느끼기보다, 성품을 다하고 충심을 다하여 그대가 그 안에 머문다면, 성신의 몸과 빛이 그대에게 임하리라. 그것은 은혜의 빛인 것이다(111).

부탁하노니, 오 고매하게 태임 받은 여인이여, 이 단계에 유혹되지 말지어다. 절대로, 사람의 세상으로부터 흘러나온, 저 둔한 청황색 빛의 부나비가 되지 말지어다. 그것은 그대 자신의 맹렬한 자만의 덩이가 처한 길이다. 그대가 그것에 미혹되어진다면, 오 고매한 여인이여, 그대는 다시 한번 인간으로 태어나서, 저 생로병사에 고통당하지 않으면 안 될 것이다(112).

3

그러나 어쩐 일이 일어난 것인가? 어쩐 일이 일어난 것인가? 가령, 달이 잠겨 있던 샘에서, 그 샘 속의 달만 둥둥 떠나고 샘만 남아버렸다면 그것은 어쩐 일일 것인가? 가령, 한 폭의 산수도 속에서, 산수는 떠나버리고 빈 화폭만 남았다면, 그때 무슨 일이 일어난 것인가? 가령 또 어쭙잖은 부엌데기가 월후 때 깔고 앉았던 빗자루에서, 밤에, 그 월후만 도깨비가 되어 떠나버리고 빗자루만 남았다면, 그건 어쩐 일인가? 또 만약에, 꿀에서 단 것만 빠져나가고 묽음만 남았다면, 어쩐 일인가, 그것은? 또, 늘 푸른 소나무에서 푸른색만 빠져 푸르게 푸르게 뭉쳐 흘러가 버리고 나무만 남겼다면, 어쩐 일인가, 그것은? 타오르던 모닥불에서 붉고 노란 빛만 빠져나가고 아직도 불이 뜨겁게 타고 있다면 어쩐 일인가 또? 또 가령, 뛰던 암노루에게서, 뜀박질만 암노루 모양으로 떠나버리고, 고기만 암노루 모양으로 남겼다면 그것은 어쩐 일인가? 꿈틀거리는 꽃뱀으로부터 시간만 냉연히 꽃뱀 모양으로 분리되어버리고 굳어 못 움직이는 꽃뱀 모양의 운동만 남겼다면, 거기엔 무슨 일이 일어난 것인가? 바위에서는 견고함만 빠져 가벼이 가시덤불처럼 굴러다니고, 다만 육중함만을 남겼다면, 또 무슨 일인가? 소리들에서 소리가 빠져나가고, 소리의 빈 윤곽만 남겼다면, 소금은 또 형체를 잃고 짜거움만 남겼다면, 제기랄, 그것은 무슨 변괴인가?

허기는, 수사자들은, 물속에 잠겨 그림을 잃고 화폭만 남기는 수채화모양, 허긴 뼈만 남기기는 한다. 허기는 쉬지 않고 우는 새는, 소리를 잃은 껍질만으로서 존재하기는 한다. 계속 타는 태양 또한, 색깔을 잃은 숯검정만 남기기는 한다. 강 속에 그늘을 빠뜨린 산은, 영을 잃은 시체일 뿐이기는 하다.

그래 흙을 보면, 그것은 나무로, 꽃으로, 풀잎으로 모두 떠나버려서, 흙밖에 남기는 것이 없기는 하다.

그래 물을 보면, 그것은 모든 견고함으로부터 떠나서, 모든 형태로부터 떠나서, 그리고 모든 건조함으로부터 떠나서, 또한 어떤 장애나 집착으로부터도 떠나서, 비록 웅덩이에 갇혔어도 그것이 형체가 아니며, 견고함이 아닌, 그래서 물만을 남기기는 한다.

그래 불을 보면, 그것은 형체에, 습기에, 바람에 달라붙으려는 의지로 그러나 떠나고 있으면서, 형체에, 습기에, 바람에 애착함이 없는, 그래서 불인 것이다.

그래 바람을 보면, 대기를 보면, 그것은 흙으로부터, 물로부터, 불로부터, 완전히 떠나 바람뿐인 것이다.

그렇게도 내 아낙은, 자기의 혼령을 앉혔던 그 자리로부터 종내 일어나버리던 것이다. 혼백과 몸이 함께 거해 내 아낙이었던 계집의, 이제는 몸 또한 내 아낙은 아니며, 혼령 또한 내 계집은 아니게 되어버린 것이다. 그녀는 나의 간곡한 부탁에도 불구하고, 오히려 저 생로병사의 저 인간 세상의 고해에 집착해버리고, 그러나 아직 열린 모태도 없는 허공중으로 떠올랐다. 그녀는, 저 맑은 노란빛의 침공에 두려워하고, 그것이 자기 지혜의, 그리고 자기의 참된 빛인 것을 외면하고, 저 흐린 청황색 빛에 탐닉하여 합류해버렸다. 그러자 그녀 내부의 탁한 청황색 빛이 그녀의 몸속으로부터, 그녀의 몸의 형상으로 일어나더니, 뭔지 몸과 그 혼령 사이의 줄이 끊기자, 둥둥 빈 곳으로 떠올랐었다. 그러한 분리는 그러나, 조금도 이상스러이 행해지는 것은 아니었다. 그런 뒤 그것은 저 검푸른 밤하늘을 한없이 방황하더니, 결국 모태를 찾지 못하고 돌아와, 종내 나직이 내 머리 위로 내려와, 내 양미간을 바로 하여 조용히 떠 있었다. 그리하여 나는, 그녀의 업과와 아집이, 순전히 한 사내에의 애착으로 하여 짜여 넣어진 것을 알았다. 그녀는 그 애착을 여의었던 것이 좋았을 것을. 그러나 그대 정처 없는 속집(俗執)의 고혼이여, 그러나 그러면 마음을 다하여 산만함 없이, 다시 나의 가르침을 들으라. 이것은 그대가 들어가 닫을 자궁을 찾아야 하는, 그 시급한 때인 것이다. 자 나의 여인이여, 그러면 이것을 명심하라, 명심하라. 당황하거나 약하지 마라.

선업의 고리에 끼어들어 나를 지속시킬

　　하나의 확고부동한 마음을 견지하고,

　　자궁의 문으로 다가가자, 그리고 대우(對偶)를 명심하자.

　　지금은 진지한 마음가짐과 순수한 애정이 필요한 그 시
각이 아닌가.

　　질투를 버리고, 아버지 – 어머니 위에서 명상하자.

　　그대는, 그대의 입술에 명료하게 이것을 반복하라(176).
그리고 그 의미를 생생하게 기억하고, 그 위에서 명상하라. 이
것을 실제에 응용한다는 것은 필수적인 것이다. 이 상태에 처
하면, 비록 그대가 물속이나 거울 속을 들여다본다고 하더라
도, 그대 자신의 얼굴이나 몸의 반영 또는 그림자를 볼 수는
없을 것이다. 왜냐하면 그대는, 살과 피의 저 물질적 조악한
몸을 벗어버린 것이기 때문이다.

　　그러나 이 순간, 일단의 산만함도 없이, 하나의 확고부동
한 마음으로 한 형태를 그대의 마음 안에 갖지 않으면 안 된
다. 그대 마음속에 용해된 한 형태는 지금 대단히 중요하다.
그것은 말을 몰기 위한 고삐 같은 것이다.

　　그대가 무엇을 원하든, 그것은 그대에게 왔다가는 사라질
것이다. 그대 마음의 행로를 바꿀 어떠한 악행을 두고는 생각
지 말라. 다만 선행으로 나아갈 것만을 준비하라. 그것보다도
더 중요한 것은 없는 것이다. 절대로 주의를 흩트리지 말지어
다. 위로 오르는가, 밑으로 내려가는가, 그 분계선이 지금 여기
에 있다. 만약에 그대가 일각이라도 우유부단하다면, 그대는

아주 길고도 긴 세월을 참을 수 없는 고통에 당하지 않으면 안 된다. 그대는 지금 그 찰나에 와 있다. 하나의 목적을 재빨리 붙잡으라. 선행의 고리에 그대를 참여시키기를 악착으로써 하라(177).

제26일

1

오 고매하게 태어났었던 여인이여, 그러면 지금은 그대가 태어날 대륙을 결정할 때이다. 그러므로 잘 듣고, 이것을 마음에 간직하며, 그대 초력적인 시선으로 굽어살펴 잘 관찰하고 결정하라.

만약에 그대가 서쪽 대륙을 그대 태어날 곳으로 하여 본다면, 암수의 말들이 그 둔덕에서 풀을 뜯으며, 그 수면을 아름답게 보이게 하는 하나의 호수를 보리라. 허지만 거기로는 가지 마라. 여기로 돌아오라. 비록 부유와 풍요가 거기 있다고 하더라도, 도(道)가 거기서는 우세하고 있지 못한 땅인 것이다.

만약에 그대가 북쪽 대륙을 또한 그대 태어날 곳으로 하여 본다면, 암수의 소들이 풀을 뜯거나, 우거진 나무들이 그 둔덕을 아름답게 해 보이는 하나의 호수를 또한 보리라. 거기 비록 장수(長壽)와 후덕함이 있음에도 불구하고 아직 그 대륙에도 또한 도가 우세하고 있지 못한 것이다. 그러므로 거기로도 들지 마라.

만약에 남녘 대륙을 태어날 곳으로 택한다면, 기쁨에 넘친 아주 훌륭한 큰 저택을 보게 되리라. 비어 있는 곳이 있으면, 그대 거기로 들라.

그리하여 그대가 만약에 동쪽 대륙을 태어날 곳으로 하여 본다면 암수의 백조들이 호수에 떠 있어, 그 수면을 아름답게 보이게 하는 한 호수를 또한 볼 것이다. 비록 거기 은총과 안식이 있다고 할지라도, 또한 도가 우세하지 못한 땅이라, 거기도 들 곳이 못 되느니라(184).

2

그러나 저 혼의 계집은, 거기 복락과 안식의 징조로 보이는, 백조의 암수들이 떠 희게 흐르는, 저 대륙으로 머리를 둘러, 종내 거기로부터 시선을 거두려 하질 않았다. 어찌하여 그대는, 제바의 세계는 저어하며 어찌하여 그대는, 그대의 애착의 아픔으로 인하여 지옥의 불길을 택하지는 않는가? 그렇게도 이 풍진 세상에 대한 그대의 집념은 두터운 것인가? 무엇이 그대를. 이 바람 많은 세상에로 불어오는가?

3

오 고매하게 태어났었던 여인이여, 그러면 이제, 그대를 수용하기 위하여 나타날, 자궁들의 문을 닫는 방법에 관하여 일러주는 것이 필수인 듯하다. 그러면 이제는 이것을 가슴으로 명심하라(177).

오 고매하게 태어났었던 여인이여, 이 시간에 그러면 그대는, 모든 암컷들과 수컷들이 각 쌍으로 어울려 교미하고 있는 광경을 보게 되리라. 그러한 교미의 가운데로 들려는 성급함으로부터 그대를 억제하라(177). 어머니와 아버지가 맞붙어 있을 때, 그들에 대해 깊이깊이 생각해보고, 허리 굽혀 절하라. 그대의 성실로 겸비히 하라. 그대가 간청하여 얻은 은혜에 그대 자신을 충심으로 투입하라. 이것에 의해서라야만 자궁의 문은 반드시 닫히게 될 것이다. 그것에 의해서도 아직도 자궁의 문은 닫히지를 않았으며, 그리고 그대는 자궁에 들 준비를 다 끝내고 있다는 것을 발견한다면, 이제는 그러한 자궁에의 반격적 접착법과 격퇴법을 그대에게 일러주리라.

태어남에는 네 가지 종류가 있는바, 알로 태어나는 것과, 태로 태어나는 것과 초연적인 출생과, 열과 습에 의해 태어나는 것들이 그것들이다. 그것들 중에서도 난생(卵生)과 태생(胎生)은 성질상 같은 것이다.

앞서 이른 바와 같이 암수의 교미의 광경이 그대 앞에 펼쳐질 것인데, 만약 이 순간에 그대가 접착과 격퇴의 느낌을 통해 자궁에 든다면 그대는 아마도 한 마리의 망아지로서나 한 마리의 새로나 한 마리의 개, 또는 하나의 인간으로 태어날 것이다(178).

그리고 만약에 하나의 수컷으로 태어날 것이라면, 저 수컷으로서의 감정이 저 지각자(知覺者) 속에 하나의 수컷으로 자리해온 것인데, 아버지에 향한 격렬한 증오와 질투, 그리고 어머니에의 호애(好愛)에 의해서 수컷으로 출생 받는 것이다. 그리고 만약에 그것이 암컷이 될 것이라면 저 암컷으로서의 감정이 지각자 속에 암컷으로 점유해오는데, 어머니에 대한 격렬한 증오와, 아버지에의 애정이 그것이다. 이러한 과정을 통하여 정충과 난자가 만나 어울려지는 그 순간에, 저 영기(靈氣)가 자궁으로 드는 것이다. 그때 저 지각자는, 저 동시 출생 상태의 열예를 경험할 것인바, 그러는 동안 그러한 상태는 점점 희미해져 무의식 속으로 침몰해버리는 것이다. 그런 뒤 영기는, 태 속에 계란 모양의 한 형태로 갇히어져 있음을 발견한다. 오래잖아 그것은, 그 자궁으로부터 나와 그것이 눈을 떠보았을 때, 그것은 자기가, 강아지로나, 돼지 새끼로나, 쥐 새끼로나, 무엇으로나 변형되어진 걸 알아내게 될 것이다(179).

4

그러나 내 위에 조용히 머문 저 영은 아무 곳으로도 나아가지 않고만 있었다. 그것은 저 백조의 호수만을 향해 머리 두르고, 한순간 무섭게 그것의 꼬리 부분을 흔들어댔다. 그것은 내겐, 자기의 어미가 될 어떤 태주(胎主)에 대한 격렬한 증오, 맹렬한 질투처럼 느껴졌다. 저 영은 아마도 여인이었던 것의 미덕을, 여인이었던 것의 자부를 알고 있었던 것이었다. 그러면서도 옛날의 자기의 혼처(魂處)를 떠나지 않고만 있는데, 저 고독한 영을 위해 어떤 자궁이 다가와지기를 얼마나 반복해서 빌어야 될지는 몰랐다. 그러는 동안에, 저 퍼석거리는 사막의 설익은 듯한 해는 지고, 그리고 저 영기의 옛 친구 하나가, 망인이나 생인을 위해 젯밥을 차려 나올 때가 되고 있었다. 그러나 저 영의 친구는, 저 조용히 머문, 자기 친구의 염태(念態)는 보지를 못하는 얼굴이곤 했다.

이러는 동안에 세상이 밖에선 어떻게 변해가고 있는지, 나는 모른다. 내가 그녀의 송장과 대면해 앉아 있는 무덤의 하늘은 좁고, 그 무덤의 햇빛도 많지 않았고, 별빛도 적었을 뿐이다. 제 계집의 모든 구멍들마다에선 황천이 흐르고, 내가 부지런을 다하여 파리를 쫓았어도, 구멍들엔 쉬가 실려, 작은 구더기들이 바글거리기 시작했다. 그리고 까마귀들이 우짖으며, 더러운 낯짝으로 무덤 전에 와 앉아 죽음을 내려다보곤 했다. 없으나 있어서 형체를 이룬 현묘한 기(氣)여, 염태여, 이제도 내가 너의 몸을 애착할 수 있을 것인가? 자궁을 찾아 그대 길 떠나면, 그러면 나 너의 무덤으로부터 일어나, 너를 흙으로 편히 덮어준 뒤, 어디 강 마을에라도 가 독소주라도 마셔야겠지. 그렇다고 현재의 추악함으로 하여, 전에 아름다웠던 것의 싱그러웠던 살 위에다 구더기를 슬어 덮지는 않을 것인데, 구태여 시상(時相)을 도착하지 않는다면, 전에 아름다웠던 것은 여전히 엄존한다. 그대가 아름답지 않았다면, 그대가 추하지도 않을 것이었다. 이 단계에서 내가, 내 위에 견고히 딛고 서서, 하나의 영상을 붙들어야 할 것이 있다면, 그것은 그대의 아름다움뿐인 듯하다. 유정(有情)에의 구토와, 가학성 광증과, 파괴의 의지의 무서운 업력(業力)이 휘몰아치는 폭풍에 의해, 덧없는 아름다움이란 아름다움이 아니다. 아름다움이 아니면 그리하여 추함도 아닌 것이므로, 미추란 아예 없는 것이다라는 식의, 이상스런 논리를 끌어내고, 숨이 머문 곳에 함께 머물러 피를 붉게 하였던 알맹이를, 쭉정이들과 함께 모닥불에 던져 넣는 일은, 아마도 반드시 옳지는 않다. 마음 가운데 붙들어 맨 하나의 확고부동한 아름다움이란 길들지 않는 들말다운 마음의 행방이 어거되는 고삐 같은 것이며, 저 궂고 물살 모질게 센 고해를 헤치는 실한 참나무 노 같은 것이며, 피안에 켜진 등불 같은 것으로 거울에 앉은 먼지 같은 것은 절대로 아니고, 사내 경험해봄이 없는, 열여섯 먹은 계집, 왼발로 사내의 가슴을 딛고, 오른 다리는 구부려 발바닥을 쳐들어 올린 자세로 춤추는 계집, 오른손에 날이 시퍼런 낫을 들고 휘둘러 사내들의 목을 잘라, 그 목을 왼손에 들고, 골과 피를 빤 뒤, 그 해골을 실에 꿰어 구슬처럼 목에 걸고 있는 계집. 벗고 춤추는 색녀(色女).

5

오 고매하게 태어났었던 여인이여, 나는 그러면 그대에게 이제부터, 그대 스스로 좋은 자궁을 선택할 수 있도록 충고하리라. 잘 들을지어다(183).

그대 지금 어쨌든, 그대 초연적인 눈으로 굽어살펴서, 많은 암수들이 지금 이 시각에도 교미하고 있는 것을 보리라. 그러나 그것들은 있는 그대로 둬두고, 거기에 주의를 기울이지도, 흘리지도 말아야 할 터인데, 그러지 않는다면, 그대가 선택할 수 있는 좋은 자궁을 물리쳐버리는 결과가 될 것이다. 이 상태에서는 이렇게 바라라. "아 나는 반드시 우주적 주재 신다운 출생을 가능시키는 태문으로 들리라." 또는, "거대한 사라 쌍수 같은 정신을 수용할 자궁으로 들리라." 또 아니면, "일점의 명예의 훼손도 당할 일 한 적이 없어 만방에 이름 높은, 훌륭한 대작 마님의 태에로 들리라." 또 아니면, "저 높은 정신의 충일로 하여, 모든 감각적 존대들로부터의 가장 훌륭한 대접이 바쳐지는 그런 출생의 어머니의 자궁 속으로, 나는 반드시 들리라"라고, 자꾸 바라라.

이와 같이 생각하고 곧장 갈망하여, 이제 태 속으로 들라. 그러면 동시에, 그대의 우아한, 그대 선덕의 선물로 하여 그대의 잠입을 당한 저 자궁 속에 파문이 일어나리니, 저 자궁은 그리하여 천상적 저택으로 변해지는 것이다.

그러나 그러한 태문(胎門)에의 선택에도 잘못이 물론 있을 수 있는데 업의 작용을 통하여 좋은 자궁들이 나쁘게 나타나 보일 수도 있으며, 좋지 않은 자궁들이 선하게 나타나 보일 수도 있기 때문이다. 글쎄 그러한 과오란 있을 수 있는 것이다. 그럼에도 올바르게 입문할 수 있는 길은 오직 비록 어떤 자궁이 선하게 보인다 하더라도 그것에 유혹되지 않는 것뿐이며, 그것이 나쁘게 나타났다고 하여 그것으로부터 도망치려 하지 않는 것뿐이다. 집착이나 저항감으로부터, 또는 그것을 획득하고 싶은 욕망이나 비욕망으로부터, 해방되는 일뿐이다. 그러므로 태문에 듦에 있어, 온전히 공평무사한 마음가짐밖에, 다른 기술은 바랄 것이 없는 것이다. 그리하여 그대는 반복하여, 이 시구를 외우며, 그것 위에서 깊이깊이 명상하라(190).

선업의 고리에 끼어들어 나를 지속시킬

하나의 확고부동한 마음을 견지하고,

자궁의 문으로 다가가자, 그리고 대우를 명심하자.

지금은 진지한 마음가짐과 순수한 애정이 필요한 그 시각이 아닌가.

질투를 버리고, 아버지 – 어머니 위에서 명상하자.

6

헌데 다시 어쩐 일이 일어났을거나? 내 주위는 소조해져 버리고, 하나의 청정한 커다란 촛불처럼 내 위에 떠 있던 그 기백(氣魄)이 흐르며 춤추듯이 동녘으로 흘러가 버리고 난 뒤, 아마도 밤은 자정이나 되고 있었을 터인데, 몸들뿐인 우리들 위에로 별빛만 뿌려 들었다. 결국은 이렇게 하여, 그녀와의 이별은 끝난 것이었다. 그리하여 나는 이제 독존(獨存)의 혜설픔 가운데 남아버린 것인가? 그러고 나니 내게는, 인연도 없고, 고통도 없고, 삶도 없고, 죽음도 없고 세상엔 아무것도 없는 듯이만 여겨졌다. 아 그러나, 이제는 내가, 이 바르도에서 일어설 때이기는 한 것이다.

1

밤새도록 나는, 내 아낙이었던 것이 누운 구덩이에다, 모래를 조금씩 조금씩 밀어 넣어 혼백을 잃고 폐허인 것을 묻어버렸다. 그 구덩이로 엿보고 들었던 몇 별과, 그 구덩이 넓이와 깊이만큼의 두터운 밤과 하늘과, 그리고 짧게 끊긴 내 혀를 전부의 재산으로 그리하여 그녀는 묻혀버렸다. 봉분은 만들지 않았으며, 그 무덤을 표지 지어놓기 위해서, 무슨 망주석 따위도 세워주지 않았다. 나는 울지는 않았다. 고독했으나, 내 계집이 불렀던 것 같은, 그런 노래도 부르거나 하지도 않았다. 그렇다고 내가 어디로 떠나볼 곳도 없었다. 이제는 다만, 그녀의 죽음을 하나의 비밀로 내 가슴에 간직해두는 일이 남아 있을 뿐이다. 그러고 나서야 가슴이 아픈 것처럼 혀가 아파지고, 그 아픔처럼 전신으로 권태가 밀리고 들었다.

나는 잘 수도, 먹을 수도, 앉아 있을 수도, 서 있을 수도, 누워 있을 수도, 서성일 수도 없게 그렇게 되어, 돌아와 버린 것이다. 수도부들은 하나만 남기고 모두 함께 떠나며 내게 흰 손을 저었었는데, 내 계집의 죽음을 가장 애통해 해쌓던, 하나 남았던 그 계집도, 급기야 떠나는 날이라고 말하고 있었다. 그리고 급기야 떠나버렸다. 사막은 그래, 저 흐린 연기 색 볕에 푸석푸석 더욱더 메말라가고 있다. 제길헐, 그 흔한 이름 봉준이 중의 어떤 봉준이 하나가 흰 수건 이마에 동이고 찢긴 입으로 피를 토하는 절규라도 어디서 들리지 않는가? 또 아니

면, 아 파소여 저 죽은 모래들을 꽃으로 살려내며 걸어와 줄지
도 모르는 파소여, 그대 벗은 흰 발은 보이지 않는가. 아무것
도 없는가. 난리도 화평도 휴식도 없는 전장(戰場), 초연 냄새
도 핏방울도 없는데, 그렇다고 방패를 던지고 돌아갈 곳도 없
구나. 이것은 태문(胎門)이 열려지지도 닫혀지지도 않는 바르
도, 그런데도 어머니―아버지들은 교미에 한창인데, 자궁들엔
박쥐와 거미들이 거꾸로 매달려 있다. 전쟁이 없는 전장, 화평
이 없는 화평, 휴식이 없는 휴식, 초조가 초조가 아닌 초조, 그
래서 제길헐, 한 대쯤의 아편이라도 맞았으면 싶고, 독한 술에
혈관을 터뜨려버렸으면도 싶고, 죽어버린 지루한 계집에게 꽂
았던 근을 뽑아 들어 수캐의 똥구녁에라도 쏘고 들었으면 싶
고, 짐승이 되었으면도 싶다. 인간인 것이 징그러워서, 지렁이
라도 되었으면 싶다. 굼벵이라도 되었으면 싶다. 그저 사람만
아니었으면 싶다. 졸음이 따르지 않는 하품, 전쟁도 화평도 휴
식도 없는 전장──사막은 그렇게 내 앞에 펼쳐져 있는데 내
그림자가 무겁구나, 내 몸이 무겁구나, 이 세상이 무겁구나, 내
마음이 무겁구나, 숨이 무겁구나.

2

　어쨌든 나는, 내 전신에 칙칙히 달라붙은 죽음이며, 그 냄
새며, 추억 같은 것들을 씻어내고나 볼 일이었다. 그런 뒤, 다
른 일은, 더 두고 천천히 생각해볼 일이었다. 그래서 나는, 저
존자며 그의 문하생이 살해되었던 데를 향해 걸어가선, 시간

을 걸려가며 목욕을 했다. 그들의 죽음을 내가 잊고 있는 건 아니었다. 그들 또한, 어이없이 살해만 당하고, 낯모르는 데서 썩어가고만 있는 것도 아마도 아니었다. "그라요. 나 인제 물괴기나 될라요이. 그래서나 시님이 멋 땜시로 벌 받고 있단 것 내가 모도 갚았이면 싶어라우." 계집은 그렇게 말했었다. 그 의미는 어쩐지, 내 계집의 죽음은, 그런 어떤 부채에 있어서의 이자 돈 물고기로서나 치러진 듯이 생각키기도 하지만, 그것으로 그러나 본전까지 다 갚아졌는지 어쨌는지는 모른다. 그러고 보니 샘은, 인과와 응보의 불구덩이였다. 한번 빠뜨려지면 헤어 나오지 못하는 것이다. 바다래도 좋지, 그냥 물이래도 좋다. 그래, 그 불에 인육(人肉)을 삶아 데쳐 내놓고 나면, 자기가 이미 자기의 주인인 것을 잃는다. 그것은 업화(業火)에 오르르 타는 검불 같은 것이다. 그러나 무의미하고, 무의미하고, 모든 것이 무의미하다. 나를 확고히 붙들어 맬 아무것도 내 심정에는 없고, 내가 그냥 먼지 냄새를 풍기고 있다. 나는 어쩌면 너무 허탈되어 있는 것이다.

해가 정오에 떠올라왔을 때까지도, 나는 샘 속에 앉아 있었으나 그 목욕이 시원해서 그런 건 아니었다. 무기력과 무의미, 아무 곳으로도 갈 곳이 없어, 그저 나직이 내 양미간에 떠 있는 내 혼의 타라, 그런 것 때문에, 떨치고 일어난다는 것에의 아무 소망도 없었을 뿐이다. 바위는 그 자리에 던져져 있으니 던져져 있는 것이고, 의미 때문에 그 자리를 지키고 있는 것은 아마도 아니다. 아 그러나 그렇지, 무슨 수를 써서라도, 사흘이고 나흘이고 한 번은 실컷 자둘 일이 내게는 남아 있는 것이다. 글쎄, 그러고 보니 그 일이 있는 것이다. 그래 그리고 허기는 또, 말에 대해서, 혀에 대해서, 그 말이, 그 혀가 아프고 있으니, 그것에 대해서도 조금 살펴볼 것을 갖고도 있는 것이다. 체머리라도 흔들어볼까? 그렇지, 이라도 드륵 드륵 갈아붙여 볼까? 그렇지, 다시 한번 돌을 들어, 저 살아 있는 것이 모질게 꿈틀거리는 것을, 살려달라고 비는 것을, 피를 뿜기는 것을 보았으면도 싶지. 계집 같은 눈, 계집 같은 입술, 가늘고 길어서 지렁이 같은 성기, 허지만 발기되지 않는 성욕처럼, 그러나 분노나 증오가 도발되지 않는 살욕은 대체 어떤 것인가? 어쨌든 뭐라도 작위치 않으면 안 되는 것이다. 허탈의 작위, 허망의 작위, 무상의 작위, 무료의 작위, 작위, 작위가 작위가 못 되는 작위, 씨부랄, 수음이라도 해볼 것을, 아 수음이라도 해볼까.

나는 드디어 피들 피들 웃기를 시작했다. 그러나 미쳐서 그런 건 아니다. 미칠 수 있다는 것은 아마도 좋은 일일 것이다. 나는 미칠 수 있는 것도 아니다. 나는 그냥 피들거리고 웃었을 뿐이다. 증오나 분노가 없는 살욕. 성욕 없는 수음.

나는 피들 피들 웃으며, 돌을 하나 거머쥐고, 촛불중네 가마니 문을 떠들고 그 안으로 들어가고 있었다.

그러나 그는 없었다. 촛불만 그저도 타고 있는데, 제길헐, 그 중놈이 있었으면, 대체 어떻게 그 계집을 간했는지, 그 이야기나 들으며, 조금 더 피들거릴 수도 있었을 것인데. 결국 우리는, 서로 방향은 다른 데에서라도 같은 방법에 의해서 그 계집을 죽이려는 데 공모했을지도 모른다. 우리는 똑같이 그 계집의 피에 굶주려왔던 것이다. 다른 것이 있다면, 하나에게는 그 계집이 목줄기의 대정맥을 맡기고, 하나에게는 맡기지 않으려고 했을 뿐인데, 그것은 순전히 그 계집의 편애 탓이었었다. 들고 있는 돌이 무거워 나는, 그것을 저 촛불 그늘 아래 또아리 치고 있는 백팔염주 가운데다 놓아두고, 밖의 볕 가운데로 나왔다.

결국, 돌아갈 곳이 내게 영 없던 것은 아니었던 모양이었다. 나는 다시 내 토굴로 돌아와 버렸고, 그리고 잠을 청해보려고 오그라져 누우며 개 새끼모양 대가리를 사타구니에 찔러 넣어, 나로부터 자꾸 빠져나가는 열을, 의미를, 목숨을 조금이라도 더 보존하려다 그만 울고 말았다. 그러며 드디어 나는, 소리로써 씨분대기 시작하였으나, 말은 조립되지 않으며, 이상스럽게도 'ㄷ'자 발음만 토막토막 되어 쏟아져 나왔다. 혀만 아프고, 언어만 아팠다. ㄷ 자 발음으로 아팠다.

그러나 울려고 시작할 일은 아니었던 듯했다. 아예 시작할 일이 아니었던 것이다. 나는 내 울음의 마무리를, 해가 지고 있었을 때까지도 지을 수가 없던 것이다. 그것은 종내 딸꾹질로 변했다. 목이 타고 부었으며, 심지어 창자까지도 뒤꼬이고 들었다. 넘어가는 해는 다시 붉었다. 그것도 그러나 잘려진 혀처럼, 저 흑갈색 사구 속으로 꽂혀 들어가 버렸다. 그러자, 말이 없는 침묵의 어두운 세계가 시작되었다.

아직도 울음은 내게서 끝나지 않았는데, 고맙게도 그리하여 잠이 내 사지를 눌러대기 시작한다. 그러고 보면, 피들 피들 웃을 수 있다거나, 흐득 흐득 울 수 있다는 것은 다 좋은 듯하다. 그것은 머리나 손으로 하는 작위와는 달리, 염통으로부터 괴어올라온 것인데, 그래서 잠들 수 있으니, 깨일 수도 있는 것이다. 내게 평안이 함께하라.

샨티 샨티 샨티(Śantih—Peace)

제28일

　나는 어떻게 시간을 넘겼는지 알 수가 없다. 나는, 시간 속의 가장 작은 시간 속으로 들어갔다가, 느닷없이, 시간 밖의 저 정적한 시간 속으로 벗어나 버렸던지도 모른다. 만약 한 발자국만 잘못 내딛는다면, 누구도 저 시간 밖의 무서운 진공으로부터 영원히 되돌아오지 못할지도 모른다. 그리하여 한없이 몸의 부피가 불어나서 나중엔 폭죽처럼 무산되어버리거나, 명주실보다도 더 가늘게 펴 늘여져, 우주를 일곱 바퀴 반쯤 감아놓게 될지도 모른다. 저 시간 속의 아주 깊은 내실로 들어버린다면 또한 저 무서운 빽빽함으로부터 언제까지고 되돌아 나오지도 못하고, 영원히 몸의 부피가 줄어들었다가, 나중엔 천년이나 만년짜리의 겨자씨 반 알 크기의 늙은이나 거기 남겨둘지도 모른다. 죽지도 못하며 늙기만 삼천갑자 한하고 늙는 늙은이. 인연으로부터서, 그리고 태어나고 죽고 모이고 흩어지는 저 줄기찬 윤회로부터서, 세월로부터서, 내쫓김을 받는다는 것은 어쩌면 그중 참혹한 형벌일지도 모른다. 드디어는 외롭지도 못할 것이다. 외롭다 못해 노래라도 해보면서 살 만큼 외롭지도 못할 것이다.

　그렇게 외롭지도 못하고 있는 내게로, 저녁때쯤에 체면을

온통 드러낸 웬 사내 하나가, 히죽히죽 웃으며 다가오고 있었
다. 보나마나 그는 촛불중이었는데, 여러 겹의 붕대를 써서, 왼
팔을 어깨에 붙들어 매달아 곰배팔이를 해놓고 있었다. 분노
도 증오도 없는, 졸음이 따르지 않는 하품 같은, 그런 살욕으
로 나는 어제, 하나의 돌멩이를 쥐고, 그래 저 사내를 찾아갔
었다. 그러나 어쩌면 어제는, 저 사내의 정수리에 돌멩이를 내
리칠 수도 있었을지, 혹간 몰랐지만, 그러나 그런 이후 세월도
참 많이 흐른 것이다. 나는 언젠지 벌써, 타인의 물질적 조악
한 몸을, 살욕으로써라도, 부러워하지 않게 되어버린 것이다.
그러나 그는, 읍내 '서방님들'이 갖고 다니던 것과 비슷한 굵
은 지팡이를, 오른손에 힘 있게 쥐고 있었는데, 어깨인지 등을
다치고, 지팡이에 의지해 걷는다는 것은, 어디엔지 음모가 있
는지도 몰랐다.

"소승 말입지, 아, 안부를 드리는 바입지. 어젠 소승의 누
처를 왕림해주셔 감사하고 있습지. 소승이 멀리서 대사의 왕
림을 보았으마, 영접지 못했음을 용서하십지. 하하 그리고입
습지, 대사께서는 생각하시기를 어찌 젊은 중놈이 웬 지팽이
를 짚고 다니느냐고 하실지도 모르겠지만 말입지, 읍내 대장
깐 들르고, 목수 집 들러서입지, 하나 맞췄습지. 유리로 통한
야행을 하려니 말입지, 으쓱거리기도 하고입지, 다리도 아프
고 해서 말입지, 이번 읍내 길에는 이런 걸 하나 만들었습지.
서투른 대장장이 솜씨라 말입지, 날은 무뎌 풀 한 이파리 버히
지 못할지는 몰라도입습지, 세 척 길이 무쇠가 이 지팽이 속
엔 잠들어 있습지 헤헤헷. 그러니깐 그렇군입지, 소승은 그저
껜가, 그끄저껜가 읍에서 왔습지. 아 그렇습지, 대사가 유리로

돌아온 새벽엡지, 그 짐수레 편으로 소승 읍엘 갔었습지, 보고 싶은 계집도 좀 볼 겸, 상처의 치료도 좀 받고 말입지, 대사가 요청하게 될지도 모르는 왓대가 충분치 않아서 말입지, 그것 도 좀 마련할 겸해서였습지, 이거 받아두십지, 왓대입습지. 읍 내 양반들이 수도부와 하룻밤 희롱하고 말입지, 모주께 치르 는 꼭 그 값입지. 지전입습지. 소승이 받는 반달분의 녹입지. 아, 이렇게 되어서 말입지, 우리 사이의 셈은 끝난 것으로 해 둬야겠군입지. 사실을 말하면 말입지, 이 부채가 정리되지 않 았던 탓으로입지, 소승은 읍에서 돌아온 날로부터 어젯밤까지 존자 거했던 곳에서 밤낮을 샜습지. 해도 소승 거처에 촛불은 꺼뜨리지 않았더라 말입지. 허나 부채가 정리되어버렸으니 말 입지, 이제 소승도 옛 거처에 돌아가 발 좀 쭉 뻗고 지내야겠 습지. 헌데 말입지, 대사들이 지나간 자리에는입지, 죽었던 풀 도 살아나 싱그러워진다고 하는데 말입습지, 허나 대사 지나 간 자리에서는입지, 두엄 위에서 억세게 자라던 풀까지도 시 들어버리니 어쩐 이치 속이냐 말입지. 아 그렇더군입지, 이번 읍내엘 가선 말입지, 대사가 읊었다는 새 게송을 엿들을 수가 있었는데 말입지, 머잖아 삼척동자까지도 흥얼거릴 정도로 유 행할 듯싶더군입지. 소승 비록 무학승이지만 말입지, 존자가 퍼뜨린 게송과 함께하여 뜻을 음미해보고 말입지, 존자의 살 해가 어떻게 이뤄졌던지 알 법했습지. 그러나 소승은 한 번도 법 설하기를 패설하기처럼 즐거워해 본 적은 없었습지. 소승 의 관심은 그래서입지, 자연 저 읍내 계집에 쏠리게 마련인데 입습지, 한번 그 계집이 꾀어내기에 말입지, 그네와 함께 소승 북호(北湖)엘 한번 갔댔습지, 읍의 북쪽에 있는 호수라고 해서

북호라는 것이 있습지, 소승은 지금, 읍장을 할아버지로, 판관을 아버지로 말입지, 모시고 있는 저 장자네 외동딸에 관해서 말하고 있는 중입지. 강간도 생각 안 해본 건 아니었습지. 헤헤헤. 허나 그냥 말입지, 저 눈물 흘리는 것의 손등이나 좀 핥았습지. 소승께는 뭐 그렇게 촉박히 서둘러야 할 이유란 없드란 말입지, 그녀의 눈물은 짜더군입지. 대사에의 속절없는 연모로 짜겁더군입지. 헌데입지, 이런 말입지, 문상이 늦었군입지, 어쨌든 덧없군입지. 저 곱던 수도부도 죽었군입지. 안됐습지, 소승 충심으로 조의를 표하는 바입지. 안됐습지. 우리들의 살을 담고 그 수분으로 물올랐던 너무도 젊던 것이 죽었다 말입습지. 애통할 일입지. 그래서입지, 그렇잖아도 문상차 두 번인가 와보았더니 말입지, 글쎄 상주께서 조객을 알아보는 눈치가 아니어서 말입지, 위로 한 말씀 드릴 수가 없었더라 이 말입습지. 안됐습지. 애통할 일입지. 허나 말입지, 대사의 결가부좌 위에 머리를 얹은 옌네를 두고 말입지, 소승까지도 말입지, 미추가 어떤 것인지입지, 그것을 말입지, 대강 엿볼 수가 있더란 말입습지. 글쎄, 그래서입지, 소승 또한 대사의 게송의 경계에라도 닿은 듯입지, 눈을 즐겁히던 세상의 색에 대해서 말입지, 대략 한 식경쯤입지, 피곤을 느끼게도 되더란 이런 말입지. 그럼에도입습지, 모든 계집들 다 돌아가고 나니 말입지, 갑자기 이 유리가 쓸쓸해 뵈는입지 파장 거진 거진 된 듯도 싶습지. 좀 수연해 할 일입지. 그러나 아 그렇습지, 뭐, 지금은 어쨌든 말입지, 그동안에 말입지, 서로 간에 말입지, 털어놓고 이야기할 기회가 없었으나 말입지, 이제는 말입지, 탁 터놓고 말입지, 이야기해야 될 것은 해야 되는데 말입지, 뭐 빙 돌려 말할 필요도 없겠다 이 말입지. 글쎄, 우리 서로입지 터놓고 말은 안 했었지만입지, 잘 이해하고 있었던 그 일입지, 한번 상의할 때라 이런 말입지. 그러면입지, 이걸 좀 보아주십지. 소승은 이런 사람이었습. 법의 이름으로 발부된 증명이 소승이 누군가를 증명하는 증명서입지. 헤헤헤, 이 세상 살면서도 이 세상 떠난 사람들께는 우습게 보일지도 모르지만 말입지, 허나 이런 증명을 발부한 사람도 말입지, 이승을 상대로 발부한 것입지, 저승 상대는 아니었더란 말입지. 대사께서도 들어 익히 알고 있었을 것이지만 말입지, 그래도입지, 소문 때문에 복종해야 된다는 일은 억울합지. 억울한 일입습. 그러니 말입지, 잘 보시라 이 말입지. 그러면입지, 대사께서 극렬하게 치러버린 세 살인에 대해서입지, 지금은 얘기해볼 때라 이 말입지, 그 형벌에 관해서 말입지. 좀 늦은 감이 없잖아 있긴 합. 헌데입지, 장로와 그의 손녀는 말입지, 그 계집의 시선은 뼈를 녹힙지, 그 계집의 가야금 솜씨는 일류라고 알려져 있지만 말입지, 소승은 그저 울 너머로나 들어볼 기회밖에 못 얻었지만입지, 장차는 소승을 위해 그 재능이 주어진 것을 알게 되겠습지, 이번에 가서입지, 울 너머로, 그냥 동냥으로 들어봤지만입지, 마음이 비어 있는가 했더니입지, 그 소리에 의해 마음에 구름이 끼고입지, 소나기가 내리더라 말입지. 그 계집 냄새부터가 다르단 말입지, 저 고매한 듯한 시선 속에 감추어진 음탕함이며 말입지, 기지 넘친 언사며 말입지, 수려한 목이며 말입지, 둥근 엉덩이며, 헤헤헤, 법을 탐하기를 색 탐하듯 하였더라면, 헌데 가만있습지, 소승이 무슨 얘기를 했던가입지? 아 그렇군입지, 늙은네와 젊은 계집은 일당이 되어 있더란 말씀을 하려는 참이었습지? 그랬습지. 그래가지고 말입지, 손녀는 눈물로 소승께 호소하고입지, 늙은네는 재력과 권력으로 소승을 억누르려는데 말입지, 그네들은입지, 대사가 전순히 결백하여 눈빛과 같다고 생각하는 투입지. 대사는 이미 복역을 끝냈다는 것입지. 그래서는 죄인이 아니라 한 충직한 관원을 유리에서 추방하려는 태세였습지. 정신이 한 바퀴씩 뻥 돈 거란 말입지. 그 늙은이로 말하면입지, 젊어서부터도 노망해온 늙은이였습지. 그런 예로는 말입지, 글쎄 죽은 목사의 장례를 치르려고 하기는커녕 말입지, 그 쓸 만한 건물을 못질해 한 목사의 관으로 삼아버린다거나 말입지, 자기 읍민 배고픈 건 눈감고 말입지, 떠돌이 걸승들께만 온갖 후의를 다 베푼다거나 말입지, 대체로 그런 투였는데입지, 그러자니 아들과도 의가 맞지 않아 따로 살고 있는 형편입지. 그래 소승 믿음엔, 그 늙은네 객귀물림을 당하든가 말입지, 일찍 죽어야 될 일이 될 것으로 알고 있습지. 헌데입지, 그 늙은네와 손녀는입지, 대사께서 얼른 유리를 떠나기 바라고 있다는 건 일러드립지. 대사께서 이 유리를 안 떠나더라도, 그리고 대사가 가정하여 중죄인이라고 하더라도, 소승 따위 말단 관원으로서는 말입지 유리의 어떤 스님도 정죄치 못한다고 우겨대고 있습지. 흐흐홋. 노망입지, 선례며, 질서쯤 아랑곳하지 않는 노망입지. 물론 말입지, 대사께서 펄펄 뛰는 생선을 말입지, 소승의 눈앞에서 지금이라도 낚아 보여준다면 말입지, 소승으로서도 엎드려 경배하고 말입지, 만방에 대사 소식을 전파하러 다니겠습지. 헤헤. 헌데 말입습지. 판관은 해석을 달리하고 있습지, 중이건 아니건, 일단입지, 범죄를 했으면 말입지, 법의 공정함으로부터입지,

벗어날 수 없는 것이라고 하며 말입지, 오히려입지, 중들 쪽에 더 공로할 것이 있다고 말입지, 믿고 있는 중입지. 그 양반은 지혜가 원만하고 말입지, 사정(私情)에 치우침이 없어서입지, 읍의 질서가 그만한 정도로 지켜지고 있습지, 헌데입지, 그분의 해석에 따르면입지, 소승이 말단 관원이건 아니건 그것은 문제가 아니며 말입지, 법이 권한을 부여하고, 또 선례가 증언하는 대로, 소승에게 범죄 승에의 정죄의 권한이 있다고 하는 것입지. 이 경우에 말입지, 법조문과 판례집에 나타난, 범죄 승께 주어지는, 하나의 혜택으로서의 선택권이라는 것이 있는데 말입지, 그러니 잘 듣고 잘 이해하여서입지, 그 혜택을 헛되이 하지 마시라 말입지. 이 일종의 혜택으로서의 선택권은 말입지, 그리고입지, 중죄 승들께만 주어지는 것이어서 말입지, 배가 고파 이웃 중 나으리의 보리쌀 몇 되쯤 훔쳐 먹은 말입지, 그런 대사들껜입지 주어져 본 적이 없는 것으로 말입지, 판례집은 가르쳐주고 있습지. 그런데 대사에게 저 선택권이 주어져 있다는 이 의미는입지, 보다 직접적인 말로 바꾸면 말입지, 대사는 중죄 승이며 말입지, 사형이 언도되었다는 그 말과도 꼭같은 것입지. 어쨌든 행정적으로 읍을 다스리는 건 읍장의 일이지만 말입지, 재판하고 치안은 판관의 관할이니 말입지, 소승으로서는 판관의 해석을 좇지 않을 수 없다는 것을입지, 특히 명심해주시고 말입습지, 사원(私怨) 따위는 품지 않는 것이 법을 존중하는 일이겠습지. 대사는 현재, 법과 정면하여서 말입지, 재판을 받고 있다는 것을 현실로서 직시해야 하는 건 잊지 마십지. 그래서 대사가 갖는 선택권은 이런 것입지. 즉슨 자기의 죽음의 날짜와 방법을 대사가 택할 것인가, 아니면입지, 집행자 쪽에 일임할 것인가 그것입지. 헌데 죽음의 방법은 입지, 그것이 어떤 것이라도 말입지, 가능적인 것이면입지, 집 행자 쪽에선 최선을 다해 그대로 행할 것이지만 말입지, 우스 운 예로입지, 육보시를 위해 꼭이 용이나 사자나, 뭐 그런 이 읍내에는 없는 것들에게 찢겨 죽고 싶다든가 한다면 말입지, 그건 거의 불가능한 것이라 들어줄 수가 없는 것입지. 그런 경 우 집행자 쪽에서 최대의 성의를 표할 것이 있다면 말입지, 독 사나 개 같은 것으로 대신할 수 있을 뿐이겠습지. 그리고 말입 지, 죽음의 날짜를 놓고는 거기에 단서가 붙어 있다는 것은 일 러드려야겠습지. 그것은입지, 일단 정죄된 스님에게는 말입 지, 정죄된 그날로부터 꼭 서른 날이 주어지는데입지, 그러니 깐 그 서른 날을 다 살아도 좋고 말입지, 반나절만 살아도 좋 습지. 그런 단서가 없다고 한다면 말입지, 팔순 노승이라도입 지, 삼백 년 내에는 죽고 싶어 하지 않을 것이거든입지. 헌데 말입습지, 그 모두를 자기가 정하는 경우엔입지, 그러한 혜택 이 주어지는 반면에 말입지 또한 예형(豫刑)이라는 것이 집행 되어지는데 말입지, 집행자 쪽에서 보면, 그래야 공평무사하 다는 결론입지. 그래서 그 예형이라는 걸 받지 않으면 안 되 고 말입지, 또 어차피 기왕에 당할 형벌이라고 해서입지, 그런 예형이라는 걸 치를 것이 없다고 한다면입지, 이제 집행자 쪽 에서 말입지, 그러니깐 소승이 말입지, 대사께입지, 형일과 함 께입지, 교수형인가입지, 단두형인가입지, 쑥대머리형인가입 지, 그런 형을 과하게 된다는 이 말입지. 그리고입습지, 예형 에 관해서는입지, 미리 설명해두는 것이 필요한데 말입지, 범 죄의 형태에 따라 물론입지, 그 과형도 다르게 나타날 것인데 말입지, 색으로 인해서라면입지, 불알이나 코를 도려낸다거나 하고 말입지, 헤헤, 대사는 현재 소승의 코나 불알을 도려내고 싶으시겠습지? 또는입지 재물에 의해서라면입지, 그것에 손댄 두 손목을 자르거나 하고 말입지, 뭐 그런 식인뎁지, 그런 예형 이후에입지, 집행자 쪽에서는 말입지, 의원을 댄다거나 말입지, 약품을 주는 일 같은 건 하지 않습지, 그러한 예형은 그러나 말입지, 범죄자가 선택해서 얻은 결과이므로 말입지, 본형에 처해진다고 하여도 과형이 중복된 것이라고 생각하는 것은 옳지 않습. 그래서 이제 대사께서는 말입지, 읍에서는 성문율로 되어 있으나 이 유리에 적용될 때 불문율로 되어 있는, 저 재미있는 법의 재미있는 공명정대함을 아시게 되었겠습. 아, 그래서입지, 소승은 드디어 대사를 정죄하고 말입지, 선택을 강요하고 있는 중입지. 허지만입지, 이 선택은입지, 만 하루가 다 가기 전에만 하면 되니까입지, 서두를 필요는 없겠으나 말입지, 이 하루가 지나면입지 이십구 일만 남겨진다는 것은 계산해두십지. 허고 일단 정죄된 경우엔 말입지, 목에나 발에 쇠사슬을 매어서입지, 도피를 막게 되어 있으나 말입지, 소승은입지 대사껜 그렇게 하진 않으려 합지. 참으로 오래전에 정죄했었어야 옳았음에도입지 그래오지 않은 것처럼 말입지, 왠지 대사께 쇠사슬을 씌우고 싶지 않습지. 어쩌면 도박입. 도박이란 말입. 소승은 이 도박을 즐기기로 한 것입지. 장로와 그분의 손녀분께서입지, 넘치는 부와 흔치 않은 아름다움으로 하여서 말입지, 대사가 돌아와 주길 학수고대하고 있다는 것을 재차 재삼 일러드립지. 그만한 부는, 아무라도 쉽게 말입지, 비록 삼십 대를 획한다 해도 이루기 어렵고입지,

그런 재색을 겸비한 숙녀 또한 진주 같은 것이어서 말입지, 깊은 바다 밑 몇십 리를 한하고 빗질해보아도 말입지, 운에 닿아야 얻게 되는 것입지, 한번 발걸음 떼임으로 해서 그 모두 대사께 획득되어질 것입지. 그런 경우에입지, 판관이라고 하더라도 대사의 범죄쯤 함구해버릴 터인데 말입지, 그때 이 어쭙잖은 소승께 올 대접은 두 가지 중의 하나겠습. 하나는 말입지, 대사와 수도부들과 공모하여 말입지, 한 수도부를 간하여 간접적으로 죽게 한 죄명에 의하여, 현재 대사가 당하고 있는 것과 같이 정죄되어, 종내 사형을 당하거나이고 말입지, 다른 하나는, 약간의 은전을 보태서입지, 읍으로부터 소승을 아주 멀리 추방해버리는 일이겠습. 헌데입지, 읍장 쪽에선 후자를 고집하시겠으나 말입지, 판관 쪽에선 전자를 택하겠습지. 약간의 정에 치우쳐 후환을 키우는 것을 판관은 좋아하지 않으며, 그 싹을 근절해버리는 것이 그의 방법이니 말입지. 아그러고 보니 다변이었군입지. 아 어쨌든입지, 내일 이맘때입지, 소승이 다시 오겠으니 말입지, 그때까진 아무래도 좋습지. 그래도 만약 말입지, 형벌을 기피할 생각이 아니라면입지, 이 늪으로부터는 한 발자국 밖으로 나가지 않기를 일러두는 바입지. 허지만입지, 매 순간 매 찰나 기억해둘 것은입지, 족쇄는 채워지지 않았고 말입지, 소승 또한 파수 보거나 그런 짓을하지 않을 것이라는 이것입지. 또한 가정해서입지, 대사가 여기를 벗어나서입지, 읍으로 간다고 해도 말입지, 소승으로서는 대사를 추적하지도 않으려니와 그럴 권리도 없습지. 소승의 임무는 다만, 정죄했으면 그 범인이 도피치 못하게 하는 것이며 말입지, 예형을 과하고 말입지, 범죄인이 원할 때 형장으로 인도해주는 일뿐입지. 대사가 도망쳤을 경우, 서류상 아무 증거도 없으니, 이 정죄는 무의미한 것입지. 그러나 소승은 이제 돌아가서 말입지, 본격적으로 이 도박을 즐기려 합지. 그러며 말입지, 모아두었던 촛농 부스러기라도 녹혀서입지, 하나의 초를 특제하려 하는데입지, 약간의 비상을 함유하려고 계획 중입지, 아 그럼 평강하십지, 평강하십지."

그는 그리고, 병든 몸짓으로 돌아가 버렸다. 그러자 내게는, 왠지 참을 수 없는 공복감이 밀려, 생쌀을 씹어대며, 병째 거꾸로 들어 꿀을 마시고, 또 쌀을 씹으며, 늪 바닥을 걷기 시작했다. 그러며 그가 던져주었던 왓대를 헤아려보았으나, 배 속의 허기는 이해할 수 없는 것이었다. 그리고 어쩌다, 나도 모른 새 한 번씩 후후거렸으나, 늪의 둔덕으로 올라가 볼 생각은 내지도 않았다. 그 둔덕 너머의 아무것도 현실로서는 떠오르지 않는 것이었다. 하루 햇빛 더 볼 수 있다는 것을, 아무리 감격과 흥분으로 생각하려 했어도, 어쩐지 거기 건조함밖에, 다른 느낌은 따르지 않는 것이었다. 나는 아마 피로에 휘늘어진 것인지도 모른다. 상주가 당하는 피로, 망인을 묻고 돌아와 망인의 영실에 켜진 촛불을 바라보는 피로, 그러나 모를 일이다, 내일 새벽쯤이라도, 나는 장옷 새로 입고, 희게 떠나며, 이 유리를 힐끗힐끗 돌아다보게 될지도 모르긴 하다. 유리는 죽어버린 것이다. 내게서 떠나버린 것이다. 나는 그것을 묻어주어 버렸으며, 그런 뒤 우리 사이에는 단절이 와버린 것이다. 나는 그 무덤 위에 돋은 한 포기 할미꽃 같은 것 이상은 아닌 것이다. 그러나 어쨌든, 이 순간에 이르러 내가 명상해야 할 것이 있다면 그것은, 내가 나를 어떤 방향으로라도 포기해서

는 안 된다는 그것뿐인 듯하기는 하다. 죽는다더라도, 살기가
싫기 때문에 죽어서는 안 된다는 것을, 나로서는 자꾸, 자신에
게 일러주지 않으면 안 되고, 죽는다면 죽기 위해서라도 이 세
상은 죽기에 너무도 아까운 고장이라는 것을, 계속 계속 재인
식해내지 않으면 안 된다는 것을, 나로서는 자꾸, 자신에게 일
러주지 않으면 안 되는 듯하기는 하다. 현재로서 그러나 나는,
내가 살고 싶은지 어떤지를 모르듯이, 죽고 싶은지 어떤지도
모르고만 있을 뿐이다. 아마도 나는 피곤한 것이다.

제29일

잠에서 깨어보니, 해가 중천이었다. 그 하늘에다 대고 나
는, 이를 드러내 누렇게 웃었다. 말시(末時)가 가까웠으니 깨
어 있으라고, 이천 광년(光年)도 저쪽 하늘의 어느 별에서 들
려온다. 허지만 말시 전이란 언제나 고달픈 법이다. 그래서 고
래 같은 뱃놈들도, 그 고달픔 밑에서는 꼼짝 못 하고 눌려져,
코를 곯아대는 법이다. 이상스런 공복, 먹고 마셔도 먹고 마셔
도, 여전히 배가 고픈 이상스런 허기증, 만복이 오히려 공복인
주림. 이것은 참으로 거북하며, 외롭지도 권태롭지도 않으나,
외롭고도 권태로운 것 같은 것이다. 그러나 어쨌든 나는, 섬돌
을 삼았던 그 돌짝을 어깨에 메고, 늪 안을 한 바퀴 삥 둘러도
보았고, 그러다, 그 돌짝을, 저 계집 묻힌 흙 위에 덮어 누르고,

그 위에 연좌를 꾸며 앉아 있어도 보았다. 그리고 나는, 내가 벌써 그 계집은 잊어버리고 얼마를 살았다는 것을 알아내기는 했다. 내가 여우였다면, 어쩌면 돌팍 밑 모래를 헤치고 그 밑에 누운 살 속에 이빨이나 찔러 넣었을지도 몰랐는데, 그리곤 먹어도 마셔도 고픈 창자를 한 번쯤 불려보았을지도 몰랐는데.

어제 나타났던 그 시간쯤에 다시 촛불중은, 내게로 와, 어제의 그런 그림자를 내 무릎 위에 밀어뜨려놓았다. 그는 변절자 같은 웃음을 물고 시체를 파헤치고 내려다보는 여우의 눈 같은 것으로, 나를 내려다보며, 말하기 시작했다. 그는 전날보다 어쩐지 야위어 보이고, 눈이 붉어 있었다.

"평안하신지입지? 대사입지, 떠날 수 있었는데도 말입지, 결국 그러시지 않았군입지. 그러고 보니, 이 도박 또한 소승이 졌다고 해야겠군입지, 무참히 진 것이군입지, 그 그러면입지, 절차가 그러해서 그런데입지, 좀 길지만 말입지, 이 서류를 대개 읽어보고입습지, 빈 곳에 써넣을 것을 써넣으시고 말입지, 서명하고 날인을 해주었으면 싶지. 자 읽어보십지, 읽어보면 아시겠지만 말입지, 그건 뭐, 서투른 친구들이 고누라도 두면서 하는 얘기를 문서화해 놓은 것 같긴 합지만 말입지, 그것이 빈틈없이 수정 보충되어왔기에는, 그동안 이 유리가 너무 조용해 왔고입지, 또 세월로 쳐도 거 뭐 한 탄지간(彈指間)이라고나 할 것이었으니 그동안 별 발전을 못 보여온 것이겠습지. 그러나저러나입지 그게 율법이고 말입지, 그 이름 아래에서 덮어씌워 내리면, 거기 도피처는 없는 것인데입지, 그래도 대사의 경우, 소승이 오늘 증인을 대동하는 것 회피하고 단독으로 왔으니 말입지, 거기 도피처가 전혀 없는 건 아닙지.

증인이 있더라도 결과는 마찬가지일 터인데 말입습지, 대사가 저 세 스님을 살해했다는 것을 부인할 경우, 사실이든 가정이든, 비록 소승이 그 현장을 목격했다손 치더라도, 소승으로서는 대사를 정죄할 수가 없는데 말입지, 그것은 왜인가 하면입지, 살해가 있었던 그날, 대사가 이 유리에 와 있었다는 것을 증언해줄, 저 유일한 수도부도 죽었고 말입지, 세월도 또 이만큼 흘렀고 말입지, 안개비도 그만큼 내렸었으니 말입지, 대사가 쥐고 살해했던 돌엔들 대사의 지문이 아직도 남아 있을까 싶지도 않습지. 그럼에도 정죄키 위해서 가령 대사가 입었다 태워져 버린 오조 촌장의 장옷이라든가, 해골 그리고 다른 스님들이 살해된 것과 때를 같이하여 대사가 물고기 낚시를 시작했다, 하는 이유들을 들먹여보아도 말입지, 반드시 충분치는 않은데 말입지, 대사가 부인하기로 맘먹는다면, 수천 가지로 대사는 있을 수 있는 다른 일들을 소설(小說) 해낼 수 있을 것이니 말입지. 이런 경우는, 범인의 색출이 아니라 말입지, 어떤 범인을 정죄할 단서들을 찾아 조립해내는 일이 급선무이지만 말입지, 그것이 비록 오늘 해지기 전까지 가능된다 하더라도입지, 소승은 그런 일은 하지 않을 작정입지. 그것은 왜인가 하면입지, 비록 관리 행세를 하여 목구멍에 풀칠을 하기는 해도입지, 소승도 또한 끝까지 중이기를 고집하는 그 탓인데 말입지, 적어도 중은, 자기의 이를 도와, 혀를 놀려 거짓을 말해서는 안 되는 어떤 것이라고, 소승은 믿고 있습지. 자기를 속이는 일은 아마도 그중 비참한 환속이겠습지. 그 환속을 대사가 도모할 것이라면, 대사는 이미 중이 아니므로, 소승이 관할할 영지 너머에 계시는 것입지. 소승은 그러므로 이 많은 세월이 흘러온 지금까지도 하지 않았지만 앞으로도, 어떤 단서에 의해서 대사께 형벌을 강요하려는 노력은 하지 않을 것입지. 아 그 서류를 들고만 계시지 말고, 읽어보십지. 좀 장황하더라도, 그것은 어쨌든 대사의 전 생명과 직결된 것이니 말입지, 읽어보십지. 빈 곳은 물론, 참작할 범행 동기며, 어떻게 범행했는가 따위 같은 것들을 써넣는 난입지. 초대 읍장과, 유리의 삼조 촌장 간에서 꾸며진 서류라고 명시되어 있습지. 허나 유리의 촌장은 풍문 같은 것입지. 그러니 그것은 순전히, 아직까지도 악명이 전해오는, 창녀와 아편의 모리배, 저 초대 읍장의 별로 많지 않은 식견으로 이뤄진 것일 뿐일 터인데 말입지. 법의 이름에 두루 말려서입지, 공정을 획득하면, 그것은 불가침의 것입지. 아 그러니까, 아 물론 그렇겠습지, 대사는 혜택받은 선택권을 행사하시겠다는 의미시겠습지. 그리고 종내, 부인해버릴 수도 있는 범행을 자백하시겠다는 의미십지? 아, 인장이 없으면 지장을 찍어도 좋습지, 인주는 여기 있습지. 소승이 대개 읽어보도록 허락하십지. 헌데입지, 살해 동기는 쓰지를 않았군입지. 본적 난엔 '羑里'라고만 쓰셨는데입지, 본적이 없으신가입지? 또한 본명과 법명 난에도 '羑里'라고만 쓰셨는데, 대사는 이름이 없으신가입지? 연세는 서른셋이나 생일을 기억지 못하십나? 헤헤헤, 죽음의 방법은 사뭇 재미있는 것인데입지. 형일은 아직 정하질 못하고 계시는군입지. 대사가 원하는 이 죽음에 대해서입지, 소승도 조금 생각해보게 하십지. 그리고 허긴, 대사께 스무여드레가 더 남아 있으니, 그 안에 언제든 형일은 결정하십지. 수도부들로부터 들어서도 알고 말입지, 또 겪어서도 알게 되시는데 말입지, 대사는 혀를 잃은 듯하니입지, 대사께서 형장으로 보내주기를 바라는 날은 말입지, 이렇게 하십지, 땅에다 고기 모양을 그리든 말입지, 또 아니면, 소승의 장옷 자락을 세 번쯤 잡아당기든 어느 쪽이든 말입습지, 그러나 역시, 대사는 어부였댔으니 말입지, 고기 모양을 그려 내게 알려주십지. 그게 좋겠습지. 잠 못 들고, 밤새도록 생각해낸 것은 이런 것들입지. 그것도 또 그렇군입지. 형장으로 보내달라는 것과, 형을 치르겠다는 것과는 다르니, 거기에도 구분이 있어야겠군입지. 그건 이렇게 하십지. 고기 모양을 그리되 하나만 그리면 형장에 보내달라는 신호를 삼고 말입지, 둘을 그리면 형을 감수하겠다는 뜻으로 해둡지. 그럼 우리 서로 간 이해를 통했다고 소승 믿는 바입지. 그러면 소승은 이제입지 두 가지 일만 수행하면 소승의 임무를 끝내는데입지, 그 첫 번째 것은 예형을 집행하는 일이고 말입지, 둘째 번 것은입지, 대사가 정하는 날, 대사를 형장에 모셔다드리는 일입지. 해가 제법 기울고 있군입지. 이 밤은 대사께 그중 긴 밤이 될지도 모릅지. 소승은 이제 대사께 예형을 과하려 하고 있습지. 그러자니 말입지, 옛 얘기 하나가 기억에 나는구먼입지. 그랬습지. 전에 한번 대사께서, 소승께 말입지, 비역[鷄姦]을 한번 하셨습지, 그 비역 이후 소승은 줄곧 말입지, 치질을 앓고 있는데입지, 그러나입지, 이따위 치질로 해서 대사를 원망하거나 하진 않았었습지. 그 이후 말입지, 때로 때로입지, 항문을 통한 창자 속에 말입지, 이물감이 있기는 해도입지, 웬일로입지, 그 촛불이 안 꺼지고 말입지, 저 창자 속 구불탕 진 어둠 속에 말입습지, 아직도 켜져 있는 듯한데입지, 안 뜨거운 건입지, 그것이 그냥 그 촛불 크기만 한 무슨 빛돌로나 말입지, 그렇습지, 무슨 수정돌로나입지, 화석되어 남아버린 탓이 겠습지. 이것은입지, 대사에 향한 일종의 연모 같기도 한데입지, 그렇습지, 그 비역 이후입지, 소승은 어째서인집지, 대사를 둘러싼 모든 것에 대해서 말입지, 타는 증오와 저주를 어찌할 수 없어온 것인데 말입지, 질투는 아니었던지도 모릅지, 모른다 말입지. 아, 그러나 옛얘깁지, 옛얘기라 말입지. 소승은 지금부터 소승의 임무를 성실로써 수행하려 하고 있을 뿐입지. 헌데 소승의 생각엔 말입지, 그것이야말로 가장 합당한 예형이라 믿는데 말입지, 그러니깐입지, 대사께서는 말입지, 소승의 암흑한 곳에다, 밑으로부터 빛돌을 밀어 넣어주었지만입지, 소승은 말입습지, 대사의 저 광명스러운 곳에다, 흑마노라고 해도 좋겠습지, 아니 그믐밤 같은 어둠 돌이래도 좋을 것입지, 그런 걸 하나 위로부터 채워 넣어주었으면 하고 있습지. 그 아니 훌륭한 생각이냐 말입지. 그럴 때 우리는 마지막으로 한 번 더 부채 정리를 하게 되는 셈입지. 우리 사이엔 더 이상의 빚이 남지 않게 될 것입지. 상보 상쇄입습지. 이 생각을입지, 그 비역 이후부터 줄곧 해왔댔습지. 허, 허, 헌데, 그 왓대는 내게 왜 돌리시는 겁지? 그 왓대를 돌리면, 다시 빚이 남는 셈이 아닐까입지? 허지만 받아는 둡지. 그리고 천천히 생각해봅지. 하하, 그렇군입지, 소승은 좀 늦단 말입지. 그 비역을 한다음 날이었군입지, 소승이 대사께 해웃값을 치렀었습지? 헤헤헤, 그래서 이제 대사는, 놀음차를 선불하시겠다 그 말씀이시겠습지? 허긴 여수란 분명해야 되는 법, 이건 소승이 대사께 지불한 것보다 월등 많으나, 해웃값에 한계가 있는 건 아닌 법. 소승 받아둡지. 그것이 피차간 빚을 남기지 않을 것이니 말입지. 아 그리고입지, 지금 보고 계십지? 말씀드렸다시피, 이 초는 소승의 특제품입지. 향 대신에 비상이 함유됐습지. 소승은 오랫동안 생각해보고입지, 빛은 빛으로 용해시킬 수밖에 없다는 묘리를 터득했었습지. 빛에 의해 어둠은 깨뜨려지나 말입지, 빛이 계속 있는다면 어둠에 의해 빛은 분쇄 당하지 않는 것, 그러나 빛이 빛을 칠 때, 빛은 빛을 더하나, 종내 빛에 의해 그 핵심에 공흑(空黑)을 남기는 것, 헤헤헤, 그래서 소승은 이제, 대사의 눈꺼풀을 까뒤집고, 저 찬연한 햇빛 아래에서 눈물을 말릴 터인데입지, 눈물이 마를 때마다 말입지, 이 촛농을 그 눈물 대신, 대사의 저 영기 서린 안구에 떨어뜨려 주려 합지. 한 눈에 오십 번씩의 촛농을 떨어뜨리려 합지. 소승의 모든 밤과 낮은 이 장면을 떠올려 보는 것으로 바쳐졌었습지. 흐흐흐. 그것은 육교보다도 척추를 시리게 하곤 해왔습지. 그리고도 대사께서 여전히 볼 수 있다면 소승 엎드려 대사의 발등에 입 맞춥지, 대사의 문하에 들기 바랍지. 소승의 짐작으로는입지, 대사께서는 초력적인 기로 하여 말입지, 생생히 뜬 눈으로입지, 백 번 부어지는 촛농을 견디려 하겠으나 말입지, 인고에도 또한 한계가 있는 법, 그래서 어쨌든 소승이 청하기로는 말입지, 할 수만 있다면입지, 소승이 손쓰기 전에입지, 대사께서 대사의 기를 좀 풀어주었으면 합지. 아 물론, 안 되겠으면 소승이 도와드릴 터인데 말입지, 반 망나니 되다 보니 말입지, 맥 정도는 짚을 줄도 알게 되더라 말입지, 그리고 물론입지, 지금이라도 말입지, 대사의 체력이면 말입지, 소승 따위 단 주먹에 쳐 눕히고 말입지, 이따위 서류쯤 찢어버리고 말입지, 홀홀이 떠나지 못할 것도 없습지. 글쎄입지, 여기엔 대사와 소승밖에 아무도 없잖느냐 말입지. 지금이 그 기횝지. 대사가 그러시는 경우, 반복되지만 말입지, 소승으로서는 대사를 추적할 아무 권리도 의무도 없으니 말입지, 소승의 목숨까지야 거둬 가실 필요 없겠습지. 지금부터 소승은, 눈을 감고 오백을 목적으로 헤아리려 하고 있으니 말입지, 예형을 감수하시겠으면 그러는 동안에 기를 좀 풀어주시고 말입지, 거부하시겠으면, 소승의 맥을 짚어, 대략 한 식경 후쯤에나 살아나게 해주십지. 죽기 전에 소승도 한 번쯤, 대사의 등에 대고 통쾌한 웃음을 웃어도 보고 싶으니 말입지. 서류는 그렇군입지, 아예 이 바닥에 꺼내 놓아버리기로 합지."

나는 해를 올려다보았다. 그리고 그 빛을 함뿍 내 전신에다 호흡해 넣으려고도 했고 그것의 모습을 확실하게 기억하려고도 했다. 그러나 그 해는 종내 하나의 까만 숯덩이가 되어버리곤, 푸른 하늘에다 그만큼 한 꺼먼 구멍만을 남긴 뒤, 내 시선 밖의 어디로 사라져버렸다. 한 번도 정시해본 적도 없이 그저 몸으로 인식해왔던, 그 일상적이던 해는 하나도 없었다. 나는 슬펐고, 그래서 눈을 감았더니, 그런데 저 일상적이던 해가 내 양미간에서 떠올라오고 있었다. 그러나 그것도 정작에 있어선, 일상적인 해는 아니었는지도 모른다. 그것은 눈을 쏘고들며 눈물을 말리는 빛이 없었고, 그 가운데 흑점을 갖고 있는 것이 아니었다. 그것은 그저 너그러이 둥근 빛돌 같은 것이었고, 그렇다고 달과도 같지 않았다. 어쨌든 나는 그것 위에다 마음을 모으며, 숨을 고르게 쉬어가려고 했다. 그러나, 내가 마음을 모으려 하지 않았을 때, 청정히 돋아 올라 있던 그것이 내가 마음을 모으려 하자, 왠지 흔들리고 형태를 바꾸며, 탁한 연기 빛을 내 내부에다 흩뿌리기 시작했다. 나는 도대체 숨을 조절할 수가 없고, 다만 머리만 아팠다. 하나의 빛돌처럼 흔들림 없는, 하나의 빛을 형상화하여 포착해내기가, 오늘은 왠지 어려웠다. 그럴수록 나는 초조함을 억누르고, 빛의 한 영상에 명상하여, 그것에다 의식을 집중하며 그것이 어둠 가운데 확고부동히 정좌해주기를 바라지 않으면 안 되었다. 그러면 그럴수록 그러나, 더욱더 시선이 흔들리며, 두터운 연기 같은 것들이, 빛만 있고 형체가 없는 빛을 휩싸고 들며, 어지럽히고, 혼돈 속에 싸여 묻히는 것이었다. 이것은 위기였고, 이 위기는 와해를 수반할 것이었는데, 이 위기에 처해 나는, 장로의 손녀딸인지, 죽은 수도부인지의 얼굴을 매달고, 그러나 한 번도 남자 품어본 적 없는 고운 계집이, 벗은 몸으로 내 가슴을 딛고 춤추는 네 잎짜리 연(蓮) 붉은 요니가 타는 것에 색념을 일으켜낼 수뿐이었다. 그러는 동안에 그런데 무산되었던 빛이 어디로부터인지 모여들며, 저 흐린 운무 가운데로부터 붉게 뿌려 내렸는데, 그것은 인당수의 소용돌이에 흩어진 붉은 연 이파리들 같은 것이었고, 하혈 같은 것이었고, 그것은 형상이 없어 노을 비낀 서녘 하늘 같은 것이었다. 그러나 그 뒤쪽으로 깊은 하늘을 열며 그 붉은빛은 저절로 스러져버리는 것이었다. 형언할 수 없는 절망이, 그 하늘 색을 같이하여, 내 심정에도 그만큼이나 깊게 깔려버렸지만, 그럴수록 나는, 저 계집의 아름다움에 내 온갖 집착을 다 했다. 그랬더니, 그 하늘의 깊은 속으로부터, 아직 형상은 확실하지 않으나, 저 죽은 수도부의 영기와 같은, 그런 한 노란빛이 스적 스적 흘러오더니, 하나의 흐르는 별이 대기권에 휩싸일 때 색깔을 바꾸듯이, 그것은 이상스럽게도 노란빛을 잃으면서 봄에 갓 돋아난 나뭇잎처럼, 조금씩 조금씩 푸르러지고 있었다. 그리하여 그것은 종내 여름 잎처럼 변해져서는 드디어 내 양미간을 사뿐히 차지하고 들었다. 음모 없는 계집에의 나의 집념은 계속되었다. 그런데 그러는 동안에, 그것의 내부가 어느덧 비어버리고, 가장자리를 테 두른 선만 희미하게 남겼는데, 그것은 원만한 두 개의 곡선이 맞닿아 양극을 갖는 타원의 꼴이었으며, 그 선은 언젠지 색깔을 잃어버려서 희어 보였다. 흰색은 색깔이 아니라는 논리에 좇으면, 허긴 그것은 형상이 아닐 것인데도, 그러나 드디어 나는 형상을 포착했으며, 그것은 전이하고 궤적하여, 드디어 빛이 정(靜)을 획득한, 그 화석이었다. 석화(石化)한 동(動), 석화한 빛, 그러나 나는 그것을 이제는 파괴하려는 것이다. 그것을 산산이 흩뜨려버리려는 것이다. 그것이 흩어지는 소나기 아래 나는, 내 하나의 무덤을 가지려는 것이다.

그러기 위해서 나는 하나의 손가락을 꼿꼿이 펴, 그것으로 금강석을 쪼는 한 정으로 삼아, 과녁의 중심을 꽂고 드는 화살을 연상하며 저 흰 빛돌을 향해 무자비하게 찔러 넣었다.

그러자 그 순간, 저 눈빛으로 투명히 희던 한 빛돌이, 수천 조각으로 박살 나며 저 포착키 어려운, 튕기는 듯이 번쩍이며 현란하고 장엄한, 저 무섭도록 찬란한 빛을, 천의 뇌성을 거느린 천의 번개가 일순에 치듯 그렇게 흩어지며 여섯 색깔 잠들었던 불꽃을, 모든 어둠 가운데에다 소금처럼 흩뿌렸다. 느리게 느리게, 그 소금은 그리고, 어둠 가운데로 침몰해버렸다.

1

"흐흐으, 아 즐겼습지, 즐겼습지, 그렇습지, 재미가 있었습지. 그러느라 말입지, 그 일을 천천히, 아주 천천히 말입지, 마음을 가다듬어가며 했었습지, 어쨌든 이것 좀 들어보십지. 꿀물입지. 대사의 정신은 떠나고 없었습지. 숨도 쉬는 듯하지 않았으며, 맥도 뛰는 듯하지 않았습지. 그건 거의 완사(完死) 상태라고 해도 좋았습지. 헤헤헤, 그래도 그 눈으로 눈물이 어리고 들었었으니, 생명이 떠나버린 것 아니었었습지, 그러면 입지, 입술로 바람 불어, 그 눈물 말렸습지. 하고입습지, 흐흐으, 눈물 말라 그 눈이 죽은 물고기 빛깔을 띠면 말입습지, 소승이 그렇습지, 한 방울의 촛농을 말입지, 대사의 눈썹을 끄슬릴 그만쯤의 거리에서 눈물 삼아 똑 떨구어주며입지, 이렇게 위로해주었습지, 눈입지, 고통받는 눈입지, 이승 너무도 센 바람에 눈물조차 못 흘리는 슬픈 눈입지, 천상적 빛이 떨구는 이 수분을입지, 흐흐으으, 허지만 그 수분은 말입지 이내 굳어서입지, 저 안막을 엷게 덮으면입지, 어느덧 눈물이 번져서 말입지, 해동에 얼음장 밑으로 흐르는 호수 같았습지, 그럴 때마다 소승은입지, 금도금을 전문으로 하는 장공을 소승은 본 적은 없지만입지 상상했기로는 말입지, 매번 금을 붓고입지, 매번 금을 떼어내는 저 긴장, 저 쾌감, 저 전율, 저 흥분, 저 살욕, 흐흐, 으으, 그것이 그런 것이나 아닐 것인가 했습지. 저 촛농의 도금을 떼어내고 보면입지, 희었어야 될 흰 창에입지, 강낭콩 꽃이 어느 녘 그렇게나 피었을깝지. 흑갈색 동공엔 어느 녘 그렇게 구름 휘몰아 덮었을깝지. 소승은 여러 번이나 말입지, 존자가 몸을 씻던 걸 떠올렸습지. 헤헤헤, 흰 껍질 아래 되사린 더러운 붉은 살 말입지. 그의 고행은 수음이었습지. 거울에 끼인, 촛농처럼 아주 두텁게 덮인, 먼지며 티끌을 벗겨내면 말입지, 그 거울은 붉었습지. 헤헤헤, 그래도 업의 센바람, 어디선지 다시 불고 말입지, 구름 같은 티끌을 몰아다 붙이면 말입지, 다른 데 하늘은 몰라도입지 남녘 이 유리의 하늘 어디에 무슨 틀[臺]이 있어서 구름이 머무는가 말입지. 그래도 눈은 말입지, 잡목을 두른 북호(北湖) 같은 것이어서 말입지, 제 뜻이 아닌데도 하늘의 구름 그늘이 머물고 가더군입지. 불주(佛酒)는 독하군입지, 독하다 말입지. 소승의 마음 짠한 것은, 불심 탓이 아니겠느냐 말입지. 자정 지낸 지도 오랩지. 새로 날이 터올 것이지만 말입지, 헤헤흐, 동은 눈으로 터오는 것인가 마음으로 터오는 것인가, 그건 알 수 없습지. 이 늪은 말입지, 이상하게도 밤 들자 홍건해 보이고 말입지, 어쩌면 저승 달이 안 그렇겠는가 말입지, 우리들의 수도부의 무덤 위 돌팍이 번연히 떠올라 저승처럼 밝고 있습지. 안개는 조금도 두텁지 않군입지. 이런 시각마다 소승은 소리를 찾습지, 찾다가 말입지, 대개의 밤으론입지, 물론 수도부와 방금 전에 헤어지고도 말입지, 한 번의 긴 수음을 하곤 말입지, 조금 울다 잠듭지, 그렇습지, 소리를 찾다 말입지, 울음으로 소리를 좀 만들어보다 잠듭지. 약간의 진정제, 약간의 외로움, 약간의 비애, 조금 전 대사가 마신 그 수분 속에도 그것이 섞였습지. 약간의 아편, 약간의 꿀물, 잠은 그런 겁지. 깨어나 보아도, 세상은 조금도 변해 있지 않습지. 해만 탁하게 돋아 있고 말입지, 바람도 없는데, 어디선지 말똥이라도 타는 듯한 냄새만 흐르고 있습지. 뭣을 할까를 모를 뿐입지. 견딜 수 없는 권태가 시작됩지. 그런 날의 계속, 도는 멀고입지, 이 사막의 살인적인 무료 속에서 굼벵이가 거진 거진 되어가며입지, 썩은 몸뚱이가 아니라 정신 속에서 꾸물거리며 말입지, 죽고 있습지. 살인이라도 하고 싶습지. 장옷을 벗어부치고 천 리라도 달리고 싶습지. 고함이라도 버럭버럭 질러대고 싶습지. 그러나 잊어버렸습지. 그림자가 아직도 있는지 없는지 그것까지도 잊고 말입지, 그냥 사는 겁지. 글쎄, 그것도 사는 겁지. 그런 어떤 날 대사가 왔었습지. 유리로 왔었습지. 가진 것 아무것도 없이, 벗은 몸으로 왔었습지. 보니 대사는 그림자를 늘이고 있더군입지. 그런데 그로부터 말입지, 어째선지 모르나 말입지, 이 유리에 두텁게 껴썩고 있던 대기가 흔들린 듯하고 말입지, 뒤바뀌기를 시작한 듯했습지. 사실을 말하면입지, 대사가 저 염주 스님을 살해하는 장면을 소승이 목격한 것이었습지. 별로 멀지도 않은 가시덤불 밑에 숨어서 보았습지. 그것은 살아 있는 광경이었습지. 즐겁지는 않았으나 말입지, 오랜만에 염통에서 피가 끓어올라오는 광경이었습지. 대개 그 시각이면 말입지, 할 일 없는 소승도 샘터로 가는 참입지. 존자의 연족에 입 맞추고, 그리고 외경스러움으로 그의 수음을 내려다보러 가는 길입지. 그러나 소승도 어쩌면 그 살해의 공범이었을지도 모릅지. 때로 살인이라도 해보았으면 하고, 글쎄 소승 생각도 했었는데다 말입지, 대사가 찍어대는 돌 모서리가 더 날카롭기를 바랐었으니 말입지. 흐흐흐, 언제부터 소승은 절시증을 익혔는지 모릅지. 그 장면은입지, 타인의 성교를 훔쳐보는 것 같아서 말입지, 소승이 좋을 건 없었으니 소승의 가슴을 태우고 들었습지. 저 흐린 햇빛 아래 꿈틀거리는 사내들의 모습은입지, 소승께 연모 같은 걸 불러일으키도록 아름다웠습지. 그리고 대사가 떠나버렸을 때, 소승은 염주를 찾아내 들고, 샘으로 갔었습지. 샘의 화평은 이미 깨뜨려져 무참했습지. 대사는 불화였습지. 대사의 시선이 닿는 것은, 그것이 무엇이든 무참히 깨어져 버렸습지. 계집답게도 소승은, 그런 사내를 연모했었다고도 지금은 고백해둡지. 허지만 무엇보다도, 그 사내에 대한 질투를 또 어쩔 수 없었다고도 고백해둡지. 그 사내 앞에서 난 늘 패한 느낌이었습지. 한 번쯤 이기길 바랐습지. 그러나 소승은 드디어, 저 관곽 속, 유리로부터 깊은 잠을 깨고 떨치고 일어선 것은 사실입지. 그건 사실이다 말입지. 아 헌데, 헤헤헤, 바로 요 며칠 전이군입지. 한 수도부가 강간을 당했습지. 그것도 말입지, 혼도에 처했을 때입지, 손톱에 찢겨서 흐른 피로 기름을 삼아, 강간을 당했습지. 입속에도 그득히 묻은 피를 살려 넣어주었습지. 죽었습지, 그 계집 지금은 말입지. 그때 한번 그 사내는, 그 사내가 질투하는 사내를 한 번 이겼다고도 생각했었습지. 처음에 곪에, 다음에 항문에 마지막으로 목구멍에, 그리고 일어났을 때 그 사내는입지, 쇄락함을 느끼고입지, 그 계집의 모든 열린 곳마다에 오줌을 갈겨주었습지. 그랬습지, 그러며 저 염주 승이 살해당하던 장면에 흙이고, 소승과 대사가 어쩐지 같은 얼굴을 달고 있는 것이라고도 생각했습지. 그랬습지, 그러나 굴 문을 나서 돌아가는 길에, 그 사내는 울고 있었습지.

이를 갈며 울고 있었습지. 패배감은 몇 배로 더해진 것이었습지. 저 질투와, 저 적대감은 어째서 시작되었는진 그래도 명확하겐 모를 뿐입지. 그건 말입지 어쩌면, 같은 둥치에서 갈라진, 사라수(沙羅樹) 한 가지가, 다른 가지에 대해 갖는, 그런 어떤 것일지도 모릅지, 모른다 말입지. 한 가지는 무성해, 새가 와서 둥지 짓고 알 까고 있는데 말입지, 다른 가지는 뱀이 트림을 하고 있어 그래서 말입지, 잎을 피워내다 말고 죽어가는, 그런 사라나무 한 가지가 갖는, 그런 어떤 것일지도 모른다 말입지. 어쨌든입지, 일상적이던 저 고요한 유리의 화평은 깨어졌습지. 소승은 그리고 끝으로 한 번 더 지고 말았습지. 이젠 질투나 적대감의 아무 끈도 소승을 죄지 못하고 있는 것입지. 완전한 참패입지. 소승은 이제 돌아가, 그렇습지, 만약 가능하다면 말입지, 긴 수음을 한번 하고 말입지, 조금 울다 잠들어보려 합지. 이 수분을 조금 더 마셔보십지. 대사께 도움이 되겠습지, 남기지 말고 다 드십지. 그리고 대사도 쉬십지. 드신 수분은, 좀 과량이다 싶지만 말입지, 진정제였습지. 그러길 바랍지. 결국 대사는 시력을 잃은 것이군입지. 시력을 잃었군입지."

2

허기는 빛이라는 것도 그런 것이다. 허기는 형체도 그런 것이다. 허기는 색깔도 그런 것이다. 저 작은 구슬, 이윽고는 썩어져 버릴, 저 한 개나 두 개의 안구(眼球)가 조화를 잃지 않았을 때 나타나 보일 것인데, 그러나 저 안구의 조화란 너무도 엷고, 너무도 섬약하며, 너무도 가늘어서 완전과 불완전의, 암수 소가 나뉘어서 갇힌, 두 우리 가운데 있는 한 겹 창호지 칸막이 같을 것인바, 저 수소는 너무나 거칠어 아직 누구도 코뚜레를 씌워보지 못했으며, 저 암소는 새끼에의 소망으로 발정돼 있는 것이다. 조화란 그리고, 새끼에의 소망의 암소 같은 것이다. 그리하여 과장적 수사법에 의해서, 이 세상은 장한몽(長恨夢)으로 화하며, 존재란 덧없고, 실제가 아니며 허상이어서, 색이 공과 다르지 않다고 하는 것일 터이지만, 이 단계에 이르러, 어째선지 나도, 그러한 대단히 주관론적 논리에 자꾸 항복 되어가고 있는 것은 이해할 수가 없다. 죽음까지는 그만두더라도, 몇 방울의 촛농에 의해서도, 어이없이 사라져버리는 외계의 확실함이란, 어떻게나 허무한 것인가? 그러나 실제에 있어 외계는 냉엄히 여전한데도, 내가 깨뜨려져 버린 것인지도 모르긴 하다. 어느 쪽이 자취를 감추었든, 허지만 이 단계에 이르러서 그것이 내게 어떻게 다른가. 그러므로 이제는 도살장으로 보내지며 고기를 불려 내느라고 몹시 두들겨 맞은 소가 물을 갈급해 하는 식으로, 저 세상빛에 너무 갈급해 할 일도 아니다. 내가 아무리 그 빛에 집착한다 하더라도, 나는 이미 그 빛을 붙들어 맬 힘을 잃고 있는 것이며, 더욱더 나를 방황케나 할 뿐인 것이다. 이제는 내 자신의 내밀한 것을 찾아내어 그것에 단단히 의지하며, 그것에 의해서, 어둠 속에 나타나는 모든 악업의 허깨비들을 이겨내는 힘을 기르지 않으면 안 되는 것이다. 비록 내가 밖을 내다볼 수 있었을 때에도, 안을 들여다보는 눈을 갖지 못했었으나, 그때는 밖의 밝음이 너무 세었던 탓이고, 너무 아름다웠던 탓이었다고, 그래서 그것이 안을 보는 눈을 가렸던 장애였었다는 것을 이제는 알아내고, 차라리 외계의 실명을 기뻐해야 된다는 것을 자꾸 다짐하지 않으면 안 되는 것이다. 그러면서 이제, 어떠한 공격에도 깨뜨려지지 않으며, 어떠한 장애를 통해서도 시야가 막히지 않을 어떤 세 번째의 눈에, 여태껏 잠자고 있었을지도 모르는 눈을, 그러는 동안에 기능이 퇴화되었을지도 모르는 눈을, 찾아내고, 깨우고, 회복시켜야 되는 것이다. 그 눈은, 양미간으로 자리해왔던 해 같은 것일지도 모르며, 해골의 골짜기 나무에 매달렸던 실과 같은 것일지도 모르며, 연꽃 속에 담긴 보석 같은 것일지도 모른다. 그 눈을 뜨고 그래서 이제는, 무엇이 영구히 깨뜨려지지 않을 것인지, 무엇이 불멸인지, 무엇이 참다운 열예인지, 무엇이 독수리여서 장애를 뛰어넘어서 있는지, 무엇이 힘이어서 어둠 가운데 도사린 뱀인지, 그것을 찾아내는 순례를 떠나야 할 때인 것이다. 사대에 집착할 일은 아니다. 그것은 상생일 때 조화이지만, 상극일 때 파괴를 수반하는 것, 그리하여 못 참을 격통을 불러일으킨다. 그러므로 반복해서, 무엇이 불멸이며, 무엇이 필멸인지를 들여다보는 일뿐이다. 낼름거리며 언어를 엎질러내던 혀가 짧아졌어도, 혀를 두레박으로 하여 퍼 올려냈을 때보다도 더 많은 말이 어디엔지 괴어올라와 있는 것처럼, 그러므로, 빛이며 색깔이며 형상이며를 분별하던 저 안구가 파괴되어버렸다고 하더라도, 나는 그리하여 내 자신만의 더 많은 내광(內光)을 찾게 될지도 모른다. 그러므로 저러한 파괴 위에서 명상하고 정진하며, 정액처럼 진하고 순수히 괴어드는 말이며 빛을, 하나의 내인(內人)으로 존경하고, 소멸 속으로 나아가서도 오히려 더 살이 굳어지는, 금(金)을 성취해내야 하는 것이다. 빛에의, 말에의 갈망으로 미쳐서, 울을 뛰어넘고 걷잡을 수 없이 뛰어 돌아다니려는 정신에 그러므로, 재갈을 물리고 고삐를 매우지 않으면 안 되는 것이다.

그러나 나는 계집만 같구나, 서방 잃은 계집만 같구나, 그의 말로 채워졌던 입은 비고, 그의 모습의 아름다움으로 열렸던 눈은 닫겼으며, 공허와 암흑이 나의 것인데, 그리하여 나는 창녀가 되어, 사내에의 갈망으로 길모퉁이 서 있음이여, 나는 창녀로구나, 그가 누구이든, 나를 억세게 가슴에 안고, 나의 빈 입을 채워줄 혀를, 나의 암흑 가운데 우람히 빛나줄 억센 근육의 사내를 기다리는 나는 창녀로구나, 색념이 드센 요니만 같구나, 나는 ³⁴그냥 하나의 요니 전체로구나, 비인 연(蓮)이로구나, 연이로구나.

3

촛불의 응시자가, 자기가 지은 밥을 가지고 한 번 왔었다. 그때 나는 뒤를 좀 볼 일로 내 토굴을 떠나 늪 바닥의 어느 지점에 있었는데, 도저히 되찾아갈 수가 없어 포기하고 주저앉아 있었을 때였다. 그는 나를 보자마자, 사정이 어떻게 되어왔던지를 금방 눈치챈 모양으로, 나중에 언제쯤 자기가, 쌀가마니나 숯가마니 따위를 묶었던 새끼줄을 좀 갖다 토굴에 이어 줄을 매어줄 터이니 뒤볼 일이라든가, 또는 조금 걷고 싶을 때는, 그 줄의 다른 끝을 쥐고 토굴을 떠나면 될 것이라고 의견을 내주었다. 사실에 있어 난 무모했으나, 뒤가 너무 급했던 탓에, 없는 눈으로도 짐작해보고 제자리로 돌아올 수 있는 그런 훈련을 쌓아둘 수가 없었던 것이다. 촛불중은 그리고, 어쩐지 불원간에 어디서 손님이 올 것 같다고 말하며, 항아리에 물도 채워다 놓아야 될 듯하다고도 했다. 그런 뒤 발소리를 흩뜨리더니, 이내 돌아왔다. 그런 뒤 그는, 소금물이라고 하며, 부드러운 무슨 천 조각에 묻혀 내 눈을 씻기면서 "글쎄입지 손님이 올 듯합지, 손님이 누구일지는 소승도 모릅지, 그 노인네의 말씀대로는, 내일까지 만약에 누가 유리에를 가지 않으면, 이 유리에로 안 오는 것으로 쳐도 좋다고 했습지, 그러므로 내일 이전까지는입지, 대사가 아무리 원하더라도 말입지, 형장에다 모셔다드리는 일은 보류하도록 하라는 말씀이셨댔습지." 오늘의 그의 음성은 낮고, 쉬었으며, 어쩐지 침울했다. 그리고 마음씀은 노파답게 자상스러운 듯했으며, 손놀림은 사미답게 겸손하고 따뜻한 듯했다. 전엔 난 눈으로 보고 시간을 측정했었지만, 이젠 그 시간관념까지도 흐려져, 대체 그것이 언제였는지 확실히는 모르겠으나, 그러나 어젠가 그가, 사변스러이 씨분대고 있었을 때에도, 나는 그가 어쩐지 바뀌어지고 있다고 느꼈었는데, 오늘 이 사내는 완전히 낯선 사내가 되어 있는 듯이 느껴졌다. 다른 건 다 잊어버린다 해도, 한 천애 고아였던 계집을 모질게 강간하고, 또 어쨌든 이웃사촌 중이었던, 한 돌중의 눈에 비상 섞인 촛농을 떨어뜨릴 수 있었던 그 사내가 어쩐지 그런 모두 쑥같이 쓴 것을 한바탕 토해내 버렸기에 일순 빈혈에 걸린 듯한, 힘없는 어조, 떨리는 손짓, 아마도 핏기 없는 낯짝으로 내 곁에 다가앉아 있는 것이다. 그것은 분명히 병

든 개다운 얼굴이었을 것이었는데, 나는 전에 여러 번 그의 목
숨에 강도기를 느껴내곤 했었다. 그리고 그런 기회는 많았었
다. 그랬음에도 어째선지 나는 그의 숨통을 틀어막지를 못하
고, 오늘까지 살아온 것이었다. 그리고 지금은 나는, 이 사내를
증오할 것을, 저주할 것을, 분노로 하여 찢어 죽이고도 모자랄
것을, 더 많이 가지고 있음에도, 어째선지 감정이 북받쳐 오르
지 않는 것이다. 감정은 어쩌면, 성기나처럼, 어떤 질서로운 논
리나 인과관계 따위와도 무관한 것이었다. 암수 개의 교미를
보고 있을 때, 이상스럽게도 성기가 가려운 것은, 인간적인 질
서를 깨뜨리고 동물에의 전락을 치른 것이라고 수치를 느끼지
만, 그렇다고 하초가 그 논리에 복종해주는 것은 아니다. 나로
서는 지금쯤, 저 사내에게 무섭게 대들었으면 싶은데도, 수치
스럽게도 감정이 돋아나지 않고만 있는 것이다. 그렇다고 용
서니, 그 사내에 대한 자비니, 또는 이런 결과는 내 인과응보
니 하고 생각하는 것과도 같지 않은 것이다. 용서니 자비니,
나는 그 어휘의 뜻은 알 듯도 싶지만, 그것이 마음속에서 어떻
게 일어나는 것인지는 모를 뿐이다. 어쩌면 나는, 무슨 이유로
해선가 갑자기 표백을 당해버린 것이다. 그래 푹 식어져 버린
것이다. 그리고 반쯤은 죽어버린 것이다. 그래서 나의 조금은
후토로 가고 조금만 이승엔 남은 것인 게다. 그저 눈알만 쓰리
고, 그것은 무서운 두통만을 일으키고 있는데 그러나 그런 아
픔쯤은, 빛을 잃은 것에 비하면, 그래서 이제, 황우의 한 오라
기 털만큼의 분깃도 내가 저 아름다운, 엄존한, 실제의 세계로
부터 치부해낼 수 없는 것에 비하면, 황모 한 오라기 같은 것
이었다.

"아 대사는 말입습지." 내가 곤혹의 빛을 띠어 내었든지, 촛불중이 말하며 나로부터 떠나갔다. "혼자 계시고 싶어 하는 군입지. 어쨌든입지 대사의 앞에 밥상이 있고입지, 눈 씻을 소금물은 대사의 왼쪽에 있고입지, 오른쪽엔 식수가 있습. 저녁에 또 한 번 와 뵙겠습지."

그의 발자국 소리가 아주 사라져버렸기에 나는 한숨을 한 번 쉬고, 없는 눈으로 보며 밥을 좀 들었다. 그러나 몇 숟갈의 밥을 채 넘기지도 못하고 목이 메어, 숟갈을 던지고 나는 엎드려 버렸다. 입속에 감도는 그 밥의 맛이, 목구멍의 탐욕이, 창자의 비굴함이, 내게 견딜 수 없는 혐오감을 자아냈다. 얼른 수락할 수 없는 죽음을 앞두고, 내가 얼마나 비천하게도 목숨에 달라붙고 있는가——어떻게도 절망해버릴 수 없는 문제를 놓고, 나는 내장으로서 울기 시작한 것이다. 결국 나는, 나를 형장으로 보내달라고 표현했어야 했을 것을 회피해버린 것이다. 그가 내 곁에 있다는 것이 그 탓으로도 괴롭던 것이다. 나는 나의 날을 자꾸 늦추고 있는 것이다. 하루라도 더 살고 싶던 것이다. 죽고 싶지 않던 것이다. 내 언어와 광명이 저승에서는 날 기다려 부르고 있는데도, 거길 가고 싶지가 않던 것이다. 그럼에도 결국은 암흑으로 돌아갈 녀러 것, 결국 썩어질 녀러 것, 결국은 흩어질 녀러 것, 그런 것을 나는 움켜쥐고 앉아서, 그 창자에다 밥을 밀어 넣고 있던 것이다. 질서는 무질서, 조화는 혼돈, 밥은 똥, 나는 그 목구멍에다 똥을 넘기고 있던 것이다. 어떻게나 허잘 데 없이도 나는 목숨에 집착하며, 어떻게나 비겁하며, 나약한가. 젖니를 채 다 갈기도 전에, 아직도 이마의 쇠똥이 덜 벗겨지고, 아직도 어미의 자궁에서 묻혀온 피가 채 마르기도 전부터, 어머니 같던 사내, 언제나 이웃 부자스런 신(神)들의 문전으로 걸식해가며, 그중 기름 도는 음식만으로 내게 먹이려던 아버지가, 타오르지는 않으나 타오르는 것보다도 더 맹렬하던 솥 속에 나를 잡아넣고, 나를 신육(神肉)으로 구워내려 하기 대체 그 얼마나 흘러갔으며, 밥이며, 제육의 비계로나 채웠어야 할 창자에는, 타인이 먹다 버린 지혜라는 것의 찌꺼기로 채우고, 골로 채웠어야 할 뼛속은 차라리 빈 것[空]으로 채우며, 물욕(物慾)을 북돋아 '남부럽지 않게' 사는 데 혈안이 되게 하였어야 할 심정엔, 욕생(欲生)의, 반쯤 썩은 씨앗을 뿌려놓고, 퍼 써버리고 싶은 정액으로 울근불근거렸어야 할 살 속에는 뜻도 모를 경력(經力)을 사려 넣으려 하고, 이승의 염통에다 저승의 누른 흙으로 도배를 한 뒤, 얼마나 오랜 세월을 그것들로 하여 나 세상 모서리를 잃게 해온 것인지도 모르는데, 이 중요한 순간에 이르러서, 그 모든 것들 쭉정이가 되어 껄끄러이 내 벗은 몸 위로 내리는 것인가. 그 겨를 덮어쓰고, 껍질 벗기운 몸으로 세상빛 아파하는 나는, 차라리 벌렐레라, 벌렐레라. 생명에의 집착은 독사 같은 것일레라. 잘라도 잘라도 그 목이 돋아나는 독사 같은 것일레라. 자르면 자를수록 그 목이 더 불어나는 독사 같은 것일레라. 꼬리를 땅에 박고, 천의 죽순처럼 돋아 있는 독사의 죽림(竹林)일레라. 그래서 그 독아에 한 번 물리면, 끝없는 갈증과 허기로 이 세상을 황급히, 주리를 틀며 뛰어다니게 하지만, 그리하여 종내 쓰러져 죽게 하지만, 죽기가 싫어져 버리는 것이다. [35]'나의 난 날이 멸망하였더라면, 남아를 배었다 하던 그 밤도 그러하였더라면, 그날이 캄캄하였더라면, [……] 빛도 그날을 비추지 말았었더라면, 유암과 사망의 그늘이 그날을 자기 것이라 주장하였었더라면, 구름이 그 위에 덮였었더라면, 낮을 캄캄하게 하는 것이 그날을 두렵게 하였었더라면, 그 밤이 심한 어두움에 잡혔었더라면, 해의 날수 가운데 기쁨이 되지 말았었더라면, 달의 수에 들지 말았었더라면, 그 밤이 적막하였었더라면, [……] 그 밤에 새벽 별들이 어두웠었더라면, 그 밤이 광명을 바랄지라도 얻지 못하며 동틈을 보지 못하였었더라면, [……] 어찌하여 내가 태에서 죽어 나오지 아니하였었던가, 어찌하여 내 어미가 낳을 때에 내가 숨지지 아니하였던가, 어찌하여 무릎이 나를 받았던가, 어찌하여 유방이 나로 하여금 빨게 하였던가.'

나중엔, 내 울음에 내가 먹히어 들었다가, 내 울음에 내가 놀라 내 울음을 들어보니, 그것은, 구름 낀 날 온 골 안으로 울려 퍼지는 능구렁이의 울음이 되어, 나를 공포에 질리게 했다. 나는 얼마를 더 울어야 좋을지를 몰랐다. 하나의 눈먼 혹성으로, 저 빛나는 세계로부터 제척 받아가며, 내광을 찾으나 그것은 없는 듯하고, 아무 희망도 없는데, 그래도 수락은커녕 포기도 되지 않는, 저 죽음, 저 목숨을 놓고 나는, 글쎄 얼마를 더 울어야 될지를 몰랐다. 울어도 울어도, 울음은 울어도, 울어도 울음은, 울어도 끝이 나지 않고, 그 검은 꼬리를 바르르 바르르 떨며, 자꾸 더 깊은 곳으로 자꾸 더 파고들고만 있었다. 그러며 거기서 그것은 또아리를 틀고 앉아 잠잠히 머리를 숙이는가 했더니, 어느덧, 떠나 꼬리를 제 입에 물고, 흰 배를 쳐들어 올리며, 괴롭게 뒤집혀지고 있었다. 나의 아비가 나를 신육으로 구워내려고 하기 전에, 그는 먼저, 내 목구멍에다 손을 집어넣어, 저 칙살맞은 한 마리의 번뇌를 뽑아냈어야 옳았었다. 유방으로 하여 내게 빨게 하였던, 어머니가 키운 것은 무엇이었는가? 자식이 아니라 한 마리의 독한 벌레가 자기의 젖꼭지를 물고 있는 것을 알았다면, 그 옌네 분명히, 장대 끝으로라도 떠다 불구덩이에라도 던졌을 것을. 그래서 자식이란 것은 젖꼭지를 물고도 울고, 자다가도 울고, 웃다가도 울기를 시작했을 때, 강보에 싸서, 분노에 날뛰는 불의 아가리에 던져 넣어 태워버려야 할 어떤 것이다. 그러지를 않는다면 처음에 형체가 없는 듯하다가, 특히 눈물 맛을 보고 나면, 습기 아래에서 지렁이가 자라듯이, 뭔지 가늘고 길숙한 것이 그 애의 눈물 아래에서 돋아났다가, 세상 달 이슬에도 젖고, 계집들 암내에도 쏘이다 보면 어느덧 자라고 굳어져, 그 대가리를 목젖 있는 데까지 뽑아 올려놓고, 눈을 번들거리고 있는다. 앙금된 눈물, 살을 입은 슬픔, 그 배꼽에서 줄기를 빼 올려 피우는, 저 번뇌의 흙탕 아래 도사린 몸, 업, 업이다, 업이다, 어비다, 어비다, 어버이다, 그래서 나 세상의 아들, 우니노라, 이 바람 찬 세상, 눈에 먼지를 끼었으며 우니노라, 우니노라.

　　그런데 어디로부터인지 발소리들이 가까워지고, 그 발소리의 임자들이 뭐라고 뭐라고 말하고 있었는데, 그것은, 이승 간에서 저희들끼리 하는 소리가, 어디론가 뚫어진 비밀스런 구멍을 통해, 저승으로 스며드는 것처럼으로, 내게는 아스라이 들렸다.

　　"꼭 병들어서 송진 발라논 개 같아요."

　　"아가씬 참 못된 계집아이군입지. 넌 그렇게 말하게 돼 있지 않다 말입지."

저승 어디 엎드려서, 한 고혼이 듣고 있는 줄도 모르고서, 저희들끼리는 또 그렇게 말하기도 한다.

"그러나 보이긴 그렇잖아요? 아침에 먹은 것까지 토해 오르려고 해요."

그런 소리도 들리고, 허기는 이승 간 어디서 까치라도 짖고 있는지도 모를 일이었을 것이다.

"이봅지, 재차 말하지만 말입지, 넌 그렇게 말입지, 말하게 되어 있지 않습지. 더욱이 안됐다 말입지."

"여보셔요 스님, 날 몰라보시겠나요? 영 날 보려고 하질 않는군요. 아마 스님도 염치가 없나 부죠? 뒤 푼도 못 되는 전 표 때문에, 스님이 내게 모질게 때렸었댔죠? 참 기가 막힐 일이에요. 헌데 난 장로 댁에서 살고 있답니다. 그 댁 손녀딸 되는 계집이 와서, 눈물을 짜고 빌어서 못 이기고 들어간 것이죠 뭐. 말도 한 마리 선물로 주더군요. 그걸 타고, 말예요, 읍내 거리를 달리면 말이죠, 전에 내게 침 뱉고 때렸던 서방님들이 눈을 찡긋찡긋하는 걸 생각해보셔요. 어쨌든 나도 그 댁 살림의 반을 떼어내 받아야 될 테니깐요. 호호호, 요즘은 저 어중간한 서방님들 등짝을 채찍으로 갈겨주는 걸 재미로 안답니다. 헌데 보세요, 장로 댁 손녀딸이 스님을 기다려 샘가에 서 있는데요, 이 길로 아예 돌아가는 게 낫겠어요. 온통 때구요, 눈곱이구요, 냄샌데 누가 견디겠어요. 정말 불쌍해졌군요. 헌데 촛불 스님은 참 얌전하게 사시는가 봤어요. 발에 먼지를 털고, 폭 좀 쉬었으면 싶을 정도였거든요. 찾느라고 허둥지둥했댔죠. 처음에 들여다본 곳엔 벽을 바로 보고 앉은 스님이, 돌아다보려고도 안 했지요. 어느 굴속이나 더러운 홀애비 냄새가 찌들려 있었댔죠. 내게 스님 댁을 가르쳐준 스님은 다짜고짜 바지를 벗어부치는 거예요. 나중에 스님 사는 데 가서 좀 쉬어도 괜찮겠죠? 어쩜 오늘 돌아가게 되거나, 사흘쯤 머무르게 되거나 할 텐데요, 오늘 돌아가게 되겠죠. 글쎄, 저렇게 더러워서야 정나미가 안 떨어질 수 없거든요."

"이봅지, 난 참으려 해도 말입지, 너의 이야길 참기가 어렵구만입지."

"이봅지 스님, 스님은 내게 너라는 둥, 계집애라는 둥 하고 말하지 않는 게 좋겠습지. 이젠 내가 누군지 알았겠죠?"

"아에헤헤, 숙녀 나으립지, 소승 잘못되었군입지, 용서하십지, 숙녀 나으리께섭지, 소승의 누처에 왕림해주신다니 고맙습지. 영광입지. 그러나 소승은 나으리의 내방을 받기에 너무 비천하여서 말인뎁지, 소승이 나으리 지내실 만한 곳을 한군데 안내해드립지. 수도부들 살던 곳이 비어 있습지."

"싫어요. 누가 혼자서 그런 데서 쉬겠에요?"

"소승도 그러면 어찌할 바를 모르겠군입지. 용서하십지."

"호호호, 내가 스님 지내시는 데 갈게요. 그렇게 아셔요."

"정 그러시다면입지, 소승이 양치질할 물이며 칫솔을 준비해둡지."

"아침에 떠나올 때 양치질은 하고 온걸요."

"그러하다 해도 숙녀 나으리 말입지, 그 입속에다가는 말입지, 소승의 아랫도리를 물리고 싶지가 않습지. 죄송합지? 용서하십지. 아 그리고 대사 말입지, 들어서 눈치채셨겠지만 말입지, 장로의 손녀분께서 와서 말입지, 대사를 기다려 샘가에 계십지. 대사께서 괜찮으시다면입지, 그 숙녀로 하여금 여기

621

로 오시라 해도 되겠느냐입지."

그리고 사내 목소리가 떠나는 듯하자, "그럼 안녕히 계셔요. 또 보게 되면 보죠" 하고, 계집 목소리도 따라가고 있었다. 그래, 어쩌면 난 그들을 잘 알고 있었는지도 모른다. 하나의 무장애로 살던 계집아이가 아마 환속을 해버린 모양인데, 그래 나는 그 계집아이를 알고 있는 것이다.

다시 발소리가 들리는데, 그것은 서투른 뜀박질인 듯한데, 그러고 보니 꼭 하나의 몫으로 들리고 있구나. 그것은 넘어지게 뛰어오고 있는 것이구나. 가까워지더니 순식간에 내 얼굴은 향기로 덮이는구나. 꼭 한 사람 몫의 따뜻한 몸이구나, 얼굴이구나, 눈물이구나, 그런데 어쩐 일로 너는, 비아냥거리는 말은 하지 않고 어깨만 들먹이고 있는가. 눈물 대신에 비아냥거려 주었더면, 내가 얼마나 훨씬 더, 너를 견뎌내기가 쉬웠을 것인가. 너의 눈물이 내 입술을 적시는구나. 그것은 이승에서 저승으로 방울져 내리는 것은 아닌가. 드디어 네가 그러나 온 것이다. 내가 늘 한몫으로 하나의 동경으로, 거기 멀리 두고 되돌아보았던 것이, 그것이, 여자, 네가 내게 온 것이다. 흰 옷고름에, 네 눈물 짠한 것 다 적셔서, 저 저승 어두운 데 펄럭여 보내, 타는 저승 입술에 이슬이 지게 한다. 저승 입술에 이슬이 진다.

4

"개밥주는별이 벌써, 저 탁한 하늘에 떠올라 있어요."
그녀의 첫 이야기는 그것이었다.

622

"돌아가면 이제 난 한번 실컷 울려고 한답니다."

그녀의 둘째 번 이야기는 그것이었다.

"촛불 스님으로부터 스님의 형편에 관해 대강은 들은 셈이죠. 제 걸음이 늦은 것이나 원망했답니다."

그녀의 세 번째 이야기는 그것이었다. 그리고 변방 관리로 간 낭군께 인편으로 보내는 아낙의 소식이, 그만큼 세월이나 걸려서 닿을라는가. "이 저녁엔 아무도 오지 않을 것이에요" 하고, 내 머리를 자기의 품에 싸안는 것이었다. 그리고, "난 스님의 수분을 받으러 왔답니다." 그렇게도 말했고, "그래요, 스님의 수분을 받으러 왔답니다." 그렇게도 말했는데, 그런 뒤 그녀의 이야기는, 바람도 없이 이슥해진 밤의 가을에 지는 낙엽 소리가, 그럴라는가, 사스락 소스락 속으로 가라앉아 내렸다.

"전 연사흘 저녁, 아주 꼭같은 꿈을 열두 번도 더 꾸었답니다. 꿈에서 깨었다 잠들면, 또 같은 꿈이 되풀이하곤 했거든요. 그런 일이란 정말 처음이에요 스님, 지금 듣고 계셔요?"

아니 그것은, 바람도 없는 산그늘 삼월에 깊은, 어느 으슥한 저녁때 나귀 타고 술벗 떠나버린, 처사네 빈 마당으로 흩어지는 두견이 울음이라고 해야 되었을지도 모르지.

"처음 광경은 언제나 이랬어요. 유리 쪽인가, 아무튼 남쪽이었어요, 푸르고 노란색의 흐린 한 빛이, 느리게 헤엄치는 물고기처럼 날아온답니다. 그것은 꼬리 부분이 조금 뾰죽하다는 것 말고는, 그저 길숨하니 둥근, 아마도 보릿단 하나는 되게 큰 빛 덩이인데요, 그 형상이 무엇인지는 알 수가 없을 뿐이에요. 큰 계란 같기도 하구요, 초에서 떠난 큰 촛불 같기도 하지만요, 어쨌든 무척 아름다워요, 헌데 말예요, 그 아름다움에 정신을 빼앗기고 있노라면요, 왠지 가슴이 뛰고, 왠지 창자가 뒤꼬이는 듯한 건 이상하답니다. 우습죠, 그죠? 헌데 그 빛은 언제나 제 머리 위를 한번 맴돌다간, 그것의 꼬리 부분을 무섭게 떨고는 말예요, 제 치마폭으로 스며들어버린답니다. 그러고 나면 왠지 질투심 같은 것이 일구요, 갈증이 난답니다. 그래서 물을 마셔보아두요, 갈증은 여전한 건 이해할 수가 없었어요, 그래서는 전신을 뒤틀어놓는 것이에요. 뭔가가 모자란 거예요, 그래요, 뭔가 모자랐답니다. 질량감 같은 것이, 수분 같은 것이, 어쩌면 뜨거움이 모자랐는지도 몰라요. 그러한 결핍증은, 사실론 말예요, 그런 꿈 이전부터 계속되어왔었던지도 모르긴 하죠. 아 모두 말해버리겠어요. 네? 제가 나쁘지 않죠? 글쎄 스님은, 절 쓰러 눕혔었죠? 저 호반에서 말예요. 그리고 스님이 떨치고 일어나셨을 때, 전 그 결핍증을 느꼈던 것이에요. 제 검은 치마폭에 어렸던 저 수분에 의해서 저는, 다 자란 계집의 결핍이 어떤 것인지를 눈떴던 것이에요. 목이 말랐었어요. 저는 대낮에두요, 깨어 있으면서도 말예요, 저 호숫가에서 계셔서 물방울을 말리시던 사내를 꿈꾸기 시작하던 중이었거든요. 글쎄, 저 목욕 끝낸, 짐승 같은 사내의, 야만스러움에 움켜잡혀져 상처를 입고 싶어서, 난 늘 가슴이 미어지고 있었거든요. 저 흐린 청황색의 한 둥어리의 빛은 그리고 말예요, 저 검은 치마폭에 어렸던, 누르스름히 흐린 수분이, 검은 바탕 위에서 거의 푸르게 보이며, 조금 흘러내렸던, 그것이었을지도 몰라요, 몰라요, 전 글쎄 몰라요."

나는, 그 끝이 독사의 꼬리 같은 손가락들로서, 그리고 잘린 죽순 같은 혀로서, 수줍음이나 약간의 저항까지를 포함한 그녀가 입고 있는 모든 꺼풀들을 벗기고 있었다. 그러는 중에도 그녀는 이야기하고 있었고, 그리고 저 수도부의 죽음을 기뻐하는 정도라고도 말하고 있었다. 그러고 보니, 저 어미의 질투로 하여서도, 그 어미가 낳을 자식은 딸일지도 모를 일이었는데, "글쎄 전 질투했답니다. 그 꿈이 비롯된 때부터 더욱더 심해졌는지는 몰라두요, 그 여자의 망혼까지도 저승에서 버림받아지기를 바란답니다. 저는 이렇게까지도 악하게 된 것이에요. 허지만 정면으로 한번 보고 싶었었죠. 독약을 먹었다는 소문을 들었을 때는요, 물론 촛불 스님이 퍼뜨린 말이지만요, 왠지 기쁜 듯하면서두요, 어쩐지 또 울음이 나왔어요"라고 하고 있었다.

그러나 계집은, 이를 갈며 머리를 내젓기 시작하고, 거부의 경련으로 전신을 푸르르 푸르르 떨었다. 그녀의 일그러뜨린, 비참한 얼굴이, 내게 잘 보여지는 듯이도 느껴졌다.

그러나 나는, 나를 기다리는 두 여인을 동시에 사랑하고 있는 것이다. 전에 내 아낙이었던 여인은, 이제는 날 아버지라고 부르게 되리라. 갓 태어난 늙은 딸이, 만약에 전생을 기억해내기만 한다면, 날 낭군이라고 다시 부르리라. 허지만 어떤 눈을 가지고 이 자궁을 본다더라도, 이 자궁은 그중 좋은 것 중의 하나임에 틀림없을 것이었다. 비록 이 어미의 조부의 조부가, 아편과 독주와 창녀의 포주였다고 했을지라도, 그 독한 그늘 아래서 한 목사의 생명이 산 채 바쳐졌으며, 증조부와 조부의 이대에 걸친 고뇌가 치러진 것이다. 그래서 나는 형체만 있고 질량을 갖지 못한, 꿈 같은 저 하나의 허상 속에다, 습기로 하여 살을 채워서, 꿈인 것을 실체로 전이시키는 데, 나의 온갖 정성을 다했다. 기도하는 경건함으로 나는, 나의 처녀를 위해주었으며, 아비다이 딸을 얼러주었으며, 그러는 동안, 그녀에게서 모든 격통, 모든 불안, 어떤 거부가 사그라져버린 것을 알았다. 가장 깊숙이, 그리고 가장 치열하게 나는, 하나의 환생을 위해서 나의 전 영육으로 방출하는 수분을 저 자궁에 바쳤고 그리하여 나도 또한, 우주적 작용의 중핵에 가담한 것이다. 그러고도 나는, 보다 더 많은 의미와 수분을 모으려 하고 있는 것이고, 그래서 저 성취가 완전해지기를 바라고 있는 것이다.

"밤이 제법 깊어졌나 봐요."

나의 여인은 울지는 않고, 죽은 듯이 누워 있다가 그런 얘길 했다.

"난 또 생각했었는데요, 당신이 설혹 죽음을 택하셨다 하더라도, 제가 위로를 드릴 수 있다고 한 것이에요. 난 이 배 속에서 당신의 씨가 자라기 바라요. 아들이었으면 싶어요. 아비 없는 애라고, 모두 어미와 자식을 손가락질하겠죠? 허지만 이겨나갈 수 있을 것이에요. 내가 내 몫의 삶을 갖고 싶어 한다면, 타인이 뭐라든 그게 무슨 문제겠어요. 아버지가 그중 놀라시며 쫓아내려 하시겠죠. 허지만 할아버님은 슬픈 눈으로 잠자코 날 내려다보시며, 저 씨앗의 아비 얼굴을 떠올려보시겠죠? 아버진 당신을 거의 저주하고 계시죠. 아버진 내가 여기 오는 걸 극력 반대하셨으나, 저도 제가 판단하고 결정할, 그만큼의 나이를 지낸 것이죠. 허지만 할아버님은 그저 묵묵히 계시기만 했답니다. 슬픈 얼굴이셨어요. 그분 얼굴의 슬픔은, 귀

애하는 손녀라고 할지라도, 죽으려는 한 사내를 위해 바쳐져
도 어쩔 수 없다는 의미처럼, 자꾸 내게 느껴졌죠. 그것은 순
전히 제가 조작해낸 느낌인지도 모르긴 하죠. 어쨌든 할아버
님의 범위는, 아버지 것관 전혀 같지 않은 건 사실이에요. 이
여행은 그러고 보면, 할아버지와 손녀의 공모로 이뤄진 듯하
잖아요? 우스운 얘기죠. 전 제 스스로, 사흘간 말미를 만들어
받아왔답니다. 그 사흘이 지나서도, 돌아가는가 마는가, 제
가 결정할 일이겠지만요, 어쩌면 할아버님이 오실지도 모르긴
하죠. 그러나 사흘 전에는 누구도 저를 방해하진 않을 것이에
요. 그러니 그러셔요, 이 사흘 동안, 저로 하여금 그저, 당신 곁
에 비천하게 비천하게 앉아 있게 하셔요. 당신의 수분은, 저의
갈증만을 충족시켜준 건 아니었을지도 모르는데요, 저의 운명
이 결정지어진 듯하면서요, 전보다 더 정에 겨워지게 하는 건
이상해요. 이제는 같은 몸이라는 생각이 깊어지는 것이에요.
당신은 말씀하실 수도 없으시죠? 보실 수도 없으시죠? 허지만
제가 열성을 다해서 치료해드리겠어요. 그래요, 한 종자를 시
켜, 당신께서 시력을 빼앗아간 사내의 딸이, 이제 그 딸의 눈
으로, 아버지가 빼앗아간 눈을 대신해 보여주려고 한답니다.
당신의 눈 때문에, 어딘지 저주할 곳이라도 있으면 좋았을 것
이에요. 촛불 스님을 저주할 수 있겠어요? 허지만 그런 저주
는, 직업이 그런 그러나 죄는 없는 모든 망나니를 저주하는 것
이나 같은 것일 거예요. 허지만 아무리 해도 아버진 저주할 수
가 없는걸요. 참 우스워요, 우스워요. 스님, 제가 얼마나 곱게
당신께 보일지, 당신은 어째서 당신의 손으로 좀 보아주시지
않으셔요? 밤이 무척 깊어졌나 봐요."

그래, 나는 그녀의 깊은 아름다움을, 빙근(氷根)다운 비애를 볼 것이다. 나는 그래서, 그녀를 품에 감싸며, 무엇이든 잡히는 것으로 저 온기스런 서러운 알몸을 포근히 덮어주었다. 그랬더니 오래잖아 쌔근쌔근 잠자기 시작하는 것이었다.

5

빛이며 말에의 보챔으로, 도대체 잠잠치 못하는 혼을, 저 내 품 안의 것의 깊고도 고요한 잠 위에 붙들어 매놓고, 가만히 있어 보다가 나는, 새로운 체험으로 하여 경악하지 않으면 안 되었다. 그것은, 잃어왔거나 아니면 잠들었던 채 아직 주술의 입맞춤을 못 당했거나, 또 아니면, 죽음에 앞서 그것 자신을 한번 오르르 태우고 나선 것이었거나, 무엇이었거나, 하여튼 귀가 전에 없이 밝고 예민하며, 또 그 범위를 넓고 깊게 하여 전에 같았으면 도대체 들으려고를 하지 않았거나, 설사 들었다고 하더라도 놓쳐버렸거나, 들었어도 그 당장엔 몰랐다가 먼 훗날 잠을 깨어 새롭게 듣게 되는, 소리의 그런 작은 것에까지도 관심을 갖는다는 것이었다. 그래서 듣고 보니, 세상은 많은 부분, 형체는 없으나 신비스런 힘으로, 그 의미와 동향을 전달해주는 저 소리들로도 이루어져 왔음을 알게 한다. 전에 나는, 이 황막한 데 와서, 소리가 없다는 것 때문에 무던히도 짜증 낸 일이 있었다. 그러나 어디에든 소리는 넘치고 있으며, 그것은 이 세상이 어떻게 탈바꿈해가고, 어떻게 돌아오는가를 알게 한다. 밤이 흐르는 소리, 별이 반짝이는 소리, 모래알들이 속삭이며 서로의 품으로 파고드는 소리, 바람이 어쩌다 지나는 소리, 햇빛이 두터웠다 엷어지는 소리, 마른 풀뿌리 밑에선가 어디선가 두더지가 꿈꾸는 소리—전에 그런 것들은 내게 소리가 아니었었는데, 소리가 소리가 아니던 그 소리들이 드디어 소리가 되어, 내게 들려지고 있는 것이다. 그리고 나는 어쩌면, 나무 아래서라면 나뭇잎의 푸른 이야기를, 꽃 옆에서라면 그것들의 붉은 속삭임을, 노란, 푸른, 분홍, 보라, 흰, 속삭임을, 달빛 아래에서는 부드러운 소리를, 또 저녁엔 그늘진 낮은 소리를, 모두 소리로 듣게 될지도 모를 일이었다. 그러고 보니 세상은, 대단히 많은 부분이 소리로 이루어져 있었으며, 그것은 또 그것대로의 천만의 생태와 천만의 율동을 가지고 있어, 눈에 보였던 팔만 색상만큼이나 다양하고, 또 흡족히 아름다웠다. 빛의 줄기가 억만 가닥으로 줄기 져 뻗쳐 내려도, 한군데서도 그 빛이 난마스러이 얽힌 곳이 없는 것모양, 내 귀에 들리는 소리의 여러 가락들 또한 얽힌 대목이 없는 듯했다. 전에 나는, 저잣거리 같은 데에서는, 소리들이 그저 얽히고 얽혀 혼돈스러운 것이라고만 알아왔던 것이다. 대장간에서 모루 치는 소리, 소거간꾼이 흥정 붙이는 소리, 닭전에서 닭이 우는 소리와, 여인숙 아낙네 채전 보는 소리, 그러는 중에도 넓은 마당에 한창인 난장판에서는, 꽹과리며 징이며 장구 소리에다 윷가락 던지는 소리까지 어우러져 있어서, 그 소리들은, 천만의 뱀 새끼들모양 빈터로 모여, 서로 헝클어지고 매듭지어져 땅 위로 내부쳐졌다가 서로 물고 물리는 독에 죽어가는 것이라고 했었다. 물론 그러한 소리의 헝클어짐이 종내 하나의 화음을 만들어내는 것이라고까지는 알고 있었다. 그러나 하나의 화음을 위해서, 소리의 개아들이 상처 당하는 것은 절대로 아니었던 듯하다. 어떤 소리든 그것은 그것대로의 개아를 갖고, 그것대로 하나의 삶을 살다 소롯이 잠들었다가, 또 깨어나 저 소리들의 흐름 속으로, 필시, 명주 짜이듯 짜여 들어가는 것인지도 모른다. 그래, 어느 날 어쩌면 나는, 저 소리들로 짜인 한 필의 올 가는 피륙을 한 귀에 보아버리고, 세상을 또한 하나의 가얏고 정도로나 생각해버릴지도 모른다. 내 귀는 아마도, 살아오는 동안에, 그 기능의 대단히 중요한 몫을 잃어온 것이었다. 내 고막은 거의 몹쓸 것으로까지 퇴화되어, 하나의 죽은 의식으로, 치매 상태에 머물러 와버린 것이었다. 고막의 재생, 죽은 의식들의 되살아남, 청각의 원시성으로의 복귀—이런 은혜는 전에 내가 바라지도 않았던 것이었고, 또 바랐더라도, 가령, 날것인 채로의 소리에만 익혀졌던 귀가, 요리 잘된 소리에 접했을 때와 같은 경우의, 거의 우발적인 기회에 의해서나 잠깐 한 번씩 얻어걸리는 것인지도 몰랐다. 소리도 분명히 다섯의 머리를 가진 괴물일 것이었다. 소리의 과거, 소리의 현재, 소리의 미래, 그리고 소리 밖의 소리, 소리 안의 소리—그것들이 저 소리의 현재 속으로 운집하고, 밀집하고, 소용돌이쳐드는 것일 것이다. 이 새 체험에 대해서 나는, 감사해야 될 것이었다.

피부가 느끼는 것도 소리라고 쳐버리면 물론 소리라고 할 수 있을 것이지만, 그러나 나는 고막만을 되돌려 받은 것은 아니었다. 나는 또, 감각의, 감촉의 두려움을 일깨워낸 것이다. 이것은 계집과의 수분의 여수 중에 갑자기 깨달은 것이었지만, 피부를 통해 오는 모든 느낌 또한 깊고 넓으며, 두려운 것이었다. 느낄 수 있는 피부란 하나의 바다라고 불릴 것처럼 생각된다. 이것은 매 순간 처녀다우며, 어머니답게 또한 포용적이다. 이것은 거울모양, 어떤 부딪침을 반사해내는 것에 그치는 것이 아니라, 그것을 혼의 깊은 속으로 울려 보내며, 그것을 그 안에 괴어 있게 하는 것이다. 피부를 갖고 산다는 일은 그래서 얼마나 아픈 노릇인가. 계집의 손가락이 그저 의미 없이 내 무릎을 스쳐도, 그것은 나의 혼까지를 뒤흔드는 간지러움으로 변한다. 어느 날 나는, 미풍에 대해서도 그렇게 느끼게 될지도 모른다. 그러한 스침이 도발해내는 아픔이란 견딜수 없는 것이다. 아마도 이 피부의 위에는, 뭔지 대단히 아른한 것이 아주 엷게 덮여 있어, 매번의 감촉에마다 그 처녀막이 파열을 당하는 것 같았다. 그것은 그렇게나 아리고 뜨거운 것이어서, 비명을 질러내게 하며, 몸을 뒤꼬아대게 한다. 이것은 열예스런 격통이다. 그리고 피부란 암컷이다. 그런데 이러한 느낌 또한 헝클어졌거나 산란한 것이 아니어서, 빛살처럼, 소리처럼, 정연하고 질서로우며, 그것 또한 오두(五頭)의 독사인 듯하다. 감촉의 간지러움, 따가움, 쏨, 뜨거움, 차가움, 미지근함, 부드러움, 껄끄러움, 미끄러움, 감촉의 달콤함, 짬, 떫음, 씀, 시그러움, 매움, 아림——그런저런 수천의 성별 다름의 아무것 하나도 피부는 놓치지 않고, 신랑으로서 받아들이는 것이었다. 피부의 원시성, 감각의 재생, 그것은 촉각의 유아성이라고 할 것이리라. 그러나 그것은 어찌하여 그렇게나 죽어와, 저 아른한 막 위에다 창병을 덮고, 불감증을 키워온 것인가.

볼 수 없고 말할 수도 없는 몸, 그것은 타아에 의해서 하나의 나무둥치 같은 것으로나 보일지도 모른다. 허지만 그것은 이제 보다 더 '생각의 몸' 또는 '마음의 몸' '의식의 몸'으로 변해진 것인지도 모른다. 이제 내가 거울 앞에 서거나, 물 위에 내 얼굴을 드리워도, 내게는 내 몸의 반영이 보이지를 않을 터이니, 나는 어쩌면 존재치 않을지도 모르지만 그래도 존재하며, 귀에 의해서, 감각에 의해서 생각을, 마음을 불러일으켜 낸다. 이것은 전지스러운 듯하지는 않으나, 거의 전능한 것 같기는 하다. 바르도의 몸처럼 한눈에 모든 대륙을 다 살필 수 있으며, 모든 어머니 아버지들을 만날 수 있으며, 시간이 흐르는 것이 도대체 보이지 않음으로 해서, 홀로 시간을 여일 수 있는 몸, 그리고 하나의 생념(生念)에 의해서 자기를 온통 그것 속에 몰입시켜버릴 수 있는, 그래서는 그것 자체로 둔갑되어버릴 수 있는 몸인 듯이만 여겨진다. 일례로는, 계집과의 정사를 통해서라면 나는, 내 몸 전체가 처음에 색념이었다가, 다음엔 색근으로 변해져, 색근이 아닌 다른 몸으로서 내 몸은 내게 느껴지지가 않았었다. 생각은 곧장 전신(轉身)을 치르고, 새 형태로서의 '언어'를 이뤄낸다. 내가 나무를 생각하면 내가 나무로 되어버리며, 이 나무는 내 관념 속에 심겨진 영상의 나무가 아니라, 내가 그냥 땅에 뿌리를 내려버리는 것이다. 볼 수 없고 말할 수 없는 몸, 그것은 변질을 위한 원초적 질료 같은 것이라고 할 것인지도 모른다. 혀가 있으나 말을 만들지 못하며, 눈이 있으나 사물을 구별하지 못하는 갓난애 같은 것이다. 허긴 갓난애란, 충일 그 자체인 듯하지만 텅 빈 것이어서 이해할 수 있는 재료는 아닌지도 모르긴 하다.

그러나 드디어 나는 복귀된 귀, 재생된 감각을 가진, 하나의 염태(念態)로서의 나의 변모를 알아낸다.

그럼에도 눈알이 썩는 자리는, 그리고 잘려진 혀끝은, 염태로서 아픈 건 아니구나, 물 위에서 휘둘러진 회초리 그늘이, 수면에 스치는 것 같은 것은 절대로 아니구나.

제31일

1

그러는 새 우리는, 다시 하나의 색념이었다가, 색근으로 변하고 있었다. 우리의 성교는 이미 수분의 여수를 목적으로 하고 있는 것이 아니었다. 이것은 교통할 수 없는 혀, 교통할 수 없는 눈으로 말하고 보며, 교화하고 교화 당할 수 있는 타아에의 한 관통으로서 치러지고 있는 것이다. 이것은 기도이며, 제사이고, 이러한 관통을 통해 양자가 하나로 변하는, 그래서 이러한 성교란 일원화의 장소이기도 한 것이다. 그리고 양자 사이에, 슬픔이 깊으면 깊을수록, 그 슬픔으로 인하여, 서로 속으로 더욱더 맹렬히 용해되어버려서, 자기를 남기고 싶지 않게 하는 것이다. 그래서는 언제나, 자기 쪽은 하나의 소멸로서 그 순간 존재하고 타방은 다시 살아날 생명의 장소로 생각하게 되는데, 아마도 이것은 쌍방이 동시에 느끼는 것일 터이므로, 이 충돌은 무섭게 이기적이며, 또한 무섭게 희생적인 것이다. 그래, 내게 있어 이 계집은, 이미 어떤 특수한 계집은 아니고 있는 것이다. 그 얼굴이며, 몸매며, 색깔을 볼 수 없는 계집, 이것은 이를테면, 그 계집만의 특수한 모서리들을 잃어버린, 그래서 그냥 일반적인 하나의 여자로 바뀌어져 버린 것이다. 음부와 자궁으로써만 내게 확인되는 계집——그러나 음부와 자궁으로써만 내게 확인되는 계집은, 하필이면 인간이어야만 되는 까닭은 없을 것이다. 그저 암컷, 쥐의 암컷, 비둘기의 암놈, 소의 암컷, 개의 암놈, 상어의 암컷, 멸치의 암놈, 모기의 암컷, 용의 암놈, 나무의 암컷, 인천지수선(人天地水仙)의 암놈들, 우주에 편재한 암컷, 일반적인 암놈——이것은 나로 하여금 또, 그런 어떤 특수한 수놈인 것으로부터도 떠나게 한다. 그냥 수놈——일반적인 수컷. 그래, 태초에 어쩌면 '말씀'의 수놈과 암컷이 있었고, 그것들이 서로 교화하고 당해오는, 그 통화 중에, 붕어의 남녀, 두더지의 암수, 꿩의 자웅, 해와 달, 뭍과 물이 나뉘어졌던지도 허긴 모르는 것이다.

나는 이런 암컷을 향해 그런 수놈으로 다가갔고, 이 암놈은, 허긴 그래, 추억에 의하면, 전에 가야금을 뜯던 저 흰 손의 광풍, 죽은 채로의 가야금 검은 것을 살려내서 붉게 산화시키던 괴력, 그것으로 수컷 하나를 한 휘몰이 쳐 흩뜨리곤, 그 수컷 흩어져 내는 살, 그 낙엽 아래 누워, 자궁에 몸을 키우고 있는 것이다.

"나는 당신의 죽음을 초롱히 지켜볼 것이에요."

신농씨 시절쯤에 계집은 말하고 있었다. 그 소리는 옛날도 아주 옛적으로부터 전해져 내게 들리는 것 같았고 그리고 나서도 삼백 년이나 더 흘렀겠다 싶은데, "여보, 지금 해가 떠오르고 있나 봐요" 하고도 말했다. "그런 뒤 나는, 한번 실컷

울 것이에요 서방님, 내가 당신을 죽여버리게 될 것이에요."
계집은 그러며, 물수건에 비누 묻혀 내 몸을 골고루 닦아주며,
양치질도 시킨 뒤, 내게 장옷을 입히고 자기에게도 그러는 것
같았다. "허지만 좀 기다리셔요. 저 가여운 눈을 씻어드리겠
어요. 가여운 양반, 영기에 넘쳤던 저 눈으로, 제가 지금 얼마
나 이쁜지, 한 번만 보아주시지 않아도, 괜찮아요, 전 괜찮아
요"라고도 말하며, 소금물이라고 믿어지는 것으로, 내 눈을 아
주 부드럽게 닦아내고도 있었다. 수시로 그녀는, 내 눈알을 닦
아주어 왔던 것이다. "조금 있음, 촛불 스님이며, 그 애가 오겠
죠. 그 스님은 이상스럽게 변해져 있답니다. 촛불 스님은, 남
자의 눈으로 울며 말이죠, 자기가 어떻게 당신의 눈을 상하게
했었던가를 말이죠, 절 보자마자 말하기 시작했었죠. 그저 슬
프기만 했구요, 미워할 수 없던 것은 이상했어요. 그리곤 이젠
조금도 다변스럽지 않구요, 그냥 하늘이나 올려다보며 고개
나 썰레썰레 젓곤 한답니다. 허지만 어쩌면, 내일이나 모레쯤,
그 미움이 깨어날지도 모르긴 하답니다. 그냥 슬퍼요. 그렇군
요, 그래요, 그 둘은 말에게 풀이나 먹이러 보내야겠어요, 당신
으로부터 전, 더 많은 것을 더 악착스럽게 훔쳐내지 않으면 안
될 것이거든요."

2

　말에 풀을 뜯기고 돌아온 길이라며, 촛불중과 목사의 환
속한 딸내미가 돌아온 때는, 해가 뉘엿하고 있었을 때나 되었

을 것이다. 그런데 입이 잽싼 그 계집아이가 씨불여 섬기는 소리를 들어보니 그들은 큰 형장이 있는 숲에까지 나갔던 모양이었는데, 그래서 아마도 내 계집이 경악하는 눈을 떴던지, 촛불중이 나서서 한 뒤 마디 변명을 하고 있는 것 같았다. 큰 형장 있는 숲 말고는, 다른 데는 좋은 풀이 없었다는 내용이었다. 그러나 다만 큰 형장이라는 한마디의 단어로 해서, 내 계집은 분노하거나 슬퍼하고 있는 것이었다. 그 단어가 그리고 내게는, 한 번 더 나의 현실을 확인시켰다.

그러는 중에, 목사의 딸내미가, 저녁을 짓겠다고 이것저것을 챙겨서 아침에와 마찬가지로, 수도부들 살았던 빈집으로 갈 때는, 자기가 숯불 피우는 것이라도 도와주겠다며, 촛불중도 따라나섰다. 글쎄 그 촛불중은 많이도 달라진 듯이 내게도 느껴졌다. 그러나 외형적인 몇 인사 따위로, 나로서는 그가 어떻게 달라진 것인지는 물론 모른다. 그 음모의 내용은 어떤 것인지 나는 모르는데, 나는 그가 아니라서 모른다.

"아유, 그러시담 정말 큰 도움이겠어요. 저녁도 같이 하셔요. 그러기로 약속하셨잖아요?"

계집아이는 그렇게 떠들었고, 촛불중은 대답이 없었다. 계집아이 했었던 말로는, 그러나 실감은 나지 않았지만, 자기는 어젯밤 거기서 잤는데, 아직 숯도 반 가마니 정도나 남아 있는 데다, 이것저것 세간이 그저 고스란히 있어서, 자기 생각에 수도부들이 영 안 돌아오려는 것은 아닌 듯했다고 했었다. 그러나 그 애는, 촛불중네 토굴이라면, 발에 먼지를 털고, 푹 좀 쉬었어도 좋을 것이라고 말했던 것이다.

나는 낮이 다 기울도록, 내 계집을 내 무릎 위에 뉘어놓고, 손으로 그 전신을 어루만지고 더듬어서, 그것의 아름다움과, 섬세함과, 오묘한 깊이를, 그 냄새로부터, 소리며, 상상되는 빛깔에 이르기까지 공부하기에 바쳤는데, 그것이 어떤 특수한 계집인 것의 특수성을 잃어버리기 시작했을 때, 그것은 이미 내게 하나의 수수께끼로 나타났었던 것이다. 닭도 소도 선(仙)도 아닌 암컷이란, 아마도 분명히 존재하지만 그것의 육화(肉化)를 얻어내기란 힘든 것처럼 여겨지던 것이, 내 무릎 위에 놓인 것이다. 그것은 그리하여, 하나의 가얏고모양 내 손끝 아래서 떨며 또 출렁이며, 또 흡입해 들이며, 한숨지으며 타올라 수분에 집착하고 그러다 늘어지면, 이완된 살, 아무것도 존재를 드러내지 않는 암흑함으로 미동도 없이, 내 손끝 아래 펼쳐져 누워 있었다. 그럴 때 사실은 풍요로울 터인데도, 내 손끝에 보여지기로는, 그럴 때 그 암컷이 한없이 황폐되어 있는 듯한 것은 이해할 수 없었다. 어부왕(漁夫王) 성불구에 걸려, 그 둔덕에 앉아 빈 낚시질이나 하는 그것은 그 마른 늪이었었다. 내가 품에 안았을 때 그것은, 하나의 작은, 그리고 숨결이 향기로운 부드러운 짐승이었으나, 그렇게 내 손끝이 보아가며 체험해가는 동안에 그런데 그것은 하나의 사망과 같이 펼쳐져, 내가 잘못 실족한다면, 영 헤어 나오지 못할 것처럼 열려지던 것이다. 어쩌면 그것은 그런 것이었다. 그래, 어떤 특수성을 잃어버린 그냥 암컷이란, 저승이라고 불릴 것인지도 허긴 모른다. 그것은 임신이라는 수단을 통해, 아 그래서 바르도의 방황하는 혼들을 이승으로 보내는 것이다. 항변(恒變)하는 것을 항변인 채 두어두지 않고, 그것을 포착하여, 살과 뼈와 수분을 채워 넣어 형상을 조립해내는 토기장, 그것은 저승이라고 불릴 어떤 것이었다. 그러고 보니 나는, 그 저승 둔덕에 앉아 능장코를 빼추며 우닐고 있더구나, 우닐고 있더라. 좀체 하직할 수 없는 이승 햇살을 받아서 그림자를 저승에 드리우고, 나 우닐고 있더라만, 그러나 세상, 참 모난 돌도 많더라, 가시덤불 육실허게도 뒤엉겼더라. 그래서 부르튼 발 이제는 머물리고, 대체 무엇 때문에 그렇게나 멀리, 밤으로 밤으로 이어진 소로를 걸었던지, 그것을 의문해야 될 그맘때쯤에도 오긴 온 것이다. 그래서 나는, 촛불중이 와주는 대로 언제든, 오늘 저녁이라도 또는 내일이라도, 나를 큰 형장에다 보내달라고 표시를 할 작정을 했었다. 이봐 자네, 질 때도 어지간히 되었거든, 자네 꽃 질 때도 허긴 되었거든, 어지간히 되었거든.

3

저녁 밥상을 둘러서는 물론, 촛불중도 끼어 있었다. 상이며, 그릇이며 숟갈 따위들은 물론, 모두 수도부들의 빈집에서 가져온 것들이었을 것이다. 내가 먹을 때 물론, 나의 자상한 계집이 시중들어주었고, 목사의 딸내미는 물론, 한시도 쉬지 않고 종알거려댔는데, 그 애는 물론, 이 유리의 하루 이틀을 진심으로 즐기고 있는 듯했다. 그 애 외에, 그러나 우리는 할 이야기가 없었다. 나의 계집과 촛불중은, 아마도 곤혹을 느끼고 있는 듯했다. 그래서 아마도 손님을 보내는 인사로서 내 계집이 촛불중과 그 계집아이를 향해서, 저녁이 더 어두워지기 전에, 한 번쯤 더 물을 길어다 주었으면 좋겠다고 말하고 있었고, 말은 안장을 풀어주었느냐고 묻고 있었다. 말은 아마, 샘가에나 매여 있었을 것이었다. 그러자 촛불중이 일어서려는지 부스럭거리는 소리가 일었다. 그래, 나는 언제든 나를 형장으로 보내달라고 표시하려고 해왔었다. 헌데 이것이 그런 때인 듯했고, 그래서 내가 손을 휘저어 주의를 내게 기울이게 했더니, "대사께서는입습지, 하시고 싶은 말씀이 있으신가입지?" 하고 그가 물어왔다. 나는 고개를 끄덕이고, 손가락을 써서 방바닥에다 한 마리의 고기 모양을 그려 보여주었다.

"버, 벌써이십지? 오늘 마, 말입습지?"

나는 고개를 끄덕여 보여주지는 않았다.

"두 분께서는 지금" 의아스러워서 내 계집이 나섰다. "무슨 의논을 하시고 계시는 중이죠?"

"숙녀께서는입지요, 이 저녁에 말입죠, 읍으로 돌아가시겠나 말입습죠?"

"아니, 그게 무슨 말씀이시죠? 난 사흘 말미를 얻어온걸요. 좀 풀어서 들려주실 수 없나요?"

"허, 허지만 말입습죠, 마 만약에 말입습죠, 대사께서입습죠, 이 유리를 떠나시겠다면입죠."

"아니, 그게 무슨 말씀이시죠? 난 아직도 이해할 수 없어요."

"헌데입습죠, 대사께서는 말씀입습죠, 오늘 저녁으로입죠, 소승과 함께입습죠, 유리를 떠나시기 원하는군입죠."

"난 아직도 이해할 수가 없어요." 여자의 음성은 떨리고 있었다. "허지만 오늘 저녁은 안 되어요, 절대로 안 되어요."

"그, 그러믄입습죠, 숙녀께서 말미 받아오신 그, 그동안만

639

입습죠, 대사가 여기 머무르시도록 말입습죠, 우리 권해보면 말씀입죠, 어떻겠나입지요?"

나는, 쓰린 눈을 멀리로 보내, 하마 석양일는지 저녁도 깊었을는지, 그런 풍경을 짐작으로 보려 했다. 그러는 중에 침묵이 끼어들었던 모양이었으나, 촛불중이 아마 자기의 처소로 돌아가려고 하는 모양이었다. "숙녀께서는입습죠," 그는 낮고 느리게 뭔가 한마디 꺼내고 있었다. "높은 가지 위에 말입습죠, 둥지를 짓고 세상을 내려다보는, 한 마리의 독수리를 말입습죠, 보신 적이 있으신가입지요?"

"………"

"소승도 물론입습죠. 본 적은 없습죠. 허지만입습죠, 지금이라면 상상해볼 수는 있습죠. 아, 평안한 밤이 되길 빕죠."

그는 그리고 걸어가는 모양이었다. 아비 중 따라가는 새끼 중 모양, 그 계집아이도 물론 따라가고 있을 것이었다. 누구에게나 엉뚱하게 들릴 그의 이야기는, 내게 한숨을 자아냈다. 내 손을 잡고 있는 계집의 손은 너무도 추운 듯이 떨고 있었는데 그 손의 떨림이 그녀의 목구멍으로 올라가 처음에 말이 되어 나왔다. "촛불 스님이 하신 말씀이, 만약 의미를 지니고 있다면 말씀이지요, 당신이 택한 죽음은 나무와 관계가 있는 것이죠?" 그리고 다음엔 오열이 되어 짓떨리며 그녀를 괴롭혔다. "이를 악물고, 참을 수 있는 데까지 참아두려 했지만 안 되겠어요. 당신은 내가 곁에 있는 것에 싫증을 내셨죠?" 그녀는 느닷없는 투정을 섞더니, 내 무릎 위로 엎드러져 버리는 것이었다. 그녀는 글쎄 허긴, 한 번은 울어버렸어야 될 것을 참아오고 있던 것이다. 이 울음이 끝나고 나면, 체념으로서 이제는, 마음속에 이별을 갖게 되리라. 보이지 않는 눈을 들어 나는 하늘을 보며 거기서 별을 찾으려 했다. 천장이니, 드리워졌을 가마니 문이니, 그런 것들이 내 시야를 차단할 수 있는 것은 이미 아니었다. 눈 덮인 수미산 영봉을 보려고도 했다. 억겁을 두고 바람이며 무세월이며, 비며 정적이며, 햇빛이며 정지스러움이며, 이슬이며 고적함이며, 서리며 고독함이며, 눈이며 소슬함이며, 한 마리 산새인들 울어줄 것인가, 그런 것들이 아주 조금씩 조금씩 살을 깎아가는 그 아픔은 어떤 것일 것인가. 그리고 보면, 소멸될 수 있다는 것은 좋은 일인 듯하며, 그것도 일탈지경에 이뤄진다는 것은 더욱 좋은 일인 듯하다. 수유간에 소멸되어질 것의, 심정이 아파서 우는 울음은, 그리고 또 듣기에 좋은 것이라고 믿어야 되는데, 왜냐하면 별이나 수미산은 울지도 못하는 것이다.

울고 난 뒤에, 한 돌중을 연민하는 계집은, 몇 마디의 푸념을 하다가, 그냥 잠들어버렸다. 그녀의 몸은, 만 하루 동안의 유리의 생활에 피로해진 것이고, 그녀의 심정은 소금처럼 무거워진 것이었다. 그녀가 오지 않았다면, 설움이 그냥 설움이었다가, 글쎄 내가 죽고 난 뒤, 서리라도 되어 내렸을랑가 몰랐을 것이, 그녀로 하여 기름이 되어, 지글거리며 나를 튀김을 해댄 탓에, 나도 그리고 피곤했다. 우리는 피곤했다. 모든 것이 우리를 피곤하게 한다.

신들은 우리를 피곤하게 한다. 그들의 인간에의 짝사랑이 그것에서 그치지 않고 우리들에게서 궁합 맞춰지기를 강요했을 때부터, 신들은 우리를 피곤하게 한다. 신들의 품속에서 허긴 우린, 한 번도 화백 제도였던 적이 없다.

성자들은 우리를 피곤하게 한다. 마야(Maya—Illusion—Universe)! 저쪽 건너 동네 니르바나에 앉아서 이쪽 동네 상사라의 붉은 향수 물을 바라보는 저 고요한 눈은, 우리를 피곤하게 한다. 성자들의 눈길 아래에서 우리는 한 번도 죄인이 아니어본 적이 없어서, 저 죄태(罪態)는 우리를 피곤하게 한다.

영웅들은 우리를 피곤하게 한다. 한 번도 명확히 정의되어본 적이 없는 비겁이 그들에 의해 정의되고 그리하여 우리는 인간인 것의 자부심을 잃어버린다.

그래서 인간인 것이 무엇보다도 우리를 피곤하게 한다. 인간인 것은 우리를 진실로 피곤하게 한다. 그리고 우리는 피곤해 있다.

제32일

1

"여보 스님, 밤에 난 꿈을 꾸었더랍니다. 그것은 너무도 아름다운 광경이어서, 눈으로 볼 것이지 말로 해버려서는 안 될 것이에요. 글쎄 말로 해버리면 말예요, 당신이 [36]아주 작고 예쁜 배에 타고 말예요, 하늘을 헤쳐나가고 있었는데, 그런데 그 배를 말예요, 한 마리의 갈매기 같은 독수리가, 일곱 색깔쯤으로나 보이는 끈을 목에 매고 날아가며, 끌고 가더라는, 그냥 이런 이야기나 될 거예요. 허지만 좀 상상해보셔요, 저 하늘이 바다처럼 보이고, 그 하늘 같은 바다를, 아주 억세게 큰 독수리 같은 갈매기가, 일곱 색깔 끈을 목에 둘러, 당신이 탄 저 예쁜 배를, 끌고 가는 걸 좀 상상해보셔요. 아 그랬댔군요, 그 배는 새의 둥지 같기도 했어요. 그리고 거기에 탄 당신은 붉은 볼을 하고 있었어요. 눈은 꿈꾸듯 뜨고 있었는데, 얼마나 반짝였는지 몰라요. 아주 어린 얼굴이었지만, 당신이었어요. 글쎄 여보, 난 그렇게나 맑고 빛나는 얼굴은 어디에서고 본 적이 없어요. 글쎄, 동화 같기도 하죠? 그리고 보니, 어려서 그와 비슷한 얘기를 들은 것 같기도 해요. 어려선 하늘을 나는 꿈을 간혹 꾸었었거든요."

이 여자의 감수성은, 그리고 이 여자에게 수수께끼처럼 던져진 것은, 아마도 곧장 꿈에서 그 해결을 찾는 모양이었다. 촛불중이 그녀에게, 독수리의 이야기를 하나의 수수께끼로 던져준 것을 들은 기억을 나도 갖고 있는 것이다. 그러나 무엇보다도 하는 말로, [37]신과 인간이 대좌하여 말을 주고받는 장소가 꿈속이라고 하는 것이, 만약에 사실이란다면, 그녀의 꿈의 내용은 어쩐지, 그녀가 하나의 작은 무녀로 화해 간 과정의 이야기처럼도 내게는 들린다. 어째서 그런지는 나도 잘은 모른다. 모르지만, 이 궂은 세상 구속과 장애의 마마에 몸부림치던 그녀는, 자기의 혼만을 분리해내, 그것은 그것을 어떤 자유에로의 통로라고 말해져도 좋으리라, 그런 어떤 통로로 보내버리고, 이승과 저승 간의 한중간에 머물러, 이승으로도 저승으로도 손을 흔들어 보여주는 것만 같다. 무녀가 만약에 그런 것이기도 하다면, 그래서 나는 그녀도 무녀가 되어버린 것일지도 모른다고 추측하는 것이고, 그래서 그녀의 자기 초극이, 일종의 해탈이, 조금, 성취되었을지도 모른다고 또한 추측하는 것이다.

"이젠 당신 때문에 울진 않겠어요. 당신은 그렇게도 초연한 곳에 계시며, 그늘 없이 맑은 눈으로 절 보시고 계시잖으세요? 소갈머리 없는 계집의 눈물로 여보, 어젯밤 당신 맘 좀 상하셨죠? 허지만 용서하셔요 네?"

난 미소만 지어 보이고, 그녀의 눈을 찾아 눈자위를 더듬어보았다. 그랬더니, "당신은 아름다워요." 계집은 속삭였다. "당신은 이상스럽게 향기로워요. 정말 난 당신의 애를 가졌으면 하고 자꾸만 바란답니다. 쌍둥이였으면 더욱 좋겠어요. 당신과 십 년만 같이 살 수 있다면 말이죠, 하나씩 하나씩, 다섯을 낳겠지만 말예요." 계집은 어쩌면, 진정으로 이렇게 바라고 있었을지도 모른다. 계집은 그러며 혀끝으로, 내 몸을 산조(散調)로 흐트러뜨리기 시작했다. "이래 뵈어도 여보, 나도 신부 공부는 해두었더랍니다. 아주 열심히 해두기는 당신 만난 후부터이기는 하지만요." 계집은 병적으로 씨분대기 시작했다. "글쎄, 어머니가 외동딸에게 유산한 것 중에는, 그래요, 제가 당신께 드린 그 비취 목걸이도 있었지만요, 허지만 그것에 뭐 별다른 의미는 없답니다. 어머니가 그러셨어요, 이제 네게 신랑이 생기면, 그 목걸이를 그에게 주면서요, 이 목걸이를 준 장모가, 살아서나 죽어서도, 그 딸을 얼마나 사랑했던가, 그것을 기억해주기 바란다는 이야기를 하라는 것뿐이었어요. 호호호, 그것이었어요. 헌데 그중엔, 글쎄, 신부 공부 책도 있었던 것이랍니다. 그렇지 않다고 해보셔요, 물론 저 할머니다운 침모가 도와주었지만 말예요, 저 무섭고도 수치스러우며, 절망적인 저 첫 경도의 비참함 때문에 난 죽었을 것이에요. 허지만 당신은 모르실 일이에요. 어쨌든, 지금 제가 이러고 있는 걸 당신이 마음으로 보고 계신 것 때문에 전 맘이 편해요. 그렇지 않다고 해보셔요. 그죠?"

허긴 그러고 보니, 보다 더 젊었을 적에 나도, 신랑 공부는 해뒀었다는 기억이 났다. 허지만 그것은 사실에 있어서, 내게는 신랑 공부로 읽혀진 것은 아니었었다. 그럼에도 그 탓에 나는, 대부분의 시간을 수음에 바치느라고 나중엔 노랗게 야위어가며 깨어 있어도 내 정신이 아니었으며, 꿈도 늘 젖었었다. 그때 나는 어쩐지 나만 수치스럽게 이 세상에 던져진 듯한 이상스런 죄악감에도 당하고 있었지만, 분명히 스승은 눈치를 챘을 터인데도, 늘 모르는 듯한 얼굴이곤 했다. 그렇게 아마 꽤나 세월이 흐르고 나서야 나는, 별로 다른 감정의 범람에 당하지 않고 그 공부를 해나갈 수가 있었다. 글쎄 어떤 도사들은, 도를 닦다 음통(淫通)을 해버리곤, 그것을 기술(記述)로 남겨온 바, 그것이 비록 환락만을 추구한다고 해도 연구해볼 가치가 있다는 것인데, 왜냐하면, [38]'덕'과 '부'와 '사랑'은, 사바에서 달성되는 그중 큰 세 가지 것으로, 그중에서도 '사랑'은, 마음과 영에 의하여 보조되어지는, 듣기, 느끼기, 보기, 맛보기, 냄새 맡기의 저 오관에 의해 즐겨질 수 있는 그중 좋은 대상이기 때문이라는 것이다. 그런데 저러한 오관의 총화 안에서, 특수한 감각기관과 그것의 대상과의 접촉에서 오는 즐거움을 자각하는 것, 그것이 '사랑'이라고 말할 것이라고 하는 것이다. [39]여자란 그리고 다만 성교를 위해서 남자를 사랑하는 것이라고까지 정의하는데, 그럼에도 그것이 환락만의 추구 이상의 의미를 갖는다고 할 때, 그것은 몸과 마음을 다해서 연구해볼 가치를 갖는다는 것이다. 그러니까 성교란 하나의, 명상법으로도 던져진 것이며, 우주를 이해해보기 위한 수단으로 놓여진 것이다. 그래서 이 음통(淫通)은 음통이 아니며, 그것은 죽음의 연구로 변해진다. 한 명료한 예로 '해골의 골짜기'에 세워진 '세상의 나무'를 타고, 한 위대한 무당이 하늘로 올라간 광경은, 다수가 일원화하는 집단 성교로서, 그 성교에 가담한 사람들은 모두 하늘에 올라가는 것이다. 태초로부터, 존재나 비존재가 모두 상대적으로 존재해오기 시작했을 때, 이 황음(荒淫)은 자행되어온 것이다. 그러고 보면, 성기의 형태론은 음과 양, 체와 용의 여러 모습에 관한 연구인 듯하며 성교 자세의 연구는, 음과 양, 체와 용이 어울리는 그 구조의 파악으로, 그리고 기교론은, 가장 훌륭한 죽음을 성취해내는 방법론으로 여겨진다. 그러한 자세는 저 수백 수천의 변형에도 불구하고 그러나, 마흔다섯, 또는 스물다섯, 더 줄여서는 열두 자세로 집약하여, 그 성쇠들의 저변을 이루는 공통분모로 삼는다. 성기의 형태론은 대개 소, 코끼리, 또는 말, 쥐 같은 동물들로부터 그 원형을 취해와 우주의 법도를 밝히는데, 어쨌든 숫쥐의 왜소함으로써는 암코끼리의 광대 심오함을 침공할 수는 없는 것이다. 아무튼, 사람이 지닌 원초적 영상 속에는 언제나 짐승의 얼굴이 근저를 이루고 있어온 사실은 참으로 이상하다.

그러나 그러한 공부에는 반드시 실제에의 응용이 따라야 한다는 것이다. 그리하여, 그러한 응용을 통해, 자기를 승화시키고 고양시키고 확산시켜, 우주의 수주재신 암주재신 자체로까지 발전하지 않으면 안 된다는 것이다. 그러한 경지에서는 그리고, 오래오래 머물 수 있으면 있을수록 더욱더 좋은 것이며, 나중엔 대상이 없이, 혼자서, 자기 속에서 암컷을, 또는 수컷을 분리해내, 수음이나 뭐 그런 행위를 통하지 않고도, 매번마다 절정에 닿을 수 있는 데까지, 정진하지 않으면 안 된다는 것이다. 헌데 이 도전이 내게 다가온 것이다. 이 도전을 내가 현실적으로 깨달은 것은, 지금 내게 애정으로 칙살스러이 달라붙고 있는 계집의 이야기에 자극받아 그런 것이고, 그러고 보니, 죽은 창녀와 만났던, 그리고 이 살아 있는 처녀와 가졌던, 모든 관계들이, 약간의 수분을 제외하곤, 일단 거품으로 돌아가 버린 듯한 느낌이 드는 것이다. 그러한 관계들은, 흡혈귀적인 무기교의 돌진, 자살해버리고 싶은 그런 이상스런 충동에 의한 광적 투신, 야수적인 학살 본능, 광증에 의한 난무 같은 것으로, 사실에 있어 그 깊이에서는 허탈만을 남겨왔던 것처럼, 이제사 여겨지는 것이다. 나는 그리하여 지금부터, 하나의 예술가이기를 바라지 않으면 안 되는 것이다. 세련된 기교와, 섬세한 감각과, 명석한 분석력과, 훌륭한 종합을 필요로 한다. 계집이라는 재료를 깎고, 다듬고, 고르는 거장이기를 바라지 않으면 안 된다. 한 번의 다짐도 뜨거운 마음으로 존경하며 행하고, 한 부분, 가령 젖꼭지 하나를 두고라도, 대번에 덮어씌워 포획하기보다는, 그것을 하나의 운봉의 크기는 되게 생각하여, 그 끝까지 기어 올라가는 어려운 과정을 인고치 않으면 안 되는 것이다. 한 번의 잠입을 위해, 전심전력으로 명상하여야 하며, 한 번의 사정을 하나의 죽음으로 치르지 않으면 안 되는 것이다. 하나의 자세에서 다음 자세로 바꿔나가는 것을,

한 번의 가사(假死), 한 선(禪)에서 차선으로 넘어가는 것으로 어렵게 쳐, 어렵게 치러야 하며, 그러기 위해 단 한순간 단 한 올의 스치는 아픔도 놓쳐서는 안 되는 것이다. 그 감촉의 색깔과, 소리와, 맛과, 냄새와, 그 느낌의 대소, 원근을 살피고 종합하여, 하나의 금을 얻어내지 않으면 안 되는 것이다.

나는 그러기 위해서, 저 '黑·白·赤'의 세 단계, 그 각 단계가 세 번씩 전이하여 다른 한 단계를 이루고, 그 다른 단계는 또 세 번씩 전이하여, 결과로서 스물일곱 번의 전이를 치르는, 그 회수를 택해, 이 금 제조를 시작했지만, 그러나 그것은 대단히 쉽지 않은 일이었다. 대개는 초선(初禪) 단계에서 분출이 와버리며, 계집 또한 그 단계에서 몸을 풀어버리는 것이었다. 와해이곤 했다. 그래서 다시 시작하지 않으면 안 되곤 했다. 어떤, 외계로부터 오는 방해가 우리 사이에 끼어들지 않는 이상, 이 수업을 나는, 내가 형장으로 가기 전까지는 성공시켜놓고 보아야겠다고 별렀다. 천의 변화와 천의 파문이, 다섯 개의 대가리로 모두어졌다가, '白'에서 죽는, 이 죽음을 나는 글쎄 이루려는 것이다. 그러면서도 내가 색한이 아닌 데에 머물고, 계집 또한 음파가 아닌 데에 머물러두지 않으면 안 되는 것이다. 동정과 처녀로서, 매번마다 합쳐지지 않으면 안 되고, 또한 행위 불능이나 불감증, 권태나 허탈이 끼어들어도 안 되고, 쇠진해져도 안 되는 것이다. 그것은 성공되지 않으면 안 되는 것이다.

2

　나의 암놈이 데리고 왔던 계집아이가, 도시락 만들어 촛불중과 말에 풀 먹이러 간 뒤부터, 우리의 시간은 다시, 아무것으로부터도 방해받지 않게 되었다. 그러나 내 암컷은, 소금에 절어 든 듯이 자꾸 자고, 소모되어가는 기를 모으기에 나는, 이를 부득부득 갈아야 되었다. 뼛속에 한기가 돌며 시리고 아프며, 우두둑 소리를 내는가 하면, 허리가 시지근이 무너지고 현기증이 일기 시작한 것이다. 게다가 우리들의 국부는 열에 뜨고, 치골은 부어, 거웃들이 바늘처럼 제 살을 제가 찔렀다. 이 수업에 우리는 실패해왔는지도 모른다. 일단 내가 이 암컷을 하나의 수업의 대상으로 놓고 대들었을 때, 저 교접들은 이전구투로 변해져 버렸던 것이다. 나는 어쨌든 탐욕스러이 일어나지 않으면 안 되기는 한 것이다. 그러기 위해 조금 숨을 돌리며, 계란과 꿀과 냉수로 조갈을 면한 뒤, 정신을 집중하여, 저 어이없이 시들어지는 내 전신을 살펴나가기로 작정했다. 그래서 어딘가 음한으로 맺히고 괴로운 곳엔 의식을 모아, 기를 투입해 열을 일으키고, 신열로 광기스러운 곳에선 그 열을 해체시키며, 이만일천육백 번을 한하고 호흡을 계속해댔다. 하다 보니, 배꼽 밑의 '화로'[丹田]에서, 뭔지 푸르스름한 기가 일고 드는데, 그것은 내 전신에다 그 기를 채우며, 나를 오히려 강장케 했다. 다음으론 그래서 저 시들어진 계집을 대상으로 삼고, 그리고 장님으로서, 꼿꼿이도 하고, 부드러이도 하고 능청거리게도 하여, 계집의 맥의 곳곳으로 관절의 마디마디로, 근육의 줄기 줄기로, 퉁소 불어나가며 밤거리를, 두

들기기도, 문지르기도, 입김을 쏘이기도 하다 보니, 시간은 오래갔으나, 계집 또한 살아나는 것이었다. 그것은 다시 처녀였을라. 그래서 계속하여, 그것 위에 명상하며, 정진하기로 했다.

제33일

1

"당신은 이 세상에서 가장 잔인한 사내일 거예요."

그녀가 그렇게 속삭이고 있었을 때 우리는, 이 수업의 마지막으로서, 저 최초에 행했던 정상위로 다시 돌아와 있었는데, 시각으로는 다른 동이 트고 있을 때라고 했다. 그러니까 다시 정상위로 돌아온 이것까지 합치면, 우리는 이십팔 회를 거쳤고, 한 회에 셋씩의 바꿈만을 계산한다고 하더라도, 여든 네 가지의 체위를 시험한 것이 된다. 물론 중복된 것이 없을 수 없으나, 우리들은 분명히 훌륭한 예술가였었다. 그런데 계집으로서는, 매회 작은 절정을 한두 차례씩 더 겪었으므로, 그녀가 달한 절정의 횟수는 아무리 줄잡아도 오륙십 번은 될 것이었다. 헌데 이 정상위는, 그 시작이며, 또 모든 체위의 저변에 놓이는 것이며, 그 끝이어서, 우리는 우리의 최후의 작열을 아꼈다. 그러나 나는 계집의 목을 졸라매지는 않을 것이다. 죽어가는 계집이, 그 죽어가는 온갖 정성으로 하여, 무섭게 수축

650

하면서, 무섭게 흡입해간다는 것은, 그리하여 사내에게 광희를 준다는 것은 죽은 계집으로부터 경험하여 나는 알고는 있는 것이다. 그러나 저 최후의 희생을 요구치는 않을 것이다. 그럼에도 나는, 그녀의 피를 탐하고는 있었다. 그 피에의 갈증은 혼으로부터 비롯된 것이어서, 어떤 수분으로도 해갈시켜줄 수 있는 것은 아니었다. 나는 그녀의 목줄기를 탐하고는 있었다. 그 어느 한 부분, 힘을 쓰느라 부풀어 오른, 대정맥이 내 끊긴 혀끝에 쉼 없이 격동을 보내는, 그 피의 뛰놀음에 미치고는 있었다. 저 신선하고 더운 피에의 갈구──내가 정진하고 명상해서, 한 계집인 것의 불순을 씻어버린, 그 더운 피는, 내가 마셔버려야 될 어떤 정화수처럼 여겨지는 것이었다. 잃어버린 눈과, 끊긴 언어의 육신적 불모스러움 위에 뿌리는 제주로서, 저 피를 나는 저 황폐 위에 뿌리려는 것이다. 어쨌든 빛과 언어는, 피를 고향으로 거기서 발원한 두 의지인 것이다. 어쨌든 모든 황폐 위에는, 피를 흩뿌리지 않으면 안 되는 것으로, 고기(古記)는 알려주고 있다. 만약에 그렇다면, 대량 학살이 자행되는 전쟁 같은 것도, 그러한 피 뿌리기의 제사인 듯하며 이 제사가 끝날 때마다, 거기 속죄가 행해진다. 그래서 세상은 그러한 제단을, 서쪽이든 동쪽이든, 북쪽이든 남쪽이든, 어디에든 한 군데 가져두는 것이 이익일지도 모르며, 그 향로에서 피 냄새가 언제나 흩어지도록 두어두는 것은, 그 세상의 복을 부를지도 모른다.

우리는 이러는 새 끊임없이, 그러나 조급하지는 않게, 수미산 등반하듯, 줄기차게 고조되어가고 있었고, 그리하여 그 정상에 다 오를 즈음에 나는, 저 계집의 대정맥이 건너 뻗은 목줄기의 한 곳에 이빨을 박았다. 그러자 그 순간, 한 마리의 구렁이가 타는 숯불에 던져진 것 같은 무서운 격동이 내 전신으로까지 밀려 닥쳐왔으나, 덥고, 신선히 물큰하며 달콤한 짠 비린내로, 내 창자까지 그녀의 피가 뜨겁고 있었을 땐, 저러한 격동은 벌써 조용해 있었다. 한없이 빨고 드는 입술에, 그저 조용히 목을 맡긴 채 계집은, 가엾이 떨리는 숨길을 내 귓전으로 보내며 축수하는 무당처럼 속삭이고 있었다. "천년 묵은 구렁이, 계집의 간을 쪼으는 독수리, 처녀의 제사만을 받고 사는 인당수의 소용돌이, 허지만 어쩐지 나는, 그래요, 전에 없이 청순해진 듯한 것은 이상하죠? 공양미 삼백 석에 팔린 계집아이, 바위 위에 묶여 천년 묵은 구렁이를 기다리는 처녀 아이, 허지만 그 처녀 아이를 구해주려고는, 글쎄 아무도 오지 말아야 되는 것이에요. 구해주러 나타나는 장한은, 하나의 저주일 것이에요. 잔인함이지요. 아 그리구요 그래요, 아이를 불로 지나게 하는 일은 보기에 잔인한 일이죠, 그죠? 그러나 그 불을 꺼뜨리는 일은, 더욱더 처참한 일이에요. 내 님, 나의 주, 나를 불로 태우는 힘, 나를 저주스러운 힘으로 휘감아 틀어 삼키는 이─ 여보, 이제는 나도, 당신을 죽이려 돌 던지는 데 끼어 함께 던지게 하시고, 당신을 못 박는 데 나도 함께 망치질하게 하시고, 당신을 태우려는 데 나도 끼어들어 송진을 끼얹게 하셔요, 그렇게 하셔요, 그러기 전에 그러나 여보, 나로부터 최후의 방울까지 피를 뽑아가셔요, 생명을 뽑아가셔요, 혼을 뽑아가셔요. 그렇게밖에 나로서는, 달리 어떻게 당신을 예배할지를 알지 못한답니다."

2

오후에, 저 내방객들은 떠나버렸다. 표표히 떠나버렸다. 여인은 예의 저 비취 목걸이를 내 목에 걸어주고, 나의 두 손을 자기의 두 손으로 꼭 잡고 한없이 있을 듯하더니, 아무 말도 없이 그냥 떠나버렸다. 손으로 전해오던, 저 말 없는 떨림이, 천 마디의 말로보다도, 그녀의 이별의 슬픔을, 두려움을, 안타까움을, 내게 더 잘 전해주었다. 허지만 가여운 여인이여, 우리가 평생을 같이 살아 같이 늙는다고 하더라도 언제든 이런 이별은 오는 것이다. 그리고 이별은 오는 것이다. 그리하여 이런 이별은 오는 것이다. 이제 그 슬픔일랑은, 시원히 달리는 말 잔등에서 시원히 털어내 버리고, 너의 천래적 동정심과 바치고 싶음으로 해서 사랑했던, 한 사내의 영상은, 그저 영상이지, 이제는 벌써 실재가 아니라는 것을, 드디어는 인식해야 할 때인 것이다. 안으로는 들여다보지 마라. 자꾸 밖으로만 보며, 살아 있는 동안, 그 삶을 꿈으로는 돌리지 말 일인 것이다. 결국 꿈일 것을, 한바탕 모진 꿈일 것을. 그 꿈이 깨기도 전에, 하필이면 꿈으로 돌려야 할 이유란 없는 것이다. 허지만 허기는, 이 세계에 있어서의 다만 하나의 실재의 장소는, 여성인 것뿐이기는 하다. 모태에 짐을 실은, 어머니인 것뿐이기는 하다.

아, 유리여, 그러면 우리, 서로로부터 떠나자. 이제는 떠나자. 그리고 떠나자.

허기는 여기서는, 사십 일을 사는 것이 용이하지는 않구나.

"지금부터 말입지, 저 큰 숲이 보이기 시작하고 있습지. 그리고입지, 지금은 별이 빛나고 있습지."

그래, 그리하여 나는 유리를 떠난 것이다. 그 유리가 내게 준 해골을 끼고, 나는 떠난 것이다. 그리하여 나는, 제길헐, 해골을 둘씩이나 갖고, 죽음으로 향해 가고 있는 것이다. 해골의 하나는 그러나, 아직도 내 목줄기에 매달려 살고 있다.

"이 길은 싫고도 먼 길이군입지."

촛불중이 그렇게 말하고도 있었다. 그의 제안에 의해 나는, 이른 저녁 식사를 끝내고, 그리고 그가 한끝을 잡혀준 지팡이 끝에 인도되어, 걷고 있었던 것이다. 그 지팡이는 허지만, 그가 대장간 들르고 목수 집 들러 특별히 맞춘 그것은 아니었다. 그것이 마지막 식사일 것이어서, 배불리 먹고 배불리 마셔두었더니, 마음이 얼마를 시달리든 그것과도 상관없이, 육신만은, 노근하고 느긋한 맛을 거의 즐기고나 있는 듯했다. 이 밤은, 평안하고, 깊은 잠에 들 수 있게 되기를, 그리고 그 육신은 바랐다.

"하늘은 가[邊]가 없는 것입지, 그것은 어떤 틀[臺]이 있는 것도 아닙지. 그런데 말입지. 해가 지고 밤이 오니 말입지, 그 가도 틀도 없는 곳에 말입지, 저렇게도 많은 별이 어디서 오는지를 알 수가 없습지. 별이 지혜의 비유로 쓰인 건 소승도 압지. 그러나 소승은 그것이, 수심의 비유로 쓰이는 것을 더 좋아합지. 청천 하늘엔 잔별도 많고 요내야 가슴엔 수심도 많다──이런 노래 한 가락쯤, 우리 합창해봐도 좋겠습지. 때로 소승은, 염불 대신에 그 노래를 부릅지. 밝은 거울 또한 틀이 아니고 말입지, 본래 한 물건도 없는 터에, 어디에 먼지며 티끌 앉을까, 라고 대사는 노래하시지만 말입지, 소승은 아무리 해도 그 경지를 넘겨다볼 수가 없습지. 바람이 센 날로는 저 하늘에도 검은 구름은 끼더란 말입지, 저녁으론 별들이 채워 들더란 말입지, 요내야 심정엔 수심도 많더란 말입지, 그 검은 구름이며, 별이며, 수심이며 말입지, 어디로부터 오느냐 말입지, 가도 틀도 없는 곳에, 그것들은 어떻게 머무르느냐 말입지."

그는 그리고 허탈된 듯이 한없이 웃어대고 있었다. 그러나 내가 묵묵해버릴 수밖에 없었으므로, 종내 그도 입을 다물어버렸다. 결국 할 얘기란 남아 있지도 않던 것이다. 그는 그의 의문에 대한 해답을 찾기에 고심하며 걷고 있는 듯했다. 그는 어쩌면 업(業)에 관해서 말하고 싶었던지도 허긴 모른다. 하늘은 본래 틀이 아니며, 본래부터 한 물건도 없었으나, 허긴 업의 센바람이 검은 구름을 몰아오면, 그 하늘에도 먼지며 티끌은 앉는 것이다. 그런 의문의 해답을 얻기 위해서, 허긴 그래서 존자는, 물속에 앉아 하초로부터 곱을 뜯어냈던 것이다. 그러나 만약에 내게, 한 번 실에 꿰어져서 전대해오는, 그런 백팔염주라도 하나 있었으면, 그랬으면 그것으로 나는 이 젊은 사미 놈의 대가리를 한번 후려 패주었을지도 모른다. 공(空)이 만약에, '생멸 거래에 변함이 없는 자리며, 선악 업보가 끊어진 자리'라면, 어디에 검은 구름 휘몰아와 덮일 것인가? 허지만 사미여, 어찌하여 마음이 체(體)이겠는가? 마음이 체라면 존자여, 그 마음에 끼이는 먼지며 티끌을 털고 닦아내는, 그 함[爲]의 용(用)은 어디서 빌어오는 것인가? 만약에 마음이 체가 아니라면, 번뇌나 수심이 어찌하여 먼지나 검은 구름이 될 것인가? 번뇌나 수심은 그러므로, 체에 끼이는 먼지나 검은 구름으로 비유될 것이기 전에, 사미여, 그것은 어쩌면, 유황이나 수은을 금(金)으로까지 데려다주는, '독'(毒)이라고 보아야 할 것인지도 모르는데, 마음은 오히려 용(用)이기 때문이다. 이 독에 의해서만, 저 용은, 금이라 불릴 공(空)을 획득하는 것일 것이다. 그러므로 사미여, 그대는 다시 유리로 돌아가는 것이 좋으리라. 가거든 그렇지, 그 광야의 모든 것을 먼저 수락하는 일뿐이겠지, 거무튀튀한 모래펄이며, 정적이며, 고통이며, 슬픔이며, 굶주림이며, 계집이며, 낮이며, 밤이며, 탁한 대기며, 아 그렇지, 그러나 유리 자체는 그런 어떤 것에도 집착하지 않더군, 안 해.

　결국 할 얘기란 남아 있지도 않던 것이다. 눈 없이 걷는 일이란, 그것에 익숙해져 본 일이 없었으므로, 적이 불편했으나, 그런 것에 맘 쓸 겨를도 없이, 어쩐지 나는 자꾸 더 고독해져 가고 있었다. 이슬의 감촉이, 가까워지는 숲의 음습한 냄새가, 어쩌다 우는 풀벌레 울음이, 무엇보다도 말없이 걷는 우리들의 낯선 발자국 소리가, 나를, 아마도 우리를, 외롭게 했다. 마음속에 거부의 몸부림이 있는 것은 아니었으나, 형장을 향해 간다는 일이, 뭐 그렇게 기꺼운 일로는 도저히 느껴지지 않았다. 육우(肉牛)가 아닌 것이나 복 받은 것으로 알지 않으면 안 될 것이었다. 이제쯤은, 살을 불리기 위해서, 못 참을 혹독한 매질을 당할 때쯤인 것이고, 갈증 탓에 물이 들씰 때쯤인 것이고, 맞아 부푼 자리로 그 수분이 채워들 때인 것이지만, 그래 허긴 내가, 육우는 아닌 사람으로 태어났던 것은, 어쨌든 내가, 선업의 고리에 새끼발가락 하나쯤은 끼워 넣고 태어났다는 의미일지도 모르고, 아니면 전생에 육우였던지도 모른다. 육우의 육보시는 완전무결해서, 아무것 하나도 버릴 것이 없다면, 그보다 큰 보살행이 어디에 있을 것인가. 힘은 돌밭을 갈고, 그 똥은 박토를 옥토로 바꾸며, 그 가죽은 사람들의 언 발을 감싸주며 그 살은 푸주업자의 금궤를 살찌우고, 그 뼈는 삼 년을 옭혀진 뒤, 개에게 적선되며, 그 피는 새벽녘 술꾼들의 목을 따뜻이 한다. 그러고 보면, 어쩌면 나는 육우였던 것이 나았을지도 모르긴 하구나. 얼마나 쓰잘데없는 오물만을 나는 꾸려 쥐고, 형장을 두려움으로써 내어다보는가. 그러나 어쨌든, 내가 갈 곳에 대해 이제는 꿈을 키우지 않으면 안 되는 것이긴 하다.

그러는 새 우리는, 숲의 가운데로 난 오솔길을 걷고 있었던지, 나무들이 쑤군대며, 자기네들의 잠의 언저리를 스쳐 지나가는 것들이 무엇이냐고 묻고 있어서, 허긴 송구스러웠다. 나무들은 아마도, 가지의 중간쯤에, 까치 둥우리처럼 조금의 안개를 잠으로 둘러쳐 놓고, 서서 자고들 있을 것이었다. 허리도 아플라. 허긴 발목도 시릴라. 가을도 엔간히 깊었다 싶거들랑은, 이파리 좀 더욱더 흩뜨려내려, 발등 찬 서리에 젖지 않게나 할 일이지, 그럴 일이다. 연전의 낙엽이 썩고 있는 냄새, 송진 냄새, 천년 묵은 고적의 냄새, 야음의 냄새. 그 가운데로 내 죽음으로의 귀향길이 놓여 있던 것을, 내가 태어났을 때, 나는 몰랐었다. 그래, 죽음은, 저 쌓인 정적, 저 울침한 대기, 저 음습한 어두움, 그런 오싹함, 그러며 무엇이 지나며 자기네 잠을 헤설피느냐고 투덜대는 망령들의 소리로 하여 더 숨 막히게 소조한 세계로의 잠입──그런 것일지도 몰랐다. 그리하여 몸은 시들어 누워버리면 다시는 못 깨는 것, 낙엽인 것, 것, 그런 것. 마음은 몸으로부터 떠나지만, 어디론가 스며들 때까지 굴러다녀야 되는 것, 또한 낙엽인 것, 것, 그런 것.

"이 저녁에는 말입습지, 골패 판이라도 한판 말입습지, 벌이고 말입지, 개고기에 후끈한 소주라도 좀 마셨으면 싶습지."

촛불중이, 겨울 저녁 나그네처럼 말했는데, 어쩌면 그의 눈에, 형장이 보이기 시작하고 있다는 의미도 같았다.

"글쎄입지, 저 큰 형장 간수들이 한바탕 모여 떠드는 소리가 들리는 듯싶게, 저기 저 등이 보이고 있습지, 안개는 없어도입지, 밤의 이내가 두터운 탓이겠습. 그 불빛은 둔한 청황색으로 푸르르 떨고 있는 듯해 보입지. 개고기와 마늘과 고추장."

그래 우리는, 큰 형장에 가까워지고 있는 것이었다. 그래서 가만히 느껴보니, 사람 냄새 같은 것이 스적여 가는 것도 같고 도란거리는 소리 같은 것도, 내 귓바퀴 언저리로 겨울 저녁처럼 깊어갔다.

"아 그리고 말입습지, 독한 소주. 아 그리고입지, 그랬었습지, 소승은 촛불을 꺼뜨려버렸댔지. 그날, 그러니까 말입지, 대사의 실명이 이뤄져 버린 그 저녁엡지. 별로 꺼뜨려본 적 없던 그 불을 꺼뜨려버렸습지. 무엇 때문에 그 불을 그렇게 아꼈던지는 소승 자신도 모릅지. 그러나 그것을 말입지, 생각해보려 하고 있습지. 글쎄, 꺼뜨려놓고 나서야 한번 골똘히 생각해보려 한다는 말입습지. 뭔지 의미가 없어도 좋겠습지. 반드시 의미가 있어야 할 까닭도 없겠습지. 그러나 말입지, 그것이 소승으로 하여금, 저 사막을 얼마 동안 살게 하였었던 것이라는 것만은 알고 있습지. 아 그러구 보니입지, 다 왔군입지, 다 왔군입지, 왔군입지."

그러고도 아주 한참이나 더 걸어가다 멈춰 서기에, 나도 멈춰 섰는데, 내 느낌에, 우리 앞엔, 높은 담벽이라도 가로막아 있는 듯해 답답함이 치밀었고, 취한 목소리로 떠드는 몇 음성이 확실하게 들려졌다. 그리고도 한참이나 있다가 무슨 요령이 흔들리는 소리 같은 것이, 안쪽에서 나서 바깥 우리 서 있는 데로 들려왔는데, 내 짐작에, 촛불중이 머뭇거리다 마음을 작정하고, 줄을 잡아당겨, 안에다 기별을 보낸 것 같았다. 드디어 우리는 형장에 도착한 것이다. 얼마나 밤은 더 깊어졌는지도 모르겠으나 이 여행은 외롭고 길고 팍팍했었다. 이제는 신발 끈을 풀고, 아주 잠시라곤 할지라도, 푹 쉬일 수 있을지도 모른다. 심신이 너무 고달프다 보면, 죽기도 살기도 다 싫어져 버리는 것이다.

조금 있으니 안에서, "지언장마즐, 고것 누구란댜? 아닌 밤중에 홍두깨란다더니 말여, 고것이 씨바자는 문자뿐이는 아녔던개 벼" 하고, 게걸거리는 소리가 넘어오고, 촛불중이 대답해 넘기자, 빗장이 뽑히기 시작하고 있었다. 그런 뒤 문이 열리느라, 육중히 썩는 소리가 났는데, 그것은 분명히 철문 열리는 소리는 아니었다.

"헤헤헤, 요 아닌 밤쯍으 홍두깨가, 베문시런 홍두깨가 아니구만이? 그렇잖에도 말여, 나으리께서 조 중 나리 납시길 지다려쌓는 중이라고."

"그래서 그 양반은 자리에 드셨나입지? 허긴 아직도 이르지만 말입지."

"해가 누렇게 똥꾸녁에서 빠져나와야 나으리 자리에 드는 건 자네도 알잖애?"

다른 사내의 목소리인 것으로 짐작건대, 그들은 둘이서 일조로, 순찰도 하며, 파수도 보고, 문지기를 하는지도 몰랐다.

"헌디, 저그 저 어중간허니 해각고, 지 해골박을 들고 있는 사나가 고 중님이란다?"

"비는 대로 솔직히 말허면 말이제, 고 베랑 심을 쓸 구석도 없어 비는디 말이라, 고녀러 똥깔보들 다 쫑치났담선?"

"고 지엔장, 고렇게 눈만 새초롬허니 해각고 말여, 반야봉 토깽이 여수 홀기 보뎃기 보지만 말고 말여, 지엔장, 문이 열맀으면 후딱 들어오기나 허란 말여. 전에 안 허던 짓을 하고 있당개 시방, 시식잖하게."

"자네들입지, 대사를 몰라보고입지, 함부로 입술을 놀리면 말입지, 들어갈 수가 없을 뿐입지."

"으? 흐흐흐, 그라면 워짤란 것인디?"

"말씨가 공순해질 때까지 이러고 서 있을 작정입지."

"윗따나, 고 씨버랄, 그라면 고라고 서 있으라고. 나는 문을 닫아뻐릴 팅게. 그라다 들어오고 싶으면 나헌티 빌라고. 빽이나 한번 주먼 보듬아디리제."

"자네들이 빌어야겠습지."

"으흐흐홋, 그라고 본개, 꺼생이라고 함부로 볼 일이 아니란 말이 맞는 말이겄구만. 글씨, 좁 물맀단 게 요것이제 머 다른 것이겄냐고."

"자네들은 혀에 영 버릇이 없구만입지. 여기 계신 대사에 향해선, 유리의 육조 촌장의 예를 다해야 되는 것이고, 또 나에 대해서는, 자네들의 웃어른의 대접을 하지 않으면 안 될 것인데 말입지, 자네들 일개 망나니 놈들이 영 버릇이 없습지. 그러나 이것이, 나 혼자서 온 길이었으면 말입지, 늘 그랬듯이, 자네들을 귀엽게 보아주어서 말입지, 그저 접어두었을 일이지만 말입지, 오늘은 그럴 수 없습지."

"원 치도곤이를 칠 녀러! 조 작것이 오늘은 워디서 한잔 거나히 걸친 모양이여, 환장을 한 모양이여?"

"자네는 입을 닥치지 못할까입지? 내 직함이 알고 싶거든, 판관 어른께 여쭈어볼 일이겠다 말입지."

"헤헷따, 뭐 그래쌀 것 없이," 잠잠히 있던 다른 사내가 능치고 나섰다. "스님들 납시지. 밤도 짚은 지경에, 입만 놀려서 무신 수가 있겄냐고이?"

"자네들입지, 이 대사께 망언한 것에 대해, 허리를 굽혀빕지."

"헥 거 참, 똥톡에 발모가지를 빠촤도 요보당은 낫겄는디. 조 중놈이 원지부텀 고렇게나 베실이 높아졌댜?"

"헷따 사람, 허리 좀 한번 뿐질른다고 붕알이 떨어져 나갈 것도 아니고, 땅빠닥에 눈깔 딩굴 일도 없는 걸 각고 그래쌀 것 없잖애?"

그래서야 나도 인도되었고, 다시 빗장이 끼어드느라 소리가 썩고 있었다. 그리고 우리는 아마도, 넓은 마당을 가로질러 가고 있는 듯했는데, 마당 냄새가 코에 좋았다. 그리고 그 마당 어디에선가는, 서넛으로 여겨지는 사내들의 떠드는 상소리와, 두셋으로 여겨지는 계집들의 낄낄거리는 소리가 섞여 나고 있었고, 모닥불 타는 연기 냄새와, 구워지는 고기 냄새가 또한 섞여서 풍겨오고도 있었다. 저 형장 나리들은, 이 여름밤에 마당 가운데 화톳불을 피워놓고 둘러앉아 잔치하고 있는 모양이었다.

"저 사람들입지," 촛불중이 거의 아무 감정도 없는 어투로

일러주었다. "사냥이라도 해온 모양입지. 이 숲에는입지, 노루
니 토끼니, 뭐 그런저런 잡을 게 더러 있는데입지, 새끼 밴 여
우거나, 뱀이거나 가리는 것 없습지. 수확이 없는 날이 사흘
만 지나도 말입지, 기른 개까지도 잡아먹는데입지, 전엔 여기
한 대여섯 마리 있었던 개들이 이젠 종자도 없습지. 병들어 죽
었다고 보고하는 모양이지만 말입지, 읍내서도 더 보내주지도
않는 듯합지. 그리고 저 여자들은 그렇군입지, 읍내 큰 술집
퇴물들인뎁지, 형장 내 상점 주모(主母), 나으리네 식모, 여 이
발사 등이군입지, 대개는 여 죄수들과 어울리는뎁지, 오늘은
젊은 여 죄수가 없는 모양입지?"

그의 이야기를 들으며 걷는 새, 떠드는 소리와, 고기 타는
냄새와 독소주와 생마늘 냄새가 아주 생채로 들리고 맡아지는
데 닿았는데, 내 얼굴로도, 화톳불 끝이 핥고 달라붙는다.

"아, 나으리입지." 촛불중이 나로부터 떠나며, 주의를 환
기시키는 소리였다. "그동안 안녕하신가입지?"

"아니, 조것이 시방, 할멈 아니란다?"

누가 그를 깜짝 반기는데, 짐작에 황토고갯집 외동아들
'큰 형장 나으리'로 불리는 자인 듯했다. 낮고 폭이 넓은 데다
쉰 듯한 음성으로 가히 좌중을 제압할 힘이 느껴져 왔다.

"헷헷헷, 야심헌디 웬일로? 그렇잖애도 말여, 자네 생각에
잠을 못 들겄어서 지집들허고 시방 희롱 좀 허는 판이제. 걱다
가 말이제, 우리 놈들 중에 하나가, 마누라 사태기 좀 뽀채고
오는 중에, 읍냇 개를 한 바리 꾀각고 왔그덩, 헌디 오라고, 자
여그로 왜겨, 와서 아무 년이라도 하나 허리에 차고 말여."

"고맙습지. 허나 일언이폐지하고 말입지, 소승이 유리의

육조 촌장을 뫼시고 왔다는 것을 일러두는 바입지."

"오우 거, 반갑운 소리구만엥? 그랴? 그렇잖애도 내 한번 볼라고 지다려쌓던 중이었제. 글씨 읍내서, 틱별 지시가 왔기로 말이라, 육조에 대한 극진한 예의로 갖다가시나 그 중 나으리께 대하라는 것이었는디 말여, 헌디 고 중님이 지끔 워디 있이까? 고 냥반이 워디 서 있냔 요 말여, 내 말은?"

"나으리께서는, 소문에 듣자니 말입지, 그동안 젊은 연세로 눈이 침침해간다고 말입지, 돋보기 점으로 다니신다 하더니입지, 소승 밤눈이 어두운지 말입지, 나으리가 쓴 돋보기가 보이질 않는군입지. 안됐군입지."

"어웃헛헛헛, 할멈 말은 그랑개, 고 냥반이 내 눈앞에 있는디도, 내가 눈이 어둡은 탓에 못 본단 고 말 아녀? 허웃훗훗훗. 암만 히어도 내가 요것, 개괴기로서 보신을 더 허고 바야 쓰겄는디. 내 눈에 글매 헛것이 아까부텀 비기를 시작허는 겨. 그도 그럴 것이 말이제, 내 눈에는 말여, 저 그저 어중간하게 서 있는, 조 말라삐들캐진 명태 꼬락새니 사내 하나배끼, 다른 건 비덜 안 헌다고. 젊은 사람이 걱다가 추접기끄장 들어각고 말여, 뻥든 노새맹이 눈곱은 찌절찌절 흘림선, 지대로 서 있도 못 히어서 조 흔들흔들허는 꼴 좀 보라고. 야, 내가 은으로 서른 냥을 준다먼 너 조런 사나하고 하룻밤 자겄냐?"

"금으로 오십 냥을 줘도 나는 싫겄소."

웃는 소리가 난다. 계집 사내 합쳐서, 예닐곱 흔쾌히 웃는 소리가 난다.

"그 대사가, 유리의 육조 촌장입습지, 그 점을 명심해두십지."

촛불중이, 웃음소리를 가르고 말했는데, 음성은 단호했으나 다른 감정은 조금도 섞여 있는 듯하지 않았다.

"그렇다면 말여, 허헉, 고것 참이, 내 참말이제 실망히었는디. 조런 체신으로 갖다가시나 사람을 셋썩이나 쥑이고, 고 많은 똥깔보 년들 씩까랭이를 다 찢어놨다니 말여, 고것 믿을래도 안 믿기는디. 걱다가 또 읍내서는, 읍장 늙은네 이름으로 사서끄장 오기를, 극구 공대하는 것이 나의 의무며 본분이라는 것이더라고. 거 내 처조부 될 늙은네가 노망이여, 글씨 노망이라고. 헌디 고 해골박은 뉘 껏이란다?"

"그렇게 하는 것이 나으리의 의무며 본분이겠습지."

"헤헥 머시라고? 조것 지집도 못 되었던 사내 중님이 오늘은 제복 갖다가시나 입으로 심을 쓸라고 나분대는디."

웃는 소리가 난다. 계집 사내 합쳐서 예닐곱 흔쾌히 웃는 소리가 난다.

"헷헷헷, 워쨌던 나 참 실망허겄다고. 나 생각에는 말여, 키는 팔 대나 되고 말여, 뼈도 굵고 말이제, 얼굴이 휜허니 해 갖고서나, 빛이라도 나고 말여, 일인분(一人分) 햇님끄장은 구만두드래도 말여, 허다못해 쬐끄만 별이라도 하나쯤 말이제, 이망빡이든지 되세기 너머든, 워디쯤 하나 붙어 따라댕길 중 알았었더라고. 안 그려 모도이?"

웃는 소리가 난다. 계집 사내 합쳐, 예닐곱 흔쾌히 웃는 소리가 난다.

"내 쭙은 쇠견으로도, 고 정도끄장은 짐작히었었소이." 어떤 사내가 한마디 거들고 나선다.

"거 개괴기에 쇠주나 한잔 앵기주고, 그라고 고 비워둔 방에다 끌어다 넣어뻐리게. 에익, 술맛끄장 못씨개 맹긍만."

"아 그라면 나으리는"잠깐 전에 한마디 거들었던 사내의 음성이다. "전례를 깨치겄단 고 말 아니요이?"

"대사는입지, 주육은 삼가시고 계시니입지, 그건 권하지 마시고입지, 행로가 고달펐으니 말입지, 푹 쉬시게나 해주십지. 대사가 들 방은 어디인가입지?"

"전례라? 전례가 글씨 머시든가?"

"나으리는 백찌 쑹쑥을 떠셔." 이번엔 여자의 목소리였다. "자 요 잔 한번 더 받고라우, 요 살 한 점 더 묵고라우, 인제 심을 좀 써보셔라우. 그라고 봉개요이, 시님이 시님 겉지도 않게라우, 무신 목걸이를 허고 있는디요, 뵈기가 참 좋소. 여부 나으리, 이겨각고, 나헌티 고것 좀 선물 좀 히어보씨요. 그라면 내 잘 히어디릴 팅개 잉?"

"헷헷헷, 그라고 기억해봉개이, 참말이제 내가, 전례를 깨뜨릴 뻔히었고만이. 그렇잖애도 내가, 고 계혹을 턱 세워놓고 눈이 빠지게 지다려쌓었는디 말여, 헷헷헷."

"나으리입지, 이 대사는 말입습지, 지금 지쳐 계시는데입지."

"워따나, 할멈이 고단새 샛서방을 봤단댜? 그라지 말고 할멈은 말여, 쇠주 부서서 똥꾸녁이나 씻거놓고 말여, 내 방에 가서 지다릴 일이겄고만. 글씨 전례를 깨뜨릴 수는 없는 것 아니냐고. 요것이 걱다가 베문시럽덜 안 헌디, 저그 조 사내가 참말로 유리의 촌장이란다면 말여, 우리 큰 형장허구시나, 저그 유리의 중놈덜허구시나, 대항전 겉은 것도 한번 헐 때가 되었더라고. 조 중놈들은 저그들 법(法)으로서나 죄를 씻거준다고 허고 말여, 우리는 또 우리들 법으로서나 죄를 씻거준다고 허는디 말여, 그라고 보면 우리는 사둔이라고. 요것 참 좋은 시합 겉여, 워떤 법이 더 심이 센가를 알기 똑 좋제. 그라고, 옛 날 이약책이란 걸 읽어봐도 말이제, 졸개 놈들이랑 건 둘러서서 보고 있고 말이제, 대장들끼리만 한바탕 싸와설랑은 말이제, 홍군이 이겼느니 백군이 이겼느니 하던 것이라고."

"나으리입지, 그런 시합을 하더라도 말입지, 서로 조건이 비슷해야 공정할 터인데입지, 대사로 말하면 먼 길을 걸어오셨고 말입지, 또,"

"할멈은 지랄 말고 좀 죽치고 있으라고 시방. 할멈도 나를 이겼더라면 내가 어련히 알아서 영감님 대접을 해줬을 것이냐고. 헷헷헷, 아 그라고 또 그렇제, 요 날더러 시방, 조 촌장 나으리를 극진히 모시라고 허는디 말여, 모실 방법이란 말이제, 고렇게 여흥을 일쿠는 수배끼는 없겠드라고. 요만침 생각하니라고, 내 머리깨나 시었을 것잉개. 그러면 이렇겠제, 인제 우리 대푀들끼리, 삼시세판은 해야 쓰겠제? 그랴, 삼시세판 씨름을 헐 것인디 말여, 조 유리의 대푀가 요 형장 대푀를 이기면, 그렇제, 내가 무릎을 꿇고 엎디려 조 대사의 발에 입 맞추고, 워 떠, 너그 제집덜은 뭐 걸 거 없단다?"

"있제 왜 없겄는그라우? 나으리가 지면, 나는 조 시님 잠자리 수청을 들 것이고라우. 아까는 내가 금 오십 냥에도 안 잔다고 히었소만, 워쨌든 나으리가 이기면, 조 목걸이를 얻었으면 싶웅만이요."

"헷, 헷, 헷, 고것 서로 갖다가시나 값이 엇비슷허까 몰라. 고것도 좋다 싶으다. 너는 그라면 머시냐?"

"나는 요랬으먼 싶웅만이라우. 시님 봉개 데럽운디라우, 나으리가 지먼, 내가 조 시님 몸을 잘 썻거디리고라우, 이기먼, 글씨라우이, 내가 시방 겡도 중이라 아랫도리가 깨끗덜 못 헌디라우, 조 시님 쎄빠닥으로시나 거그만 좀 닦아밨이먼 싶웅만요. 모도 보먼 또 워떻겠소이?"

"혜엑, 자네가 데럽은 년인 중은 모도 알고 있지만 말여, 고렇게끄장이나 데럽운 년인 중은 미처 몰랐다야. 그래도 고 꼴 좀 보고 싶웅개, 내가 거짓으로라도 져줘서는 안 되겄제? 허먼 너는 머슬 걸랑고?"

"나라우이? 글매요, 모도 알뎃기, 나는 머리 깎아주는 제집 아닌개 뵈?"

"후딱 뺕아 던져."

"그렁개로, 나으리가 지먼, 나는 조 시님 머리며, 쉬염이며 다 깎아디리고라우, 나으리가 이기먼 조 시님헌티 한 그럭 고봉 담은 쌀밥이나 해디맀으먼 싶으요."

"고건 좀 알아묵기가 에럽은 소린디. 조 중님이 날 이기거나 지거나, 존 일배끼 더 당허겄어?"

"그래도 나는, 조 시님이 안씨러움선 싫던 안 헝개 그래요. 고 쑹악헌 곳서 얼매나 배를 곯았이끄라우?"

"아니, 조 중님 얼굴이 워떤디? 니 눈에는 별이라도 빈디야?" 어떤 다른 사내가 묻고 있었다.

"내가 고걸 워처키 알아라우? 해여튼 머신지는 몰라도라우, 내 눈엔 틀리게 빈단 말이제라우."

"조런 쳐 쥑일 녀려 제집년, 고것 좀 얼굴이 헬꼼허다고 위해줬더니, 샛서방 보고 싶어 환장을 히었구만. 워쨌든, 고것

667

도 좋다 싶으다. 그러면 인제 내가 갖다가시나 내 몫을 걸 때가 아니겠다고? 나는 이려, 내가 이기면 말여, 조 유리의 대퇴가 말이제, 모두 보는 앞에서 나를 모시야 헌다 요것이제."

박수 치는 소리가 난다. 웃는 소리가 난다. 계집 사내 합쳐, 예닐곱 흔쾌히 웃으며 박수 치는 소리가 난다.

"나으리입지, 들어보십지, 이건 특히 소승이 말입지, 불미롭고 법도에 어긋나는 소행이라고 사료하여 경고하는 바인뎁지, 보류해두십지, 그러지 않는다면입지, 소승으로서는 읍에 보고할 수밖엔 없겠습지. 더욱이 나으리는 말입지, 읍장 어른으로부터 특별 사서까지 받고 있는 중이라고 하고 말입지."

"헷헷헷, 허지만 말여, 이 밤엔, 이 밤엔, 보라고, 읍이 가까운가 내가 가까운가? 헷헷헷, 자네는 거 중늄이, 우리 겉은 속물보다도 더 더럽게 입만 깐단 말야. 도라는 것도 그렇제, 일방적으로 갖다가시나 속만 닦아지고, 겉에는 안 닦아졌다면, 고것을랑은 일러 반펜이 도사라고 안 허졌냐고. 자네 겉은 도꾼은 반펜이도 못 되지만 말여. 그래도 적어도 갖다가시나 유리든 워디든, 촌장쩜 될라면 조 제집년 입 깐 소리모냥으로시나, 워디든 자네 겉은 것허고 달븐 디(다른 데)가 있어야 되는 것이라고, 나는 그렇게 믿고 있다고. 이약이란 걸 들어바도 말여, 진짜배기 도사는 말이제, 호랭이끄장 항복을 받아설랑 개맹이 텍꼬 댕긴다고도 허고 말여, 구름맹이 공중에 떠 있을 수도 있다고도 허는 겨. 고렇게끄장은 고만두드래도, 사나가 갖다가시나 사나와 한판 흥을 돋구잔디, 거그 머시 잘못된 것이 있냐고? 워디서 듣잔개, 조 중님이 쥑이뻐렸다는 존자라는 중님이 그런다고, 중의 발모가지는 연꽃이람선 입을 맞춰

야 된당개, 내가 지면 그럴랑 것이고, 또 펭생을 갖다가시나 세상 죄며, 악한 것 쳐부수고 항복 받는다고 공부했단 것이, 죄나 악은 구만두드래도, 나 겉은 속물 하나 항복을 못 받는다면, 그녀러 똥구녁에 좁배끼 머슬 더 쑤셔 넣어주겄냐 요 말이라고. 그랑개, 자네 겉은 어중간한 중놈은 말여, 가만히 있음선, 입에다 바우라도 안 눌러논다면 말여, 조년들 음에 지랄한 것들 시켜서 말이제, 꾀를 베끼고 족 끝을 물어 띠뻐리게 헐텅개로, 지랄 말고 있으라고 시방. 요것은 졸개가 나서서 입방애 찔 것이 아닝개로. 그라고 야 사람딜아, 멋들 허고 있냐고. 조 잠퉁이 새갱이딜 모도 깨와, 요 귀경을 허라고 허란 말여. 좀 귀경꾼이 있어야 심도 나제. 그라고 유리의 대뙤 나으리, 먼 질을 오니라고 심도 빠졌일 팅개, 내가 두 다리 두 팔을 다 씬다면 좀 덜 공평헝개로, 내 오른팔 하나는 안 쓰기로 내 약속허리다."

"아유 나으리, 장개질에 붕알을 띠놓고 가면 워짤 것이요이?"

"걱정 말거라, 자네헌티는 내 엄지발꾸락으로 쑤시줄 팅개. 워쨌던 조 목걸이가 니 것인 양만 허고 있거라잉?"

이것은 참으로, 기대치 않았던 시련이 다가온 것이었다. 이것은 회피할 수 없는 시련이 다가온 것이다. 그의 말이 반드시 옳은 건지 어떤지는 모르지만, 도라는 것이 속에만 닦이고 겉에는 닦이지 않았다면, 허긴 어쩌면 반편이 도사일는지도 모르긴 하다. 허지만 난 어느 쪽에도 닦여져 있지가 못해, 그 반편이까지도 못 되는 형편이 아닌가. 어쨌든 이 시련이 내개 와 있고, 나는 이 상대를 정도에 서서 이겨내지 않으면 안 되는 것이다. 스스로 전에 나는, 나를 불러 포마(怖魔)니, 파악(破惡)이니라고 해온 것이 아니었던가. 헌데 이 사내를 두고 본다면, 굳세고 굳세어서 상수리나무 늙은 것 같다고 할지라도 한 작은 마귀나, 악의 갈대 같은 것 한 줄기에도 비길 바는 아닐 것일 터인데, 상수리나무는 찍어내면 쓰러지지만, 마귀나 악은, 찍어내면 낼수록 그 목이 더 불어나는 것이기 때문이다. 그런데도 나는 스스로, 포마니 파악이라고 불러왔던 것이다. 마는, 나는 또한, 교회당을 허는 노역에 처해, 체력의 한계를 알지 않으면 안 되었었고, 또한 저 늙은 애꾸눈 중과의 대합에서는, 머리로 조금 아는 역술(力術)은 잠든 것이어서, 팔과 다리로 깨어 내려오지 않는다는 것을 알아버리기도 한 것이었다. 게다가 어쩐 일로, 이런 때에 와서 사지가 후들거리며, 비그르 무너져 누워버리고만 싶은가.

"대사, 이 회피할 수 없는 모욕을 어찌하려 하십지?" 촛불 중이 내 곁에 서서 걱정하고 있었다. "이제 이르러서는, 대사의 안구가 성치 않다는 것을 밝히고 말입지, 소승이 대신 나서는 일이겠는데입지, 소승은 이런 수모엔 이미 개처럼 되었으니 말입지. 허락해주십지."

나는 완강히 고개를 저어 보이고, 손을 들어 더듬어, 그의 손을 찾아 한번 힘 있게 쥐어주었다. 그러자 그 손을 통해, 어째서 오늘까지, 내가 이 사내를 죽여오지 않았던가 하는, 그런 어떤 대답이 전해오는 것처럼 느껴졌다. 그래, 우리는 어쩐지 사라수 두 가지였다.

나는 그에게 그리고, 저 상대에 대적할 준비로, 내가 끼고 있었던 해골을 주어 맡겨두었다. 그것으로서 나의 준비는 끝난 것이었다.

그러고 있는 중에, 필시 죄수들일, 한 이십여 명 정도로 추측되는 사람들의, 잠 덜 깨어 투덜대는 웅성거림이 일고, 소주잔 던져 부쳐 깨뜨리는 소리가 들리는데, 형장 나리도 준비를 끝냈다는 신호인 듯했다.

"대사, 저 사내가 비록 장한이라고 하지만 말입지, 꾀는 없습지, 그 점을 알아두십지. 저 사내의 허점은 교만한 데에 있을 것인데입지."

"자 모도 들어보라고. 내가 약속했뎃기, 나는 오른펄은 접어주기로 했응개, 자 요렇게 뒤로 돌리 허리끈 속에다 끼워놓는 것이여. 아 참 그리고, 인제 온 여러분네는 몰루겄제. 요것은 머시냐면, 유리의 대푀허고 요 행장 대푀허구 갖다가시나 붙인 대항전인디, 저 중님이 유리의 육조 촌장이라는 겨. 그리고 맹색이 씨름은 씨름잉개, 누구던 먼첨 땅에 넘어지면 지는걸로 치는 겨. 알아묵겄냐고. 물론이사, 땅바닥에 손꾸락만 다도 지고, 물팍을 꿇어도 지는 것인디, 모도 눈 똑뙥이 뜨고 볼 것은 우리 둘이 똑겉이 넘어진 것겉이 빌 때, 누가 먼첨 땅에 닿는가, 고것이라고. 그라면 유리의 대푀 나오씨요."

나는 촛불중이 서 있는 쪽을 향해 고개를 끄덕였다. 그랬더니 촛불중이 나를 이끌고, 한 대여섯 발자국 나아간다.

"아 그라면, 유리의 부대푀가 우리덜 씨름 손을 좀 잽히줬이면 싶으구만. 나는 오른손잽인디, 유리의 대푀는 무신 손잽인지 몰르겄고만."

나도 오른손잽이라고 고개를 끄덕여주었다.

"헌디 요 시님이 말허는 소리를 못 들어봤는디, 설매 버버

리는 아니겄제? 워쨌든 잘 되았어. 헌디 가만있어보자고, 워째
서 유리의 대뤼 나리께서도 오른펄을 뒤로 돌리놓고설랑 씨묵
을라고를 안 헌다제?"

"아니 대사입지, 오른펄을 쓰시지 않으실 작정이신갑지?"

나는 고개를 끄덕여주었다.

"아니, 조런 모구(모기) 다리 겉은 체신으로설랑, 나허고
똑겉이 뎀빈단 말이제. 헷헷헷. 그라고 봉개로, 고 중님이 사나
는 사난개 벼는디? 지드래도 사나답게 지겄단 고 뜻 아녀? 헷
헷헷. 그라고 봉개 말이제, 나헌티 이기던 지던, 고만했으면 돌
중님딜 대장 하나쯤 해묵어도 안 될 것 없었어. 내가 대접을
잘허잔 것이 되뤼 실례를 헌 것 겉은디. 아 그렇게 졸개 놈딜
도 아니고, 우리 사나딜끼리 머슬 접어주고 워짜고, 거 머 졸
일도 없었어. 그라먼 우리 윈몸땡이로 갖다가시나, 젖 묵던 심
끄장 써보는 것 좋겄제."

동시에 내 허리가 앞으로 착 휘어지며, 내 오른쪽 어깨에
그의 오른쪽 어깨가 맞닿아지고, 내 허리가 철근 같은 그의 오
른쪽 팔에 휘감겨진다. 그는 나보다 아마 세 치는 더 큰 키였
고, 무게는 서른 근 정도가 더 나갈 것으로 추측되었다. 한 손
잡힌 이것만으로도, 내 기(氣)는 벌써 쇠침해지고 있었다. 나
는 정신을 차려야겠는데도 그리고 이를 악물어 기를 모아야겠
는데도, 그렇게는 되지 않고, 전에 굳건히 섰던 다리도 지푸라
기처럼 휘청거렸다. 그러나 무엇보다도 그가 어떻게 내게 공
격할지, 그것을 눈으로 보아서 눈치챌 수 없는 것이, 그중 안
타까웠다. 나는 어떻게도 그에게 대항할 수가 없기만 했다.

그럼에도 씨름은 이미 시작되어 있었다. 그러나 그는, 나

를 대번에 내동댕이치지는 않고, 쳐들어 올리는가 하면 슬며시 내려놓고, 뺑뺑이를 돌리는가 하면 나를 눕힐 듯했다가 일으켜 세우곤 했다. 그러며 그는 계속해서 껄껄댔다. 이것은, 한 마리의 다람쥐가 한 톨의 도토리를 다루는 식이며, 한 마리의 고양이가 한 마리의 생쥐를 어르는 투며, 큰 노도가 한 이파리 목선을 어지럽히는 꼴이었다. 그러는 중에도 내가 바란 것은, 그가 좀 더 시간을 걸려 나를 놀리며, 자기의 묘기로 하여, 보다 더 많은 박수갈채와 폭소를, 구경꾼들로부터 얻어냈으면 하는 일이었다. 그를 익히는 것이 내게는 급선무였는데, 익힌 길은 밤에 걸어도 돌자갈에 덜 차이는 법이기 때문에 그런 것이다. 그는 그리고 사실, 나를 이미 하나의 적수로 생각하는 걸 잊어버리고 있었고, 다만 관객의 웃음과, 박수와, 찬양만을 위해서, 나를 하나의 광대나, 탈바가지나, 땅꾼이 놀리는 뱀 같은 것으로 써먹고 있었다. 그는 그래서, 나를 놀리다 말고, 내 허리를 움켜쥔 뒤, 어떤 계집이 부어 넣어주는 소주를 마시고, 다른 계집이 밀어 넣어주는 개고기 토막을 씹어댔다. 그러는 중에 그가 내게 익혀지며, 내게 정다워졌다. 결국 그는 순박한 촌사람이었다. 닳고 닳아진 듯한 그의 의식 안에, 저 흙냄새가 있던 것이다. 그는 쓸데없는 곳에 너무 많은 힘을 소모하는 경향이 있었으며, 참나무처럼, 오직 자기 힘으로만 버티고 서 있을 뿐이고, 갈대나 풀잎모양, 물여울이나 바람 같은 것의 흐름을, 자기 속으로 사려 들여, 그것을 오히려 자기를 버티는 힘으로 둔갑시킬 줄은 모르던 사내였다. 힘의 단순성, 응용의 초보성, 확고부동한 마음의 보조를 받지 못한 만용——그러나 그의 힘에는 단절이 끼어들지 않는 것에, 나는 경탄할 뿐이었다,

그는 장한임에 틀림없었다. 그는 나를, 한 식경도 더 놀리고
도 더 놀리고 싶은 모양이었으나, 비취 목걸이를 탐냈던 그 계
집의 목소리가, "여보 장사 나으리, 너무 고렇게 놀리기만 헌
개, 고 시님이 너무 불쌍도 허요이. 나으리도 요 잔 한잔 더 받
고라우, 요 살 한 점 묵고라우, 고 시님도 좀 쉬게 허시야 다른
판을 안 벌리겠다고라우이?" 하고 일러서 이 첫 합은 끝이 났
다. 그는, 내가 어지러워 도저히 일어설 수 없을 만큼 빙빙 잡
아 돌리더니 종내 나를 잡았던 손을 탁 풀어버리는 것이었다.
그러자 내게 비행감이 들더니, 오래잖아 어디엔가 팩 부득 쓰
러져 무릎으로부터 시작해 앞가슴이 깨뜨려지는 듯이 아팠다.
그가 나를 잡아 돌릴 때 나는, 일념으로, 머리만은 땅에 부딪
히지 말아야겠다고 별렀었더니, 어쨌든 머리는 쳐들고 있었기
에 기절은 하지 않았다. 그 일회전은 결국, 힘 한번 써보지도
못하고, 어이없이 끝난 것이다. 나는 내가 처량했다.

촛불중이 나를 부축해 일으켜 앉혔다.

"대사, 더 다치시기 전에 말입지, 이 싸움은 포기하시는
게 어쩌신가입지?"

나는 아무 대답도 해 보내지 않았다. 그러나 드디어, 내가
공부한 그의 힘과 묘기와 허점 위에서, 내가 명상할 때라고 믿
어서, 나는 결가부좌를 꾸며 앉았다. 그런 뒤 심호흡을 계속하
며, 도대체 뼈도 없으며 부착력도 없어서, 그것의 가는 끝들은
한없이 유연하기만 해, 심지어 꽃수술 하나 흔들어주지도 못
할 듯한 바람이며, 물이, 그 중심을 잡아 휘몰아칠 때, 한 대의
참나무가 아니라, 하나의 산까지도 허물어버리기도 하던 그
힘이 발현하는 과정을 살펴나가기 시작했다. 왜냐하면, 나의

적수는 참나무 백 년짜리나 같은 사내였던 것이기 때문이다.

억센 바람이나 노도라도, 그 끝은 유연한 것이다. 그것은 성내지 않으며 당황하지 않으며, 다만 고요한 듯하며, 그래서 차라리 텅 빈 듯하지만 충전되어 있다. 그것은 그리고 흐르는 듯하여 동(動)을 소모해버리는 듯하나, 그 흐름으로 하여, 그 심층부에 무서운 정(靜)을 응결시킨다. 그러한 힘은 그러나 그것의 뼈나 살에 의해서가 아니라, 그것의 맑은 고요함 속에서 단절 없이 나타나는 것이다.

"자, 고만침 쉬었으면, 인제는 다른 판을 붙일 때도 안 됐겄는그라우?"

"너는 이년아, 가랑탱이가 개럽어 죽겄는 모냥인가? 쇠주나 뷔서 곱이나 씻어둬라잉. 모든 일이 다 그렇다고, 머시던 횟딱 끝내삐리고 나먼, 고 뒤끝은 허설푸다고. 워디 세월이 좀 묵는다디? 이긴 사램일수록 너그럽어야 군자여."

"히어도 나으리, 나는 조 목걸이 좀 얼렁 걸어봤이먼 싶어 똑 죽겄소."

"헷헷헷, 고 속도 허긴 내 알상허제. 히어도 니 것인 양 허고 말이제, 멀리 두고 볼 때가 좋운 땐 기여, 자, 듬뿍 좀 부서 잔을 채우기나 허라고."

이번에는, 내가 먼저 일어나 서서 그를 기다렸다. 그것은 나의 계산으로써 그런 것인데, 첫째는, 그는 한판 이겼으므로, 여하튼 나를 쉽게 던져버리지는 않을 것이라는 믿음이 있었고, 둘째는, 그가 도전을 당했다고 생각했을 때, 우선적으로 느끼게 될, 자기의 승리에 대한 얼마쯤의 불신, 다음으로 느끼게 될 약간의 적대감, 그리고 약간의 초조감을 일으켜, 시작된 짧은 시간 안에 힘의 많은 것을 소모시키자는 것이었다. 그리하여 그런 힘의 소모를 통해서, 그가 다시 확신을 갖게 되었을 때, 그는 이제 내게도 자신에게도 여유를 줄 것이었다. 그의 생각에, 이것은 그의 마지막 경기여서, 절대로 쉽게는 나를 내동댕이치지 않을 것이었다. 그러나 내가, 그가 도전해올 때까지 기다리고 있는다면, 나로서는 조금 더 시간을 벌어, 피로 회복을 약간 더 도울 수는 있지만, 그는 아직도 계속되는 자기 확신으로 인하여, 결코 힘을 일시에 소모하는 일은 하지 않을 것이었다. 그런 경우, 힘의 소모의 한 계기를 만들어주기 위하여, 내가 서투른 안쪽이라도 감는 일을 시도한다면, 그 결과는, 그나 나나, 바랐건 말았건, 어처구니없게도 쉽게 끝날 우려가 있는 것이었다. 나의 원칙은, 그러나 어느 선까지는 결코 공격 따위는 하지 않는다는 것이었다. 태풍은 한 번 불기 위해서, 한 번 무섭게 바람을 접어 들이는 것이다.

아닌 게 아니라, 그는 비록 껄껄거리고 웃으며, 다시 오른 팔 오른 다리를 접어주겠다고 떠들어 보였으나, 내 느끼기에, 그의 으스댐 속에는, 약간의 당혹, 약간의 자기 회의가 깔려 있었다. 내 허리를 감아쥐는 그의 손이, 전번에 비해 더 억세어져 있는 것은, 그가 적어도 이 순간은 나를 적수로 상대하는 증거인 것이기도 했다. 그래, 눈으로 볼 수 없으면, 눈으로 보이지 않는 더 많은 것을 볼 수 있는 것이 사실이긴 하다. 그러나 이 시작은, 이 대결에 있어 가장 힘든 대목이 될 것이었다. 아닌 게 아니라, 그는, 나를 움켜쥐기가 무섭게 쳐들어 올리더니, 빙글빙글 잡아 돌리기를 시작한다. 그러나 가다듬어진 내 마음과 기는, 그것에 의해 흐트러지지는 않았다. 그가 나를 휘두를 때마다 나는, 나뭇가지 위에 앉는 부드러운 바람, 뿌리로 채워 드는 유연한 물을 깊이깊이 생각했다. 그러며 나의 흐름 속에다, 그 운동 속에다, 정(靜)스러운 것을, 흩트려질 수 없는 것을 채우는 일에 정진했다. 안 보인다는 것은 글쎄, 이 실랑이에 대처케 거의 불가능하게 했지만, 안 보인다는 것은 글쎄, 자기를 염태로 만들기에 어렵지 않게 하며, 그 염태를 또한 초력적으로 부각시키기를 가능시킨다. 물론 그가, 나보다 더 능청거리는 몸의 사내였다면, 이 실랑이는 다른 각도에서 고려되었어야 할 것이었다. 그러나 나로서는, 이 굳건한 몸을 대들보로 삼아, 차분히 부착해 있기만 하면 되는 것이었다.

그는 처음엔 그의 힘의 대략 팔 할가량을 동원하여, 땅꾼이 뱀 놀리듯 나를 휘감아, 징그러운 것을 떨쳐내듯 내 떨쳐 버리려 하였으나, 그래 보고 난 뒤 그는 아마도, 내가 자기의 적수가 못 된다는 것을 다시 확인한 듯싶었다. 그렇게 발견하는 동안에 어쨌든 그도, 한바탕의 센 힘은 소모를 해버린 것이었다. 술이 위장에서 마늘과 썩는 냄새를 쐑쐑 불어냈다. 내가 우려한 단계는 지난 것이었다. 그는 이제부턴 아까와 같이 약간 희극적 몸짓으로 나를 놀릴 것이었고, 그러나 목구멍이 갈해졌을 때 나를 내던질 것이었다. 나의 할 일이란, 그 마지막 순간까지, 나를 한 노리개로서 그에게 맡겨두며, 그가 행하면서도 피로를 회복하는 틈을 알아내, 조금씩 공격의 암시를 주어, 그로 하여금 쉬지 못하게 하는 일이고, 그의 숨소리와 힘의 유동을 따라, 그의 변심을 읽기만 하면 되는 것이었다. 갑자기 변심하고 그가 나를 한순간에 깔아뭉갤지도 모르는 위협이, 이 실랑이의 매 찰나에 도사리고 있는 것이었으니 말이다.

박수 치는 소리와, 웃는 소리와, 응원하는 소리가 계속되고 있었다. 그러는 동안에, 일회전 때만큼의 시각이 또 흘러갔다. 숨소리로 미뤄보건대 그의 목구멍은, 독한 수분에 젖어야 될 때에 온 듯했다. 이것은 그리하여 응수의 시각이었다. 아닌 게 아니라 그 단계에 이르러 저 상스런 계집의 종용하는 소리가 들리고, 그의 강장한 전신이 뿌드득뿌드득 굳어지기 시작하며, 내 어깨로 천 근의 무게를 밀어붙이기 시작했다. 이것은 내게 닥친 두 번째의 어렵고도 중요한 단계인 것이었다. 승부가 나뉘는 그 분계점에 온 것이었다. 조금 소모시켰다고는 하더라도 그래도 계속적으로 솟는 그의 괴력과 그의 교만과, 그의 확신을 이 순간 분쇄치 못한다면 이제 나는 저들이 건 내기 따위는 어쨌든, 나 자신에의 실망과 수치를 씻어낼 길은 없을 것이었다. 그러는 중요한 찰나에, 헌데 내게 일순 허탈이 밀리며, 이길 수 있으리라는 확신이 깨뜨려졌으나, 나는 본격적으로 이선(二禪)으로 정진해갔다. 가볍고 부드러이 나무를 휩싸고 오르던 물과 바람이, 저 깊은 속의 정(靜)을 깨워내기 위한 약간의 동(動)으로써 가지를 흔들며, 조금 분방스러이 나분대, 저 나무의 잘 집중된 정신에 약간의 혼돈을 일으키는 단계인 것이다. 이 단계에서부터는, 그는 조금 더 거세게 숨을 씩씩거리기 시작했는데, 다리를 써서 내 다리의 안쪽을 감으려는 데에나, 불룩한 배에 실어 내던지려는 데에나 성급함이 나타나고, 서투름이 나타나고, 상대방에 의해서가 아니라 자기 자신의 몸무게와 집중 벗어난 힘에 의해서, 발을 헛딛는 일이 일어나고 있었다. 그때까지 나는, 잡힌 그의 씨름 손으로부터 와해를 돕고 있었다. 그리하여 씨름 손이 풀렸고, 그래서는 우리는 얼핏 아무렇게나 붙들고 있는 듯했지만, 나는 그의 가슴팍 옷자락을 단단히 움켜쥐고 다른 하반신은 자유롭게 되어져 있는 자세를 성취해내고 있었던 것이다. 그리하여서사 이제, 바람이어서 가벼이 그리고 물이어서 육중히, 천의 변용을 도모하며, 그의 전신을 침공해들 수가 있게 된 것이다. 이 자세는 내가 그중 바랄 만한 것이었는데, 그가 내 허리를 감아 틀려고 내 허리에 손을 대기만 하더라도, 슬쩍 엉덩이를 빼거나 허리를 틀면 그뿐이었고, 안쪽을 감으려 들거나 배 위에 실으려 들면, 조금 물러서 버리면 그뿐이었다. 내 어깨를 움켜쥐기는 했으나, 이 사내는 이제 힘의 과녁을 잃어버리고, 그저 빙빙 잡아 돌리다 손을 탁 풀어버리려는 짓이나 한없이 시도했으나, 그의 그 힘의 유동의 방향을 좇아서, 내가 한번 슬쩍 발을 걸어본 것만으로도, 그가 한번 된통 요동한 뒤부터는 그는 그 짓도 삼가고 있었다. 그의 묘기가 밑천이 다된 것이다. 그는 그래서 풀어볼 곳 없는 한 같은 힘과 뼈만을 갖고서, 어찌할 바를 모르고, 고함이나 고래고래 지르고 있었다. 그는, 양쪽에서 번갈아 짖는 두 마리의 사냥개의 중간에 선 범으로 변해버렸다.

나는 그리하여 삼선(三禪)으로 정진해갔다. 이 단계는, 이제 비로소 내가 본격적으로 공격을 시도하는 단계인데, 저 괴었던 물이 뿌리를 파고 맴돌며, 바람이 가지를 휘늘어뜨려 가는 과정이다. 그리하여 나는, 묘기를 잃은 뒤 어찌해야 좋을지 몰라, 거의 치매 상태에라도 처한 듯한 사내를 향해, 분방스럽고도 작으나, 힘을 가한 꾀들을 꾀했다. 그러나 그런 작은 꾀들에 의해, 그가 어이없이 넘어져 버릴 것이라고 내가 믿고 있는 것은 아니었다. 그저 콩콩 짖어댄다는 의미밖에는 없었을지도 모른다. 번갈아 가며 캥캥 짖는 것이다.

그리하여 마지막 선(禪)을 나는 준비하고 있었다. 그땐 저 사내는 고함까지도 질러대지 못하고 있었다.

그리하여 마지막으로 나는, 저 우람한 나무가, 바람과 물의 휘몰이에 견디지 못하고, 뿌리를 드러내며 무참히 쓰러져 눕는 것을 종내 보고 있었다.

이 승부는 끝난 것이다. 나는 그를 내 등에 받친 뒤, 궁둥이를 수미산 높이나 치받쳐 올려, 저 사내를, 내 어깨 너머로 던져버렸는데, 그가 내 앞쪽의 어디에서 떨어지는 둔한 소리는 반년 후에나 들리고, 이번엔 웃음소리도 박수 소리도, 아무 소리도 들리지 않았다. 그저 사위가 적막했다.

나는 그러고도 기다려 서 있었지만, 한 번 더 받았어야 될 도전은 받아지지도 못하고 말았다. 촛불중이 들려준 대로 하자면, 저 형장 나리는, 머리부터 땅에 곤두박여, 한동안 정신을 잃고 있었는데, 어쩌면 목뼈에 상처를 입었을지도 모른다고 했다. 그리고 들것에 들려 자기 처소에 옮겨져 갔다고 했다. 그의 말대로 하자면 그리고 간수들과 두 계집을 제외한 모든 사람들이 기뻐하고, 경애하여 허리를 굽혔다고 했으나, 정작 내게는 기쁨이 없었다. 나는 조금도 기쁘지 않았다. 무계획하고 저돌적이며 방자한 힘 하나를 같이 젊은 사내가 이겨냈다고 해서, 그것이 무엇이 그렇게 장한 일일는지는 모른다. 그리고 이 승부는 아직 판가름이 나 있는 것도 아닌 것이다. 그러나 졌을 때, 그것은 수치임에는 사실일 것이었다. 방자한 하나의 저돌적인 힘의 도전이란 어떤 잡념 같은 것이어서, 그것은 뽑아내 버려야 할 것이기는 할 터이지만, 그것을 당분간 근

절했다고 해서, 그것이 공문에 가까워지는 것은 결코 아닌 것이다.

촛불중의 인도를 받아, 난 한 방에 들어졌다. 목걸이를 탐냈던 계집이 금 오십 냥 저쪽의 태도를 이쪽의 태로도 바꾸어 어리광을 피우며, 내 팔에 기대어왔지만, 촛불중이 보내어버린 듯했다. 보내기 전에 물론 촛불중은 내게 어떻게 할 것이냐고 물었었고, 나는 그저 한번 고개만 저어 보여주었을 뿐이었다. 물론 나로서는, 내게 있어 보아도 필요 없는, 저 목걸이쯤 들려 보냈어도 좋았었을 것이었지만, 나의 인색함 탓이 아니라, 그것을 주었던 계집에의 슬픔 때문에 줄 수가 없었다. 하나는 내게 사랑으로써 주었고, 하나는 물욕으로써 그것을 탈취하려 했었다. 그러나 이 탐욕스러운 계집이, 그것을 목에 걸고 있어 보아도, 그것은 필요 없는 것이다. 목에 걸고 있다는 것으로서, 대체 그것이 무슨 의미를 지니는 것인가. 그럼에도 그 목걸이를 쥐어 들려주지 못한 일은 좌우간 쾌롭지 못하다. 쥐어 들려주었더라도 물론, 전혀 쾌롭지는 못했을 것이다.

"대사, 그러하오면입지, 평안한 밤을 지내십지. 대사가 계시는 동안은 소승도 여기 머물려 합지."

촛불중은 그리고, 내게 해골을 쥐어 주며 자기의 숙소 찾아 떠나려 했다. 나는 그래서 그에게 손을 흔들어 주의를 내게 쏠리게 한 뒤, 바닥에다 물고기 모양을 둘 그려 보여주었다.

"대사께서는입지. 물론 이 밤으로 말씀은 아니시겠습지?"

그러나 나는 동틀 녘쯤이면 좋겠다고 생각하고 있었다.

"허나 대사입습지, 지금부터 준비를 시킨다 해도입지, 동틀 녘에나 될까 말까 합습지. 하니 말입지, 소승이 나가 지금

말입습지, 최선을 다해서입지, 모두 동원하여 준비는 해보겠
으니입지, 그러는 동안은 잠시라도 말입지, 평안한 밤을 지내
십습지."

그는 그리고, 내 대답도 듣지 않고 걸어 나가버렸다. 그
뒤에다 대고 나는 고개를 끄덕여 보여주었다.

내가 들어온 방은, 흙냄새가 아주 그득히 서려 있는 데다
가, 전에 거기서 묵어 갔을, 그런 여러 수인들의 몸 냄새로 찌
들어 있어, 그것이 차라리 내게 좋았는데, 그들은 본 적은 없
지만 그래도 이 방의 고통이 무엇인가, 이 방의 의미는 무엇인
가, 그런 것들이라도 우리 서로 말이 통해지지 않는 말로 도란
거려, 서로를 이해할 수 있을 듯도 싶기 때문이다. 난 좀 눕고
도 싶어서 손으로 바닥을 더듬었더니, 결이 튼 목침이 한 개
만져지고, 개켜진 홑청이 하나 있어서, 그것을 베고 펴 덮고,
편안한 자세를 취해 오른편으로 누웠다.

그리고 이제 한 번, 아마도 마지막으로, 흙에 밀착되어서
즐길 수 있는 잠의 한끝을 평화스러히 붙들어 매려고 하고 있
는데, 뭔가 따끔히 쏘고, 물며, 살 속으로 깊이깊이 파고드는
가려움이 여기저기서 비롯되어, 도저히 참아낼 수가 없게 되
었다. 그것은 시작이었다. 그런데도 그것은 차라리, 고름이 흐
르며 썩고 있는 듯한 눈의 아픔보다도 거북했으며, 소금기에
닿았을 때의 혀끝의 쓰라림보다도 더한 것이었다. 아마도 빈
대와 벼룩의 무리들이었을 것이다. 그런 악귀들이 잠복해 있
다가, 이제 죽어갈 몸에서 산 피의 시주를 받아내려고 하고 있
었다. 사실에 있어, 이제 죽어갈 몸으로, 죽기에 앞서, 뭔지 살
아 있는 것 위에 산 피를 보시한다는 일에, 도대체 인색해야

할 이유란 없는데도, 그러나 그러한 침공은 이상스럽게도 참을 수가 없는 것이었다. 어느 쪽인가 하면, 차라리 팔이 한쪽 잘리거나, 손톱 밑으로 송곳이 찔리고 드는 것보다도 더 괴로운 것이었다. 이것을 다른 말로 환치하면 허긴, 바깥 세계의 자유로부터 격리되어, 죄과만 남기고 자기는 남길 수 없게 된, 수인들의 혼의 앓음앓이라고 해야 될 것인지도 모르긴 하다. 그러고 보니 우리들의 통화는 이렇게 이뤄진 것이다. 결국, 아직도 나는 살아 있는 것이다. 송장에게도, 빈대나 벼룩이나 모기나 이가, 쏘고 달라붙는다는 얘기를 나는, 아직 견문이 좁아 들어본 적이 없었던 것이다.

어쨌든 형장의 이 첫 밤에, 나도 또한, 빈대나 벼룩을 공양하는 데 내 피가 쓰이도록 된 모양이었다. 아 그래 제길헐, 만약에 내 핏속에도 정등(正等)한 찌꺼기가 조금이라도 있을 것이라면, 만약에 정각(正覺)한 것이 피로서라도 있다면, 아 그래 제길헐, 그것을 빨고, 저 번뇌와 빈혈의 악업을 여의기 바라노라. 빈대나 벼룩이란, 번뇌의 생물(生物) 이름이 아닐 것인가. 그것은 살아 있는 것의 심정 속에서는 번뇌가 한이라고 불릴 것일레라. 그것은 모든 평온한 마음을 쏘고, 물며 갉는 장본인일 것이리라. 그러고 보니, 나는 여태도 번뇌하고 있구나. 번뇌(煩惱)의 벌레에 파 먹히고 있구나. 벌뇌의 벌레에 시달리는 혼일레여, 허긴 번뇌하라, 벌뇌하라, 끝까지 인간이기를 고집하는 것, 그것은 번뇌로써 뿐일 것, 번뇌여, 벌뇌여, 벌레여.

제5장

제34일

그가 허긴, 사내는 사내였던 모양이었다. 듣기로는 목뼈를 부러뜨렸을지도 모른다고 했었는데, 분위기로 내가 느끼기에 글쎄, 저 형장 나리는 벌써 멀쩡해진 모양으로, 그래서 해장 소주 거나히 마늘 함께해서 마셔, 오물 냄새를 창자로부터 풀풀 풍기며, "장부들 약속은 약속이란 말여. 그러니 저 중님을 뽈깡 들어다가시나, 조 목욕탕에다 던지 넣으란 말이제. 그라고 잘 삶아야 되는디, 가만있자, 그라기 전에, 이발하는 계집으로 하여서나, 먼첨 털을 밀어내 뻬리라고 해야 쓰거나? 아 워쨌던동, 꾀를 활랑 베끼고 먼첨 잡아 처넣을 일이었다. 넣고시나, 대강 튀겨졌다 싶으면, 털을 밀어붙이라고. 돼지나 겉으먼 봉알 한 점이 소금하고 좋고, 닭 겉으먼 똥집 한 점이 입에 미어지겠지만, 조건 영 묵도 못할 괴기라논개, 씨버갈 녀려, 아그라고 워디를 갔단냐, 조 욕섬 많던 잡년 말여? 조 중님 잠자리 수청 들겄다던 고 잡년 말이다, 불러내 오란 말여 씨버갈 제집년" 하고 그는, 떠나가라 하고 떠들고 있었다. 그러는 중에 나는, 털을 깎이고, 그러는 중에 목욕이 함께 시켜지고 있었는데, 내 짐작에, 마당 가운데 걸린 큰 솥에 물 붓고, 그 밑에 불 때서 적당한 온도로 물을 익힌 뒤, 나를 들어다 앉혀놓는 것이라고 했다. 그 솥은 필시, 수인들의 밥솥이었거나, 국솥이었거나, 아니면 아예 목욕 솥임에 분명했다. "그녀러 제집헌티는 금 오십 냥짜리 젯밥을 짓게 헐 틴디 내가 인제 엎드려 조중님의 발등에 입 맞추는 걸 모도 보고, 그랄 때 모도 손뼉을 치는 건 알겄제? 조 유리의 대쾨는, 무신 갈대 겉은 듯싶은디도 강철 겉고, 강철 겉다 싶음선도 무신 소캐(솜) 뭉터기 겉으다고. 고 심(힘)은 알아낼 재간이 없는 것이여. 갈대만 겉으면, 고까짓 것 끊어뻐리먼 고뿐이고, 또 그렇제, 팔뚝 굵기 철근도 내 엿가락 휘듯 휘었던 사내가 아니던가? 헌디 조 대쾨 나으리의 심은 분멩히 염불 속으서 나온 것이더라고. 나를 이긴 지 얼 처음 장사인디, 걱다가 눈끄장 멀어뻐린 중님이라잖냐고. 내가 성님(형님)으로 받들어 뫼시는 일이 옳니라. 헌디 여보라고, 틱벨히 발등을 캐칼이 잘 씻기야 헌다잉? 헷헷헷. 고것이 연꽃 발이란 겨. 고 머 쉬염만 밀어놓고 바도, 물론이사 아직도 무신 쬐꾸만 벨 겉은 건 딸아댕기는 것 겉든 안 히어도 말이라, 얼굴이 제복(제법) 채려진 것이, 썩 준수헌 디가 있구만 그랴. 아 그라고, 다 깎고, 다 씻깄으면, 인제는 요 펭상에 눕히고, 물 닦은 뒤, 대강 좀 주물러 꾸덩진 걸 풀라고. 그라고 내가 인제 입 맞추면, 모도 박수 치는 거 안 잊어뻐맀겄제? 아 그라고, 워떤 넘이 있어각고, 모가지며 등뻬를 뻣뻣이 하여서나, 서 있는 넘이 있으면, 내 한번 그녀러 자슥 모가지며 등뻬를 족신나게 휘어놓아 뿌릴랑개 고렇게 알고 행하라고. 내 말은 그랑개로, 엎디려 절험선 손뼉을 치란 요 말이다. 지혜가 돼지만도 못헌 놈들. 내 말은 그랑개, 첫째는 우리 성님에 대한 예를 다

하고, 둘째는 유리의 육조 촌장에 대하는 예를 다허라는 요 말이다. 성님, 요만허면 쇡이 좀 찬 듯싶으께라우이?"

그가 허긴 사내는 사내였던 모양이었다. 그는 이겼을 때도 쾌쾌했지만, 지고도 쾌쾌했는데, 그 의미는 아마도, 저 한 번의 씨름에서, 그의 목뼈가 부러졌다고까지 과장한다 하더라도, 그러한 상처가 그의 자존심이나 자기 확신에까지 미친 것은 아니었다는 것 같았다. 그는 결코 분쇄 당한 사내가 아니었었다.

목욕이며 삭발이 그러는 새 끝났는지, 죽평상인지 뭐 그런 것 위에, 내가 우선 반듯이 뉘어졌다가는, 빨래 잘되어 까슬한 느낌이 드는 수건에 닦여지고, 그리고, 여자 손 치고라면 풀 먹인 석새 삼베 같기는 하나, 남자 손에 비한다면 허긴 솜 누빈 무명 저고리 등판만큼은 후끈한 손이 내 목줄기로부터 엉덩이 아래판까지, 주무르기도 하고, 두들기기도 해나간다. 그래서 생각해보니, 이런 정도라도 허긴 초부의 팔자는 아니고 그래도 한 벼슬자리나 하고 볼 일인 듯도 하니, 허긴 뉘 있어 하던 벼슬자리 뒤에 두고, 세상 모퉁이 고단스레 돌아가고 싶은 것이겠는가. 이렇게만 지낸다면, 허긴 뉘 있어 이 세상 표표히 떠나, 저승 모롱이 고달피 돌아가고 싶을 것이겠는가. 그래서 이제, 벼슬자리 천년 안 떠나려고 벼르며, 만년 한 하고 살자고 우기는 통에, 초부로 환고향하기도 싫으며, 저승도 싫은 법일 것이었다. 그러나 여자의 배에 실렸다가, 그 사타구니로 나올 때 눈떠 세상 보았던 것들은, 어쨌건, 그 사타구니로 태어난 그만큼은 분수를 알아차리고, 그만큼은 수치를 아는 것이 또 옳을 터이고, 그리곤, 삿갓에 도롱이로 고향 동구 들어설 때도 하매 어지간히 되었다 싶으면, 겸비히 옷을 여

미고 돌아가는 것이고, 죽장망혜로 황천길 떠날 때 거진 거진
되었다고 믿기어지면, 세상 집착 훌훌히 털고, 또 표표히 떠나
는 것이 도리일 것인데, 도리일 것인바, 도리일 것이어서.

그런 뒤, 내게 내 장옷이 입혀지는가 했더니, 내가 유리서
부터 가져왔던 해골이 내 무릎에 놓이고, 수염 우북이 자란 턱
이 내 발등에 닿았는데, 때에, 박수 소리 조화 덜 된 것 몇 가닥
이 들렸던 것으로 내 귀는 알았다. 그가 허긴 사내는 사내였던
모양이었다.

그리고 아마, 마지막 상(床)이 내게 주어진 듯, 누군가가
숟갈질해, 내 입에다 무엇을 밀어 넣으려 했지만, 내가 고개를
저어버렸더니, 상이 치워지는 모양이었고, 그런 대신, 무척 더
듬거리는 소리로, 필시 촛불중이 뭐라고 뭐라고 나리께 속삭
이자, 내가 앉아 있는 그 평상째, 떠들려 올려져서는, 분명히
마당을 가로질러 나가는 모양이었다. 내 몸이 가벼이 바람 가
운데 흐르는 듯해 호수다웠다.

"자 인제는 모도, 목청을 돋과서 곡을 허란 말이세. 곡을
허란 말여."

나리는, 약간의 해학까지도 터득해놓고 있었던지도 몰랐
다, 망할 눔의 잡종 같으니. 어이 어이 어이 어이—

그리고 어젯밤 여기로 들어왔었을 때 들렸던, 저 소리가
썩으며 뽑혀지던 빗장 소리가 들리고, 그리고 이제 숲을 헤쳐
나가는지, 숲 냄새 흩어지는 소리가, 그리고 또 시끄러이 들리
고, 그리고 오래잖아 발걸음들이 멈춰지고, 그리고 내가 또한
평상째 내려졌다. 그러고 나자, 이제껏 내 곁에 있었던지도 없
었던지도 몰랐던, 촛불중의 목소리가 나며, 그가 날 부축하는

것이었다.

　"대사입습지, 준비되었으면입지, 소승의 손을 잡고 좀 나아가보십지."

　나는 그렇게 했다. 그러며 나는, 이 사내에게 이제 고별의 말을 나누어주어도 좋을 때라고 생각하고, 멈춰 서서 내 팔을 부축한 그의 손을 힘 있게 쥐여주었다. 그리고 나는, 속으로 말해 들려주었다.

　"지금 이 순간 내 믿음으론 말이지, 우린 어쩌면 상보해왔었던 것이지, 상쇄해왔었던 것이지. 친구여, 내내 평강할지어다. 우리는 유리에서 처음 만났었으나, 친구여, 지금의 나는, 그대를 타인이라고만 생각할 수는 없고 있다. 기억에도 들지 않는 아주 먼 옛날의 어느 때부터, 그렇지, 그보다도 더 먼 옛날로부터, 어쩌면 우리는 알아왔었던지도 모른다. 그것은 모르는 것이다. [40]같은 이름으로 알려진 두 마리의 새가 언제나 함께하여, 같은 나무에 앉아 있었다. 그 한 마리는 늘 달콤한 과일을 먹고, 다른 새는 먹지 않고 보고만 있었다."

　그가 내 말을 알아들었는지 어쨌는지는 나는 모른다. 어쨌든 나로서는 이 세상에서의 그와의 이별을 그렇게 행했다. 그는 나를 말없이 인도해가기 다시 시작했고 내가 꼭 쥔 그의 손안엔, 약간의 떨림이 괴어 내게 느껴져 왔다. 그러는 때에도, 한 사형수를 위한 준비는 완전하고도 무결히 진행되어왔고, 가고 있는 모양이었다. 하늘의, 아마도 별로 높지도 않은 곳에서 까마귀들은 떼로 뭉쳐 우짖고 있었다. 이마가 다사로운 것으로 보건대, 하늘은 청명한 것이 분명한데, 그런데도 나는, 하늘 빛깔이 전처럼 지금도 푸른가 하고, 누구에겐가 묻고도 싶었다.

"대사입지, 이 나무는입지, 이 숲에서도 그중 우람하며 말입지, 그중 높은 것입지." 촛불중이, 그의 하직의 인사로서 들려주고 있는 것이었다.

"거기서도 그중 높은 동편 가지를 택했으니 말입지, 트는 동의 맨 처음 것을 대사는 언제나 보겠습지. 아 그리고입지, 이것이 말입지, 유리의 마지막 촌장의 장례인 듯한데입습지, 유리는 이제 끝났다고 말해도 좋겠습지. 수도자들은입지, 떠났거나, 또 떠날 채비들을 하고 있는데 말입습지, 그러고 나면 소승이 마지막으로 남겠습지. 소승은 떠나려 않습지. 떠날 곳이 없는지도 모릅지. 그냥 거기 남으려 합습지. 무엇이 실다운 것인지, 무엇이 실다운 것이 아닌지, 할 수 있으면입지, 지금부터라도 그것을 찾았으면 싶습지. 그것은 소승께는, 두들겨도 문이 열릴 줄 모르는 바위 같은 것으로 가려 놓여져 있는 듯하지만 말입지, 허고 허나, 그랬더군입지, 유리 가운데 바위는 떨어져 내려 있더군입지. 아마도 오조 촌장의 뼈였을 것인데입지, 까마귀들이 갉고 있더군입지. 소승도 그 노승을 잘 알고 있었습지. 아버지 같은 늙은네였습지. 그 바위를 다시 올려놓으려 합지. 그 그늘에 소승도 앉아, 대사의 죽음의 의미도 때로는 생각해보고입지. 그런 채로 그 그늘이 무거워 등이 휘어지기를 바랍지. 어쨌든 소승은 유리로 돌아가려 합습지. 그리고 이제는입지, 그 유리를 다시 살아보려 합지."

나는 좀 눈물기를 느꼈다. 이것은 어쩐지, 이해할 수 없는 일이 일어나고 있는 것처럼만 느껴졌다. 나로서는 그래서 체 머리를 좀 씰룩씰룩 흔들다 꿇어앉아 더듬어, 그의 발등을 찾

아 그 위에 입 맞추고, 그리고 일어나 다음으로, 그의 입술에
입 맞춰 조금의 침을 건네주고, 그리고 오조 촌장이라는 늙은
이가 내게 물림한, 그 해골을 그의 앞에 내밀었다. 이것은 그
래, 이해할 수 없는 일이 일어난 것이다.

그러나 그는 그것을 받으려고는 하질 않고, 한동안 아무
말도 움직임도 해 보이지 않았는데, 그는 어쩌면, 그 해골의 유
산의 의미를 생각했었을는지도 모른다. 그러나 끝내 그는 그것
을 받고, 세 번 내 발등에 이마를 댄 것으로 미뤄보아, 내게 세
번 절한 것 같았다. 그러자 내게서는 열예가 일어나며, 이 세상
을 산다거나, 하직한다는 일이 결코 싫은 것 같지가 않았다.

"그러나 우리는입지, 지금 한 촌장의 죽음을 필요로 하고,
그래서 그 죽음이 저 흩어진 촌민들께 나누어지기를 바랍지.
그래서 이제는입지, 유리가 황폐를 극복하고 말입지, 흩어진
촌민들이 다시 돌아와 오손도손이 살게 되기를 바랍지."

촛불중은 그러며, 나를 두세 걸음 옮겨 딛게 하더니 "이제
는 앉으셔도 좋겠습지" 하고 속삭였다. 그러나 나는 앉기 전에
나를 둘러싸고 보고 있을 모든 사람들을 향해, 합장하고 재배
하고, 합장하고 재배했다. 그럴 때도 까마귀들은 우짖어대고
있었다. "유리의 육조 촌장 성님, 잘 가씨요이, 잘 가씨요." 나
리는 그렇게 말하며, 우악스럽게 내 손목을 흔들고 있었다.

나는 그리하여, 내가 택해서, 타인에 의해 준비된 무덤
에 연좌를 꾸미고 앉았다. 그것은 꼭 하나 몫의 연좌를 수용하
게, 관 짜는 목수가 짰을, 정사각형의 깊은 송판 곽인 것을, 나
는 만져 살펴보고 확실히 알았다. 그것은 뚜껑이 없는 뒤주 꼴
이었다. 그 바닥엔 게다가, 폭신한 방석까지도 하나 깔려 있어

서, 이런 호사는 내가 기대치 않은 것이었으나, 어쩌면 촛불중의 고려에 의해 그렇게 된 것이었거나, 나리의 갑자기 두터워진 나에의 우정 때문이었을 것이다.

그리하여 내가 고개를 끄덕였더니, 내가 차차로 둥둥 떠들려져 자꾸 높이 올라가지며, 드세지는 절대로 않은 바람 소리가 그러나 내 귓바퀴에서 웡웡거리고, 까마귀의 우짖는 소리 또한 바로 내 귀 언저리에서 들렸다. 나는 자꾸 떠올려가고 있었다. 아래쪽에선 물론, 나리의 지휘하느라 휘잡는 소리가 잇달아 나고도 있었는데, 그럴 때마다 나는, 자꾸 더 높이 떠들려지는 것을 느낄 수 있었다.

이것이 글쎄, 내가 택한 죽음이었다. 나는, 어떤 광주리에나 망태기에 담겨져, 높은 나무의 그중 높은 가지에, 대룽대룽 매달려지기를 바랐던 것이었다. 거기 편안히 담겨서 나는, 서서히 오는 죽음과의 밀회 갖기를 바란 것이었다. 나의 이런 바람을 성의 있게 들어준, 촛불중과 나리와 밤잠을 설쳤을 다른 수인들께 나는 감사해야 할 것이었다. 그들은, 나 하나의 장례를 위해서, 밤잠을 설쳐 동아줄을 꼬았어야 했을 것이며, 그 동아줄을 이 높은 가지까지 끌어 올리기 위해, 그들 중의 하나쯤은, 위험을 무릅쓰고 이 높은 곳까지 올라왔었어야 했을 것이었다. 그리고 관곽도 짜야 되었을 것이었다. 그러나 내가 아직도 살아 있기 때문에, 그러한 장례 절차에 감사하고 있는 것이다. 내가 떠올려지는 느낌으로 추측건대, 그들은 아마도 두레박을 끌어 올리는 방법 같은 것으로, 한쪽에 나를 앉힌 관곽을 매달고, 그 줄은 나무의 가지에 걸어서는, 그 다른 쪽 끝을 여러 사람의 힘으로 잡아당기는 것 같았다. 그러는 동안에 나는 둥둥 떠들려져 갔을 것이었고, 그 마지막에 이르러, 그들이 잡아당기던 줄의 끝은, 내가 매달린 같은 나무의 둥치에나 첨 매두었을 것이었다. 잎이 다 바람에 불려 떨어지고 난 고목의 가는 가지 끝들의 늦은 가을엔, 허긴 그런 벌레집들이 매달려 있는데, 그 속엔 죽지도 않았으나 그렇다고 살아 있는 것도 아닌, 봄날 나비의 전신(前身)들이 오그리고 있으며, 오는 겨울을 한 모태로 삼는 것이다. 최후의 심판을 아직 못 받아, 관 속에 누워 있는 어떤 교리의 혼령들도, 허긴 그런 것이다. 나비에의 꿈의 번데기인 것들인 것이다.

나는 이제는 완전히 동떨어져, 한 덩이의 식은 밥도, 한 방울의 수분도 얻을 수 없게 된 것이다. 그래, 이슬을, 어쩌다 내리게 될지도 모르는 부드러운 비를 핥으면 되리라. 이제는 그리고, 까마귀 우짖음이며, 어쩌다 부는 바람이 내 둥지를 흔드는 것이며, 갈증 돋우는 햇빛, 밤의 모든 외로움과 추위를 감내해야 되는 것이다. 나는 이것을 자청했고, 그러면서 내가 순화되어, 어느 때 탈바꿈되어지기를 바란 것뿐이다. 그리하여 드디어 나는, 땅으로부터 떠난 것이다, 라고 나는 믿어야 하는 것이다.

그러나 어쨌든 드디어 나는, 나를 구속하고, 마음으로 시달리게 했던 모든 것으로부터, 은둔을 성취했다는 것을 알게 된다. 어쨌든 죽음은 일종의 은둔이다. 내가 숨 쉬는 대기는 향기로우며, 햇볕은 쏘기는커녕 달빛처럼 부드러이, 내 어깨 언저리에다 구릿빛 이슬을 바르고 있고 까마귀들은 면계(面界)의 아픔은 잊어도 좋을 때라는 것을 충고하고 있는 것이다. 없는 시력으로, 그렇기 때문에 시야에 장애를 갖지 않고 더 넓이, 저 세계를 내려다보기 시작한 것이다. 소리 중에서도 아름다운 것, 냄새 중에서도 향기로운 것, 감촉 중에서도 그중 부드러울 것만을 위해 내 혼은 열려지기 시작하는 것이다. 내 아래로는 숲이 흐르는 소리가 쉼 없이 들리고, 나는 그 바닥에 떡 감는 어떤 잎 그늘─그 속에 깊이 그늘을 드리웠으나 수면으로 살포시 뜨는 그늘, 그리하여 드디어 나는, 죽음 위에 정박한 작은 배로구나. 죽음이여, 그러면 내게 오라. 내가 그대 위에 드리운 그늘을 온통 밤으로 덮어, 그 그늘의 작은 한 조각을 지워버리도록, 육중한 어둠이여, 이제는 오라, 까마귀들로 더불어, 그러면 오라. 죽음이 거느릴 저 아리따운 아씨들, 빛이 빛이 아닌 빛으로 깃털을 장식한, 저 까마귀들로 더불어, 흑단 같은 발을 내디뎌 내게 이제는 오라. 나만의 것이었던 조그만 내 그림자는 내게 무겁던 것이다. 그 그림자를 이제는 내게서 지워 없애주기만을, 나는 그리하여 사망(死亡)으로써 사망(思望)하기 시작한다.

제35일

불은 濕生이라 마른 것에 執하고
물은 乾生이라 濕에 着한다
흙은 乾胎生이라 坤心房에 居하고
바람은 坤胎生이라 乾心房에 處한다

자연의 단계를 깊이 살피면

그것은 對偶에 의해 和해지느니

저 四大의 好作질에 태어났던 한 和氣

저 썩어 죽을 잡놈 하나

이 솥 속에 잡혀들었으니

濕生이며 乾生이라

乾胎生이며 坤胎生의

용두질에서 化한 이 게글거리는 작은 靈들

자 니얌 말고 모여들어

제 분깃들을 나눌지라

濕生은 불을

乾生은 물을

乾胎生은 흙을

坤胎生은 바람을

자연의 단계를 깊이 살피면

그것은 對偶에 의해 逆해지느니

옳게 가다 거꾸로 가고

거꾸로 가다 옳게 가는 것이여

보자꾸나 이놈들

자 멋들어지게 한번 휘저어가는 거다

목숨은 빈 솥에 모이나

죽음은 찬[滿] 솥이 엎질러짐이라

아 그러나 한 방울인들 이삭시켜서야 안 되는 법

그랬다간 네놈들로부터 음기며 양기를 뽑아내겠다

그 방울방울들이 業을 알밴 것이거늘

業은 체에 걸러 앙금시키고

자네들은 저 業의 찌꺼기

살이며 피며 뼈만을 취해갈작시라

앙금된 業이란 金 같은 것이러라 나의 富를 쌓는도다

그것은 元素 아닌 元素

으ㅎ으ㅎ 으ㅎㅎ

물의 元素는 물로 가고 불에 의해서

불의 元素는 불로 가고 물에 의해서

氣의 元素는 氣로 가고 흙에 의해서

흙의 元素는 흙으로 가되 氣에 의해서

으ㅎ으ㅎ ㅎㅎ으

業은 남기라 業은 남기라

물로부터는

　　천길 水深 만년 앙금

水業의 굴 껍질 덮인

　　뱀 가닥 머리칼 해서 흡반을 돋워 줄기로 뻗은 잡년

불로부터는

　　억만 가닥의 실뱀 타래

붉은 혀로

　　제 그늘까지 태워 허기를 메꿔도 여전히 배만 고픈

잡놈

氣로부터는

　　아 이놈은

　　달이 이슬로 풍더분히 하는 월후에 아무리 잠갔다

꺼내어도

형체가 드러나지 않는 허깨비
흙으로부터는
　　　그렇지
　　　살았던 것 죽어 썩는 데마다 혀를 처넣어
　　　탱탱 불은 젖퉁이가 屍汁에 아파 해골의 사태기로
앓아누운 년
삼백 날 한하고 헛 용두질에 야위어
우라지게도 눈만 붉어진 것들
오랐구나 그래 그 배고픔으로 오랐구나
이 솥 속에 한 알맹이 곱다시 옮혔으니
염통이며 골
사지며 똥창자
피며 뼈를
찢고 마시며
썰고 빨고 갉을지라
순수히 불뿐인 것
전순히 물뿐인 것
완전히 흙뿐인 것
무결히 氣뿐인 것
그것은 영구히 對偶에 和接지 못할
저주의 무서운 根力
쓸쓸한 魔靈
스스로도 스스로가 두려워
미친 듯할 증오며 타는 저주로
산 것과 죽은 것들의 깊은 데로 숨어들어

얼굴을 감추어버리려 안달이 난 것들

그래서는 造化의 뿌리를 갉는 것

그러나 業은 元素 아닌 元素

자네들의 혀 댈 것이 아니여

아니고 말고지

그러면 이제 우리의 서방님

그분의 분깃

그렇지 元素 아닌 元素를 취하러

⁴¹새벽별 나으리 아으 새벽별 나으리 오실 터인데

호호호 내가 무엇으로 그이께 잘 보여드릴꼬

그이는 내게 흑암의 키를 주시고 어미라고 부르는 이

모든 죽음을 까불어 알곡식만 남기게 하시는 주

모든 靈들의 서방님

　　　靈이란 모두 그분 앞에서는 암컷인 것이거든

내 나리 그이가 오실 때 나는

호호호 그렇지 아무럼

일천 마리의 흑단빛 까마귀 날개로 하여

아으 새벽별 내 나으리의 딛는 곳을 윤내야겠지러

아 무엇들 하고 있어 이 육실헐 늄의 종내기를

욕망의 음기며 탐욕의 양기마저 쏙 뽑아낼 잡것들

자 멋들어지게 한번 휘저어가는 거다

죽음은 찬[滿] 솥이 엎질러짐이다.

　내 귀에는, 저 '어미'라고 자칭하는 흑암이 엄포하며 휘젓
는 소매바람 소리가 들리고 있었다. 그녀는 어쩐지, 저 장로의

손녀의 얼굴을 드러내 보이고 있었는데, 그리고 한 쌍의 까마
귀와, 그리고 전에 언젠가 나와 한번 촛불 속에서 승강이를 하
다 내게 목이 졸려 죽은 듯한 그 검정고양이를 거느리고 있었
는데, 그녀는 잽싸게, 내가 놓인 아마도 솥전을, 그러나 그것
은 사각 진 관곽으로 나는 알았는데, 그런 솥전 바깥을 움직이
며, 업의 앙금만을 남기려 아마도, 내 전신을 찢고 썰고 갉고
핥고 빨고 씹고 짓뭉개고 주리 틀고 으깨고 있는 것 같았는데,
그러나 이 단계에서 나는 너무 겁만 낼 일도 아닌데, 세상빛에
집착할 일도 아닌데, 어떠한 고통도 두 번의 죽음을 부르지는
않을 것이기 때문이다. 이 모두, 나의 업력(業力)이 만든, 업영
(業影)이라고 알지 않으면 안 되는 것이다.

　　그러나 사실에 있어 이것은, 내게서 몸과 영의 분리가 이
뤄지기에는 너무도 빠른 시각인 것이다. 그래서 나는 아직도
그녀의 서방님, 새벽별 나으리를 못 보고 있는 것이다. 어쩌면
몸으로는, 당분간 더 살아나가게 될지도 모르는데, 나는 어쩌
면, 내 스스로, 어느 때 내 의식을 끊어버리는 일을 행하지 않
으면 안 될지도 모른다.

　　내 이마를 뜨겁게 했던 햇빛도 어느덧 사그라져, 그 띵해
진 이마에도 산들바람이 거의 서늘하게 스치는 것으로 보면,
아마도 황혼이고 있었다. 이 황혼도 붉은가 모르지, 모르지 몰
라. 까마귀들은 그래서, 하루의 마지막 울음일 것을 육실허게
토해내며, 내 주위를 돌고 있었다. 그리고 내게는, 배고픔이 창
자 밑바닥에서 쓰리게 시작되어 있었고, 목이 탔다. 그러면서
도 배설은 해야 했다. 연좌로 갈긴 오줌 방울들은, 내 무덤을
새어 나가, 지릿기한 냄새를 풍기며 바람 가운데로 흩어져 갔

을 것이었다. 그 어느 한 이슬이, 그 어느 한 꽃송이에라도 떨어졌다면, 후후, 그 옌네 필시, 대천지 갖다가시나 요론 존 상대가 워디서 핑기 왔단댜 하고 생각했을 것이었다. 아 그러나 생념은 근절치 않으면 안 되는데, 창자나 목구멍이 일으키는 것일수록 더욱더 뽑아내지 않으면 안 되는데, 마음을 일으킨다 해도 아무것도 이뤄질 것은 아니기 때문인데, 그럼에도 내 오관은, 살기에 조금도 피곤해 있지가 않은 듯하다.

제36일

옴 와기소리 뭉.*

제37일

새벽별 나으리라고 불리는 낭군은 아직 내게 나타나 보이지 않았다. 그이가 언제 와줄지는 모르지만, 이 등의 기름이 다하기 전에 와준다면 나 또한 그와의 혼례에 참석할 수 있을

★ 'HAIL TO THE LORD OF SPEECH', Hūm.

터인데.

밤엔 부엉이가 와, 내 머리 위 가지에서 세상을 굽어살펴
울다 날아갔고, 내 아랫녘 숲의, 밤의 출렁이는 어느 단애 위
에서는 아마도 물의 정령 쓸쓸한 것이, 두견이 목소리로 울었
었다. 까마귀는 우짖지 않았었다. 밤에는 그리고 으스스 추웠
었다. 바람이 계속적으로 뒤엉기며, 차게 나를 휩싸, 얼음을 입
히려 했다. 그것은 밤이었고, 밤은 무서웠다. 두 번 죽을 일 없
는데도, 밤은 나를, 추위와 외로움과, 공포와 슬픔으로써 매질
했다. 연좌를 더 유지할 수도 없이 나는 가슴이 허전하고, 몸
의 전체에 안정감이 없어, 방석을 가슴에 안고, 그러고도 모자
라서, 저 비취 목걸이를 입속에 물고서야 조금 안정할 수가 있
었다. 잘린 혓바닥 위에 놓여진, 저 조그만 푸른 돌을 하나의
심지 삼아서, 그것 위에다 나는 내 모든 기를 모아 태워, 심정
을 아주 조금 따뜻이 할 수 있었다. 그 계집의 추억은, 그만쯤
은 따뜻했다. 그리고 부자유와 구속과 형벌과 죽음의 십자가
에 매달려, 척 늘어진 한 마리의 구리 뱀이, 그 동록(銅綠) 속
에서 살아나, 한 마리의 비취 빛깔의 새가 되어 날아가는 것을
보았다. 밤은 무섭고 길었다. 목줄기인지 이마인지가 아주 다
사롭게 느껴지는 것으로 미뤄보면, 그리하여 밤은 지나가 버
렸고, 한없이 흔들리던 내 관곽도 좀 잠잠해졌다. 아랫녘엔 아
마도 바람은 한 점도 없었을 것이었는데도, 내 둥지는 밤새 가
엾이도 흔들렸었다. 한번 흔들려지면, 그 반동에 의해 더욱더
흔들려지고, 때로 그것이 호슙기도 했으나, 그러나 흡사 중력
이 없는 상태에서 어이없이 떠 흐르는 것 같아, 숨쉬기가 거북
했으며, 오장육부가 목구멍으로 치올라와, 구토와 멀미를 일

으켰다. 나는 흡사, 첫눈 내리느라 바람 쌍금한 가지에 매달린 저녁녘 고수레 감이나 같은 기분이었었다.

허기는 내게 이미, 초죽음이 와버린 것 같기는 하다. 다만 혼령이 아직도 내 몸뚱이 쌍금한 바람에 휘어지는 가지에, 고수레 감모양 매달려 있다는 것만 빼놓으면, 눈에는 그러나 암흑이, 마음에는 공허가, 살에는 고통이 쳐들어와 나를 썩히고 있다면, 그것은 벌써 생명의 장소는 아니다. 무어(無語)의 무어(絳禦), 불모(佛毛)의 불모(不毛), 불탄 절간, 달 없는 사막, 불 꺼진 항구, 봄 산홍(山紅) 꽃상여 나간 무주공산, 궂은비 삼동에 내린다. 그러나 나는, 어떤 것으로 다시 되어 다시 태어날 것인가. 정토에 나기는 바랄 수도 없고, 또 바라지도 않지만, 허기는 만약에 할 수 있으면, 내가 어쩔 수 없이 떠나오지 않으면 안 되었던 사람들 세상에로 다시 사람이 되어 돌아왔으면 싶고, 그래서 내가 못다 산 삶을 마저 채워, 노년의 복은, 고뇌는, 삶은, 어떤 것인가를 체험해봤으면도 싶다. 그래 다시 그 세상에 태어났으면 싶다. 왕후며, 장상 마님들의 태 속도 말고, 나를 낳았던 그저 그런 어미, 그런 어떤 엔네 태 속에서 다시 태어났으면 싶고, 그래서 저 바닷가 모래가 번쩍이는 곳에서 모래집이나 쌓으며, 조수가 밀리고 밀려가는 것을 그저 망연히 지켜보고 앉았으면이나 싶다. 저 무념무애의, 그러나 비천한 머슴아이, 학대와 멸시 속으로도 스스럼없이 걸을 수 있었던 사내아이, 바다의 음기로만 굳어진 조개 알을 씹어 비린내를 풍기며, 갈매기의 울음에 얼을 빼앗기던, 별로 오래도 흐르지 않은 옛적에 있었던 아이, 그 아이가 다시 되었으면 싶다. 그래 거기, 조개 비린내 풍기며 떠돌고 살다, 뼈가 굵어지면, 아 그래, 뱃놈이나 되어볼 일이지. 그래 뱃놈이라도 되어볼 일이지. 구릿빛 울불근거리는 근육에다, 저 풍더분한 년 바다를 한 아름에 욱죄이고도 힘이 남을 녀러 사내 녀슥, 구운 뱀장어를 볼이 미어지게 씹어대느라고 입 귀퉁이로 기름을 흘려대는, 그런 뱃놈이라도 되어볼 일이지. 속곳 안 입은 사태기로, 천의 수파리가 죽기를 한하고 놋줏에 침 바르고 물길 저어 가는, 제 놈의 집 토방 위에 퍼들어진, 제 계집의 낮잠 같은 것 개의치도 않고, 항구야 항구야 항구야아마다, 돌아가며 계집 두고, 놋줏에 침 발라가는 녀러 녀슥—어허, 도대체 계집에는 집착이 없는 연고일러라. 부처가 삼백 번 되어보고 보아도, 오줌 마려우면 누었을 것 아닌가. 똥 마려우면 누었을 것 아닌가. 구역질 나면 토했을 것 아닌가. 그러니 정액도 마려우면 누어버리고 나야 심신이 쇄락해지는 것, 똥 마려우면 측간 찾듯, 정액 누고 싶으면 계집 찾아, 그저 한번 쏴내 버리고, 타는 목구멍에 술 부어 넣으며, 고픈 창자에 고기 토막 밀어 넣는 일이 글쎄 어째서 나쁠 일이겠는가. 개고기나 빈대만이 아니라, 도라지나 쑥 잎도 사대(四大)로 이뤄졌음인 것, 어찌 빈대의 살은 육식이며, 더덕구이는 육식이 아닐 터인가. 사대 또한 근본 이름이 없고 공이란다면, 똥과 오줌도 또한 근본 이름이 없는 공이라서, 서른 놈 중놈 순번 짜서 측간 드나드는 통에 부려진, 선방(禪房) 돌쩌귀야 부려진 것이라고 해서는 안 될 것이지. 아 그러나, 근본 이름이야 있든 없든, 어찌 되었든, 제길헐, 마려운 똥은 누어야 시원한 것이며, 먹고 싶으면, 서 말 물 채운 가마솥에 한 마리의 벼룩으로 하여금 기름을 동동 띄우게 해도 좋은 것이다. 누어버린 똥을 만약에 헤쳐보려 하

지만 않는다면, 오래잖아 냄새란 가셔버리는 것이다. 그러고
보면 천하에 불순한 건 개놈뿐일 것이었다. 그것들은, 제 놈이
누운 똥까지도 삼키려 들며, 제 놈의 오줌 냄새를 물 좋은 곳
인삼주쯤으로나 아는 것이다. 그런 뒤, 그 코를 지혜라고 말하
는 것이다. 그래서 지혜란 개 같은 것이다. 그런 지혜란, 뼛속
으로 파고 다니는 두더지 같은 것이어서, 모든 열매 맺는 것의
뿌리를 파헤쳐, 그 뿌리를 죽이려 들며, 습기가 있어야 할 곳
을 푸르스러지게 한다. 그런 지혜란 두더지 같은 것이다. 그것
은 메마름에의 광병적 희원이라고 부를 것인 것이다. 개는 두
더지러라. 두더지는 개러라. 아, 그리고 또, 하필이면 뱃놈이
아니어도 좋지. 게을러터져 삼백 년 한하고 그늘 밑 잠이나 자
는 나무꾼이라도 좋고, 입만 육실허게 까고 돌은 육실허게도
못 까는, 공동묘지 언저리 석공이래도 좋고, 또 한 뒤 달 가다
일거리가 한 감씩이나 생기는 두메산골 화장터지기라도 좋은
것이다. 글쎄, 잘못 회계된 한 푼 동전 때문에, 절친한 친구의
가슴에 구멍을 뚫어놓는다 하더라도, 어쨌든 일곱 집 들러 공
짜로 배 불리거나, 십시일반을 울궈내는 일보다는 나을 게 아
닌가. 보시를 설함은 인색해 함의 소치이며, 불살생을 말함은
살욕의 소치이며, 불투도를 계함은 탐심의 발로이며, 색을 전
념으로 탐하는 자라야만 색을 근절해버릴 잡근으로 알아서 음
심을 품는 것까지도 간음으로 아는 것이다. 너는 멧새만도 못
헌 눔이여, 어디 멧새가 밥 빌러 다니던가. 너는 석류만도 못
헌 눔이여, 석류가 어디 제 것이라고 오그려 쌓는 것 보았던
가. 너는 귀뚜라미만도 못헌 눔이여, 귀뚜라미가 어디 쇠고기
먹고 노래를 뽑던가. 너는 달팽이만도 못헌 눔이여, 달팽이가,

어디, 아무리 가난해 비렁질을 다니더라도, 이웃 장자네 안채 타는 꼴을 보고, "이 녀석아, 너는 애비가 거렁뱅이다 보니, 저런 흉한 꼴은 당하지 않으니 그 아니 복인가?"라고 했다는 소리 들리던가. 너는 그리고, 지렁이만도 못헌 눔이여, 못하지. 허어 허긴 들리는 희한한 재판 얘기 한 가지로는, 한 호색꾼 지렁이가 한 물색 좋은 계집 지렁이에게 반해 미치고 환장을 했다던가 하자, 호색꾼네 마누라 지렁이의 투정이 이만저만이 아니게 되어, 씨부랄 녀려 것, 그러면 이혼이나 하고 볼 일이라고 해서 재판소엘 찾아갔더라든가. 그래서 받은 재판일랑, 단칼로 몸을 중두막을 내라는 것이었다는데, 헌데 그 지렁이가 오래오래 잘 살았다던가 어쨌다던가는 몰라, 글쎄 데, 그 데, 그 뒷얘기를 들으려는 참에 그만 설사가 마려워버린 것이었지.

아, 그래, 지렁이만도 못해도 좋지, 좋으니, 어쩌면 나는 또, 혹간 말이지, 다시 한번, 중도 아닌 돌중으로, 멧새만도 못해서, 일곱 종단 기웃거려 빌은 찌꺼기 지혜로 요기를 하고, 그 찌꺼기 썩느라 풍기는 매운 냄새 때문에 눈물 흘리며, 그 독에 반은 취해, 반은 눈을 까뒤집어, 살기만을 살기만을 바라싸면서도 죽어가게 되기를 바랄지도 모르지. 혹간 그럴지도 모르지. 그래, 다시 나는, 지금 이대로의 달팽이만도 못헌 눔의 나이기를 다시 한번 더 이기를 바랄지도 모르지. 글쎄 석류만도 못하기를 말이지.

[42]갸　갸　갸
갸　갸　갸

까마귀들은 우짖고 있다.

[43]사　마　야
갸　갸　갸

광대하고 광대하고 광대하고
광대 광대 광대하다

까마귀들은 우짖고 있다.

성스러운 지혜여
광대 광대 광대하다

까마귀들은 우짖고 있다. 날 둘러 우짖고 있다. 까마귀들
은 우짖고 있다.

갸　갸　갸
[44]갸　키—갸　키—
[45]갸　호

사마야

키—키—호!

제39일

이제는 모든 기를 완전히 풀어버리자. 완전한 이완을 성
취해버리자. 할 수 있으면 다시 오기 위해서, 이 세상과의 하
직을 선언하자, 안녕히 가셔요, 입속에 머금었던 나를, 쓰레기
더미 위에 내뱉으며, 그렇게 말하는 소리가 들린다. 전에 때
로 나는, 몸속의 막힘을 트기 위해, 마음으로 더불어 육신적으
로 정진한 적이 있곤 했다. 그러나 이제는, 그러한 통로를 막
아버리기 위해서 마지막으로 정진할 때인 듯하다. 육신에 억
류돼 부달리는 혼을 육신으로부터 해방시키는 일, 생명의 줄
을 끊어버리는 일, 하나의 큰 꿈을 갖고 광야로 나아가는 일,
누덕 진 살을 벗고 다시 말[言語]로서 환신하는 일, 그래서 동
시에, 혼과 육이 무장애를 성취하는 일을 해야 할 때인 듯하
다. 혼과 육의 이 결합은, 서로 조화를 잃기 시작할 때, 서로를
구속하고 억류하는 족쇄로밖에는 여겨지지 않는 것이다. 그것
은 서로에게 함정이며 덫이 되는 것이다. 그리고 대개의 경우,
아주 갓 난 시절을 제외하고, 이제 혼과 육이 발육하기 시작하
면 그것은 일종의 부조화의 조화라고까지 이해해야 할 것인지
도 모른다. 육이 혼에 승할 때, 그것은 소나 개 같은 존재로 변

하고, 혼이 육 속에서 범람할 때, 머리칼 한 가닥 한 가닥이 모두 독사인, 그런 무녀 같은 것으로 변해질지도 모른다. 상쇄도는 상합이 대개 이뤄졌다고 한달지라도 그 의미는 어쩌면, 아흔아홉 개의 눈은 자고, 한 개의 눈만 떠서 밤을 지키는 삶일지도 모른다. 나는 모른다. 그러나 만약에, 한 개의 눈으로만 자고, 아흔아홉의 눈을 떠서 사는 괴물이 있을 수 있다고 한다면, 그것은 초인이라고 불러야 마땅할 것인지도 모른다. 나는 모른다. 어쨌든 영과 육의 조화란 어려운 듯하다. 그러므로, 저 어중간한, 썩어져 버렸으나 도대체 끊어지려고 하기는커녕, 양쪽에로 더 썩히려 드는, 영과 육 사이의 저 인대를, 끊어버려야 될 때에 오면, 미련 없이 끊어버려야 되는 것이다. 그러나 그것은 자살은 아니다. 수락이며, 또한 통과에 불과한 것이다. 삶에의 긴장을 완전무결하게 풀어버리는 것, 어떤 종류의 작은 집착이나 희망도 그 숨통을 욱죄어버리는 것, 그래서 자기를 완전히 고립시키고 다른 개방을 위해 폐쇄시켜 버리는 것. 어쨌든, 기를 써서 의식을 모으고, 맥을 모두 열어놓는다고 한다더라도, 한 방울의 수분마저 섭취하지 않고는, 사람이 이레를 산다는 일은 어렵기는 하다. 게다가 나는 또, 지방분의 저장으로부터 가난뱅이가 되어온 지 꽤 오래였기도 했다. 장로네 댁에서 지낸 며칠간, 아주 조금 내 뱃가죽 밑에 기름이 쌓이는 듯했으나, 그건 모두 오르르 태워버렸던 것. 내 작열로 화상 입었던, 아으, 내 여인이여, 나, 너 잘 살았으면 싶다. 그저 투박하게 말해서, 너 잘 살았으면 싶다. 나는 어째 이런지, 그러나 너의 얼굴까지도 잊고 말았구나. 눈을 잃었을 때 허기는, 눈만 잃은 것이 아니라, 허기는 모든 얼굴까지도 다 잊고 만 것이었다. 촛불중이며, 죽은 수도부며, 소나무며, 샘이며, 존자며, 그의 문하생이며, 늙은 촌장이며, 사막이며, 해며, 달이며, 아 저 안개비며, 그런 모든 얼굴들을 잃고 만 것이었다. 할 수 있으면 그러나 한 번쯤만 더, 저 비처럼 내리던 가얏고 산조 밑에 누워, 비처럼 흠씬 좀 젖었으면 싶다. 그랬으면 그 죽음은, 하늘 어디 복사꽃 핀 곳에 바람이었다가, 그 꽃잎들 함께 흩어져 내릴 것은 아니겠는가.

지금은 마지막으로, 무엇엔가 한번 기도 같은 것이라도 하고 싶고, 또 나를 수호하는 어떤 신위를 두고 명상이라도 하고 싶으나, 그러나 이 순간에 이르러 나는 내가 고아였었다는 생각밖에는 더 들지 않는다. 기도를 바칠 곳도, 불러내 다정스레 앉을 친구도 없는 것이다. 아 그러나 까짓것 그만두자. 허지만, 아 그렇지, 내가 이 세상을 살고 갔다는 그 마지막 울음이라도 한번 울어볼 일이지, 어쨌든 맨 처음 살러 나왔을 때의 최초의 말이 그것 아니던가. 그 최초에, 모든 우리는 그리고, 천덕스러이도, 으앙으앙 하고 울었을 터여서, 그래서 내가 이 마지막으로 또한 그렇게 울어보려니, 어쩐지 그렇게는 발음이 되어 나오지를 않는 것이었다. 그래, 울음도 늙고 복합화해진 것이다. 터져 나오는 울음의 서두란, 그저 의미도 없는 듯한 감탄사에, 보다 한이 맺히고 길어진 것, 그런 것이었다. 오오, 우우, 우오―그래, 울음도 늙은 것이다. 서른세 해 늙은 것이다. 그럼에도 이 늙은 울음이 아랫배로부터 울려 나왔고, 그것은 숲으로 퍼져나가, 한없이 여울져가는 것처럼 내게는 느껴졌다. 그 울음은 그리하여 소리를 잃어버리고, 다시 쏟겼다간 다시 꼬리를 잃는 것이었다. 까마귀들도 더욱더 울고 있구나. 숲에는 운무라도 끼었을라. 울다가 내가, 까무러쳐 죽을 것인가.

오오 우오 우오

갸 갸 갸

그러나 한번 소리내기 시작해서, 그 숨이 자지러지고, 다시 심호흡해서 시작하여, 그 소리가 목구멍으로 기어드는 그 수없는 울음에서마다 나는, 그것이 이상스럽게도 같은 결론에 도달한다는 것이나 발견하고 말았다── 옴.

아, 울음의, 소리의, 언어의, 숨의, 존재의, 비존재의, 저 깊은 속에 담긴 것은 저 울음, 저 하나의 소리였다. 처음에 소리였다가, 소리 자체가 소리를 삼켜버려, 소리가 소리가 아니게 하는 소리, 처음에 숨이었다가, 숨 자체가 숨을 삼켜버려, 숨이 숨이 아니게 하는 숨, 말을 말이 아니게 하는 말, 존재를 존재가 아니게 하는 존재, 비존재를 비존재가 아니게 하는 비존재. 옴. 말.

제40일

광막한 황원.

풀은 더러 있으나, 언젠지 말라 버스럭인다.

흙은 모래도 아닌, 언젠가 바닷물에라도 젖었다 말라붙

어버린 그런 것인 듯, 그 표피가 까슬까슬히 이끼에 덮여 있는 듯해 보인다.

해는 없어도 어둡지는 않고, 그렇다고 조금도 밝지도 않아, 연수정 속을 들여다보는 것 같은 밝음.

그런 어두움

그 가운데로는, 전엔 줄기차게 흘렀을 것도 같은 냇물이 한줄기 놓여 있는데, 그 물은 한 방울도 줄지도 늘지도 않은 채 그냥 정지해버려, 지금은 흐르지 않는다.

파문도 일지 않고, 그렇다고 평평히 잠든 것 같지도 않아 그것은 흐르다 그냥 그대로 멈춰진 것이 분명했다. 그 물빛 또한 연수정 빛이다.

모든 것 위에, 저 메마른 연기 빛이 덮여 있다.

그런데 저 정지해버린 흐름의 한 둔덕에 계집 하나이 앉아 있는데, 하반신은 아직 명확히 보이지 않고, 겨드랑 밑에 독수리의 날개를 달고 있다.

그녀는 그리고, 뭔지 품속의 것을 내려다보며 노래하고 있다.

오씨요, 임자요 오씨요, 집우로 오씨요,

임자네 집우로 오씨요, 임자는 날 참말이제 못 떠날 것이요.

하늘이며 밤이며, 말짱 임자헌티 고개 숙이고

임자 때미 울고 있는디요……

내가 임자 불름선 통곡허고 있는디요.

라고, 한없이 반복하고 계속한다.

그 노래는 흩어져 사라지지도 않았으나, 그렇다고 남아 있지도 않았다.

헌데 그 여자의 얼굴은, 구면이었고, 그녀가 품에 싸안고 있는 것은, 글쎄 어떤 사내였는데, 또한 구면이었고, 혹시는 내 얼굴은 아니었던지도 모른다.

그 사내는, 저 노래를 달콤히 듣고 있어 보였으나, 살아 있는 것 같지는 않았고 그렇다고 완전히 죽은 것도 아니어 보였다.

오씨요, 집우로 오씨요, 임자요 오씨요,
나 임자 불름선 울고 있잖는개 비요.

그러다 조금 있으니, 황원의 북쪽에서 발원한, 한 회오리 바람이 누런 모래 기둥을 일으키며, 암컷에게 가는 검은 수말로서 달려오는 것이 보이고 그것은 떨리도록 장엄했다.

그 모래 기둥이 사그라지자, 남녘으로부터, 하나의 나는 불이, 빛을 쐬어내지는 않으나 붉은 열을 함께하여, 암컷에게 가는 수용으로서 하늘을 덮고 선회해오고, 그것 또한 떨리게 했다.

나는 그러고서야, 그들이 나타나기 전에 벌써, 이미 거기 있었으나 알아볼 수 없었던 두 괴이한 그림자를 볼 수 있었는데, 하나는 저 흐름 없는 물에 고기비늘 덮인 물고기의 하반신을 잠그고 있는 것이었고, 알고 보니 그것은, 저 구면이던 계집의 하반신이었다.

그녀는 희었다.

다른 하나는, 유순한 어머니 얼굴에, 젖이 뚝뚝 흐르는 유방을 달고, 쉴 없이 하혈을 하고 있는 음부의 아래쪽은 뱀의 하반신이었는데, 그녀는 검었으나, 역시 구면이었고, '어미'라고 자칭하던 그년이었다.

북녘과 남녘으로부터, 저 진노 같은 수컷들이 으르렁거리며 나타나기 시작하자, 이제껏 잠잠히 얼굴을 드러내지 않았던, 암컷들이, 드디어 얼굴을 드러내며, 교태와 질투가 뒤섞여 얄궂은 얼굴들을 꾸미며, 수컷들을 향해 요니를 연다.

그때에 이르자, 혹시는 나일지도 모르는, 그 구면의 사내가 색념에 미친 듯, 벌떡 뛰쳐 일어나더니, 광란하듯 몸을 흔들어대며, 춤춘다.

귀의하나니다 귀의하나니다
귀의하나니다 귀의하나니다

라고, 네 번씩 소리치며, 사방을 향해 각각 세 번씩 절하고, 또 춤추어대는데 보니, 사방으로 각각 일곱 걸음씩 걷고 중앙에 돌아와 절하곤 하는 것이었다.

南無火
南無水
南無風
南無土

그의 광무가 계속되고, 계속되는 사이, 그 사내로부터, 숨이 작은 바람기둥이 되며 그를 휩싸 돌고, 불이 그의 전신에서, 가시나무 떨기에서처럼 타기 시작하자, 그의 전신의 구멍들로부터, 물이 송송 흘러나오기를 시작해, 그 물방울은, 저 멈춰 있는 흐름 속으로, 수은 방울들처럼 굴러 들어가서야 해체한다.

나무불
나무물
나무바람
나무흙

그러는 새 어쩌다 보니, 남녘으로 불이 날아가는데, [46]엄지손가락 크기의 새끼 불을 하나 거느리고 있고, 북녘으로 바람이 가는데, 또한 엄지손가락 크기의 새끼 바람을 거느리고 간다.

나무 나무
나무 나무

그리고 남은 것은, 벗겨진 털이 태워지고 남기라도 한 듯한, 한 줌의 흙만 오소록이 쌓였을 뿐인데, 그것을 자기의 분깃이라고, 저 검은 어미년이, 슬픈 눈으로 내려다보고만 있다.

노래하던 그 구면인 계집은, 언젠지 사라져 보이지는 않고, 노래의 여운만 아직도 떠돌고 있었다.

그 노래의 여운은 그리고, 동으로 동으로 날아가던, 청황
색 불 한 다발처럼 보였다.

　　　　나는 임자를 볼 수는 없어도요
　　　　나 속으로 임자 원험선
　　　　눈으로 나 임자 보기 바라요.

소조한 주위.
한 줌의 흙.
어미년.
한 줌의 흙.
소조한 주위.

[47]이삭줍기 얘기

어 미 년 ── 나으리, 아으 새벽별 나으리, 아 이제는 오소
　　　　　　서, 그러면 오소서.
까마귀들 ── 갸 광대하고
　　　　　　갸 광대하고
　　　　　　갸 광대하다 사마야
　　　　　　우리 주의 지혜 갸
어 미 년 ── 사마야 사마야 사마야
까마귀들 ── 갸 갸 갸
어 미 년 ── 주의 지혜

주의 은혜

주의 사랑

까마귀들 —— 갸 갸 갸

어 미 년 —— (아직도 설움에 찌든 얼굴로, 잿더미를 망연히
　　　　　　　내려다보고 있더니, 불은 검은 유방에서, 흰 젖
　　　　　　　한 방울을 아주 탐스럽게 짜, 저 한숨의 흙 위
　　　　　　　에 떨어뜨리며) 나으리, 아으 새벽별 나으리,
　　　　　　　당신이 디딜 곳을 비추일, 이 등의 기름이 다
　　　　　　　하기 전에 오소서, 제발 오소서.

까마귀들 —— 갸 갸 갸

어 미 년 —— 사마야 에마호.

그러자 재 속에,

마늘 냄새 같은 것이,

쑥 냄새 같은 것이,

하나의 갈증으로 있던 것이,

젖을 받고,

재를 헤치고,

꾸무럭꾸무럭 움직이기 시작하는데,

그것은 홍옥 빛도 같고,

마늘도 같고,

굼벵이도 같은 살.

허지만 그것은 하나의 움직임이지 정작에 있어 살은 아니

었을지도 모르는데,

이 세상 빛 열예로써 가렵고,

이 세상 빛 열예로써 슬퍼서 그것은,

괴롭게 쑤물대며,

주리를 틀고 뒤집혀지며,

꼬리도 머리도 없으나 어쨌든,

끝과 끝을 자기의 안쪽으로 억세게 붙들어 들이려는 것 때문에,

그 스스로 하나의 동그라미 모양이 되어서는,

안쪽은 자꾸 바깥쪽이 되고,

바깥쪽은 자꾸 안쪽이 되며,

시작이 끝이 되고,

끝은 시작이 되며,

운동이라고나 해야 할 그 연한 붉은 살이 기름기 있게 번쩍이는데,

보니 그것은,

고통의 바다로구나,

눈보라 밑 흙 아래 또아리 치고 누운 봄이로구나,

머리엔 나무처럼 욕망을 돋우고,

그러나 배엔 빈 태(胎)를 해골로 안은 계집이로구나,

요니,

요니로구나,

기다림이로구나,

요니로구나.

때에,

저 포착키 어려운,

튀기는 듯이 빛나는,

현란하고 장엄한,

그리고 무섭도록 찬란한 한 섬광이,

까마귀들 날개 덮여 어두운 가운데를 뚫고 뻗쳐 내리며,

동시에 천의 번개가 스칠 때 함께하여 울리는 천둥소리
같은 것이 무섭게 울려 퍼졌는데,

그런데 보니,

그 가운데로,

눈보다도 더 흰 후광을 거느린 사내 하나가,

아무의 보좌도 받지 않고,

또 몸에 걸친 것 하나도 없이,

순수한,

자연 그대로의 모습으로 걸어 내려오는 것이 보였는데,

그런데 그의 전신은 새벽별 같았고, 박달나무 같았고,

구리 뱀 같았는데,

그런데 그의 얼굴은 어쩐지 바위로 그의 아비를 압살했던
사내의 또는 압살당했던 늙은이의 동안(童顔)을 달고도 있는
듯이 보였다.

어 미 년 —— 사마야

　　　　　　사마야

　　　　　　사마야

까마귀들 —— 갸 갸 갸

어 미 년 —— 에마호

새벽별 나으리—— (팔을 벌려, 저 잿더미 속의 쑤물거리는
　　　　　　'벌뢰'를 포옹하러 오며) 키 키 호

까마귀들 —— 갸 갸 갸

어 미 년 —— 옴마니팟메홈.*

★ "HAIL TO THE JEWEL IN THE LOTUS! Hūm."

주

졸작 중에 발췌 인용된, 타인의 생각의 어떤 것들은, 重譯을 회피할 수 없었음이 유감이지만, 그리고 重譯이란 때로 대단히 위험스러운 것이 사실일 터이지만, 그러나 필자는, 도대체 번역을 위주로 한 것이 아니었으므로, 심지어 誤譯에 이르러서까지도 양해를 구할 수 있으리라고 믿는다.

1 R. M. Grant, *Gnosticism and Early Christianity* (Columbia University Press, 1966), p. 9.

2 A. F. Price, Wong Mou-Lam 공역, *The Diamond Sutra and the Sutra of Hui Neng* (The Clear Light Series Shambara, Berkeley, 1969), p. 26.

3 W. Y. Evans-Wentz(영역), *The Tibetan Book of the Dead* (Oxford University Press, 1972), p. 179.

4 *The Diamond Sutra and the Sutra of Hui Neng*, p. 15. 神秀(?~706)의 게송.

5 같은 책, p. 18. 慧能(638~713)의 답송.

6 '아버지를 刺殺'하거나, '壓殺'하는 관계의 연금술적 상징적 도식
은, Bonus of Ferrara, *The New Pearl of Great Price* (Vincent Stuart
Publishers Ltd., 1963), p. 39. 필자가 되풀이하여 차용하는 것인데,
그러한 '척살' 또는 '압살'이, 우주적 형태로 이뤄진다고 할 때,
거기 '말씀의 肉化'가 실현되고 세상적으로 이뤄진다고 할 때, 그
것은 반대로, 肉에 억류되었던 '말씀'의 귀환이 이뤄진다고 이해
한 것이다.

7 C. G. Jung, *Collected Works of C. G. Jung*, Vol. 12 (Princeton
University Press, 1970), p. 305, 그림 157.

8 이 장면의, '四肢의 切斷'은, *The Tibetan Book of The Dead* (p. 166)
에서는 亡者에게 행하는 심판으로 나타나지만, *Tibetan Yoga and
Secret Doctrines* (W. Y. Evans-Wentz 편집, Oxford University Press,
1972), pp. 172~175에서는, 은둔자들이, 눈만 잇달아 퍼붓는, 혹독
한 추위를 불 없이 이겨내고, 몸을 따뜻이 하기 위해서도, 또 질
병 · 허약 · 불결 등을 제거하여, 다음 단계로 해탈을 성취하기 위
해 初禪法으로도 행하는데, 이것은 또한, *Shamanism* (M. Eliade,
Princeton University Press, 1972), p. 36에 있어서는, 한 平人이 巫
覡化해가는 과정에도 이어진다.

9 *Tibetan Yoga and Secret Doctrines*, pp. 125~127. 1분에 15번. 한 시간
에 900번, 하루 21,600번. 그러나 티베트인의 요가는 호흡법에 있
어서, 탄트릭 요가를 완전히 이해하고 있다고는 믿어지지 않는다
(같은 책, p. 126, 註 1).

10 C. G. Jung, *Collected Works of C. G. Jung*, Vol. 16, p. 237. 이 관계는,
연금술적 혼례가 이뤄지고 있는 장면이다.

11 같은 책, p. 237.

12 같은 책, p. 243.

13 같은 책, p. 249.

14 같은 책, p. 247.

15 같은 책, p. 221. 이 도식은, 연금술적 혼례에서, 왕과 왕비가, 오른손은 왼손에, 왼손은 오른손에, 가로 건너질러 잡은 손으로부터 도출된 것이다.

16 『열명길』(문학과지성사, 1986), p. 409.

17 '죽음과 재생 사이에 가로놓인 중간 상태. 49일로 치는바, 상징적인 숫자. 천체가 일곱 혹성으로 구성된 것처럼 이 세계에도 七界 또는 일곱 단계의 마야(Maya)가 있는데, 그 각계에는 또 일곱 회의 진화가 있어, 7의 제곱은 49를 만드는 것이다. *The Tibetan Book of the Dead*, p. 6.

18 M. Eliade, *Shamanism*, p. 230.

19 이것은, 소설적 요구에 의해 어쩔 수 없이, 오시리스의 죽음 앞에서 이시스가 하는 넋두리를 빌린 것인데, 왜냐하면 우리에게는 그런 넋두리가 없는 셈이기 때문이다(J. G. Frazer, *The Golden Bough*, Part IV, 'Adonis. Attis. Osiris.' Vol. II, p. 12. St. Martin's Press, 1966). 그리고 이러한 차용은, 제8일의 혼례 장면에서도 암시되어 있는 바와 같이, 주인공과 수도부의 관계가, 오라비와 누이의 관계인 것을, 보다 더 확실히 할 수 있는 이점을 수반한다.

20 C. G. Jung, *Collected Works of C. G. Jung*, Vol. 12, p. 304, 그림. Anima Mercurii.

21 P. Rawson, *The Art of Tantra* (New York Graphic Society Ltd., 1973), 그림 67, '보이지 않는 男根을 휘감고 있는, 우주적 作用力.'

22 G. R. S. Mead, *Fragments of a Faith Forgotten* (University Books, 1960), p. 186.

23 C. G. Jung, *Collected Works of C. G. Jung*, Vol. 12, 그림 131, 135.

24 *The Tibetan Book of the Dead* (p. 149, 註 1)에 의하면, 이 6자 大明呪는, 再生의 門을 닫고자 할 때 암송하는 것이라고 한다.

옴 —— 白色. 神世.

마 —— 綠色. 아수라界.

니—— 黃色. 人間世.

꽷—— 靑色. 殺世. 금수계.

메—— 赤色. 鬼世.

훔—— 煙 또는 黑色. 지옥계.

25 *The Art of Tantra*, p. 75.

26 *Fragments of a Faith Forgotten*, p. 351.

27 A. Avalon, *Tantra of The Great Liberation* (Dover Publications Inc., New York, 1972), p. xxxviii.

28 같은 책, p. xxiv (Shakti가 없이는, Rudra나, Vishnu나, Brahma라고 할지라도, 아무것도 성취해내지 못한다. 그러므로 말하자면 죽은 몸들과 같다).

29 Bonus of Ferrara, *The New Pearl of Great Price*, pp. 273~276.

30 *Tibetan Yoga and Secret Doctrines*, p. 71. 『우리말 八萬大藏經』 passim (法通社 간행, 1963).

31 『우리말 八萬大藏經』, p. 577.

32 '제23일'에서 '제26일'에 걸치는, 본문의 괄호 속의 숫자는, *The Tibetan Book of The Dead*에서 발췌 인용한 구절들이 있는, 그 책의 면수다.

33 「雅歌」에는, 神의 땅에의 사랑이 대단히 肉的으로 보인다. 그러나 졸작의 주인공은, 그것을 대단히 회의적으로 본 듯하다.

34 "모든 魂이 다 神에게는 여성이다"(*The Art of Tantra*, p. 109). 이것은, '열처녀의 비유'(「마태복음」 25: 1~14)와, '남성 속의 여성적 경향'으로서의 '아니마'(Anima)가, 魂의 대명사로 사용되는 것과 함께 주목할 가치가 있다. 이 관계가, 단군신화에서는 보다 탁월하게 우화화되어 있다. 단군신화는, 생명과 영혼의 연금술적 과정이, 보다 더 종교적 발상에 의존되어 있다. '쑥과 마늘'은 '毒'의 의미이며, 그것에 의해 '웅녀'가 털을 벗는 과정은, 모든 장애나 구애로부터서 위대한 자유를 획득해내려는, 구도적 노력이다. 신

앞에서, 모든 혼은 다 암컷이다.

35 「욥기」 3: 3~12.

36 샤머니즘에 있어서, 독수리는 샤먼의 靈을 하늘에 올려다 주는 새로 나타나고, 백조라든가 갈매기는, 샤먼의 혼을 下界에다 데려다주는 새로 상징된다. '갈매기다운 독수리' '바다 같은 하늘' 또는 '하늘 같은 바다'는, 저 둘의 현상을 일원화하려는 의도로 접붙인 것이다. 그 가능의 단서는 저 '둥지 같은 배'에 있고, '일곱 색깔의 끈'은 하늘로 이어지는 다리, '무지개'에 이어진다. '세상나무'도 또한, 하늘로 이어주는 '다리'인 것을 고려하면, '나무'와 '무지개'가 동일시된다는 것을 주인공의 죽음과 관련하여 첨부해둘 필요가 있을 듯하다.

37 "하나님은 한번 말씀하시고 다시 말씀하시되, 사람이 침상에서 졸며 깊이 잠들 때에나 꿈에나 밤의 異像中에 사람의 귀를 여시고 印치듯 교훈하시나니"(「욥기」 33: 14~16).

38 Sir R. Burton, *Kama Sutra* (G. P. Putnam's Berkley Medallion Book, 1966), p. 65.

39 Sir R. Burton, *The Perfumed Garden* (Castle Books, 1964), p. 11.

40 Nikhilanda, *The Upanishad* (Harper Torch Books, 1963), p. 116.

41 루시페르. 그는 나중에 基督으로까지 승격한다(C. G. Jung, *Collected Works of C. G. Jung*, Vol. 9 II, p. 72).

42 W. Y. Evans-Wentz, *The Tibetan Books of Great Liberation* (Oxford University Press, 1968), pp. 202~204.

(Samayā, gya gya,

E—ma—ho!

Key! Key! Ho!)

gya—vast

43 Samayà—Divine Wisdom.

44 Kye—: 부르는 소리로서 '오—'라고 번역될 수 있다고 한다.

45 Ho—: 감탄사.

46 *The Upanishads*, p. 82 (언제나 사람의 심장 속에서 살고 있는 purusha, 즉 자아는, 엄지손가락보다 크지 않다. 사람으로 하여금, 그의 몸으로부터 저 자아를 분리케 하라, 마치 칼날 같은 쐬기풀로부터 부드러운 줄기를 분리해내듯이. 그리하여 알게 하라, 자아란 빛이며, 불멸인 것을——그래, 빛이며 불멸인 것을).

47 *The Zend Avesta* (Greenwood Press, 1972), "The Vendidād, Fargard xviii," pp. 30~47 참조. "聖 스라오샤 Sraosha께서, 몽둥이를 쳐들어 올려 내려칠 듯이 하며, 요사한 마녀 드룩(Drug)에게 물었다. "오, 너 철면피의 사악한 계집년이여, 물질로 이뤄진 이 세상에서, 다만 너 홀로, 사내와의 동침함이 없이 새끼를 배는다?" 그러자, 저 요귀 년 드룩, 이렇게 대답한다. "오, 훤칠하신 聖 스라오샤 나으리님, 어찌 이년이라고, 물질로 이뤄진 이 세상에서, 남정과의 접촉이 없이, 혼자서 애를 밸 수 있겠나니까? 요래 봬두 요년께두요, 서방님은 넷씩이나 있는뎁지요, ……사내가 밤의 몽정 중에 유실한 그 정액을 받아서도 애를 배는뎁지유, 이이는 소첩의 셋째 서방님이다누요." ——이 「이삭줍기」 章은, 이 드룩 년이 叟里의 육조의 몽정을 통해, 그의 불알을 훑어 까먹는 얘기인 것이다. 미리 밝혀둘 것이 하나 있다면 저 인용된 구절은, 또한 「六祖傳」의 속편 「七祖傳」의 중요한 한 배경이 되어 있다는 그것쯤일 것이다.

육조어론

김인환
(문학평론가)

그는 죽은 스승의 분부대로 암자를 떠나 유리로 갔다. 그의 스승은 죽기 전에 그에게 쇠로 금을 만들 듯 너 자신을 재료로 하여 너 자신 속에서 너 자신의 힘으로 너 자신의 사상을 만들어내라고 말했다. 그도 남이 먹다 남긴 사상의 찌꺼기를 가지고 유희할 생각은 처음부터 하지 않았다. 그는 장소로부터, 습속으로부터 계속해서 탈주하던 도보 고행승의 죽음을 본 적이 있었다. 도보승에게 수행은 끊임없이 새롭게 감행하는 출가의 연속이었고 도보승이 내딛는 한 걸음 한 걸음은 새로운 출가를 향한 정진이었다. 그도 출가를 한 번으로 마치고 남이 정해놓은 수행 형식에 안주하는 것보다는 죽은 도보승이 멈춘 자리에서 다시 출발하여 출가를 반복하는 것이 그 자신의 적성에 적합하리라고 미리부터 짐작하고 있었다. 유리는 일정한 소속이 없는 수도자들이 각자 자기가 선택한 방식대로 진리를 추구하는 곳이었다. 그곳에는 수도자들 이외에 수도부(修道婦)들도 몇 사람 있었는데, 수도자가 아주 넓은 의미의 비구라고 한다면 수도부는 수도자들의 성적 갈망을 달래주는 암컷 전부를 가리킨다는 의미에서 비구니라기보다는 자녀(恣女)라고 할 수 있을 것이다. 수도부들은 찾아오는 육체의 불에 시달리는 남자면 누구든지 거절하지 말고 그 불을 꺼주어야 하는 의무를 지켜야 했고 그들 가운데 어느 한 사람을 애착하지 말고 세상의 모든 수컷을 공평하게 대해야 하는 규칙을 따라야 했다. 그 여자들은 집착 없는 보시를 실천하는 보살들이었다. 남녘 어디에 있는 유리는 수도자들이 들어가서 저마다 마음대로 일인 종교를 창설하는 계룡산 같은 곳이었다. 치안 질서가 안정되어 있지 않다는 점에서 유리는 미등록 이주 노동자들이 모여 사는 지역과도 유사했다. 아무도 신분증을 가지고 있지 않았기에 그곳에서는 사람을 죽여도 살인죄가 성립되지 않았다. 서류 없는 사람(sans-papiers)은 사람이 아니기 때문이었다. 그런 곳에서는 자체적으로 그곳 나름의 생활양식을 형성하고 규제할 수밖에 없었기에 만일 그곳의 주민들이 살인한 자는 사형에 처한다(殺人者死)는 규칙을 정해 시행하려면 그 규칙을 집행할 사람을 뽑아서 그를 통하여 바깥세상의 치안 질서에 간접적으로 귀속하도록 해야 했다. 읍에 행정을 맡는 읍장과 재판을 맡는 판관이 있듯이 유리에도 수행자를 대표하는 촌장과 수행자를 규제하는 촛불중이 있었고 상대적인 자율성을 가지고 있기는 하나 촌의 촛불중은 판관에게 복종하는 읍의 하급 관리 비슷한 구실을 했다. 촌과 읍의 경계에는 처형장(處刑場)이 있었는데 읍에 사는 과부의 아들이 그곳의 관리자로서 판관의 결정대로 간수들을 지휘하고 죄수들의 형을 집행했다.

달포쯤 걸어서 도착한 그는 옷을 벗고 유리로 들어갔다. 유리에 사는 사람들은 남녀를 막론하고 장옷으로 얼굴을 가리고 있었다. 그는 유리의 샘터에서 40대의 존자승과 60대의 염주승을 만났다. 외눈의 염주승은 와선(臥禪)하는 존자승의 제자였다. 너무 오래 누워 있어서 움직이기 어려울 정도로 비만해진 존자승은 누워서 4행시를 외고 있었다.

> 몸은 보리수이니 (몸은 보리수나무이고)
> 마음은 밝은 거울 틀과 같네 (마음은 밝은 경대와 같다.)
> 때때로 부지런히 털고 닦아서 (쉬지 말고 부지런히 닦아서)
> 먼지며 티끌 못 앉게 하세 (티끌이 일지 않게 하라.)
>
> (p. 99)

먹는 것과 말하는 것을 조심하고 살도음(殺盜淫)을 범하지 않는 것이 몸을 깨달음의 질료로 만드는 방법이다. 경대는 큰 거울이 달린 화장대이다. 화장대 서랍에 담긴 화장품으로 화장대 거울을 보며 얼굴을 단장하듯이 마음에 구비되어 있는 지성과 감성으로 마음을 바른길로 향하게 하고 몸으로 옳은 일을 찾아 실천하는 것이 공부의 방법이다. 존자는 나쁜 짓을 피하려고 아무 일도 하지 않고 누워 있었고 그의 제자 외눈 중은 나쁜 짓을 하지 않으려고 존자승의 옆에서 염주만 굴리고 있었다. 그들에게는 출가가 위험한 결단이 아니라 안전한 타성이었다. 그는 인간에게 몸과 마음은 대상의 문제가 아니라 주체의 문제이기 때문에 깨달음(보리)은 나무가 아니고 마음

(거울)은 가구가 아니라고 생각하였다.

> 보리에 본디 나무가 없고 (보리에는 나무가 없고)
> 밝은 거울 또한 틀이 아닌데, (명경은 가구가 아니다.)
> 본래 한 물건도 없는 터에 (본래 물건이라고 할 게 하나
> 도 없는데)
> 어디에 먼지며 티끌 앉을까. (티끌이 어디에서 일어나겠
> 느냐.)

(p. 69)

둔황 필사본 『육조단경』(경서원, 1992, p. 299)에는 이 시
와 함께 이 시의 이본 두 수가 실려 있다.

> 보리에는 본래 나무가 없고
> 명경에는 또한 받침대가 없다.
> 부처의 성품은 항상 맑고 깨끗한데
> 어디에 티끌이 있겠느냐.

> 마음이 보리수나무라면
> 몸은 밝은 경대가 된다.
> 거울은 본래 맑고 깨끗한 것이니
> 티끌이 어디에 물들 것인가.

이 시들과 함께 읽을 때 공부와 수행을 대립시키는 이원
화가 반드시 실제에 부합하는 판단이라고 할 수는 없을 것이

다. 호적(胡適)은 오조 홍인의 두 제자, 신수와 혜능의 대립을 혜능의 제자 신회(神會, 684~758)의 천재적 구상이라고 해석하였다(『호적학술문집』, 북경: 중화서국, 1997, p. 190). 그는 마음과 몸 사이에 치매가 개입하여 존자승의 비계를 만들었고 두 눈으로 보아야 할 참을 한 눈으로 보는 앎으로 제한하여 염주승은 외눈이 되었다고 비판하였다. 그는 그곳에서 진리를 지식으로 치환하는 망상에서 탐욕과 편견이 생긴다는 사실을 확인하였다. 그는 머리를 물에 처넣어 존자승을 익사시키고 외눈을 손가락으로 찌르고 머리를 돌로 쳐서 염주승을 타살하였다. 그는 살해가 그들에게나 그 자신에게나 탐욕과 편견으로부터 해방시키는 자비가 될 수 있다고 생각하였다. 그는 그렇게 생각하고 살해를 결단하였다. 그러나. 해골승에게 살해를 고백하고 고백한 것이 알려질까 두려워 그 노승을 바위로 눌러 압사시켜 버리는 것은 그 자신이 살해를 탐욕과 편견으로부터의 해방이라고 확신하지 못하고 있다는 증거가 된다. 장옷을 벗겨보니 해골승은 숨을 멈춰 죽었다고 믿게 하고 그를 유리로 보낸 후에 유리로 뒤따라온 그의 스승이었다. 모두 장옷을 입고 있었기 때문에 누가 촌장인지 알 수 없었으나 그는 스승을 살해한 후에 스승이 유리의 5조 촌장이었다는 것을 처음으로 알았다. 피투성이가 되어 숨을 거두면서 스승은 가지고 다니던 4조의 두개골을 유산으로 그에게 주었다. 그는 고아가 되었다. 그에게는 스승의 종교를 배반하고 혼자서 자기의 종교를 창설하여 변절하고 개종하는 길이 남아 있을 뿐이었다. 스승은 "나의 죽음이 너에게 쑥과 마늘이 되기를 바라는 바"(p. 106)라고 말했다. 곰은 쑥과 마늘을 먹고 사람이 되어

단군을 낳았지만 그에게 양식거리라고는 빨은 솔잎뿐이었다. 유리로 들어오던 날 만나 함께 잔 수도녀의 안내로 마른 늪 주변에 토굴을 파고 그는 스승의 유언에 따라 유리의 마른 늪에서 고기를 낚기 시작하였다. 동쪽 끝에는 존자승을 익사시킨 샘이 있고 서쪽 끝에는 수맥 끊긴 늪이 있었다. 마른 늪에서 산 고기를 낚으면 촌장으로 추대하고 산 고기를 낚지 못하면 사형수로 처단하는 것이 수도자의 죄를 다스리는 유리 고유의 법이었다. 그가 읍으로 떠나면 그는 유리 사람이 아니므로 유리의 법은 효력을 상실하게 되며 그가 고기를 낚았다고 거짓말을 하면 자기를 속인 사람은 수도자가 아니므로 그때에도 유리의 법은 그에게 효력을 상실하게 되어 있었다. 그러나 그가 수도자로서 유리에 남아 있는 한 그는 유리의 법을 따라야 했다. 스승은 그에게 40일 안에 고기를 낚아야 한다고 지시했는데 그는 음행과 살인으로 이틀을 보냈다. 촛불중은 열대여섯 살 무렵 아내의 방에 친구를 들여보내고 간통하는 장면을 엿보다가 도끼를 들고 들어가 두 사람을 죽이고는 10여 년 전에 유리로 와서 수도자가 되었다. 촛불중은 색념(色念)이 일어나면 수도부 가운데 하나를 토굴로 불러들여 음욕으로 음욕을 근절시켰고 마심(魔心)이 일어나면 가랑이 사이에 촛대를 세우고 아편으로 촛불 속에 얼크러지는 마환(魔幻)으로 마근(魔根)을 항복시켰다. 그는 촛불중의 후문에 자신의 남근을 찔러 넣었다. 여자의 하문이나 남자의 후문이나 모든 관계는 묻혔다 살아나는 죽음과 재생이며 열렸다 닫히는 살림과 죽임이었다. 촛불중은 다음 날 배 속에 이물이 들어와 앉아도 낙태를 시키려고 애쓰면 안 된다고 그에게 말했다. 촛불중은 그를 제

속에 있는 아이의 아버지라고 불렀다. 화두란 원래 몸속에 박힌 돌을 가리키는 것이었다. 그 돌을 그대로 놓아두는 것이 죽기보다 더 괴로워서 밤낮으로 애태우다가 어느 날 돌이 없어지는 체험을 하면 그때부터 삶과 죽음, 병과 늙음에 좌우되지 않을 수 있게 되는 것이다. "개에게도 불성이 있는가?"(狗子還有佛性也無?)라는 질문에서 없을 무(無) 자가 몸에 박힌 돌이 되면 부처와 개의 차별이 없어질 때까지 세계는 지옥이 된다. 부처는 부처의 고유성을 완성하고 개는 개의 고유성을 완성함으로써 진정으로 부처를 만나면 부처가 친구가 되고 개를 만나면 개가 친구가 될 때 화두라는 결석이 녹아 없어진다. 부처가 개보다 대단할 것도 없고 개가 부처보다 하찮을 것도 없다는 마음이 바로 파괴되는 색은 색대로 소중하고 파괴되지 않는 공은 공대로 소중하다는 공즉시색(空卽是色)의 불심이다. 물은 물대로 중요하고 지는 지대로 중요하다는 격물치지(格物致知)도 같은 의미일 것이다. 누구나 수긍할 수 있는 말이겠으나 실천하기는 어려운 이야기이다. 안 먹어 아프지 말고 많이 먹어 탈 나지 말라는 말을 모르는 사람이 없지만 어떻게 먹는 것이 알맞게 먹는 것인지 아는 사람을 만나기는 어려울 것이다. 그래서 화두는 머리로 생각하지 말고 아랫배로 생각하라고 하는 것이다.

유리에 들어와서 처음으로 만난 수도부가 그에게 시집오겠다고 혼자서 결정하고 그를 찾아왔다. 이제부터 다른 남자는 받지 않겠다고 했다. 그는 서른세 살이었고 그녀는 스무 살이었다. 딸 하나밖에 없는 읍의 판관도 아들을 낳아주면 집에 들이겠다고 그녀를 구슬렸고 촛불중도 수도부들 가운데 유독 그녀만 보챘다. 남자는 양이고 여자는 음이다. 하문은 남근의 소멸과 비상을 동시에 가능하게 한다. 자궁은 남근의 무덤이면서 동시에 출산의 터전이다. 남자와 여자의 관계는 음과 양의 이자 관계가 아니라 '태양―소양―태음―소음'의 사자 관계이다. 남편은 태양이고 아들은 소양이며 아내는 소음이고 어머니는 태음이다. 남자는 남편이고 아들이며 여자는 아내이고 어머니이다. 아들은 어린 남편이고 남편은 늙은 아들이며 아내는 어린 어머니이고 어머니는 늙은 아내이다. 하나의 원을 '집합 A'라고 하고 다른 하나의 원을 '집합 B'라고 할 때 두 개의 원을 일부가 겹치도록 그리면 두 원의 사이에 겹쳐져 있는 부분을 '집합 A'와 '집합 B'의 교집합이라고 한다. 두 개의 각과 두 개의 변과 두 개의 극(초점)을 가지고 있는 그 교집합의 모양에서 그는 존재의 기본 형식과 생명의 근본 형태를 보았다(박상륭은 그것을 타원이라고 했는데, 타원 위의 한 점에서 타원 밖의 준선에 이르는 선이 타원 위의 바로 그 한 점에서 타원 안의 초점에 이르는 선보다 크다는 타원의 정의에 따르면 두 개의 각과 두 개의 극과 두 개의 변을 가지고 있는 형태를 타원이라고 부를 수는 없다). 그 모양이 안에서 보면 하문이 되고 밖에서 보면 남근이 되기 때문이었다. 음과 양의 어울림이 아니라 음과 양의 어긋남을 나타내는 그 모양은 그에게 죽음의 바다에서 헤엄치는 한 마리의 물고기를 상징했다.

12일째 되던 날 번개 치는 밤에 실성하여 바위에서 떨어진 그는 언덕으로 올라가 낚싯대를 잡고 번갯불을 향하려 휘두르고 낚싯줄로 만류하는 그녀의 목을 조르다가 기절하였다. 여자의 통곡 소리에 깨어난 그는 벌을 다 받기 전에는 족쇄를 풀어주지 않는 그의 몸이 바로 그가 유형 당한 땅이라는 사실을 깨달았다. 유리에서 두 주일을 보내고 그는 그녀에게 말하지 않고 읍으로 떠났다. 그녀는 읍 사람을 일컬어 개가 아이를 물어도 말릴 생각을 안 하고 구경만 하는 쌍놈들이라며 욕했다. 그녀는 돈이 있으면 절하고 돈이 없으면 침 뱉는 자들이 사는 읍에는 술쟁이, 아편쟁이, 노름쟁이, 예수쟁이, 머릿병쟁이 들이 많아서 가기 싫다고 했다. 동쪽의 큰 집에는 읍장인 장로가 살고 서쪽의 큰 집에는 판관인 장로의 아들이 사는데 장로는 떠돌이 수도자들을 후하게 대접하며 검은 옷을 입고 말을 타고 다니는 장로의 손녀는 동생 삼고 싶을 만큼 곱다는 그녀의 이야기를 듣고는 그는 장로에게 한번 가보라고 한 스승의 말을 기억했다. 그는 읍으로 들어가는 어구에서 허물어져 가는 교회당을 발견하고 밤을 보내기 위해서 안으로 들어갔다. 150명 정도를 수용할 수 있을 듯한 그 교회에는 목사가 기도하는 자세로 엎드린 채 죽어 있었다. 그는 교회 안을 돌아다니며 시끄럽게 울어대는 고양이를 잡아서 목을 비틀어 죽였다. 아침이 되어 밖으로 나오다가 그는 뒤통수를 맞고 쓰러졌다. 깨어나서 그는 그를 묶어놓고 불에 태워 죽이려고 하는 대여섯 명의 사내들을 보았다. 그의 발은 이미 화상을 입었다. 그들은 고양이 귀신이 들린 그를 화형에 처해 그 재를 먹으면 만성 두통이 낫는다고 믿고 있었다. 그들에게는 잡식하는 인신을 태운 재가 풀만 넣고 달인 보중익기탕보다 더 좋은 약이 되리라는 것은 의심의 여지가 없는 사실이었다. 판관의 제지와 장로의 설득으로 풀려난 그는 장로의 집에 기식하게 되었다. 장로네 사랑에서는 일요일마다 이십여 명이 모여

배를 했다. 장로 집에 머무는 수도자는 누구나 설법을 해야 한다는 말에 그는 집회에서 원죄와 삼위일체에 대하여 설교하였다. 그는 "하느님이 땅의 흙으로 사람을 지으시고 생명의 숨결을 그의 코에 불어 넣으시니 사람이 생명체가 되었다"(「창세기」 2: 7)라는 문장과 "실로 너는 진토에 불과하니 진토에 돌아갈 것이다"(「창세기」 3: 19)라는 문장을 비교하여 인간에게 죽음은 처음부터 정해져 있는 사실이었으며 선악과를 먹은 후에 달라진 것은 사실과 사실 인식의 차이뿐이라는 말로 그의 설법을 시작하였다. 원죄란 자기가 죽어야 할 존재임을 모르면서 살다가 죽는 동물 중생과 자신의 죽음을 의식하면서 살다가 죽는 인간 중생의 차이를 가리킨다는 것이다. 무한하다는 착각에서 벗어나 유한성을 존재의 근본 조건으로 수락하는 것은 인간적 성숙의 척도가 된다. 전능성을 포기하지 않으면 인간은 노동체계에 편입되지 못한다. 수도자가 한 번의 출가로 끝내서는 안 되고 지금 이곳에서 언제나 새롭게 출가를 결단해야 하듯이 신도 한 번의 창조로 끝내서는 안 되고 언제나 지금 이곳에서 새롭게 창조를 결단해야 한다. 태초의 신인 성부가 음이고 체이고 흑이며 종말의 신인 성자가 양이고 용이고 적이라면 지금 이곳의 신인 성령은 음양이고 체용이고 백이다. 현재화하지 못하는 과거와 미래는 자궁을 열지 못하는 악령에 불과하다. 태초에서 종말로 움직이는 성부의 시간과 종말에서 태초로 움직이는 성자의 시간이 만나 형성하는 성령의 시간은 창조적 활동성의 바탕이 되지만 악령의 시간은 과거와 미래를 고정하고 응고시키는 타성적 물신성(우상숭배)의 바탕이 된다. 그는 성령을 양(陽)을 싸안고 있는 음문(陰門=下門=

女根)에 비유하였다. 그는 묵시록의 네 기사가 탄 말들 가운데 흑마, 적마, 백마를 성부, 성자, 성령에 비정하고 청황마를 우주 창조의 동력인이 되는 독(환란=죽음)에 유비하면서 창조에는 죽음이 필요한데 신은 죽지 못하므로 지금 이곳에서 항상 새롭게 우주를 쇄신하기 위해서는 신도 살과 피를 취해야 했다는 말로 그의 설교를 끝냈다. 논리와 윤리로 이해할 수 있는 상징계의 신은 영원의 상(相) 아래서 편안하지만 선악을 초월한 실재계의 신은 계속해서 사람이 되어 십자가에 못 박히는 창조의 고통 그 자체이므로 인간은 물건이라고 할 만한 것이 하나도 없는 궁극적인 주체성의 세계에서 위기와 동요, 혼란과 모순을 견뎌내면서 죽음의 메마름을 받아들일 수밖에 없다는 것이다. 그에 의하면 죽음은 똥과 오줌 속에서 단련된 금이고 보석 속의 연꽃이고 연꽃 보석이었다. 여린 연꽃과 단단한 보석을 하나로 묶는 "옴 마니 파드메 훔"에는 인간 전체의 궁극적 관심이 들어 있다.

그는 스무 명 정도의 교회를 노동자들과 함께 해체하는 작업 현장에서 벽돌 나르는 일을 하면서 읍에서 한 주일을 보냈다. 유리에서 그녀에게 벗은 몸을 보여주었듯이 그는 읍의 북쪽 호숫가에서 벗은 몸을 장로의 손녀에게 보여주었다. 장로의 손녀가 타는 가야금 산조에서 안주의 유혹을 느꼈으나 그는 처녀의 눈물을 뒤로 하고 처형의 땅이 될 유리로 돌아갔다. 유리로 돌아가면 그는 30일 이내에 죽기를 자청하도록 결정되어 있었다. 죽음의 방법은 그 자신이 선택할 수 있으나 그 대신에 그는 촛불중에게 일정한 형벌을 미리 받아야 했다. 그가 펄펄 뛰는 산 고기를 촛불중에게 보여주지 못했기 때문이

었다. 그의 토굴에는 하문과 후문이 찢어져 피투성이가 된 그
녀가 죽어가고 있었다. 그녀는 그의 아내가 되었으니 다른 남
자와는 자지 않겠다고 괭이를 들고 저항하다가 촛불중에게 강
간당하고 비상을 먹었다. 그는 이빨로 자신의 혀끝을 물어뜯
어 끝까지 그와 함께 가고 싶어 하는 그녀의 목구멍 깊숙이 말
[言語]을 넣어주었다. 말을 할 수 없게 된 그는 침묵 속에서 나
흘 동안 썩어가는 그녀의 육신을 바라보고 또 한편으로는 중
유(中有)를 떠도는 그녀의 의식을 바라보았다. 하나의 생노사
와 또 하나의 생노사 사이에 있는 중유에서 길을 잃지 않도록
그는 그녀에게 해방의 기원을 전했다. 그러나 그는 그녀가 그
에 대한 집착 때문에 해방이 아니라 환생을 택하고 품어줄 자
궁을 향하여 떠나는 것을 보았다. 그녀는 물고기가 되어 그가
받고 있는 형벌을 대신 받겠다고 말해왔었다. 촛불중은 예형
(豫刑)으로 그의 두 눈에 비상이 섞인 촛농을 부었다. 이제 그
는 그 자신의 내밀한 것에 의지하여 모든 악업의 허깨비들을
견뎌낼 수밖에 없게 되었다. 장로의 손녀가 그를 찾아왔다. 한
번도 남자를 품어본 적이 없는 처녀가 그의 수분을 받고 싶어
했다. 그는 기도하고 예배하는 경건함으로 그의 수분을 처녀
의 자궁에 바쳤다. 그들은 동틀 때까지 밤새 흑, 백, 적이 세 번
전이되어 한 양태를 이루고 한 양태가 세 번 전이되어 한 단계
를 이루고 한 단계가 세 번 전이되어 한 주기를 이루는 모든
고비를 넘고 함께 평화를 얻었다. 그것은 무섭게 이기적이면
서 동시에 무섭게 희생적인 생사의 고비들이었다. 그는 촛불
중에게 광주리나 망태기에 담겨서 죽을 때까지 높은 나뭇가지
에 매달려 있고 싶다고 적어주었다. 그는 30일 안에 사형을 집

행해야 한다는 유리의 법을 지키기 위하여 식음 전폐라는 방법을 선택하였다. 형장에서 촛불중은 그의 발에 입 맞추고 그에게 세 번 절했다. 그는 해골을 촛불중에게 전했다. 마른 늪에서 고기를 낚지 못했으나 죽음으로 그는 유리의 육조 촌장이 되었다. 그는 일주일 동안 공중에 달려 있었다. 그는 그녀가 죽어서 부패하는 것을 바라본 것처럼 그 자신이 죽어가는 것을 바라보았다. 그는 안 먹어도 똥오줌이 나온다는 것을 알았고 몸이 물, 불, 흙, 바람으로 해체되기 시작하는 것을 느꼈고 구토와 멀미 속에서 추위와 슬픔과 공포와 외로움이 동요하고 폭발하는 것을 보았고 끝내 환생을 수락하였다. 부처가 되어도 똥 마려우면 똥 누고 구역질 나면 토하고 정액이 넘치면 쏟아내고 졸리면 자야 한다면, 좋다 그러면 다시 한번 고아가 되어서 이 세상을 헤매보자고 결정한 것이었다. 그는 생명줄이 풀리면서 집착과 희망이 멀어지고 마음이 열리는 것을 느꼈다. 모든 인간에게 첫 언어와 마지막 언어는 울음이라는 것을 알았고 울음이 곧 옴(Om=Amen)이고 사마야(三昧耶=除垢障)라는 것을 깨달았다. 그는 존재와 비존재의 핵심을 하나의 소리로 응축하여 삼키고 내뱉었다. 메마른 연기 빛에 덮여 있는 세상 끝에서 물고기가 된 그녀가 그를 향해 걸어오는 것을 보면서 그는 세상에서의 마지막 춤을 추었다. "목숨을 들어 귀의하나이다."